目錄

天涯
海角
原書名：核桃樹上的愛情
范穩◎著

親愛的台灣讀者朋友們：

非常榮幸〈藏地三部曲〉完結篇能在台灣首發，並由台灣的讀者朋友們最先讀到。此書是我的〈藏地三部曲〉之最後一部，前兩部《百年靈域》和《大地心燈》已先期在台灣出版發行。

我是以小說的形式，來展示西藏一百年來的歷史風雲和人生命運。在這片神奇的大地上曾經演繹過的不同文化、不同信仰、不同民族、不同政治勢力的砥礪與融合，以及那裏絢麗神奇的傳說和純厚虔誠的信仰，足以爲一個作家提供無垠的想像空間和高起點的創作平台。我用十年的時間，終於完成了自己的〈藏地三部曲〉。但願它們能帶給讀者朋友們全新的閱讀享受。

在新作《核桃樹上的愛情》中，我試圖用文學的形式來詮釋一段被信仰改變的命運和被信仰拯救的愛情，以及在戰亂中對一場曠世愛情的堅貞守望和自我救贖。在時間跨度上從上世紀抗戰時期到本世紀初，空間跨度上展現了這段愛情在西藏、大陸和台灣所經歷的萬般磨難。

我在這裏要特別感謝台灣的朋友們提供的幫助，使我作爲一個大陸作家，能有緣親赴台灣，追蹤採訪流落到台灣的藏人蹤跡，並用小說展示他們非同凡響的人生命運。

本書是〈三部曲〉中我寫得最辛苦、也最痛快淋漓的一部。**由於種種原因，目前在大陸還不能出版**。所幸風雲時代出版社勇於擔當，傾力支持，使該書率先在台灣發行，令我深感榮幸。希望台灣的讀者朋友們能隨著本書人物命運的跌宕起伏，領略到藏地風雲的波譎雲詭、豐富燦爛。

范穩

【序言】

心路與奇緣：從《百年靈域》到《核桃樹上的愛情》

——〈藏地三部曲〉竟是在台灣收筆

范穩

〈藏地三部曲〉，終於完成了，整整十年的心魂縈迴與心血投注，也終於到了佇足檢驗的時候。

十年前我開始愛上西藏那片土地，由此進入一種所謂「慢生活」的狀態——在西藏各地漫遊，在藏區的村莊裏看炊煙飄拂，聽牛羊吟唱，望雪山聖潔，走朝聖道路。我被這片土地所召喚，爲它的歷史文化所著迷，它是如此地博大精深，又是那樣地色彩斑斕。行色匆匆不會知道它的文化底蘊，獵奇探險僅能滿足幾絲好奇心。它需要你慢下來，甚至停下來，也需要你放棄許多誘惑，就像藏傳佛教裏教人解脫煩惱。煩惱從何而來?或許就來自我們的步履太快了吧!

心靈的聖地

我知道許多人把西藏當作自己心目中的聖地，那裏的雪山湖泊，草原峽谷，那裏的人民和文化，他們都無條件地喜愛。我也如此，作爲一個被現代生活的滾滾紅塵幾近淹沒的俗人，我渴望逃離，渴望和有信仰的人同行，從感知他們的生活方式，到學習他們的歷史文化。

這堪稱是一個「發現之旅」，緩慢而又沈重，多元而又繁複。正如一個藏區村莊煨桑的香煙需要你慢慢地感悟一樣，它在晨曦或暮色中緩緩升起，伴隨著虔誠的老阿媽祈誦吉祥的經文，在寧靜村莊的上空嫋嫋上升，向雪山供奉，向大地供奉，向天上的諸神供奉。有誰看見這香煙中的虔誠了？有誰知道神的世界如何聆聽大地上卑微到一縷香煙的祈求了？又有誰讀懂寺廟裏的暮鼓晨鐘、朗朗經文，以及朝拜的人們永不停歇的轉經筒吟唱的人生輪迴了？還有飽經風霜的教堂，傳教士的荒塚，孤獨矗立在大地上的十字架，就像一個苦難而沈默的智者，見證了這片有信仰的土地上百年的腥風血雨。

如果你在歐洲的某地看見一座教堂，你一定會覺得那再正常不過，是和那片土地相協調的一種風景，正如我們看見一座寺廟，便理所當然地將之視爲我們文化的一部分、信仰的一部分一樣。但是，當你在迄今爲止還是全民信仰藏傳佛教的藏區看見一所教堂呢？它像一個不速之客那樣闖入你的視野，像在一塊畫布上猛然跳躍出來的一團不協調的顏色，像一個孤獨隱忍的人，不合時宜地站在一個他本不該存在的地方。這是時代的錯誤還是一種可貴的冒險？是歷史的尷尬還是大地的包容？

深刻的感動

一九九九年的夏末，我在西藏芒康縣的鹽井教堂佇足了一段時間。一個黃昏，我獨自去教堂的聖地，忽然發現了一個當年因宗教紛爭被殺的傳教士的墳墓，蒼茫血腥的歷史在我的眼前赫然打開。我在暮色中閱讀簡單的碑文，在墳頭破敗的十字架前佇立良久，想像那個傳教士，以及和他一起被殺的僕人——一個叫獨西的藏族天主教信徒——的命運，他們家有兩代人因爲信仰天主教被殺了。信仰本是美好的，教人向善的，可是爲什麼有人要爲此付出生命的代價？就在這個細雨中的黃昏，我被某種力量震撼，被某種人生悲劇感動。它就像來自天國的一束強光，忽然把你平庸的生命照亮。你得為這份震撼與感動做點什麼，改變些什麼，傳達出什麼。

從打算為這片土地寫書開始，我就為自己立下一條要求：必須學會用藏族人的眼光看問題。不能用漢人的眼光去詮釋它，且還振振有詞地宣稱，這就是我眼中的西藏。

誠然，每個熱愛西藏的人都試圖在發現西藏，詮釋西藏。但作為一個作家來講，他的發現和詮釋既應該是文學意義的，也必須尊重並敬畏那片土地的歷史與文化。

瑰麗的靈域

更何況這是一片多元文化並存的大地。多種民族、多種信仰在一個發現者眼前像萬花筒般呈現，我看到的是文化與文化的交流與碰撞，信仰和信仰的砥礪和堅守。我知道這很精彩燦爛，是一片文學的沃土富礦。然而，我在開初時，卻對它一知半解甚至一無所知。我是一個漢人，沒有藏文化背景；我愛這個民族的文化，就像愛它神奇瑰麗的雪山峽谷。但我不是一個普通的旅行者，我為肩負自己的文學使命而來，我渴望被一種文化滋養，甚至被它改變。

唯一的途徑便是虛心下來，像一個謙卑的朝聖者那樣，走上那條探尋與發現之路。文化背景是先天的，但卻是可以去感悟的，可以在村莊和雪山下，在寺廟和教堂裏，在青稞酒的濃烈和酥油茶的濃香中，在歌聲與誦經聲中慢慢地體味。我剛進藏區時，和一群新認識的康巴兄弟喝酒，一般的結局是我醉倒在桌子下，他們還在唱歌跳舞。現在我能自豪地說，我可以和他們一起歌唱、一起醉倒在桌子下了。

當我學會把一座聖潔的雪山也像藏族人那樣視為神山時，當我能理解並尊重一個村莊的習俗和村人們日常生活中彰顯或隱秘的信仰力量時，我方覺得，我正在走進西藏，走近這個民族的歷史與傳說，神界與現實。

三部曲，十年燈

十年來，我爲這片神奇的土地寫了三部書，構建起自己的〈藏地三部曲〉。我並不在意在速食文化時代，這樣的宏大敘事不討好市場；別人走得快，我走得慢，我就以慢來自豪。有閑階層現在認爲慢是一種優雅，在我看來，慢是一種負重，是一種敬畏。我一般是用一年多的時間在藏地周遊，再用一年多的時間看書閱讀，然後才開始寫作，這樣每部書都要用三四年的時間。我認爲這種緩慢的寫作姿態是非常有必要的，藏區的生活總是在我們的想像力以外，更不用說它的歷史與文化，民間傳奇和神界故事，與我們通常所掌握的文化體系大相逕庭。神的世界，有信仰的生活不是我們在都市的書房中便可以揣測的。一個普通藏族老人的一句話，可能會讓你有勝讀十年書之慨。

寫《百年靈域》時，我看到的是多元文化的燦爛與豐厚，我寫了文化、民族、信仰的砥礪與碰撞，堅守與交融；在《大地心燈》中，我描述了一個藏人的成佛史，以詮釋藏民族宗教文化的底蘊；而在最後一部《核桃樹上的愛情》中，我想寫信仰對一場淒美愛情的拯救，以及信仰對人生命運的改變，還想謳歌愛情的守望與堅韌。

二〇〇六年的夏天我再次去藏區採訪，在跟隨馬幫連續翻越了兩座海拔四千多米的雪山後，我意外地得知在一個高山牧場上有個隱居的藏族台灣老兵，這讓我深感驚訝。我開始追尋他的命運軌跡，甚至一直追蹤到台灣東部的花蓮縣──這個藏族老兵在那裏生活了三十多年。

台灣的因緣

一個特別的機緣，使我得以到台灣作了一段時日的巡迴講演和深入探訪。在台灣，我看到了一個藏族人別樣的人生，以及和兩岸的中華民族共同承受的命運。我為他坎坷的人生經歷而感慨，為他在海峽兩岸守望終生的愛情而唏噓。我原本計劃在第三部中重寫宗教與宗教間的對話，兩種文明的碰撞，但是這場淒美的愛情讓我不能不將「大對話」作為兩顆真愛之心堅韌守望的時代背景。

把握一個時代的特徵、認知一個民族的精神特質，需要某些鮮活的切入點，就像有智慧的人用一個支點便可撬動地球。每一個人的人生命運，都可看作是歷史的反映，時代的側影。在我所熟悉的那條大峽谷裏，人們總是試圖互相走近，心靈總是渴望相互理解，無論是一種信仰，還是一場愛情。

信與不信，愛與不愛，在某種意義上，都是從此岸到彼岸的過程。它可能間隔著一條深邃的峽谷，一灣淺淺的海峽，甚至是一條文化的鴻溝。我相信大多數人需要看到的是：人們如何跨越。

兩岸的守望

對作家而言，寫作本身也是一種跨越，身邊的誘惑、嫉妒、讒言、磨難、平庸、媚俗、矯情、虛偽、以及種種干擾和不公正，都是試圖阻擋你超越自己的障礙。如果你不能做到像劉翔那樣旋風般地將它們甩在身後，那你就用堅強和隱忍，把它們一一踩在腳下。我並不認為自己是一個高尚自律的人，因此我需要信仰的指引；我也不認爲自己的愛心和責任感，就足以承擔一方土地的厚重。我只能做到：當別人去追名逐利時，讓自己的心像沈入湖底的石頭；在別人暢遊在物欲之河時，我轉過身去，淌過腳下平庸的濁流。

我希望我的讀者在讀完本書乃至前兩部書《百年靈域》、《大地心燈》後，能夠看到這個跨越過程。也許讀者們會發現：有些坎坷，人們在歷經苦難之後跨越了，有些阻礙，則永不可征服。這不僅是人類的局限，也是人之爲人的悲壯優美之處，更是一個小說家應該去呈現的人類命運。

我爲自己感到慶幸，十年來我做了一樁有意義的工作，把三本書奉獻給我的讀者，供奉給那片神奇的土地。

不是我書寫了這片大地，而是這片大地召喚了我。我服從了召喚，就像服從黎明的第一縷陽光，把我從黑暗中喚醒。

「有位天使給我說，你寫下，被召赴羔羊婚筵的人，有福了。」

——《聖經．新約》（啓示錄18：9）

「跳啊，大家來跳鍋莊，
迎來西方印度的佛法，
迎來東方漢地的文明；
迎來北方騎駿馬的英雄，
迎來南方杜鵑花一樣的姑娘。」

——康巴藏區鍋莊

「你們應該彼此相愛，如同我愛了你們一樣。」

——《聖經・新約》（若望福音15：12）

第一章　創世紀

嗦——

在很早很早以前，
天和地還沒有分開，
水和土還沒有形成，
黑暗籠罩一切。
沒有太陽啊也沒有月亮，
沒有花草鳥獸啊沒有愛情。
也沒有我說唱藝人扎西嘉措，
扎西嘉措愛情的翅膀還沒有張開……
——扎西嘉措《創世歌謠》

康菩．仲薩土司寬大廳堂裏的聽眾轟然大笑，有人對說唱藝人扎西嘉措說：「你唱錯了，這兩句是你加上去的。」

「哦呀——」站在廳堂中央說唱創世歌謠的那個傢伙優雅地撥了下懷中的琴弦，好像老練的騎手輕輕一攬韁繩，就把走錯了道的馬兒拉了回來，他還扮出一個得意調皮的笑臉，再次逗得人們會心一笑。只有受到土司寵愛的人，才敢在貴族老爺們聚集的場合無拘無束。

從東邊來了個男天神，
用火做了個太陽；
從西邊來了個女天神，
用水做成了月亮。
太陽分開了天空和大地，
月亮分開了陸地和海洋。
天空像帳篷的穹頂，
大地像八瓣蓮花開放，
海洋像佛陀的慈悲一樣寬廣深厚。
太陽追逐著月亮，
月亮依戀著太陽。
他們相愛卻永不能相逢……

康菩・仲薩土司火塘邊的聽眾「嘩」地又笑開了。他們紛紛說：「唱錯了唱錯了，這個狗娘養的仲巴（注：對說唱藝人的稱謂），盡瞎唱。」

坐在火塘上首的康菩土司，往拇指甲上抖了點鼻煙，湊到鼻孔處「呼」了一口，大大地打出一個噴嚏，對說唱藝人扎西嘉措說：「狗娘養的，你三句唱詞離不開男女的事兒，連神靈也不放過，喇嘛聽了你的歌也會後悔出家的。」

說唱藝人扎西嘉措停下手裏的六弦琴，撲閃著一雙動人的眼睛說：「尊敬的土司老爺，如果沒有天上的愛情，哪來人間的愛？」

他是一個俊朗清瘦的青年，大眼睛高鼻梁薄嘴唇，臉很長，像副馬臉，但跟他俊俏的五官、棕黃色的細膩皮膚相配起來看，你只會將他視爲一匹草原上的駿馬；再加上他那雙彷彿會說話的濕潤的眼睛，若是看著仇家，仇人會被感動；若是望著情人，女人將被融化。不過按藏族人的觀相術看，這種人一生會經歷無數的苦難，尤其是愛情。眼睛濕潤，看上去秋波蕩漾，情意脈脈，但藏族人認爲這是一雙淚眼，是終生貧困和愛情注定失敗的預兆。

一個權傾一方的土司和一個流浪藝人的因緣，來自於半年前的一次邂逅，這讓雙方的命運因此改變。那天瀾滄江峽谷下游的大土司康菩・仲薩路過阿墩子縣城的一家小酒館，聽見一陣悠揚的扎年琴聲飄出來，自小喜歡歌舞的康菩土司，還沒有聽見過如此流暢自如的琴聲，就信步進去要了碗酒，坐在一邊靜靜地聽。一碗酒喝完，康菩土司走到那個說唱藝人身邊說：

「收起你的琴，跟我走。我管你一個月的吃喝。」

說唱藝人眼睛都懶得擡一下，只是低頭調自己的琴弦，「我的吃喝，有我的歌聲管。」他滿不在乎地說。

康菩土司身後的管家次仁不輕不重地打了他一馬鞭，「黑骨頭賤人，擡起你的狗頭來！看看是誰在跟你說話，跪下！」

那個說唱藝人懶洋洋地擡起頭來，看見了他面前身著貴族服裝的土司老爺，他壯實得像一頭犛牛，威武得似一頭雄獅；說唱藝人同時還望見了酒館門口簇擁著一大群斜背長槍、手牽駿馬的衛隊。

「我是一名在大地上流浪的詩人，六世達賴喇嘛倉央嘉措是我的灌頂上師，愛情是我的人生詩行，姑娘們的眼光照亮我腳下的路。我的歌唱給雪山聽，唱給聖湖聽，唱給放牧人聽，唱給酒館裏只喝得起一碗酒的人聽，還唱給美麗的姑娘們聽，我不給貴族老爺唱歌。窮人有窮人的尊嚴，乞丐有乞丐的自由，而一個流浪詩人，大地上到處都有朋友和愛情。」

說唱藝人傲慢地說，次仁又舉起了馬鞭。

康菩土司擺擺手，對說唱藝人說：「把你的琴拿來，我唱一支歌給你聽。」

說唱藝人猶豫了一下，還是把手裏的六弦扎年琴遞給了康菩土司。土司那天不知是心情好，還是這個流浪漢的歌聲激起了他年輕時的美好回憶，他調撥了一下琴弦，唱了一首古老的情歌：

我和東邊的山說話，
西邊的山懷疑；
我和南邊的山說話，
北邊的山懷疑。
一座座多心的山啊，

叫我怎麼對付你。

「怎麼樣？」康菩土司把琴遞還給說唱藝人。這個傢伙沒想到一個土司也會唱這種歌謠，而且琴還彈得這樣好。他收起六弦琴、要錢的木碗、以及身邊的背囊，「嘿嘿，老爺身邊的姑娘太多了。」他的嘴依然討厭。

康菩土司自負地說：「比你的歌多一點。」

說唱藝人更自負，他說：「你要知道，我的每一支歌後面，都有一顆姑娘的心。」

康菩土司不當回事的說：「那就讓我們看看，有哪個姑娘會被你的歌聲征服。」

流浪詩人挑戰似的站了起來，「你永遠不會知道我在歌聲中傳達的愛情。」

就這樣，說唱藝人扎西嘉措來到了康菩土司的大宅。這個走南闖北的行吟詩人，去過聖城拉薩，到過後藏日喀則，夏天在藏北草原的牧場上與牧羊姑娘用歌聲調情，冬天在藏東溫暖的峽谷和打柴的少婦躲在灌木叢裏打滾。而春秋兩季，他要麼在某個姑娘溫柔的被窩裏做著愛情的美夢，要麼在朝聖的路上顛沛流離，邊走邊唱。神界的傳說被他唱得活靈活現，大地上土司間的爭戰被他演繹得轟轟烈烈，天上飛過一隻鳥兒也會引來他的歌聲，山崗上凋零的花兒也會被他的歌滋潤得二度開放。更不用說人間恩恩怨怨的愛情，更被他唱得如泣如訴，催人淚下。

他總是那麼機敏、俏皮，總是顯得那麼多情、聰慧。他有一個溫柔的靈魂，浪漫的心。主動委身在他身下的姑娘，他要看到天上的星星，才一個一個地想得起來。這讓他喜歡這種浪遊四方的生活，從不把富貴利祿放在眼裏。他還不到二十歲，除了隨處播撒的愛，什麼都不缺，什麼也不在乎。他本是一個劍膽琴心的行吟詩人，遊走在一個浪漫純真的時代，生活得怎麼樣並不重要，愛得如何才是關鍵。他相信，只要行走在大地，愛情就像山崗上到處生長的樹，就像牧場隨風飄揚的情歌，一個說唱神界傳說與人間萬象、歌頌生活與愛情的流浪詩人，總會與人生中的真愛不期而遇。姑娘們脈脈含情的眼光爲他指引著愛情的方向。

就像他做夢也沒有想到，他會在康菩土司森嚴的大宅裏，看到了他願意爲之去守候一生的愛情。

這人就是康菩土司的小姨妹央金瑪，每當聽扎西嘉措說唱的時候，她便緊挨在她姐姐卓瑪拉初旁邊，像一隻依偎在母羊身邊溫順的小羊羔，而她的眼睛卻總像還深陷在夢的深處，在那個說唱藝人俊俏的臉上飄來飄去。她不像其他人那樣神情專注地聽扎西嘉措的唱詞、琴聲，時而開懷大笑，時而喟然長歎。她不知不覺就讓說唱藝人的歌聲如寒冬過後的第一縷春風，吹拂她寂寞了十七年的心；又似甜美的夢長上了翅膀，帶著她的心兒遨遊在愛情的樂園。這讓她常常聽得面紅耳赤，心神迷亂。有一天她甚至在那個傢伙越唱越露骨的唱詞中，眼睛不看他靈巧撥弦的手指，也不看他翻飛踢踏的舞步，而是飄進春夢深處，往他的褲襠那裏看。就像一個邪惡的神魔，人們總在傳說他的故事，說一回便心驚肉跳，但又忍不住想再說第二遍。

大約從聽到扎西嘉措的第一支歌後，央金瑪晚上就睡不好覺了。

十七歲的央金瑪那時並不知道，她一生的命運總是和錯位了的愛情分不開，這種愛情是最幸福的，但在人間卻總是不合時宜，它屬於天堂裏的愛。然而，情場高手扎西嘉措怎麼會不知道這個特殊聽眾的心思，又怎麼能輕易放過央金瑪的美？在他周遊雪域高原的歲月裏，他的琴聲飄到哪裏，姑娘們的眼波就跟到哪裏。他可以在一個姑娘看他的第一眼時起，就作出決定，今晚要不要鑽進她的帳篷。

但央金瑪可不一般，她的眼波像聖湖裏的波瀾，遙遠而神秘，深邃又迷濛。從第一眼看見她，扎西嘉措就在心裏驚呼：原來世界上雪山女神真的存在。她典雅、俏麗、清純、明澈，正是含苞欲放的雪蓮，冰凌尖閃耀七彩光芒的水珠，花蕊上晶瑩剔透的甘露。更讓這個多情浪子驚歎的是她的那雙總是迷迷濛濛的眼睛，彷彿她的夢遊並不僅屬於她自己，還要挑逗你跟隨她一同墜入甜美的愛之夢。

在扎西嘉措說唱表演時，他不用看她那邊，就知道哪段旋律會讓小姐芳心迷亂，哪段歌詞會深入少女的繾綣春夢。他在大地的舞臺上早已閱人無數，知道什麼樣的歌詞，會攪動起一池春水；什麼樣的曲調，會拉近兩顆年輕浪漫的心。這朵含苞欲放的花兒，必將在他愛的春風化雨中燦然開放。因此，扎西嘉措縱然久經風月，也還是琴弦已亂，心如樹上的猴子了。

當初康菩土司說要管他一個月的吃喝時，他想：我扎西嘉措什麼人啊，大地就是我的家，天下到處都有美酒和姑娘，誰在乎你一個土司大宅，待上半個月算我看得起你。可是一個月過去了，他說唱的神界故事還沒完沒了；三個月過去了，雪域大地上還籠罩著黑暗；半年時間了，藏族人的祖先還沒有被創造出來。他唱開天闢地，任意加進去些神靈們的愛情故事；他唱神魔大戰，神靈和女魔竟然相愛成了一家，連蓮花生大師最後不是靠無上的法力收服了女魔，而是以愛情感化了她。土司家的聽眾開初還紛紛抗議，說這個仲巴唱的跟過去聽到的不一樣。可是他們又不得不承認他唱得動聽，唱得扣人心弦。最後就由了他胡謅，直到唱得火塘邊的康菩土司想睡覺了，吸口鼻煙打個噴嚏，演出便到此結束。

那天晚上他給土司一家人唱創世傳說，或者說，他心中只是唱給一個人聽。因此他唱著唱著就讓太陽和月亮相戀起來，但是他知道——所有的人都知道，太陽永遠也追逐不到月亮。他多情的心忽然就被一股固執的憂傷瀰漫了，那時他還不知道這種憂傷會陪伴他終生。土司家眷們的起哄和康菩土司那個噴嚏救了他的場，不然他真不知後面的唱詞該怎麼編排下去了。

散場了，人們各自回自己的臥房。扎西嘉措和下人們住在馬廄旁邊的一排小房子裏，康菩土司住大宅主樓的二層，剛才說唱的地方也在二層的大廳，央金瑪和幾個女眷住三層。扎西嘉措垂手躬身立在一邊，讓主子們先走。扎西嘉措知道，說唱歌謠的時候，他是客廳中的英雄，受眾人仰視，現在，他不過是土司家豢養的一條狗，也許連狗還不如呢。

他看見央金瑪在女僕德吉的陪伴下從他身邊昂頭而過。他在心裏說，我數到三，她一定會轉過頭來。

他才數到二，央金瑪忽然扭頭對身後的德吉說：「我的手爐呢？」她尚在夢遊的眼睛飛快地往扎西嘉措睃了一眼，像一根打過來的羊鞭，讓扎西嘉措的心頭微微一顫。

德吉舉舉手中那個精緻的手爐，討好地說：「在我手上呢，小姐。」

扎西嘉措看見央金瑪轉過頭去了，心中的感激還沒有歎完，那高貴的小姐又轉過身，衝著扎西嘉措說：「哎，你還沒有唱太陽什麼時候愛上月亮的呢？」

扎西嘉措一下慌了神，忙說：「從天神點燃了太陽的光芒那一天起……」

「是哪一天呢？」央金瑪認真地問，目光直逼扎西嘉措，這次扎過來的是兩把溫柔的刀子。

「是……是很早很早以前……」扎西嘉措感到自己受傷了。

「唉唷，走吧，睡覺去吧。」從她身後過來的大夫人卓瑪拉初推著央金瑪說，「別問啦，這個傢伙心裏有一匹沒有馴服的野馬，跑到哪兒唱到哪兒。明天你別再一會兒天上一會兒地下了，你得給我們唱藏族人從哪裏來的。」

「你最好唱最近的事兒，漢地那邊漢人和日本人打仗打得怎麼樣了？聽說洋人喇嘛又要過來傳他們的教了。這些事情你會唱嗎？」

康菩土司在客廳那頭說，他的身邊站著他的二夫人和三夫人。大夫人卓瑪拉初當然只有每天獨自上三樓了。

「是的，老爺。好的，夫人。」扎西嘉措回望康菩土司一眼，又轉過頭去追隨央金瑪的身影，但她們已經拐上了三樓的樓梯口。

回到馬廄旁的小屋，幾個馬倌要扎西嘉措給他們唱幾段，還把一罐青稞酒擺在屋子中央。他們是沒有資格到二層的廳堂聽歌的，但是今晚扎西嘉措再也無心思唱了。他推說不舒服，把他們的酒罐提到門外，轟他們走了。

他躺在火塘邊的卡墊上，回想這些日子以來央金瑪對他越來越露骨的表白。幾天前一個陽光明媚的下午，央金瑪騎馬回來，見他蹲在門口用牛筋線縫補靴子。就問，你還會做這個啊？他快樂地說，一個不會補靴子的傢伙，當不成一個流浪漢。她站在那裏不走，似乎想和他暢談，又沒有一步跨進他房間的勇氣。她說，這麼破的靴子，扔掉算啦。他用歌詞一樣的話挑逗央金瑪，我的靴子是我的情人，白天它陪伴我遠行天涯，晚上我枕著它安然入睡。他看見小姐的脖子都紅了，臉轉一邊，問，扎西哥哥，你去過聖城拉薩嗎？他自豪地說，我在拉薩待過三年。三年？她驚訝的嘴像一朵豁然開放的花，眼睛裏全是夢中的幻象。你下次去拉薩帶上我啊？她竟然如此請求，讓扎西嘉措怦然心動。要是別的姑娘如此說，扎西嘉措收起琴、背上背囊就帶她走了。

有一年在藏北的牧場上，一個小頭人的女人爲他的歌聲傾倒，像匹騷動的母馬一樣不斷向他釋放愛的氣息。一天晚上，這女人爲他和頭人不斷斟酒，喝到後面他才發現自己碗裏的是水，而頭人碗裏卻是酒。到了晚上，頭人醉得酣然大睡，他妻子卻摸到扎西嘉措的羊毛氈裏。他們一直睡在一頂大帳篷裏，幾乎每個晚上扎西嘉措都能聽到帳篷那邊頭人女人的呻吟，現在這呻吟在他的身下真實地響起來了，讓他不斷地想自己到底醉還是沒醉。那個女人比他至少大十歲，但卻在黑暗中教會了他很多的花花活兒，把才華橫溢的青年詩人折騰得精疲力竭。第二天女人就跟著他私奔了，說他真是一匹健壯的小公馬，她願意隨他走遍雪域大地。可是只走不到三站馬程，女人就反悔了，說一個女人的快樂不僅僅是躺在一個英俊男人的身下，還在於能擁有一大群牛羊。扎西嘉措當時告訴她，那你就跟自己的牛羊睡吧，願牠們能帶給你快樂。女人真誠地哭哭啼啼，問，那麼，你的快樂在哪裏呢？扎西嘉措回答道：在愛神那裏，我走到哪兒，愛神就跟到哪兒。愛神會引領著我自由的腳步。

扎西嘉措相信愛情是由愛神控制的，人不能抵禦愛神的眷顧。它翩然降臨，就像一片飄在你身上的雪花。那麼多的雪花從天上飄下來，爲什麼獨獨這片雪花要飄向你？這就像世上好姑娘那麼多，爲什麼獨獨這個姑娘要和你鑽同一頂帳篷一樣。藏族人的愛神，喇嘛們雖然不說，但扎西嘉措這樣的說唱藝人卻將他宣揚得魅力無窮，所向披靡。就像這個晚上，扎西嘉措相信一定是愛神讓他在半夜走出了自己的房間，來到了央金瑪小姐的窗戶下。他發現小姐的房間裏竟然還亮著燈，這讓他彷彿得到了某種啓示：

小姐在等我呢。

央金瑪房間的窗戶面對後院，那裏有一棵四人還合抱不住的大核桃樹，根深葉茂，年年都可以爲土司家收下幾百斤核桃。據說它至少有兩百多歲了。扎西嘉措幾下就竄到了核桃樹上。那樹和小姐的窗戶大約有一丈多的距離，樹梢的一些樹葉已經掃著央金瑪的窗戶。但是窗戶上蒙著藏紙，他看不見裏面。他發現窗戶的上方好像有條縫隙，就再爬高一點，還是什麼都看不到。

他篤定窗戶裏的人在思念他，這是多年來的愛情直覺。可他該怎麼傳達給裏面他的等候呢？他拿出自己的六弦琴，一定是愛神在他出門時讓他帶上的。誰會在這夜深人靜的土司大宅聽他彈琴啊？愛神會。

他趁著吹向窗戶的風，輕輕地彈撥了第一根弦，音符像一個飄在夜空中的精靈，悠悠蕩蕩地向央金瑪的窗戶飄去。

他側耳聽了一陣，窗戶裏沒有什麼反應。他又再溫柔地彈撥了第二根弦。他對自己說，撥完六根弦，小姐要是還不開窗，明天就走啦，離開這無情無義的土司大宅。

一般來說，能和扎西嘉措這樣的天涯浪子來一段或浪漫刺激、或淒婉纏綿的愛情，都是一些敢愛敢恨的女子。央金瑪似乎天生就是這種愛情的女主角。當年她隨自己的姐姐一同嫁到康菩家，還只是一個七歲的小姑娘，像一棵山谷裏的野杜鵑，孱弱、細小，青澀的葉子自然不能和如花似玉、正值當年的姐姐相比。十年過去，野杜鵑粲然開放，嫣紅了一條峽谷。但人們說她很野，不像貴族小姐，倒像個牧場上的姑娘。她剛會走路時就會騎馬，夏天她去高山牧場上玩耍時，草地上的花兒見了她的美也要彎腰，樹林裏的鳥兒也不敢鳴叫，因為她的歌兒也唱得著實好聽，但一般人是聽不到這驕傲的公主唱歌的。在她十五歲那年，她看見土司手下的一個頭人鞭打一個老婦人，就問頭人，她那麼大年紀了，你為什麼打她？頭人回答說，不打人我身上的骨頭老得快。央金瑪拿過鞭子，劈頭就給頭人幾鞭子，說，不打你我身上的骨頭還長不齊呢。

據說康菩土司曾經有過把這個迷人的小姨妹再娶過來做第四房老婆的想法，但眼下他還有更重要的生意，比多娶一房小妾更為重要。這年的秋天收完青稞後，瀾滄江上游的野貢土司家族就會派來迎親的隊伍，央金瑪將成為野貢土司的第三房妻子。瀾滄江峽谷的康菩土司和野貢土司兩大家族過去經常打仗，不是為草場，就是為經商。現在好了，兩家將成為親家，野貢土司承諾作為迎娶康菩家小姐的答謝，除了該送的金銀珠寶、綾羅綢緞、茶葉布疋等彩禮外，另再奉送三個草場，那是跑馬也要走一天的地盤，而且還控制著進出西藏的馬幫要道，但是野貢土司毫不吝惜。而扎西嘉措對這樁婚事卻不在意，貴族們為了利益而聯姻，跟一場轟轟烈烈的愛情有什麼關係呢？

他是如此地固執堅定，又是如此地柔腸寸斷。如果央金瑪不開窗戶，他們的人生就不會這樣多災多難，他們的愛情也不會在今後漫長的守望中消耗一生。但是，央金瑪命中注定，不會去當一個土司的三姨太。

窗戶輕輕打開了。這輕柔的琴聲，和央金瑪同住一個屋的女僕德吉聽不見，連院子裏機敏的藏獒也沒聽見。但央金瑪聽見了。

央金瑪為自己看到的一切驚呆了，扎西嘉措騎在樹椏上，懷抱他心愛的六弦琴，月亮在他的頭頂，簡直就是個坐在一輪明月之下的月光童子。

扎西嘉措向她舉舉手中的琴，彷彿要爲她彈上一曲。

央金瑪把手壓在嘴唇上，又指指裏屋，搖搖頭。

扎西嘉措向她招手，要她過來。

央金瑪再次搖頭，笑了，壓低聲音說：「你瘋了。」

扎西嘉措也笑了，「我就是瘋了。」但他的聲音也壓得很低，「我要過去。」

「德吉在我房間。」

扎西嘉措明白了，她並不反對他過去，只是因爲德吉。他想德吉不過是一個僕人，主子要幹什麼，她管得著嗎？

他正想接下來怎麼辦，央金瑪手扶到窗框上，「明天聽你唱藏族人從哪裏來的。好好唱啊！」她怎麼就把窗戶關了，也不聽我扎西嘉措回話啦？浪漫多情的扎西嘉措腦袋一下大了，有一條瀾滄江在他的胸中奔湧，讓他想飛身過去，破窗而入。但那房間裏的燈很快就熄滅了，再也不爲他點燃。可他的心裏彷彿已經點亮了一千盞酥油燈。

第二章　伊甸園

女人看那棵果樹實在好吃好看，令人羨慕，且能增加智慧，遂摘下一個果子吃了，
又給了她的男人一個，他也吃了。
——《聖經・舊約》（創世紀3：6）

嗦——
又過了許多年許多年，
山上有一隻修行的百年獼猴，
地老天荒，無人與他做伴。
有個名叫扎姆扎松的神女，
生活在懸崖上，
神女愛上了修行的獼猴，
日夜對他歌唱。
親愛的獼猴，假如你修行的意志，
像岩石一樣堅強，

我就是岩石上的勁松，
緊緊把你纏繞；
假如你像雪山一樣潔白，
我就是白雲，長久將你依戀。
獼猴回唱道：
有億萬年的岩石，
無萬年的勁松；
有恒古的雪山，
無永恒的雲彩。
神女流下思念的淚，
形成了雅魯藏布江和雅礱江。
神女說，不要問我哭什麼，
因為我的父母要讓魔鬼來娶我。
如果你我成不了親，
雪域大地將會遍佈魔子魔孫。
獼猴啊獼猴，
你修行是為了造福雪域大地吉祥，
還是為了你冥頑不化的心。

快來吧我動情的歌兒陪伴你，
快來吧我溫暖的懷抱等著你。
我早已在夢裏和你相親相愛，
就像魚兒游在幸福的愛河裏……

「哦呀呀——」康菩土司客廳裏的聽眾又起哄了，這次近似於抗議。他們說神女並沒有唱情歌也沒有做愛情的夢，神女的父母更沒有說要把她嫁給魔鬼。這個傢伙又在胡編。

站在屋子中央的扎西嘉措辯解道：「可是獼猴和神女的確相愛了，才有了我們藏族人，他們是我們的祖先，這你們都知道的。世上的愛情都是從夢裏開始，到歌聲中圓滿。」

「胡說，世上的愛情是由土地和牛羊決定的，做夢和唱歌掙不來自己的愛情。年輕人，」康菩土司提高了聲音說，「你再這樣瞎唱下去，我們藏族神靈的歷史，就沒有佛法的弘揚，只有男女間的花事兒了。我昨晚讓你唱漢地的事情，洋人喇嘛的事情，你怎麼不唱啊？」

扎西嘉措犯難了，昨晚從核桃樹上下來到現在，他的腦袋一直都暈糊糊的，無論是夢裏還是醒著，無論是呼吸還是思想，央金瑪的身影，央金瑪的笑臉，央金瑪的眼眸，佔據了他的全部靈魂。流浪詩人的愛情一般來說是豪放的，隨緣的，似乎誰都可以愛，但對誰也都不真心。可一旦找到了他心中的真愛，他就不計後果了。如果說一個珠寶商一生中過手的珠寶雖然無數，卻只有一件鎮家之寶作為自己生命的全部那樣去珍愛的話，那麼，愛情收藏家扎西嘉措認為，對央金瑪的眷念，就是那種可以伴隨他走到生命終點的愛。

漢地那邊在和東洋人打戰，扎西嘉措倒是聽說過，但最多只曉得點皮毛。他有一次在路上遇見過兩個西洋喇嘛，還和他們同行了半個月。洋人喇嘛聽了他的說唱後，竟然告訴他，他們也有自己的創世傳說，也有自己開天闢地的神靈。

扎西嘉措的聰明在於他看見草動，就知道有什麼動物藏在裏面；看見樹梢搖擺，就知道風從哪裏來，這就是一個流浪詩人吃飯的本事。他揉了揉琴弦，清清嗓子，朗聲唱起來：

嗦——

說起那洋人喇嘛，
從大海那邊的西洋國來。
他們的眼睛是藍色的，
他們的皮膚是白色的，
但是他們渾身長毛，
這說明他們也是獼猴的後代，
從他們的爺爺那一代起，
才剛剛學會穿衣服。
他們的樓房在海裏行走，
他們的商隊不用馬幫，
他們用火的力量，

把堆成山的貨物，
從東邊運到西邊。
在海上行走的樓房，
也由火來推動。
他們擁有神秘的法力，
比漢人知道得更多。
因此現在這個世界上，
漢人是我們的主子，
洋人是漢人的主子。
因為他們的神靈，
是一個叫天主的大神，
他像我們的天神一樣，
創造了天和地，百蟲花鳥，森林野獸。
他還創造了男人和女人，
女人是取下男人的肋骨造就的，
因此女人終生要服侍男人，
為他做飯，為他生養。
那個女人名叫夏娃，

皮膚似月亮般光潔，酥油般嫩滑，
她的相貌像仙女，
身子如漂亮的花母牛；
奶子是雪山高聳，
臀部是大地起伏，
他們在一個幸福花園裏相愛，
赤身裸體，快樂無比……

「啊呸呸！狗娘養的，不知羞恥的東西，你又胡編了。」康菩土司打斷了扎西嘉措的唱詞，「正經的事兒不唱，盡唱花花事兒。洋人如何用火的力量代替了馬幫，大海上的樓房怎麼不會沈，還會行走。難道他們有喇嘛的法力麼？」

人們隨聲附和說，「對對對，火的力量難道能和騾子、馬的腳力比？火有腳麼？沒有腳它怎麼能把成堆的貨物運過雪山？」

扎西嘉措本想辯解說，那個洋人喇嘛就是這樣說的。他也許說過火的力量怎麼將貨物運走，但扎西嘉措沒有上心。他關注的是那個「幸福花園」裏發生的事情。他認爲洋人喇嘛說的創世傳說比藏族人的更直截了當，他們不像藏族人的祖先那樣要唱半天的歌謠，男女才會走到一起。洋人不穿衣服，直接就步入愛情的花園了。浪漫詩人扎西嘉措更欣賞這種愛情。

「唱火的力量怎麼回事！」康菩土司用命令的口吻說。

扎西嘉措張張嘴，在肚子裏找詞兒。他看看火塘上架著的那口熬茶的大鍋，裏面的水在翻滾，便來了一段驚世駭俗的即興創作——

嗦——

請看我們吉祥的火塘，
它的溫暖如姑娘的心房，
它的燃燒讓奶茶飄香；
壯碩的牛腿，堅硬的羊頭，
骨和肉怎麼分開，生和熟怎麼區別，
那就是火的力量。
野火怎麼從東山燒到了西山，
思念之火如何從傍晚燒到了黎明，
風兒也追趕不上它奔跑的雙腳，
那是因為愛的馬鞭在驅趕火的腳步。
寒冷的長夜怎麼驅散，
孤獨的心兒誰來陪伴，
戀人的笑臉就是那火塘，
她的愛就是火，就是最強大的力量。

堆成山的貨物輕如牛毛，
大海上的樓房如水中月亮。
姑娘啊這些都是幻化之鄉，
隨風飄散的雲團。
愛的力量就是火的力量，
火在燃燒就是愛在燃燒，
火不熄滅愛就能讓瀾滄江倒流，
讓雄鷹飛到卡瓦格博雪山之巔，
驅趕月亮和太陽。

伴隨著他最後激烈的踢踏舞步，人們看見他的靴子就像踩在火上一樣舞蹈，連厚實的樓板都在顫慄震動，像少女初吻之時狂亂的心，似江水狂瀉時翻滾的浪花。他猛然彈撥六弦琴，那是一段高難度的急速變奏，彷彿雪山溪流，從懸崖上飛流直下，然後跌落在岩石上，激起晶瑩剔透的水珠浪花。他不是想以此來抵擋聽眾的喧嘩——他們肯定又要抗議他瞎唱了，而是他的琴聲已如他的心聲，他的歌聲已如他的愛心，大珠小珠，散落玉盤。

令人奇怪的是客廳裏一片寂靜。扎西嘉措擡起頭來，目光野馬般直撲央金瑪。他看見她夢幻的眼光已然清澈，她沈醉的表情充滿嚮往，他還看見了一個溫暖的火塘，已在她的心中燃燒。她今天的腦袋已經夠燒的了，剛才進來的時候，她竟然一頭撞在客廳的中柱上！扎西嘉措自信地想：鍋裏的羊肉煮到火候了。

康菩土司出人意料地沒有罵扎西嘉措瞎唱，他似乎若有所思地說：「哦呀，要是太陽是天神用火點燃的，人們心中的愛情，也是用火點燃的了。太陽是火的兒子，就像愛情是太陽的兒子一樣。所以嘛，火、太陽、愛情，一個家族的人囉。」

他拿出自己的牛角鼻煙壺，大家就知道，今晚該散場了。

月上樹梢時，行吟詩人、多情浪子扎西嘉措再次爬上了那棵核桃樹。讓他險些一頭栽下來的不是那條在後院巡行的藏獒，而是央金瑪的窗戶，竟然漆黑一團！

難道他今天的感覺錯了？難道央金瑪一頭撞在客廳的中柱上，只是那根兩人還合抱不過來的大中柱立的不是地方？難道她目光中的癡迷，不是想……

扎西嘉措輕輕撥動了琴弦，一次，兩次，三次……

如果是昨天，六根琴弦撥完後，那邊沒有反應，他真的就走了，今晚還不知會宿在哪個帳篷，或者被哪個姑娘追逐呢？但他現在沒有那份勇氣了。他只是把六弦琴揉撥了一遍又一遍。

他撫琴輕唱，對月垂淚；他虔誠禱告，真心呼喚。打開吧，這愛情的窗戶；快打開吧，你緊閉的芳心！

他從來沒有爲愛情流過眼淚。過去那些情事，都是他唾手而得的，充滿了嬉戲和歡樂，招之即來，揮手即去，偶爾想起某個可人的姑娘來了，頂多對著月亮唱一支懷想的歌，第二天早晨起來，即便餓著肚子也照樣快樂。在拉薩時，一些貴族人家的輕浮女子，曾經與能和扎西嘉措交往爲榮。她們在甜茶館裏追逐他的歌聲和愛情，但誰也不會和他假戲真做。扎西嘉措當然知道自己的身分，他可以征服她們的肉體，但決不能征服他們之間的鴻溝。因爲他沒有見過一個貴族小姐爲他羞紅過一次臉，他也沒有爲一個情人流過一滴淚。

「嗨，朋友，你哭什麼？」

月色溶溶中，有個牽著一匹白馬的人在遠處對扎西嘉措說。

扎西嘉措從樹縫中望去，不知道這個傢伙是在他愛情歌聲中營造出來的幻象呢，還是在月光中漂浮的一個神靈。他看上去既遠又近，面貌模糊，卻英氣勃發。但沮喪的心情讓他對掌管人間愛情的愛神置若罔聞。「我沒有哭。」他回答道。

「你是誰？」他又問。

「我麼，」那個牽白馬的人說：「我專門收集天下有情人的眼淚，就像那些撿拾牛糞取暖的老人。」

「爲負心女人流的眼淚，是最沒有用的眼淚啦，」扎西嘉措覺得這個傢伙可能也是一個像他那樣走南闖北的行吟詩人。

「你錯了，朋友。情人的眼淚，比金子還珍貴，一旦流淌出來了，這份愛就是你命中的啦。你得爲它幸福得痛苦，痛苦得幸福。」

牽白馬的人騎上他的馬走了，或者說飛了。因爲扎西嘉措發現那馬有一雙翅膀，而且不揚四蹄，就像夢中馳騁的駿馬，倏然消失。

扎西嘉措使勁揉揉自己的眼睛，想弄明白自己是不是在做夢。但天上最亮的那顆星已悄然升起來，再不下樹，說唱藝人扎西嘉措就會被當成小偷了，他只有灰溜溜地回到自己的房間，也沒有心情想那騎著白馬在天上飛翔的傢伙是誰。那時這片土地的上空，眾神馳騁，愛神翱翔，正如一個行吟詩人心中的靈感，天知道他們什麼時候就創造出一個人神莫辨的世界。

往後的日子，扎西嘉措病了，唱不了歌了。他真的病得很厲害，一會兒渾身直冒冷汗，一會兒面紅耳赤，滿嘴胡言，比他胡編神靈的愛情故事還更瞎扯。康菩土司找來喇嘛門巴（醫生）說，這個年輕人體內的火太重，幾乎要燒死他啦。

而閨房裏的小姐央金瑪也病了，症狀同扎西嘉措差不多。但是土司大宅裏誰也沒有將兩者聯繫起來看。那個寡言的老門巴，給兩個病人下了同樣的藥，只是一個的藥重一點，一個的輕一些。他走出土司大宅時，無奈地搖了搖頭。跟在他身後的徒弟，一個小喇嘛問：「上師，病人的病治不好麼？」

老門巴莫名其妙地說：「會打仗的。」

半個月裏，土司家的廳堂沒有響起扎年琴聲。土司在前幾天也忽然不耐煩了，乾脆帶了手下到自己的領地去巡行。臨走時他對管家次仁說：「那個狗娘養的扎西嘉措，沒有他，晚上還真無聊。」次仁站在土司的馬前說：「老爺，我看這個年輕人是被鬼纏上了，死在大宅裏會不吉利的，要麼我們把他趕出去算了。」

康菩土司沈吟片刻，說：「為一個詩人佈施，給他送終，也是善待我們的傳說。儘管他有時胡編亂唱，令人討厭。他死了你就把他送到天葬台，讓天上的神鷹繼續唱他的歌謠。」康菩土司打馬走了，幸好他還僅存這點善心，不然一段曠世奇緣就會被早早地掐斷了。

人們看見扎西嘉措病懨懨地躺在床上，眼睛深陷，眼眶發黑，就像一個行將就木的死人。他的鄰居，那幾個馬倌都在傳言說，有人看見閻王的小鬼來拍他的門，甚至還有人說半夜裏看見扎西嘉措懷抱著琴在後院裏遊走，那一定是他的靈魂被鬼拖走了，連藏獒都不咬他。在人神共處的時代，經常有被鬼拖走的人，這種人被鬼魂代替了靈魂，做些匪夷所思的事情，連他本人也無法控制自己的語言和行動。說胡話，夜裏亂走，在墳崗上睡覺，甚至吃自己的屎尿。人們說，這是鬼魂在給這種人的身體引路，一直把他引向地獄。

過去大家雖然都喜歡扎西嘉措，但不會喜歡一個被魔鬼纏上的人，除了被指派給他送吃喝的人，都儘量不去他的房間。

人們確信扎西嘉措已被魔鬼控制了靈魂。白天他渾身乏力，起身喝口茶都會嗆著，一小股微風也讓他直打冷噤。他時而獨自啜泣，時而哈哈狂笑；時而低吟淺唱，時而幾天不說一句話。去給他送飯的僕人說，這個傢伙已經在地獄裏來回幾趟啦，連呼出來的氣都是冷的。

到了晚上，人們爲了躲避扎西嘉措被鬼拖走的遊魂，早早地關門閉戶，縮在氆氌裏爲自己念經消災，據說誰碰見這個遊魂，也將被鬼拖走。這樣，偌大的土司大宅，就剩下那個病人步履飄靈，眼睛發光，脈絡賁張，遊蕩在空無一人的夜晚。如果有人看見他上後院的核桃樹的模樣，一定會把他當成一個鬼魂。只有鬼魂才會這樣飄著飄著，就飛升到核桃樹頂了。

樹上的核桃已經結出青澀的果子，再有半個月，人們將會用木竿打下這些核桃來。那是一個快樂的日子，人們會一邊唱著歌兒，一邊打核桃。有人會將這場勞動和愛情聯繫起來，把樹上的核桃比著姑娘的心，把伸長的木竿比著小夥子的愛。姑娘的心在上面隨風搖擺，不知該將愛情的果實奉獻給髫髮的小夥子呢，還是給那個賽馬場上得了頭名的少年英雄。鬈髮的小夥子心花，賽馬場上的英雄追求者多，最後姑娘把愛情奉獻給了雪山上的神靈。姑娘出家當尼姑了。

這樣的歌謠扎西嘉措也會唱，但他不願意漂亮的姑娘當尼姑。愛情多美好啊，雪山上的神靈好處已經夠多的啦，人們有好吃的、好用的，都先奉獻給他。神靈啊，就求求你把愛情賜給我吧。

每個晚上，扎西嘉措都在核桃樹上如此祈求。到第十三天，這個藏族人也認爲是不吉祥數字的夜晚，對扎西嘉措來說，卻是決定了他將來命運的日子。這些天來他已經不再撥琴送暗號，不再對那扇窗戶抱有什麼幻想。他只是呆呆地守望，就像一隻可憐的狗，在望著月亮思考一個牠永遠想不明白的問題。

愛情之窗轟然打開，聲音響動得一個土司大宅的人都能聽見。但是奇怪的是連機敏的藏獒都沒有叫一聲。央金瑪楚楚動人地出現在窗戶邊，還用手捋了一下頭髮，似乎在問那看不見的樹中之人：

我漂亮嗎？

相思相戀的人靈魂是相通的。一根繩子從天上掉下來，正如藏族傳說中通往天國的天梯，晃蕩在央金瑪的眼前。左一晃，右一晃，再右一晃，左一晃。央金瑪伸手就抓住它了，緊緊地抓住，就像抓住了自己的愛，抓住自己一生的幸福。她也不明白，自己是怎麼飛升起來的，彷彿長了翅膀，一下就升到苦苦思戀的戀人懷抱。

誰說一棵樹上就沒有一對戀人的婚床呢？我們的祖先就是從樹上走下來的。扎西嘉措把央金瑪一把抱在懷裏，長長的擁吻、激動的顫慄之後，土司家的小姐已經軟得像一團酥油，扎西嘉措任意瘋狂粗魯地搓揉擺佈她，就像揉捏手掌裏的糌粑啦。他將央金瑪安放在一處樹枝分叉的地方，讓她的背抵在樹的主幹上，然後他把她的腿順著樹枝丫的方向打開，自己貼了上去……

「要打仗的。」央金瑪躲避著扎西嘉措的嘴，下身卻僵硬不動。

「愛就是一場戰爭。」扎西嘉措說，伸手去撩央金瑪的裙子。

「要死很多人的。」

「我願意爲愛去死。」扎西嘉措近似於惡狠狠地說。

央金瑪不幹了，不是因爲打仗要死人，而是她感覺自己大腿都露出來了，樹枝磨蹭得她生疼。但她的小腹處卻感受到了前所未有的溫暖，彷彿那裏有一個太陽在燃燒。更不用說情人的手摸到哪兒，哪兒就像山火一樣到處亂竄。

「啊……不……」

「不什麼？」

「我不要你去死。」她溫柔地說。

「那你就讓我愛！」他果斷地說。

「啊……不……」

「又不什麼？」

「啊，你……你你你你……輕一點，好麼？」

她的嬌媚，讓扎西嘉措有躍馬衝殺的渴望。這讓他們怎麼輕得了？樹上就像躥上去了兩隻相互追逐的雪豹。巨大的核桃樹盛況空前地搖晃起來，春天時雪山上刮下來的雪風，也沒有使它如此劇烈地晃動；多年前這片大地曾經發生過一場劇烈的震蕩，一座山都被震進了瀾滄江，但這棵老核桃樹依然巍然不動，連樹葉都沒有掉一片。現在樹上的兩個人兒小小的顫慄，猛烈的衝撞，火山噴發般的激情，卻讓百年老樹也騷動不安起來，以至於那些還沒有成熟的核桃，「劈哩啪啦」地紛紛掉落。

愛情的果實提前成熟了。

第二天，土司大宅的人們被這一地尚未成熟而神奇掉落的核桃嚇壞了。因爲人們認爲，如果果樹不按季節結果，或者它提前掉落，那麼，這個地方的人們將陷於刀兵之災，許多人將死於仇家之手。

管家次仁被叫來看這滿地的核桃，他當時嚇得氈帽都在頭上跳了幾跳。要打仗了。這是他的第一個念頭。可會跟誰打呢？

管家次仁讓僕人把地上的核桃掃了。第三天太陽升起來時，人們照樣在核桃樹下發現一地的核桃。叫人砸開來看，都是些白嫩青澀的核桃仁，除非神靈的力量，它們怎麼會在這個時候自己掉下來呢？

連續五天，人們都心驚膽戰地清掃後院滿地的核桃。

次仁管家讓人在樹下擺了香案，祈求神靈告知究竟要發生什麼災禍。這棵百年老核桃樹歷來被康菩家族視爲神樹，它見證了至少五代康菩土司的興衰，每逢神靈的日子，康菩家族的人都要到樹下焚香磕頭。管家次仁還親自跑到寺廟裏請一個高僧算了一卦。卦象顯示：康菩土司家族有禍了。

而那一對相戀的人兒哪裏知道這些事情，他們晚上在核桃樹上盡情幽會，攪動得樹枝亂搖，月亮害羞；白天則躺在床上裝病，氣息奄奄，命懸一線，人或視爲鬼魂。其實他們的病在第一次偷嘗禁果後就完全好了，誰說愛不是最好的治病良方？但愛情卻是世界上最迷糊人的一味迷魂湯，當人們對神秘掉落的核桃憂心忡忡時，他們還在對愛情終於結出了碩果而感謝愛神呢。

忠心的管家立即派人飛馬報信給在外巡行的康菩土司。信寫在一個上了鎖的木盒子裏，這是貴族們有機密要事時才採用的報信方式。盒子裏面有一塊木板，上面塗一層酥油，再撒上柴灰，然後在灰上寫字。收到信的人看後將灰一抹，誰也不知道信的內容是什麼了。

管家次仁寫的是：

神喻：戰事將起，請速回。

第三章 出谷紀

嗦——
要找異鄉的情人，
請把心裏的話兒，
早日對她傾訴；
嗦——
要娶異鄉的情人，
請騎上你的駿馬，
把她帶到愛情的天堂。
——扎西嘉措情歌《要找異鄉的情人》

到相愛的第八天，兩個墜入愛河的人已經在枝葉茂盛的核桃樹上搭建了一個愛的伊甸園，一張真正意義的婚床。行吟詩人過慣了天當被地當床的日子，什麼地方都能睡覺。就像他說的那樣：靴子是他最忠實的朋友，也是他最好的情人。現在他在這愛的小巢上不用枕著靴子睡了，他枕著央金瑪溫柔的胸脯。他利用樹枝架起了一個遠離塵世、懸浮在空中的愛情小巢，鋪上濃厚的樹葉，他們快樂得就是在上面打滾翻，也不至於掉下來。

那真是一段神仙一般的日子。每到月華鋪滿大地，央金瑪便像仙女一樣飛升到樹上來，天亮前又飄回自己的閨房，女僕德吉已經被央金瑪收買，她許諾可憐的德吉，以後會給她自由民身分的，只要她管好自己的嘴。

這個晚上，央金瑪問扎西嘉措：「洋人的幸福花園，就是這樣的嗎？」

扎西嘉措撫摸著情人光潔的背脊，滿足地說：「還沒有我們這裏好，他們在地上，而我們在空中相愛呢。」

「他們後來呢？」

「洋人喇嘛說，被他們的天主大神趕出去了。」

「爲什麼呢？」

扎西嘉措撓撓自己的頭，「我就不知道了。也許，世界上最美最好的愛，總是不討神的喜歡。人都過上神一樣的日子，神靈又怎麼管我們？」

央金瑪把頭埋在扎西嘉措的懷裏，良久才擡起頭來，「扎西哥哥，我看到你歌中所唱的愛神了。」

「噢，是一個在月光中騎白馬的年輕人嗎？」

「不。」央金瑪在回憶中幸福地說：「是一隻從月亮上飛來的彩色鳥兒。牠天天晚上都來叩我的窗戶，說『打開你的窗戶吧，你的愛人在外面等你』。」

扎西嘉措捧著情人的臉，「神佑的愛，才是一生的愛呢。」

央金瑪淚流滿面地說：「扎西哥哥，你帶我走吧。」

扎西嘉措早就在等這句話了，「你不去當野貢土司家的三姨太啦？」

「我只要做你的女人。」

扎西嘉措笑了，「康菩土司的三塊牧場沒有囉。」

央金瑪不高興了，「你以為我就只值三塊牧場麼？」

「不，不，看不見你的時候，你是我的太陽；和你在一起時，你是我心中的火塘。看見東邊天上最亮的那顆星星了嗎，它掌管我們的愛情。它在，我們的愛就會被它照亮；它要是熄滅了，就是我死……」

央金瑪不要聽自己的愛人說死，忙用嘴去封堵他的嘴，還再次爬到扎西嘉措的身上。連老核桃樹都知道，他們總是這樣，誰被對方感動了，誰就主動地示愛。他們總有旺盛的精力，總有源源不斷的愛液。全然不管月亮跑到哪裏去了，天上的星星都羞閉了眼，也不管核桃樹上的核桃是否快掉得差不多了；更不管康菩土司的全部衛隊，已經舉著火把、拿著槍，包圍了這棵風情浪漫的核桃樹。

「狗娘養的，神樹都被你們糟蹋了。給老爺滾下來！」

樹下傳來一聲怒喝，康菩土司一手提了支大盒子炮手槍，一手持一把康巴藏刀，惱羞成怒，連額頭都發出陣陣紅光來了。土司家的人知道，老爺要殺人了。

不知是康菩土司的這聲斷喝，還是樹上兩個相愛的人兒在這最後的浪漫裏奮力地衝刺；也不知是老核桃樹再不肯幫他們掩飾這樁浪漫的愛，還是扎西嘉措綁紮的婚床在緊要關頭出賣了他們，兩個偷嘗禁果的戀人隨著一陣「嘩啦啦」的亂響，連人帶床從樹上掉了下來，正落在康菩土司的面前。

「羞死人了！快把火把滅掉！」康菩土司大喊道。可是要想在一瞬間滅掉滿院子的火把，不是一件容易的事情。一切昭然若揭。

康菩土司提了馬刀就向赤身裸體的扎西嘉措砍來，同樣一絲不掛的央金瑪高叫一聲：「不——」她緊緊抱住扎西嘉措，擋在康菩土司的刀前。

康菩土司頓了頓，咬著牙說：「都死去吧！」他再次舉起了藏刀，管家次仁一把抱住他的胳膊，「老爺，那可是小姐！」

「什麼小姐？婊子！我要把她和那個黑骨頭賤人一起砍了！」

「砍吧，姐夫，把我和他一起砍死！」央金瑪高聲說。

「那真是比活佛的一生都要圓滿了。」浪漫的說唱藝人扎西嘉措竟然當著眾人的面，響亮地親了央金瑪一下，然後面對康菩土司的怒容，坦然說：「在這幸福的時刻，請吧老爺，讓我和我愛的人死在一起。」

康菩土司暴怒得幾乎要跳到那棵老核桃樹上去了，他持刀的手被管家次仁緊緊按住，另一隻手上還有槍呢，他用槍戳住了扎西嘉措的腦門，央金瑪頭一偏就擋住了槍口。

「開槍啊，姐夫！」央金瑪幾乎用懇求的口吻說。在康菩土司的手指就要勾動板機時，他身邊的一個貼身侍衛將槍推開了，一串子彈射向天空。

「老爺，想想野貢土司家的事！小姐在，戰就打不起來。」管家次仁及時提醒說。土司家族之間的聯姻，沒有愛情，只有利益。人不過是利益中的一個棋子兒，棋子在，這盤棋就不會死。

康菩土司氣咻咻地說：「狗娘養的，把這個靠嘴巴吃飯的黑骨頭先吊起來打一頓，再鎖到地牢裏去。看我怎麼收拾他！」

央金瑪被家中的女眷拖走，鎖進了閨房，任憑她怎麼呼天搶地。女僕德吉作爲同謀，也被丟進了地牢。扎西嘉措被吊在那棵核桃樹下，康菩土司親自操鞭，先抽了幾十鞭，連他自己也喘不過氣來了，才把鞭子交給管家次仁。次仁毫不手軟，上去就是一頓猛抽，還邊抽邊罵：「你這條小騷狗，也敢來動老虎嘴巴邊的肉，偷吃佛菩薩供桌前的朵瑪！連我們老爺都捨不得吃呢。你以爲愛情就像歌中唱得那樣好？你知道你會帶來什麼禍事嗎？戰爭！」

行吟詩人扎西嘉措滿臉鮮血從他低垂的頭上滴滴答答地往下淌，連擡起頭來的力氣都沒有了，但他依然有一顆浪漫的心。人們聽見這個說唱藝人竟然還在歌唱愛情：

愛情啊，你就是一場戰爭，

戰爭啊，你考驗了我的愛情……

扎西嘉措被丟進地牢以後，土司大宅的下人們都在猜測，他將會如何個死法，才能解土司老爺的心頭之恨。有的人甚至爲土司老爺將要採用那種刑罰來折磨這個傢伙互相打賭。作爲權傾一方的大土司，他的刑罰只是爲了體現一個土司的威嚴和震懾力。吊人打皮鞭，只能算是對犯了錯的人一次輕微的警告。挖眼睛，取膝蓋，抽腳筋，剝人皮，那才算厲害的。土司大宅裏養得有兩個劊子手，剜人眼睛就像摘一對成熟的櫻桃，抽人腳筋就像抽出一根白色的繩子，連血都很少流；至於剝人皮嘛，一點也難不倒這兩個長得像魔鬼一般的傢伙，只需剝一張羊皮的功夫，他們就把人的皮活活剝下來了，而人還是活的吶，一團團鮮紅的肌肉像剛生下來的小老鼠一樣蠕動。他們也知道自己是要下地獄的，因此他們每年都比其他下人多領幾口袋青稞，讓他們至少在今生不當餓死鬼。

康菩・仲薩土司先讓管家次仁給大宅裏所有的人打招呼，那個晚上的事情不准透露出去，誰舌頭長了，就割掉。同時他又差人立即給瀾滄江上游的野貢土司奉上一份豐厚的回禮，還寫了一封言辭華麗、熱情洋溢的信，說瀾滄江下游地裏的青稞提前成熟了，這邊的高僧大德卜算了康菩家族送親的吉祥日子，就在下月的初六。康菩家族的人將送親到瀾滄江邊的溜索渡口，等候尊貴的迎親隊伍等等。

康菩土司之所以要急著把小姨妹嫁走，是因為央金瑪自從被關進閨房後，就再也不吃喝，現在已經是第三天了。央金瑪的房間外有兩個帶槍的家僕不分晝夜地守候，一個忠心的老女僕追美寸步不離地守著她，每天要向管家彙報一次央金瑪的情況——

小姐說，不給她見著她的扎西哥哥，連水也不會喝一口。

老爺，小姐說，只要你們不打我的扎西哥哥，我可以每天喝點酥油茶。

小姐喝了些酥油茶有力氣了，又說關在房子裏太悶，她要一台織布機，要學著織氆氌打發時間。

小姐從早到晚都埋頭織她的氆氌，沒有說一句話；掌燈的時候，流了一次眼淚；晚上月亮出來時，又流了一次，小姐哭得很傷心，連梭子都被眼淚浸透了。

我勸小姐說，你不要傷心啦，哪個女人年輕時沒有幹點荒唐事兒。以後當土司家的三姨太，吃喝一輩子都不愁，跟那個說唱藝人吃了上頓沒下頓的，天黑了還不知睡哪兒，連討飯的都不找他要，只有狗攆他。這種日子哪是小姐你過的呢？

小姐今天心情很不好，一邊織氆氌一邊流眼淚，氆氌織得亂七八糟，經常織一半就扔到一邊，這些不成型的氆氌不能蓋，不能披身上，不能墊在卡墊上。就讓她胡亂地織吧，分分心也好，反正老爺家也不缺這幾條氆氌。

吃食比昨天多了許多。我對小姐說，天太晚了，趕快睡吧。織機也要睡覺呢。小姐說，我織著高興。佛祖，小姐說她高興了。

央金瑪開始吃喝，專心織氆氌，還越織越高興。康菩土司笑了，對次仁管家說：「再等些時日，那幾塊草場就到手了。土司家族的人，只有戰死的，還從來沒有餓死的。這狗娘養的扎西嘉措，我都不敢碰一指頭的姑娘，他倒嘗了鮮。等送走了央金瑪，老爺我要剝他的皮，剜他的眼睛，取他的膝蓋，抽他的筋，點他的天燈。」他把能想到的酷刑都說了。管家次仁連連點頭，心裏在想要吩咐哪些人來做這麼多事情。

日子一天天地過去，土司大宅早已經恢復了平靜。人們在忙著送親的事兒，準備嫁妝，迎接專程前來賀喜的賓客。到初六前一天早上，康菩家族已經萬事俱備了，負責看守地牢的家僕縮手縮腳地跪在康菩土司的面前，面無人色地報告：「老爺啊，我該死，扎西嘉措跑啦！」

康菩土司當時正在喝早上的酥油茶，一下站了起來：「胡說，怎麼可能？被老鼠啃了還有一副骨頭呢！」

那個可憐的傢伙說：「沒有啊老爺。我們都打著火把下去看了。」

地牢在土司大宅庫房的下面，庫房分銀庫、青稞庫、軍械庫，貢品庫，平常都有專人看守。地牢從銀庫下去十多級臺階，有一扇厚重的木門，打開木門後，還有一個鐵皮蓋，掀開蓋子，下面才是地牢。地牢的地面離那蓋子還有三人多高，犯人都是扔下去的，要用刑時才放個籮筐把人吊上來。從庫房到地牢的木門，有三道崗哨。人就是長了翅膀，就是具備神靈一樣的法力，也不可能從土司的地牢裏跑出來。別說逃跑，能從地牢裏活著出來的，已算前世積了大德。有些犯人不是在地牢裏活活被老鼠啃吃了，就是被土司差人放進去的毒蛇、蠍子一類的東西咬死了。

但是地牢的西面牆上有一個兩尺見方的通氣口，離地有一丈多高，它通往庫房的背面，對著馬廄。康菩土司最後帶人在馬廄裏發現，一條結在一起的長長的氆氌，一頭繫在拴馬樁上，一頭延伸進地牢的通氣口，扎西嘉措一伸手就夠著了。

「原來小姐織氆氌是為這個啊！」管家次仁一聲驚呼，「快去小姐房間看看。」

央金瑪的房間哪裏還有人？只有那個可憐的老女僕追美，還沒有醒呢。她被人搖醒後，還醉意闌珊地說：「昨晚小姐興致好，要讓我陪著喝酒。我喝多了啊老爺。小姐也高興、喝多了……哦呀，佛祖！我的小姐呢？」

還有一條長長的氆氌繫在窗戶那裏。康菩土司不知道，當初扎西嘉措用一根「天繩」把央金瑪吊到愛的幸福樂園，現在央金瑪用自己編織的「天繩」拯救了他們的愛情。

康菩土司氣得臉都歪了，抽了追美一馬鞭，「把這條老狗丟進地牢。」他大喊一聲：「我們去追！」

根據路上的馬糞判斷，兩人騎了一匹馬，大約已經跑出去了五、六站的馬程。渾身是傷的扎西嘉措顯然已經不能騎馬，但央金瑪從小練就的騎術，足以令她帶著自己的情人遠走天涯。他們是往瀾滄江峽谷下游方向逃跑的，康菩土司擔心，如果他們逃到了漢地，他這個藏族土司的權力就鞭長莫及了。

康菩土司的衛隊都是些善騎能打仗的傢伙，他們一人兩匹馬，輪流換騎，晝夜追趕。到第二天下午，他們嗅著兩個逃亡情人愛的氣息，終於追到瀾滄江下游一個叫教堂村的地方。隨行的一群獵狗衝著峽谷對岸的村莊瘋狂地吠叫。

「狗娘養的，藏族人的事情，洋人又摻和進來了。」康菩土司勒住馬頭，氣喘吁吁地說。

他身邊的管家次仁說：「老爺，管他什麼洋人不洋人，我們先過溜索去抓人。」

康菩土司說：「你忘了那個賤骨頭扎西嘉措唱的歌詞了嗎？現在這個世界上，漢人是我們的主子，洋人是漢人的主子。我們豈可在主子的主子家裏隨便抓人？這些在藏區的洋人喇嘛，背後的勢力大著吶。鬧不好打起來的戰火，比跟野貢土司打的仗還大。你可別忘了清朝皇帝過去怎樣幫洋人喇嘛殺我們。」

在江對岸，康菩土司看見一個中等身材的洋人喇嘛帶著幾個帶槍的藏族人守在溜索邊，正監視著他們。溜索是進這個村莊唯一的通道，一支步槍，可以輕易地將康菩土司的衛隊全部打下瀾滄江。

管家次仁向對岸高喊：「這是我們尊貴的康菩土司老爺，前來拜訪你們的洋人喇嘛老爺。請給遠道而來的客人一點點方便。」

那邊的洋人喇嘛用流利的藏語說：「既然是登門拜訪的客人，為什麼不見潔白的哈達，卻帶著舞刀弄槍的軍隊？我主耶穌從不拒絕那些求助的窮人，天國裏有他們的坐席；但有權有勢的土司貴族，要想進天主的國，首先要學會謙卑，否則，比駱駝穿過針的眼還難。」

次仁回頭望望他的主子，「這個傢伙是什麼意思？」

康菩土司還從來沒有被人如此拒絕過，他的額頭都氣紅了。但他還是強忍屈辱，提馬上前說：「尊敬的洋人喇嘛，我知道你們也是有身分的貴族，每天都要洗一次澡。我家有兩隻偷歡的野狗跑你們村莊來了，請交還給我們。改天我康菩土司會差人送來豐厚的謝禮。」

洋人喇嘛手裏還拿著個大煙斗，時而叼在嘴上抽上一口，顯得十分傲慢。他說：「噢，我們不是像你那樣的貴族，我們只是牧放人們心靈的僧侶；我們這裏只來了兩個真心相愛、飽受傷害的戀人，沒有你說的偷歡的野狗。請回去吧。」

「就是那兩個傢伙了。山羊和綿羊，各吃各的草，各歸各的主子。」次仁急迫地說。

洋人喇嘛笑了，「要是他們不認你們為主子呢？」

「我是那姑娘的姐夫。我的家事還要你們來管麼？」康菩土司的聲音高起來。

「至少在我們看來，你現在不稱職。」洋人喇嘛語調依然平和，但透著不可商量的餘地。

康菩土司牙都要咬斷了，「開個價吧。」他恨恨地說。

「什麼？」洋人喇嘛問。

「交出那兩個人，你們要多少銀子？」

「我們的教友中，沒有猶大。」

「你什麼意思？」輪到康菩土司不明白了。

「就是沒有出賣基督的人，也就是，沒有出賣別人生命的人。所有得到拯救的人，都享有我們的主耶穌對他的愛。」

「洋人魔鬼，你會後悔的！」康菩土司大喊一聲，撥轉了馬頭，這是他有生以來受到的最大屈辱了。他不確定如果再和這個洋人魔鬼討價還價下去，他會不會拔槍率人強行衝過江去，一把火燒了那刺得藏族人眼痛的教堂。

但他是一個土司，土司自有土司行事的方式。正如他騎馬到山崗上，回望峽谷裏的村莊和高聳的教堂，馬鞭一指，像一個將軍那樣說：「你們給我聽著，如果我們雪山上的神靈不能戰勝他們，我就放出更兇惡的魔鬼來，一口吞吃了這個洋人魔鬼居住的村莊！」

第四章　教堂村誌

上主，誰能在你的帳幕裏居住？
上主，誰能在你的聖山上安處？
——《聖經・舊約》（聖詠15：1）

康普土司說錯了，這裏不是一個魔鬼居住的村莊，我也不是一個魔鬼。我們都不是魔鬼。

教堂村過去不是一個村莊，只是瀾滄江峽谷深處的一片坡地。怪石林立、荒草漫漫，常有豺狼狗熊、孤魂野鬼出沒。有一條馬幫驛道從這兒經過，那時路邊只有幾棵古老粗壯的野核桃樹，從南面的雪山埡口遠遠的就可以看見，像峽谷底的幾把綠傘，因此來往的馬幫都叫這個地方核桃樹。

我是這裏最老的原住民，我並不只是幾棵古樹，也不是在這附近山上靠狩獵採集爲生的傈僳人，更不是擅長在雪山下放牧、在河谷地帶種地的藏族人，或者某個趕馬爲生的過客、或者某個在山洞裏閉關修行的喇嘛上師。哦，不，不，那個年代，做一個人太難，需要承受太多的苦難。我情願只做一個風霜雪雨、滄桑演變、以及人間悲歡離合的見證者。路過這裏的馬幫都知道我，他們對我深懷敬畏，給我燒香，念經，甚至磕頭。儘管他們誰也沒有見過我。

那麼，我是一個本地神靈嗎？或者，我是洋人傳教士所說的天主大神嗎？

不會告訴你的。這是我們的事情，你們不可隨意問。

我可以向你們保證，這個村莊的歷史，比後來你們聽人們說的，聽人們唱的，包括看別人寫的等等，更生動，更真實。

過去，馬幫到了這裏一般都要宿營，因為第二天，他們就要從前面約三里地的渡口過瀾滄江。這個渡口叫「鷹渡」，人、馬、貨物都像老鷹一樣從瀾滄江上飛過去，靠的就是橫跨在江兩岸的那根藤篾溜索。人、貨物掛在溜索上，利用溜索一高一低的落差，挾風帶雲，「哧溜——」一下就過去了。麻煩的是騾馬，得用繩索綁住牠們的身子，一匹一匹地吊過去。當牠們被掛在溜索時，四蹄亂蹬，目光驚恐，伸長脖子絕望地望著湍急的江水——當你們看到這一幕，你也會覺得，即便是做一匹牲口，也不比做人好多少。光是過一次溜索，一支一百來匹騾馬的馬幫隊也得過上一天。

我總是在暗中祝福那些過溜索的人，必要時給予一點幫助。比如，有的傢伙，喝得醉醺醺的也要過溜索，都滑到對岸了還不知道減速，眼看著就要一頭撞在岩石上，這時我會一把將溜索上的人拽下來，扔到江邊鬆軟的沙灘上。

清朝末年，瀾滄江上游地區燃起反抗洋教的烈火，阿墩子縣城的教堂被焚毀，兩個洋人被殺。在這片地區傳教的洋人傳教士只得沿瀾滄江峽谷南下尋找新的傳教點。他們來到了核桃樹，發現從這裏沿馬幫驛道南下十天的馬程，就到了大理，那裏雖然是白族地區，但由漢人統治，洋人傳教士時刻需要漢人的保護。而前面過了「鷹渡」，經阿墩子往北翻過卡瓦格博雪山埡口，就進到了西藏地界；往西南方向翻過斯納雪山，馬幫們告訴他們，穿過怒江峽谷可以走到緬甸北部和印度東北部。

於是，一個叫古純仁的法國傳教士，他的鬍子已經飄到肚皮上了；更早以前他從我身邊的這條驛道走過時，還是一個年輕人，現在他老得連上一個坎都要喘氣。我不明白這樣的老人爲什麼不想回家？那天他用手中的拄杖一點說：「我要讓這裏成爲教會的一個連結印度、緬甸、西藏傳教線路的宗教庇護所。」

那時我不明白，什麼叫庇護所？是馬幫們歇腳打尖、遮風擋雨的驛站嗎？他說的印度和緬甸，連我都沒有去過。他們是做什麼買賣的呢？竟然要跑那麼遠。

洋人傳教士跟我看見過的那些在馬幫驛道上一晃而過的陌生人不同，他們喜歡上一個地方，就不僅僅停留在口頭上，他們不會在感歎一句「這段峽谷的路真像魔鬼的腸子！」或者說：「看啊，那開到天邊的花兒！」然後就繼續趕路。洋人傳教士們剛來時，也被我的雄渾艱險所震懾，但他們感歎完後，就把這裏當成自己的家園了。不僅如此，還要把他們故鄉的一切，從吃的、穿的、住的、用的，到他們的神靈，都要照搬過來。

從那個古神父來到這裏住下後，我這裏就開始慢慢熱鬧起來了。每隔幾年都有一些高鼻子、藍色眼睛、渾身長毛的外國神父到來，法蘭西國的，義大利國的，瑞士國的。我從他們的交談中慢慢知道了他們都是從大海那邊，乘坐一種可以飄在海上的房子過來的。他們來了又去，去了又來，好像我們這裏有什麼寶貝令他們著迷一般。只有古神父在這裏待的時間最長，現在是兩個瑞士國的年輕神父羅維和杜伯爾陪著他。

這是兩個充滿活力的傢伙，他們總有一些讓我不明白的東西。羅維神父是一個滑雪高手，用一種我從未見過的滑雪板在雪坡上飛翔，就像在雪地上長了翅膀的人，只是那翅膀不是長在肩上，而是腳下。一天他們拿一個可以蹦蹦跳跳的圓圓的東西，在剛收穫過的青稞地裏踢來踢去，不知是誰惹他們不高興了，還是又在玩什麼陰謀？我總是對這些和我們不一樣的洋人心懷戒備。

不過，應該承認，他們是一些不計酬勞而又相當有耐性的人——一定程度上說，可以稱得上是勇敢的人。我們的神靈起初並不歡迎他們，給他們製造種種麻煩，用雷霆擊中他們的房屋，下泥石流沖毀他們的道路，甚至還放出魔鬼的瘟疫，讓他們患上瘧疾、傷寒。藏族人碰上這樣的災難，一般只有轉求下一世往生一個好去處了，但外國神父總有神奇的藥物驅趕我們放出的瘟疫，還搭救那些也染上瘟疫的人們。就在去年，魔鬼的口袋裏放出像烏雲一樣寬廣濃厚的蝗蟲，吞吃了峽谷裏所有能吃的東西後，這些洋人喇嘛就從外面用馬幫運進來大量的糧食，拯救那些快要餓死的藏族人。他們的慈悲心有時讓我們的魔鬼也下不了狠手了。

瀾滄江沖刷出這段峽谷以來，我都沒有看見過的東西，在洋人傳教士手裏變戲法似的冒出來了。那天我從古神父的茶杯裏聞到一股怪異焦糊的味道，我聽見他對自己的僕人說：「啊，今天的咖啡煮得不錯。」由是我明白他們的茶叫咖啡。他的房間裏有一種會唱歌的盤子，他們叫留聲機，唱出的歌聲誰也聽不懂。有一種曲子，古神父特別喜歡聽，叮叮咚咚的像雪山下的幽泉發出的聲音。後來我從他們的談論中知道了，這是一個叫蕭邦的人寫的曲子，用一種叫鋼琴的東西彈奏出來的。說實話，儘管我聽不懂，但我很喜歡。

無論是咖啡、帆布浴缸、折疊椅子，牙刷、爽身粉、奎寧，還是留聲機、鋼琴、望遠鏡、指北針，這些東西都不足以改變核桃樹這個地方緩慢、悠閒、寧靜的歲月。核桃樹還是核桃樹，僅僅是個馬幫歇尖的小驛站。當古神父說他要在這裏建教堂時，我就像一個大姑娘，一夜之間變成別人家的媳婦了。

僅僅兩三年的功夫，一座我從來沒有見識過的大房子就矗立在峽谷裏了，它有一個高大巍峨的鐘樓，後面是矩形的經堂，裏面有彩色壁畫的穹頂，彩繪玻璃——一種像薄薄的冰的東西——的窗戶，明亮輝煌的神龕，以及上面供奉的我不知道的神靈——一個近乎赤裸的男人，掛在十字架上，他們天天都膜拜他，每七天還做專門的法事；還有一個懷抱孩子的婦女，長得很美很溫柔，像一個家有大群牛羊的藏族婦人。這就是他們供奉的神靈，看上去跟普通人一樣。這個大房子既不像寺廟，也不像藏族人的土掌房。在峽谷裏，它像一個孤獨沈默、但又很野蠻的巨漢。

核桃樹開始被改變，一些信仰洋人宗教的人們開始陸續來這裏定居——他們是藏族人、漢族人、傈僳族人、納西人、彝族人。不管是哪個民族，只要你信奉洋人的那一套，神父們都把他們接來這裏，分給他們地開墾，送給他們一本叫《聖經》的經書，就在這個地方天天被人念叨；還有一種這裏從來就沒有生長過的植物——葡萄，也被神父們從他們的國家引種過來，還在教堂後面開闢出一塊地專門種植，然後，一種藏族人從來沒有喝過的酒——葡萄酒，取代了人們天天都要喝的青稞酒。它是紅色的酒，紅得像人的血，神父們說這是耶穌爲他們流的血；還有一種小小的麪餅，神父們每次作法事時都要莊重地說：「你們拿去吃罷，這是我的身體。」然後分給眾人吃。我不明白，他們爲什麼要告訴人們，去吃代表別人身體的祭品？平心而論，他們是一些和喇嘛上師們一樣具備慈悲心的人。

但我看出來了，洋人神父來這裏的目的只有一個：相信他們的神靈可以救人上天堂，而喇嘛上師們說的那些道理，都是錯的。可麻煩的是，喇嘛上師們也認爲：洋人神父是魔鬼的化身，藏族人的苦難，離不開他們的慈悲，洋人神父的說教，只能把藏族人引向地獄。

由於洋人的教堂像一根釘子一樣扎在我的身上，很多藏族人也把我看成了他們眼中的釘子，他們連去拉薩朝聖都不走這裏的驛道，寧願繞三天的路。就像當父母的，不認自己被人搶走的女兒啦。在藏區，許多地方因爲有寺廟而成爲神靈居住之地，成爲藏族人心目中的聖地。就像它本來就帶有神的印記，後人一說起來，心中就會油然升起某種神聖的感覺。

而我這裏，因爲有了座教堂，人們就給它起了個讓我不太舒服的名字——教堂村。但要記住，核桃樹是我的乳名，就像你們人有乳名、家族名、別名一樣。不論是給人還是地方取名字，我們這兒的人們都很隨意，他（它）們要麼是代表著某種吉祥，要麼是和神靈有關，要麼就是，看上去他（它）像什麼、有什麼最突出的，他（它）便叫什麼啦。

其實，我被人們稱爲什麼並不重要，外國傳教士來到這裏傳播他們的教義也不重要，這片土地本來就是多神並存的，每個民族都有自己的神祇，每個人心中都有自己敬畏的對象。重要的是：自從那兩個偷嘗禁果的人兒到了教堂村後，這裏發生的故事，卻值得一說。

哦呀，你們都聽見了康菩土司的話了吧？我當時就打了個哆嗦。

第五章　托彼特紀

隱藏君王的秘密固然是好，但對天主的工程，
卻應該隆重地宣示和公認。
——《聖經．舊約》（多俾亞傳12：11）

央金瑪那天躲在一個土坯壘成的破城堡裏，從一個瞭望孔中看著康菩土司被杜伯爾神父氣走，她的眼淚禁不住流下來了。這是她平生第一次看到不可一世的土司在別人面前服軟。在她的心目中，康菩土司既像一個兄長，更像一個父親。他威嚴、霸道、專權，從來都是發號施令慣了的。他說話時，人們都是垂手哈腰，俯首帖耳。有一次一個奴僕在土司面前不小心伸了個懶腰，康菩土司立即叫人打斷了他的腰杆，讓他一輩子都蝦著腰走路。康普土司當時的原話是：黑骨頭賤人的腰杆裏不能長根棍子。央金瑪很早就知道，如果不是康菩土司覬覦那三塊牧場，她遲早要成爲康菩土司的第四個妻子，這似乎是她們姐妹倆的命運，誰讓她們生如夏花卻又早年喪失父母的庇佑呢？但是扎西嘉措的出現，改變了這一切。

央金瑪帶著扎西嘉措逃亡到「鷹渡」那天，馬兒已經跑得口吐白沫了。央金瑪隱約看見遠方山梁上的追兵，而當時扎西嘉措還在昏迷中。央金瑪抱著他大哭，「嘢——嘢——扎西哥哥啊扎西，他

們追上來啦！我姐夫的魔鬼來啦……」那淒厲的哭喊連天上的鷹聽到了都忘記搧動翅膀，像是中了一箭，傷心得垂直掉進了瀾滄江。

這時一個醜陋不堪的矮個子怪物出現在央金瑪的面前，他有兩個不對稱的鼻孔，眼角是爛的，還缺了半邊下嘴唇，臉上的皮膚比揉皺了的藏紙還要粗糙，與其說那是一張人臉，還不如說是一個夢魘。央金瑪已經不知道怕了。她淚眼婆娑地怒喝道：「把我們都抓走吧，你這魔鬼派來的小鬼！」

「我是天主派來救你們的天使。」那小鬼說。

這個有著魔鬼的面貌、但卻懷揣一顆天使的心的男人叫托彼特，他指著對岸說：「在那邊，你們就不會被抓到了。」

央金瑪順著他的手看過去，對岸有座村莊，隱約可在綠樹叢中看到一座高聳的鐘樓。央金瑪想起來了，過去聽人說過，瀾滄江下游地方有一所教堂。那裏的人們據說都聽信了魔鬼的謊言，不信奉藏族人的宗教了。不過，扎西嘉措唱過，他們的祖先在「幸福花園」裏自由相愛。

他們避禍到了教堂村，兩個年輕神父杜伯爾和羅維馬上給扎西嘉措療傷，清洗、縫合、上夾板、包紮，忙乎了半天，扎西嘉措成了個裹在白紗布裏的人兒。央金瑪在一邊一直哭個不停，杜伯爾神父安慰她道：「還好，還好，只斷了四根肋骨、一隻手臂，內臟沒問題，脊椎也沒有損失，有輕微的腦震盪，不會影響記憶力。噢，我的主，這腳背是怎麼回事？」

「穿木靴穿的。」央金瑪說。

「木靴？」杜伯爾神父費解地問。

「我姐夫的一種刑具。」央金瑪想了想，才說：「土司家對犯錯的人，穿那種專門夾腳趾、腳背的靴子。靴子外面的扣子一扣，裏面的骨頭就一根根地斷。」

「噢，中世紀的刑罰。」羅維神父感歎道，又問，「他犯了什麼錯？」

「他愛上我了。」央金瑪驕傲地說。

兩個神父交換了一下眼神，杜伯爾神父說：「姑娘，不要擔心，在我們這裏，你們的苦難結束了。我們的天主保佑世間的真愛。」

「真的嗎？」央金瑪急切地問。

羅維神父說：「在我主耶穌的仁慈面前，你們再不會受到傷害了。」

「那就謝謝兩位大爹了！」央金瑪激動地抓住羅維神父的手說。

「大爹？」杜伯爾神父看看羅維，兩人哈哈大笑起來，杜伯爾神父指著羅維神父飄到胸前的鬍鬚說：「羅維大爹，你第一次聽到這樣的稱謂吧？」

羅維神父有些難爲情地說：「姑娘，在我們教會裏，都稱兄弟姊妹。我們……這個，你該叫托彼特大爹才是。嗨，托彼特，不是嗎？」

托彼特一直在一邊默默地打下手，他抽搐著嘴說：「神父們都還不到三十歲呢，姑娘。」

央金瑪臉紅了，不好意思再擡頭看這兩個洋人神父。自到了教堂村後，她好像是來到另外一個世界，什麼都很新鮮，什麼都令人費解。這兩個洋人神父藍色的眼珠，濃密的鬍鬚，身上的毛真的如扎西哥哥唱的那樣，大概也剛從獼猴變過來不幾代的吧？央金瑪第一眼看見他們時，心裏就想，如果他們不是人，那就一定是人和野獸之間的某種東西。比如小時候聽見過的傳說中，雪山上身胚巨大的雪人。

兩個神父都來自瑞士國，已經在教堂村服務一年了。羅維神父的身材比牧場上的康巴人還要高大健壯，也比他的同會弟兄杜伯爾神父壯將近一倍，但他卻是一個感情細膩的巨漢，行事謹慎，說話溫柔。不論是當他用一把精緻的小刀割掉扎西嘉措身上壞死的肌肉，還是用一根幾乎不能拿起來的小針縫合扎西嘉措的傷口，都讓央金瑪看得暗自驚歎，就是一個可以把七色彩虹織到氆氌上去的藏族女人，也不會有這個巨漢如此靈巧的手。而杜伯爾神父似乎更嚴肅刻板一些，他的臉上很少看到笑容，目光犀利，像冰涼的刀子。羅維神父的鬍鬚也比杜神父濃密，幾乎看不到他的嘴，可修理得十分得體，飄到胸前像一面小小的旗幟。

神父們走了後，托彼特陪著央金瑪，安慰她說：「姑娘，你的男人不出一個月，就可以下地走路了。神父們的藥，總是很管用的。」

「比活佛加持過法力的藥更管用嗎？」央金瑪問。

托彼特說：「看看我吧，姑娘，是神父們幫我趕走了身上的魔鬼。」

央金瑪想，只看你的外貌、不看你的心，本來就把你當魔鬼呢。如果神父們把駿馬一樣英俊的扎西哥哥治成你這個樣子，他寧願不活了，我也不要活。

托彼特看央金瑪不相信的樣子，就說：「姑娘，可想聽聽我的故事？天主在我的身上顯示了他的救贖。」

央金瑪好奇地點點頭。他們口口聲聲所說的天主，就像一個遠方的雷霆，這些天來總是在央金瑪的耳朵邊「轟隆隆」地滾來，讓她有些招架不住了。

姑娘，我知道我長得醜，人們夢中的魔鬼，大概就是我這個樣子吧。我們碰見的那天，你就叫我魔鬼。不要難爲情，這樣的場合我經歷得很多啦。不過我不明白的是：天主爲什麼要讓世界上最醜的人，在一個最美的姑娘面前，充當天使。

我出生在一個麻瘋病家族，麻瘋病你知道吧？就說我們藏族人說的「鬼見愁」病。在過去，我們這樣的人家被認爲魔鬼纏身，或者直接就被稱爲魔鬼的化身。也不知從哪一輩時起，我們家的麻瘋病代代相傳。我們沒有住在村莊裏的權力，只有朝著炊煙飄拂的方向到處去討飯。打狗棍、破飯碗、羊皮鼓是我們的傳家寶。我們一般不敢走進村莊裏，只能在村口遠遠地敲羊皮鼓。有慈悲心的人知道是麻瘋病人來了，會在傍晚的時候在路邊放上一團糌粑、幾塊牛骨頭什麼的。如果我們冒失地去拍人家的門，不要說我們醜陋不堪的面目，衣不蔽體的外貌，就是我們這魔鬼的身分，連狗都對我們深懷怨恨，心腸再慈悲的主人，也會躲得遠遠的。

從我記事時起，我就知道我是醜陋的、卑微的、罪孽深重的。我的鼻子生來就是爛的，我的嘴也總是在抽動，就像在不停地咀嚼。但除了空氣，我能吃到什麼呢？饑餓是我的朋友，寒冷是我的伴。我會說的第一句話，就是「好心的人，求你行行好，給口糌粑吧。」

我害怕這個世界，我也被這個世界所厭惡，大地上的草木，森林裏的百獸，雪山上的神靈，都是我的敵人。連天空吹過的風，飄來的雨雪，不是在嘲笑我，就是在折磨我。讓我冷，讓我凍，讓我無處躲藏。

有一年的秋天，我的父親在一個村莊外敲了三天的羊皮鼓了，但沒有一個好心人出來送一口糌粑。而我們都餓得再沒有翻過村莊後面那座大山、繼續向前乞討的力氣了。我的一個姐姐已經病了好多天，說魔鬼的話，抓地上的土、扯路邊的枯草吃。那時我大概有六歲多，已經知道一口糌粑的金貴，比得到天上的星星還難。但如果我沒有敢去摘星星的勇氣，我的姐姐那天就要餓死了。我雖然不懂死意味著什麼，卻看見過我父親把死去的母親推進瀾滄江裏，把身上已沒有一絲熱氣的哥哥丟在雪山上。我不想再失去我的好姐姐，就趁父親去山上找吃的時，自己一個人跑向了村莊。就是被狗咬，被人辱罵追打，我也要得到一口救命的糌粑。

我當然不會輕易去拍那些富人家的門，這種人家的狗最凶；我也不會去那些房子破敗的人家，他們也許只比我們饑餓的肚子飽一點點。那麼哪種人家會施捨一口給我呢？我不知道。我只是在饑餓的驅使下向村莊走去。做一個叫花子，好運不在你的嘴巴上，也不在你的腳上，而在別人有無一顆憐憫的心。

我在村口的地頭上看見一架高大的青稞架，上面晾曬著剛收割的青稞。金黃的青稞讓我的肚子一陣陣地翻上來清口水。我想都沒有多想就爬上了青稞架，是餓得在不斷抽搐、甚至要發瘋的肚子讓我坐在上面，那肚子裏有一隻手，從嘴裏伸出來，一把一把地將成熟飽滿的青稞捋下來，直接塞進嘴裏。我吃得淚流滿面，滿嘴青稞香。我還要抱一大捆青稞回去給我的阿爸和姐姐，讓他們也知道這個世界上，飽飽地大吃一頓是個什麼滋味。我們連做夢都在說：「阿爸，你讓我飽飽的吃一頓吧！」「阿媽，你飽飽的吃。」可是我長這麼大了，還不知道飽是個什麼滋味。

我吃得太高興，太幸福了。等我聽見青稞架下面的狗叫聲和遠處趕來的人喊聲，我已經下不了青稞架了。七八隻兇惡的藏狗圍著青稞架狂叫，牠們跳起來時，幾乎就要咬著我的腳跟了。

我只有在青稞架上大哭，一個頭人帶著他手下的人拿著鋤頭、木棒、長刀、火繩槍趕來了，有好多。頭人憤怒地說「打死他，這個偷青稞的小蟊賊！」有人用木杆把我捅下來，這時他們看清了我醜陋的面容，他們先是嚇得往四周逃散，然後又紛紛驚叫道：「原來是個小魔鬼啊，燒死他！」

他們把我踢打到不能動彈，踢打到我把剛吃下去的滿滿一肚子的青稞全部吐了出來。頭人命人抱來了柴火，堆在我的身上，有人開始在火鐮石上擦火……

我一輩子都相信，主耶穌的拯救總是在窮人最需要的時刻出現，儘管那時我還不知道耶穌是誰。在我身上的柴火已經被引燃時，一個高大的人影忽然衝了過來，大喊著：「你們在幹什麼！你們在幹什麼啊？」他撲滅了柴火，一把將我抱在懷裏。

讚美天主，我第一次被一個陌生人擁抱。他的懷抱如此地溫暖，如此地寬大。這個人長得跟我們藏族人不一樣，有藍色的眼睛，白色的皮膚，高大隆起的鼻子，滿臉的鬍鬚，更有一顆巨大的憐憫之心。

他就是浦德爾神父，在人們要把我當魔鬼燒死時，主耶穌派他來將我救了下來。他對人們說：「不憐憫窮人的人，必不被人憐憫。」我永遠都記得這一句話。

人們告訴浦德爾神父，這是一個小魔鬼。如果我們不燒死他，一個村莊的人都會像他那樣，變成魔鬼。

浦德爾神父高聲說：「不，他是我的小天使！把他交給我好了，讓我來牧放他純潔的靈魂。」

那個頭人說：「他是小偷。偷我們的青稞。」

浦德爾神父回答道：「他沒有偷，只是來找。況且是我讓他來的。我付給你們錢，多多的付。」

就這樣，浦德爾神父收留了我，還收留了我的家人，以及一些也被各個村莊當魔鬼攆來攆去的痲瘋病人。浦神父在阿墩子的縣城外買了一塊坡地，把我們安置在那裏，教給我們如何抵抗麻瘋魔鬼。他說我們並不是魔鬼，只不過是被一些麻瘋魔鬼侵害了的人。而這種魔鬼是可以被開水蒸煮、太陽曝曬趕走的。有一個叫古純仁的法國神父負責管理我們這個麻瘋病村，他把重病人和病較輕的人分開，老人和孩子分開，男人和女人分開——除非他們病好了。

我們榮幸地成爲天主的選民，我們都被神父付洗，賜予全新的名字。在過去，我的名字叫仲永，是狗屎的意思。我來到這個世上，也和一堆狗屎差不多。我們生來爲乞丐，被稱爲狗屎理所當然，這樣魔鬼或許也會嫌我們臭，嫌我們髒，就不來找我的麻煩了。現在神父叫我托彼特，說是一個聖人的名字，要我好好珍惜它，這個聖人會保佑我的。

托彼特，這不是一個藏族人習慣的名字，但是它讓我感受到了作爲一個人的尊嚴。

一年以後，我們潰爛的傷口開始癒合，流膿的地方早已結疤，我們中有的人死了，但更多的人活了下來。我們再不害怕下地獄，再不擔心來世還被麻瘋魔鬼纏身。我們知道有一個天國在等待我們，在天國裏，我們每個人都一樣，富足、尊嚴，並享有崇高的權柄——只要我們相信神父們的話，相信全能的天主父。

浦德爾神父那時已經在阿墩子開設有一座教堂。我們身上的麻瘋魔鬼被趕走以後，浦神父就把我們接到教堂裏。城裏有教會辦的學堂，我們第一次走進了課堂，像有身分的人家的孩子那樣，坐在教室裏念書。我們學習藏文、漢文、拉丁文和神學課。我們的讀書聲讓阿墩子的人大感奇怪，他們的孩子要念書，只有送到寺廟裏去當喇嘛，而並不是每一戶人家，都供養得起一名喇嘛。不信仰耶穌天主的孩子，只有去放牛、趕馬、打柴。

我們經常和阿墩子的孩子打架，他們叫我們「洋人古達」，意思是洋人的狗、奴才。每當有人這樣叫，學堂裏的孩子就一擁而上。我們不是洋人的狗，我們是主耶穌的選民，這讓我們很驕傲。家裏的大人也和我們的境況差不多，他們也經常因爲土地、因爲房產，在城裏和人爭執，甚至動刀子。神父們那時擁有很大的權力，他們收留無家可歸的人，在城裏和鄉村發展教友，都需要土地、房子和牧場。而佛教徒並不喜歡我們這些信奉耶穌天主的人，哪怕神父說用錢跟他們買。

有一次，我把教堂的牛羊趕到一塊牧場上去放。兩個牧人過來說這是他們的牧場，還把我打了一頓，我哭著回來告訴了浦神父。三天以後，浦神父來對我說：「我的小托彼特，明天你就把所有的牛羊都趕到那塊牧場上去吧。再沒有人敢對你說一個不字了。因爲主的正義已得到伸張，它現在屬於教會的財產啦。」

那時還是大清皇帝時期，神父們和阿墩子的知縣關係很好，比如那兩個打我的牧人，浦神父對曹知縣說：「打我的教友就是打我們的主耶穌天主。作爲知一縣之事的父母官，你能不管嗎？」結果那兩個傢伙就被曹知縣捉去關進了監獄。在神父們的保護下，從小孩到大人，我們在阿墩子很是風光了一陣子呢。

寺廟裏的喇嘛一直很憎惡我們，其實我們也很害怕喇嘛。我們在教堂裏學會的第一句祈禱就是：「主耶穌啊，求你垂憐我！喇嘛們來啦，我害怕。」

我曾經聽浦神父私下裏說，他常常夢見喇嘛運用他們的法力，引來瀾滄江水沖毀教堂。我父親托馬斯安慰浦神父說：「瀾滄江水在峽谷底，它怎麼也不會沖到山頭上來。神父，真正有法力的是你們，是誰趕走了我們身上的魔鬼啊？」

這個噩夢終於在一九〇五年的冬天隨著一場大雪到來了。在此之前一年，英國人的軍隊攻進了拉薩，許多本地的康巴人被征去後藏地方，和英國人打仗。但是他們大多十去九不回，他們說洋人有魔鬼的法器，將成群衝鋒陷陣的康巴馬隊，在「紅光一閃」中，統統化爲灰燼。這就更加深了我們這個地方的藏族人對洋人的仇恨。他們不管你是英國人還是法國人，是手捧《聖經》的神父，還是拿著武器的士兵，只要你和他們的頭髮、眼睛、鼻子、皮膚——當然還有信仰——不一樣，就統統是魔鬼。連我們這些信奉耶穌天主的人，也是魔鬼——至少也是被魔鬼迷惑了的「洋人古達」。

先是一幫康巴人殺了一個朝廷派來保護傳教士的官員，然後朝廷派兵來鎭壓，不但殺反叛的康巴人，連寺廟裏的喇嘛也殺。這樣就像一場大山火，在整個康巴藏區燃燒起來了。暴動的康巴人認爲朝廷和洋人站在一邊，我們教堂就遭殃了。喇嘛和康巴人真的像浦神父夢中的瀾滄江水那樣，沖進了教堂。那時曹知縣和他的軍隊已經不知跑到哪裏去了，浦神父帶著由教友們組成的護教隊僅抵抗了一個時辰，就被喇嘛們和康巴人的馬隊打垮了。我的父親托馬斯拚死擋在浦神父的前面，讓他帶著教堂裏的孩子和女人撤離。但我們剛跑出十里地，就被康巴人的馬隊追上了。他們倒沒有對孩子和女人怎麼樣，只將浦神父捆起來，踢打他，把他吊在一棵樹上。浦神父是我所見到的最有愛心、最有尊嚴、又最勇敢的男人。那時，他就是釘在十字架上的耶穌啊。那些打他的人問他：

「你不是說你們的神靈是全能的嗎？現在他怎麼不來保護你呢？」

浦神父回答說：「我所經受的，正是我主耶穌的意願。父啊，我知道你在考驗我。」

有人羞辱浦神父道，「看看你，嘴都吃到牛屎了，你還算是一個神父？」

神父平靜地回答說：「當然是，這就是我的工作。」

「有這樣挨打受難的工作嗎？」人又問。

神父說：「有。我主耶穌就是這樣開始他救人靈魂的工作的。他說過，『看啊，時候到了，人子就要被交於罪人手裏』。」

那些人被浦神父的驕傲嚇住了，他們和我們一樣也是康巴人，尊重在死神面前保持尊嚴的人，厭惡膽小鬼。他們竟然也沒有勇氣去殺死一個為了捍衛自己的信仰，而渴望殉道的人。這時一個頭人說，「誰殺了他，我出兩頭牛。」

就像猶大為了那點銀子出賣耶穌一樣，這個世上總有貪財的小人，用耶穌的血去背負自己的「血田」。（注：指猶大出賣耶穌後，得到賞錢後買的田地，《聖經》上稱之為「血田」。）一個叫阿旺的傢伙，就是那個在牧場打過我，然後又被曹知縣關進監獄的人，他和我們教會有仇，現在總算找到報仇的機會了。

這個傢伙竟然說：「就是不要你的牛羊，我也要砍洋人的頭。我來！」

他們把浦神父從樹上放下來，反綁著推到瀾滄江邊，讓他跪下。浦神父這時高喊：「朋友，請等一等！」

阿旺問：「你害怕了嗎？」

浦神父平靜地說：「一點也不。請讓我祈禱。」

阿旺說：「那你就為我的刀祈禱吧，讓它砍你的脖子時痛快點。」

浦神父祈禱道：「我們的天主父，願你的名受顯揚；願你的國來臨；願你的旨意奉行在人間，如同在天上……」

阿旺的刀砍下來了，但沒有一刀砍斷浦神父的脖子。

浦神父的祈禱聲依然繼續，「萬福瑪麗亞，你是西藏的主保……你充滿聖寵，主與你同在。求你……」

阿旺又砍了一刀。浦神父的頭已經掉在胸前，但脖子還沒有被砍斷。

還有祈禱聲在江邊回響，「父啊，時候到了……求你……寬恕我們……如同我們寬恕我們的敵人……」

阿旺砍了第三刀，完成了他的罪孽，也幫助浦神父顯揚了主耶穌的光榮。

他們搗毀了阿墩子教堂，捕殺倖存的教友，但是他們放過了古純仁神父。因爲喇嘛們說，一個把自己奉獻給痲瘋病人的僧侶，是不該被殺的。而我的父親和護教隊的教友，卻在戰火中被打死了。古神父把四散的教友召集到一起，向瀾滄江下游逃亡。我聽說浦神父的頭顱還掛在崗巴寺的高牆上，就想：浦神父沒有頭顱，怎麼升往天國啊？

我在一個星星很亮的夜晚潛回了崗巴寺。浦神父的頭顱裝在一個木條框做成的盒子裏，崗巴寺大殿外的牆真高啊。我看見牆的一角有一根獨木梯，就去把它拖過來，豎在那木盒子下面。我爬了上去，可是，等我爬到獨木梯的頂端時，我的手卻還夠不著裝浦神父頭顱的木盒子。只差一點點啦！

我急得哭，但又不敢哭出聲來。我悄聲祈禱：主耶穌，那上面不是掛著一個好神父的頭顱嗎？他爲了救我們藏族人的靈魂，被人砍了頭。求你幫幫我吧，我的個子太矮啦，我的手太短啦！求求你，讓我夠著他……

我望著頭頂上浦神父的頭顱，哭了又哭，祈禱了又祈禱。天都快要亮了，我打算一直守在這裏，等喇嘛們出來念早經時，我要告訴他們：要麼你們還給我我的好神父的頭，要麼你們打死我。

這時，一個人來到了我的身後，輕輕地將裝頭顱的木盒子取下來，交到我手中。我那時驚喜得來不及看清這個好心的人是誰，只是抱住浦神父的頭，飛快地從梯子上溜下來。在我跑出寺廟之際，催促喇嘛們起床念早課的鼓聲已經敲響了。

我把浦神父的頭顱交給躲在一個村子裏的古神父。那天我成了教友們心目中的英雄。不僅僅是由於我潛回寺廟的勇敢行爲，還因爲人們說：我受到了天使的眷顧。

有個叫阿爾德的老教友，過去是個乞丐，當年浦神父給我付洗時，他是我的代父，那晚他一直悄悄跟在我的身後。他回來向人們敍說，那個站在我的身後，幫我取下浦神父頭顱的人，是一個主耶穌派來的天使。兩人多高的獨木梯、再加上小托彼特都夠不著的地方，他彷彿是飄飛在半空中，輕輕地就將浦神父的頭取下來了。

「而且，」阿爾德代父繪聲繪色地說：「小托彼特去搬那獨木梯時，還有兩個喇嘛用它當枕頭睡覺呢，他們一定是負責看守的喇嘛。小托彼特取走了獨木梯，天使用神奇的力量，枕著熟睡的喇嘛的頭，讓他們不至於被驚醒。等小托彼特抱著浦神父的頭跑了後——哦呀，這個小傢伙太慌亂啦，忘了還人家的獨木梯。是那個天使幫他放回原位的，而那兩個喇嘛還在做夢呢。」

我真後悔，那天只想取回浦神父的頭，忘了多看這個幫助我的天使一眼。連他長什麼樣子，穿什麼衣服都回想不起來了。

姑娘，你要相信：神的風采總會出現在窮人的困頓與絕境中，就像當年浦神父把我從燃燒的烈火中救出來那樣，天使也會把浦神父殉教的高貴頭顱，帶往天國。

「你才是天使。」

是裹在紗布裏的扎西嘉措在說話，央金瑪急切地問：「扎西哥哥，你醒了？」

扎西嘉措滿臉裹著紗布，嘴在紗布下蠕動，「央金瑪，我們的愛，有救了。」

第六章 列王紀

大衛王年紀已老,雖然蓋著許多被褥,仍然不覺得溫暖。於是他的臣僕對他說:「讓人為我主大王找一個年輕少女來,服侍大王,照料大王,睡在大王懷裏,溫暖我主大王。」他們就在以色列全境,尋找美麗的少女;找著了一個叔能女子阿彼沙格,便領她到君王那裏。這少女非常美麗,她就照料服侍君王,君王卻沒有認識她。

——《聖經・舊約》(列王紀上1:1-4)

這個年頭的土司,是越來越難當了。三個乞丐加起來也沒有他受到的氣多,十個乞丐身上挨的棍子,不抵土司撞見一次魔鬼。

康菩土司這些時日來經常這樣罵。那個狗娘養的洋人喇嘛,把一個堂堂的土司老爺擋在村外不說,竟敢扣押著土司家的小姨妹,包庇一個黑骨頭賤人。這樣的事情要是在從前,早就打得戰火紛飛了。土司手下的頭人們紛紛來跟他說,老爺,你該站出來領著我們跟他們幹了。來吧,讓我們牽出戰馬,躍上馬背,用我們高貴的熱血,把洋人魔鬼都趕回去吧。我們殺他們不是一次兩次了。

但是康菩土司告訴他們,現在不是從前了。馬背上的吶喊,寺廟裏的祈禱,血脈中的高貴,雪山上的神靈,已經不足以讓我們驕傲了。

「那麼，什麼才能讓我們驕傲呢？」管家次仁問。

「我們的過去。」康菩土司淺淺地吸了口鴉片，回答說。「這下你們明白了吧，不能指望一個吸上鴉片的老爺幹出什麼開疆拓土的大事業啦。漢人把這個東西傳染給我們，就像當年文成公主把佛教傳到藏地一樣，我們的熱血就被慢慢地變冷了。」

大約七百多年前，瀾滄江峽谷曾經出了個有名的獵手，獵隻老虎就像打兔子一樣輕鬆自如。有一天獵手在山崖上看見了一隻額頭發紅、目光銳利、翅膀闊大、身姿雄健、雙爪剛硬、羽毛閃閃發亮的雄鷹，在當地人的傳說中，牠是卡瓦格博神山之鷹，是神山的女兒，也是神山的巡行者。別人見到這神鷹，一定要磕頭焚香，感謝神山的恩賜。因爲通常情況下，牠只在傳說和人們的夢中出現。但獵手從看到神鷹的第一眼起，竟然產生了要把牠擁入懷中的渴望。於是地上豪邁的獵手開始追逐天上飛翔的雄鷹。他翻山越嶺、爬冰臥雪，從雲端追到雲尾，從峽谷底追到雪山巔。卡瓦格博神山曾經發怒，降下雪崩，沒有能阻擋獵手要與雄鷹比高低的勇氣；神山又派出屬下的子民——虎豹熊羆，豺狼蛇蠍，也沒有阻擋住獵手堅定追逐的腳步。就這樣整整追了三年，獵手和雄鷹都累得只剩下最後一口氣了。一天，雄鷹落在一棵岩松上，忽然變成一個仙女一樣的姑娘，她說，勇敢的獵手，你的腳步已經高過了我的翅膀，你的勇氣已經感動了神山，但是你的歌聲還沒有響亮到雲端之上。要是你能唱一曲歌兒，讓瀾滄江水倒流，我會自己飛到你的懷裏來。

獵手張嘴高歌，但已經唱不出任何一個字，只有喉嚨中的血和眼睛裏的淚直沖雲霄……此刻，神山動容，雲飛天裂，地陷山崩，江河改道，江水倒流，瀾滄江爲之阻塞。

這個獵手就是康菩家族的第一代祖先康菩・登巴。康菩家族向來以自己有卡瓦格博神山的女兒——雄鷹的血脈傳承而驕傲。他們總是對黑頭藏民說：看看一代又一代土司紅色的額頭吧，那是康菩家族血性激蕩的標誌，峽谷裏所有紅額頭的男兒，不用說都是康菩家族的種；看看他們堅挺高貴的鼻子吧，你就會感受到雪山的聖潔高遠；再看看他們鷹一樣銳利的眼睛，你就會知道康菩家族的人爲什麼總比別人看得遠。

初時，康菩・登巴只有犛牛走一天路程的封地，是一個不足五十戶的部落小頭人，爲峽谷裏的朗頓家族效力。朗頓家族是藏王松贊干布的後裔，高貴得足可與神山比肩。一隻山鷹飛九天，也飛不出朗頓家族的領地。

像康巴藏區所有的土司頭人家族一樣，戰爭就是貴族們滿足英雄夢的血床，就像女人是他們驕傲的溫柔鄉一樣。不發動戰爭的土司是牧場上的羔羊，好戰的土司才是人人傳唱的雄鷹。歷輩康菩家族的血性男兒都以發動了幾次開疆拓土的戰爭爲彪炳家族世譜的榮耀。在康菩・仲薩之前的十五代前輩土司中，有八代康菩土司死在戰場上，兩個死於仇家卑鄙的謀殺。沒有一個康菩土司活過四十歲，他們要麼死在人生最轟轟烈烈的爭殺中，要麼死在美酒和女人的懷抱裏。歷代康菩土司以此爲家族的驕傲。

到元朝大皇帝的軍隊打過來時，康菩家族祖先審時度勢，率先爲大皇帝的軍隊提供糧草、馬匹、帶路、直至隨軍征戰。而朗頓家族卻被元朝大皇帝軍隊的鐵蹄踩扁了，因爲他們不知道雪山峽谷之外中國正在發生的事情，而康菩家族的人有鷹一樣高遠的眼睛。康菩的祖先們發現，和土司之間的戰爭，打得再大，也不過是爲了奪取幾塊牧場而已。有的土司窮盡一生精力，也只能征服一個部落。可不論哪個朝代，中國的皇帝都是一些慷慨大方的君王，他們疆域廣大，人口眾多，不在乎一條峽谷、幾座雪山、幾十個部落這樣的小地方。他們只在乎你的一顆歸順之心。

誰讓康菩家族處在漢藏結合部的地方呢？這真是卡瓦格博神山的恩賜。這片大地是他們的母親，她有兩個情人，一個是拉薩，一個是朝廷。康菩土司就是母親的兩個情人身分曖昧的孩子。拉薩是他們靈魂的聖地，朝廷是土司實惠的來源。當朝廷的軍隊開到藏區，到處都是反抗他們的敵人，連水都找不到一口喝，更不用說得到人馬糧草之類的補充了。這時康菩家族的人手捧哈達、帶著美酒和良馬，出現在大軍的面前。即便你只出了不到一百人的差役，送去三、五十匹駑馬，戰事平定後，大皇帝朱筆一揮，被征服的土酋部落就屬於康菩家族了，有時康菩家族人手緊得甚至把身邊的僕人都派出去當大頭人。

於是，古老的康菩家族就有了一條祖訓：要擴充自己的領地，把貢品和歸順之心一齊送到遙遠的漢地。

朝廷一高興，不僅分封成片的土地，還爲康菩土司加官晉爵，什麼「奔不兒亦思剛百姓」、「安撫司」、「宣慰司」、「一品頂戴」，中國幾個朝代的官職，康菩家族都有，也不知道是多大的官，歷輩康菩土司都只在乎領地、牛羊和人口。而皇帝親手題寫的嘉獎燙金匾額，常常被丟到庫房裏發霉。不是不重視，忘記了祖先的戰功，而是康菩家族始終以流著康巴人的血而自豪，要是從達賴喇嘛那邊賞賜的一樣東西，哪怕只是一隻銀碗，他們也會恭敬地供奉在佛龕上的。

幾百年來，依靠朝廷的力量和康菩家族的智慧，他們取代了朗頓家族，成爲這雪山下的王。康菩土司頒佈規矩、制定稅賦、劃定邊界、擁有軍隊、發動戰爭，確定誰是奴隸，誰是平民，誰可以活，誰該去死。一隻山鷹在康菩家的領地上飛翔，不是飛幾天才能飛到邊界的問題，而是牠飛來飛去，翅膀下的大地都屬於康菩家族。

只有兩件事情，康菩家族必須心懷敬畏，一是卡瓦格博神山，一是阿墩子縣的漢人駐軍。作為卡瓦格博神山的後裔，這座高聳的雪山就是康菩家族在神界的寄託，在俗界的象徵。而這些年國民政府勢力強大了，不信佛教的漢人縣長派過來了，不怕魔鬼的軍隊也派過來了，連洋人喇嘛也跟著跑來了。康菩・仲薩土司當然知道：主子做的事情，哪怕你多麼不高興，你最好保持沈默。

因此，當手下的人問康菩・仲薩土司，該不該抽刀出鞘時，他唯有斜靠在床上吸鴉片，把屈辱化解在那飄散的煙霧中。蠢驢，康巴人的刀是可以隨便拔出刀鞘來的麼？一個土司現在可以隨便發動戰爭麼？日本人發動了對中國的戰爭，看看他們怎麼樣吧？連財富堆得比我們的雪山還要高的大鼻子美國人，都過來揍他們。

可是，瀾滄江上游的野貢土司派人傳來了戰書，說尊貴的野貢家族從來沒有受到過如此的侮辱，下了彩禮的婚事竟然要反悔。野貢土司傲慢地說：請餵飽你們的戰馬，準備好你們的刀槍吧。

康菩土司只得糾集自己手下的十八個頭人，讓他們各自徵集「門戶兵」，準備迎戰。誰知和野貢土司的戰火還沒有打起來，一個叫索南旺堆的大頭人和康菩土司的另一個勁敵、大強盜格桑多吉的人馬卻打了一仗，並且俘獲了格桑多吉。康菩土司得到這個好消息後，立即叫人把強盜格桑多吉帶來，他要用他來祭刀，沖沖最近的霉運，也鼓舞手下人的士氣。

這個強盜格桑多吉可是瀾滄江峽谷地區有名的人物，在土司貴族和商旅眼裏他是魔鬼，而在老百姓口中他卻是人人交口稱讚的大英雄，其傳奇經歷和格薩爾王的故事一樣傳得廣。人們說，格桑多吉十三歲去當強盜，十七歲就成為強盜首領，擁有幾十號人馬；十八歲那年，他打敗了康菩土司的馬幫武裝，搶了他們從印度販運回來的一批貨物，土司三十多人的馬幫護衛隊，燒壺茶的功夫，就被他打敗了。格桑多吉由此和康菩家族結下仇怨。關於他的傳聞最爲神奇的並不是他打仗的英勇，而是在情場上的刺激和恐怖，人們說凡是和他睡過覺的姑娘，大都活不過兩三年。可總是有無數的姑娘去找他，甚至那些當媽媽的，她們心甘情願地不惜以自己女兒的生命，爲家族留下一個英雄的種。

格桑多吉被粗大的鐵鏈拴著押進康菩土司的廳堂時，房子裏所有的東西都在抖動，從神龕上供奉的聖水碗、佛像、朵瑪，到地板、火塘上架著的大鍋、樑柱，甚至牆上掛著的一塊老虎皮，也在瑟瑟發抖。那隻老虎已經被獵殺了二十多年了，眼下彷彿也對一個英雄的到來充滿敬畏。他的頭髮從頭頂沖到肩膀上，像瀾滄江裏一個短而急促的波浪；他的血管裏流淌的熱血也奔騰如瀾滄江，因爲看他從額頭到手臂，再到腳背上暴漲畢露的血管，你就知道，一個人的熱血飛揚起來，可以像瀾滄江一樣沖出一條大峽谷。

「嘿嘿，兒子，你長大了，來搶你父親啦。」康菩土司冷笑道。

因爲他看見了這個強盜紅色的額頭，堅挺高貴的鼻子和鷹一樣的眼睛。這意味著，他還在他阿媽肚子裏時，就已經浸泡在康菩家族高貴的血脈中了。

尊貴的康菩家族怎麼會出一個強盜兒子呢？大概只有他自己才清楚。通常情況下，當一個土司巡行自己的領地時，也要把領地裏漂亮的姑娘「巡行」一番，這是土司的規矩。村莊裏的，牧場上的，馬幫驛站裏的。每天晚上，當土司老爺在火塘邊酒足飯飽之後，總有一個姑娘畏畏縮縮地鑽到他的懷裏來，這叫爲土司老爺暖身子。土司老爺可能不知道這些姑娘姓甚名誰，是誰家的，甚至到天亮後就忘記了她長什麼模樣。有時他真的就只是讓那姑娘為他暖暖身子，讓他在姑娘年輕香軟的肉體上呼呼大睡；有時土司老爺興致好了，一個晚上也要換兩個到三個姑娘。很少有康菩土司看上了哪個姑娘，然後像他的祖先康菩．登巴那樣，一追就是幾年。連康菩．仲薩土司有時也哀歎說，我們康菩家族的後代，早就沒有祖先的浪漫血性了。年輕時的康菩土司像一匹快樂隨意的種馬，到處播種，他的兒女沒有三十個，也會有二十多個吧？他在高興的時候會對人說，我伸開自己的雙手，真的數不清、也記不全了。

康菩土司仔細打量他眼前的強盜兒子，心想，這個傢伙的母親大約是個牧場上的姑娘，才會生下這樣健壯魁梧、血氣方剛、滿頭鬈髮的兒子。牧場的遼闊，牧場的酥油鮮奶，大塊的生犛牛肉，才能養出這種渾身野性、桀驁不馴的性格。曾經有一段時間，康菩土司特別喜歡牧場上的那些姑娘，她們像牡馬一樣充滿年輕的活力，乳房豐滿，小穴深幽，騎在她們身上時需要有扳倒一頭犛牛的力氣。可一旦你把她們馴服了，她們可以帶著你一路狂奔到天堂……

格桑多吉當然不會跪下來叫父親，作為近二十年來父子終於相逢的見面禮，他重重地吐了面前這個已經被酒色泡軟了身子的中年男人一泡口水。

康菩土司沒有動怒，只是鎮靜地把臉上的口水揩乾淨了，還是那樣陰鷙、冷漠。是因為這是他兒子嗎？不，不，他已經把一個想篡位的兒子裝進牛皮口袋丟到瀾滄江裏，讓江水送走了他性急的土司夢；他還讓一個兒子去當乞丐，由於他觸犯了神靈。康菩土司經常對身邊的人說，你們不知道，土司做得越大，權位傳得越長，後代就越讓祖先失望。我有三個老婆，在這個土司大宅裏為我養了七個兒女。可是他們的骨頭軟得像酥油，他們的血比雪山下的湖泊還要冷，他們的額頭很少發出令人驕傲的紅光。更不用說康菩土司的野兒子太多了，他從不在乎再多處死一個。

康菩土司把臉上的口水一揩再揩，努力想揩去他心中的喜悅。但他還是沒有忍住，哈哈大笑起來：

「雪山上的神靈真是公正慈悲，有人搶走了我的小姨妹，神卻送回了我的英雄兒子。我終於看到康菩家族有血性的男兒了。」

他為這個強盜兒子擺下豐盛的酒席，殺了一頭牛，五隻羊，喝下兩缸青稞酒。席間康菩土司問：「你的母親呢？」

格桑多吉恨恨地說：「被你的頭人逼死了。我做夢都想殺了你！」

「好獵人總在暗處，被追逐的獵物卻生活在陽光下。你為什麼早不來找我呢？」康菩土司悻悻地說。同時他的心底裏泛出一絲慚愧和憐憫，不是因為那個和他有過一夜情緣的姑娘，讓他實在想不起她是什麼樣子，而是這麼一個英武健壯的兒子，他竟然疏忽了他的存在，還讓他吃了那麼多的苦。

康菩土司忽然發現強盜格桑多吉的額頭發出了紅光，這是康菩家族的血性男兒起了殺心的標誌。當這個家族同一血脈的男兒躍馬馳騁在戰場上，當他們面對對手的刀槍，當他們腰間的康巴刀就要跳出刀鞘，當他們的生命將迎來最輝煌的那一刻，康菩家族的血性男兒，額頭都要發出熱血的光芒。

康菩土司那時並沒有感到害怕，還感到欣慰。他甚至把腰間的刀摘下來，不當回事地擱在酒桌上。如果他真有膽量殺他，他只需一伸手就做到了。但當父親的知道，格桑多吉不會那樣做，不是因為他們父子剛剛相認，而是這絕對有損一個康巴人的驕傲。

他額頭上的紅光消失了，呈現出羞愧的顏色，暗淡、灰綠。一個內心沒有了驕傲的人，是拿不動殺人的刀子的。

強盜格桑多吉說：「康菩土司，如果你放我走，我還會來殺你。不如今天你就把我殺了。」

康菩土司就像一個慈父那樣殷勤地說：「哦呀，我的兒子，還有比你我父子間打打殺殺更重要的事情，需要你去做。」

「爲什麼我要聽你的？」

「因爲我想讓你成爲康菩家的英雄。」

英雄這個稱謂讓格桑多吉的眼睛裏瞬間充滿了渴望的光芒，血脈高貴、內心驕傲的男兒都知道：在一個崇尙英雄的民族裏，土司是世襲的，英雄卻是用熱血澆鑄出來的。因此康菩土司接著說：「如果誰讓我當一回英雄，哪怕只是一次，我可以把土司府的銀庫打開，任由他挑選。」

格桑多吉輕蔑地說：「有銀庫的人家出不了英雄，英雄只出在餓肚子的窮人家。」

「你說的不錯，銀子買不來英雄，但英雄要幹大事情，總是少不了銀子的。」康菩土司像個商人那樣吆喝道：「駿馬少不了金鞍銀掌，英雄得配寶刀快槍。兒子，一個土司的財富，不過是雪山前的雲團；而一個尊貴家族的榮耀，卻是永恒的雪山。」

格桑多吉用他鷹一樣的眼光看著康菩土司，兩人就像兩隻在鬥眼力的公犛牛。許久，他才說：「康菩家族的榮譽跟我有什麼關係呢？我的母親被逼死的時候，有誰來說上一句，這個女人留有康菩家族的種，他將去掙回康菩家族的榮耀？」

康菩土司臉上現出悲哀的表情，只有佛祖才知道他是不是真的傷心。他說：「要是我知道那個女人能爲我生下這麼優秀的一個兒子，她也不至於……」

「算了吧，尊貴的康菩土司老爺，你從來沒有真正愛一個女人，甚至愛一個你的兒子。」康菩土司再次爲格桑多吉的酒碗裏倒滿了酒，「兒子，你還年輕，你愛過一個女人麼？你有自己的兒子麼？你知道什麼是一個男人真正的愛？男人年輕時，可以爲姑娘動刀子，年紀大了，他就只爲財富和血脈而活著。不要忘記你是神山卡瓦格博的後裔，你的身上流淌著康菩家族高貴的血脈。」

格桑多吉的額頭再次發出紅色的光芒，幾乎跟火塘裏的柴火一樣紅了！那一刻，康菩土司彷彿看到了自己的末日……

「康菩家族高貴的血脈都造下了哪些罪孽，」他喘著公犛牛一樣的粗氣，把頭抵近了他的父親：「讓我來告訴你——」

第七章　格桑多吉前傳

神靈，請你告訴我，
窮人是不是命中注定，
該受富人的折磨？
神靈，你為什麼不說話？
是不是你受了富人的賄賂？
——康巴藏區民謠

「作爲一個在牧場上長大的孩子，我身上康菩家族的血脈，從來都沒有讓我自豪，只讓我感到羞恥。」我說這話時，忽然覺得我與身俱來的羞恥感一下被洗滌清了，包括我這次被一個多年的兄弟出賣、掉進狡猾的索南旺堆頭人的陷阱。

「在我的腦子裏，你已經被我殺了一千次了。」我像剛才吐了他那口痰一樣，把這句話吐了出去。我看見康菩．仲薩土司就像被捅了一刀那樣驚愕，他大概永遠也不會知道，爲什麼他視爲珍貴的東西，在我的眼裏，不過是一堆狗屎？我此刻明白，真正的復仇，現在才剛剛開始。

刀就擺在酒桌上，仇人就坐在我的對面。我只要一伸手，抽刀出鞘，在刀子還沒有從刀鞘裏的沈睡中驚醒過來時，血已經飛濺在火塘裏了。但一個在想像中被殺了一千次的人，這種死法有損我的英名。

「哦呀，我的兒子，我知道我的仇人很多。」康菩·仲薩土司把雙手平伸到了面前，那是他服輸的表示嗎？他用一個老人的口氣說：「可是你看看你的父親，看看他頭上的白髮！他爲了這個龐大的家族每一個人都有口糌粑吃，有多麼地操勞！」

他肥厚的腮幫都要往外冒油了，他糧倉裏堆積如山的青稞都發霉腐爛得長出蘑菇了。如果這樣的人也說在爲一口糌粑而操勞，雪山上的神靈聽到了也會動怒的。神山爲什麼不降下他的懲罰來，壓碎這個罪惡的家族？

「你在乎過一口糌粑麼，尊貴的康菩土司老爺？你可知道一個才二十多歲的女人，因爲交不出一口袋糌粑，就被你手下的平措頭人拖在馬後跑了二十里地，活活給拖死了。她就是我的阿媽，那個被你拋棄的女人。」

「哦呀，她是這樣死的啊？」他就像一個妄想把牛頭藏進懷裏的蠢貨。也許他真的有那麼蠢，連虛偽都掩飾不住。

「你以爲，一個在牧場上的單身女人，因爲她長得漂亮，因爲她曾經被土司老爺睡過，她的日子就會好過嗎？有的傢伙喝醉了，想摸進我們的帳篷，阿媽用火繩槍上的鐵叉頂著他們的褲襠，說這樣可以讓他們醒酒；還有那些歌兒唱得動聽的男人，在牧場上用悠揚的情歌勾引我的阿媽，我常常看見阿媽滿面通紅、用羊毛緊緊塞住自己的耳朵。

「大約六歲那年，一天我在睡夢中驚醒，發現一個傢伙將阿媽壓在了身下。我聽見阿媽在呻吟，在痛苦地扭動。我抓起火塘裏的一根還在燃燒的炭柴，一棒打在這個酒鬼的光屁股上（因為我那時知道，來找我們麻煩的，都是些酒鬼），他嚎叫著捂著屁股逃了。阿媽爬起來，害羞地用氆氌蓋著自己的下身，忽然打了我一巴掌，然後又把我摟進懷裏，像一頭受傷的母狼一樣哀叫：『好啊！你這個康菩家的小野獸，要是你也認爲阿媽是康菩土司的女人，我們就等著吧！等著土司老爺來找我們。』」

「那個狗娘養的是誰？我要抽他的腳筋，還要挖他的眼珠。」康菩土司的額頭也發紅了。他有什麼資格說這話啊？我繼續刺激他。

「噢，他是個不錯的獵手呢。我雖然用炭火燒傷了他的屁股，可一點也沒有擋住他來找我們，不是送兩張皮毛來，就是捎帶一隻獵物。那個年頭，沒有他的菩薩心腸，我們不是凍死，就是餓死了。」

「狗娘養的……」康菩土司不知該往哪兒發火了。

「你早幹什麼去啦康菩土司？那個時候我多想有個阿爸，我阿媽多想有個能保護她、爲她遮風擋雨的男人啊。我阿媽生下我後，曾經去找過平措頭人，希望他能告訴康菩土司，她爲他生了個兒子。平措頭人哈哈笑著說，姑娘，我們勇武的土司老爺野兒子可多了，都送到康菩土司府裏去，火塘邊會坐不下的。」

「該死的平措，狗娘養的。」他的悔痛才剛剛開始呢，我還得往他傷口上撒點鹽。

「土司家的火塘不歡迎我們窮人，牧場上破帳篷裏的火塘也一樣溫暖。那個獵手一來，我們的火塘邊就充滿了歡笑，阿媽的臉就撒滿了陽光。我覺得那個傢伙不錯，因爲阿媽高興的事情，我也高興；阿媽喜歡的人，我也喜歡。我們窮人就是這樣相依爲命。他一出現在帳篷裏，我就去和羊羔擠在一起睡。我很早就知道了，男人見了仇人，亮出的是刀子；見了心愛的女人，亮出的是他的寶貝。一個小孩總不能看見大人光著屁股吧，尊貴的土司老爺？」

「夠了，求求你，不要再說了。」他竟然可笑地用手抓住了自己的衣襟。

「窮人的快樂你不喜歡聽，是吧？這就對了，就像我們也不喜歡聽到你們又吞併了哪個部落，又霸佔了誰家姑娘，又賺進了大筆的銀子一樣。那麼，嫉妒的土司老爺，你就聽聽你喜歡聽的，聽聽窮人的苦難吧。

「阿媽在我年幼時，經常一邊抹著眼淚一邊對我說：『你身上流著康菩家的血脈，但我們今生都沒有福氣坐到康菩土司的大火塘邊了。因爲我們的骨頭是黑的。』

「哪一種藏族人的骨頭是黑的？土司老爺，你應該比我清楚。終生爲奴隸的人當然是黑骨頭；屠夫、劊子手等以殺生爲業的人，被認爲罪孽最深，骨頭肯定是黑的。哦呀，我的外公就是一個牧場上的屠夫，因此我們的骨頭肯定白不了。可是當初你爲什麼要去找一個黑骨頭的女人呢？

「黑骨頭的藏族人命該常年在牧場放牧，在地裏勞作，在雪山森林裏狩獵，渾身烏黑發亮；他們餓著肚子、用胸膛擋著刺骨寒風、夜晚從襤褸的帳篷破洞裏數天空中寒冷的星星，還有服不完的『烏拉』差役、交不盡的各項雜稅、動輒就挨打受罵的昏天黑地的日子。只是因爲他們黑色的骨頭決定了他們低賤的血脈，也決定了他們卑微的家族，以及土司頭人們的羞辱、呵斥，肚子除了苦水外沒有奶茶和糌粑。一條狗也比黑骨頭藏人在這個世界上活得自由快活，狗拴在脖子上的繩索有時日，黑骨頭藏人脖子上的繩索，從他出生那一天時起，一直要拴到他往生來世。黑骨頭藏人總是默默地忍受著這個世界上的所有苦難，總是期盼自己的來世來得更早一點，能投生到一個好的人家，能吃得飽飯、穿得起足以保暖的衣裳，不會再挨打受罵，過上人的日子，而不是畜生的日子。

「我的母親被平措頭人拖死後，我把阿媽的屍體背回來，她膝蓋以下的皮肉全都不見了。我看見了阿媽裸露在外的骨頭，不是黑的，是白森森的啊！幾年以後，我抓到平措頭人，把這個傢伙也拖在馬後，在山道上從中午一直跑到太陽下山，我也把他拖到骨頭都露出來了。我要看看，他的骨頭是否比我阿媽的白？尊貴的土司老爺，我發現，你們的骨頭也不咋樣啊！」

他終於被激怒了，狠狠地說：「要不是你是我的兒子，在我面前說這樣的話，早被割了舌頭了！」

我說：「哦呀，謝謝你的慈悲。我的頭還沒有被砍下來之前，請聽我繼續說下去。」

「說吧說吧。反正酒還沒有喝完呢。我真是造孽，弄出這樣一個種來。」他的惱怒讓他已經不知是殺我好還是不殺我好了。

「是啊，你爲自己弄出一個殺你的殺手啦。」我開心地說。「從那個時候起，我就發現，我們被你們這些貴族頭人騙了，被寺廟裏的喇嘛上師騙了。我深信我的骨頭和康菩土司的一樣白，我手下的那些兄弟們，他們是偷牛賊、強盜、屠夫、鬮夫，向來被認爲幹缺德的行業，骨頭當然也很黑，還有鐵匠、木匠、石匠這些靠手藝吃飯的手藝人，骨頭也不高貴。但是，我想告訴你，他們的骨頭和我一樣，也和你一樣。

「我曾經請教過一個我一直很尊敬的喇嘛上師，他告訴我說，你不要在心裏有這些妄念，你要好好想想自己的來世。」

「是嘛，」他好像終於找到要說服我的理由，「上師說得對，六道輪迴中有三善道和三惡趣，難道你不害怕墜入地獄的深淵嗎？」

「嘿嘿，你們說的六道輪迴也要分骨頭的黑白吧？白骨頭的人輪迴到三善道，黑骨頭的則輪迴到三惡趣。黑骨頭藏人即便輪迴到來世做人，他的骨頭照樣是黑的，他照樣忍饑挨餓。這個時候，黑骨頭藏人就徹底沒有指望了。我手下的兄弟們都是被輪迴之苦搞得不敢相信來世的人。我們自從幹上打家劫舍、殺人燒房子這個買賣以來，就做好了來世下地獄的準備。反正，黑骨頭藏人今生的日子，也跟地獄裏的日子差不多。」

「這個世界上最怕的，就是連地獄都不害怕的人。」他嘀咕道。

他總算認識一個強盜的內心了。實際上我知道，從他讓僕人們在火塘邊擺上酒、犛牛肉、羊腿的時候，他的殺手們就埋伏在房間外面了，不會少於二十個。在樓下，劊子手已經在喝酒。他們一定在想，今天這個強盜是要被剝皮抽筋呢，還是挖眼珠取膝蓋？

我還不想在今天殺他，我還有的是時間與他周旋。康菩土司從前多威風啊，他出門的時候，百姓們遠遠地跪在路邊，只能吃他馬隊後面的灰塵。現在，你看到了，在一個黑骨頭的強盜面前，在一個要殺他的兒子面前，尊貴的土司老爺也像一條搖尾巴的狗那樣，向他乞求，爲了康菩家族的榮譽，去當一個康巴人的英雄。

我對康菩土司說：「你埋伏在屋外的人，該叫他們進來了。至少也讓他們來喝口酒吧？」

「哦呀，那些狗娘養的。」康菩土司臉上的肌肉抖動了幾下，大概沒有料到我也知道，有一次他的一個仇家，就是這樣被亂刀砍死在他的火塘邊。他嘿嘿乾笑兩聲，「他們都是些聞不得酒香的傢伙。都進來吧，看看我的英雄兒子。」

一群提刀弄槍的人畏畏縮縮地進來，這些傢伙，殺一個膽小鬼，他們手裏的刀槍綽綽有餘，但在我面前，他們只有來敬酒的份。跟他們每人喝下三大碗酒，他們連拿槍的力氣都沒有了。以至於康菩土司竟然說：

「把你們的槍都留下，滾了。」

我離開土司府時，帶走了康菩土司送給我的十支快槍，二十匹馬。在我們這個地方，有了好槍和良馬，就會有英雄好漢跟在你的身後。你可能打不出多大的地盤，也積攢不了多少財富，甚至還經常餓肚子，但快槍和快馬，可以讓你像個男人一樣驕傲和自豪。

據說有個說唱藝人，拐走了康菩土司的小姨妹，還躲在洋人喇嘛那裏去了。康菩土司問我願不願意爲他去殺洋人。我說，在我們這兒，殺洋人的好漢，才是真正的英雄。我那些被打散了的好多兄弟，都跟洋人喇嘛有仇。

第八章　往訓萬民

你們往天下去，向一切受造物宣傳福音，信而受洗的必要得救。
──《聖經・舊約》（馬爾谷福音16：15）

杜伯爾神父在一篇發表在教會刊物的題爲《往訓萬民》的文章中，這樣敍述他們剛來到藏區傳教時的情景──

我們在一個雨中的黃昏進入了漢藏結合部的一個不知名的村鎮，就像走進中世紀的歐洲某個偏遠閉塞的古堡。而我，感覺自己就像當年踏上美洲大陸的哥倫布。西藏啊西藏，請伸出你的手臂來迎接我們吧，我們給你帶來了耶穌的福音！

這是一個古老的驛站，在大雪不封山的季節，每天都有幾支從漢地進藏的馬幫在這裏借宿。馬是這裏唯一的交通工具，村莊的建築低矮而灰暗，雜亂無章，缺乏佈局，只是一些依山傍崖建造的土房，高不過兩層；馬幫經過的街道泥濘不堪，沒有路燈──哦，忘記了，這是一個不知愛迪生為何人的世界，到處充滿牲畜糞便的氣味。人們站在低矮的屋簷下麻木地看著我們的馬隊。

帶槍的牛仔穿街而過，不知法律和文明為何物，異教徒還在他們的謬誤中耀武揚威。看看村鎮最高處那氣勢非凡的寺廟，你就知道佛教徒的勢力在這個地方有多麼巨大。

一路上為我們服務的馬幫們是一些遵循傳統的人，他們在哪裏宿營歇腳，在哪裏埋鍋造飯，在哪裏磕頭燒香，在哪家客棧餵馬會情人，都不會三心二意、見異思遷。但不巧的是，他們往常寄宿的客棧，竟然被幾天前的一場泥石流摧毀了。據說這裏經常發生這樣的山難。地勢太陡峭了，小小的村子逼仄在一條山溝裏，天知道人們為什麼要在這裏生活！

更糟糕的是我們找不到可以住宿的地方。村莊裏的客棧太有限，往來的馬幫又多，加之大雨連綿。羅維神父打趣地說：「我們應該從歐洲出發時就預定好房間。」

馬幫頭領將我們安排在村邊一個頹廢的破廟裏，據說它曾經是個清真寺，信奉伊斯蘭教的回族人被趕走了，這寺廟也就凋敗了。只有主耶穌才知道這裏曾經盛行過多少異端邪說！但這是今晚村子裏唯一可以讓我們避雨的地方了，馬幫們還只有在雨中的大樹下對付一夜呢。

當我們打著火把進去時，有人指給我和羅維神父睡覺的地方。我們看見有兩個人已經睡在裏面了——地方太狹小，實在沒有更多的空間。我對羅維神父說：

「有人比我們先預定了這個豪華套房。」

羅維神父衝那兩個熟睡的身影說：「對不起，打攪你們了。」

他們沒有回應，我們也太累，就沒有那麼多客氣可講，大家互相擠著和衣而眠。這是一個多麼寒冷的夜晚啊！除了我們外，這個發出陣陣惡臭的房間還有更多的旅客——那些一個晚上都在興奮不已的老鼠，有幾次牠們都猖狂到爬進我的夢裏來了！

第二天早上天剛微亮，我就被凍醒了。借著破敗的窗户上射進來的晨曦，我看見我的「鄰床」那張醜惡的臉——齜牙咧嘴、鼻子和耳朵都被老鼠啃去，深陷的眼窩裏不知還有沒有眼珠……

主耶穌，他們至少已經斷氣兩天了！我大叫一聲跳了起來。羅維神父睡眼惺忪地問：「老鼠也咬到你的耳朵了麼？」

我鎮靜下來，為自己的過激反應感到慚愧，我對羅維神父說：「起來吧，夥計，我想我們應該做一台安魂彌撒了。」

羅維神父驚訝地坐起來，問：「誰死了？」

「我們的『鄰床』。」

露宿在外面的馬幫也被我們驚醒了，馬幫頭領進來看看，沒有表示更多的驚訝，似乎這樣的情況於他們來講習以為常。他說：

「他們可能為強盜所殺，也可能是路途中的餓死鬼。」

死亡、苦難、冷漠、無人牧放的羔羊啊！沒有人來為他們祈禱，更沒有祭司來為他們行敷油聖事，引領他們可憐的靈魂。我們要求馬幫們幫忙，為這兩個無名死者下葬。他們竟然跟我們說，把他們扔到山頭上就是了，天上的鷹會來吃他們的肉，帶走他們的靈魂。「主啊，這是一個多麼冷酷的民族！」我當時忍不住憤怒呼叫。

馬幫頭領是個有著漢藏血統的人，他鎮靜地說：「老爺，這不是冷酷。這是我們的天葬。」他還說只需要找一個專行此事的人，付給他一點錢，他會把死者剁碎後餵鷹。我想我那時差不多要嘔吐了。

與死人相伴而眠，還不是我們初到藏區時最難堪的。許多人家看到我們遠遠走來，就趕緊關門閉户了。有一次我剛向一户人家提起我主耶穌，一盆冷水竟然飛出來潑了我一身。

在野蠻人面前，寬恕、忍耐和愛是我們戰勝愚昧的法寶。我鎮定地站在比那盆冷水還要冰冷的人家面前，不失尊嚴地說：「我只是為你們的靈魂而來。請不要忘記，人總不會拒絕誠懇和仁愛。幾時你們對我有信心了，我們就來討論天主。」

「難道我們帶來瘟疫了麼？」羅維神父這個時候還不忘記幽默。

「對他們堅守了一千多年虔誠的謬誤而言，我們帶來的福音，的確是『瘟疫』。」我回答道。

……………

這篇文章無論在傳教會還是在杜伯爾神父的家鄉瓦萊省，都引起很大的震撼和同情。瑞士國聖伯爾納多修會第一次擔負向中國派遣傳教士的使命，而且還是去西藏，這讓這個修會感到無比自豪。在中國西南部腹地深處的四川、西藏、雲南結合部地帶，法國巴黎外方傳教會在那裏已經經營了七十多年，付出了十幾位傳教士的生命，但是卻進展緩慢，耶穌的福音在強大的藏傳佛教面前，一直只能在西藏邊緣的康巴地區徘徊。

在梵蒂岡教廷傳信部的協調下，聖伯爾納多修會從法國人手中，接受了在滇藏結合部傳教的使命。因爲他們的修道院就在阿爾卑斯山脈海拔四千多米的馬特峰下，修生們具備在高山地區傳教的經驗，就像羅維神父一樣，他們擅長登山，還酷愛滑雪，西藏的雪山上也許用得著他們這個特長——羅維神父的行囊裏甚至還帶了一副滑雪板；更因爲他們渴望贏得「殉教」的光榮。法國人告訴梵蒂岡教廷的官員們，在西藏這片眾神居住的土地上，許多地方都可能成爲前去傳播主耶穌福音的神父們的「殉教之地」。

杜伯爾神父和羅維神父同來自阿爾卑斯山脈裏的玫瑰村，兩人從中學起就互相競爭，曾經共同喜歡上了一個美麗的姑娘露西亞。在往昔年少輕狂的歲月裏，露西亞曾經是他們共同期望呵護的天使，但是聖召讓他們都選擇了放棄這段青澀的愛情。中學畢業以後，兩人竟然都進了神學院。當杜伯爾知道羅維也喜歡露西亞時，就自卑地承認：自己不是羅維的對手。不說別的，單就說羅維那一身滑雪的好技能，也讓故鄉的人們讚歎不已。他的高山速降成績在瑞士國也名列前茅，人們都說，如果不是第二次世界大戰，羅維可以代表他的國家去參加奧運會了。加之杜伯爾神父家中兄弟姊妹多，經濟較爲貧困，上神學院可以爲家裏減輕負擔。而當他在神學院看到也來報到的羅維時，他實在弄不明白這個大個子心中是天主的召喚重要，還是露西亞的愛重要？而更神奇的是，他們兩人還同時被派來藏區傳教，做教堂村的副主教古純仁神父的助手。彷彿天主的計劃就是要在爭強好勝的杜伯爾神父面前樹立一個不可戰勝的強勁對手，讓他一顆驕傲的心不斷受挫。

杜伯爾神父是個氣質沈鬱而固執於善的人，他或許更適合於去當一個悲天憫人的憂鬱詩人，但他又有強烈的英雄情結和浪漫情懷。在《往訓萬民》這篇文章中，杜伯爾神父還向歐洲的讀者描述了美麗的教堂村和他對副主教古純仁神父的印象——

教堂村離阿墩子縣城大約有兩百公里，這個峽谷地帶的村莊看上去和我們的玫瑰村幾乎驚人地相似，連天空中清新的空氣和大地上泥土的芬芳、以及牲畜的氣味都是一樣的。它位於河谷上方的幾處緩坡上，藏式民居在核桃樹、柿子樹、白楊樹的掩映下，寧靜安詳得能聽到炊煙移動的腳步；田疇呈規整的階梯狀向上延伸，掩映在雲霧中，可以憑此看出這個村莊的勤勞；山坡上散見的牛羊、悠揚清脆的牧歌讓我好似看到往昔作為牧童的小杜伯爾。我第一眼看見教堂村的時候，以為已經站在故鄉的大門前。不，是天國的幕帳已經在這片土地上緩緩打開。

令人尊敬的法國巴黎外方傳教會的古神父在村子外面迎接我們，還有那些熱情的教友們，使我們一下感覺就像來到主的國。目前這裏已是峽谷地區的宗座監牧教堂，古神父作為教區副主教，在這裏領導幾個傳教點的神父們。這是一個隱忍淡定的好神父，一個六十三歲的好老頭兒，一個絕不後退的鬥士。他的法國同僚們大多回到了歐洲或轉到其他條件較好的傳教區，但是他選擇了留下——他在這個充滿危險和彷彿是世界最遙遠的村莊，已經為主耶穌在西藏的光榮奉獻了三十多年了！對於這樣一個早就過了退休年齡的老神父，教會多次催促他回歐洲頤養天年，但古神父的回答是：我的墓地在教堂村，這是一個神父最後的崗位。

可敬的古神父見到我們的第一句話是：「歡迎來到教堂村，讓我們一起來做西藏的腳夫吧！」

我們的聖堂位於村莊的中央地帶，是一座巴西里卡式風格的建築。如果歌德稱讚科隆大教堂為「人類文明進程的一部文獻，」雨果形容巴黎聖母院是「一個巨大的石頭交響樂」的話，我眼前的這座教堂，我情願稱它為「基督福音在藏地的前哨」。

它並不奢華，但在四周低矮、樸素的藏式民居中顯得十分突出。巍峨的鐘樓在前，矩形的主堂在後，遠遠望去像一艘駛向東方的戰艦。鐘樓前方有一個規整的中式四合院，由兩層樓房組成，二樓南北兩側的廂房分別是神父們的宿舍和教室，樓下是廚房、儲藏間、馬廄、以及僕人們的房間。——噢，人們揶揄說，在這裏的歐洲人都是富人，因為他們是雇得起僕人的人。可是，如果沒有這些樸實、勤勞、忠誠的藏族僕人，神父們不要說難以開展傳教工作，可能早就餓死啦。

從古神父身上，我們開始慢慢學做「西藏的腳夫」，這需要怎樣的謙卑，怎樣的忍耐啊？古神父告訴我們，在康巴藏區，需要用最古老的方式來傳教，即「謙遜地走進每一户人家，做他們忠誠的僕人」。康巴藏人是個驕傲又敏感的民族，外表強悍似匪徒，心靈純潔到脆弱，就像這裏一些土質疏鬆的山坡，任何一點微風細雨，都可能引來一場山崩。而一旦你堅固了他的心靈，他就是一座巍峨的高山。

有一次，我和古神父去探訪一個獵户。他一直拒絕接受我們的信仰，認為他們的神山保佑他每次出獵都有所收穫。可是這個老獵人大約患上了肺結核，他的妻子來到教堂村，請我們去看看她丈夫還有沒有救。我們到時，老獵人剛剛猛烈地咳嗽了一通，我看見女主人用一個木碗去盛病人吐出來的帶血的濃痰，她看見我們來後，便將這個木碗裏的痰倒了，順手用一塊骯髒的布隨意擦了擦，便倒茶給我們喝。我看見古神父幾乎沒有猶豫，就在女主人期待的目光下將那碗「茶」喝了。我也只好閉著眼睛把它喝了下去。

我們由此贏得了這戶人家的心。

有許多藏族人是因為貧窮和苦難而接近我們，走進了教堂，天國的大門總是為他們而敞開。「苦難讓人們離天主更近，祈禱讓窮人充滿活下去的希望。」這是我母親從小教育我的話。藏族人從不畏懼任何苦難，他們只是需要一些能夠與他們共用苦難的支持和憐憫。儘管這裏沒有什麼是令人感到舒適的，似乎在這裏，苦難就是生活的全部。甚至一樁愛情，也充滿了磨難和血腥。前些天一個行吟詩人和一個貴族小姐逃亡到我們的教堂村。那個詩人被打得不成人樣了，這場在本地不合時宜的愛情足以讓一個作家寫一本精彩的小說。我經常不明白的是：這個看上去很古樸、保守的民族，卻有著歐洲人的浪漫精神。

在藏區的教堂村和瑞士瓦萊省的玫瑰村之間，通過一個經常喝得醉醺醺的郵差，將兩個相隔遙遠但又有著千絲萬縷的思念的村莊聯繫起來。不過這個叫阿措的傢伙常常忽略神父們等待家書的急迫心情，他要麼在送信的路上順路去探訪親戚，要麼可能醉臥在某棵大樹下幾天幾夜。他完全不知道，他每次來到教堂村，都是神父們的節日。

就像在這個慵懶的下午，杜伯爾神父掐算應該是郵差阿措到來的日子——實際上三天前他就該來啦。可是夕陽已經染紅了峽谷對岸的雪山尖，杜伯爾神父還沒有聽見村莊外那熟悉的狗叫。只有回響在教堂裏的蕭邦的音樂，把一個單調寂寞的下午彈奏得更加漫長。

羅維神父從走廊外面踱進杜伯爾神父的房間，見他神情低迷的樣子，就問：「嗨，你在等那個酒鬼的腳步嗎？」

杜伯爾神父坦率地承認。「這個醉醺醺的傢伙，有十二天沒有來了。」

羅維神父其實也天天在盼郵差，他剛剛寫完兩封信，一封寫給家裏，一封寫給露西亞。他看見杜伯爾神父的桌子上也擺放著一摞已寫滿字的信紙，他不用問就知道是寫給誰的。當然，遠在故鄉的姑娘露西亞也總是同時給兩個年輕的神父寫信，既鼓勵他們的信德，又溫情地消弭他們濃郁的思鄉之情——不過很多時候結果可能恰恰相反。當兩個年輕神父讀完信後，都可以從對方臉上看到滿足和幸福，眷念與憂傷，但是他們誰也不向自己的同會兄弟指出。主耶穌看得見，在今後漫長的艱難歲月裏，這兩個神父總是把自己的命運，和對方的幸福與苦難聯繫在一起。

「我甚至懷疑，如果我們不送點酒去半路上迎接，那個郵差永遠都不會出現在教堂村。」羅維神父叼著煙斗，望著遠處的山崗，一條繩子般的驛道飄向雲端深處。

杜伯爾神父看著羅維神父的空煙斗，知道他的煙葉又抽完了，他把自己煙袋裏的煙葉分了一撮給羅維神父。這種本地教友自己種植的煙葉味兒十分辛辣，堪比美洲的雪茄。大約從來到教堂村後不久，他們就開始學會了吸煙，這是一個無奈之舉。不是因爲他們好這一口，而是在聞教友們的臭味兒和吸煙之間，神父們情願選擇後者。尤其在做彌撒時的教堂，近百名教友擠在大堂內，汗味兒、牲畜味兒互相混雜，實在令人頭暈。教友們大多長達幾周甚至數月不洗澡，身上和牛羊一個味道。他們幾乎每天都是早上幹一陣子農活，才來望早彌撒，晚上放下農具、圈好牛羊後，再來做晚禱。他們衣衫破敗襤褸，身子骯髒酸臭，但心靈卻純潔樸實，至美至善。作爲一個供奉神職的神父，他們關注的是人們的心靈，難聞的氣味兒，倒是可以找到法子克服的。

「唉，這真是一個把生命耗費在酒和路上的民族。天主離他們有多麼遙遠啊！」杜伯爾神父感歎道。

「我們來了後，他們的天國就近了。」羅維神父說。

「可是我們現在連自己的本堂都沒有，似乎我們來這裏只是爲了學說藏話。」杜伯爾神父抱怨道。他們當初來到藏區時，躊躇滿志地認爲可以立即當一名令人自豪的本堂神父，可是卻被教會告知，眼下的藏區沒有那麼多的堂區，許多傳教點在藏族人的反對下，都收縮了。他們在教堂村待了一年多，唯一的收穫就是學會了藏語。

「夥計，不要著急嘛。」羅維神父說：「我想，中國政府如果打敗了日本人，有力量來治理藏區了，我們這兒的治安狀況就會好起來的。那時，也許傳教會的神父都不夠派遣呢。」

杜伯爾神父答非所問，「有一天我從學校回來，忽然問我的母親：『媽，將來我長大了，做神父好還是做警察好？』我母親回答說，『警察是定人罪的，神父是救人靈魂的。』親愛的羅維神父，你瞧，我們現在肩負主耶穌神聖的使命，卻在全世界最遙遠的鄉村教堂裏聽蕭邦的音樂，和藏人一起喝他們的酥油茶。主啊，什麼時候他們才會把自己的靈魂交給我們？」

「噢，親愛的杜伯爾神父，不要著急。世界上最美妙的事物，總是從慢開始，並且越來越慢。我一直想問你一個問題，你的聖召產生於哪一年呢？」

「大約四、五歲吧。」杜伯爾神父還沈浸在懷舊裏。

「哈哈，我還以爲你是要跟我對著幹，才去修道院的呢。」羅維神父用大哥對小弟弟的豪爽說。

杜伯爾神父臉上一下不自然起來，他知道他們心中又都想起了露西亞。許多年以後，羅維神父才會明白，杜伯爾神父並不是要和他對著幹才發願做一個清貧的神父，而是因爲他對露西亞深藏不露的愛。有種愛，只是一場永恒的守望。離得越遠，時間越久，守望得越深。

上個月他收到母親的一封來信，母親在信中對他說：「自從你走後，今年我們就沒有心情過耶誕節了，除非等你回到家鄉。」

杜伯爾神父想，耶誕節就要到了，不知家鄉的人們都在做些什麼樣的準備呢？母親肯定是不會去參加聖誕舞會的了，她會獨自在家爲我祈禱的罷。儘管這裏離天國更近，是一個神父履行聖職的地方，但面對家書，他的眼淚還是不止一次流淌出來，爲遠方的故鄉親人，爲離別萬里的姑娘。而每當情緒平息之後，孤獨的神父又常常在心中懺悔，請求天主的原諒——不應該這樣將自己個人的情感置於愛天主之上。

杜伯爾神父的母親是阿爾卑斯山腳下一個善良而平凡的農婦。家中兄弟姊妹眾多，經濟拮据，一年下來，家裏沒有人餓死，大家就心懷對天主的感恩。杜伯爾神父曾經對教堂村的藏族教友說：「我們的童年清貧得只有依靠天主的憐憫。於我可憐的母親來說，生活只不過是一場和貧困、饑餓、稅收、債務這些人間漫長苦難的較量，是一個人默默地奉獻和堅韌的犧牲。苦難讓人們離天主更近，祈禱讓窮人充滿活下去的希望。」一開初那些教友們還不相信，可是當他們看見杜神父也會做下地收割青稞、到牧場上放牧、給馬廄出馬糞這些農活時，他們從嘖嘖稱奇，到充滿同情，再到敬佩。神父們原來也是農人出身，跟我們不一樣的是，他們心中有天主，並要求我們也要有。

其實，杜伯爾從小就渴望改變自己的命運，做一個體面的人。他是那種從不輕易言輸的傢伙，出身的卑微讓他試圖以一個神職人員的虔誠、克己、奉獻、冒險來贏得家族的榮譽，改變自己的命運。按他的話來講就是：以額角的汗珠，來掙得天國的光榮。而到西藏來傳教，是走向這份光榮的最佳捷徑。

第九章　劫夢紀

異鄉的月亮啊，
請照著我的愛人，
讓我看清她可人的面龐；

異鄉的烏雲啊，
請讓一讓路，
我的歌聲裏不能沒有月亮。

——康巴藏區情歌

一隻青蛙在寧靜的湖邊沼澤地甜美地唱歌，牠的聲音清脆而單調，有些像夏天的蟬鳴，又有點像牧場上孤獨的牧羊人的歌聲；牠的周圍，鮮花齊人的大腿高，紅的、黃的、紫的、白的，一直鋪展到湖水邊緣……

有一條青色的蛇潛伏在花叢中，用脈脈含情的小眼睛打量著這隻青蛙。蛇在想：牠唱得多好聽啊。等牠唱完了，我再一口吞吃掉牠。

青蛙知道了蛇的心思，牠已經逃不掉了。於是青蛙拚命地唱，將心中的歌兒從日升唱到月落。有一隻鷹從天邊飛來，鷹背上騎著一個身穿白麻布衣裳的人。他像駕馭一匹戰馬一樣在雲端間馳騁；牠從青蛙和蛇的上空飛過，越飛越低……

很多的夜晚，央金瑪就做這同一個夢。青蛙，蛇，騎鷹的白衣人，他們就像她夢裏的朋友，總是在後半夜至黎明時分，準時來到她的夢裏。甚至有些時候，她還能和他們對話。

每當央金瑪從這不知是吉祥還是凶兆的夢裏醒來時，扎西嘉措總是守在她的夢邊。他已經基本康復了，只是行走還有些困難。他們住在教堂前四合院樓下的一間小屋子裏，神父們住在他們的樓上，托彼特在他們的隔壁。央金瑪總是說，要是這裏有個會說夢的喇嘛就好了。他們總有辦法說清楚人們夢裏的東西，吉祥的夢帶來的好運，就給人留住，而噩夢就念經禳解，比如可以把喇嘛上師加持過法力的東西在睡覺前放在枕頭下，厄運就被趕走了。

扎西嘉措告訴她：「我們現在的日子，不會再有喇嘛上師了。因爲他們是跟康菩土司站在一邊的。」

央金瑪眼睛裏便現出深深的憂慮。她不是扎西嘉措這種哪兒黑哪兒宿的天涯浪子，生活環境的改變還一時讓她不太適應。尤其讓她在扎西嘉措面前也難以啓齒的是：每當那個騎鷹的白衣男人出現在夢裏，或者在天上跟她說話時，她常常發現自己一絲不掛。有一次，這個男人還從她裸露的胸前強行摘走了一朵盛開的花兒。

其實，見多識廣的扎西嘉措知道，按喇嘛們的說法，青蛙和蛇出現在女人的夢中，是女人懷孕的徵兆。可是自從他受傷以來，他有三個月的時間不能和央金瑪像在康菩土司的核桃樹上那樣風流快樂了，儘管央金瑪天天陪在他的身邊，他們只是靜靜地依偎在床上，任由雙方濕軟的手，相互溫存。一個撫平對方身上的累累傷痕，一個舔盡愛人臉上滿臉的淚珠。

扎西嘉措去問過羅維神父，夢裏的青蛙和蛇以及天上的鷹，在耶穌那裏怎麼解釋？羅維神父沈吟半晌才說：「毫無疑問，蛇是邪惡的象徵，牠帶來了人們的原罪；青蛙和鷹麼，嗯，我認爲，牠們如果不是夢中的天使，就是現實中的朋友。」

「那麼，那個穿白衣服的人呢？他是魔鬼還是天使？」扎西嘉措追問道。不知爲什麼，他認爲老是出現在央金瑪夢裏的這個傢伙，不是他自己，而是他的某個暗中的敵人。

「我親愛的扎西兄弟，」羅維神父說：「爲什麼不和你的愛人一起，跪在耶穌的聖像前懺悔自己的罪過呢？我相信，這有助於趕走央金瑪夢裏的魔鬼。請接受我們神聖的洗禮吧，領受聖體、享有聖靈的人，天使會出現在他的身邊。」

「你們所說的天使，就是我歌中的愛神麼？」

「愛神？」羅維神父說：「噢，我的朋友，信仰就是愛。耶穌基督爲了愛我們，把自己都掛在十字架上了。難道還有比他更具備愛心的神麼？」

關於是否要信奉洋人的宗教，扎西嘉措持無所謂的態度。他和央金瑪私下裏討論過這個問題。他感到央金瑪雖然感謝洋人神父救了他們的愛，但要她自願跪在洋人的神靈前，好像還有許多的障礙。這就像你貿然去認一個剛結識不久的男人爲父親。

但是托彼特告訴央金瑪：要享有天主的護佑，首先要把神父們當成我們的父親。雖然親生父母把我們帶到這個世界上，但神父卻引領著我們的靈魂上天國。就是這樣。

央金瑪曾經問扎西嘉措，那個騎鷹的白衣男人是不是在他們相戀時出現過的愛神？過去聽說過潛心修佛的喇嘛上師能見到在天上飄飛的人，但凡塵中人，是很難修到這樣的佛緣的。扎西嘉措對此的解釋是：修行的喇嘛上師見到他們的佛，正如深愛的人也會得到愛神的護佑一樣。神的天空裏也有愛神的席位，說不準哪天就撞上他了，不是在夢裏，就是在月光下。

可是，真正把央金瑪的夢照亮的，卻是一個風雨交加的夜晚映紅教堂村的火把。央金瑪奇怪的是先是夢中的青蛙被一團火燎著了，青蛙倏然不見了蹤影；然後是那條青蛇，牠在紅色的草叢中逃竄，身體很快就被燒黑了；而天上卻是火燒天般的絢爛，使她想起童年時看見的一場燒了半個多月的山火，大地和天空都是血紅色的，連瀾滄江裏流淌的都是紅色的江水。

央金瑪在夢裏感歎：好大的火啊！

扎西嘉措喊她：「央金瑪，快跑！他們攻破教堂村啦！」

於是央金瑪懵裏懵懂地隨著大家四處逃竄，她看見神父們也衣衫不整地隨著村民們東躲西藏。杜伯爾神父在慌亂中找自己的眼鏡，像一個瞎眼老奶奶在屋子裏捉一隻到處亂飛的雞；老神父古純仁上衣都沒有扣好，露出乾癟蒼老的胸膛；而羅維神父腳上只有了一隻靴子，手拿一支洋槍，卻不知道往哪裏放。這些洋人神父平常總是衣衫整潔、一絲不苟，像有教養的貴族。只有在夢裏，才可以看到神父們原來也有狼狽不堪的時候。

還有許多在夢裏看不到的情景呢。一隊隊康巴騎手從夢的深處衝出來，試圖抵抗的人眨眼就被他們衝倒了、砍殺了……到處是孩子的哭聲，女人的尖叫聲，男人們格鬥時的喘氣聲，以及刀與刀相撞時血脈賁張的吶喊。

反抗很快就結束了，因爲神父們已經被制服，被刀槍逼到教堂大門外的一棵大樹下，教堂村的村民也像牛羊一樣地被圈在一堆，瑟瑟發抖。央金瑪被扎西嘉措的手緊緊抓住，她感到他的手冰涼。她想：趕快醒來吧。這個夢又意味著什麼呢？明天好好問問扎西哥哥，夢中的他爲什麼手會是冰涼的？

四周都是燃燒的火把，火光印襯著場地中央那些彷彿是傳說中的好漢，看上去冷漠又兇悍。一個年輕人被好漢們簇擁著來到神父們的面前，他高大健壯，頭髮蓬鬆鬈曲，不太濃密的鬍鬚隨意地飄在那青春的臉上，他的眼窩深邃，目光犀利，但與其說讓人感到害怕，不如說將人吸引。如果說扎西哥哥的眼睛裏總是盛滿柔情讓人骨頭發軟的話，這種野性十足的眼光，則讓人找不到自己了。

「不要緊張，今天還不到殺你們的時候。」那個強盜首領懶洋洋地說，似乎殺洋人神父這樣天大的事，不比宰殺自家牧場上的牛羊更複雜。

身材和那個強盜一樣高大的羅維神父挺直了身子，儘量保持著自己的尊嚴，他把古神父和杜神父擋在身後說：「如果你需要財富，也許你走錯了地方。我們是窮人的教會，這裏沒有你要掠奪的。」

強盜首領用手裏的馬鞭不斷拍打著自己的手心，瀟灑得像一個指揮千軍萬馬的將軍。他圍著神父們轉了一圈，彷彿在欣賞自己的獵物價值幾何。「你們沒有多少錢財，我好像也知道一點。洋人老爺，誰叫你們管了別人的閒事呢？」

羅維神父說：「我們是瑞士國來華的傳教士，是爲你們的靈魂而來，把耶穌的福音帶給你們。這是主耶穌交給我們的使命，不是閒事。」

「哈！我們的靈魂要你們來操心？笑話！」那個強盜回頭對他的那幫弟兄說：「你們願意把自家

的靈魂交給這個洋人魔鬼嗎？」

回答他的是一陣陣吐痰聲和譏笑聲。

「你有一個墮落、邪惡的靈魂。天國近了，罪人！現在悔改還來得及。難道你不怕地獄的烈火嗎？」杜伯爾神父忽然高聲說，連羅維神父都為他的魯莽而擔憂。

強盜首領把腰間的盒子炮抽出來，頂住了杜伯爾神父的太陽穴，「你們的地獄我不知道，如果你認識路，」他打開了扳機，「就請尊貴的洋人老爺走在前面吧。」

「請等一等！」羅維神父高喊道，「生命比錢財重要，靈魂又比生命重要。騎士，我們不是老爺，是來幫助窮人的傳教士。萬事好商量。」

強盜首領轉過頭，用槍指著羅維神父，「你叫我什麼？」

「騎士，」羅維神父鎮靜地說：「在我們那裏，騎士是指那些扶弱濟貧、勇敢而有教養的武士。」

「噢，騎士……」強盜首領似乎在口渴時猛然咽了一塊冰，既感到舒服但又被噎得有些難受，這讓他收起了槍。但他不是一個輕易就交出一顆驕傲的心的人，他強作自負，「我可沒有你說的那種教養，我連天上的星星都數不清呢。你得還給我兩個人，我要帶他們走。」

羅維神父說：「這裏都是主耶穌挑選的子民，受我主耶穌的神授與護佑。我們不會讓你帶走任何人的。」

「我可不管你的主子是誰。我只要帶走我的人。一個叫扎西嘉措，一個叫央金瑪，叫他們出來，跟我走。」

羅維神父說：「你沒有權利帶走他們。我們不會答應的。」

強盜首領給了羅維神父一拳，把他打倒在地。然後他讓手下的人把三個神父都捆起來，吊在樹上。被圈在另一邊的村民們騷動起來，想過去救他們的神父，但是強盜們用槍和刀把他們逼了回去。

央金瑪直到聽見那個強盜首領叫出她和扎西嘉措的名字，還在自己的夢裏掙扎。快醒來吧，強盜們把好心的神父都吊起來了。即便是在夢中，我也不願意他們為了我和扎西哥哥受苦。

但是她始終醒不過來，眼前發生的一切仍在繼續。不像有些夢，當你的心實在承受不了時，噩夢忽然就結束了，你最多只是驚出一身冷汗。

神父們已經在挨皮鞭抽打了，教堂村的人們在嚶嚶哭泣。央金瑪想：讓這個噩夢早點結束吧。

央金瑪從人群中站了出來，「哎，那個強盜大哥，不要打神父們了，我是央金瑪。我跟你們走。」

在央金瑪的夢外，強盜首領格桑多吉提著馬鞭，大踏步走向央金瑪。在快要走到她的面前時，他好像是絆了一下，竟然一個趔趄，半跪了下去。

「大哥——」他身後的兄弟一片驚呼。

格桑多吉有些狼狽地爬起來，他眼睛裏的目光一下就被凍住了——既讓他看不清腳下的路，也看不見今後人生的路。

他看見了央金瑪那張美麗清純的臉，還有她夢遊一般的眼睛。

「你……你叫我大哥？可、可我只是一個強盜。」他竟然有些害羞，不斷用馬鞭敲打自己寬大的手掌，而他的眼睛還被那張臉上驚世駭俗的美麗所封凍，連眼皮都忘了眨了。

「大哥！」他身後的一個兄弟喊。因爲如果他不提醒格桑多吉，太陽都要出來了，儘管現在星星還很亮。

「哦呀！」現在是格桑多吉開始做夢了。他費勁地轉過頭來，環顧四周，卻什麼也沒有看見，眼前只有那姑娘幽怨的、聖湖一般明澈的眼睛。他有中了一槍的快感。過去，那一槍打在他的肩膀上，把他打下馬來；現在，這一槍重重地打在他的心窩處，剛才只是讓他摔了一跤，已經是個奇蹟了。

「大哥，我把她捆起來吧？」他旁邊的兄弟群培說。

「昏頭鳥！」格桑多吉重重抽了群培一馬鞭，打得這個兄弟莫名其妙，所有的人也都懵了，呆呆地看著這個不可一世、卻又深陷夢境中的強盜首領。

「那個、那個拐走她的傢伙呢？」他終於有些清醒了，用馬鞭點著群培問。

「他早離開這裏了。」央金瑪說。

「哦……」格桑多吉心事重重地說，「那就請上馬吧，姑娘。」

「你要把我交給我姐夫嗎？」

「唔，可能吧。抱歉，我受人之托，要講信義。」格桑多吉低聲說。

「我不會跟你走的。」

「那他們就要把你捆在馬背上了，姑娘。」他並不是在威脅她，好像是在勸導她。

「我寧願現在就死在你的刀下，也絕不回到康菩土司那裏。」央金瑪厲聲說。

格桑多吉怔住了，不是因爲央金瑪剛才的話，而是他看見一個俊美的青年男子此刻站了出來，來到央金瑪身邊。「我是扎西嘉措。好漢，拜託了，讓我和她一起死吧。我向神山爲你祈求：殺死我們不會讓你下地獄。」

格桑多吉忽然感到自己長得太醜了，天下竟然還有如此俊美的男子！面對這樣一匹駿馬，所有的男人在漂亮姑娘面前都缺乏自信。

「你可真是個從月亮上走下來的傢伙。」格桑多吉圍著扎西嘉措轉了一圈，語調有些陰陽怪氣。

「你什麼意思？」扎西嘉措問。

「不是誰下地獄的問題，而是誰可以永遠生活在月亮上。」格桑多吉回頭對身後的兄弟命令道：「把他捆起來。」

「不！」央金瑪緊緊地抱住了扎西嘉措，就像那天她勇敢地擋在康菩土司的刀槍前一樣。

格桑多吉看見了一雙哀婉淒迷的眼睛。這樣的目光讓他冰川一般堅硬的心，一下溶進了太陽的溫暖裏。彷彿有個神靈在引領著他，校正著他，讓他在這淒美的目光前，不再堅守一以貫之的冷漠、血性，而是低下高傲的頭顱，謙卑地呵護並目送一株隨風飄來的蒲公英遠去。

「讓開，姑娘。」格桑多吉用近乎溫柔的口吻說，然後又用馬鞭指著扎西嘉措，「要是你不願意回你姐夫家，這個傢伙可跑不掉。」

扎西嘉措直視著格桑多吉，「《好漢紅額頭格桑》，這是我爲你寫的一首歌，我在雪域大地好多地方都唱過。」

「你說什麼？」現在輪到格桑多吉不明白了。

「我早就認識你了。一個說唱藝人知道大地上所有的英雄故事。」

「哦呀……」格桑多吉有些不知所措了，好像承受不起這麼大的榮耀，他的語氣裏少了些傲慢。

「原來你就是那個說唱英雄故事的傢伙啊。我可不是人們口中的英雄。」

「現在不是，但在我的歌聲中是。」扎西嘉措說。

「噢，難道你歌聲中的我不是現在的我嗎？」格桑多吉竟然好奇地問。

「在我的歌裏，就像那個神父說的，你是一個殺富濟貧、行俠仗義的騎士。可是啊，我沒有想到，」扎西嘉措輕蔑地說，「你原來也不過是土司貴族的幫兇。」

格桑多吉怔住了，拿馬鞭的手臂僵硬得既擡不起來，也放不下去。他不怕下地獄，但卻是爲驕傲而活著的人。扎西嘉措的話，和那姑娘的目光擊中他一樣，都打在他靈魂的最柔軟處。

他手下的兄弟都是些機敏聽話的傢伙，老大不下命令，他們不會動粗。可他們感到費解的是：老大今晚興師動眾地帶他們殺進教堂村，洋人神父也吊起來了，要找的人也抓到了，他卻像在做夢。因爲他們聽見格桑多吉嘀咕道：「狗娘養的，我真不該答應幹這活兒。」

然後他夢遊一般跨上了自己的戰馬。

「大哥，這兩個人……」他身邊的兄弟群培問。

「你這個傢伙，難道不怕人家把你唱成一個魔鬼嗎？」格桑多吉用馬鞭指著群培罵道。「走啦，騎士們！改天我們再來聽這個傢伙唱歌。」然後他兀自打馬跑了。

就像一場驟雨襲來，來時毫無防備，走時雲開霧散，強盜們在一陣狂亂的馬蹄聲中消失在黑暗裏。神父們被教友從樹上放下來，杜伯爾神父說，「我以爲人子的光榮就要來臨了呢。」年邁的古神父揉著酸痛的肩說：「我的孩子，還不到時候。這樣的事情，對我們來講，只是我們的鄰居跟我們開的一次小小的玩笑。」

羅維神父幫古神父察看傷情，「一個西藏的羅賓漢，不是嗎？」

杜伯爾神父說：「他可真是一個不可思議的強盜，但願我們能贏得他的心。」

央金瑪的噩夢好像還沒有醒，她呆呆地站在空地上好一陣，才問她的扎西哥哥，「這不是夢吧？」

扎西嘉措安慰她道：「噩夢結束了。不要怕。」

「可是，可是，我怎麼還沒有醒來呢？」

「天亮了就好了。我們去謝謝神父們吧，今天不是他們，我們就完了。」

央金瑪忽然打了個哆嗦，抓住扎西嘉措的胳膊問：「那個強盜，穿的是白色的衣服！」

扎西嘉措奇怪地看著她，不明白她臉上的惶惑和驚恐。彷彿她的心，正在被某個夢中的強盜一把掠去。

第十章　頓珠活佛一書

諸友伴，如來身者從百福生，從一切善法生，從無量善道生。
——宗喀巴《菩提道次第廣論》（卷十．學菩薩行）

我們這些寺廟中的修行者，一生都在追求世界上的大善，都在跟自己的凡夫心搏鬥。即便是我這個被尊稱爲佛的人，也有一顆肉體凡胎的心啊。

因此，當我的父親低著頭、躬著身，退出我的禪房時，我看到了他花白的頭髮、佝僂的背。我當時心裏陣陣發酸，父親變矮了。

在世俗世界裏，沒有人比康菩土司更高大；在這裏，沒有人比我更高貴，儘管我只是一個十四歲的孩子。哪怕是我的父親康菩土司，如果我不賜座，在我面前也只有跪著。剛才他跪著請求我，讓寺廟發兵去攻打瀾滄江下游的教堂，他說那些洋人喇嘛最近太猖狂了，連權傾一時的康菩土司家的人都要搶。

我卻想對他說，阿爸，請帶我去一次高山牧場吧，夏季牧場的花兒都開啦。

哦，對了，我該向你們追憶一下我的來歷。作爲一名榮幸地繼承前世活佛身、語、意的轉世靈童，我的生命從一開初就帶有神的烙印，佛的使命。儘管活佛是來到人間爲眾生承擔一切苦難的佛，但他也是從母體降生。我生於峽谷地區的貴族世家康菩土司家族，在峽谷地區，無論是漢人還是藏政府，都對康菩土司尊敬有加，甚至連掌管神權的寺廟，也對這個大施主非常恭敬。本地的藏族民謠中有這樣一段歌詞：

雹神巡行到康菩家的上空，
喇嘛的咒語齊聲吟誦，
這是魔鬼也不敢涉足的土地，
請把你的忿怒降到佛法的敵人那邊。

峽谷裏最年長的老人都可以面向卡瓦格博神山發誓說，從他們爺爺的爺爺那一輩起，瀾滄江西岸康菩家族的領地就從來沒有下過冰雹。

峽谷裏最年長的老人也可以告訴人們，康菩土司的三少爺出生時，是個大雪紛紛的冬天，但隨著第一聲嬰兒的啼哭從土司大宅裏傳來，天空竟然出現了彩虹，架在瀾滄江兩岸，彷彿一座跨越瀾滄江的彩色之橋。有人看見彩色的雪花，捧在手上竟然變成了花瓣；還有法力深厚的喇嘛上師看見空行母在雪後初霽的藍天中飛翔，不是一個而是無數，她們的歌聲曼妙悅耳，醉人心脾。那是一個吉祥的冬天，甚至連人們屋頂上的冰雪都還沒有融化，峽谷裏的桃花就開了。

這些傳說並不是我杜撰的，你去問峽谷地區的任何一個藏族人，他們都相信，並會告訴你，這就是一個活佛轉世的種種吉祥徵兆。

在我四歲多時，崗巴寺的高僧益西堪布來拜訪了我的土司父親，回到寺廟後他就向峽谷裏的僧俗宣佈：八世頓珠活佛的轉世九世頓珠活佛，已被確認爲尊貴的康菩土司家族的三少爺康菩・羅布旺丹。

從那個時候起，羅布旺丹少爺就被尊稱爲頓珠小活佛了。我被迎請到寺廟，由益西堪布精心培養。既訓練我的佛學知識，也開始書寫一個活佛的傳奇。在我們藏族人心中，每一個活佛要麼以他們的慈悲服眾，要麼行一些神蹟，由此而贏得信眾皈依的心。比如我的前世，八世頓珠活佛，有一年峽谷裏大旱，地裏的青稞都渴得冒煙了。人們祈禱求雨，喇嘛們的法會做了一場又一場，但最後連瀾滄江彷佛都要露出河底了，還是沒有降雨。八世頓珠活佛有一天來到雪山下的一個山洞邊，說他要在這裏洗個澡。人們問，「活佛，哪裏去找水啊？」八世頓珠活佛讓侍從給他一個背水桶，他一人進去山洞裏，一會兒就提出一桶水來了。他將水從自己的頭上淋下去，淋下去，那桶裏的水永遠都倒不盡。水從活佛身上淌下來，竟然流成了一條河！直到今天，這條河還一直滋潤著瀾滄江西岸的土地。

自從當了轉世靈童，關於我的神奇傳說也就多起來了。就像佛像是被雕塑出來的那樣，活佛的神性也是被人們在交口傳誦中，雕塑成一個凡人不得不頂禮膜拜的佛。有些事情我也不明白爲什麼會成爲一段傳奇。比如，在我還沒有認定爲轉世靈童之前，我穿過一次的衣服、用過一次的東西，我就再也不穿、不用了。我不是送給身邊的僕人們，就是讓他們拿去分發給窮人、過路的乞丐，哪怕它們是多麼令我喜歡。當我看到自己喜歡的東西也能讓別人喜歡，我的心底裏就會升起由衷的喜悅。人們說我的慈悲心是與生俱來的，是前世活佛早就傳給一個才幾歲的孩子了。

人們還說我聰穎非凡，慧眼開得早，法眼也好生了得。我們要在上師的教育下念誦大量的經文，宗喀巴大師的《菩提道次第廣論》，益西堪布每天規定我們要學習的篇章，和我一起學經的小喇嘛要念三天才能背誦，我只需念一遍，一根香都沒有燃盡，就能倒背如流了。我們認為人其實有五雙眼睛，分別是肉眼、慧眼、法眼、佛眼、天眼。肉眼大家都有，慧眼要聰明人才有，而法眼、佛眼和天眼，則需要經過佛學上嚴格的修持才打得開。我現在開沒開這「三眼」，我不會告訴你的。因為那只能證明我的虛榮。

有一年的賽馬節上，信徒們排隊前來請他們的頓珠小活佛摩頂祝福吉祥，當一個牧場上的康巴人滿身膻味，躬身到我的面前時，我對他說：「哎，你幹嗎要把別人的佛珠戴在自己的脖子呢？」那個康巴人一下就跪倒在我面前，痛哭流涕，立即向我懺悔他作為一個強盜所犯下的罪孽。

我怎麼看出他是一個強盜的呢？因為他的穿著和他脖子上掛的那串佛珠差距太大了；還有他的那雙眼睛，在一個活佛面前，犯了罪孽的人，眼睛裏藏不住自己的嗔怒。從那天以後，他皈依了佛教，成了我身邊一個忠誠的僕人。

他叫貢布，是我賜給他的新名字。請你們記住他。貢布，我拯救了他罪孽的靈魂，他改變了我的後半生。這是後話了，以後慢慢告訴你們。

我只是想先告訴你，一個活佛的神蹟，還包括他也會犯錯誤。

在我們的寺廟裏，上師就是佛，地位甚至高於我的土司父親。因此在我還沒有坐床成為正式的活佛之前，益西堪布不僅是我精神和佛學修持上的上師，還是我生活中的父親。他是個嚴厲的人，也是個佛學造詣深厚的大格西。很多時候我甚至想，以學識論，益西堪布比許多大活佛都精通顯、密佛學；而論及慈悲心，這個老傢伙常常在打起學生來的時候忘得一乾二淨。很多時候我衝他佝僂的背影做鬼臉，用一個牧場上的孩子罵人的粗鄙話罵他。啊，那是因爲剛剛挨了手板心。

我雖然尊貴爲佛，但畢竟是個孩子，也會像一個孩子那樣幹些調皮搗蛋的事情。因此該挨打的時候，上師照打不誤。比如，我們出家人，要恪守過午不食的戒律，但一個孩子晚上哪有不喊肚子餓的。我就偷我房間裏神龕上供奉給諸佛菩薩的水果、朵瑪吃。益西堪布發現神龕上的貢品少了，問怎麼回事？我就說是貓偷吃了。因爲我一直養了一隻貓爲我的嘴饞作掩護。後來有一天晚上益西堪布來房間巡查，聞到了我嘴裏蘋果的芳香，才恍然大悟。「我說貓怎麼會喜歡吃蘋果了？」結果我挨了一頓狠揍。

還有一次挨打，和漢人的新鮮玩意兒有關。阿墩子縣城的唐縣長有次來參加我們的法會，送了我一個小鬧鐘，說如今人們用這個東西來確定時間。在你該起床而又沒有睡醒的時候，它會像雄雞一樣在你的耳邊打鳴。我很高興有這個禮物，因爲每天早晨，我們都是觀察一顆叫「托狼格欽」的星星的方位，當它升到寺廟對面的山頂一肘高時，就該擊鼓喚醒沈睡的喇嘛們了。我不明白這個鬧鐘和東方天空中的「托狼格欽」是什麼關係？和太陽的升起落下、月亮的陰晴圓缺又是什麼關係？回來後我就把它拆開看個究竟，但我卻不能把它重新恢復原樣了。我讓喇嘛們爲它念了一場經，希望經文的法力能讓那些死去的零件重新活起來。這個鬧鐘讓我這個活佛丟盡了臉，因爲我向來被人們頌揚爲全知全能的。益西堪布對死去的鬧鐘的慈悲是：重重地打了我一巴掌。

隨著漢人來得越來越多，馬幫走得越來越遠，這個世界就顯得日益複雜起來。日本人在跟漢人打仗，洋人又來爭奪我們藏族人的靈魂——這是益西堪布對此的警告，我們藏族人處在佛法的敵人巨大的陰謀當中。因爲我們驚訝地發現，竟然還有和佛陀釋迦牟尼一樣至高無上，和一代宗師宗喀巴大師一樣睿智嚴謹，和諸佛菩薩一樣慈悲無邊的神靈，而且他們還宣稱，他們的神靈更偉大。

父親說，他們不是魔鬼的幫兇，就是魔鬼的化身。聖潔的雪山都被他們身上的穢氣污染了。我身邊的益西老堪布說，我們和他們終有一戰。尊敬的康菩家族可是我們的大施主，該是我們為施主家禳災驅魔的時候啦！

禪房裏的幾個高僧也嚶嚶嗡嗡地說，跟他們幹吧，像驅趕魔鬼一樣驅逐他們。

我有些奇怪地打量著我的上師們，自從我穿上袈裟接受他們的教育以來，我天天從他們嘴裏聽到的就是，要謙遜、慈悲、隱忍，要戒除內心中的貪欲、嗔怒、嫉妒、仇恨，要對眾生持有廣闊無邊的愛，哪怕是我們的仇人，也要給予他們無上的慈悲。我們以慈悲立世，不以殺戮服人。可為什麼一論及到洋人喇嘛，我的這些上師們，就一點也不像一個修行者呢？

益西堪布一直都在教導我，洋人喇嘛是我們的敵人，是盜竊藏族人靈魂的魔鬼，當他還是一名學經僧時，就跟洋人喇嘛打過仗，我們的崗巴寺後來被洋人喇嘛找來的清朝皇帝的軍隊放火燒了，兩尊從印度請來的鍍金佛像也被他們搗毀了。達賴喇嘛多年前從拉薩發來的文告中說，洋人宗教和我們的宗教，是炭火與冰的關係。我一想到這句話，腦海裏就「滋——滋——」地冒白煙，不是炭火融化了冰，就是冰澆滅了炭火。

為什麼要這樣呢？

我一直想弄清楚洋人喇嘛是一些什麼樣的人？為什麼要跑到我們這個地方來傳播與藏族人不相干的宗教？我們的宗教從印度傳來已經近一千年了，為了堅守住這份信仰，藏族人曾經打了很多仗啦，和人打，也和神打。我不願意看到一種新的宗教傳來時，大家又去打仗。可是人家要來，我們有什麼辦法呢？這些外族人究竟想幹什麼？

而我還只是一個沒有坐床的十四歲的少年活佛，我見過死人，但沒有見過殺人，我的教派也反對任何殺生，出家人的「十誡」裏，第一大戒律就是戒殺生。但那個年代，人命如蟻，我們的喇嘛也經常忘記這一點。儘管我們外出時，連地上的螞蟻都怕踩到。

因爲他們是另一個教派的僧侶，我們就該把他們殺了麼？

我明確表達了我的反對意見，說現在不是清朝皇帝的時代了，國民政府比上一個朝代力量更強大。在這塊土地上，宗教紛爭的結局，就是眾生的殺戮和寺廟的廢墟。

益西堪布和我的父親臉上露出失望的表情，那幾個高僧也不敢說話了。在這個寺廟裏，上師們教我佛學知識，但對我言聽計從。如果我說，我們去把日夜流淌的瀾滄江堵起來吧，他們絕對會紛紛跳進湍急的流水中。但這一次，我發現，他們內心中的那條瀾滄江，遲早一天要衝出來。連我也堵不住。

佛、法、僧三寶啊，請賜給我殊勝的智慧，讓我看明白，世界上正在發生的事，是不是比一個拆散了的鬧鐘更不可收拾？

世界很可能比一個鬧鐘複雜，人的心又比世界複雜。父親還說，洋人喇嘛搶走了我的小姑，她本來已經答應給野貢土司做三姨太了。可以換來三塊牧場啊！我的父親痛心疾首地說。

我頓時明白了他要寺廟出兵的真正原因。

我父親曾派我的一個哥哥、大強盜格桑多吉去攻打教堂村。但是不知洋人喇嘛用了什麼法力，竟然感化了格桑多吉，他既沒有殺一個洋人，也沒有帶回父親要的人。格桑多吉彷佛只是在洋人喇嘛的村莊炫耀了一次自己的驕傲。

父親罵我的這個哥哥，我還送給他那麼多的馬和快槍呢。這個狗娘養的強盜。他忘了自己是當父親的了。我知道他精力旺盛、從不安分。康菩土司擁有巨大的財富，廣闊的土地，擁有過很多的女人，給我製造出了很多兄弟姐妹。他們都是狗娘養的，那他是什麼？一類的因必然導致一類的果啊阿爸。我爲有這樣的父親，在上師面前感到害臊。

我明確告訴我的父親，昨晚我在夢裏得到我的前世活佛的啓示，我必須去雪山上靜坐一個月，以躲避一個將要來侵害我的魔鬼。在我與世隔絕的靜坐默想中，魔鬼不戰自敗。

在寺廟裏，沒有比一個活佛閉關、修行、做法事更重要的事情。我的修行不僅僅是爲自己，也是爲眾生。這一次，我相信也是如此。

就是在這次閉關修行中，神指引著我和我的強盜哥哥邂逅相遇。他忽然就闖到了我閉關的山洞前，打破了我閉關靜坐一個月以來寧靜的心。我認爲他是一個既不在乎自己的來世，也不懼怕地獄烈火的強盜。這種人不是蒙昧，就是孤傲。格桑多吉屬於後者。

在那個陰冷、潮濕的山洞裏，當我聽我的侍從貢布說格桑多吉來拜見我時，我本來不想破關出來接見他。但我想：如果我可以像當年降服貢布的那顆罪孽之心那樣，也降服讓峽谷裏的眾生聞風喪膽的大強盜格桑多吉，讓他殺戮的心皈依佛教，閉關失敗也只是一次小小的罪孽吧。

但是我錯了，我們的兄弟情分因爲我們各自從事的「善業」和「惡業」，而相隔在瀾滄江大峽谷的兩岸。他見到我沒有下跪，只用嘲諷的口氣說，嘿嘿，沒有想到，康菩家族還會出一個活佛。

我回敬他說，我也沒有想到，康菩家族還會出一個強盜。

他哈哈大笑，是那種頭被砍掉滿地滾落了，笑聲都還在飛揚的豪爽男人。他說，哦呀，我們都是爲康菩土司長臉的兒子。

我有點喜歡上他了，我認爲，他雖然對我不甚尊敬，但他的靈魂還沒有徹底被魔鬼擄去。他對我們尊貴的家族看來除了譏諷，便沒有一點好感。

他更不在乎我這個活佛的尊位，自我被確認爲轉世靈童以來，我就被人們當佛供奉。以往那些跪在我腳下，躬身在我面前的信眾，我隨便說上兩句，他們都奉若神明。我說，真是一汪清澈的泉水啊。人們就會翻山越嶺地來背這山泉水回家，恭敬地添在神龕前的聖水碗裏。我說，我要在這塊石頭上坐一會兒。就有人在我起身走後把哈達獻給這石頭，它由此而有了神的烙印。

但是這個當強盜的老兄，讓我自懂事以來首次感到傷自尊心的是，見了我不下跪，卻對我的侍從貢布跪下了，

他伏在貢布的膝前說：老大，請不要責怪我！但我沒有讓你失望。

貢布當時滿面羞赧，說，我早就不是你的老大了，我只是被頓珠活佛洗罪的一個修行者。你的罪孽，終有一天，也要讓頓珠活佛幫你洗清！

我的強盜哥哥說，老大，我的罪孽，來世再說；今生只想有一次報答你恩情的機會。照顧好我的兄弟吧。老大，我們走了。

原來格桑多吉哪裏是來拜見我的啊，他是來看他的生死兄弟的！我看見他們都眼含動情的淚光，我和格桑多吉算什麼有同樣血脈的親兄弟，他們倆才是真正的兄弟！有一刻，我都有些擔心，這場來得急去得快的暴風雨也會把貢布卷走，因爲我感受到了他多年前那顆狂亂的心。

我們這個地方的藏族人，並不把當強盜看作是羞恥的事。在百姓口裏，他們是英雄好漢。

很多年後，當我閱盡格桑多吉坎坷、神奇的一生，我會回想起和這位老兄初次見面的感受，我會為自己悲心的淺薄而自責。我可以給所有的信眾帶去祝福和吉祥，我可以靠自己在佛學上的修持，挽救許多墮落的靈魂；我甚至可以作為一個來到人間的佛，去承擔眾生的苦難，從為他們祈禱開始，到為他們奉獻我的生命結束。可是，我沒有留住格桑多吉——我的兄長——一顆孤傲的心。

一個孤傲的人，是這個世界上最應該有人去悲憫他的人。但是，他們往往因為其孤傲而倍受折磨，他們甚至把別人的悲心也看成是對自己的一種傷害。

第十一章　官軍行

官軍殺賊賊如麻，賊至誰敢白刃加。
殺賊未曾還做賊，官軍過處無完家。
誰賊誰軍不須辯，民間一樣雞犬嘩。
——唐朝儒《官軍行》

《官軍行》是阿墩子縣縣長唐朝儒寫給自己的小舅子、縣守備隊隊長陳四娃的一首詩，縣守備隊和正規軍一個連最近剛剛打了一個大勝仗，擊敗了瀾滄江上游野貢土司和下游地區康菩土司的聯合武裝，縣政府的威望在峽谷裏一時大振。

在縣長唐朝儒看來，這是一場很奇怪的戰鬥，縣府的好意全被這些權傾一時的土司貴族們誤解了，本來縣境內的兩大土司家族因爲聯姻失敗而開的戰火，作爲一縣之父母官，當然要站出來平息爭端。可是他們卻認爲這是土司間的事情，事關家族榮譽和驕傲，政府沒有權利管。唐縣長親自把兩個土司請到縣衙居間調停，而兩個自以爲是的土司老爺卻公然在調停時把腰間的槍拍出來了。這還有沒有王法了？唐縣長命令陳四娃將兩個土司都拘禁起來了。於是兩家土司的武裝合力來攻打縣城。

不過，兩家土司的武裝在縣守備隊的有效抵抗下久攻不下，而唐朝儒的援兵十天後就到了，政府的軍隊內外夾擊，土司武裝被機槍打得人仰馬翻。這些康巴人在戰場上只能逞匹夫之勇，毫無戰術可言。官軍一直打進兩家土司的老巢，讓他們的管家在槍口的威逼下簽訂臣服之約，才放回了他們的主子。

官軍班師回營，一路上峽谷裏的藏族人大都口服心不服，每個村莊都有明槍暗箭來襲擾官軍，陳隊長的手下便用機槍去突突他們，不論是牧場上的牛羊，還是敢於反抗的藏族人，殺得性起時，就難免幹些打家劫舍、順手牽羊的事情。搞得這支軍隊官軍不像官軍，強盜不像強盜。唐縣長聞知時，峽谷裏已經到處狼煙四起，鬼哭神怨了。於是縣長大人的傳世大作《官軍行》一揮而就，還在詩後題上「與縣守備隊陳隊長四娃共勉」這樣的「酸詞」。那幅煞有介事的樣子，好像是代表國民政府對陳四娃的嘉獎一般。

「酸詞」是陳四娃對第一次有幸得到自己姐夫的題詩後的評價。儘管那上面的好多字他都不認得，但他還曉得賊和官軍是怎麼回事兒。陳四娃當時將詩稿往懷裏一揣，說：「姐夫，過去在重慶碼頭上，我們是耗子，官軍是貓。現在在藏區，耗子變成了官軍，雪山上的黑腦殼藏人變成了賊。賊再凶，凶不過我的機槍。」

唐縣長告誡陳四娃說：「機槍雖凶，但不是用來對付牧場上的牧人和牛羊的；脖子再硬，也硬不過康巴人的馬刀。你做事要給自己留點後路，好好去讀讀我寫給你的詩。」

陳四娃心裏說，詩？屎而已。屎只是臭，詩又臭又酸。它如果能管一個人的後路，那只是像你老哥這種厚臉皮，既要做官人又想當詩人，就像那些當婊子的又想要立牌坊的爛女人。官場上的那些大大小小的烏紗帽，就是晃得人眼花的牌坊，不是爲婊子立的，就是爲婊子養的人立的。

出身於漢地重慶，在幫會碼頭上當過小老么的陳四娃，平常最看不慣自己的姐夫縣長和縣府的一些喝過幾天臭墨水的窮酸文人，喝酒什麼的一高興了，就你寫幾句，我和一首，搖頭晃腦，酸不兮兮，要麼得意忘形，要麼痛哭流涕。彷彿天下文章，都在他們的爛肥腸裏；芸芸眾生，也活在他們的滿嘴酸臭之中。別看他們在人前裝腔作勢，人模狗樣，在女人面前還不是跟所有的公騷狗一樣。縣府的漢族官吏私下裏經常議論，和康巴姑娘睡覺是否可以治風濕。唐朝儒對此的回答是：風濕治好了，但是你卻可能癱瘓了，因為你經常被這些健壯的姑娘搞得欲死欲仙。唐朝儒在阿墩子娶了個康巴姑娘作小妾，把陳四娃的姐姐扔在重慶為他們唐家帶孩子守婦道。陳四娃打心眼裏看不起自己的姐夫，但又不得不靠他賞碗飯吃。這個狗日的世道，誰把良知賣得越賤，誰就活得越好；誰滿嘴酸詞，誰就吃香喝辣。因此陳四娃滿不在乎地說：

「要是詩這個酸東西，在藏區也能當飯吃，保住腦殼，還要我們這些人做啥子？」

唐朝儒著色道：「放肆！康巴藏人不是你的機槍可以輕易彈壓的。這裏雖是後方的後方，卻比日戰區還兇險。日戰區的敵人看得見，這裏的敵人看不見。我聽說你和駐軍劉連長為一個青樓女子動刀子，前方抗戰吃緊，你們在後方為一個婊子吃醋，成何體統？知道藏族人在背後怎麼罵你們嗎？說你們是兩隻腳的公豬！這邊地狼煙，就像雪山下的雲霧，說來就來了。四天前北邊運送抗戰物資的一支馬幫被搶，兩天前東邊的老銀廠遭遇襲擊，護礦隊被打散，十多箱銀錠遭劫，那是白花花的銀子啊，這無異於搶政府的銀行！上峰責令我們限期將案犯捉拿歸案，我分析這是兩股土匪所為，你和劉連長的正規軍分頭行動，把你們在妓女身上的勇氣表現給本縣看看。」

陳四娃想，發財的機會來了，於是說：「我去剿那股搶銀廠的土匪。」

唐縣長面有難色地說：「剛才劉連長也表示他要去老銀廠。」

「姐夫，肥水可不能流到外人田裏。」兩人都知道，那十多箱銀子如果能追回來，只要能扣下一兩箱，都可以回重慶老家養老啦。

「陳隊長，我聽說搶銀廠的，是雪山上的大土匪紅額頭格桑多吉的人馬。這是個天不管地不收的傢伙，你要有個三長兩短，我怎麼向你姐姐交代。」

陳四娃一拍腰間的槍說，「什麼紅額頭綠額頭的，槍子兒打在他腦殼上，他的額頭當然就會是紅色的了。」

唐縣長是個聰明人，他把劉連長叫來，公事公辦地說：「你們都有為黨國分憂解難、奮勇殺賊的高貴精神。但本縣為了尊重兩位勇士的勇氣，實在不好決斷誰去追搶馬幫的強盜，誰去殺搶銀廠的賊寇？我不懂打仗，你們協商著辦吧。」

陳四娃說：「劉連長，知道你是條好漢，我也不是孬種。好漢做事情，乾脆痛快，我們投骰子來定吧，點多為勝。」

那劉連長別看軍裝筆挺，張口委員長長，閉口委員長短，好像委員長是他親爹。其實不過是一個銀樣蠟槍頭，只有在賭桌上，在妓院裏，你才會發現，那身軍裝一脫，還不如一個碼頭上混的小混混。碼頭上的小混混還講個幫規，這些穿黃皮皮的丘八，來阿墩子兩個多月了，戰功倒是有一些，但阿墩子唯一的妓院「春雪樓」倒被砸了三次了。由於敢來藏區用身子討生活的漢地妓女只有四、五個，大兵們幾乎天天晚上都要為誰先誰後、誰的時間長短大打出手。

劉連長斜著眼睛看了陳四娃一眼，把軍帽摘下來甩到桌子上，「種田的靠土，當兵的靠賭，我就知道你沒我運氣好。」

要說投骰子，當兵的怎麼能和陳四娃這樣的老江湖比？結果他投出的骰子多了劉連長五點。陳四娃笑呵呵地對劉連長說：「老兄，昨晚你一定在『春雪樓』觸到霉頭了。」

劉連長有些沮喪地說：「呸！那些姑娘，都被你狗日的搞出菜花頭了。」

陳四娃說：「『春雪樓』的姑娘身子乾淨了的話，良家婦女就遭殃了。」

劉連長陰陽怪氣地說：「那我恭喜你上路了。」

陳四娃忽略了出征前在阿墩子縣城發生的一些奇異的事情，崗巴寺的喇嘛漏夜舉辦神秘的法事，喇嘛們的經文吟誦得像瀾滄江洶湧憤怒的江水；雪山有個夜晚發出蔚藍色的光芒，將大地籠罩在幽幽的藍色中，月亮卻發出紅光；而在一個早晨，一盞神燈高掛在阿墩子縣城的上空，連初升的太陽都被它的光芒比了下去；更爲奇怪的是，他還沒有上路，整個阿墩子的人都用異樣的眼光送不可一世的陳隊長「上路」。人人都知道他要帶守備隊去和紅額頭格桑的人馬打仗，他們用看一個死人的悲憫眼光去看他。誰遠遠見他來了，要麼趕緊關門閉戶，要麼扭身就躲，還不斷「呸、呸呸」地吐痰，以驅趕遇到陳四娃帶來的霉氣。

但陳四娃卻不管這些，臨行前他去了趟「春雪樓」，想和自己長期包養的妓女青兒再纏綿一晚。但青兒躲著不見他，他最後從廚房裏把她找出來，拉進房間就按到床上。青兒說：

「陳隊長，我身子來紅了。你不怕觸霉運嗎？」

陳四娃不聽這謊話，拉開了她的褲帶，然後搧了青兒一個耳光。「你這爛娼婦，以爲老子是當相公的嗎？」

青兒哭著說：「陳隊長，你一身的寒氣，我不跟死人睡覺。」

她這麼一說，陳四娃倒真的呼出一口涼氣，身下那寶貝忽然就軟了。但他的嘴巴很硬，「此話怎麼說？老子就是戰死了，你也得給老子守寡。」

「只有死人才指望我們這種將身子當地種的人爲他守貞潔。陳隊長，你真的是死了。」青兒嚎啕大哭。

那個晚上，陳四娃在青兒身上一事無成，他的身子冰涼，形同殭屍，他的霉運從此開始。他們出發時，天上的兀鷲一直追逐著這支士氣低迷的隊伍，似乎已經嗅到了屍體的氣味。出征第二天，先是在經過一條雪山溪流時，兩個士兵、三匹馬被溪水沖走；然後是在森林裏碰到一頭兇惡的老熊，把舞刀弄槍的縣守備隊衝得七零八落。所有打出的槍子兒都打不倒那畜生，一個傢伙被熊掌搧了一掌，半邊臉沒了。有個晚上宿營在山腳下，一塊八仙桌大的岩石從山上無端滾落下來，三個人被砸成肉餅。到了一個高山牧場上，縣守備隊的士兵們餓得已經沒有力氣去跟牧人講買牛羊的價錢了，就用機槍去突突那些吃草的傢伙。剛打倒了幾隻，就有兩個提火繩槍的牧人大呼小叫地衝來，機槍也就順勢把他們放倒了。

就在那個牧場上，羊腿還沒有烤熟，格桑多吉的人馬就殺到了。他們有好多人，用快槍、火繩槍、毒箭進攻縣守備隊，還有成群的藏獒。這些牧場上的傢伙有小牛犢那般大，咆哮起來像一陣貼地滾來的天雷。陳四娃趕快佈置機槍掃射，但那些騎在馬上的強盜，忽然都不見了蹤影，只看到一匹匹飛奔而來的戰馬，還有藏獒吼翻天的嚎叫。那馬和狗跑得可真比槍子兒還快，士兵們驚慌失措，連手中的槍都舉不起來了。等他們能看清楚時，馬上的人已經立馬橫刀在眼前了。天爺爺！原來這些傢伙都藏身在馬肚子下。

陳四娃終於看見紅額頭格桑了，他甚至看見這個傳說中的好漢張弓舒臂，一支木箭便向他迎面飛來。陳四娃連忙舉槍向他射擊，但人家的箭比他的槍子兒還快，他的胳膊被射中了，強大的衝力讓他滾翻在地。

陳四娃把箭連血帶肉一把從胳膊上拔出，流出來的血都是黑的啦。他知道自己活不到太陽落山了。這是塗有毒藥的毒箭，老熊都能放倒。陳四娃中箭的手臂一下就麻木了，他的眼前一陣陣發黑。他看到了天上盤旋的兀鷲。這些催命鬼啊！他哀歎道。

格桑多吉的馬隊衝到了守備隊的火堆邊。現在大概該烤人腿、人胳膊和人的腦袋了。康巴人的馬刀之下，頭顱亂滾，胳膊大腿橫飛，一片鬼哭狼嚎，那些平常在阿墩子耀武揚威的守備隊的士兵，現在不是身首異處，就是嫌自己的腿太短，在康巴人騎手的追逐下，像一隻隻惶惶逃竄的兔子。真是一個屠宰場啊！

陳四娃掙扎著想騎上自己的戰馬，可他的半個身子已經麻木了，眼前一陣陣發黑。一隻兇惡的藏獒一口就把他拖翻在地。「天爺爺啊！你這畜生咬斷我的骨頭啦……」陳四娃一聲慘叫。

無數的藏獒撲上來，張著血盆大口，在他的身上東一口西一口，藏族人的天葬臺上那些吃死人肉的兀鷲，比起這些兇猛地撕扯爭奪的藏獒來，大概要算是吃相好看、細嚼慢咽的淑女。

陳四娃已經不知道痛，他只是害怕。害怕到全身發抖，肝膽心尖都在發抖啊！這些藏獒下口時，口口見骨頭不說，還像有千百個雷霆在你耳邊炸響。陳四娃想起過去聽川戲時的一句唱詞：「我要你凌遲受死，千刀萬剮。」凌遲受死算個什麼鳥極刑？和在藏獒的口下相比，簡直就是在賭命時開了頭彩。

陳四娃聽見一聲歡快尖厲的口哨，藏獒立即停止了撕咬。一個橫刀立馬的康巴漢子天神一般懸在他的頭頂。他看到了這漢子的額頭像傳說中的那樣，發出道道紅色的光芒，那是殺氣沖天的血光。

渾身血肉模糊的陳四娃已經說不出話來了。他想求饒，但他動彈不得；他想告訴他，好漢，我遠在漢地重慶，家裏還有老母，我不是一個孝子，我也不是一個良民，我只是一個重慶碼頭上的小混混。我不信你們的宗教，但我也害怕下地獄。我想喝一口水，我想跳進家鄉的兩條大江——長江和嘉陵江中，它們在朝天門碼頭匯合，朝天門碼頭的山坡坡上，有陳四娃的家，將來人家會說是「陳死娃」的家了……

「知道我為什麼要殺你嗎？」那個康巴漢子問。

陳四娃費力地搖了搖頭，他到了地獄裏都不明白的是，那個紅額頭格桑沒有說你作孽太多，今天你的報應到來了；也沒有說要用你的命，去祭奠那些被你的機槍濫殺的無辜；更沒有說打敗你的縣守備隊，是為了一個康巴漢子的驕傲。他竟然莫名其妙地說：

「這是為了我的愛情！」

紅額頭格桑的戰馬高高揚起了馬蹄，就像凌空劈下來的雷霆，重重踩踏在陳四娃的身上，然後，揚長而去，奔向愛情的戰場。

第十二章　闖入者

好漢紅額頭格桑，
康巴人中的雄鷹。
他的血脈奔騰如瀾滄江，
他的身軀偉岸似雪山。
他是窮人眼裏的菩薩，
他是貴族夢中的魔王。
他讓姑娘睡不著覺，
他的愛情帶來死亡的幸福。
——扎西嘉措《好漢紅額頭格桑》

康菩土司得到格桑多吉打敗了縣守備隊的消息後，高興得大叫：「好啊！看看我的英雄兒子，看看我們康菩家族的驕傲！讓他上山打岩羊，他卻把老虎打了！去把牧場上的牛羊都趕回來殺了吧，我們要好好和我的英雄兒子大喝一場。」

自從和野貢土司的武裝開了戰火，又被阿墩子縣的唐縣長拘押以後，康菩土司的肚子就一直脹得圓滾滾的，那股怒氣連寺廟裏的喇嘛做法事念經都消不了。肚子裏的怨氣泄不出來，身邊的人經常挨皮鞭不說，連天上的烏鴉都遭了殃。只要有烏鴉從康菩土司的大宅飛過，他就用槍去打牠們。「我讓你跑！讓你跑。你們這些狗娘養的在天上跑的傢伙！」管家次仁不得不提醒說：「老爺，烏鴉預示我們的明天，難道你不要明天的日子了嗎？」康菩土司總是氣咻咻地說：「明天？誰知道明天是魔鬼還是神靈的日子？」

這天上午，康菩土司站在土司宅邸外的山崗上放了一個很大很響很痛快的屁，他身後山坡上的花兒頓時就蔫了，一直到第二年都不再開花；峽谷對岸峭壁上的一群岩羊被嚇得慌不擇路，紛紛掉進了瀾滄江；馬廄裏的幾匹栓著的馬也炸了群，掙脫韁繩跑了；土司府裏的許多人以爲敵人又打來了，都操起傢伙往碉樓上奔。管家次仁連忙跑出來問：

「老爺，哪裏打炮？」

康菩土司撫摸著消了脹的肚子，喜不自禁地說：「嘿嘿，老爺我氣順了。我在等我的英雄兒子歸來呢。」

管家次仁說：「前天就送帖子去了，今天下午老爺的英雄兒子就該來了吧？老爺，我們先回家歇著，外面風大。」

「不，」康菩土司堅定地說：「迎接一個英雄，要像請一尊神一樣虔誠。」

次仁只好陪著他的老爺在外面等。在幾十年的管家生涯中，這樣高規格的接客禮儀他從來沒有經歷過，哪怕有年來了一個拉薩的大活佛，他也只是走到大門口來迎接。他的驕傲讓他面對最尊貴的客人，屁股也輕易不會在廳堂的火塘邊挪動一下。

可是直到太陽落山，康菩土司和次仁也沒有看見他的英雄兒子凱旋的隊伍。因為這支隊伍儘管受到路經的各個藏族村莊的歡呼，接受了牧場上牧人們敬獻的無數哈達和青稞酒，但是格桑多吉並不喜歡在康菩土司豪華的大宅裏喝慶功酒。他只想去一個地方炫耀他的驕傲和榮耀，這就是教堂村。

當他撥馬向教堂村進發時，他身邊的好兄弟群培不解地問：「我們還要去殺洋人嗎？」

格桑多吉回答說：「不，我們去洋人喇嘛的教堂喝酒。」

「大哥，別忘記我們殺過他們的人，還吊打過洋人喇嘛，他們會請我們喝酒？」群培問。

「我們現在是勝利者，人們不會不給英雄一碗酒的。」格桑多吉自信地說。

「可是，可是，他們並沒有請我們。」

「我們就打上門去。」

「就為了去喝酒嗎？」

「你們這些傢伙，為什麼不可以為了一碗慶功酒而驕傲地再打一仗呢？」格桑多吉顯得有些急不可待，「你們不願去的話，我一個人去啦！」然後他一夾馬肚，打馬向教堂村奔去。他手下的兄弟當然不會讓他們的大哥冒險，也紛紛打馬跟上。

對於一個曾經戰敗的村莊，這支強盜隊伍再次光臨就像舉步跨進自己的家門一樣輕鬆。教堂村晚禱的鐘聲敲響不久，強盜們已經摸進來了。這個時辰，村裏大部分教友都集中到了教堂，羅維神父已經走上祭台準備當天的佈道，杜伯爾神父坐在管風琴前指揮唱詩班要唱第一首進堂聖詠，格桑多吉的人馬在聖母瑪麗亞絲毫也沒有察覺的情況下，包圍了教堂。

羅維神父像往常一樣，剛以平穩柔和的語調在祭臺上問候他的教友：「我的孩子們，願主的平安與你們同在，」就看見一個高大陌生的身影從教堂大門口闖了進來，緊接著，一群持槍的漢子一湧而進。教堂裏的人們也才來得及回答神父的問候：「也與你的心靈同在，」便發現自己被槍指著了。

羅維神父認出來者就是那晚打進教堂村的那個強盜格桑多吉，他努力鎮定了自己的情緒，「迷途的羔羊，歡迎來到我們的聖堂，」

格桑多吉大咧咧地走到羅維神父跟前，說：「你們的門可關得不怎麼嚴。」

羅維神父說：「主的大門隨時爲你打開，請讚美我們的主！」

格桑多吉用他那雙鷹一般銳利的眼睛在人群中掃了一遍，看到了他要找的那個人。他說：「讚美誰？我認爲，你們應該讚美那些打敗了惡魔的好漢們。比如說，我，格桑多吉。」

坐在管風琴邊的杜伯爾神父語氣嚴厲地說：「基督才有資格受到讚美，你是基督嗎？帶著刀槍進我們聖堂的，必爲刀槍所殺。還不趕快在主耶穌的聖像前跪下，懺悔你的罪？」

「我有什麼罪？」格桑多吉驕傲地說：「我爲藏族人打敗了縣守備隊，你們不是說自己是窮人的教會嗎？我爲窮人出了口氣，難道你們不該讚美我嗎？難道你們沒有看見，一條峽谷的鮮花都在爲我的勝利開放嗎？」

「主啊，你竟然反抗政府的軍隊。」羅維神父哀歎道。

「不錯。」格桑多吉自豪地說，「我把那些人間的魔鬼都送進了地獄。」

「罪人，你有一顆邪惡的心、墮落的靈魂！」杜伯爾神父高喊，同時用手重重地敲了一下琴鍵。

格桑多吉愣了一下，要是在以往，他早把槍掏出來了，但今天他卻像一個好面子的小孩子那樣爭辯道：「你說錯了，我有一顆勇敢的心，驕傲的靈魂。」他再次用眼睛去人群中尋找，彷彿不是向杜伯爾神父說，而是專門說給那人聽的。

這時坐在祭台後面的古純仁神父走下來，對格桑多吉說：「我的朋友，我相信你不是來我們的聖堂望彌撒做晚禱的。你如果有什麼事情要我們幫忙，爲什麼不去我的房間喝茶呢？我們不要影響那些在這裏爲自己一周的過失，向主耶穌贖罪的人們。好不好？」

「我本來就是來喝酒的，」格桑多吉最後往那個方向望了一眼，又嘀咕道：「看在你可以做我爺爺的份上，我聽你的。天知道我的爺爺是個什麼人。」

「天主知道，他不比你好，也沒有你壞。請吧，我的孩子。」古神父巍巍顫顫地走下祭台，格桑多吉向教堂裏的弟兄們一招手，跟古神父出去了。

在藏區傳教了三十來年的古純仁神父，如何借助主耶穌的神力，讓偷襲教堂村的大強盜格桑多吉殺氣騰騰而來，醉醺醺地空手而歸，一直都是教堂村的教友們的美談。他們說，生活簡樸、令人尊敬的古神父一生從不喝酒，但在那晚的酒桌上，竟然把那個殺人如麻的傢伙喝得爛醉如泥、甘拜下風。這個峽谷裏的蓋世英雄最後連上馬的力氣都沒有了，是他手下的那幫兄弟攙扶著他，才將他像馱一條死狗一樣地馱在馬背上，狼狽不堪地撤出了教堂村。

多年後古純仁神父回到歐洲，曾在自己的傳教回憶錄《邊藏四十年》中記述這個晚上傳奇精彩的一幕。他在書中寫道——

「這個江洋大盜外表冷漠、血腥，內心卻有著羅賓漢般的俠骨柔情。他是一個驕傲自負的人，竟然草率地跑到我們的教堂裏來炫耀戰功，不是為了在主耶穌面前，而是要炫耀給他的追求對象看——那個被我們拯救的叫央金瑪的姑娘。為了贏得她的愛，他甚至放棄了對康菩土司的承諾，決心要做一個高尚的騎士。

不過，這種魯莽的求愛方式連我們的主耶穌也是不允許的。我把他請到自己的房間，明確無誤地向他指出：刀槍贏不來自己的愛情。

他問：那該怎樣做才能得到一個姑娘的愛？

我回答他說，謙卑，再謙卑。

他說，他和他手下的弟兄，都是些渺小卑微的藏族人，他們為了填飽自己的肚子而當強盜，他們不以為恥，反以為榮。因為他們找到了做人的快活和驕傲。

我說，驕傲將毀掉一個人的榮譽，順從天主便會迎來人的新生。

他沈默許久，喝下兩大碗酒後才問，央金瑪也順從了你們的天主嗎？

我肯定地告訴他，快了。目前他們正在望教期，復活節來臨時我們將給他們付洗。這是我們的信徒的榮幸，異教徒是不能享受這份恩典的。

我給他簡要介紹了我們教會的一些基本常識。峽谷裏的藏族異教徒大都孤陋寡聞，對外面的世界知之甚少，對主耶穌的福音更是聞所未聞。不過，他更關心的似乎只是央金瑪小姐。

他竟然問，如果他也加入我們的教會，是不是就可以得到央金瑪小姐的愛了？

我說，理論上還有機會，但央金瑪小姐已經有自己的愛人了，他們兩個為了這份愛差點丟了命。我的孩子，你來晚了。如果他們在教堂裏舉行基督徒的婚禮，你就只有尊重人家的選擇。婚配是我們的信徒的七大聖事之一，受到我主耶穌的護佑。相愛的人一旦接受神父們的祝福，神的烙印就在這婚姻中了，是絕不容許被改變的。我雖然很同情你，但我們的教會將站在這神聖的婚姻一邊。因為我們的經上說：「天主所祝福的，人不可以拆散。」

他忽然大碗大碗地灌自己酒，直到他醉得站不起來了。但借助天主的神工，這個強盜聽進了我的勸導。他既不能靠暴力去搶掠自己的愛情，也不能憑愛心去贏得央金瑪小姐的心，他唯有傷心地退出這場競爭。

可憐的人，找不到補贖之路的迷途羔羊，願主憐憫他，讓他重新找到屬於自己的愛。我在心裏為他祈禱。

在教堂村的人們慶賀自己躲過一劫時，只有扎西嘉措感受到了即將降臨的威脅和恐懼。那晚之後，他對自己和央金瑪的未來深感擔憂——不是害怕格桑多吉要將他們交給康菩土司，而是擔心格桑多吉從他身邊奪走他心愛的人。

當格桑多吉鷹一般銳利的目光在教堂裏射向他身邊的央金瑪時，他感受到了前所未有的挑戰。整個教堂村只有他一個人從格桑多吉一進教堂的大門時就知道，來者不爲別的，只爲他身邊的央金瑪。相戀的人在茫茫人海中，一眼就可以認出自己的情敵，就像獵狗在群山中，隔著一條山梁也可以準確地嗅到獵物的氣味。在教堂村養傷的這段時間裏，扎西嘉措越來越感到不能把握自己的未來了。神父們及時地向他們宣講，應該把自己的靈魂交給耶穌天主，一切都在天主的計劃當中，包括你們的愛。是愛讓你們得到了天主的聖召，讓你們走進了教堂村；主耶穌要改造你們，必將先拯救你們。面對天主的拯救，你們不能拒絕。

對於這兩個相愛的逃亡者來說，他們需要某種強大力量的支持，因爲他們面對的是更爲強大的一種勢力。而且，現在不只一個康菩土司是他愛情的敵人，還有一個大強盜格桑多吉。很有可能的是，後者比前者更危險，扎西嘉措相信自己的預感。他的愛情陷入前有堵截、後有追兵的困難境地。

耶穌基督的拯救，便成了唯一的拯救。

從「主耶穌，你是我們的拯救者嗎？」到「主，你是我的救主」，扎西嘉措比央金瑪來得更快一些。許多時候，他比央金瑪去教堂更積極，在他恢復得能夠行走時，爲了讓央金瑪陪他去教堂，他故意裝著行走不便，讓央金瑪攙扶他。同樣，也是他主動向羅維神父提出，他和央金瑪要領洗入教。羅維神父問，你們是自願的嗎？扎西嘉措迫不及待地說，就像我們的愛情是自願的一樣。只有耶穌天主才能保佑我們的愛情。羅維神父當時說，在領洗之前，你們要明白，教會將把你們塑造成一個新人。扎西嘉措說，當然，就像給馬打上烙印後，牠就屬於新的主子。

羅維神父安排兩個人跟隨教堂的傳道員托彼特學習基本教理，神父們說，要信仰我們的宗教，必須先認識我們的耶穌，如何爲了贖我們的罪，被掛在十字架上。托彼特則現身說法，告訴兩個相愛的人兒，要想得到天國的幸福，得先在耶穌面前把自己的原罪懺悔乾淨，做一個純潔的信徒。你們還沒有舉行神聖的婚禮，但已經住在一起了，這是有罪的，你們必須跪下來懺悔。扎西嘉措那時似懂非懂，私下裏對央金瑪說，過去喇嘛們告訴我們人生來是要受苦的，現在洋人神父則說人是有罪的。可再大的苦、再大的罪，都是爲了愛你。央金瑪憂心忡忡地說，爲了愛，我們已經吃了夠多的苦啦，爲什麼還有罪啊？

他們將來做什麼？要過什麼樣的日子？是否永遠都待在教堂村？他們並不知道。扎西嘉措是個大地上的歌者，他的心靈屬於廣袤高遠的雪山峽谷、江河草原。教堂村的人們都有自己的事情做，或種地，或放牧，唯有這兩個人，一個是流浪詩人，一個是土司家的小姐，什麼都不會。那天杜伯爾神父問扎西嘉措，是否願意照管教堂裏養的那幾頭牛，可扎西嘉措說，他從小沒有放過牛，他只會唱牧人的山歌；杜伯爾神父又建議道，那麼，你們兩個或許可以幫助托彼特照料教堂後面的葡萄園，但上工第一天，他們便把葡萄苗和雜草一起拔了。面對托彼特的責怪，扎西嘉措辯解道：真不明白藏族人爲什麼要種葡萄來釀葡萄酒，有青稞酒就行了麼。托彼特告訴他，孩子，耶穌的寶血就在葡萄酒裏。神父們把葡萄從法國引種過來，可不是爲了你們喝酒高興。

一個風雨如磐的夜晚，天上的雷霆在峽谷裏滾來滾去，驚醒了小屋裏的兩個人兒。央金瑪蜷縮在扎西嘉措的懷抱裏，每個大雷炸響時她都要顫抖一下，像隻膽小的貓。扎西嘉措輕拍著她的背，說：「別怕，別怕。只是打雷而已。」

央金瑪輕聲說：「從來沒有聽到過這樣厲害的雷，像魔鬼追趕過來了。」

逃亡的人，最怕聽到「追趕」二字，況且扎西嘉措現在不是被一個人追趕，而是兩個。過去，流浪詩人兼說唱藝人扎西嘉措的身後只有姑娘思念的目光和人們傳說的英名，他一回頭，心中湧起的是自信和驕傲；而前方的路，總是充滿希望和浪漫。他是大地上敏捷快活的羚羊，是天空中自由飛翔的小鳥，可是現在……

扎西嘉措內心深處的歎息被央金瑪察覺到了，女人的心在某些方面是敏銳如絲的，愛人的一聲輕微的歎息也會劃破她脆弱的心；而在一些重大的事情上，女人又常常視若無睹。她爬到他的身上，慢慢讓他找到一個男人的自信。令兩個人都感到費解的是，自從扎西嘉措恢復元氣以後，他們在這間教堂外的小屋裏做愛，儘管安全、寧靜，再不用擔心被人發現，也不用擔心康菩土司的刀槍酷刑，更不會因爲動作過大而驚擾到各路神靈，但是他們卻找不到當初在那棵核桃樹上的浪漫和激情了。央金瑪感受到扎西嘉措即使在性愛的高潮時，心中噴湧出來的激情也帶著幾絲淡淡的憂傷，那是無法用語言來言說、卻在內心深處可以準確地觸摸到的感覺，就像真實地捉到一條夢中的紅魚，夢醒之後，什麼都不存在，連能看見的魚也不是紅色的，但當初抓魚在手的真實感，卻久久難以釋懷。

在央金瑪看來，扎西嘉措最近一段時間的沈默和憂鬱，是因爲他找不到自己的愛神了。那個騎著白馬的愛神在他們的愛情最艱難的時刻，總是會在月光下的天空若隱若現，給他們以信心和鼓勵。央金瑪開初以爲是一隻彩色的鳥兒在引導他們的愛情，後來她在扎西嘉措的指點下也相信，愛神——或者說天使——就是幫助相愛的人兒克服一切障礙、洞悉所有人間真情、善良自由飛翔的蒼天之神。儘管大地上的人們從不爲他建廟焚香，但他屬於天下一切有情人。

愛神找不到了，自相愛以來，他們第一次找不到相同的感覺。當初扎西嘉措用一根愛情的繩子將央金瑪吊離她的閨房之前，他守在核桃樹上的每個夜晚，他何時上的樹、又何時離開的，他在樹上流了幾次眼淚，甚至在心裏爲她唱了些什麼歌，央金瑪在自己的被窩裏都明察秋毫。因爲愛神就在窗外守護著孤獨思念的心。現在，她躺在他的懷裏，卻把握不了愛人的心。

「央金瑪，你過去認識那個強盜格桑多吉嗎？」

「不認識啊。」央金瑪依偎著她的扎西哥哥說：「我還是從你唱的歌中知道有這樣一個強盜。」

「央金瑪，我們的麻煩大了。」

「別怕，扎西哥哥，在教堂村，我姐夫拿我們沒有辦法。」

「央金瑪，我是說，那個強盜格桑多吉。」

「有神父們的保護，他抓不走我們的。」

「央金瑪，你還不明白嗎，他愛上你了。」

「哦呀？」央金瑪嚇得從床上坐了起來，好像醒著的時候終於看見困擾了自己多日的噩夢。「你在說什麼呀，扎西哥哥，他是個強盜。」

「他也是個男人。」

「他爲什麼要愛上我呢？我又不認識他。」央金瑪的心還在狂跳不止。

「因爲你的美麗。」扎西嘉措捧著央金瑪的臉，「央金瑪，我爲什麼要愛上你呢？當初我們也不認識。」

央金瑪哭了，「扎西哥哥，你後悔了麼？」

「不。」扎西嘉措堅定地說，「只是，在一個強盜和一個詩人之間，得看你是喜歡刀槍呢還是喜歡我的情歌。」

央金瑪繼續哭，「扎西哥哥，你不是說，跟他睡覺的女人，都活不過兩年。哪個女人願意跟這樣的男人過日子啊？」

「在我的歌聲中，有很多女人喜歡他，哪怕爲他去死；在我的夢裏，他總是騎馬衝殺進來，把你從我的懷裏一把掠走。他打進教堂來，你以爲是爲了康菩土司嗎？前一次是，第二次就是爲他自己了。只是我不明白，他爲什麼沒有下手？」

央金瑪的心忽然平靜下來了，好像面對一件不該要的禮物。「扎西哥哥，他真的是來搶我的嗎？」

「強盜什麼都搶。」

「我們怎麼辦？」

「讓洋人的宗教來保護我們的愛。」扎西嘉措說的很堅決，「羅維神父說，只要我們在教堂裏舉行婚禮，我們的愛情就受耶穌大神的護佑。」

「好吧，扎西哥哥，」央金瑪抹乾臉上的眼淚，「就讓我們來看看，洋人的耶穌大神，會怎樣幫助我們的愛情。」

第十三章　補贖

他引我進入酒室，他插在我身上的旗幟是愛情。
——《聖經・舊約》（雅歌2：4）

群培從小就對那些穿袈裟的人又羨慕又敬畏。無論是在火塘邊聽大人們講喇嘛上師的神奇法力，還是在神靈的節日裏跟隨父母去寺廟敬香，看喇嘛們驅魔跳神，喇嘛就是他夢中的偶像，心靈深處的英雄。可當他提出自己要去寺廟出家當喇嘛時，他母親流著眼淚告訴他：雖然說供佛莫如供僧侶，但我們家供不起一名喇嘛，我們連爲你做一身袈裟的錢都沒有。

不能做一名喇嘛，就去當強盜，這看起來違背了佛陀的教誨，但生活就是這樣。窮人的活法跟佛經的教義總是有差距。當格桑多吉的強盜隊伍路過群培的村莊時，群培就跟隨他走了。不僅僅是因爲窮，還因爲年輕人的英雄夢。

他們是槍林彈雨下的生死兄弟，群培爲格桑多吉擋過槍子兒，格桑多吉幾次將群培從閻王那裏搶過來。這對好兄弟一起在地獄的邊緣快活地行走，反叛一切的心讓他們在生命中彼此依賴。

可是，群培現在卻不知道自己大哥的心在哪裏了，一切都源於那次打進了教堂村。格桑多吉用康菩土司的槍重新召集起了峽谷裏的好漢，如果從教堂村帶回康菩土司要的人，他們還將得到更多的槍和馬。但是大哥在打進教堂村後，竟然像一頭撞進夢裏。而且，回到山林裏的大哥似乎中了洋人的魔法，成天不說一句話。大哥變得像一個大格西一樣想佛學的道理了。手下的弟兄們這樣說。

搶老銀廠是群培帶人幹的，當他把成箱的銀子擺在大哥面前時，格桑多吉看都懶得多看兩眼，只是說：「這些白花花的東西，只會讓我的心更沈重。」打敗了不可一世的縣府守備隊，大哥驕傲的心不沈重了，但是他卻非要去教堂村喝慶功酒，那個洋人喇嘛又不知用了哪樣魔法，讓可以喝光一個村子的酒的大哥，醉得連上馬的力氣都沒有了。這次弟兄們說，我們的大哥中魔啦，怕是要請個活佛來念念經才行。

而最讓群培一生都費解的，是格桑多吉這天晚上把他叫到帳篷裏，與他話別。

群培進去的時候，看見大哥面前的石桌上有一罐酒，一整支牛腿，以及大哥隨身的駁殼槍和康巴戰刀。當慣了強盜的人，就是睡覺，刀槍都不會離身，群培一開初忽略了這個細節，也就決定了今晚的喝酒，醉的肯定是他。

酒喝下三碗後，格桑多吉把桌子上的刀槍往群培面前一推，「兄弟，這些玩意兒，我用不著了，你拿去吧。」

群培有些驚訝地望著格桑多吉，「大哥，你就醉了？」他知道，這把槍就像格桑多吉復仇的目光，只要仇人出現在哪裏，它一定會指向哪裏；而那把康巴戰刀，則是大哥最喜愛的好兄弟，就像他胯下的戰馬「雲腳」一樣，給他帶來過三天三夜也細說不盡的榮耀。作爲一個靠刀槍和勇氣打天下的英雄好漢，大哥可以不愛任何一個女人，但絕不會不愛自己隨身的刀槍。

「群培兄弟，你又不是不知道你大哥的酒量，我現在清醒得很。從記事以來，都沒有這樣清醒過。」

「那大哥又找到新的寶刀和好槍了？」群培快活地問，他們都喜歡削鐵如泥的寶刀，百發百中的快槍。

「寶刀和快槍，我現在用不著啦。」群培看見格桑多吉眼睛裏就像蒙上了一層雲霧般的迷濛，「我好像找到我要去的地方了。」他說。

「去哪裏？」群培問，馬上又補充道：「大哥這樣的英雄，去哪兒都離不開寶刀和快槍啊。」

「寶刀和快槍，帶不來我的愛情。」格桑多吉端起來一碗酒，「祝福我吧，我的好兄弟，你大哥愛上那個姑娘了。」

格桑多吉一口把酒乾了，群培也趕緊喝下自己的酒，「爲吉祥的愛情。是哪個姑娘啊，大哥？」

「央金瑪，教堂村那個。」格桑多吉莊重地說：「向我們的神山發誓，我要娶這個姑娘。」

「嗨，原來大哥這些天是爲這個姑娘啊！」群培哈哈大笑起來，爲格桑多吉斟滿酒，「難怪大哥不願把她交給康菩土司，明天，我就帶弟兄們去教堂村，把她搶上山來，晚上大哥就可以和她睡同一個帳篷了。」群培高興得自己先把酒喝了，好像是他的喜事就要來臨一般。

「好兄弟，這個事情我自己來辦。姑娘的心，是掠奪不來的。我把弟兄們都交給你，我去教堂村求親，也許需要一些時間。半年、一年，三年、或者五年，我都會等待。你好生帶好弟兄們，不要再管我的事。」

如果群培迎面被劈了一刀，不會這樣驚慌；胸口中了一槍，也不會有如此心痛。大哥這是中了哪個魔鬼的奸計啊，怎麼能說出這樣的話來？要說大哥身邊的女人，哪個好漢有大哥這樣多的豔福？在他十五歲的時候，就有當爹媽的把女兒送進他的帳篷；當他的英名像風中的情歌唱遍雪山牧場時，姑娘們的夢裏就只有格桑多吉雄踞其間。人們傳說跟大哥睡過覺的女人活不了幾年，其實是貴族頭人們由嫉妒嗔怒而編造出來的謊言。一些姑娘由於不能征服大哥英雄的心，因思念而死；一些女人被貴族頭人們迫害而死，因爲他們害怕大哥留下的種，給他們的夢帶來不安。不過，群培從來沒有發現大哥真正愛上過哪個姑娘。有的好男兒，愛情不過是他身邊的點綴，就像良駒是英雄的點綴、金鞍是駿馬的點綴一樣。

在這個星疏月朗的晚上，無論群培如何給他的大哥下跪、乞求、痛哭，大碗大碗地喝酒，讓自己醉得雙腳找不到地，整個人飄在半空中久久落不下來，都不能說服他的大哥一顆堅定而糊塗的愛心。不僅是他，山上的兄弟都來挽留格桑多吉，痛哭流涕地說，沒有大哥，他們一天也活不下去。他們甚至還說，那個教堂村的姑娘算個什麼啊？還沒有半年前水磨房邊的那個小寡婦風騷，也沒有去年那個死活要跟著大哥上山的姑娘甘瑪漂亮，更沒有那些主動摸進大哥帳篷裏的牧場上的姑娘健壯。

「你們說夠了沒有？」格桑多吉拿起石桌上的槍，對著這幫因爲激動而滿嘴胡話的兄弟。

但是他們根本不怕，繼續勸說他們的大哥。大哥要找女人，還不是跟在山坡上掐一朵杜鵑花般容易？漫山遍野的花兒，都在爲大哥你開放啊！大哥爲什麼非要看上教堂村的這個醜姑娘呢？我們看她奶子不夠大，身板也不夠厚實，嘴唇太薄，鼻孔太小，眼睛雖然大，但不夠明亮，迷迷濛濛的像在做夢。這種人不是羅刹女的化身，就是專吸男人血的吊死鬼。

一個叫次多的小兄弟匍匐在格桑多吉的面前，用火繩槍的槍托著地，槍管頂著自己悲傷的腦袋瓜，眼淚汪汪地問：「大哥，你還聽不進兄弟們的勸嗎？」格桑多吉只是冷漠地說：「我可從來不受人威脅。」次多點燃了火繩，火苗「茲茲」地向槍膛燒近，周圍的弟兄們跪了一地，哭喊說大哥，你就發發慈悲，救救次多兄弟吧！

火繩槍轟掉了次多半邊腦袋，鮮血和腦漿濺了格桑多吉一身，但也沒有喚回他中了愛情魔法的心。他只是把這個兄弟打飛了的半塊頭骨，用水洗淨，仔細放進自己的懷裏。人們竟然沒有在他的眼睛裏看到一滴眼淚，只是聽到他一句冷酷而絕情的話：

「你們這些只會舞刀弄槍的愚蠢傢伙，刀槍贏不來自己的愛情，也阻擋不了別人的愛情。」

然後，格桑多吉單人獨騎，在那些和他出生入死的弟兄們跪成一片的淚光中，下山找他的愛情去了。

格桑多吉不當快活自由的強盜，而自願去做歷盡磨難的情種，堪稱那個年代瀾滄江峽谷最神奇的事件。復活節之後的第一個主日天，兩個受洗的新人將在教堂舉行基督徒的婚禮。現在他們有了自己的教名了，扎西嘉措被賜予史蒂文的聖名，而央金瑪則叫瑪麗亞。他們將徹底告別過去，從生活到信仰，從敬畏到姓名。

多年以來，教會在藏區爲藏族教友主辦婚禮時，總是適當尊重當地的一些習俗。比如，峽谷裏的藏族人在辦婚禮時有合婚、提親、送親、迎親等儀式。合婚過去是請喇嘛來卜算這樁婚姻是否吉祥，提親是媒人的事情，而送、迎親則由女方家庭組成送親隊伍，男方家庭則負責迎親儀式，人們在一送一迎的過程中對歌、跳舞、敬酒、獻哈達等，這樣，婚禮便成了村莊裏的節日。神父們來了後，自然廢除了喇嘛卜算的儀式，卻允許婚禮雙方迎送新人，但最後的成婚儀式必須在教堂裏神父的主持下完成。由於扎西嘉措和央金瑪——噢，以後讓我們牢記他們的新名字，史蒂文和瑪麗亞——是逃亡到教堂村的，都沒有自己的父母或家族成員。托彼特是一對新人的代父，是他們今後靈修生活的引路人和父親，他找了十多個教堂村的教友，組成送親隊伍，托彼特親自擔任「送親倌」；而史蒂文那邊，則由羅維神父任「迎親倌」——他對這一職責激動得一夜沒睡好，還讓他的同會兄弟杜伯爾神父羨慕不已。

太陽升起來一竿高時，送親隊伍載歌載舞地出發。按照藏族人的送親規矩，新娘從離開家門時起，就有歌兒要唱了，出門有告別歌，上馬有感謝父母的歌，過橋有祝福村人的歌，大樹下有思念童年的歌，反正走一路要唱一路的。和迎親的人們在村子中央見了面，兩支隊伍就要一唱一答地賽歌了，從天上唱到地上，再從星星唱到月亮。當年古神父之所以允許舉辦婚禮的藏族基督徒保留這個浪漫的儀式，是因爲他認爲這個古老的傳統體現了藏民族的優雅和良善。而耶穌基督是良善的，更提倡生活中的高尚和優雅。

但今天，還有一個人也想表現出自己的高尚、優雅和良善，卻不管這合不合時宜。當托彼特代父帶著送親隊伍護送瑪麗亞剛走過村莊裏的那座小石橋時，橋那頭的大核桃樹下，一個大漢站在路中央，他的身後是兩馱馬的茶葉、一馱馬的酥油和青稞、一馱馬的漢地絲綢布匹，還有摞成一堆的銀錠，從地上堆到馬背那麼高。他的身後除了那幾匹馬，沒有一個人。

「主耶穌，是強盜紅額頭格桑！」送親的隊伍驚呼起來。

格桑多吉一身簇新的藏裝，豹皮滾邊的楚巴，華貴的紅狐皮帽，鑲花的藏靴，胸前的護心鏡金光閃閃。與其說這是一個新郎倌的打扮，還不如說是一尊威風凜凜的神靈。

「央金瑪，我要在這裏迎娶你。」格桑多吉高聲說。

人們愣住了，雙方對峙良久，彷彿都想弄清楚，這是不是一場夢。還是托彼特更老道一些，他站了出來，高聲說：

「格桑多吉，你走錯路了！」

「不！」格桑多吉的聲音不高，但是更堅決。「我從來沒有像現在這樣，走在一條愛神指引的道路上。」

托彼特又說：「那你認錯人了。這個姑娘不叫央金瑪了，她是瑪麗亞。」

格桑多吉說：「我不是愛一個名字，愛的是一個人。她就是叫神女，我也要娶她！」

送親隊伍中的瑪麗亞忽然劇烈地顫抖起來，連山崗上的花兒都跟著她一起在抖動，谷底的瀾滄江水神奇地停止了流淌，波浪不往前奔，而是衝兩邊的懸崖一頭撞去，村莊裏的人們都聽得見波浪心碎的嗚咽。只有瑪麗亞知道，她不是因爲害怕，也不是由於激動，而是彷彿又一頭栽進無解之夢的陷阱裏。她想掙扎出來，趕快去教堂參加自己的婚禮。但這條路如此曲折漫長，如此荊棘密布。她直到走到生命的盡頭時才發現：愛情的陷阱一旦陷入進去，用盡一生的時間也難以逃離出來。

她還看到一向眷顧她和史蒂文的愛神，現在正用同情悲憫的眼光看著格桑多吉，似乎這次他站在這個蠻不講理的傢伙一邊了。瑪麗亞還第一次清晰地看見，騎著白馬飛翔在天空中的愛神，是一個眉心有顆痣的男子，一隻彩色的鳥兒在前面引路。一年前的那個晚上，就是這隻鳥兒來輕叩她閨房的窗戶的吧？

第十四章 格桑多吉後傳

河對面的草壩上，
山羊綿羊排成群，
我最喜歡的一隻，
早已打上了印記。
——康巴藏區情歌

在我當著眾人的面，向瑪麗亞——這麼是一個多麼新奇好聽的名字——宣佈我要娶她時，她幸福地暈倒了。我當時就是這樣認為的。兩年前，我喜歡上了一個納西族的小寡婦，許多納西女人在她們的丈夫死後，遲早都要去殉情。當我說我要帶她走時，她嚇得一頭暈倒在地。可當我把她搭在我的馬背後，馬還沒有跑出三里地，她的雙手就緊緊摟住我的腰了。女人就是這樣，你不能僅僅聽她們怎麼說，還要看她們怎麼做。她們嘴上絕對不會說愛上了一個強盜，但是她們的身體往往需要一個強盜。

送親隊伍大亂，我哈哈大笑起來。人們的驚慌片刻就變成了憤怒，他們拿定我身後沒有其他的人，我身上也沒有槍和刀。幾個男人一擁而上，把我掀翻在地，捆綁了起來。我沒有反抗，我來到教堂村，就是要做一個他們所欣賞的「騎士」。

我任由他們把我綁在樹上，根本不把他們放在眼裏，我只關注瑪麗亞。她醒過來了，眼神依然迷濛，大約不知這是在夢裏還是夢外，我相信我一定進入過她的夢，有的人，你從他（她）迷亂的眼光中，可以看見他（她）昨晚的夢；瑪麗亞的臉色也很蒼白，嘴唇發烏。那是多麼可愛的一張小嘴，我的那些兄弟們竟然說她嘴唇太薄不好看。可我看她說話時，彷彿就像春雨之後豁然開放的兩片花瓣。

許多人吵吵嚷嚷地奔來了，包括史蒂文。有幾個人說要爲他們的親人報仇，要把我扔進瀾滄江，因爲我兩次帶人打進教堂村，大約殺翻了他們一些人。當然，對我最恨的還是史蒂文。他用刀尖頂著我的胸膛，說：

「雖然你是馬背上的英雄，但你卻是個情場上的強盜。你要敢碰我的新娘一指頭，我會殺了你。」

我說：「一個流浪詩人一生只會幹兩件事情：在流浪中寫詩，在寫詩中流浪。你永遠不會殺人，也永遠不會有自己的家。而一個強盜，既然人都敢殺，也就敢愛這個世界上任何一個女人，哪怕她是天上的神女。」

史蒂文清瘦的臉上血管都要爆裂了。他用刀刃逼著我的脖子，「我會砍下你的頭來，你信嗎？」

我微笑著告訴他：「兄弟，要說殺人，你怎能和我這樣的強盜相比啊？你的眼睛裏都沒有一點殺氣，手上的刀怎能砍下一個人的頭？」

他揚起了刀，這下他的眼睛裏有點殺氣了。我想，死在這個時候真幸福啊。瑪麗亞知道我愛她了，我是爲一生中的真愛而死的。

這時，一聲斷喝從史蒂文的身後傳來，「史蒂文，寬恕一個罪人，就是拯救自己。放下你的刀！」

這個只會唱歌彈琴的傢伙放下了刀。是那個叫羅維的洋人救了我一命，這讓我很沒有面子。一個老人來把史蒂文拉開，他說：「我們基督徒用愛和寬恕來感動我們的敵人。讓這個強盜看看，你如何用自己的愛，去迎娶你的新娘。」

於是人們紛紛說，不要管他了，我們先舉辦完婚禮，再來收拾這個強盜。

在人們的簇擁下，我看見瑪麗亞昂首從我的面前走了過去，去教堂做史蒂文的新娘。我對她高喊：「瑪麗亞，有人為了贏得慈悲的美名，可以把眼珠子摳出來供奉出去；我可不幹這樣的蠢事，因為我的眼睛只是為了看見你的美麗而生。」

瑪麗亞沒有回頭，繼續往前走。

我望著她聖女般的側影，又喊：「嗨！瑪麗亞，我才是今天的新郎！你不要進錯了新房。」

瑪麗亞仍然不回頭。有人向我吐口水。

當我只能看見她的背影和後腦勺時，我莊重地向峽谷裏的蒼天大地宣佈：「瑪麗亞，總有一天，我要在洋人的教堂和你成親！」

史蒂文衝過來，用一個籮筐扣在我的頭上，還在我的肚子上重重打了一拳。我什麼也看不見了。我的眼前一陣陣發黑，不是由於史蒂文的那一拳，而是因為瑪麗亞竟然連回頭吐我一泡口痰的恩賜都不願意給。

我只有理解為，至少她並不討厭我愛她。就像我在當強盜時，我並不討厭那些讓我應接不暇的姑娘。

這讓我看到了一絲渺茫的希望。神父們在教堂裏如何給他們舉辦的婚禮我不願知道。我只想知道，我該怎樣才能留在教堂村，守在我愛的人身邊，只要讓我每天看見她，我就滿足了。

當天晚上，人們在教堂前的院子裏喝酒、唱歌、跳舞。歡樂幸福的氣氛被風傳來，被地上喜悅明亮的月光傳來，被天上眨眼害羞的星星傳來，被幾條舔了人們的嘔吐物也滿身酒氣的狗帶來。我還被綁在村子中央的大樹上，我第一次帶人打進教堂村時，曾經把神父們綁吊在這棵樹上。我餓得眼睛發花，我的雙臂早就麻木了，我的心更是在流血，但我幸福地接受。過去我從來沒有因爲愛一個姑娘吃過苦。現在我發現，因愛而苦，比飲蜂蜜還甜。

「你真的這樣認爲嗎，夥計？」

一個騎白馬飄飛在半空中的傢伙，像一片樹葉一般飄落到我的面前，他像神一樣乾淨、飄逸，但他看上去善良而值得信任。

「認爲什麼？」我問。

「只要不當強盜了，就可以贏得你愛的人的心。」

「哈！」我就像一個牧場上擁有千百隻牛羊的牧人，「我才二十多歲，我在情場上從來沒有失過手，就像我在戰場上還沒有打過敗仗一樣。我相信沒有不喜歡英雄的姑娘。從我看見瑪麗亞的第一眼時起，我就認定這個姑娘是我命中注定的愛。」

「憑什麼看出來的呢？」他問。

「瑪麗亞目光中的好奇、敬佩——這樣的目光我在姑娘們眼中見得太多啦！只是她的眼睛多了一層夢的衣裳，好像在問：你就是我夢中的那個好漢嗎？」

「這就是你第一次打進教堂村時，沒有把她交給康菩土司的原因？」

「當然啦，誰會愚蠢到把一個美麗的姑娘送給一個更愚蠢的土司？這個女人是我的，我相信我們的緣分在前世早已締結，只不過讓我們在今生來相會。她有沒有在我之前愛上別人並不重要，她有沒有嫁給別人也不重要，重要的是我們相遇了。這有點像江湖上的一筆財富，在我知道之前它屬於誰，我並不關心，我只是把它們奪過來就是了。」

「夥計，愛情和財富不一樣。刀槍贏不來自己的愛情。」那個傢伙說。

我忽然發現這個傢伙說話像神父，但他不是洋人的身形和臉龐，他也不是藏族人或漢族人，彷彿是從很遠地方來的陌生人。他眉心上的那顆痣讓我感到奇怪，因為它在發光。我問：「你是哪一路的好漢呢？」

「我不是什麼好漢，」他用嘲笑的口氣說：「我是等著撿拾你掉在大地上的淚珠的人。」

「哈哈，」我笑道：「你既看不到我掉眼淚，因為我從沒有哭過；你在大地上也揀不到一滴淚珠，因為它可能比大海裏的珍珠還寶貴。」

他說：「眼淚總要流出來的，就像珍珠總要被人從大海深處採摘出來一樣。」

杜伯爾神父這時過來了。他給我帶來了吃的，還將我身上的繩子解開。他說：「你吃飽了就回去吧。我很同情你，但是你愛錯了人。」

我說：「只要是愛，就沒有錯。」

騎白馬的人在一邊說：「這話沒錯。」

但奇怪的是杜伯爾神父好像沒有看見他，也沒有聽見他說話一樣。他只是對我說：「這要看愛誰？如何去愛？耶穌基督的愛才是這個世界上最正確的愛，最強大的愛。」

我發現那個傢伙騎著白馬飛走了，比我的馬「雲腳」飛得還快，比月光照在大地還要悄然無聲。我恍然大悟，我碰見的是一個神了，但願他是掌管愛情的神。因爲我脫口而出，「那就讓我做你們的基督徒吧。」這是神讓我說的話。

杜伯爾神父當時很驚訝，他看我半天，問：「你想好了嗎？」我說：「我早想好了，不然我來你們的村莊幹什麼？」

神父用審問的口氣問：「你爲什麼願意做一個基督徒呢？」

我很乾脆地告訴他，「爲了愛。」

神父又問：「你愛窮人嗎？」

我回答說：「我當強盜就是爲了讓窮人有口飯吃，有件衣裳穿。我的兄弟們都是窮人。」

「你愛我們的主耶穌嗎？」他又問。

「我現在還不太認識他，」我說：「我想他是一個很聰明的傢伙，但如果他像你們一樣是愛窮人的，我也會喜歡他的。」

「你要明白，是我們像主耶穌一樣愛窮人。」杜伯爾神父說，「這樣看來，你是想留在教堂村了？」

「是。」我說，「只要你們願意我留下來，讓我幹什麼都行。」

杜伯爾神父把我帶進教堂，人們那時還在外面的院壩裏狂歡。我們來到一間書房，古純仁神父在看書，杜伯爾神父向他說明了我的請求。這個老人看了我半天，才說：「真奇怪你會如此欣賞一個差點綁了我們票的強盜。那麼，就讓我們來做一個試驗，看看天主的神工，能否試鍊出一個曾經墮落的靈魂吧。」

他們把我領到樓下的一個房間，杜伯爾神父說：「你就暫時住在這裏吧。」

我在屋子裏聞到一股特殊的味道，頓時便有些不能自持，身體內的血脈衝撞得骨骼「啪啪」響。神父大約聽到了這聲音，就補充說：「昨天以前，這裏還是史蒂文和瑪麗亞的房間，今晚他們搬到新房去住了。很抱歉，教堂目前沒有多餘的房間，如果你不介意的話……」

我強壓內心的衝動，說：「沒什麼，我哪兒都可以睡。」

我就這樣在教堂村住下來了。白天我負責照料教堂的幾匹馬和一群牛羊，夜晚我在史蒂文和瑪麗亞遺留下來的愛的氣息中痛苦掙扎。在這個房間裏，我的嗅覺像藏狗一般靈敏，我的腦海裏夜夜在跑馬，我的內心有一大群猴子在抓撓，我的腦袋天天都在發燒，但我的眼睛卻始終像鷹的目光一樣尖銳，這讓我終於看見了我的愛情的一絲希望。

是一根頭髮絲那樣細的希望。有天晚上，我竟然在那張木板床的褥子上發現了一根細長柔軟的頭髮。是瑪麗亞的頭髮！我就像在漫山遍野的花海中認出她那張燦爛如花的臉一樣，在這個紛繁混亂的世界上辨別出了瑪麗亞的一根頭髮！

我比那些終生修行的喇嘛終於看見了觀修的佛還要激動。我捧著那根頭髮，湊到鼻子前嗅它散發出來的愛的味道，我忽然痛哭失聲！我從來就沒有哭過，連我母親被頭人拴在馬後拖死，我把母親的屍體從山道上獨自背上天葬台，我也沒有哭，我只有恨。

「現在，你知道流眼淚是什麼滋味了吧？」我的愛神在我耳邊悄悄問。

我哭著說：「恨不會讓一個男人哭，愛會。」

「唉！」愛神歎口氣，轉身悄悄走了，他忘了撿拾我滴落到地上的珍珠般金貴的眼淚，也許他認爲它們還不夠多。

我會哭了。我知道愛是怎麼回事了。我爲這個發現欣喜若狂。我把這根珍貴的頭髮裝在一個藍色小玻璃瓶裏，這個東西是我從杜伯爾神父那裏討來的，據他說是裝過他們的藥的。我還把爲了規勸我的愛情，不惜把自己的腦袋轟掉了半邊的好兄弟次多的那塊小頭骨，也和這烏黑的頭髮裝在一起。就像把堅韌到死亡的愛裝在一起一樣。白天我把它繫在脖子下，晚上捂在自己的心間。我們藏族人總喜歡戴各式各樣的配飾，貓眼石、綠松石、瑪瑙、翡翠等等，常常一件配飾價值一個莊園，一座牧場。但是，我的這個玻璃瓶裏的寶貝，價值整個世界。

在教堂村的每個白天，我忍耐、謙卑、沈默。甚至在路上遇到史蒂文挑釁的目光，我也一側身給他讓路。他是我人生中的第一個勝利者，我過去也被人打倒過，包括那次被康菩土司的人馬俘獲，但我從沒有認爲自己是失敗者。因爲他們沒有擊敗我驕傲的心。現在史蒂文和瑪麗亞聯手做到了，幸好神父們的說法爲我找到了保持尊嚴的理由：無論在誰面前，我們都要謙卑。

爲了謙卑，我放棄了所有的榮譽和驕傲。古神父還說靠謙卑可以贏得姑娘的愛情，我想他說得有些道理。謙卑這個詞我是第一次聽到，他說謙卑是耶穌基督的本性，他以自己的謙卑來服務眾生，以贏得天下人的心。他們崇拜的大神耶穌可以謙卑到爲自己的信徒洗腳，但他卻做了天下人的王。我不是很明白這個道理，我向來崇尚武力，武力讓我和我的弟兄們肚子不餓，武力讓我們窮人不受欺負，武力讓我們驕傲，找到做人的感覺，武力還改變了我們的命運。在這片土地上，誰的刀好，誰的馬快，誰的槍頭準，誰就擁有武力，誰就是英雄，英雄就可以在這個世道上被尊稱爲王。可是，神父們卻讓我看到，一個贏得天下許多人心的王，不靠武力，靠謙卑和愛。

一個好姑娘就像你胯下心愛的戰馬，在你馴服牠時，並不是靠呵斥、打罵來獲得牠的忠誠和愛，你得把牠當兄弟，甚至當你的知己，瞭解牠的習性，呵護牠的成長。你不能總是以主人自居，當你能從馬的眼神中讀出牠想說的話，當你從牠的一個小小的舉動明白牠的想法，你就和牠建立了生死之情了。

可是，看看我的現在，還有比我更謙卑、更可憐的傢伙嗎？我該怎麼面對我這要命的愛情，全世界的人都反對的愛情！我以爲，當我拋棄我的兄弟和綠林生涯，在瑪麗亞的婚禮舉行之前向她求婚，我就有資格和那個說唱藝人競爭，並最終贏得瑪麗亞的愛。但是，教堂村的人們阻止了我。

儘管我還沒有信仰神父們帶來的宗教，但我成了一個常進教堂的「洋人古達」。這是爲了能看見瑪麗亞。在教堂做彌撒時她站在唱詩班的隊伍裏，我跟在人群後面，遠遠地望見她，思念她，而不是像神父教導的那樣，作爲一個希望皈依主耶穌的望教徒，我應該每天想念耶穌基督如何爲我們承擔苦難，自願背起十字架，爲我們贖罪。可是我想問一問這個被神父們帶來藏區的耶穌：他是否也看到了我的愛情中的麻煩？如果讓我也背上一個十字架，就能贖清自己的罪孽，讓我像一個善良的好人去愛，並且得到我愛的人的心。那麼，在天上的耶穌，就請你給我一個十字架吧。那東西比起我現在所經受的痛苦來，看上去並不是很重。

有一天我在牧場上遇到來打柴的瑪麗亞。這是我來教堂村後，第一次有了和她單獨相處的機會。她一看見我，彷彿有些慌張，想從另一條路上逃走。我迎了上去，截住了她的去路。我說：「這裏有許多柴，我還可以幫你的。請不要害怕。」

她把頭扭向一邊，不敢看我的眼睛。我看見她的脖子都紅了，我甚至感受得到她的心跳，因為我的心也翻滾得像瀾滄江裏的波浪。

我把她帶到一片茂密的樹林前，她不敢進去。我心裏想：難道你害怕我會把你按翻在裏面嗎？我要做這樣的事情，可不會等到今天。

我就一個人幫她砍，就像砍掉我愛情道路上的羈絆，也像砍斷那些每天纏繞在我腦子的煩惱。我砍得樹枝慘叫、樹葉飛逃。我砍的不是柴，而是魔鬼，是痛苦，是心中的慾火。直到晚上睡覺前我都在後悔，我問我的愛神，我為什麼要砍得那樣快？我為什麼不和她說話而只顧埋頭砍柴？我為什麼不等到太陽落山了，才把柴捆好交給她？我為什麼不幫她背那一大捆柴下山？

愛神低頭撫摸他胯下的白馬，不回答我的問題。

我繼續像一個說話嘴角就漏風的老人家，叨叨絮絮地說，我呆呆地看著她負柴上肩，偏偏倒倒地往山下走去。這個土司家的小姐是個沒有幹過農活的人，她背柴的動作笨拙吃力，還沒有走出一箭地，捆得緊緊的柴就散了，一根根地從她背上散落下來。我想追上去，幫她重新綁紮嚴實點。但是，我忽然心裏痛起來：就讓她少背一點吧。

「呵呵！」愛神說了句俏皮話，「你現在像一個看見花兒被雨打風吹，也要心痛的流浪詩人啦。」

要是這花兒被一陣風忽然掠走了呢？我將怎麼辦？

今年的第一場雪飄落在教堂村的那個下午，瑪麗亞被我的綠林兄弟從教堂村搶走了。那時她正在教堂外面的葡萄園幹活，群培帶幾個人偷偷摸進村，神不知鬼不覺就把她裝進一個大麻布口袋裏帶出了村莊。天黑時羅維神父、杜伯爾神父和史蒂文來到我的房間，我才知道瑪麗亞被搶，史蒂文以爲是我幹的，手裏還拿著一把刀。

我對史蒂文說：「兄弟，現在不是你在我面前耍刀的時候。」

史蒂文高聲說：「我要殺人！今晚我要殺人！」

我說：「我過去殺人的時候，從來不聲張，也不讓被殺者有囉嗦的機會。」

杜伯爾神父呵斥我們道：「你們都在幹什麼啊？你，格桑多吉，人們說是你的手下人幹的。你有什麼辦法嗎？」

那時我正在洗一條胳膊粗的葛根，這還是我翻遍了兩匹山坡才挖到的，它是我今晚的晚飯。教堂村已經斷糧半個月了，人們能吃到葛根、樹皮之類的東西就算不錯啦。本來十天前神父們從大理買來一批糧食，但是半路上被土匪搶了，人們說也是群培帶人幹的。

我才不想管史蒂文的事情呢。我的折磨已經夠多的啦，現在讓這個尊貴的流浪詩人也嘗嘗愛人被搶的滋味吧。

我把葛根上的泥土慢慢洗乾淨了，掰下一截，吃了，再掰一塊，又吃了。像古神父平常吃飯那樣，一頓飯可以從太陽升起，吃到太陽當頭。

我吃完那條葛根，兩個神父抽了兩袋煙，史蒂文捏刀把的手都攥出了汗水。我說：「你們不想睡覺嗎？我要睡了。」

羅維神父說：「格桑多吉，你的兄弟姐妹的困難，也是你的困難。這樣你才是一個良善的望教徒。我們期待你的良善，你不會讓我失望吧？」

我說：「神父，我要搶瑪麗亞的話，你知道的，早就幹了。」

史蒂文虛弱地說：「你敢？」

杜伯爾神父呵斥道：「史蒂文，請保持冷靜。天主祝福了你的愛情，但試鍊你的寬容心。」他又轉過頭來對我說：「你必須學會愛自己的敵人三次，才會得到愛本身的拯救。」

我冷笑道：「我從來用刀去愛我的敵人，我的敵人的刀也不是糌粑麪做的。」

史蒂文向前跨了一步，說：「那就把你的刀拔出來吧，好漢！」

羅維神父這時說：「杜伯爾神父，請把史蒂文帶出去吧，我來跟格桑多吉談。」

他們走後，羅維神父又爲自己裝了一鍋煙，還問我要不要，我拒絕了。我走向自己的床，我要好好睡一覺。

羅維神父說：「格桑多吉，你可以不管這件事；你更可以回到你的山寨上去，你愛的女人已經在你的兄弟們手裏了，我敢肯定他們是爲你搶的。你明天就可以回去，不用在這裏承受天主對你的考驗。」

我說：「我並不是只要一個女人，我要自己一生的愛。」

「但是我要告訴你的是：瑪麗亞要當媽媽了。」

我在床頭站了片刻，然後轉身去屋角拿我的馬鞍。一條瀾滄江那樣的大河已經沖進了我的血管裏了。主耶穌——這是我第一次在心中呼喚他！她竟然就要當媽媽了？

羅維神父在我身後說：「明天去吧，我派兩個人跟隨你。願主保佑你們平安歸來。」

我感到自己的自尊心第一次在羅維神父面前受到了傷害，我對他說：「我服從我內心的諾言，你不能以天主的名義，傷害我的尊嚴。」

我去馬廄牽馬，杜伯爾神父和史蒂文還在院子裏，那個只會唱歌寫詩的傢伙已經淚流滿面。我才不同情這種月圓月缺都要流眼淚的傢伙呢。月亮在水裏，愛人在天邊，這種日子我天天都在過。我只流幸福的淚。

我偏腿上馬，剛來到村子中央，一個村莊的人已擋在我的馬頭前。有人喊：「不能讓這個強盜去，他不會回來了。應該把他關起來，換回瑪麗亞。」

人們舉著火把，舞刀弄槍。我正在考慮是不是要提馬從這些善良的人們身上踏過去，羅維神父和杜伯爾神父趕出來了。羅維神父說：「讓他走！天主會看著他的良善，基督的風采將在他的身上閃現。騎士，主的平安與你同在！」

我回頭看了兩個神父一眼，他們的眼光顯得很真誠，不像史蒂文和教堂村的那些人。我拉起馬頭，高揚的馬蹄轟散了那些攔在我馬前的人們。我決心在這些信奉耶穌天主的人們面前展示一下，一個強盜如何做一個他們認可的騎士。

我在天亮前找到我的那些兄弟。他們看見我歡呼雀躍，爲不知是哪個傢伙的蠢主意而沾沾自喜。群培帶人跪在我的馬鐙前，我騎在馬上，忽然有找回往昔驕傲的感覺。有一刻我甚至不想從馬背上跳下來了。

群培喜滋滋地說：「大哥，人在房子裏。兄弟們把什麼都辦齊了。就等喝完喜酒送你入洞房了。」這樣的事情，過去他們也幹過。

我跳下馬來，劈頭給了群培一馬鞭，「我不是你的大哥！你今天可丟盡了我的臉。」

我被他們引進一間用石頭新搭建的房子。瑪麗亞像一頭受到驚嚇的小獸蜷縮在屋子一頭，雙手不自覺地護著自己的腹部，她彷彿還在噩夢中掙扎，眼珠子都要飄出來了。我的心忽然愧疚難當，柔軟如融化的酥油。身後的兄弟們都退出去了，我面對我的命運我的良善。

我對她說：「瑪麗亞，我是來救你的。」

瑪麗亞說：「只有基督才可以救我。」

我笑了，「別再做夢啦，我就是你的基督。」

她竟然可笑地說：「你還沒有入教哩。」

「那有什麼關係。」我說：「我可以爲你做一切。」

「我有丈夫了。」

「又有什麼關係。」我再次說。

「我要回到我的丈夫身邊。」她的眼淚忽然流下來了。

「別哭，我會送你回去的。」我咬著牙說。

「今天嗎？」

「馬上。」

我轉身離開了屋子。兄弟們在外面圍著我說長道短，說什麼我走後他們如何想我，如何幹得不容易等等，我一句也沒有聽進去。我告訴群培，把你們搶教堂村的糧食都給我裝上馬馱子，那是神父們給窮人馱來的糧食。他們說，糧食可以還給他們，但是大哥你要留下來。

我問：「爲什麼？」

他們說：「聽說那些洋人喇嘛讓大哥去放馬，簡直欺負人。」

我說：「我願意。」

他們又說：「那個女人已經嫁人了，大哥留在那村莊裏，也得不到她。」

我還說：「不管得到得不到，我願意。」

群培小心問：「大哥，你要等她到何時呢？」

我一時回答不了群培的問題，我如一尊沈默了一萬年的石佛，我可以像等待石佛開口說話那樣，等我愛的人一萬年麼？我摟著群培的肩，「好兄弟，忘掉你的大哥吧。他可真是一個沒有出息的傢伙。」

群培倒在我的懷裏大哭。

我帶著瑪麗亞和七馱馬的糧食，在傍晚時分回到教堂村。那個騎白馬的愛神一直就跟在我們的身後，這讓我就像陪著自己的媳婦回娘家一樣，對瑪麗亞呵護備至。還在峽谷對岸，遠遠就聽見了教堂裏的鐘聲爲我敲響。羅維神父和杜伯爾神父帶著人們站在村口，第一次像迎接一個英雄凱旋那樣歡迎我，哈達和酒紛紛獻來。我看見瑪麗亞被史蒂文從馬背上扶下來，然後他親自給我獻上一碗酒。我喝下碗裏的青稞酒，感到無比的苦，苦得我連自己的舌頭都找不到了。史蒂文說：「格桑多吉，你人並不壞。」

我本來想說，錯了，詩人，這個世界上沒有比我更壞的人。生活中將要發生的事兒，可不是你的歌中唱得那樣美好。但我的舌頭不聽使喚。

這時，我看見愛神在一邊愁苦著臉。

一個月以後，杜伯爾神父親自爲我付洗，神父在當天的佈道中說：「今天，我們讓一個罪孽深重的人跪在了主耶穌的十字架前，這正是天主的計劃安排。人們啊，你們怎麼可以妄自推測天主的計劃呢？服從吧。借助天主奇妙的神工，我們見證了一個江洋大盜不僅成爲教堂裏的一個寡言、沈默、謙卑的馬夫，主耶穌還讓他虔誠服務一切，寬恕一切，忍耐一切。他以自己的謙卑，不但成爲主的羔羊，還幾乎包攬了教堂裏的所有雜活，放牧，劈柴，出糞、做木活，搬運雜物，甚至還指揮小修院的修生們搬來江邊的亂石，不用一點灰漿，利用不規整的石頭砌出一道整齊結實的圍牆。看哪，當這個從前的強盜擅長舞刀弄槍的手，做造福於教會的任何工作時，基督救世的福音就體現在這個藏區峽谷中的小村莊了。讓我們接納他吧，寬恕他過去的罪孽吧，讓我們把他認作我們的好弟兄，幫助他成爲一個全新的人。」

那時，我對「全新的人」的理解就是：我現在是一名信奉耶穌基督的天主教徒，我要和過去的罪孽一刀兩斷，我要過一種全新的生活。不是去打劫，而是去愛；不是騎在戰馬上馳騁，而是跪在教堂裏懺悔。

唯有這樣，我才能去贏得我的愛。

羅維神父給我取了一個教名奧古斯丁[1]，那時我還不知道這個名字對我來說意味著什麼。但我知道，自從杜伯爾神父把幾滴聖水滴在我的頭上時起，我的額頭就再也發不出紅色的光芒來了，紅額頭格桑也就死了。格桑多吉在瀾滄江峽谷殺富濟貧的傳奇故事，也就結束了。

1 奧古斯丁（西元三四五～四三〇年），古代基督教主要作家之一，與中世紀的托馬斯・阿奎那同為基督教神學的兩位大師。其重要著作為《懺悔錄》。

第十五章　阿墩子誌

在鳥兒飛來之時，
大地上已經樹木成林；
在洪水沖下來之時，
雪山上已經有神靈居住；
在藏族人趕著犛牛遷徙來之時，
卡瓦格博神山前已經供奉有三寶碟——
金碟崗巴寺，銀碟阿墩子，水晶碟轉經堂。
——扎西嘉措《阿墩子歌謠》

很久以前，一個流浪詩人在這片土地上唱過這支創世歌謠。那時他年輕、浪漫，才華橫溢，身後除了自己的影子，就是人們交相傳誦的美名。在他唱起《阿墩子歌謠》的時候，人們都知道，我是一隻供奉在卡瓦格博神山前的銀碟，在我的碟中，裝的不是金銀財富，不是潔淨的山泉，而是藏族人虔誠敬畏的心。

在我們這個地方，每一座雪山都是一個神靈，每一個神靈都護佑著雪山下的黑頭藏民。雪山的白印襯著藏族人肌膚的黑，就像白雲印襯著蒼鷹的矯健，懸崖印襯著古柏的挺拔，峽谷印襯著江水的兇猛，寺廟印襯著佛土的莊嚴。喇嘛上師告訴人們說：這就是大地上的因緣。

我的歷史不是寫在紙上的，而是在人們的嘴邊和歌聲中傳唱。當我身邊發生的英雄傳奇和浪漫愛情，變成文字什麼的時候，它們已經不太像當初那回事了。

我們認爲，寫下的文字，沒有說出的話語生動；嘴邊的話語，又沒有唱出的歌兒好聽。就像我們藏族人的英雄史詩《格薩爾》，我們靠韻味深長、悠揚動聽的說唱，去傳播一個英雄的創世業績，一個民族的悠久歷史；也像那個年輕的流浪詩人，用自己的句句詩行、聲聲血淚，去書寫藏族人不平凡的愛情。

因此，當你想從一本「誌書」什麼的去讀阿墩子的歷史時，你要小心，那裏面有許多後人根據他們的需要而附會的說辭，已經不是我的本來面目啦。我要告訴你的，是那些「誌書」裏不曾記載的東西。

如果我要一板一拍地唱一支關於阿墩子滄桑演變的歌謠，恐怕要唱到地老天荒。那麼，你就聽我說——

很早很早以前，我們這裏被魔鬼統治，天上的星星都是黑的，太陽的光芒要麼發出綠光，要麼時常被魔鬼放出的毒瘴遮蔽。那時卡瓦格博雪山是一個凶煞魔鬼的化身，它專喝小孩的血，用人的頭顱當吃糌粑的碗，用死屍的皮當衣服，它動怒的時候，猩紅的舌頭可以從雪山上一直伸到峽谷底，席捲一切生靈。

是來自印度的蓮花生大師拯救了雪山峽谷的子民。蓮花生大師和卡瓦格博魔鬼大戰七七四十九天，從天庭打到冥府，從雪山打到峽谷，直打得山崩地裂、日月無光。你們看看雪山下那些刀劈一般的懸崖，那是蓮花生大師的法劍斬殺的；你們再看看瀾滄江邊那些巨石，那是魔鬼被打碎的骨頭、手指、腳趾和牙齒，一條峽谷裏，到處都是。而魔鬼飄零的頭髮、被斬斷的鬍鬚，你到雪山下的森林看看，直到現在還掛那些古老的松樹上吶。

啦嗦囉，神勝利了。蓮花生大師降服了卡瓦格博惡魔，並且，讓它皈依了佛教。從那以後，卡瓦格博雪山就是藏族人的神山，它成了一個白盔白甲、騎白馬，持神戟，護佑一方平安、牛羊興旺、五穀豐登的保護神。

神靈總是需要供奉的，於是就有了寺廟，有了煨桑的香煙，有了喇嘛上師朗朗不絕的經文，有了朝拜的藏人，以及諸佛菩薩莊嚴的佛像。

我名字的來歷和一尊釋迦牟尼的佛像有關。在明朝的時候，納西地的木氏土司兵強馬壯、足智多謀，還有中國皇帝在背後給他撐腰，他征服了康巴藏區的大部分地方。他被人們稱爲木天王。那個年月，信奉佛教的藏族人，打不過信奉東巴教的納西人。但即便是木天王這樣威震四海的大土司，當他來到藏區，也對我們的神靈敬畏有加。

一天，木天王的大軍紮營在瀾滄江峽谷的一條山溝裏，準備和對面的藏族人開戰。兩軍正要衝殺，隨著一陣天空中飄來的曼妙音樂，一尊佛祖釋迦牟尼的佛像御風飛來，降落在兩軍陣前。頓時，戰馬下跪流淚，軍士不能舉刀持戟，因爲佛像在哭泣。對陣雙方不得不鳴鼓收兵。一個納西將軍徒步上前，將釋迦牟尼的佛像抱回來送給木天王。天王當時並不把一尊會哭的石佛當多大回事，隨便將它放在帳篷外面的一個土墩臺上，打算戰爭勝利後帶回納西地的木氏土司府。可是第二天，當他拔營出征，命令手下的人去請佛像時，竟然搬不動它。

天王傳下命令：昨日一人可抱，今天何以不能運之。再去兩個人。

佛祖的佛像紋絲不動。

木天王大怒：瀾滄江、金沙江、雅礱江、怒江，四條大江流域內的部落都被征服了，千軍萬馬都成了手下敗將。本王要是願意，雪山都可以搬回家裏的後花園。不能搬運此佛像者，立斬不饒。

三個人被殺了。又去十個人。

十個人被殺了。再去。

又殺二十人。

去多少，殺多少……

木天王的兵將跪了一地，他們哭泣著說，天王，此佛像身上，存放了所有藏族人的心。雪山可移，人心難撼矣！

蓋世英雄木天王不得不親自下馬，來到佛像前焚香禱告。此刻木天王才發現，放置佛像的土墩台周圍，清泉幽幽，林木蒼翠，百鳥鳴唱，萬花起舞；佛祖慈悲的目光下，但見峽谷縱深，雲飛霧走，彷佛天國幕帳；遠望雪山巍峨，聖潔高遠，猶如佛國城池。

木天王感歎道，真乃莊嚴佛土，神仙居所。然後傳下命令，以此佛像和墩台為中心，建寺造城，以為雪山供奉。本王人馬，不得打擾。

寺廟建起來了，名為崗巴寺。有了供奉神靈的廟宇，城鎮就在寺廟的周圍延伸，先是一幢幢的僧舍，拱衛著寺廟中央的大殿；然後是一些民居，又拱衛著他們出家的弟子。在佛祖的庇護下，寺廟、僧舍和民居像盛開的八瓣蓮花，人們稱為阿墩子，這個名字象徵著吉祥、墩和、平安。

在我們藏地的許多地方，寺廟就是一座城鎮，甚至大過許多的城鎮和村莊。我們認為，房子只是給人居住的，而寺廟是供奉給神靈的，因此房子能遮風擋雨就足夠了，寺廟則一定要宏偉輝煌。當阿墩子作為大地上的一只銀碟，呈現在雪山峽谷之間時，森林裏的百獸已是神山的守護者，犛牛也具有了神性，牧場上的山歌像花兒一樣爛漫，大地盛產五穀、傳奇、愛情、以及神靈的故事。在佛祖的庇護下，朝聖的人，趕馬做生意的人，開礦挖掘大地寶藏的人，都來這裏實現他們的夢想。尤其是那些馬幫們，路始終在他們的腳下延伸，他們沒有確定的歸期，也沒有固定的邊界。路在哪裏，腳就走到哪裏；或者說，腳走到哪裏，路就開在哪裏，傳奇和浪漫也就跟到哪裏。他們在我狹窄的青石板街道上佈滿馬蹄深陷的腳印，像歲月的印痕，見證著漢藏兩個民族「茶馬互市」久遠的歷史；他們也帶來了阿墩子的繁榮，讓我英名遠揚。

自古以來，我就是漢地前往西藏的一扇溫暖又威嚴的大門，在我的大門外，驛道一直通往漢地的心臟；而在門內，除了藏族人外，還有漢人、納西人、彝人、傈僳人等民族，他們來到雪山峽谷裏討生活，只要不觸犯我們的神靈，大地上的慈悲也對他們一視同仁，好幾百年來人們都是這樣和睦相處。有時，他們也相互打仗，爭來殺去，但戰火的硝煙還沒有散盡，愛情的牧歌就飄起來了。各個民族的人們照樣通婚、做生意。戰爭總是短暫的，而愛情永恒。

直到有一年，洋人來到了阿墩子，雪山上的神靈開始感到不安，我寧靜的歲月也被打破了。

第十六章　相遇

看，我派遣你們好像羊進入狼群中，你們要機警如同蛇，純樸如同鴿子。

——《聖經・新約》（瑪爾谷福音10：16）

隨著中國人打敗了日本人，國民政府在藏區的力量得到了加強，地處藏區邊緣的傳教會無論是和歐洲還是南京政府的聯繫都暢通無阻了。世界沈浸在勝利與終於盼來的和平之中，人們在重新規劃自己的生活，傳教會也在計劃擴大自己的傳教點。古純仁神父認為此時應該是耶穌的福音向西藏的腹地進軍的時候了，教會也順利地取得了南京政府新頒發的傳教護照，他便派羅維神父和杜伯爾神父逆瀾滄江北上，去阿墩子探尋開闢新的傳教點的可能——現實地說，是恢復從前那些被藏族人搗毀的教堂。

羅維神父和杜伯爾神父帶了一隊馬幫進入阿墩子縣城，好不容易找到一家肯收留他們的客棧，剛安頓下來，行囊都還沒有完全打開，一個穿漢裝的青年人就來敲門，還遞上張帖子，說阿墩子縣的最高長官唐朝儒縣長晚上將來拜訪。

他們沒有想到來到藏區第一個來歡迎他們的人竟然是個漢族官員，杜伯爾神父說：「我情願來訪的是一個喇嘛。這些在藏區生活的漢人，尤其是漢人官吏，除了做生意賺錢，就是來統治藏族人的。

他們能給藏族人什麼幫助呢？」

羅維神父不無幽默地說：「給他們教訓，爲我們撐腰。」

下午六時正，縣長唐朝儒帶著兩個隨從準時到訪。他今天穿中山裝，戴禮帽，左上衣口袋露出時尚的金錶鏈，見了兩個神父就取帽致敬，臉上現出外交禮節般的微笑，看上去不卑不亢，頗有教養。這讓兩個神父對漢人官吏的看法稍微發生了些改變。唐縣長按藏族人的習俗帶來了豐厚的見面禮，十餅茶葉，一隻大火腿，一口袋青稞，幾餅酥油，還有一大桶青稞酒。

雙方寒暄過後，羅維神父遞上南京政府准予傳教的公文，還有雲南省政府一位要員責令本地官員協調一切傳教事宜的親筆信。唐縣長一一仔細閱過，臉上現出爲難的神色，他試探著問：

「這麼說，二位神父是要在阿墩子重開教堂了？」

「這是傳教會賦予我們的使命。」羅維神父用不容置疑的口氣說。他當然知道，跟漢人官員打交道，就是要儘量保持一個歐洲人的尊嚴。

「據本官所知，目前貴傳教會在本縣的教堂都在偏遠的鄉村，共有四處，茨古、核桃樹、巴東、怒水，分別由法國巴黎外方傳教會於清咸豐十一（一八六一）年間所開。縣城所設教堂，光緒三十一（一九〇五）年春已被暴民焚毀。我國政府雖然主持了公道，嚴懲了暴民，並作出了賠償。但教會方面也知道在喇嘛教盛行之藏區，傳播你們的信仰，並非三年、五年之功。他們大多去遠離喇嘛教勢力之偏遠山村傳教，唯此，教派紛爭、教義歧見方可避免；各燒各的香，各拜各的神。神仙不打戰，民、教才平安……」

羅維神父打斷唐縣長的話：「縣長先生是要趕我們走？」

唐縣長忙擺手道：「沒有這個意思，只是跟你們說明本地局勢。」

「我們絕不走！」杜伯爾神父果斷地說：「我們還要在喇嘛教寺廟的旁邊設立主耶穌的聖堂。讓藏族人知道，什麼才是他們需要的真正的宗教！」

也許他的聲音大了點，屋裏的氣氛一時顯得有些尷尬，羅維神父忙說：「杜神父是個意志堅定、急於在此地展開傳教工作的人，希望縣長先生不要誤解。」

唐縣長好笑地把頭上的禮帽取下又戴上，說：「你們不要誤解這個地方，就謝天謝地了。」

羅維神父說：「我相信，有南京國民政府的支持，不但縣長先生對我們傳播耶穌的福音會大力支持，就是寺廟的喇嘛們，也不會持反對意見吧？」

唐縣長雙手一攤，「只要你們有勇氣，你們可以在這裏做任何事情。但是，我不得不提醒諸位，這裏是康巴藏區，有很多兇悍的土匪，他們多如牛毛。有個叫紅額頭格桑的，簡直就是一個魔鬼。你們要是撞上他，就知道小鍋是鐵打的了。」

杜伯爾神父好奇地問：「一個強盜和鍋是不是鐵打的，有什麼關係呢？」

唐縣長嘀咕道：「我真不明白，你們不但不懂藏文化，連漢文化也一知半解，又怎麼去傳播你們的宗教呢？」

羅維神父說：「落後的文明總是被先進的文明所教化。」他向杜伯爾神父擠擠眼睛，又轉頭對唐縣長說：「如果你不反對的話，我想給你介紹一個新朋友。」

杜伯爾神父向裏屋喊：「奧古斯丁，出來吧。」

一個康巴大漢從門簾後面鑽出來，溫順地站在兩個神父身後。但就他這個樣子，也把唐縣長的頭皮嚇得陣陣發麻。

「紅……紅額頭……」

「對，大強盜格桑多吉，」杜伯爾神父幫他說，「如今他已經皈依了我們的主耶穌了。看看我們天主的神工吧，縣長先生。」

唐縣長恢復了鎭靜，「我要立即逮捕他，他是我們政府通緝的要犯。」

「不，」羅維神父堅定地說：「你沒有權利逮捕一個主耶穌的選民。」

「別忘了，這是在我的地盤上，我要想抓誰，誰就得去蹲班房。」

「你試試看。」杜伯爾神父挑釁似的站在了唐縣長面前。唐縣長的臉都氣白了，他想扭頭去喚身後的馬弁動手，但他終於還是沒有那份勇氣。

「你們等著瞧，」唐縣長爲自己找了個臺階，「只要這個傢伙離開你們的耶穌一步，我隨時可以逮捕他！」

「主耶穌的烙印已經在他身上了，我們的天主將終生護佑他。」羅維神父以勝利者的口吻說，「我們救人的靈魂，而不是治人的罪。尊敬的縣長先生，刑法拯救不了迷途的羔羊，唯有我主耶穌才有最後的審判權。」

唐縣長有些不敢相信自己的判斷力了。在縣府過去的通緝令中，畫師把紅額頭格桑畫成一個滿臉虯髯、目怒凶光、狀似李逵式的人物。而眼前這個格桑多吉——他叫奧什麼「補丁？」唐縣長一時想不起這個拗口的名字來了，——看上去真像一頭被馴服了的野獸呢。他現在連擡眼看人的勇氣都沒有，誰能相信這個傢伙曾經躍馬橫刀、殺人如麻？難怪我的人抓不到他，原來跑到洋人的教堂裏躲起來了。唐縣長恨恨地想。

在神父們和唐縣長交鋒時，皈依了耶穌天主的前強盜格桑多吉一直垂手低頭，恭順地站在羅維神父身後。過去他幾乎和羅維神父一樣高大，現在他看上去似乎只比中等身材的杜伯爾神父略微高一些，而在他身上最大的變化，則是人們再也看不到一個強盜的霸氣和孤傲了。

實際上如果不是奧古斯丁，也許神父們剛一踏進阿墩子的地盤，就被趕出去了。在他們現身阿墩子小城時，第一眼看到他們的牛羊紛紛逃到了雪山上，許多藏族人就像撞見了鬼一樣，一見到洋人傳教士，就趕快關門閉戶，連街道上那些店家也不做生意了。一些康巴人甚至已經準備好了刀槍。但是，洋人喇嘛身後站著的那個人卻讓他們猶豫了。不是因為他曾經是紅額頭格桑，而是因為他的皈依。神父們不知道他們把奧古斯丁帶在身邊，在阿墩子的百姓看來，堪比當年頓珠活佛用一句話就收服了前大強盜貢布。他們對這些供奉神職的僧侶都心存敬畏，無論他的皮膚是白色的還是黃色的，也無論他們宣講的神靈是耶穌還是佛陀。如果一個罪孽深重、作惡多端的屠夫都能放下屠刀，一個善男信女為什麼不在那神秘的法力之下跪下來呢？

兩個神父在阿墩子開展工作將近半個月了，儘管他們仍然身處敵意的包圍之中，但也取得了一些進展。在阿墩子的人們看來，這兩個洋人喇嘛不過是一些富有慈悲心的大施主，做得像慈悲的喇嘛上師一樣謙遜隨和、慷慨大方。他們不計報答和酬謝，輪流在阿墩子唯一的三岔街道口向人們微笑，用藏語問好，送給他們來自漢地的小禮物，一塊布，一坨鹽巴，一塊茶磚，甚至一雙靴子——如果有誰腳下的靴子實在破爛不堪的話。奧古斯丁每天早上背一個大包袱跟在神父的後面，裏面塞滿「耶穌送給藏族人的問候」——杜伯爾神父語，他像個沈默嚴肅的聖誕老人，傍晚又拎著空空的口袋隨神父們歸來。他在人們詫異的目光中接受著拷問，卻從不在自己的家鄉父老面前說一句話。

直到有一天，他在阿墩子的街上，和自己的活佛弟弟猝然相遇。

這是個風和日麗的下午，頓珠小活佛在幾個侍從喇嘛的陪同下，被縣城的一戶大施主請去念經做法事。完事後他們路過街上的集市，正碰見杜伯爾神父在路口向行人分發禮品，頓珠小活佛好奇地發現，洋人僧侶在遞給人們禮物時，表情竟比接受禮物的人還高興，這讓他不得不佩服洋人的慈悲心。在明亮的陽光下，他們的目光終於相遇，就像針尖和針尖相碰，彷佛在他們的心中發出了「噹」地一聲脆響。

緊接著，他看見了自己的哥哥。佛、法、僧三寶！頓珠小活佛在心裏驚歎一聲。他怎麼會跟在一個洋人喇嘛的後面？魔鬼又在玩弄什麼樣的陰謀？

「請過來，孩子。」在頓珠活佛發愣時，杜伯爾神父首先表現出他的善意，他舉起一個漂亮的貝殼：「我有禮物給你。」

頓珠活佛身後的幾個喇嘛頓時顯得很憤怒，沒有人敢稱他們尊敬的活佛為孩子，連活佛的上師和父母，他們都只能恭敬地稱頓珠小活佛，而且還要彎腰屈膝。貢布把袈裟外面的披肩甩到了肩上，露出健壯的胳膊，那是他想打架的前奏。但他也看見了他往昔的綠林兄弟，貢布就像被一個大雷直接打在腦門上，懵得不知何為天何為地了。

不知是這個世界上竟然還有如此精美的貝殼，讓一個小活佛也忘記了自己的尊嚴，還是同父異母的兄弟在這樣的場合下相遇，讓他們都忘記了自己的宗教屬性，亦或一個活佛和一個神父歷史性地對話，使這次見面成為阿墩子這個偏遠藏地小縣城饒有趣味的一個歷史小注腳。

頓珠活佛後來在他的宗教回憶錄《慈悲與寬恕》中如此描述這個有趣的下午：

誰能拒絕別人禮物的誘惑呢？誰能看見一個彩色的貝殼而不動心呢？更何況，誰能看見自己的哥哥不上前去打個招呼呢？我讓貢布他們保持安靜，待在原地不要動，我向他們走了過去。一個是我的宗教敵人，一個是我的哥哥，我從一開初就試圖接近他們，卻發現我走了一生，我和他們卻總是相隔在瀾滄江大峽谷的兩岸。

我問：「尊敬的西洋神父，你們的教法也向窮人發放佈施嗎？」看在我哥哥的面上，我是第一個叫他們神父的喇嘛。我的眼睛一直在看著我的哥哥，他卻總是在躲避我的目光。

杜伯爾神父回答說：「不錯，我們是窮人的教會，專門為窮人服務的。它漂亮嗎？」他指著貝殼問。

「哦呀，我從來沒有見過……」我那時的激動或者說失態大概和我的身分很不相稱，這讓他找到了繼續誘惑我的理由。

「我還有比這更大、花色更漂亮的貝殼哩。」他趁勢說：「如果你願意到我們住的地方去當客人的話，我可以送你更多。」

「是嗎？」我被吸引住了，暫時忘了我的哥哥。「你們從哪兒弄來這些寶貝啊？」

「大海。」他回答道，「你要知道，為了來你們這裏，我們在大海上漂流了好幾個月，比你們去拉薩花在路上的時間還長啊。」

我真的不知道大海是什麼樣子，驚訝得張大了嘴，「有……那麼長的大海？」

「孩子，大海不是長，而是大。大到跟天空連在了一起。」他說。

「像我們的神山卡瓦格博一樣高到了天上？」我又天真地問。

「大海也不是高，它實際上是世界上最低的地方。它太寬太廣闊了，在我們的目光盡頭，想像力以外。在大海上乘船，才知天地之大。我們生活的陸地，不過是像湖中的幾個小島。」

「啊嘖嘖！那要多長的繩子才拉得動你們的船？」在瀾滄江一些水流平緩的地段，人們用繩子拉船上行。我努力在想，他們是如何從世界的最低處，乘船到了我們高遠的雪山下。

「噢，我想可能沒有那麼長的繩子。」他聳聳肩，表現出一個智者的虛榮。「大海裏行船過去靠風的力量，現在我們靠火的力量，推動船在大海裏航行。」

我皺緊了眉頭，不再對我不知道的事情發表看法，他讓我在我哥哥面前丟臉了。我發現和這個西洋僧侶對話總是讓自己處於無知的境地，我甚至想把那個貝殼還給他，以維繫一個小活佛的尊嚴。但是，那天我非但沒有那樣做，竟然還跟著去了他住的客棧。因為他說他還要讓我看更多大海裏的秘密。唉，不是由於一個孩子的心，總是被這個世上所有的新奇事物所牽引，而是我想盡可能多地知道他們的一切。憑什麼他們可以收服我的強盜哥哥的心？

很多年以後我才知道，杜伯爾神父在漂洋過海來中國的旅途中，一路上收集了不少小玩意兒，塞得港的珍珠，吉布提的珊瑚，科倫坡的貝殼，新加坡的海螺。這是他們的傳教簡報上教給他的經驗，上面說這些東西在西藏都會被視為聖物，是籠絡人心的好東西。在我認識這些洋人之時，他們對我們已經有些瞭解了，而我們對他們卻一無所知。

但我那時哪裏想得到這麼深遠啊？我在他們的客棧見到了羅維神父，一個像康巴人一樣高大健壯的僧侶。他的臉上也永遠是和藹的笑容。他們為我擺出了所有適合一個孩子童真和天性的玩意兒。到了時辰會像鳥兒一樣鳴叫的鐘，比被我拆散了又裝不回去的漢地鬧鐘更神奇；幾個漂亮的小人隨著音樂起舞的盒子，像藏族人的烙餅一樣會唱歌的盤子。我知道，這是有錢人在炫耀自己華麗的配飾，我儘量保持著自己的尊嚴。我的強盜哥哥在洋人跟前就像貢布在我面前一樣，這讓我心酸。但我還是面對一個白色外殼並鑲嵌有虎皮斑點、裏面是奶黃色襯底的大海螺感歎不已：

「我們崗巴寺的鎮寺之寶，沒有你們這個海螺大，也沒有你們的漂亮，它還是從印度來的呢。我們要做大法會時才會將它請出來。」

杜伯爾神父將它遞到我的面前，說：「你貼到耳朵上仔細聽，可以聽到海浪的聲音。」

我照做了，試圖捕捉到大海裏的秘密。良久，我把海螺放下來，誠實地告訴他：「沒有海浪的聲音，但我聽到裏面有一千個喇嘛在念六字真言。」

「什麼？」兩個神父同時問。

「嗡瑪呢叭咪吽。我們經常念的最重要的祈禱文。」

他們好像沒有聽懂我的話，費解地互相望一眼，我終於看到了他們的無知。杜伯爾神父把海螺拿過去，湊到自己的耳朵邊，然後他搖搖頭。他當然聽不到我心中的經文。

我驕傲地說：「我們的經文，融進大海的海螺中去了。神奇的法器啊！」

我看見羅維神父向杜伯爾神父擠了一下眼睛，杜伯爾神父馬上慷慨地說：「你喜歡的話，就送給你了。」

我被他們的慷慨嚇呆了，「不不不，它是你們的法器呢。這麼貴重的禮物，我要是不合適的。」

杜伯爾神父莊重地說：「這是你的朋友對你的尊敬和情誼，請不要拒絕！」

我感動得再次失態，雙手將海螺接過來，頂禮在自己的額頭上，然後說：「你們是慷慨的朋友。明天，請來寺廟做客吧，我也有珍貴的禮物還贈你們。」

我有自己的考慮。今天我被他們從大海裏帶來的秘密徹底征服了，明天，我要讓他們看看我們寺廟裏的秘密；更重要的是，我要讓我的哥哥看看，什麼才是一個藏族人真正值得去追求的宗教信仰。過去他行走在綠林，現在他站在洋人喇嘛那邊，他或許從來就沒有認真想一想自己的來世。

第十七章 杜伯爾神父一書

你們不要判斷，你們也就不受判斷；不要定罪，也就不被定罪。

——《聖經．新約》（路加福音6：37）

尊敬的古純仁副會長大人：

向你致敬！托天主的護佑，請允許我榮幸地向你報告，我們不但已經順利而穩健地在阿墩子站住了腳跟，瞭解了當地的民族、民俗，查清了前往西藏的道路情況，並繪製了地圖，而且還成功地在本地佛教的心臟——寺廟——打開了一個突破口。

我們剛剛在寺廟做了一次「尊貴的客人」。那些佛教僧侶並不似教會以往報告中描述的那般可怕。他們只是被謬誤所困，又大都出身低微，見識孤陋。他們中少有精英，但信仰虔誠。他們的寺廟看上去就像我們的修道院，喇嘛們則像我們年輕的修士。如果不是因爲侍奉不同的宗教，我們和他們是多麼相像的神職人員啊！但我們深知：正是他們，將成爲我們把主耶穌的福音傳往西藏的絆腳石。

幸運的是，這個教派唯一受過良好教育的貴族子弟，竟然被我們的文明所吸引，熱誠地邀請我們去寺廟訪問。這個尊貴的小喇嘛是個俊朗英武、但稚氣未脫的少年。我們來藏區這些日子裏，還沒有看見如此高雅好學、不拒絕新事物的小紳士——這在保守的藏區相當難能可貴。非常富有戲劇性的是，我們用一枚僅花了一個瑞士法郎的海螺，就敲開了喇嘛們封閉的心。

他有望成爲我們進入西藏忠誠的盟友，人們稱他爲頓珠小活佛。

儘管我們是這個寺廟的最高神權擁有者頓珠小活佛邀請去的客人，但是爲了必要的防備，我們還是各自帶了一把左輪手槍藏在腰間，並在神父袍外面套上中式長衫。事實證明，我們小心過份了。有奧古斯丁在我們的身後，任何危險都不存在。

我們沒有料到會在寺廟裏受到如此隆重的迎接——其實，與其說是一次歡迎儀式，不如說是佛教徒在向我們示威。我們先是被請到他們念經的大堂，剛一進門，幾百名端坐在兩邊的僧侶，忽然發出震耳欲聾的念經聲。我們不知道這意味著什麼，正在猶豫之際，奧古斯丁在我們身後悄聲說，不要害怕，他們只是想祝福你們吉祥平安。主啊，這樣的祝福沒有哪個歐洲人享受得起。

我和羅維神父走向自己的座位。我們的朋友頓珠小活佛坐在高高的法臺上，面無表情，沒有向我們打招呼，與他昨天在我們面前的謙遜無知判若兩人。此刻他看上去與其說是個活佛，不如說像一個泥塑的偶像。他的法座右下側坐著一個面色陰沈的老人，彷彿地獄天使，還有一個壯漢，比奧古斯丁還要粗壯高大，他手持一根鐵棒，一直站在我們的身後，監視著我們的一舉一動。

我們就座後，喇嘛們的念經聲終於停頓下來，有僕人送來酥油茶，各種麪點——很粗糙，味道極爲難吃。頓珠小活佛在這個時候終於開口說話了：

「遠方來的西洋神父，剛才我讓喇嘛們爲你們念經祈禱。你們感到害怕了嗎？」

這讓我們不得不佩服這個孩子早熟的洞察力。我不失禮貌的回答道：「謝謝你，尊敬的活佛。」

「當我說要請你們來做客時，他們——」他用手指著大殿裏所有的喇嘛，「都以爲我要把魔鬼請進寺廟裏來呢。哈哈哈哈……」

他這個時候終於表現出一個孩子的天性來了，也顯示出了他至高無上的權力——大殿裏所有的喇嘛都呆如木頭，只有他可以隨心所欲。他從自己的法座上跳下來——那個位置對他來說太高了，來到我們的面前。「請喝茶。你們習慣喝我們藏族人的酥油茶嗎？」

我如實回答：「和我們平常喝的咖啡味道不一樣。」

他笑了，「對於我們來說，茶是血，茶是肉，茶是生命。你們要想在藏區長期待下去，首先得學會喝我們的酥油茶。」

我回答道：「謝謝，我們會習慣的。」

「看來你們是想把自己變成一個藏族人。」他說。

「不，我們肩負著使命而來。」我說。

「是什麼樣的使命呢？」這個孩子臉上露出狡黠的笑容，與他的實際年齡極爲不相稱。

「我們的教會，只是派我們來看看阿墩子及其周邊地區的風土人情。」羅維神父大概怕我的話會激怒喇嘛們，幫我打了個圓場。幾個老喇嘛臉上已經現出憎惡的表情。

頓珠小活佛一定是個機靈敏感的孩子，他說：「阿墩子和西藏接壤，你們是想去西藏吧？」他肯定察覺到了我和羅維神父臉上的驚訝，但他忽然拉起我的手，「我們今天不談論宗教。來，我帶你們看看我的寺廟。」

參觀從眼前的大殿開始。那真是一個富麗堂皇的經堂，用華貴而色彩豔麗的漢地絲綢製作的經幢，從穹頂懸下，足有幾十幅，四面牆上是用礦物顏料繪製的宗教壁畫，畫技樸素，可以看出這些畫師們不懂透視學，人體比例，層次感、明暗對比等基本現代繪畫常識，屬於歐洲中世紀以前的宗教畫。其中一副畫敍述了藏人如何從猴子變成了人，不是全能的天主父的創造，更不是達爾文進化學說的翻版，而是從他們的傳說中演變的荒唐故事，他們竟然認爲自己是一個女魔和一隻面目可憎的獼猴的後代。

不過應該承認，藏族人的佛像雕塑非常中規中矩，不失爲一件件精美的東方藝術品。但一般都顯得浮華造作，是偶像崇拜的民族經常犯的審美錯誤，有兩尊佛像竟然全用黃金粉塗面！看上去金光燦爛。尤其要向你說明的是，這個大殿的設計雖然開闊龐大，但採光極不科學，有一個天窗，可光線被重重經幢所遮擋，幾乎沒有窗戶，因此正殿神龕上的佛像雖然龐大威嚴，但是處於陰暗之中，四周的壁畫也空有久遠的歷史和優美的傳說，人們要看清它們，即便在大白天也必須要舉著火把。厚重的高牆、陰鬱的喇嘛，零亂的設計，還有面目猙獰的佛像，一切都在說明這個宗教給雪域高原的信眾帶來的壓抑和黑暗。

讓我驚訝的是大殿裏的幾根頂天立柱，直徑足有七、八公尺。它們不是人們砍伐後搬運過來的，而是本來就生長在這裏的古樹，似乎寺廟所在地過去是一處原始森林，建築師巧妙地將森林裏的古樹作爲寺廟大殿的頂樑柱。頓珠小活佛在介紹這幾根大柱子時，借題發揮說：

「我們的寺廟就像這大樹一樣，幾百年前就在這片土地上生長出來了。它們就像大地上的萬物，不是我們造就它們，而是它們造就了我們。」他撫摸著那些古樹說：「這是龍柱，那是虎柱，那邊那根是熊柱，還有鹿柱、牛柱、馬柱，每一根大柱，都和一種吉祥的動物有關，都有一段神奇的傳說。

你聞一聞，它們有神的味道。」

我問：「神是一種什麼樣的味道呢？」

他猶豫了一下，把自己的鼻子湊進一根柱子，回頭對我說：「是一種讓你內心顫慄的味道。你來聞一聞吧。」

爲了表示對他的尊重，我只好將頭湊上前去，我告訴他，這柱子上其實只有瀰漫在大殿裏隆重的酥油味，你們吃下太多的奶酪啦。最多也只剩下一點古木的味道。

他竟然聰明地狡辯道：「這就是我們的歷史的味道。神創造了歷史，也留下他們的氣味。就像人騎了一天的馬，身上也會有馬汗味一樣。我們的廟宇，是藏族人存放靈魂的地方，總是有神蹟在生長。不是一間遮擋風雨的破屋，哪兒都可以到處亂建的啊。」

我想他是在暗示我們的教堂不夠神聖，羅維神父也看出了這一點。他向我示意，今天不是和他們辯論的時候，我們只是聽，看，並保持我們的尊嚴。頓珠小活佛又指著一尊約莫兩公尺高的佛像認真地說：「尊敬的洋人神父，請看，這尊佛祖釋迦牟尼的佛像是從西天飛來的，在必要的時候，他會開口說話，甚至還會爲人間的苦難和惡行流淚，他曾經用自己的眼淚阻止過戰爭和殺戮。我們的寺廟因他而建。」

他虔誠的模樣實在讓我們忍俊不住，我們問，難道它有翅膀嗎？你說的西天具體是哪裏？有誰見到過一尊重達幾百公斤的石頭雕像在天空中像鳥兒一樣飛嗎？又有誰聽見並看見一座石頭佛像說話和流淚呢？

這個深受謬誤之害的小活佛用詩一樣的語言回答道：「是的，它雖然沒有翅膀，但是它有殊勝的法力；石佛說話，那是因爲人間需要無上的慈悲；如果石佛流淚了，人間就有大災難了。我們說的西天，就是喜瑪拉雅山背後、祥雲之下的印度，那是我們的佛祖成佛的地方；萬里無雲的天空爲什麼有隆隆的雷聲，那是神靈匆忙趕來的腳步；千年石佛的臉上，有苦難歲月中留下的淚痕；就在神聖的寺廟外面，有西天的佛像停留的腳印；在雪域高原的大地上，到處都有神靈的故事在生長。」

我好像有些明白了，這是一個還生活在童謠中的民族。讓這個還在做夢的孩子和他神權之下的喇嘛們繼續沈睡在夢中吧，這對我們的事業有好處。

如果這些虛妄的說辭讓我們對他們的宗教充滿輕蔑的話，他們的經書則是讓我們深受震撼，並唯一欽佩他們的地方。頓珠小活佛大約是爲了顯示他們宗教深厚的文化內涵，讓人從四周的牆上取下一摞摞的經書，我們這才發現這個大殿的東西兩側全是經書構成的牆體，彷彿巨大的書架。每卷經書都裝在做工精細的木盒子裏，並用黃色絲綢包裹，它們大都是一些雕版印刷的藏文經書，有兩卷重要的經文竟然全部是用黃金粉謄寫上去的——主，西藏有多少黃金啊？他們最値得驕傲的一部經書叫《甘珠爾》，據說有一一〇八卷，是他們最至高無上的神釋迦牟尼的聖言；而關於這部經書的註疏和論述則是一部叫《丹珠爾》的經書，竟然有三四六一卷。還有其他的經卷，恐怕連許多西方的學者都聞所未聞。主耶穌，佛教徒們在這方面可真的擁有一筆巨大的精神遺產！

頓珠小活佛那時不無得意地問我們：「聽說你們的宗教只有一部經書？」

「是的，」我也充滿驕傲地告訴他，「那是我們的《聖經》，雖然只是一部書，但它是我們全能的天主父的聖言。它包涵了一切，從創世紀到世界末日，世界上的萬事萬物，無不在我們天主的言說當中。」

他顯然被我的話震懾住了，若有所思地問：「這怎麼可能呢？」然後又像一個好學的學生那樣說：「有朝一日，我倒真想對比一下，我們和你們的經書到底有什麼不同。」

我說：「要是你願意，我很樂意送你一本藏文版的《聖經》。」

頓珠小活佛剛想接受我們的禮物，他身後那個地獄天使、始終充滿敵意的老喇嘛忽然用橫蠻的聲音說：「我們不需要你們的謊言！頓珠活佛，不要讓魔鬼的妄語迷惑了你的心靈。」

我此刻再也無法控制自己的憤怒，高聲說：「請不要忘記，你們才一直生活在謊言中！有誰會相信一尊石頭佛像會在天上飛，並且會說話流淚？」

大殿裏一下嚶嚶嗡嗡起來，喇嘛們從一開初的交頭接耳到後來的大聲呵斥，他們全都衝著我們嚷叫。那時我考慮了幾種最壞的情況：一，我們被扔出去；二，被狠揍一頓；三，當場被殺。我甚至考慮是不是在關鍵時刻拔出槍來自衛。

「咚！」一聲悶響從我們的身後傳來，大殿裏一下就安靜了，那是死亡來臨前的寂靜嗎？我們不知道。但心裏已經做好了爲主的光榮殉教的準備。

原來是那個一直站在我們身後、手握鐵棒的壯漢喇嘛。托主耶穌的護佑，他沒有用那足有幾十公斤重的鐵棒橫掃我們，只是將它重重地砸在地上。

頓珠小活佛這時說話了，「請不要害怕，他是鐵棒喇嘛，負責寺廟的僧紀寺規，他不會傷害你們的。」他走到我面前，認真地說：「杜神父，如果我們在地上爭吵，天上的神靈也會失望的。人要是沒有了敬畏，胡作非爲，一座石佛也會用他的眼淚來規勸人們被魔鬼迷惑了的心。」

我回答道：「如果真有那麼一天，我會很樂意地見證這個神蹟。我們可以打一個賭嗎？在我們沒有見到你們的神蹟之前，我們可以做任何想做的事情。」

「打賭？噢，我們不是一個好賭的民族。」頓珠小活佛遲疑了片刻，又充滿自信地說：「不過在我們這裏，你沒有見到過的神蹟還多得很。尊敬的杜神父，沒有人可以在這片土地上做任何他想做的事情。我們總是生活在敬畏中，關鍵是，」他的目光忽然越過我們，看著奧古斯丁說：「作為一個藏族人，你敬畏他們的神靈嗎，老兄？」

奧古斯丁的回答出乎我們所有人的意料，甚至包括頓珠小活佛。自跟隨我們出來以後，這個巨人一天也少有話語。他的沈默總是令人擔憂，而這種人一旦開口，則叫人害怕，他說：

「我敬畏自己的內心。」

頓珠小活佛愣了一下，看著奧古斯丁的目光非常奇怪，就像一個聖徒面對一個需要關愛的棄兒。他說：「我們的宗教，本來就只注重自己內心的修持，我們的罪孽，我們自己通過修行去洗滌；而洋人卻想用他們的宗教，把你的心俘獲而去。不是嗎，老兄？」

我想他是在動搖奧古斯丁的信德，奧古斯丁有些被他的說辭迷惑了，竟然羞愧地低下了頭。於是我回答道：「不是俘獲，而是拯救。」

頓珠小活佛這時用了一個聰明的比喻，「如果一個人掉進瀾滄江裏，你要去救他，你首先要具備什麼樣的條件呢？」

我說：「當然，我要會游泳。」

他狡猾地笑了，「瀾滄江是雪山融化的雪水，沒有人可以在江裏游泳，你會立即被凍死的。」

「即便凍死，我也要去拯救那人。」我堅定地回答。我沒有料到他會把一個世俗問題和宗教問題混爲一談，但是我想我明確地告訴了他我們的勇氣。因爲他當時定定地看著我足有一分鐘。然後他說：

「你們倒是一些不惜自己生命的修行者，但是你們不知道瀾滄江的習性，就像你們不知道一匹馬的習性，就無法駕馭牠一樣。」

我向他們宣講道：「什麼都是可以通過學習和借鑒獲得。馬生來就是要被馴化的，人生來就是要享有耶穌基督的福音的。」

他只是說：「那倒不一定，人生來該享有什麼，前世自有因緣。聽說你們那邊，國家和國家之間還在打仗，作爲掌管人靈魂的僧侶，你們幹嗎不先做好自己家門口的事情呢？」

尊敬的會長大人，請看，他是一個多麼機警的小外交家。我也以外交口吻回敬他說：「這正是我們的宗教更仁慈博愛之處，儘管我們的國家和人民正在經受戰火，但我們更關心你們藏族人的苦難。因爲我們的主耶穌早就告訴我們，『你們往天下去，向一切受造物宣傳福音，信而受洗的必要得救；但不信的必被判罪。』」

他的回答充分顯示了他們的宗教的懦弱，「可是我不明白你們洋人的宗教對我們藏族人有什麼幫助?我們視苦難爲修行，不需要外人的關心。一個行乞者的快樂自由，怎麼是一個施捨者可以擁有呢?你們或許是一些固執的人，但是我們藏族人說，一顆固執的腦袋瓜，經常幹出糊塗的事情。」

我回答說：「固執於善，便終究會教化愚癡的人。」

他的回答是，他們的宗教反對一切固執，因爲那是愚蠢的。他們教導人們要學會放棄，回到自己的內心。以自己內心力量的偉大，來引導人們的崇拜。

尊敬的會長大人，坦率地講，如果不是這個在寺廟裏像王子一樣的少年，我們昨天可能難以平安地從寺廟裏回來。我認為他不失為一個有仁慈愛心的僧侶。他一方面被他們的宗教所迷惑，一方面又嚮往我們的文明。值得慶幸的是，他是唯一對我們還保持著起碼友好態度的喇嘛。我們將努力用天主的聖言感化他，用我們西方的文明吸引他——鑒於他對西方的新事物具有濃厚的興趣，我們設想，如果能從他身上打開一個突破口，聖教會的傳教事業將在他作為一個活佛的神權庇護下，順利取得進展。

作為這個造訪寺廟故事的結尾，是在我們平安離開後。一個面相兇惡的喇嘛騎馬追了上來，我們認出他就是頓珠小活佛身邊的侍從，他倒沒有為難我們。我們快走，他就疾行，我們停下，他便立馬遠處，用兇狠的眼光盯著我們。讓我和杜伯爾神父奇怪的是，當我們要求奧古斯丁去趕走他時，我們第一次看見這個當過強盜的人畏懼的眼神。他和這個喇嘛大約是朋友，因為我們聽見喇嘛在離開時高喊：「格桑多吉，你沒有忘記自己的諾言嗎？」奧古斯丁當時哆嗦了一下，就像中了一槍。直到回到我們的住宿地，奧古斯丁的臉色都很難看。

這個晚上他說要出去找朋友，我們一直擔心他的安全，直到他喝得大醉而歸，我們才放下心來。晚上我們都睡了，忽然被一陣老虎的低鳴驚醒，原來是隔壁的奧古斯丁在哭。我們想去勸他，但門被反扣死了。

藏族人是守信義的人，對老朋友的諾言從不失信。只是對那個喇嘛和奧古斯丁而言，這個諾言是什麼呢？

請為我們祈禱吧，請特別為奧古斯丁祈禱——作為一個新教友，他的信德亟需堅固；也請為那個叫頓珠活佛的喇嘛祈禱，願他早日認清自己宗教的謬誤，跟隨主耶穌的聖召。

耶穌的僕人、你忠誠的卡爾羅・杜伯爾

第十八章　聖詠

上主，世人睡醒，
怎樣瞭解夢境；
你醒時，也怎樣看他們的幻影。
——《聖經・舊約》（聖詠73：20）

大雪封山之前，到阿墩子探路的兩個神父平安回到了瀾滄江峽谷下游相對溫暖的教堂村。這是一次較爲成功的旅行，傳教會方面對兩個年輕神父的工作給予了高度的評價。因爲自從一九〇五年阿墩子教案發生以來，邊藏地區的混亂使得教會再無派遣傳教人員進入阿墩子的機會。現在他們不僅派神父們進去了，摸清了那邊的基本情況，而且還和阿墩子的喇嘛活佛交上了朋友。這讓古純仁神父深受鼓舞，一個大膽的計劃已開始在他的心中醞釀。

瑪麗亞已經順利生下一個兒子，奧古斯丁回來剛好趕上這個嬰兒的洗禮。他站在人群後面，看見瑪麗亞幸福地抱著孩子，史蒂文站在她的身邊，由古純仁神父給嬰兒付洗，羅維神父做他的副手，而杜伯爾神父則在管風琴上彈奏出舒緩柔美的讚美詩。教堂村的人們就像第一次見證一個新生嬰兒的洗禮，人人臉上都呈現出聖潔的慈愛和光芒。這個在流浪詩人的歌聲中孕育的種子，這個流亡愛情之路上的結晶，這個受耶穌天主拯救的生命，他一來到這個世界，從第一聲啼哭起，就幸運地受到教會的保護。不過，在天主未來的計劃之中，教會將會爲自己培養一個叛逆的生命。如果說天主的計劃世人是不可探測的，這個被賜予教名若瑟的小傢伙，就是一個具有諷刺意味的見證者。

但在彼時，這幸福莊嚴的場面把奧古斯丁也感動了，以至於他不忍心再多看下去，悄悄溜出了教堂。一股莫名的悲涼和沮喪瀰漫了他。現在他不僅僅是史蒂文的手下敗將，還將是這個孩子的。那時他不知道，這種失敗感將貫穿他的生命始終。

他不忍看見瑪麗亞臉上初爲人母的幸福，也不想看到史蒂文臉上父親般的自豪。他從小就沒有見過自己的父親，長大後才作爲俘虜和仇人與土司父親第一次相見。那個老傢伙認出他來後倒是蠻高興的，但只是爲了利用他而已。在他童年時，父親是可惡的，而到了少年，父親則是可殺的。他對康菩土司唯一的感謝，便是爲了重獲自由、兌現諾言，來抓史蒂文和瑪麗亞，從而走上了一條愛情的不歸之路。

奧古斯丁從馬廄裏牽出自己的馬，然後一陣風一般地衝出了村莊，向瀾滄江邊衝去。他的馬「雲腳」是和他來到教堂村唯一的伴兒，也是可以說知心話的好兄弟。在過去，「雲腳」經常把敵人的胸膛踩在蹄下，把天上的雲團甩在馬尾後，把一路的風霜雪雨踏得粉碎。前強盜格桑多吉騎在「雲腳」上時，不是騎在馬鞍上，而是騎在風中，騎在光裏。他的心剛想去哪裏，眼睛才看到哪裏，「雲腳」就到了。

可是，現在「雲腳」不知道牠的主人要去哪裏，要幹什麼？

「雲腳」今天感到奇怪的是，牠的主人既沒有喝酒，也沒有幾天幾夜不睡，更沒有身上中槍，卻奇怪地從馬上重重地摔下來了。這讓「雲腳」很羞愧，不斷用鼻子去蹭主人的臉，向他道歉。但是主人沒有接受牠的歉意，自己把頭扭向一邊，手裏握著一個藍色的小玻璃瓶兒，望著遠方高遠的雪山發呆。

兩人兩騎從山坡上追了上來，是托彼特和史蒂文。奧古斯丁把玻璃瓶兒小心地放回自己的胸間，心裏說：來吧，看看你們對我的羞辱，到底能不能像瀾滄江水那樣淹死我。

史蒂文臉上的幸福還沒有和太陽一起落山，他立在馬上對奧古斯丁說：「大哥，我們來請你回去喝孩子的喜酒呢。」

托彼特說：「奧古斯丁兄弟，我要恭喜了。」

「從哪兒飛來兩隻百靈鳥啊。」奧古斯丁冷笑著說。

史蒂文跳下馬來，蹲在奧古斯丁的面前，「大哥，你是我妻子和孩子的救命恩人，你怎麼能不喝我敬你的酒呢？」

「你要小心，我是一個強盜。」奧古斯丁說。

「現在你是孩子的代父了。」托彼特說，「主耶穌會看到你的良善。」

「你說什麼？」奧古斯丁驚得從地上跳了起來。

「大哥，接受吧，」史蒂文抓住奧古斯丁的雙臂，「小若瑟需要你的愛，你的護佑。」

「是羅維神父破例給你這個榮譽的，儘管孩子受洗時你不在場。」托彼特說，「奧古斯丁，好兄弟，像一個父親那樣愛這個孩子吧。瑪麗亞和史蒂文都相信你的愛心，你是我們教會的驕傲。」

「是……嗎？你們，可真會捉弄人。」奧古斯丁的腦袋暈了，那感覺有些像他第一次被人當成英雄好漢。那時他才十五歲，剛剛殺了一個惡人，尚不知道勇氣和驕傲是怎麼回事，他就被人賦予好漢的榮耀，推上英雄的寶座。現在，他還沒有找到自己的愛情，卻被人賜予父親的職責——儘管這只是宗教意義上的責任。但既然你和他們信奉同一個神靈，你就得服從。

這個晚上史蒂文家擺出了一頓很豐盛的酒宴，教堂的神父們也應邀來參加。奧古斯丁有些驚訝的是，瑪麗亞現在完全成了一個在火塘邊忙進忙出的家庭主婦，打茶、烙餅、煮羊肉，爲男人們倒酒，爲老人們揉糌粑。幾乎一個村莊的爺們兒都來了，其中有幾個人的家人曾經死在奧古斯丁攻打教堂村的戰鬥中，但是人們好像都忘記了這些悲傷的往事，他們甚至主動來給奧古斯丁敬酒，這讓他羞愧難當。殺父奪子之仇，人家都可以在一碗酒中，一笑了之。我的愛情，就讓我自己就著內心的酸楚喝下去吧。

而更讓他沮喪的是：現在不是一個史蒂文或那個孩子是他愛情的障礙，而是一個村莊，一個教會，甚至主耶穌——他們共同信奉的神靈，都反對他這場不應該有的愛情。

席間，瑪麗亞對奧古斯丁說：「大哥，你現在是孩子的代父了，我們的家就是你的家，你今後隨時可以來家中喝酒吃飯。」

奧古斯丁忽然發現，瑪麗亞的眼睛中再也沒有那層夢的雲翳了。她的眼神慈祥、明亮、溫暖，隱隱讓他想起童年時他母親的眼睛。啊，她現在是一個母親而不再是個姑娘啦，愛情可不像喝酒吃飯那樣大家有福同享。奧古斯丁感到自己的心被什麼東西一把揪住了，而且攥得很緊，他在痛感中說：

「噢，你們家的飯，我可吃不下。」

「爲什麼呢？」史蒂文追問道，「瑪麗亞現在飯做得不錯。」

奧古斯丁冷冷地說：「我會把你的家吃窮的。」

史蒂文還沈浸在一個浪漫詩人的熱情豪爽中，「沒有的事，有我一口，就不會少我的大哥半口。是這樣吧，瑪麗亞？」

瑪麗亞看了史蒂文一眼，再看看奧古斯丁，她的目光就像水遇到棉花一樣，一下被那個人吸納乾了，半天收不回來。熱鬧的火塘忽然變得只有柴火在火裏乾笑，瑪麗亞大約感受到了這嘲笑，訕訕地說：「把這裏當自己的家，就好了。」話的後半部分，小到連她自己都聽不到啦。但是奧古斯丁和史蒂文聽到了，他們的眼光碰到了一起，兩人都感受到了刀刃相加時發出的脆響。史蒂文剛才的豪爽眨眼就像摔碎了的水甕裏的水，漏盡了。

幸好杜伯爾神父有些不勝酒力，他的微醉打破了暫短的僵局。「奧古斯丁，你覺得是我們主內的這些兄弟姐妹們好呢，還是你在綠林中的那些弟兄們好？」

奧古斯丁愣了一下，回答說：「都好。大家都是窮人。」

杜伯爾神父接著說：「既然如此，你應該做一件善事，利用你的號召力，讓你綠林中的那些好弟兄，也加入到我們的教會來。讓我們來拯救他們有罪的靈魂吧。」

奧古斯丁沈默了，良久不說話。羅維神父接過話題：「主的聖召終有一天會降臨到他們的頭上的。嗨，我們好久沒有聽到史蒂文的歌聲了。史蒂文，你是藏族人裏的藝術家呢，來一支吧。」

在人們的附和聲中，史蒂文拿出了自己久已不摸的扎年琴，那琴面上佈滿一層厚厚的灰，琴弦似乎已經僵硬乾枯了，撥弄一下都要費好大的勁，而且發出的聲音乾澀而痛苦。

比琴弦更乾澀的是史蒂文的嗓音，比嗓音更痛苦的是他的內心。史蒂文自己也沒有料到，竟然會在這樣的場合演砸了場。他好不容易調好了琴弦，擺開姿勢準備開唱。唱什麼呢？自從來到了教堂村，他除了去教堂跟隨杜伯爾神父學唱聖歌，自己的歌就慢慢忘在腦後了。不是它們和天主的讚美詩比起來顯得土、或者不合時宜，而是一個在大地上流浪的說唱藝人，一旦受困於一個村莊，甚至一個家庭，他的靈感之源就枯竭了，他的浪漫之心就泯滅了，他的歌喉也當然一如他懷中的琴弦，暗啞無光。

「嗦……」

史蒂文強迫自己開了個頭，想讓自己的說唱天賦像從前一樣，看見花開就歌唱愛情的燦爛，看見月亮就知道相思的痛苦，但他的腦海裏竟然一片空白。往昔那個情歌王子扎西嘉措，只跟洋人同行了一段路，就可以在康菩土司面前把洋人的事情唱得活靈活現，現在洋人就在他的身邊，還拯救了他的生命他的愛，但他卻什麼也唱不出來了。

就是那一聲「嗦——」，也讓他羞愧難當。這不是一個曾經的歌王的嗓音，只會讓人想到一隻被勒緊了脖子的鳥叫。

「我們……我們現在，只有在教堂裏才會唱歌了。」史蒂文自嘲道。教堂村的唱詩班是由小修院的一幫學生和熱心教友組成的，大約有三十多個人，史蒂文和瑪麗亞入教後，由於他流浪歌手的生涯，兩人當然被吸納進唱詩班裏。音樂天份極高的史蒂文還很快被杜伯爾神父培養成唱詩班的領唱。

「不應該這樣的。」羅維神父鼓勵他道：「教堂裏的聖歌是讚美天主的，生活中的歌謠是傳承你們的文化和歷史的。史蒂文，你應該像愛護你的眼睛一樣，愛護好你心中的歌。一個好歌手，常常是一個民族的代言人。」

「可是，神父……」史蒂文難堪地說：「你現在就是把我的眼珠子摳出來，我也唱不好了。」

「我來唱一首吧。」

人們看見奧古斯丁把碗裏的酒舉在面前，神色堅定，目光如炬，就像一個要走向戰場的士兵。

「你……你會彈這個嗎？」史蒂文把扎年琴遞了過去，有些挑釁的意思。

「不需要。」奧古斯丁說，「有酒，就有歌了。」

奧古斯丁仰頭尋找他的愛神，四面都是圍坐在一起翹首期盼的善良人，只有火塘上方的天窗直通夜空，月亮在上面露出一角張望，愛神巡行在月光之中，就像一條游在水裏的魚。他對奧古斯丁說：唱吧，唱吧，唱出你心中的愛！如果你不怕痛苦的話。

太陽就要升起來時，
高山在前面遮擋他，
烏雲在上面欺壓他，
星星在旁邊嘲笑他。
太陽說，
我要是不升在天空，
照在我的姑娘身上，
我就不是天上的王。

溪流從雪山上淌下來時，
古樹要挽留他，
岩石要阻擋他，
百獸要戲耍他。
溪流說，
我要是不奔向大海，
找到海龍王的女兒，
我就不是雪山的兒子。

愛情從心頭湧上來時，
口水要淹沒他，
舌頭要壓服他，
嘴巴要封閉他。
愛情說，
我要是不用歌兒，
唱給我的愛人聽，
我就不是大地上的有情人。

奧古斯丁唱完了，大約只有主耶穌不知道，他的歌兒是唱給誰聽的。史蒂文的臉色很難看，瑪麗亞一直低著頭。不過在羅維神父看來，他的嗓音實在太好了。不是史蒂文那種圓潤、抒情、詠歎調式的美，而是一曲質樸、野性、悲愴的牧歌。真難以想像一個在馬背上舞刀弄槍的騎手，會有這麼獨特蒼涼的嗓子。

羅維神父沒有發現的是，在奧古斯丁的嗓音升到最高處時，有一個人的心忽然裂開了一條縫，內心劇烈的疼痛讓她滿面通紅；還有一件只有主耶穌和雪山上的神靈才會看見的奇異之事：火塘邊緣一塊燃盡了的木炭，奇怪地冒出一股藍色的火焰，直到歌聲的餘音散去許久，火焰才慢慢熄滅。

酒席散後，客人相續離去，瑪麗亞忙著收拾杯盤碗盞。史蒂文悶悶地坐在卡墊上，似乎對背著孩子忙碌的瑪麗亞毫不介意，也不想來幫忙。瑪麗亞不得不問：「哎，你今天喝多了嗎？」

「和你一樣，沒有喝多。可是你的臉爲什麼那麼紅？」史蒂文沒好氣地問。

「那是爲你害臊。」瑪麗亞直起腰來說，「我忙活了一天，可你連歌兒都唱不出來。」

「有人唱得好聽，花兒在晚上也開放了。」史蒂文的語調陰陽怪氣的。

「史蒂文，你不要隔著牆說話。」瑪麗亞的聲音高起來。

「你也不要隔著肚皮想心事。」

「你不要往草堆裏射箭！」

「你不要在溫泉裏放屁！」史蒂文回敬道。

瑪麗亞把手裏的木瓢往地上一扔，「史蒂文，主耶穌在天上看著你的良心哩！我的心事像江水那樣往喉嚨湧，像雪山那樣高地往心頭頂，我可跟你抱怨過半句？一個男人站在路邊說要娶我，坐在火塘邊唱一支情歌，山上的花兒就會應聲開放嗎？世上有這種本事的男人沒有啊？我倒想看看！他們以爲自己勇敢、驕傲，就可以隨便贏得一個姑娘的心麼？像騎馬衝殺一樣，就可以闖進一個姑娘的夢麼？進來了我也會把他趕出去的。你看看他一身的野性，頭上的氈帽從來就沒有戴正過，靴子上的泥土有藏幣厚，一看就知道是個從小就沒有教養、不知道敬畏的傢伙，雪山上的老虎也比他斯文哩。爲了追求姑娘不當強盜，我就該憐憫他？把我從強盜手裏救出來，我就該用愛去回報他？我可不是誰佈施一口糌粑就爲他念經的窮喇嘛。他來教堂村可不是爲了我，神父說，這是主對他的感召。你不相信嗎？我是相信的。那天他把我從山上送下來，主耶穌在天上看著他的良心，他心裏在害臊哩。一句多餘的話都不敢說，在他的兄弟們面前連一碗酒也沒有喝，扶我上馬時比我過去的僕人都仔細小心。因爲他知道，一個姑娘的愛是搶不來的。但是他不知道，一個姑娘心裏到底在想什麼？也不明白，太陽的光芒是熱的，爲什麼月亮的光芒卻永遠是冷的；他更不清楚，太陽和月亮究竟相隔有多遠？這就像土司家的僕人，永遠不知道主子的權力到底有多大，是賜給他們一碗糌粑呢，還是賞給他們一頓皮鞭？這個腦袋比岩石還要死硬的傢伙啊，我倒真希望有一天在他的頭上打個洞，把他的那些奇怪的想法挖出來，扔到瀾滄江裏去。唉，主耶穌啊，爲什麼我們逃離了康菩土司的魔爪，又碰到奧古斯丁這種看見好東西就想搶的人呢？難道這一切都是神父們說的，是天主的計劃？包括讓他來做我們孩子的代父，是想讓這個傢伙變得更好，還是想給我們更大的考驗？主耶穌，如果你是愛我的，保護我們的，我請求你，還是讓他去當一個挨刀砍的強盜吧。我可不會心疼他，我連看都不會往他那個方向看一眼，我再也不想在夢裏見到他。耶穌基督，求你不要讓他再來煩我了！」

瑪麗亞數落完奧古斯丁以後，非但沒有讓史蒂文好受起來，反而讓他覺得：她是在為那個傢伙唱讚歌哩。

第十九章　頓珠活佛二書

由聞知諸法，由聞遮諸惡，由聞斷無義，由聞得涅槃。

——宗喀巴《菩提道次第廣論》（卷一・聽聞軌理）

今年是卡瓦格博雪山的本命年，神賦予這座偉大的雪山以羊的屬性，溫順而吉祥。我們認爲在這一年來轉經朝聖，功德無量。尤其是對我這樣一個剛剛坐床成爲一名正式活佛的僧侶，此番朝聖對加持我的法力，意義非凡。除了我的近侍貢布外，許多喇嘛和信眾都一路跟隨我，他們認爲：和頓珠活佛一起朝聖，相當於平常轉經九百倍的功德。

昨天晚上，貢布來告訴我，前方山下的一塊草甸上，洋人喇嘛帶著一群孩子在露營。他說：「不能讓洋人骯髒的腳印污染了我們的朝聖路。活佛，我帶幾個人去把他們趕走。」

我說：「貢布，你能在一群無邪的孩子面前動粗嗎？你不是在幫助我，只是讓那些洋人顯得比我們更慈悲。」

今天早上我正在做早課時，一陣曼妙輕柔的歌聲從我的帳篷外飄了進來，那歌聲中的悲憫以至於讓我不得不中斷了自己的祈禱，靜心聆聽——

神貧的人是有福的，
因為天國是他們的；
哀慟的人是有福的，
因為他們要受安慰；
溫良的人是有福的，
因為他們要承受土地；
饑渴的人是有福的，
因為他們要得飽沃。
憐憫人的人是有福的，
因為他們要受憐憫；
心裏潔淨的人是有福的，
因為他們要看見天主；
締造和平的人是有福的，
因為他們要成為天主的子女；
為義而受迫害的人是有福的，
因為天國是他們的。

我被深深地打動了。不是因爲它有著我們從來沒有聽到過的動人旋律，也不是因爲它被一群孩子清純的嗓音唱得來有如天籟之音，而是它的歌詞，牽動出了我心中的慈悲。

我不知不覺就出了帳篷，向山下的草甸走去。當我站在草甸邊緣時，那群正在嬉戲的孩子一看見我，忽然就像炸了群的馬駒，慌忙向他們的棚屋跑去。「喇嘛來了！喇嘛來了！」他們高聲驚叫，好像我是魔鬼一般。

我看見杜伯爾神父和一個大漢從棚屋出來，把孩子們擋在自己身後，像一隻保護小雛鳥的老鷹。如果說孩子們的驚慌讓我感到慚愧的話，他們的緊張則讓我感到好笑，我沒有惡意啊。

「老朋友，不要害怕，」我首先表示出善意，「我只是被你們的歌聲所吸引。」

「噢，歌會消彌人們心靈的創痛。」杜伯爾神父也高聲說：「頓珠活佛，眼下這個世界，歌聲至少比槍聲讓人們走得更近。幹嗎不來喝一碗茶呢？」

他真是個聰明人，他不再居高臨下地叫我「孩子」了。我再次向他走過去。我總是試圖接近這些來自另外一個國家、信奉另外一種宗教的人們。自從他們離開阿墩子後，我時常在想念他們，儘管我們的分歧就像瀾滄江峽谷一樣幽深，距離總是阻擋了人們的認知欲望。

由於這些年在益西上師的指導下攻讀經書，我現在的眼睛有問題了，遠處的事物總是模糊不清，我需要一副來自漢地的那種架在鼻梁上的眼鏡。我們說，那是除了人的「五眼」外的第六雙眼睛。

「活佛，你帶來的人太多了，會嚇著我的孩子們的。」杜伯爾神父指著我的身後說。

我出來時忘記告訴貢布不要跟隨，也忘了看看自己的身後，有多少信眾悄悄地、遠遠地跟在後面。他們或許認為：頓珠活佛向洋人走去，要麼會被魔鬼加害，要麼就是去征服那個魔鬼。他們不放心呢。

我對貢布說：「回去吧。我是去做客人的。」

貢布看我的目光充滿擔憂。他說：「活佛，格桑多吉也在那邊。」

哦呀，原來杜伯爾神父身後的那條漢子是我的哥哥呀。於是我對他說：「那你還有什麼可擔心的呢？」

我們在可以看清對方眸子裏光芒的地方，互致問候。然後我們坐在草甸的一塊大石頭上喝茶，我的強盜哥哥負責為我們打茶。當我想向他打招呼時，他總是迴避我的目光。而且，我感到那不是因為害羞，而是由於他內心的孤傲。這讓我很為他擔憂。

陽光很燦爛，四周只聽得見遠處森林裏傳來的若隱若現的松濤聲，一隻鷹在天空悠閒地劃過，雪山上一向匆忙趕路的白雲也靜止不動了，世界顯得靜謐而安詳。我真希望我們都沒有各自的宗教身分，像兩個半路上相遇的老朋友，喝上一壺酥油茶，聊一些互相感興趣的話題——比如，我一直想知道，在大海上行船是一種什麼樣的感覺？那些漂亮海螺在大海裏的家在哪裏等等；我也真希望後來發生在我和這個洋人喇嘛之間的悲劇，不要像一場因緣定律一樣，永遠無法扭轉改變；我更希望，在我圓寂轉世重生時，照樣把他當朋友，還想得起他教給孩子們唱的歌，想得起他告訴我的關於他的國家的種種奇聞。這個世界原來如此之大、如此之複雜，以至於一個活佛的胸襟已不足以裝盛得下。佛經上告訴我的理論，只讓我如何修持自己的一顆心；可這個洋人喇嘛卻讓我明白：現在的人們，更崇尚向外邦傳播他們的神靈。

他們是出來遠足的，就像我們藏族人在吉祥的日子裏帶著帳篷來到雪山下，唱歌、跳舞、吃喝，既與雪山上的神靈親近，也犒勞自己勞累的身心。我看見他們搭建了一個巨大的棚屋，似乎要打算住上一段時間。

可是我們的話題，卻怎麼也逃不出宗教信仰的範疇，這就像我身上的紅色法衣和他的黑色僧裝，當我們面對面時，顏色的巨大差異，使我們不知不覺地就站在各自的立場上對話。即便是一個瞎子，也能分辨出來，誰穿什麼顏色的衣服；或者一個聾子，也能感覺到我們捍衛自己的信仰的聲音。

杜伯爾神父看看草甸遠處一直關注著我們這邊的藏族人，問：「尊敬的頓珠活佛，你是出來傳教嗎？」

我說：「不，我們是來轉經的，朝聖我們的神山。」我指了指遠處閃耀著潔白光芒的卡瓦格博雪山說。

「轉經？朝聖？」他費解地聳聳肩，「你們還是始終堅持萬物有靈的神學觀。」

「我們的雪山，都是有靈性的。我們相信，上面有神靈居住，他護佑著眾生的平安。」

他問：「那麼，他是一個什麼樣的神靈呢？」

「卡瓦格博神。」我說，「他是一個白盔白甲、騎白馬的戰神。在雪山下的一座寺廟裏，有他的塑像。我們頂禮他的慈悲，感激他的護佑。」

他是個好辯論的人，他駁斥我道：「我們始終認為，人在萬物之上，神隱藏在人中。如果你們把自然看得高於人類，人就成了自然的奴僕。人怎麼去改造自然，征服自然，取得人類文明的進步呢？由此可以推斷，你們的信仰阻礙了你們的社會進步。」

「我們敬畏自然。」我說。「在我們藏族人來到這片雪山峽谷之前，大地已經為我們準備好了雪山、冰川、江河，田地、五穀，就像父親為孩子準備好了財富。因此在我們看來，自然的各種力量全都是神聖的，全都是神靈的巧妙安排。敬畏他而不是去征服他，順從他而不是去改變他，這可以讓我們的心達到和大地的統一。你所說的『社會進步』我不太明白，但肯定不是我們的生活追求，符合神的旨意才是人一生中最重要的生活目標。」

他說：「你們真是一個奇怪而又神奇的民族。」然後他又問有誰爬到雪山頂上過嗎？我回答說沒有，不是因為太高太險，而是因為沒有哪個藏族人會爬到自己父親的頭上；有些高度，人只能仰視。他再問有誰見到過卡瓦格博神嗎？我仍然回答說沒有。但他卻在我們藏族人心中存活了近千年。杜伯爾神父這時說：

「他甚至不是一個真實存在過的人物，只不過是你們虛構出來的一個幻象罷了。我的家鄉也有很多雪山，但是我們只是用自然的觀點去看待它們。在我們看來，一處聖地，如果沒有聖人在那裏行過神蹟，或者奉獻過自己的生命，甚至擁有聖人生前的某種聖物，那它憑什麼去感召人們的信念呢？」

「憑藉他的聖潔高遠，還有他對這片土地的滋養。我們的生命，和大地上的萬物緊密相聯，我們敬拜一座雪山，就像敬拜自己的祖先和父母。許多人死在朝聖的路上，但是他們無怨無悔，充滿幸福的快樂。因為他們認為，這裏是他們的靈魂最好的皈依之地，也讓他一生的功德最為圓滿。」

「也許你們對雪山的這份感情，是大自然的福音。繞著雪山兜圈子，也不失為一種有益的戶外運動，對人的身體健康有好處嘛。」

我不太明白他的話。但我感受得到他至少對我們的轉經不再持批駁或者嘲諷的態度了。他可能是從另外的角度來理解我們的行為。我說：「杜伯爾神父，我們轉山朝聖，不是修持身體，而是修持我們的心。」

「人或許應該將自己投身於大自然中，但將一座雪山淩駕於人的意志之上，人就是物的奴隸了。」杜伯爾神父聳聳肩，「這有悖天主創世的聖意。」

我知道他又想用他們的那一套來教化我，我們的神山也是他們全能的天主創造的，這可能嗎？但我今天不想和他辯論。看看他身邊的孩子，看看我身後那些翹首張望的信眾，他們都是藏族人，他們信奉了不同的宗教，如果不想使他們成爲敵人而互相傷害，首先我們這些供奉神職的僧侶，要成爲朋友。這是我最近在山洞裏閉關參悟出來的道理。

「你們不是也在這雪山下找到了與神接近的快樂了嗎？孩子們的歌聲唱得多麼好聽啊。如果你不反對的話，我想給孩子們一點禮物。」

他聳聳肩。「誰能阻攔給孩子的禮物呢？就像當初我給你禮物時，你不拒絕一樣。」

我招手讓貢布過來，讓他去把跟隨我朝聖的信眾佈施的食物，搬一些過來。貢布費解地望著我，半天不動。我只有說：「我隨你去。杜伯爾神父，請稍後。」

我們拿來一隻火腿、一口袋青稞麪、幾大塊風乾犛牛肉、還有一些酥油、馬鈴薯等。杜伯爾神父很感激，連聲道謝，說：「頓珠活佛，你的仁慈讓我們的野餐更加豐富了。我剛剛吃下了一隻孩子們給我烤的小田鼠。」

我本想以誇張的表情來責問他，這種弱小的生靈你們也吃，難道不有悖於自己內心的慈悲麼？但他臉上不情願的表情被我看到了，我聽說教堂裏平常來自信眾的供養並不多，他們經常連給窮人施粥的糧食都緊張。因此我問他：「好吃嗎？」

「噢，我想，我還沒有死。不是嗎？」

我們都笑了。能和自己的信眾一起承擔饑餓、困頓、甚至死亡的僧侶，就具備了可貴的信德。當年他們來到藏區時，人們說他們是貴族老爺，走不動山路，離開了僕人就沒有茶喝，還每天都要洗澡。看來這些傳聞都是不準確的。因此我說：「和你的交往讓我發現，你們也是對窮人抱有很大慈悲心的僧侶，我認爲這一點上我們是相同的。」

他臉上露出慈愛的笑容，撫摸著一個孩子的頭，「來到藏區爲窮人們服務，牧放他們的靈魂，是我的聖職。」

「那麼，」我趁我的哥哥離開時，問了個我一直感到很疑惑的問題，「你們靠什麼去爲一個強盜洗罪呢？」

他很聰明，臉上不無得意地說：「寬恕和愛。我們做到了，並且在峽谷裏創造了奇蹟，不是嗎？」

我並不在意他的虛榮，他所說的那兩點，我們也不缺乏。我和我的強盜哥哥缺少的，只是我與貢布的那種機緣而已。不是由於我的悲心不夠，就是因爲他孤傲太甚。

杜伯爾神父是敏感的人，大約是我臉上莫測的表情讓他起了疑惑，他問：「頓珠活佛，我不明白的是，爲什麼我們的愛心，會讓你們不太舒服？」

「我們互相不明白的東西太多啦，但奉獻給眾生的愛，總是沒有錯的。」我想了想又說，「也許你們太性急了點，如果你們不和那些漢人官吏走得太近的話，諸事我們或許可以慢慢交流。」

「可是我們從遙遠的地方來，什麼都不熟悉，還要面對你們宗教的敵視和威脅。不依靠漢人官吏，我們怎麼在藏區站得住腳呢？當然，坦率地講，我並不喜歡他們。至少我們都是有信仰的人，而他們是政客。」

「你說得對，持有一種信仰，可以讓我們互相尊重，儘管我們的信仰是多麼地不一樣。」

我終於發現我和他的共同點了，但願他也明白這一點。這就像我們都是崇敬一座雪山的路人，我們來到雪山下，對它做出不同的禮贊。

但是他竟然把我的意思理解偏了，他說：「我們對自己信仰的忠誠，要求我們為信仰而戰，哪怕為此而殉教。」

「殉教？」我不太理解這個辭彙，「你是說為捍衛信仰而奉獻自己的生命？」

「是的，」他的目光看著遠處的雪山，呈現出某種我所不明白的狂熱。「倘能如此，我們稱之為聖人。這是我們每一個來中國的傳教士終生追求的目標。」

「為什麼呢？那不是一種虛榮的表現嗎？信仰不是一場人和人的戰爭，不需要英雄。」我說，「我們所崇敬的聖人大德，是那些具有大慈悲心，潛心佛學，默默地為眾生祈禱，並最終以自己的善行，昭示天下的修行者。」

「可是，當一種信仰被人誤解、甚至阻攔、壓制的時候，你怎麼辦？」他的目光咄咄逼人，似乎非要讓我作出回答。

「我回到自己的內心，但我絕不會放棄。」信仰是關乎個人內心世界的事情，他為什麼那樣好鬥呢？我不明白。

但他似乎非要說明什麼問題，繼續追問我：「那麼你的那些信眾呢？如果他們受到打擊、磨難，你不為他們提供保護嗎？」

宗教受到迫害的歲月我們也經歷過，我在想這樣的事情會不會再發生。在我們藏傳佛教的前弘期[1]之後，吐蕃王朗達瑪興苯教滅佛教，僧侶遭擊殺，寺廟被焚毀，眾生信仰被武力改宗，信奉苯教。元朝時，蒙古人的軍隊開進西藏，格魯派的喇嘛們也借助蒙古人的力量，讓其他教派的僧侶改宗黃教，不從者便訴諸武力。但這些都只是無常世界中的一場幻滅啊，藏族人總會找到適合他們靈魂的信仰。

「我會和他們一起承擔苦難。」我緩緩說。

「難道你就不想帶領他們反抗嗎？」

「我們不提倡以肉體反抗暴力。」我說，「這有違我們的宗教宗旨。在一顆堅守的慈悲心面前，暴力只不過是面對慈悲的軟弱無能罷了。」

「我們的主耶穌當初也是這樣行的，面對暴力，他自願背負起十字架，以拯救人們墮落的靈魂。」我以爲他又要宣講他們的道理了，但是杜伯爾神父的話鋒一轉，「可是你們卻殺害過我們的傳教士。不是嗎？」

我感到很羞愧。這個事情要論起來，真是很複雜。我的前世那個年代，他們確實在阿墩子把一個傳教士的頭顱砍下來，掛在寺廟的高牆上。儘管我的上師益西堪布說這是我們戰勝了魔鬼的一次勝利，但我認爲這不是我們的光榮。

「其實這正是我們的榮耀。」杜伯爾神父看我長久沒有話說，禁不住得意起來，他說，「我們的傳教士，也不僅僅在西藏被人殺害，在漢地、在其他國家，我們都有殉教的先聖，我們爲此而驕傲。看看我們的主耶穌，不就是被暴徒們掛在十字架上，而成就了他永生永世的光榮嗎？這就是我們傳教士效仿的最佳榜樣。因此，如果你們把我殺了，那就是讓我成聖了。」

「你這個願望，我不會幫你的。」我有些生氣地說。他們對生命簡直沒有一點憐惜。

「我相信你的仁慈。」他說，他的臉上充滿和藹的陽光，「頓珠活佛，從看到你的那時起，我們就想和你交朋友了。你不會讓我們失望吧？」

我說：「作為一個修行者，我不讓自己的內心失望。」

「那就好。」他似乎得到了某種承諾，滿足地站起身來，「感謝你的造訪，也非常感謝你送給孩子們的禮物。願我主耶穌保佑我們大家。好啦，尊敬的頓珠活佛，實在抱歉，你看，我的孩子們都等不及啦，今天我要帶他們去爬東邊的那座山。」

我說：「為什麼不爬西邊那座呢？」

「為什麼？」

「因為那樣的話，你們將和轉山的藏族人在轉經路上相遇。山道狹窄，大家會不方便的。」我其實是擔心他們招來更多怨恨的目光，我們都是按由東往西的方向轉經朝聖。反方向走轉經路的，是苯教徒，而苯教在此地並不是很受歡迎，更何況他們連苯教徒都不是。

他似乎有些猶豫，但還是接受了我的建議。可是他的自負依然不改。「好吧，就去西邊的山上吧。既然只是一次親近大自然的遠足，我不跟你們爭道。」

我想我們的差別或許是：大家即便是走在同一條道路上，但內心堅守的東西卻是多麼地不一樣。

1 在藏傳佛教歷史中，指西元七世紀前後松贊干布統一西藏、引進印度佛教，到西元九世紀末期這一時期。

第二十章　杜伯爾神父二書

我要在他們內居住，我要在他們中徘徊，
我要做他們的天主，他們要做我的百姓。
——《聖經・新約》（格林多後書6：16）

親愛的母親：

致以最最親切的問候。

收到家書和讓您看到我的信，讓我竟然要在每天的祈禱中祈求天主的幫助！我迫不及待地想告訴您，我剛剛享受到了一個愉快的夏令營，還邂逅了一個西藏佛教的喇嘛，我們的老朋友頓珠活佛。上次母親來信問我，藏族人的活佛究竟是人還是神，我想可以這樣來解釋：他們是被人選出來供奉的神——或者佛，他們的教權甚至大於我們的紅衣大主教，他們的神學修養，看上去也高於普通的西藏喇嘛。

我們在一個野營地相遇，寬闊壯觀的大自然讓我們都打開了各自的心扉。這個孩子——他的東方人的面孔讓人感到他永遠長不大——在走向我們時，他臉上的善意一覽無遺。他是個好學的人，自從我上次送給他一個海螺後，他對我們所掌握的知識和所代表的文明充滿好奇。其實，他的神奇經歷以及所擁有的歷史，對於我也一樣，只是我比他更善於掩飾自己的感情罷了。因爲我們是要來教化他的民族的，一個老師總不能顯得比學生更無知，哪怕一點點呢。

我情願先請母親分享一下我們的夏令營！啊，我時常牽腸掛肚的母親，我們的生活並不如您所想像的那般艱苦和無趣。

漫長的冬天終於捱過，饑饉的春天也在大地一天天的變綠中遠去，峽谷裏火熱的夏天來臨了。一群赤腳裸肩的孩子，在滿是尖厲石頭的羊腸小道上跳躍飛奔，像敏捷的山猴，出籠的小豹，而他們的歌聲，則堪比樹林裏的百靈。這些生來就屬於雪山、草原的尤物，當把他們從教室裏放出來時，就像動物園的猴子獲得了自由。

不錯，我現在是個「孩子王」，準確地說是教會小修院的院長——請你為我自豪。古神父告訴我說：「醫療和教育，是一切傳教活動的基礎，它們是我們走進藏族人日常生活中的兩條腿，是觸摸他們心靈的最佳途徑。到目前爲止，我們的傳教工作的重點依然是辦好施診所和學校。前者治癒他們的身體，後者教化他們的心靈。許多人已經走到墳墓的邊緣，我們的藥品和治療讓他們回頭認識了天主。而教育方式，杜伯爾神父，請不要忘記，這裏不是歐洲。我既希望你有耐心和愛心，也期待著你爲天主在西藏的傳教事業夯下一塊塊牢固的基石。」

儘管這與我來藏區服務天主的初衷有所差距，但是母親，我沒有忘記自己在主面前的卑微。我愉快接受了這個使命，這是一個何其簡陋且不規範的小修院啊！我們已經有二十多名學生，在一間由馬廄改造而成的教室裏上課。孩子們學習漢語、藏文、算術、宗教和拉丁文。可是要把這幫「小野人」

培養成一個上課時能專心聽講的好學生，我寧願去牧場上調教一匹野馬。

他們是天生的牧童、趕馬人、獵手、甚至強盜，他們擅長使用的是牧羊鞭、弓箭、拋石器、斧頭、砍柴刀，而不是用鉛筆在課本上寫寫畫畫。不僅一陣馬幫的鈴聲會讓他們的心飛到課堂外，就是外面樹上的幾聲鳥鳴，山頭上的一聲口哨，田間地頭的兩句調情打罵的歌聲，也會讓這些「小野人」的眼睛全不在老師身上。更不用說他們和我一樣，都還餓著肚子——大家都已經喝了兩個多月的稀粥了。可我們還指望能從這幫野孩子當中，至少也能培養出一兩個回應聖召的神父！

學生們蹺課是家常便飯，不是家裏的牛羊沒有看管，就是地裏的莊稼要收割，甚至誰家裏來了一個走訪的親戚，也成了他們不來上課的理由。有兩次，我為了把那些蹺課的學生驅趕進教室，竟然跑了一天的山路！

古神父大概就是想用這樣的方式來磨礪我的信德吧？我向他們奉獻，但與身俱來的野性讓他們扭頭就跑；我努力規範他們的言行，讓他們活得像歐洲的孩子那樣有教養、有尊嚴、有人生理想，但他們並不能準確理解，為什麼飯前要洗手，為什麼不能隨地大小便，為什麼衣著要儘量保持整潔，蝨子要撲殺，頭髮要理短，至少每周洗一次熱水澡……主啊，要講清這些簡單的生活常識，比在聖台講解一段天主的聖言還難。

羅維神父有一天對我說：「不要急，夥計，小馬駒兒總是喜歡撒點野。想想你當年在我們的修道院背後的雪山上是如何搗蛋的吧。也許你該來一次遠足，讓他們的野性好好釋放一次。」

我同意這樣的好建議。那就讓我們來看看，在雪山草甸、森林峽谷這個大課堂裏，他們會有什麼樣的表現。

古神父曾經提議要派兩個帶槍的教友爲我們提供保護，但我說，有奧古斯丁教友隨同我去就夠了。他一個人的威望，抵得上一整支軍隊

令人不可思議的是，在歐洲要組織這樣多人的一個夏令營，也許需要一輛卡車的後勤支援。但我的那些孩子們說：「神父，山上什麼都不缺。你只需帶上你的《聖經》和煙斗就是了。」

而他們也只是帶了砍柴刀、繩索、弓箭等一些簡單的工具，兩匹騾子就馱下了我們所有的生活用具。我們在雪山下的一塊草甸上紮營，我在這美麗壯觀的大自然中，總算見識到了我的學生們創造生活的卓越技能與才華。他們是建築師、獵人、麪包師、植物學家、動物學家、大廚師、縫紉匠、木匠、藥劑師、以及森林裏的小武士。一天之內，他們就搭建起一座可容二十多人的木棚屋，樹木支撐，茅草樹葉覆頂，有門有窗，有廚房有臥室，我甚至還有一個簡易的「沙發坐椅」——用松樹柔軟的針尖作鋪墊，坐在上面彷彿整座森林都在向你呼吸。

我感覺到自己是個銜著煙斗的將軍，但不會指揮作戰；是個生活在蠻荒之地的酋長，但不知道什麼野菜可以吃，也不知道什麼地方的泉水才可以喝，更不知道獵物在哪兒出沒。他們把一切打理得井然有序，就像在建造一幢山間別墅。

就在我們愉快地和大自然融爲一體時，頓珠活佛來造訪了。在這裏，你總躲避不開異教徒那身刺眼的紅色袈裟。

我們先是討論了一些粗淺的神學問題。但即便是些最基本的常識，我發現我們也很難達到共識。比如，一座雪山的神性何在，人應該朝拜什麼樣的聖物，殉教的光榮等等；但在作爲神職人員高貴的寬恕、仁慈精神，以及對窮人的愛，我們難能可貴地達到了一致。具有象徵意味的是，原來我和這個

高級僧侶以往的誤解，源於我們都很近視。

我發現頓珠活佛老是瞇起眼睛看遠處，就問他是不是眼睛有些近視了？我們比談論宗教更準確地討論人的視力問題。儘管他說他的視力下降在寺廟裏一度讓喇嘛們很緊張，被看成是魔鬼對一個活佛的加害。他告訴我說，他的寺廟專門組織了好幾場祈禱大法會，讓喇嘛們為他的視力祈禱，但是效果可想而知。甚至有個忠誠的老僧固執地認為：是寺廟對面山上的一片烏雲飄進了頓珠活佛的眼裏，他跑到那個山埡口，搭了間土屋，天天在那裏為他們的活佛念經，以驅趕隨時都可能來阻擋活佛視力的烏雲。

這就是西藏的喇嘛對他們不瞭解的事物的態度——祈禱能解決一切。我將我的眼鏡取下來讓他試戴，他一戴上就說眼花頭暈。於是我說需要幫他測試一下他的視力。他好奇地問，如何計算人的眼力，難道能像計算人的力氣大小來計算眼力麼？我問他，你們如何計算人的力氣？他說，拉一張弓，可知人的臂力；走多長的山路，可知人的腳力。可是他卻不能準確地說明：這個臂力是三十公斤，還是五十公斤？腳力的大小是否跟速度、時間有關。如果我告訴他馬拉松比賽是怎麼一回事，一百公尺短跑的世界紀錄又如何，恐怕我得在西藏辦一所教授現代體育的大學。藏人界定事物之不科學，由此可見一斑。

我決定從細微之處向他證明我們的文明。我在一張白紙上畫了一排排大小不一的「C」。讓奧古斯丁教友舉著這張紙退到十步遠的地方，然後讓他從大到小地辨認「C」的缺口朝向哪邊。這個簡易視力測試表讓他感到很新奇，他認真地照我的吩咐去做，像個聽老師話的學生。測試完後，我對他說：「你大約是三百度到四百度的近視，你需要配這個度數的眼鏡。剛才我的眼鏡對你來說，度數太高了。也就是說，如果沒有這副眼鏡，我比你更看不清眼前的雪山、大峽谷的壯美，以及你們眼睛裏的善意、信仰宗教的虔誠。」

他連連點頭，彷彿我是一個有學問也很智慧的人。他說：「我們雖然都是替神說話的僧侶，但眼力都有限，要看清眼前的事物，還真得驅趕魔鬼的妖法。」

「這跟魔鬼的妖法無關。」我說：「爲了讓你看清我們真誠的笑臉，要是你不介意的話，我可以送你一副眼鏡。而且是我們歐洲最新款式的。」

他連聲稱謝，說我真是一個慷慨的人。還說他的寺廟裏的老管家益西堪布——這是一個對我們不甚友善的傢伙——鼻子上也有一副眼鏡，但那是清朝皇帝時的樣式，他可不喜歡讓自己戴上這種眼鏡顯得那樣老。您瞧，即便是一個西藏的活佛，也知道時尚呢。

因此，親愛的母親，爲了贏得這個西藏活佛的心，我需要您的幫助。請您儘快幫我買一副左眼三百五十度、右眼四百度的近視眼鏡，用最快的方式郵寄來。我相信通過這副眼鏡，他能看清我們在西藏的善意，甚至能用它讀到我們《聖經》上的聖言。

天主已經給了我某種啓示，我必將和這個西藏的活佛交上朋友。即便我不能贏得他的心，我也會得到他的某些幫助。誰知道呢？如果我們要想在這片區域擴張我們的教區，他要麼成爲我們的盟友，要麼就是阻擋我們前進步履的敵人。

我們在這裏一切都很好，時間過得很緩慢。目前還沒有更激動人心的工作去做，我們在等待時機。饑荒終於過去了，教堂的存糧很充足。順帶說一句，自從奧古斯丁教友皈依天主以來，四周的土匪再不敢來擾亂教堂的寧靜了。無論是從大理來的馬幫，還是通過郵路來的信件和書報，都暢通無阻。羅維神父似乎比我更有耐心，這個大個子像我們的一些前任一樣，忽然對本地的植物產生了濃厚的興趣，閒暇時間忙於製作各種植物標本。而我，說實話，我在工作之餘，把更多的時間用來思念我的故鄉，我的家人！

最後，請代問我的安妮嬸嬸好；還有一件事要請求您的幫助：請您下次來信時，多給我談談露西亞。噢，有一周多沒有給她寫信了。她是該出嫁了，還是打算發願去當修女？我聽羅維神父說，她似乎有這樣的意願。我請您告訴她，不管她怎麼做，都是天主的計劃和神工。

您的兒子——天主的兒子——在這裏很好，正在從事見證耶穌在西藏之光榮的大事業。每當想到我的聖職和西藏這未經開拓的土地相連，我的心都在顫慄——生怕自己不配。我親愛的母親，請放心，我必將在西藏為您贏得天國的光榮。

你遠行的小杜伯爾

第廿一章 試鍊

令我稱奇的事，共有三樣；連我不明瞭的，共有四樣：
即鷹在天空飛翔的道，蛇在岩石上爬行的道，船在海中航行的道，以及男女交合之道。
——《聖經・舊約》（箴言30：18—19）

遠足回來後，奧古斯丁主動要求加入唱詩班。神父們在史蒂文家的酒宴上都欣賞過奧古斯丁的歌喉，因此，負責唱詩班的杜伯爾神父幾乎不加考慮地就同意了。現在，一個個子最高、最強壯的大漢，頑強地站在了唱詩班的最後排，儘管矯正他天然的發音比拉一頭犛牛還要難上十倍，後來杜伯爾神父還是屈服了，他對羅維神父說：「這些康巴人根本不在乎什麼發聲技巧，他們用自己質樸的、天生的嗓音唱聖歌，就是獻給天主最美的讚歌了。」也正是有這渾厚粗獷的嗓音，細膩深沈的詠唱，唱詩班讚美天主的聖詠，才有了撒向人間的柔情。

因爲神父們說，天主就是愛。愛的含義有很多，卻都來自一顆顆執著的心靈。如果說愛一個天上的神是信徒的職責，那麼愛一個地上的人也符合天主的聖意，即便愛錯了，他也不會反對。奧古斯丁在唱給天主的聖歌中，就是這樣想的。不過，有此想法的卻不只他一個人。

唱詩班裏有個叫伊麗莎的姑娘，是個孤兒，從小被教會收養，現在她也像奧古斯丁那樣，在唱給天主的讚美詩中，也讚美心中的愛情。據說這個苦命的姑娘是被古神父從狼窩裏抱回來的，剛到教會時連話都不會說，渾身是毛，只會對人齜著嘴嗷嗷亂叫。她的身世一直是個謎，神父們的說法莫測高深，傳教會以此向自己的教友證明耶穌基督博大無盡的仁慈和愛，甚至可以將一個「狼孩」塑造成天主溫順的羔羊、虔誠的天使。

在奧古斯丁成爲天主教徒時，伊麗莎已經是個大姑娘了。她個子高挑，心地善良，身手強健、敏捷，教堂村裏再也找不到比她更高的女人，也找不到比她更沈默寡言的人。因爲她的身上還有一層未褪盡的茸毛，平常在人前，她甚至羞於伸出自己的手來。她有一副堅實的狼牙，突兀地懸在嘴唇外，似乎要把所看見的一切都咬碎。有一年她從牧場上帶回來一隻胖乎乎的狗崽，成天跟在她的身後，直到那傢伙長大了，不斷地偷襲村莊裏的羊羔和雞，人們才發現原來這是一隻狼。更令人膽寒的是，那期間山上的狼群經常來探訪她，和她一起嬉戲，有時還給她叼來獵物，對她的忠誠和呵護堪比那些藏狗，可村莊裏卻鬧得雞犬不寧、人心惶惶。神父們不得不在辦告解時對伊麗莎說，在天主創造的世界裏，人和狼是有區別的。要是一頭狼也可以被帶進教堂，人的神聖就被褻瀆了，我們是領了耶穌聖體的人，而狼沒有，牠們注定永生永世要被放逐在野外的山林裏，就像蛇因爲犯了罪，被天主判罰永遠用肚皮行走一樣。

伊麗莎身上的狼性讓所有的小夥子對她敬而遠之，但是她的內心，同樣盛滿一個姑娘熾熱的愛。當奧古斯丁在唱詩班裏借助讚美天主的歌聲表達自己的愛情時，這個姑娘幸福地認爲：奧古斯丁所有的歌兒，都是唱給自己的。

夏季的高山牧場上，萬物葳蕤，花美草肥，牧人一般都會與放牧的牛羊在一起。奧古斯丁爲教堂放養的牛羊現在連上羊羔牛犢，已經增長到二十多頭了。他在主日天一大早走三個多小時的山路，從牧場上趕回教堂參加九點正的彌撒，下午又在天黑前趕回去。唱詩班頭天排練的新歌，杜伯爾神父總擔心他唱走調，但這個傢伙超常的樂感就跟史蒂文一樣好。當他手持歌本往那裏一站，誰會認為他不是一個謙卑的聖徒呢？

這一切都是為了愛。如果一個熱戀中的人一周才能見到自己日思夜想的人一面，不要說讓他來回走六七個小時的山路，就是讓他上刀山下火海又如何？杜伯爾神父曾經建議他，可以提前一天回來，這樣還能在周六下午參加唱詩班的練歌。但是奧古斯丁說，牧場上有狼呢，我得看著那些小牛犢和羊羔。

奧古斯丁的表現得到了杜伯爾神父的高度讚賞。當初奧古斯丁要求加入唱詩班時，他還擔心這個入會動機並不純潔的人——這是眾所周知的事實，會利用這個機會做出些什麼不利於教會的事情來，至少，人們以為，他是為了在唱詩班和瑪麗亞走得更近些。但是，現在看看這個主耶穌的僕人吧，隱忍、謙卑、刻苦、順從，從他隻身救出瑪麗亞，到在阿墩子謙卑地為兩個神父服務，再到高山牧場孤獨地為教會放牧，天主的神工似乎在這個強盜身上不斷創造出超乎人們想像的奇蹟。杜伯爾神父對此的評價是：「聖詠淨化罪人的靈魂，歌聲消弭人與人之間的距離。我們終於讓一個為愛走火入魔的傢伙學會了讓感情順從理智，讓理智服從天主。」

實際上對奧古斯丁來說，這不是服從的問題，而是他的宿命。表面上看他的一顆騷動的心安靜下來了；他在高山牧場的淒風苦雨中反省自己，跪在神父們的面前懺悔自己的罪過，除了唱給天主的讚美詩，他幾天都不會開口說一句話。春去冬來，花開花落，大地都在謳歌一個罪人的轉變，江水也在感歎一場愛情如它的流淌一樣漫長曲折、堅韌頑強。直到有一天的彌撒結束後，奧古斯丁要求在羅維神父面前辦一次告解，神父們才會知道，天主的計劃，還有他造物的神工，在哪個地方出了點什麼差錯。

那天奧古斯丁跪在告解室外，羅維神父在裏面熱忱而又不失莊嚴地說：「在主耶穌的苦難面前，在聖母瑪麗亞的慈愛面前，說出你自己上一周的罪過吧，我的孩子。我將代表仁慈的天主和聖母瑪麗亞寬恕你。」

「瑪麗亞……她，會寬恕我麼？」奧古斯丁語氣遲疑地問，聖母知道，他心中的那個瑪麗亞，與羅維神父提到的可不是一個人。

「會的。沒有什麼罪過不受聖母瑪麗亞的關愛，她是我們西藏的主保呢，她的仁慈遍及我們所有的罪人。」

羅維神父等了許久，才聽到奧古斯丁說：「神父，我違背了自己心中的諾言。」

「噢，我可憐的孩子，說出來聽聽。」

「我做了對不起瑪麗亞的事。」

「我們都做過對不起聖母瑪麗亞的事情。沒什麼，孩子，說出來就好了。」

又過了許久，奧古斯丁在高山牧場上的離奇故事才開始像一個英雄好漢慢慢洩了勇氣一般，低聲地在主耶穌、在聖母瑪麗亞面前懺悔出來——

那是三天前的一個夜晚，月亮很圓。下午的時候下過一場驟雨，牧場上濕漉漉的。奧古斯丁擠完當天的牛奶，然後撥燃火塘，把奶倒進大鍋裏煮沸，再倒進酥油茶筒，把奶裏的油脂和水份分離出來，最後做成酥油餅，那可是一件費力氣的活兒。奧古斯丁一邊幹活一邊喝酒，自奧古斯丁執掌教堂的放牧鞭以來，教堂裏從來沒有收穫這麼多的酥油餅。然後，奧古斯丁該爲自己的肚子著想了，他丟了幾個馬鈴薯在火塘邊，又在火邊煨茶。茶還沒有燒開，一個不速之客就從牧場邊緣摸過來了。

奧古斯丁憑經驗判斷來的是一頭狼，他拿出了火繩槍，心裏默算著狼的腳步，牠有一箭地遠了，有二十步遠了，十步遠了，奧古斯丁用火撚點著了火繩槍的火繩。

但是，出現在小木屋門口的卻是一個人，準確地說，是一個介於人和狼之間的動物。是伊麗莎，這個在襁褓之中時就生活在狼窩裏的「狼孩」，回到人間多年以後她的身上還沒有褪盡狼的氣息，也就難怪熟知山上所有獵物習性的奧古斯丁在一開初把來者判斷爲一頭狼了。這是他犯的第一個錯誤。

伊麗莎對奧古斯丁說，她在山坡後面的另一塊牧場上放牧，但是下午的狂風暴雨摧毀了她的木屋，澆滅了她的火塘，她問可不可以來奧古斯丁的房子裏烤烤火。都是同會的兄弟姐妹，奧古斯丁當然不會拒絕。他們一起喝茶、吃那幾個馬鈴薯，還喝了許多的酒。

「然後呢？」羅維神父問。

這個故事在這裏就實在難以啓口了。但是在主耶穌和聖母瑪麗亞面前，在專事傾聽罪人的懺悔的神父面前，奧古斯丁必須講下去——

然後，伊麗莎就像一頭母狼那樣撲倒了奧古斯丁，啃齧了他愛的雄心壯志。

「就是這些。」奧古斯丁懊惱不已、羞愧難當地說。

「噢，我的孩子，是她主動的嗎？」

「是。人不會無故去撲倒一頭狼。」

「噢，罪人，在誘惑面前，你沒有拒絕嗎？」

「沒有，神父……」奧古斯丁聲音越來越低，「我是想，可是……」

「奧古斯丁，我的孩子，你的罪孽大了。你明白嗎？」羅維神父的聲音越來越嚴厲。

「神父，過去我當強盜時，經常有姑娘夜晚摸進我的帳篷裏來。我……」

「你愛那個姑娘嗎？我是說，伊麗莎。」

「不，神父。」

「奧古斯丁，看看主耶穌的苦像吧，看看聖母瑪麗亞失去自己唯一兒子的哀傷吧，你怎麼能做這樣的事情呢？既然你不愛她，卻經不起情欲的誘惑，這跟沒有受過洗禮、聆聽過耶穌教誨的異教徒有什麼區別呢？跟不會說話、不會思想、不會愛天主的動物又有什麼區別呢？」

「瑪麗亞……」

「你如何贖自己的罪呢，奧古斯丁？」

「我不知道，神父。」

「和善良的伊麗莎結婚吧，她是一個多好的姑娘。」

「絕不，神父。」

「請仔細考慮，奧古斯丁，這是你贖罪的最好方式。」

奧古斯丁這回是真的沈默了，在神父面前再也無話可說。

奧古斯丁第二天就把教堂的牛羊趕回村莊了，人們問他，還沒有到秋天轉場的季節，高山草場上的草正肥美，牛羊也正在長膘，爲什麼你就回來了呢？奧古斯丁只是簡短地回答：「有狼。」他寧可每天趕著牛羊費勁地在村莊附近的山上轉悠，寧可自己每天去草場上背回大捆大捆的草料，以彌補牛羊們白天吃料的不足，也不再在高山牧場過一夜。人們總是看見他像一個老婦人那樣，背負著足有兩人高的草料，艱難地踟躕在山道上，那高聳的草垛在人的負重下，甚至還會讓人誤以爲是一座長滿青草的小山包在移動哩。剛割下來的碧綠的青草完全遮蔽了他汗流滿面的臉，遮蔽了他羞愧深情的眼，也遮蔽了他憂憤絕望的心。一棵草的重量有多大呢？大概沒有人想過；一份愛的重量又有多大呢？奧古斯丁的愛神會告訴你，那就是一棵草的重量。因爲這棵草不是背在你的背上，而是長在你的心上。它會從一棵草，長成一棵參天大樹，它的根會延續到你的血管裏，你身上的血管有多少、有多長，它的根就有多少、有多長。

杜伯爾神父對此評價道：「這個傢伙放著滿山的青草不讓牛羊自己去吃，非要自己打草背回來，就像那個不斷推石頭上山的西須弗斯。」

羅維神父的回應是：「罪孽是可以通過體罰自己來解除的。」

有一天，這會走路的草垛在一條溪流邊再也走不動了，不是溪流阻擋了它，而是聖母瑪麗亞站在了溪流對岸。奧古斯丁開初還不明白這是難得一見的聖母顯現，因爲神蹟總是出現在最絕望的人面前。他聽見聖母瑪麗亞在對岸說：

「奧古斯丁，你背上的十字架重嗎？」

奧古斯丁頭也不擡地說：「我背的是草，不是十字架。」

聖母瑪麗亞說：「奧古斯丁，一棵草也會絆倒一隻迷路的羔羊呢。」

奧古斯擡起頭，發現這個婦人很面熟，他奇怪地問：「你不是在教堂的神龕裏供奉著的麼？」

聖母慈愛地笑了笑，憐惜而柔和地說：「放下它吧。每個追隨主耶穌的人，都要背上自己的十字架，但沒有人像你這樣的。」

奧古斯丁忽然感到背上的草真的變成十字架了，它是那樣的沈重，壓得他快喘不過氣來了。當初，他認爲耶穌的十字架看上去並不沈重，他可以輕而易舉地背負它。他甚至在教堂裏望彌撒時想：爲什麼人要把十字架背在背上呢？夾在胳肢窩裏我也可以帶著它翻越雪山。現在他明白了，耶穌的十字架背上以後，是不可以隨便放下來的，哪怕你的身與心都不堪重負！

天上忽然顯出一道閃電，撕裂了雲層，一陣怪異的風刮來，奧古斯丁眼前的聖母不見了。他並不感到奇怪，在人神共處的雪山峽谷，聖母與愛神，神靈與魔鬼，並不僅僅是供奉在神龕裏或心靈深處。他們隨時與人同行。

有一年他在山林中曾經碰見一個女魔鬼，那是一個乳房可以像辮子一樣甩吊在背後的羅刹女。他們一路同行了半天，那魔鬼引誘他走左邊的山道，他就走右邊；魔鬼說下馬來喝口山泉的水吧，他就只取自己皮囊裏的水來喝。魔鬼無計可施，最後幻化成一個美女，坐在路邊的石頭上用迷惑人心的情歌勾引他，奧古斯丁——那時還叫格桑多吉——取出自己身上的一隻羊皮鼓使勁敲打，直到把那個魔鬼幻化的美女震得還原成一隻瑟瑟發抖的狐狸。這羊皮鼓是用他的一個仇敵的半邊頭顱做成的，他也是個介於魔鬼和人之間的怪物，格桑多吉一刀將他的頭劈成兩半，一半做了揉糌粑的碗，一半做成這面隨身攜帶的羊皮鼓。可惜的是，這只頭顱羊皮鼓在一次戰鬥中被一顆子彈擊穿了。

關於前強盜格桑多吉的傳說，雪山峽谷的子民都相信，但沒有人會相信奧古斯丁見到過聖母顯現的神蹟。因爲那天他的確看到了另外一個瑪麗亞，但他從來沒有向人說起過，這是他們間永遠的秘密。

天上的聖母走後，人間打柴的瑪麗亞就站在溪流的對岸，她是被天上的愛神指引而來的吧？奧古斯丁不明白為什麼會在這個時候遇見她。有一根放倒的圓木橫跨在溪流兩岸，圓木下面，雪山融化之水蹦跳而下，喧囂湍急，似乎在嘲笑奧古斯丁的勇氣。

他的頭掩埋在草垛裏，恨不能把自己埋得更深，但他又渴望在亂蓬蓬的青草後面窺視到瑪麗亞的臉，是不是和剛才看到的聖母的臉一樣慈愛和憐憫。奧古斯丁忽然發現，眼前這條縱馬就可以一躍而過的溪流，比瀾滄江大峽谷還難以跨越。因為他看見了瑪麗亞眼中冷硬的目光，這可是從來沒有過的事情，就是在他第一次帶人打進教堂村要搶她時，她的目光中只有夢的斑斕色彩，而沒有眼下這冰川上的堅硬寒氣。

「怎麼不向前走了呢，你？」瑪麗亞在對岸問。

「我……我要歇會兒。」奧古斯丁像一個臨陣怯場的士兵，他向天空望去，愛神此刻無影無蹤。

「我要恭喜你了。」瑪麗亞臉上的表情不可捉摸。

「恭喜什麼，瑪麗亞？」

「你和伊麗莎的婚事啊。人們都開始在為你們找地基，準備蓋新房了。」

「別聽他們瞎扯，瑪麗亞。」奧古斯丁有些急了，聲音終於大起來，「這個事情可不是輕易就能說出口的。」

「你不愛伊麗莎嗎？」

「不愛。你又不是不知道我愛的是誰？」奧古斯丁的眼光開始變得有力了。

「可是……可是你，你爲什麼上了人家的身子呢？」瑪麗亞一邊問一邊把頭扭向一邊。

「是……是她上了我的身子。」奧古斯丁羞赧滿面。

隔在兩人中間的溪流竊竊私笑起來，彷彿在問：天底下還有這樣的事情？

因此瑪麗亞鄙視地說：「從來就只有強盜搶姑娘，還未聽說過姑娘搶了一個強盜哩。」

溪流哄堂大笑，翻滾著跳躍出幾個沖向天空的浪花，就像聽到一個驚世笑話後樂翻了的人群，連山下的村莊都聽見這笑聲了，還有在天空中巡遊的愛神，也忍不住掩嘴而笑。因此奧古斯丁不得不放下背上的草垛，手足無措地向對岸的人兒辯解。他面紅耳赤地說：「哦呀不是這樣的啊，她很有力氣，撲上來就按倒了我……哦呀也不是那樣的，我喝了好多的酒……其實也不對，她，她一口就咬住了我的耳朵，你看看我耳朵上還有她咬過的疤哩，喏，還有肩膀，哦呀這個娘們兒可有力氣了，我推都推不開她……哦呀都不是，都不對。是……是是我愛你愛得太苦啦，是你太狠心了……」

「對面是一隻烏鴉在叫嗎？」瑪麗亞雖然聲音不高，但足以掩蓋奧古斯丁的辯解聲和溪流的嘲笑聲。

奧古斯丁不辯解了，他忽然明白了，如果瑪麗亞不把自己對她的愛放在心上，她不會站在這條溪流邊來嘲笑他；如果沒有他和伊麗莎在高山牧場上那個糟糕的夜晚，她不會如此在意一個強盜怎麼被姑娘搶了。他縱然釀下大錯了，但他還有機會來表白自己的心跡。

「是的，她的確要搶走我的愛情，但是我不給；就像我要搶你的愛情，你也不給一樣。」奧古斯丁終於找回了自信，勇敢地說。

可是，瑪麗亞鄙夷地回答說：「我可沒有你那麼下作。」然後她轉身走了。

奧古斯丁愣愣地看著她的背影消失在山道轉彎處，長久收不回自己絕望的目光。待他醒過些神來，聽見眼前除了溪流的嘲笑聲外，還有吹過山澗的山風，嬉戲在樹上的鳥兒，隱匿在山林中的百獸，甚至他的那些久已不見面、眼下正在驛道上打劫商旅的生死兄弟，都在用他們的方式可憐他、嘲笑他。最後連騎白馬的愛神也打馬走遠了，留給他一個失望的背影。再沒有人來聽他內心深處的辯白和懺悔，再沒有人和他站在一邊，對他沒有指望的愛給予一絲微風般的支持和同情，他更看不到聖母瑪麗亞剛才溫柔的垂憐。

西天的雲層很厚，藏族天主教徒崇敬的聖母瑪麗亞，已經悲苦不盡她自己失去愛子的哀傷，她試圖用這份高貴的哀傷來打動奧古斯丁孤傲的心，連他跪拜的主耶穌，也對他說：看著我，奧古斯丁！我背起這個十字架，就是爲了你去愛那眾人都不愛的，而不是去愛那不該愛的。

「笑吧！流水，你笑吧！風，你笑吧！樹上的鳥兒，你笑啊！藏在樹林後面的傢伙們，你們這些狗娘養的！出來啊，笑我啊！還有你，主耶穌，你的憐憫到底在哪裏？」奧古斯丁咆哮著，跳進了溪流裏，不知是要去追逐遠去的瑪麗亞，還是試圖去斬殺溪流的笑聲？或者，是他的心徹底冷了？他的眼睛裏露出一個強盜憤怒時的凶光，額頭上再現出久違了的紅色光芒。山谷裏的萬物這才發現，一個當過強盜的好漢，是不能輕易嘲弄的。

一直在奚落他的溪流打了個哆嗦，啞口了。並且，因爲一個虔誠愛著的人，還有他的一顆猛烈燃燒的心，忽然變得天寒地凍般冷硬，溪流便像雪山腳下的冰川那樣，眨眼就凍住了。

以至於，奧古斯丁想跨越這條溪流的腳步也被凍住了，還把他來到教堂村以後熾熱狂野的愛，也封凍了。

奧古斯丁忽然發現，雪山傾倒，江河倒流，大地淪陷，人的靈魂，也就飄飛出去了。他在那一刻，想到了逃。

傍晚時分，一個放牛娃發現了凍僵在溪流裏的奧古斯丁，放牛娃喊來幾個村裏的漢子，人們把他僵硬的身子從冰中拉出來，都紛紛驚歎還只是夏末，這條溪流裏的流水怎麼會結冰？奧古斯丁已經沒有一絲熱氣，大家急忙把他擡回村莊，神父們竭盡全力救他，但他的身上還是喚不回一點生命的跡象。

聖母瑪麗亞在教堂的神龕中歎息，聖父在天上爲他打開了天國的大門，天使盤旋在他的屍體上空，等待教堂的喪鐘最後一次敲響，就引導他前往天國的道路。

古神父哀歎道：「想不到一個山都能撼動的壯士，竟然會被一捆草壓垮；一條小溪，也會淹死一個馬背上的英雄。難道這也是天主的計劃嗎？把他擡到教堂裏去吧。羅維神父，你來準備一台安魂彌撒。杜伯爾神父，你去聖地爲他找一方墓地。不管怎麼說，這個虔誠的教友既給我們帶來過災難，也讓我們大家都見證過天主在藏族人中的光榮。願他的靈魂能早日升入主的國。」

村裏的人們都趕來了。在要不要去高山牧場叫還守候在那裏的伊麗莎回來的問題上，人們發生了爭執。有牧人說，伊麗莎今天下午還講，她要在牧場上等她的男人。她說他是回村莊裏準備他們的新房了。她的男人將會來牧場上迎親的。古神父最後決定，等做安魂彌撒那天再去叫她吧。雖然他們還沒有來得及在教堂裏舉行神聖的婚禮，但伊麗莎是奧古斯丁在教堂村最親近的人了。不管怎樣，天主讓兩個苦命的人走到一起，總有他創造的計劃。

史蒂文和瑪麗亞站在人群的後面，兩人都不敢走上前去仔細看看那張剛毅絕決的臉。有人在念經，也有人在輕微歎息。史蒂文被羅維神父叫去幫忙準備火把、長明燈、鮮花、挽幛等事情，臨走之前他拉了拉瑪麗亞的手說：「你先回去吧，孩子等著你餵奶呢。」

他發現瑪麗亞就像沒有聽見一樣，他還感覺得到，瑪麗亞的手比一坨冰還冷。

奧古斯丁被停放在祭台的下面，人們在裝殮時，給他換了一身乾淨的衣服。這時有人發現奧古斯丁的脖子下掛著一個藍色的小玻璃瓶兒，這讓大家很驚奇，教堂村受洗的教友們都把十字架掛在自己的脖子上，奧古斯丁掛一個小玻璃瓶兒是什麼意思呢？有人去叫羅維神父來看，羅維神父本想給他扯掉，重新戴上一個十字架。但當他打算動手拿下它時，一個聲音在他的身後說：

「請不要動它。」

羅維神父轉過身來，看見一個衣著整潔的男子，幽靈一般飄在奧古斯丁的棺材前。羅維神父問：「你是誰？」

「他的一個朋友。」那男子回答說。

「噢，」羅維神父想，也許是奧古斯丁過去當強盜時的兄弟吧。他今天沒有帶人馬打進教堂來要回自己的大哥，真是天主對這個村莊的恩典了。「葬禮結束後，我可以請你喝茶嗎？」

「不必了。」男子客氣地說。

「為什麼不來教堂作一次客人呢？我知道你是從山上來的好漢。」羅維神父自信地說。

「我是說，不必舉行葬禮。」陌生男子的話音剛落，教堂的彩繪玻璃窗戶忽然「嘩啦」一聲碎裂了一塊，碎玻璃撒了一地，而且碎得像一顆顆破碎的心。羅維神父深感納悶，又沒有颳風，也沒有誰向教堂扔石頭。

教堂經過一陣小小的驚慌後，復歸於沈寂。羅維神父忽然找不到剛才那個跟他說話的男子了。他追出教堂，外面也空蕩蕩的。神父似乎得到了某種啓示，對身邊的教友們說：

「讓我們尊重一個死者的生前愛好吧。那個玻璃瓶兒裏也許有基督的福音。嗯，應該給他刮刮臉了，他臉上的鬍鬚從來沒有這樣難看過。我們應該讓他在天國裏有個整潔的面容。看哪，他原來是個多麼英俊勇敢的好男兒，也是一個心地多麼善良豪爽的基督徒。」

一直呆立在忙碌的人群後的瑪麗亞，忽然流出了一串溫熱的眼淚，點點滴滴，無以復加的傷感，難以撫慰的隱痛，羞於言人的懺悔……

這是教堂村第一個爲奧古斯丁流淚的人。人們可以頌揚他的英名，神父們可以稱讚他的皈依，天主可以垂憐他的生命，但在這個奧古斯丁舉目無親的地方，而且還是一個被他打劫過的村莊，沒有人爲他哭泣也屬正常。

瑪麗亞的眼淚掉落在地上，「啪嗒」一聲輕微的響動，在忙亂的教堂裏竟然驚動了一個已經安息的靈魂。奧古斯丁的靈魂在升往天國的半途中終於被感動了，他的眼淚應聲而出……

「主啊，奧古斯丁在哭！神父，神父，死人復活啦！像耶穌基督那樣復活啦！」一個教友驚叫起來。

第廿二章　宗徒大事錄

你們的血，歸到你們頭上，與我無干；
從今以後，我要到外邦人那裏去了。
——《聖經・新約》（宗徒大事錄18：6）

一個月後，奧古斯丁基本痊癒。他身上的熱氣是被一個人黑暗中的眼淚一點一點地溫暖回來的。就像春天裏萬物復甦的大地，一度死去的山崗在越來越暖和的太陽照射下，由低到高，一片一片地生機盎然起來。神父們既不能從醫學的角度來解釋他死而復生的奇蹟，也不願以神學的理論來闡述奧古斯丁的復活，就是一個基督的復活。因爲他們私下裏認爲：復活的基督是無上榮耀的，奧古斯丁目前還不配享有這份光榮。他們只是向教友們宣講道：這是主耶穌對這個罪人的一次試鍊。我們一生中都得經受無數次這樣的試鍊，你們不能只乞求主耶穌的降福，而不接受他的試鍊。

村莊復歸於寧靜，外面的世界卻打得很熱鬧。通過郵路傳來的消息說，共產黨的軍隊已經打過了長江。傳教會的簡報暗示，西方世界對國民政府的獨裁統治已經很失望了，他們看來保不住自己的江山，他們樂見一個新生的政權來治理這個龐大的國家。但不管將來是哪個政黨在中國執政，教會在中國的利益是不容侵犯的。因此各傳教點的神父們應守好主耶穌的崗位，牧養好耶穌的羔羊。

為了鼓勵在藏區傳教的神父們的信心，瑞士聖伯爾納多修會專門派來一支電影攝影隊，由沙伯雷先生帶隊。其目的是要告訴歐洲人藏區教堂的艱難、本會傳教士的奉獻經歷以及本地的民風民俗，當然，傳教會也期待該紀錄影片在歐洲播放後，能募集到更多的善款。攝影隊拍攝了壯觀的大峽谷和雪山，以及雪山下的村莊、教堂、藏族唱詩班、神父們的日常生活和工作，採訪了普通的藏族教友，甚至還在史蒂文的火塘邊拍攝了一個流浪詩人令歐洲人耳目一新的說唱才華。至於那個皈依了天主的前強盜的傳奇故事，當攝影機的鏡頭對著他時，這個慣於舞刀弄槍的傢伙用一支火繩槍對準了攝影機。羅維神父對沙伯雷先生解釋說：「原諒他吧，一個當過強盜的人，可不喜歡拋頭露面。」

電影攝影隊的到來極大地鼓舞了教堂村的神父們，連古神父也決定不惜冒險一搏，要讓歐洲的人們看看，西藏傳教會的神父們巨大無私的奉獻精神。為了做到這一點，一天晚餐後，古神父向幾個年輕人宣佈：他將要挑選一個勇敢的神父，邁過阿墩子，去瀾滄江上游地區恢復在多年前的教案中，被喇嘛搗毀的擦卡教堂。電影攝影隊如果不怕瀾滄江峽谷上游地區高海拔的雪山和喇嘛們宣稱的各路邪惡的魔鬼的話，教會歡迎他們一同前去見證這個偉大的時刻。

羅維神父和杜伯爾神父在餐桌邊歡呼起來，電影攝影隊的沙伯雷先生激動地站了起來，向古神父鞠了一躬，「我深感榮幸。」他離開歐洲時，曾自豪地向人們說要去西藏探險。而現在，來到雲南藏區三個來月了，他還只是在西藏的邊緣。他知道，瀾滄江上游的擦卡教堂是目前傳教會在西藏的唯一傳教點。對於一個搞探險電影的人來說，這相當於郝伯特・邦丁得到了隨斯考特船長赴南極探險的機會。[1]

作為教區的副主教，古神父心裏明白，這次遠征成功與失敗的機率，大約只是在天主面前扔出去一個硬幣。但人子必須去努力耕耘，成敗則交給天主。古神父不是一個冒險家，更不是一個賭徒。但在藏區傳教幾十年來，他心中有面對基督福音深刻的隱痛和愧疚。

「先生們，儘管中國戰火連綿，但我們開闢新的傳教點的機遇來到了。」古神父從懷中拿出一幅發黃的地圖，攤開在餐桌上，滿懷深情地說：「看看吧，擦卡教堂，主耶穌在西藏王冠上一顆失落的明珠，現在誰將擁有這個榮幸，將它重新從鮮血與殺戮、死亡和新生中撿拾起來呢？」

「我！」杜伯爾神父搶先說。

「噢，親愛的杜伯爾神父，你不合適去那裏。」古神父搖著頭說。

「為什麼？難道我缺乏勇氣嗎？」杜伯爾神父聲音高了起來。

「你的勇氣，我從不懷疑。」古神父點燃自己的煙斗，「那裏是西藏，佛教徒的勢力相當強大，還在阿墩子縣漢人政府的管轄範圍之外。那是一個孤軍奮戰的聖職。」

「尊敬的副主教大人，請把這樣的榮譽恩賜給我。」羅維神父說。

杜伯爾神父發亮的目光逼視著羅維神父，「羅維神父，天主已經昭示我了，擦卡將是我的第一個本堂！」

「天主的昭示對我們是一樣的，杜伯爾神父。天主還對我多了一份聖召：我不能讓我的兄弟去冒險。」羅維神父以長兄的口吻說。一直以來，因為他年長一些，也因為他的體魄，總是在杜伯爾神父面前扮演兄長的角色。

古神父說：「你們先別爭，首先，我要感謝兩位神父這些年來在教堂村的工作，你們的奉獻證明了瑞士聖伯爾納多修會派來的傳教士，都是主忠誠的牧羊人。」古神父又從胸前拿出一疊手稿，「在我確定你們誰將去承擔這份光榮之前，我想請你們先回去看看我為教會編寫的一篇文章。沙伯雷先生，你也可以看看，說不定這飽含傳教士血淚的東西，還可以為你的紀錄片提供一些背景資料。」

這是一份手寫的文稿，標題為《宗徒大事錄》。上面的墨跡有的已經很陳舊，但有的彷彿昨天才剛剛完成。古神父寫成它至少是在幾十年前，或者說，他用幾十年的心血，一直在撰寫這篇飽蘸著傳教士鮮血與辛勞的文章。

天主把發現新大陸的榮耀賜給了哥倫布，卻將發現西藏的使命，賦予給了我們肩負傳播基督福音的傳教士。

在歐洲，關於西藏的傳說最早可以追溯到希羅多德時代，但西藏真正引起人們的矚目，是因為歐洲人固執地認為：西藏是一個基督徒遍地的王國。其傳說依據來自於中世紀的義大利修士柏朗嘉濱（1182~1252），他受教皇派遣出使蒙古帝國，曾經到過西藏東北部一帶。他向歐洲人描述了「波黎吐蕃」的一些情況。

然後是義大利旅行家馬可·波羅（1254~1324），他在中國旅居了近二十年，曾經旅行到西藏東南部打箭爐等地。那裏也像我們這兒一樣，是個漢藏雜居的地方。馬可·波羅肯定和一些藏族人打過交道。在他的「遊記」裏，也記述了一些西藏人的信仰和風俗人情。

無論是柏朗嘉濱還是馬可·波羅，他們都給歐洲帶來了一場地理名詞上的混亂。因為他們在中世紀把「震旦」這個神秘古老的王國向人們掀開了一角。在地理大發現以前，人們對遙遠東方的「震旦」只有兩個印象：其一，廣袤富庶、歷史悠久；其二，遍地是基督徒。

可是，「震旦」到底是指中國，還是西藏？在古希臘——羅馬時代，歐洲稱中國為「秦那」（Sinae），「賽里斯」（Seres，絲綢之意）。一些人認為：在喜瑪拉雅山脈的東邊和古老的中國之間，有一個被西方基督教世界遺忘的王國，大概位於「秦那」——或「賽里斯」——的西北方向，他就是「震旦」；而另一種觀點則認為，「震旦」就是西藏。但誰也不能給出一個有說服力的證明。因為整個十三至十四世紀，穆斯林在中亞崛起，截斷了歐洲通往遠東的所有陸上通道，派出探險的傳教士不是被殺就是消失在漫漫商道中。

哥倫布在一四九二年進行他劃時代的遠航時，並不是要去發現一個新大陸，他只是想找到一條通往馬可·波羅筆下的「震旦」王國的道路，他直到死都認為他發現的土地是亞洲大陸的東部海岸。

長久以來，神秘遙遠東方的黃金、絲綢、藥材、香料，一直是歐洲人夢寐以求的財富。哥倫布、麥哲倫、達·加瑪這些受到歐洲皇室支助的航海家開闢了新航線以後，探險家們就把十字架懸掛在船頭，作為義務和權力的標誌——義務是傳播主耶穌的福音，權力就是佔領、殖民。羅馬教廷和歐洲皇室一直認為：利用航海事業的發展，將人類可居住的世界統一於基督福音的大旗之下，是完全可能且必須的。

以刻苦忍耐著稱的傳教士不經意間充當了急先鋒的角色。他們隨著達·加瑪開闢的航線到了印度，他們的面前橫亙著巍峨的喜瑪拉雅山，山的那邊仍然是個謎。這個謎底將要被傳教士揭開。

實際上，在一五九六年，首批在中國傳教的耶穌會傳教士利馬竇神父在給羅馬教會會長寫信時，就明確地說：「我認為『震旦』只能是中國，而不可能是其他王國。」

然而，身處印度傳教團的神父們不相信這個說法。他們認為，既然傳聞中的全體「震旦」人都是基督徒，而中國沒有一個基督徒，甚至說基督教的教義在傳教士到來以前從來沒有過。那麼，信奉基督的「震旦」一定在亞洲腹地的某個地方。教會有責任找到他們，並把他們帶回基督徒的世界。

一六〇二年，一個叫鄂本篤的修士受命從印度的阿格拉出發，去尋找「震旦」和那裏未經認知的基督徒。他穿越了整個印度北部，經白沙瓦到喀布爾，然後翻越興都庫什山脈，橫穿帕米爾高原，來到葉爾羌（今新疆莎車縣），再經和田，庫車、吐魯番等地，最後，在一六〇五年抵達中國的肅州（今甘肅酒泉），並看到了中國聞名已久的長城。

就在肅州，鄂本篤受到最致命的打擊，他歷經三年多的艱辛跋涉，試圖證明「震旦」就是西藏，但當地的穆斯林商人告訴他，「震旦」是中國，那裏沒有一名基督徒。

三年多的生死旅行耗盡了這個修士所有的力氣，他已經沒有體力再往前走了。他給遠在北京的利馬竇神父寫信，利馬竇神父接到信後立即派了一名基督徒來肅州看他。這位使者趕到肅州時，鄂本篤修士已經奄奄一息了。他在臨終前向利馬竇的使者承認：「『震旦』不是別的國家，它就是中國。不要再進行這樣無謂的旅行和尋找了。」

鄂本篤修士在其艱難漫長的旅程中也和一些西藏人打過交道，他發給歐洲教會的信件透露出這樣一些資訊：在喜瑪拉雅山脈以東的那個地方，人們行洗禮、守齋戒，手按《聖經》宣誓，神職人員不婚，高級僧侶戴象徵權貴的主教帽，有許多宏偉的教堂等等。遺憾的是，人們以訛傳訛，斷章取義地認為：「震旦」是個有基督偉大足跡的地方。

因此，儘管鄂本篤修士為了證明「震旦」就是中國而付出了生命，但直到一六三五年，歐洲還把「喜瑪拉雅山那邊」叫做「震旦」。

因爲在一六二四年，印度傳教團一個偉大的傳教士安奪德神父成功地翻越了喜瑪拉雅山脈，進入了西藏西北部的古格王國，這個消息在歐洲引起巨大的轟動，當時的報紙標題是：

「葡萄牙耶穌會神父安東尼奧・德・安奪德發現了大震旦即西藏王國」

但有一點歐洲人徹底錯了，西藏沒有一個基督徒，他們的信仰和我們完全是兩回事。

第一個發現這個現實的當然是安奪德神父。他在古格王國贏得了國王和王后的信任，並一度榮幸地在那裏建立起了教堂，甚至差一點就讓他們受洗成爲基督徒。但是喇嘛勢力的強力反對，最終導致了這個王國的滅亡。如果說在西藏傳播主耶穌的福音始終要和反抗、迫害、殺戮相伴的話，基督的福音第一次登上這片土地時，就開始了。遺憾的是，還不僅僅是損失幾條生命，而是滅亡了一個王國。

但是傳教會從沒有在喜瑪拉雅腳下止步。從一七〇四年至一八〇七年一百多年的時間裏，羅馬教廷傳信部共派遣了三十批一百多人次的傳教士赴西藏傳播主耶穌的福音。其中成就最高的德西德里神父以自己勤奮、堅韌、好學的精神，成功地進入到拉薩，並贏得了宗教領袖的信任。他在拉薩的寺廟裏潛心學習藏傳佛教，是他把這個教派完整的宗教體系介紹到了歐洲。我們認爲：天主把發現西藏的榮譽賜給了安奪德神父，把認識西藏的光榮賦予了德西德里神父。我們稱他爲西藏「最偉大的發現者」。儘管建立在拉薩的教堂也沒有維持多長時間，至今在拉薩甚至已找不到一個基督徒和基督福音的痕跡。

光榮的責任落到了我們巴黎外方傳教會的傳教士們身上。基督的福音已經傳遍世界的各個角落，我們絕不能讓西藏成爲一片空白。正如聖方濟各・沙勿略神父所言的那樣：「藐視一切危險，把自己置身於世界的各個角落，教導人們懂得身體永存的規律和生命不滅的規律，這就是我們的天職。」

一八四〇年的鴉片戰爭，讓古老中國的大門被英國人的艦隊徹底轟開；到了一八四六年，巴黎外方傳教會已經進入到靠近西藏的西康省，在打箭爐豎立起了十字架。教宗額我略十六世頒發了成立西藏教區的手諭。由此，巴黎外方傳教會便擔負起了世界上最危險、最艱巨的傳播基督福音的使命。我們認為：依託西藏東南部漢藏結合地帶那些隱秘的馬幫驛道，基督的福音完全有可能緊隨馬幫的鈴聲進入到拉薩，這比翻越喜瑪拉雅險峻的雪山容易得多。既然漢族人數百年來有能力把他們的商品運送到拉薩甚至印度，我們的傳教士也應該有機會和責任把福音傳進去。這是基督福音的又一次「東征」，儘管我們這次只是手舉聖十字架。

幾十年來，我們在川、滇、藏結合部地帶遍設傳教點，一直在和喇嘛教的反抗作著殊死的抗爭，每向西藏邁進一步，都要付出慘重的代價，失敗，前進，再失敗，再前進。先後有十位神父為了那個偉大的目標奉獻了生命，我們終於像一根不屈不撓的釘子那樣，在西藏東南部的擦卡建立了本會的第一座教堂。但擦卡教堂也以殉教神父人數之多——共達七位，為我們巴黎外方傳教會贏得了榮譽。

一八六五年，巴黎外方傳教會的畢神父和戴神父帶著一群被喇嘛驅逐的教友來到擦卡。這是一個位於古商道邊的驛站，瀾滄江在這裏被山勢所擋，轉了一個急彎，由此沖積出一小片扇形的平壩，連上四周的山坡臺地，在山高谷深的瀾滄江峽谷地帶，這裏已經算是比較富庶的農耕區了。它離阿墩子縣城有約兩百五十公里，約八到十天的馬程，離打箭爐的主教府有三十天的馬程。教會正是看中它交通便利、物產相對豐富這一點，因此把邁向拉薩的第一個傳教點設立在這裏。一八六五年的耶誕節，我們在擦卡第一次為一個藏族教友付洗。

擦卡教堂從開初因為購地建堂，就和當地的寺廟及土司糾紛不斷。那時擦卡還屬於中國清朝皇帝管轄，地方政府在我們需要的時候，出兵彈壓喇嘛教和本地土司的氣焰，維護了我們聖堂的尊嚴和教會的權益，但這也讓我們的傳教士隨時處於仇視和危險之中。

一八八一年，擦卡的本堂穆神父去高山牧場探望兩個教友，在回來的路上，一個仇視基督福音的異教徒從樹上射出一支毒箭，擊中穆神父的腿部，神父跌下馬來，嘴裏高喊：「奉基督耶穌之名，我寬恕你們……」射箭者從樹上下來，看著穆神父在地上爬行了三十多米，終因箭頭上的劇毒藥性發作，死於山道上。

一八八二年，新到的本堂蘇神父履任，他是一個優秀的植物學者，熱衷於把西藏的植物介紹到歐洲。在擦卡教堂不到兩年的時間裏，他在傳教佈道之餘，像一隻蜜蜂一樣地在大地上辛勤地採集，給法蘭西科學院寄回了近萬份動、植物標本，許多標本在歐洲聞所未聞，引起巨大的轟動，爲傳教會贏得了可貴的榮譽。可是，這一高尚的行爲卻被當地人視爲「偷竊」，說蘇神父偷走了他們視爲神山的寶物。在一次採集活動中，蘇神父聘請的植物採集助手已被買通，這兩個詭詐的異教徒將蘇神父引到一處有毒的山泉，引誘神父喝那泉水。蘇神父已有所預感，詢問這泉水能否飲用？兩人心中的魔鬼已掩飾不住，跪在神父面前說：「喝吧，神父，不然你走不出這山谷。」蘇神父知道榮耀主耶穌光榮的時刻到了，慨然引碗喝之。然後對他們說：「如果這碗泉水能使我成聖，你們就是我的見證。」蘇神父回到教堂後不久便發病，三天後氣脹而亡。那兩個異教徒邪惡的靈魂終於被蘇神父高貴的心所贏得，跪在耶穌的聖台前承認了自己的罪惡，皈依了天主。

一八九一年夏季，一場長達半年多的雨季過後，所有的商道都被泥石流、山崩所摧毀，擦卡教堂和外界失去聯繫，瀾滄江峽谷地區發生了嚴重的鼠疫。擦卡本堂呂神父率領教友和瘟疫作殊死的孤獨抗爭，沒有藥，也沒有救援，人們都在等死。呂神父把最後的一點西藥都分發給了教友，自己卻身染鼠疫，他的身體雖然已經腫脹發黑，潰爛惡臭，但是教友們說，呂神父榮歸天主時，「他的面容好像天使的面容。」

一八九三年，瘟疫過後，教會再次派勇敢的任神父任擦卡本堂，任神父能力超群，作風強硬，喇嘛多次上門威脅，要驅趕我們的神父出西藏。但任神父依靠清政府官員，彈壓喇嘛威風，宗教官司一直打到雲南府，為教會贏得更多的土地和財產。任神父還是教會第一個獲得清政府官職的傳教人員，享有四品官銜，戴花翎頂戴，到大理府可以與道台、知府平起平坐。不過任神父的風頭也讓喇嘛心生嫉恨。在這年復活節聖周四的一個下午，異教徒在任神父回本堂的路上挖掘陷阱，任神父的坐騎墜入陷阱，而任神父本人則吊在陷阱邊緣，隨行的僕人援手去搭救，但埋伏在路邊樹叢中的槍手排槍齊射，將任神父和僕人一齊打進陷阱中。事後，暴徒們用石塊、樹枝填埋了陷阱。官軍趕來救援時，已不知任神父葬身何處。一年以後，野狗才將任神父和僕人的屍骨拖出來。人們找到那個被掩埋的陷阱，發現裏面發出陣陣玫瑰的幽香。

一八九六年，擦卡教堂由當過軍人的彭神父任本堂。彭神父組織了教友護教隊，配備西式快槍，教堂安寧了幾年。一次彭神父和幾個教友從阿墩子押運一批糧食藥材等回教堂，被一支強盜武裝盯上。晚上他們襲擊了彭神父和教友們夜宿的客棧，彭神父帶領教友持槍抵抗到天亮，終於彈盡。強盜們衝進彭神父的房間，將彭神父捆縛於客棧外的廊柱上，剝去上衣，用皮鞭和蕁麻抽打。強盜首領問：「洋鬼子，你的威風哪去了？你現在比一個乞丐還不如。你的耶穌怎麼不來救你啊？」彭神父慨然回答：「為耶穌基督之名，我配受這侮辱。」強盜首領用刀抵著神父的胸脯，問：「那你配為他去死麼？」彭神父臉上露出天使一般燦爛和藹的笑容，說：「這是我終生追求的榮耀。在你的刀鋒下，我更接近天主。願我的死，能拯救你的靈魂。」三個月後，官軍捉拿到這個強盜首領，在把他送上斷頭臺前，擦卡教堂另一個本堂顧神父去為他做臨終聖事，指引他前往天國的道路，並問他悔改否？這個剽悍的強盜竟然痛哭失聲，懺悔了自己的罪孽，希望我們的天主不要報復他。顧神父告訴他，「基督的報復就是寬恕，天國接納所有懺悔的罪人。」

在西藏傳教，不僅要和喇嘛教、當地仇教勢力、土匪武裝抗爭，還要隨時面對大自然的威脅。一九〇〇年的聖母升天節，擦卡本堂顧神父組織教友慶祝，山崖上神秘地飛來一塊滾石，正中顧神父的頭部，使其當場氣絕而亡。顧神父生前最後的一句話是：「聖母瑪麗亞，擦卡教堂是你在西藏的王冠上一顆璀璨的寶石。」而本地的喇嘛們卻說他們這裏是「眾神之地」，我們的宗教竊取了藏族人的靈魂，褻瀆了他們神山上的某個神靈，導致神山發怒，懲罰了我們的神父。

主啊，我們究竟要奉獻多少位神父的生命，才能讓他們明白基督的愛？

一九〇五年，康藏地區爆發大規模的暴動和迫害天主教徒的事件。官軍處置失當，濫殺無辜，無數村莊被官軍的炮火夷為平地，更激起康巴藏族人的仇恨。阿墩子、茨菇、巴塘、理塘等地的教堂悉數被焚毀，各地的本堂神父或帶領教友殊死抵抗，或往漢地安全地帶撤離。阿墩子本堂浦神父被殺，擦卡本堂俞神父其時已五十三歲，在藏區各地已經服務了二十多年。他在一個藏族教友莫里斯的幫助下衝出重圍，當莫里斯帶年邁的俞神父過瀾滄江的溜索時，不幸被追兵發現，追兵用火繩槍向溜索上的兩人射擊，一顆散彈擊中了俞神父的鼻子，竟然將鼻子打飛。兩人懸停在溜索中央，莫里斯在上，俞神父在下，一根牛皮繩把他們繫在一起。追兵的槍彈蝗蟲般飛來，莫里斯帶著神父奮力向對岸攀援，還愧疚地大喊：「主耶穌，爲什麼要打中我的神父，爲什麼打中的不是我？」俞神父滿臉是血，還不忘一個神職人員的尊嚴和幽默，他說：「可能是我的鼻子在西藏太高了。莫里斯，你走吧，我過不去了。」莫里斯執意要帶神父一起走，並說即便和神父一起死，也是他的光榮，他相信神父會帶他一起升往天國。俞神父抽出隨身的康巴刀，說：「莫里斯，天國近了！」然後他割斷了自己和莫里斯繫在一起的繩子，墜入波浪翻滾的瀾滄江中。

清政府的中國皇帝被推翻後，康藏地區陷入混亂，達賴喇嘛的勢力向這一帶大肆擴張，傳教事業變得越來越困難。擦卡教堂自建堂八十多年來，先後有十四位本堂神父，贏得了近二百名藏族人的靈魂，使他們皈依了耶穌基督。在付出七位傳教士的寶貴生命後，二十世紀初我們終於被迫撤出西藏，連滇藏門戶阿墩子的傳教點也沒能守住。不是我們缺乏勇氣，而是藏傳佛教的勢力實在強大，社會治安狀況極其惡劣；也不是我們忘記了擦卡教堂，而是歐洲連年戰爭，教會也缺乏派遣更多的來華傳教士。

我們需要明白的是：西藏至今對於我們來說，不但不是收穫的季節，連播種的季節都不是，現在只是拓荒的季節。

擦卡由此在教會贏得「殉教之地」的榮耀，人們說擦卡的本堂神父將是一個「被交付予兇暴和殺戮的耶穌羔羊」。可是，我們教會的神父們仍然義無反顧地奔赴主耶穌指引給他們的聖職，能在擦卡教堂任本堂神父，是教會最引以爲豪的崗位，先後有三位曾在擦卡教堂履行聖職的本堂神父升任代牧主教。

主耶穌把一份難得的恩寵擺在了勇敢的傳教士面前：在擦卡教堂，獲得晉升的概率不到五分之一；而殉教的比例是二分之一。

1 郝伯特．邦丁，英國電影攝影師，一九一一年隨著名探險家斯考特船長赴南極探險，斯考特船長在探險中罹難，郝伯特拍攝的這次探險的珍貴鏡頭後來剪輯成了一部影片《斯考特南極探險記》，轟動世界，開世界探險電影之先河。

第廿三章 使命

火曾在冰雹中熾然，在雨水中閃爍，
但為養育義人，火卻忘卻了自己的本能。
——《聖經·舊約》（智慧篇16：23）

杜伯爾神父和羅維神父連夜讀完了古神父撰寫的《宗徒大事錄》。他們已經抽完了三袋煙草，屋子裏的煙霧堆積得揮之不去，像他們心中濃重的悲憤。一些段落甚至讓兩個年輕神父的眼淚洇濕了手稿。

「我早就想當一個拓荒者啦，當年要是沒有做神父，我或許會去美洲大陸找機會呢。親愛的羅維，我希望能得到你的支持。」杜伯爾神父再裝上一袋煙草，遞給他的同會兄弟，似乎希望把這件決定他們倆命運的事情在一種輕鬆的氛圍中決定下來。

羅維神父顯得非凡的冷靜，「支持你什麼？我從來都和你站在一起。我們不是一起從玫瑰村出來的好兄弟嗎？」

杜伯爾神父堅定地說：「擦卡教堂是我的，殉教的榮耀——如果它真的會發生的話——也是我的，誰也不要跟我爭啦。」

「我昨天剛收到露西亞的信，」羅維神父沈吟片刻才說：「她對你最近的工作大加讚賞，並特別囑咐我，要我好好保護你。因爲你是我的兄弟，我比你年長。」

其實杜伯爾神父在前兩天也同樣收到了露西亞的一封信，信中除了鼓勵他外，還特地囑咐他凡事多和羅維神父商量，說他是一個好兄長，做事謹慎，周密。露西亞甚至在信裏說：「憶想當年，當我站在你和羅維面前時，羅維更讓我感到安全。他有一種讓人信賴的氣質。」看到這一段，杜伯爾神父便明白了他和羅維神父在露西亞心目中的份量。

杜伯爾神父爲此傷心了一個晚上，直到他接受了這樣的現實。羅維神父的優勢，從小學、中學、再到神學院，他都不能與之相比。到了藏區以後，儘管他一直在與這個傢伙暗中競爭，希望能超過他，至少也和他一樣。但這就像他永遠也不可能有羅維神父那般高大、健壯一樣，他們的差距是天主劃定的。天主需要人與人之間的差異和不同，需要憐憫者和被憐憫者，需要競爭中的獲勝者和失敗者，需要愛與被愛，還需要有的人把自己獻祭出去，這不僅僅是指天主的祭台，還有露西亞的愛。

現在他的機會來了，這是他在羅維神父面前挽回驕傲的唯一的機會，他渴望在露西亞、在主耶穌面前證明自己的勇氣與奉獻精神，不會因爲自己個子相對矮小而比別人顯得需要同情和憐憫。

「這是我的崗位，到死都是。」杜伯爾神父語氣堅定地說。

「我們都放過牧，親愛的杜伯爾，」羅維神父站起來，踱步到屋子的另一頭，不讓杜伯爾神父看見他的臉，「家裏第一個去牧場的，總是兄長。對吧？」

「嗨，嗨，老兄，那可不一定。」杜伯爾神父敲著桌子，儘量壓低自己的嗓音，「如果牧場是一個天堂，誰願意留在家裏寫作業啊？這種時候，當兄長的要讓著弟弟。」

羅維神父再次踱到桌子前，彎下腰去，他們的鼻子都快要碰到一起啦。「杜伯爾神父，我的好兄弟，請聽我說，擦卡那邊眼下還不是天堂一樣的牧場，沒有牧歌，沒有詩意。爲你的父母，爲我們之間的友誼，爲露西亞，就是把你捆起來，我也不會讓你去的。」

杜伯爾神父冷笑兩聲，「我們之間的事情，跟露西亞有什麼關係啊？」

「你這個莽撞的傢伙，露西亞一直在關心著你的安全。難道你還不明白嗎？美麗善良的露西亞，已經發願去當修女了！」

杜伯爾神父愣住了，露西亞前幾封來信中曾經談到過這個打算，那時他並不認爲露西亞會當真。但更讓他震驚的是：爲什麼羅維神父會比他先知道？露西亞是他們共同隱忍的愛，更是他們一起分享的美好回憶。現在羅維神父搶先一步知道了一個偉大而傷感的結局，這讓杜伯爾神父沮喪。他喃喃地問：「主啊，她爲什麼要這樣做呢？」

羅維神父說：「想想當年主對你的召喚。」

杜伯爾神父低下了頭，不想再掩飾自己的懦弱了。「夥計，是她讓我這樣做的。我以爲，我去了修道院，你們就可以……」

羅維神父扶著杜伯爾神父的肩膀，「好兄弟，我當初也這樣認爲。在修道院報到時看見你，我這才發現，我們兩個都是世界上最大的傻瓜。我親愛的杜伯爾，我們不談露西亞了，你的母親在時刻等著你的歸去。難道你沒有看見她期盼的目光，讓自己的眼窩都深陷下去了嗎？」

杜伯爾神父忽然被一種感動所淹沒，不是因爲他母親綿延了上萬公里的目光，也不是因爲家鄉的美麗姑娘露西亞，而是他發現自己原來是如此地喜歡這個個子高大的傢伙。他絕不能讓他去冒風險。

他說：「夥計，如果你真要履行一個兄長的責任，請給我一次成長的機會，讓我在擦卡本堂幹出點讓你和露西亞驕傲的事情來。」他的口氣近乎請求，這是他們之間有爭論時比較有效的一招。羅維神父身高體壯，但心腸柔軟。杜伯爾神父太知道他的夥伴啦。

羅維神父長久地注視著杜伯爾神父，「我看我們不要爭了，」他咬著煙斗的樣子像思考不出一個哲學問題的教授，「還是等古神父來裁決吧。他說誰，就是誰。好不好？」

教堂村的人們在為神父的遠征作最後的準備，教友們都知道了將會有一個勇敢的神父要回到擦卡教堂去。目前在教堂村中，有五戶人家的祖輩就是四十多年前的教案後從擦卡跟隨神父一起流亡來的，現在只有一個叫莫里斯的老人還活著，他就是那個和俞神父一起過溜索的倖存者。多年來他一直做教堂的敲鐘人，他以鐘聲來呼喚天國裏的俞神父，直到有一天他中風癱倒在教堂的鐘樓上。這個癱瘓了的孤獨老人要求住在瀾滄江邊，他說俞神父會游泳，總有一天會從江裏上來的，俞神父將會給他帶來天國的消息。

這天下午，古純仁神父帶著沙伯雷先生來到莫里斯老人的小屋，沙伯雷帶來了攝影機，打算在去擦卡之前先拍攝這個上次教案唯一的見證者。屋子很暗，借著火塘的微弱火光他們才看得清莫里斯的臉——與其說那是一張人臉，還不如說是一張乾枯的皮包著的人頭骷髏。令人倍受感動的是，他把一個木十字架緊握在胸前，由於長時間的撫摸，十字架已經油亮發光，所有的棱角都平潤光滑。這個失明的老基督徒靠此來感受主耶穌與他同在。

「莫里斯，我是古神父。你今天看上去真好，像個天使。」莫里斯頭枕一堆稻草，斜靠在幾塊木板搭成的一個床榻上，古神父緊挨著莫里斯坐下來，摟著他。古神父還湊著莫里斯的耳朵輕聲說：

「莫里斯，我們要派神父重回擦卡教堂了。」

「他們要打掉你的鼻子。」莫里斯的嘴囁動著說。

「噢，親愛的莫里斯，這沒有關係，我們的鼻子在西藏並不那麼招人討厭。」古神父輕輕拍著莫里斯枯瘦如柴的身子說：「莫里斯教友，我們要去看你在擦卡的家人了。有什麼話要捎帶回去嗎？噢，我們要去找你的妻子路薏絲，你的兒子小若瑟，你的小女兒蘇蘇，還有你的老父親榮祿——主保佑他已經活過一百歲啦。他們都在等你的消息，等基督的福音重回西藏的消息……」

「俞神父……天國近了……」莫里斯沈浸在自己的回憶裏，不知道聽沒聽明白古神父的話。

沙伯雷本來還想向莫里斯詢問一些上次教案的情況，但看看至今還生活在悲傷和恐懼裏的莫里斯，他什麼都不用問了。

兩人出來後，沙伯雷先生問：「你確定，這個老人的家人都還在那邊嗎？」

「一個也沒有活著逃出來。」古神父望著眼前的瀾滄江，良久才說：「我不明白的是，我們本是要帶給他們主耶穌的福音，但他們承受的卻總是苦難。基督的信仰拯救了他們的靈魂，卻沒有幫他們改變命運，哪怕好一點點。」

沙伯雷先生感歎道：「什麼時候這塊土地上的基督徒不再受到攻擊、詆毀、誣陷、圍剿，那才是耶穌基督真正的福音。」

「耶穌傳播他的福音時，人們還把他送上十字架呢。」古神父說。

「那麼，我們這次去到擦卡，對這些藏族人來說，又將意味著什麼？」沙伯雷問。

「再次拯救！」

「你將派哪個年輕神父來擔負這個使命呢？」

古神父又沈默了片刻才說：「不是我派他們，而是天主；也不是隨便哪個人，就能把耶穌的十字架背上西藏高原。如果我沒有年過六十，這樣光榮的使命怎麼會落到他們的肩頭上呢？唉，西藏這片高原，拒絕我這種除了滿腔的愛，什麼也沒有的老人。」

其實，這些日子來，古神父一直在權衡由哪個神父去更合適，不是他們能否勝任的問題，而是誰更有幸得到天主的聖召。這兩個年輕人勇於承擔的精神實在令他感動，要說這兩位充滿活力的年輕神父對藏族人的愛和責任感，他們不分伯仲；但要論及如何和這片土地及它的人們打交道，羅維神父似乎更合適一些。他做事嚴謹，思維慎密，身體強壯，待人接物有分寸感，不失為擦卡這樣條件艱巨的本堂之理想人選。而杜伯爾神父，卻具有羅維神父身上所不具備的某些東西。熱情，率真，衝動，富有獻身精神，作風強硬，他更像一個康巴人，而不像謹小慎微的瑞士人。如果他們兩個的性格特徵能夠融合在一個人身上就好了。因為在西藏傳教，既需要周旋的技巧，又不能喪失強硬的手段。

羅維神父首先向古神父提交了十分詳盡的傳教工作計劃。他認為要在擦卡恢復傳教工作，應該從頭開始，從小做起。比如，先在那裏依託倖存的教友，建立一間「聖徒藥房」。羅維神父相信通過一到兩年堅韌的施診工作，可以將散失的教友重新召集起來，還能發展一些受惠於「聖徒藥房」的異教徒，將愛心傳達出去，以贏得他們的心靈。羅維神父說，當年耶穌基督傳播自己的福音時，不也是通過讓麻瘋病人痊癒，令瘸子能走路，啞巴能說話等神蹟來昭示福音的嗎？坦率地說，許多藏族人剛開初加入我們的教會時，是因為我們為他們提供了糧食、土地、醫療，以及生活的利益甚至生命的保障。天主在哪裏？離他們有多近？他們一般不會費心去思考。藏族是一個簡單質樸的民族，這是他們信仰的基礎。我們可以利用這個基礎，在藏族人中顯示我們宗教的愛和仁慈。比如，我們的西藥在藏族人看來，是具有神奇魅力的東西。治病救人，先治病，後救人，再救靈魂，這是傳教會在蠻荒落後地區屢試不爽的傳教經驗。這樣做還有一個好處是，可以暫時避開喇嘛教的鋒芒，專心做救靈的工作。我們甚至可以不先忙著建教堂，以開展家庭式的傳教方式爲主，將十字架豎在每一戶藏族人家裏，立在每一個藏族人心裏。當我們擁有廣泛的教友基礎時，當我們的十字架成爲大多數藏族人心目中的依託時，藏族人自己也會拋棄他們的寺廟，爲我們把天主的聖堂建立起來。

古神父很欣賞羅維神父的工作計劃，因爲它符合傳教會一貫的工作傳統。如果不是後來他和杜伯爾神父那一席談話，被送上聖徒這個光榮位置的將會是羅維神父。

看望莫里斯教友回來的當天晚上十一點，古神父看見教堂裏還有燭光閃耀，以爲是哪個教友還在裏面祈禱呢。他走到聖台前，才發現是杜伯爾神父跪在那裏一動不動。古神父等他把心中所有的祈願都說給了耶穌，才在他起身後問：「你做好準備了嗎？」

年輕的神父神色肅穆地說：「是的，我已經把自己託付出去了。」

「託付給兇暴？」古神父問。

「不，託付給使命，尊敬的副主教大人。」杜伯爾神父眼睛中呈現出從來沒有過的仁慈光芒，「爲了完成這個使命，我要以愛和對話來化解兇暴。」

「愛誰？和誰對話？」

他肯定地說：「和我們的敵人。」

這個觀點讓古神父感到驚奇。如果他說的愛，是羅維神父所談的建立「聖徒藥房」、爲藏族人義務施診治病的話，那麼和我們的敵人對話是什麼意思呢？用語言去面對毒箭、屠刀、陷阱和槍彈嗎？

「對我們的敵人，寬恕就是最大的愛；對話則只是在戰場上的雙方勢均力敵、相持不下的時候。杜伯爾神父，你認爲我們的聖教會到了該向異教徒妥協的時候了嗎？坦率地說，你的提議讓我驚訝。」

「不是妥協，生活本身就是一場對話。與朋友對話，與大自然對話，與命運對話，也要與異教徒對話。」杜伯爾神父語氣堅定地說，「既然我們都是奉獻出生命給聖職的僧侶，那麼，就讓我們各自爲不同的神祈禱，不辯論，不爭殺，不恃強凌弱，我們把理解和尊重，仁慈和愛，作爲一種禮物，奉獻給對方。我認爲，唯有這樣，我們才可以在西藏立得足腳。」

「你在拿自己的聖職冒險，杜伯爾神父。」古神父提醒他道。

「一個傳教士就是拿自己的生命做試驗的人。」他從懷裏拿出《宗徒大事錄》，「副主教大人，看看我們殉教的神父們，他們以自己寶貴的生命試驗出這樣一條教訓：在西藏傳教，尊重我們的對手，敞開我們的雙臂，擁抱他們的文化，和他們展開對話，我們才有發展的空間。」

「你不認爲這是在褻瀆那些殉道的聖者嗎？」古神父的聲音嚴厲起來。

「我對他們充滿敬重。可是，尊敬的副主教大人，除了被殺、被驅逐，我們還有什麼路子可走嗎？」

「那麼，你想走哪條路呢？」

「去開闢一條發現佛教中的基督這條新路。」

佛教中的基督？如果一向被我們視爲異端的佛教中有基督性的話，那麼天主的聖言裏也該有佛性了？古神父忍不住拍了一下坐凳的靠背，「奇談怪論，你會受到教廷的譴責的。」

「副主教大人，教廷離西藏的實際有多麼遙遠啊！」年輕的神父大叫道：「難道我們和喇嘛教不都是教人行善的宗教嗎？難道喇嘛的慈悲和我們的仁慈，在一個藏族人面前，還有什麼區別和高下之分嗎？喇嘛教之所以被我們視為異端，是因為他區別於這個世界上的任何一種宗教，同理，天主教不被他們接受，也因為他們不知道基督福音的真諦。副主教大人，我們的福音中有多少佛教徒所要追尋的真理，我還不太清楚；但他們的信仰中基督的影子，我的確已經看到。我要去找到它們，還要去告訴他們，我們在某些方面，是志同道合的。」

「哈哈，這種志同道合，」古神父不無揶揄地說，「讓我們付出了十多位傳教士的生命了。」

「如果我們不動輒就請漢人政府出兵彈壓，如果我們不一來到西藏就以文明人自居，如果我們在與藏族人的交流對話中，更多地瞭解到這個民族的文化傳統和風俗習慣，教案就不會那麼頻繁地發生了。漢人政府的基層官吏辦事粗糙，武斷，只相信武力，不相信寬恕和仁慈。藏族人討厭他們，我們和藏族人只是宗教紛爭，他們和藏族人之間還有民族糾紛，統治者與被統治者的糾紛。這些矛盾糾纏在一起時，連天主有時也斷不清公道。把凱撒的歸還給凱撒，上帝的歸還給上帝，這是有信仰的人遵循的通則。我們撇開官府，和喇嘛教展開宗教競爭，這是符合天主的聖意的。順便說一句，藏族人是最驕傲敏感的，我們的優越感在他們看來是多麼的愚蠢和自負。我們縱然認為自己是謙卑的，是主耶穌的羔羊，我們甚至也和他們一起挨凍受餓，和他們一起承受瘟疫、疾病、天災人禍的試煉。可是在骨子裏，我們在這裏把自己當貴族。」

古神父注視著他炯炯有神的眼睛，這個年輕人究竟在西藏看到了什麼？在《宗徒大事錄》中又看出了什麼？和對手妥協？對話？理解？尊重？西藏對人的改變就是如此之快嗎？

「你懷疑我們巴黎外方傳教會七十多年的努力方向錯了？」

「方向沒有錯，是邁向這個方向的方法有問題。」杜伯爾神父說。

古神父太想怒斥他放肆，但忍住了。其實這些年來他也一直在思考這個問題，爲什麼我們付出的愛，總是被藏族人漠視甚至誤解？這麼多的鮮血，這麼多的努力，放在世界上的任何一個地方，都不會只換來幾小片孤獨的傳教點。

「那就請談一談你的方法吧。」

「不把我們的對手當敵人，而是當朋友；不是試圖去改變它，藐視它，而是順從它，尊重它，在適當的時候，給它打上主耶穌的烙印。這正如托馬斯．阿奎那所言：天主能夠允許諸種惡存在，只是爲了從他們身上提取善。這也就像當一匹馬狂奔亂跳時，你得順著牠緊跑幾步，然後找準時機給牠打上烙印一樣。」

「理論上講是可行的，可是你的時機在哪裏呢，我親愛的杜伯爾神父？」

「在頓珠活佛那裏。」他微笑著望著古神父，彷彿自己已經勝券在握。「副主教大人，我和這個年輕的活佛已經建立起一些友誼了。而且，我還得到過他的承諾，他將保護我在西藏傳教的人身安全。」

古神父當然知道這個活佛，他似乎看起來比他的前世和周圍的人更溫和。古神父想：如果所有的嘗試都是以傳教士的生命、戰火、殺戮、廢墟作爲結局，我們或許應該改變某些策略——即便是放下尊貴的姿態。

唉，這個傢伙的確與眾不同。古神父不得不承認，如果羅維神父把去擦卡任本堂當作一件艱巨的工作而制定了周密計劃的話，杜伯爾神父則把進入西藏傳教當作自己的使命。最偉大的事業應該交付給那些具有使命感的人。願天主的聖寵保佑他。

第廿四章　光裏的靈魂

山和山不相遇，人和人總相逢。

——康巴藏區民諺

崗巴寺的釋迦牟尼石佛像流淚的那個下午，擦卡教堂的遠征隊伍進入了阿墩子。這是一支由三十多人組成的馬幫隊伍，杜伯爾神父榮幸地贏得了去「殉教之地」——擦卡——恢復教堂和尋找失散教友的光榮使命，沙伯雷先生的電影隊將與他一起去見證這個難得的偉大時刻。另外古神父還精心挑選了一批從前擦卡的教友後代，隨杜伯爾神父同回擦卡，最重要的成員是奧古斯丁和伊麗莎。古神父認爲，以奧古斯丁從前在峽谷地區的聲望，任何帶槍的匪徒都不敢在這個前江湖老大面前耀武揚威；而伊麗莎，鑒於衆所周知的原因，人們預計擦卡教堂開堂後的第一件聖事，將由杜伯爾神父爲兩個苦命的人兒舉行神聖的婚禮。「這是符合天主聖意的婚配，聖母瑪麗亞也會爲他們的結合而高興。」古純仁神父在爲杜伯爾神父送行時說。

可是，帶著希望和驕傲的遠征隊卻沒有想到，有一尊石佛像會爲他們渴望得到的榮耀流淚。傳說崗巴寺因這尊石佛像而建，它能平息戰火，讓衆生免於刀兵之禍，還會以自己的眼淚規勸人間的罪惡，因此在當地信衆中具有至高無上的神位。四十多年前阿墩子起教案糾紛，清政府的軍隊攻打崗巴寺，清兵衝進寺廟搶掠財物，一個清軍士兵把香案上信眾供奉的香火錢掃進自己的口袋時，他聽見了一聲古老的歎息。這個不曉得敬畏的傢伙一擡頭，便看見了石佛流出了悲憫的眼淚，讓他伸向佛財的手就像被烙鐵燙了一般。至今人們都還能在那座塑像的臉部看到當年的淚痕。

現在，益西堪布告訴人們，石佛像又流淚了，因為洋人喇嘛又來了。對這樣的因果，寺廟裏的喇嘛以及阿墩子的信眾深信不疑。

當初，杜伯爾神父對沙伯雷先生和自己同行並不以為然，他認為擦卡教堂的恢復重建一切都還是未知數，萬一此番遠征再次遭到佛教徒的驅趕追殺，豈不是給主在西藏的福音傳播抹黑？但沙伯雷先生告訴他，如果真有那麼一天，他將用攝影機忠實地記錄下這一反耶穌基督的暴行和悲劇，他將用自己的鏡頭告訴人們，福音在西藏前進的步履是如何的艱難。「杜神父，如果說舊約時期人們靠口耳相傳留下了天主創世的傳說，新約時代人們用筆和紙記錄下人類的文明和苦難，那麼，在二十世紀，甚至將來的世紀，鏡頭將像天主一樣逐步主宰我們的精神生活。」

杜伯爾神父對這種瀆神的言論當即反駁道：「要是你認為傳說時代人類的文明和信仰不值得尊重，那你跟我去一個至今還生活在中世紀的地方幹什麼呢？」

沙伯雷先生笑瞇瞇地說：「電影就是一門回到過去的藝術，也許耶穌的身影將在這種地方顯現給他的信徒。你難道不希望我把他拍下來麼？」

沙伯雷先生也不太喜歡杜伯爾神父，或許因為他更狂熱，或許由於他更固執，不像羅維神父那樣好合作。不過讓沙伯雷先生始料不及的是，他沒有拍到如他所言的耶穌顯現的神蹟，但卻如願拍到了另一種宗教所崇拜的神。當杜伯爾神父帶著沙伯雷先生去造訪頓珠活佛時，他感到就紀錄電影的文化價值和獵奇性而言，這個年輕活佛出現在畫面上，可能比基督的十字架聳立在西藏的荒原，在歐洲引起的轟動要大得多。

杜神父首先向活佛獻上專門從歐洲爲他定做的眼鏡。這件禮物讓頓珠活佛把它頂禮在自己的額頭前，一再稱謝，說你們是守信用的朋友，我還以爲當初你只是隨便說說呢。

杜伯爾神父回答道：「我與你的對話，從來都不是隨意的。」

當頓珠活佛戴上眼鏡，看清了自己禪房內滿牆的宗教壁畫，辨別清晰了洋人藍色眼珠的深淺，以及他們鬍鬚濃密的面龐，毛孔粗大的皮膚，甚至當他推開狹小的窗戶，遠眺對面山坡上的杜鵑花，他看見了一副粲然生動的自然畫卷。年輕的活佛喜形於色：「原來我的眼力跟喇嘛們的法事沒有關係。你們是爲我再造一個清晰世界的善良人，我從來沒有覺得眼前的世界原來如此嶄新、精彩，也從來沒有發現洋人喇嘛臉上的笑容原來如此和藹、生動。連你們藍色的眼珠，跟我們的經書上描繪的魔鬼的眼睛也不一樣。你們的眼珠是帶著愛意的淺藍，讓人想到高遠的天空；而經書上魔鬼的藍眼珠是一種恐怖的深藍，像地獄裏的藍色火焰和魔鬼口中吐出來的藍色毒汁……」

杜伯爾神父聳聳肩，「我想誰也不願意看到這樣一雙藍眼睛。」

頓珠活佛還沈浸在幸福中，他說：「你們不知道，我們的寺廟裏那尊石佛像因爲你們的到來而流淚了。」

杜伯爾神父故意問：「你看到了一尊石雕的佛像流淚嗎？」

「不，我的上師益西堪布看見了，因此我們相信。」頓珠活佛說，「只是我今天才知道，佛陀佛像的眼淚不是因爲悲憫，而是由於感動。」

杜伯爾神父扭頭用他們的語言對沙伯雷先生說：「你瞧，這個世界上有多少謊言，因爲人們相信而成爲真理。」

沙伯雷先生的電影攝影機一直「沙沙沙」地轉動，頓珠活佛從激動中回過神來，定定地看著沙伯雷先生手中的攝影機。「這是你們的什麼法器？」他問杜伯爾神父。

「噢，這是一部電影攝影機。」杜神父說。

「是我們看你們的另一副『眼鏡』。」沙伯雷先生說。

接下來的一段時間裏，好奇心極強的頓珠活佛像這個世界上的許多人一樣，一頭跌進電影的魔術世界裏不能自拔。杜伯爾神父本來急於向擦卡進發，但他被告知，如果沒有頓珠活佛的首肯，他根本不可能越過阿墩子一步。從阿墩子出城不到十里地，馬幫驛道在瀾滄江峽谷的懸崖峭壁上有一道關卡，名爲虎跳關，傳說過去只有老虎才能跳得過去。現在由一些喇嘛和西藏的地方武裝把守，來往的商旅都要交過路費才能通行。此外，如果沒有崗巴寺的出關碟牌，任何人都不能越雷池一步，因爲過關後就是西藏地界了。可是每當杜伯爾神父和頓珠活佛談起想去瀾滄江峽谷的深處走走看看時，這個看上去越來越像個外交家的年輕人便總是笑而言及其他。沙伯雷先生的攝影機和代表西方文明的電影，成爲這期間他們磨嘴皮的主要話題。

沙伯雷先生這次還專門帶來了放映機，他白天拍攝頓珠活佛念經、做法事、喝茶、郊遊、祈禱的畫面，晚上在駐地匆匆洗印出來，第二天用手拉片的方式再放給頓珠活佛看。活佛第一次看見了銀幕上的自己，感動得不能自持，眼睛裏竟然閃耀著淚光。他問沙伯雷先生，「這是我的前世，還是我的來生呢？」

沙伯雷先生回答道：「是你的昨天，尊敬的活佛先生。」

頓珠活佛陷入沈思，「人怎麼可以收回流失了的時光？」

「是再現，不是收回。活佛先生，電影可以把幾千年前的歷史都再現出來。」

「那麼，佛陀涅槃的歲月，你們也可以再現出來嗎？」頓珠活佛小心翼翼地問。

「誰是佛陀？」沙伯雷先生問。

「就是他們的全能者，相當於我們的聖父、聖子、聖靈吧。」杜伯爾神父隨口答道。

「噢，」沙伯雷先生不當回事地說：「一千多年前我們的耶穌被推上十字架的殉難故事，都可以再現到銀幕上，你們的佛陀……抱歉，這個傢伙出生在哪一年？」

「出生在雪域大地還沒有太陽的光芒、魔鬼橫行在雪山峽谷之間以前。可是，可是，你怎麼回到過去的時光去做這個事情呢？」

「哈！很簡單麼，你現在穿上佛陀的衣服，說他說過的話，做他做過的事，我再把這些拍下來，你就是佛陀了。」

頓珠活佛驚訝得張大了嘴，「你們的法器，可以幫助我繼承佛陀的身、語、意嗎？真是神奇啊！」

「什麼是身、語、意？」這下輪到沙伯雷先生不明白了。

「簡單講，就是行佛陀所行，言佛陀所言，想佛陀所想。這就是生命輪迴的真諦所在。但是，我恐怕修行一生，也永遠達不到佛陀的涅槃境界，我還是我，我成不了佛陀的。」

「我不是要你真的就成為佛陀，我只是要你裝扮一下，要是你樂意的話。電影，嗯，其實就是一種表演的藝術，供人開心，賺取人廉價的眼淚。」

「哦呀，」頓珠活佛恍然大悟，「原來它跟我們的藏戲一樣啊！只是我們在台上演，而你要我在一束光裏演。可是，這樣一來，我的靈魂在哪裏？」

沙伯雷先生並不在意一個活佛關於靈魂的追問，爲了進一步拉攏這個好奇的活佛，向他展示西方文明的電影魔術，沙伯雷先生自編自導，讓頓珠活佛先在禪房裏念經，然後走出廟門，換上武士的行頭，騎上馬，再到牧場上和牛羊嬉戲。到第二天放映出來時，頓珠活佛嚇得連自己的新眼鏡都掉下來了。他剛才還是一個正襟危坐的活佛，一眨眼就成了武士，騎在馬上的背影還沒有消失，又變成了一個牧人。

「是誰在改變我的身分？」頓珠活佛問。

「是電影。」沙伯雷先生回答道。

「不，是看不見的神靈之光。」頓珠活佛忽然神色莊重起來，「既然我在光裏成了一個牧人，我的靈魂就必然在這個牧人身上了。這是一個凶兆。」

沙伯雷先生強忍著笑，一邊收拾放映機一邊說：「在我看來，做牧人也比當你這樣的活佛自由浪漫呢。」

頓珠活佛很不高興地說：「我過去也這樣想，但是現在不了。」

當天晚上，年輕的活佛大病，發燒、嘔吐、說胡話、渾身發抖，連寺廟也跟著抖動起來了。因爲所有的喇嘛都滆液聚集在措欽大殿裏爲他們的活佛祈禱，誦經的聲音讓大地微微顫動，江水遲疑不前。崗巴寺的武裝僧侶已經在磨刀擦槍，因爲益西堪布說，正是那兩個洋人把頓珠活佛的靈魂，攝進了他們魔鬼的法器裏。

讓益西堪布感到憤懣且後悔的是，作爲寺廟的堪布和頓珠活佛的上師，他沒有阻擋住頓珠活佛和洋人喇嘛的來往。上次他們用了一個海螺買通了走進寺廟大門的路條，這回，他們先以一副眼鏡贏得了頓珠活佛的好感，然後用這種能讓人從一束光中鑽出來、再像太陽下的影子一樣跳到一塊白布上去的魔鬼法器，吸引了好奇心十足的頓珠活佛。更讓人憂心的是，在他們將頓珠活佛也變成一束光後，年輕活佛的靈魂會被偷竊到哪裏去了呢？據說那布上的頓珠活佛說話人們聽不見，走路像受到了魔鬼的支配。如果一個教派的教宗受到了魔鬼的迷惑，那寺廟和信眾的災難一定就要來臨了。

益西堪布和幾個老僧跪在頓珠活佛的病床前，他小聲問：「尊敬的頓珠活佛，洋人用他們魔鬼的法器偷走了你的靈魂。你知道是哪一路的魔鬼在作祟麼？我們要爲你念三天三夜驅趕魔鬼的經文，將你被吸到光裏的靈魂迎請回來。然後，我們要去趕走那些洋人魔鬼。」

但燒得正胡言亂語的頓珠活佛卻清醒地說：「不許胡來。那可是一件神聖的法器，它不但讓我看到了另外一個我，還能再現過去，預知未來。這是閉關修行也做不到的事情。你們要明白，現在這個世界上，誰對未知的領域更有好奇心，誰就比別人走得更遠，更強大，甚至成爲你的上師，不管你願不願意。」

第廿五章　奧古斯丁懺悔錄（一）

如果真的有天堂，喇嘛就會無影無蹤；
如果真的有地獄，強盜也會放下屠刀。
——康巴藏區諺語

我昨晚又喝醉了。這是我第二次醉酒。前一次在古神父處，是因爲知道瑪麗亞——那時她還叫央金瑪，這個讓我剛剛明白什麼叫真正的愛的姑娘，馬上就要結婚了。我哭不出來喊不出來更不能殺人，就只有找醉。

酒即便不能改變人的命運，也會讓人生苦難而生動。你在酒缸裏快要淹死的時候，世界就開始豐富多彩起來了。

自從我上次跟在神父們後面見到我的貢布大哥後，我就知道他看不起我了。這次隨杜神父再回阿墩子，我已經是死過一次的人啦，人生哀榮已經看得很淡。按佛教徒的說法，我是個「回陽人」，就是指那些在陰間轉了一圈、還不甘心往生轉世，又活回來的人。在我現在信奉的教法裏，神父們說這叫「復活」。因此不管人們怎麼看我，我只是像個遊蕩在人間的孤魂野鬼。

當古神父讓我去保護杜神父和隨同他一起回擦卡的教友時，我明白告訴他，我在教堂村還有好多事兒要幹哩。我爲教堂放牧的牛就要下小牛犢了，要翻修的馬廄木料已經差不多備齊了，冬天一過我就要爲你們修一個新的馬廄；教堂後面的那片荒坡地我已經開墾出來了，再砌一道土坎，雨水就不會沖毀它，我可以在上面爲主耶穌種植葡萄。我找的所有理由都是真實的，聖母瑪麗亞會知道我沒有說謊，另外一個瑪麗亞也該看出我的心思。

但在有個主日天，羅維神父在佈道時給我們講，過去他和杜伯爾神父在他們家鄉的修道院當修士時，修院後面有一座大雪山，山那邊就是另一個國家義大利，有一條道路就從雪山上經過。修道院有兩件事情是他們必須履行的使命，一是做彌撒、念經、學習、奉獻自己給天主，二是去雪山上救人。因爲那是一條很繁忙的商道，就像我們的馬幫驛道一樣。每年的十一月到五月，經常有商旅被風雪困在雪山上，甚至被雪崩掩埋。每當這種情況發生時，他們的院長就會問：「誰願意去？」修士們便紛紛站在院長大人的前面說，「我去。」動作慢一點的人，就只有去聖堂爲那些勇敢者祈禱了。我知道在雪山上救人是怎麼一回事，不會比跳下瀾滄江救一個落水者輕鬆多少。

羅維神父說，多年來修道院爲救助那些被困的商旅，付出了六個年輕修士的生命，這是他們修道院的光榮傳統和驕傲。他和杜伯爾神父能被榮幸地派到藏區來傳教，就因爲每次有救人任務的時候，他們總是站在最前面。

羅維神父有一段話讓那天參加彌撒的人都很感動。他說，「一個基督徒所擁有的美德，有種種特徵。救助那些不十分需要的窮人，是美德的初級；勸告罪人悔改是高一級的美德；奉獻自己的一切去服侍窮人是更高一級的美德；而要擁有最高尙最完美的美德，必須是那些前往最危險的地區，爲拯救人的靈魂而不惜自己生命的人。我們勇敢的杜神父馬上就要去擦卡面對異教徒的刀槍，傳播耶穌基督的福音，讓我們為他祈禱吧！讓我們也為那些自願跟隨杜神父一同前往的教友們祈禱，願主的平安與他們同在。我還要特別請求你們為奧古斯丁教友祈禱，因為他服從主的安排，自願要求去擦卡，保護耶穌的尖兵免受兇暴的傷害。」

那時整個教堂裏望彌撒的人們的眼光都轉向了我，我看到了大家對我的感激和信任，我更看到了瑪麗亞眼睛裏的讚賞和愛——也許有那麼一點點吧。

正是這一點點的愛，讓我忘記了我是否真的說過要去擦卡。既然羅維神父已經當著大家的面說出來了，既然瑪麗亞也聽見了，還用她的目光讚賞了我，我還能說什麼呢？為這目光裏的溫柔和愛，是刀山火海我也要去！擦卡離教堂村有十來天的馬程，中間要翻越三座雪山，我今後該如何想她？出發那天早晨，教堂村的人們都來到村口為我們送行，可唯獨沒有瑪麗亞！我為她而去，她卻不來送行。主啊，天下竟有這樣狠心的女人！

史蒂文專門給我獻了一條哈達，他說，奧古斯丁大哥，祝願你在擦卡幸福吉祥。我想他心中其實要說的是，你終於滾蛋了，再不會來煩我啦。

這時我的愛神在天上說：你不能這樣看你的兄弟。嫉妒是一把刀，愛是一碗蜜。

我嘀咕道：誰他娘的不在心裏揣一把刀？

就這樣心灰意冷地離開了教堂村，我相信我還會回來，但不知何年何月，也不知是以什麼樣的身分。從我騎馬扛槍以來，從來都是我想去哪兒，我的馬兒和我的兄弟，就跟到哪兒。但自從加入教會以來，我的腳步就由不得我的想法了。

連我的愛情，好像也由不得我的想法了。上路以後我才發現伊麗莎一直緊跟在我的身邊，人們說她也是主動要求去擦卡的，而且是因為我。主耶穌，難道你真的認為我會愛上這個姑娘嗎？如果這就像神父們說的，是你的計劃，我就有些上當的感覺了。

我們在阿墩子勒馬不前。我的活佛弟弟迷上了洋人的電影，成天和那個沙伯雷裏攪在一起，杜伯爾神父急得嘴唇都起了泡，但他還是拿不到崗巴寺發給的關牒。我心裏並不情願他們能成功進入擦卡，我想，終有一天，他們會在擦卡教堂為我這個越來越不中用的傢伙和伊麗莎舉辦婚配聖事。人們當著我和伊麗莎的面，已經在用目光交談這件事情了。

狗娘養的，我為什麼不死去？

就在昨天晚上，貢布大哥來找我，讓我以為自己是在做夢。我們在寺廟外的一戶農家喝酒，主人是個老婦人，一見我，就把一大罐酒抱出來，然後帶著家人跑了。要是在過去，當我去到哪戶人家時，主人不要說獻上哈達和美酒，就是連家中的女兒都會送到我被窩裏來呢。酒桌上，老大一直用憎惡的眼光看著我，就像我是個出賣兄弟的狗娘養的畜生。我把頭埋在酒碗裏，希望這些酒能把我淹死。

我們開初很少說話，只是狂喝。貢布沒有問我要跟洋人去哪裏，我也不想說內心的想法。我們都是曾經在地獄的大門外討口糌粑吃的人，經常在山道上和死神擦肩而過，和魔鬼交手，在屍陀林（注：佛經傳說中屍體集會之地）睡覺，生生死死，家常便飯。就像很多時候，我們不知道自己是醉的還是醒的一樣，我們不知自己是活著還是已經死去。貢布被我的活佛弟弟收服，他便重新活回來了；我愛上了一個美麗的姑娘，才剛剛找到活著的感覺，儘管活得很累。

這使我還有勇氣面對我的大哥嫌棄鄙視的目光。他一開始就說：「現在的魔鬼，真是越來越多了啊！連經書上沒有記載過的魔鬼，都跑來了。」

我趁著我的頭還能從酒桌上擡起來，對貢布說：「大哥，其實那些洋人神父，也跟你們當喇嘛的一樣，他們也幫助窮人。他們的憐憫心和你我一樣，也和很多信奉佛教的藏族人一樣。」

他說：「他們是偷竊藏族人靈魂的盜賊！連頓珠活佛的靈魂都被他們偷去了，你的弟弟病了，已經幾天吃不下東西。再看看你吧，峽谷裏的好漢紅額頭格桑，現在連一個老阿媽都害怕你。」

我也曾經想過，作為一個藏族人，去信奉洋人的宗教，肯定會被人看不起。可是我的祖先信奉佛教多少輩了，他們從來沒有等到自己祈誦的吉祥和幸福生活，他們也從來沒有看到過自己的來世。羅維神父告訴我說，來世是不存在的，天國才真實地存在。這讓我有一些相信。像我這樣的罪人，來世對我有什麼好呢？

神父們還說，我們大家都有罪，這是一種從娘身上就帶來的原罪，只有我們在天主面前真心懺悔，我們的罪才可得到寬恕，也才能進入天主的國。這讓我吃驚地發現，原來神父也是個有負罪感的人。

對於一個罪人來說，求得寬恕是最重要的。好人對罪人的寬恕，近似於施捨；罪人對罪人的寬恕，才是真正的幫助。而一個當過強盜的人，他寧可去搶，也不要別人的施捨。

因此，當神父說他也有罪、而且並不比我輕多少時，我感到自己的罪孽感也減輕了。這有點像一個犯了殺戒的人，在大牢裏遇到另一個殺人的傢伙。他們一起為自己的罪孽贖罪，比別人來告訴他這罪孽該如何被洗清，要容易接受得多。

活佛喇嘛們是從來不承認自己有罪的，他們為眾生修行，但總是高著我們普通人一頭。家裏出了一名喇嘛的，在村莊裏說話都要氣粗一些；寺廟裏收佃戶的地租，放百姓的高利貸，做得跟土司一樣。人們向他們下跪、磕頭、納糧、服差役，就因爲他們在爲我們的來世祈禱，掌管著天上的雹神、風神、雷神、雨神。可是，我們既看不到自己的來世，冰雹來了的時候，他們只會做法事將冰雹趕出土司的土地、寺廟的土地，百姓地裏的莊稼難道就不管了嗎？老百姓說：不傷生害命是喇嘛說的，肥美的牛羊也是喇嘛吃的。

過去，有幾次我想打劫寺廟的商隊，但我手下的弟兄們不幹，說搶了喇嘛的馬幫要下九重地獄的。我說，既然都幹上這一行了，還指望自己能往生西方佛土嗎？再說了，寺廟的馬幫和土司的馬幫有什麼區別呢？他們賺的錢都不屬於窮人。

藏族人的佛教也搭救那些罪孽深重的人，像我的大哥貢布，被我的活佛弟弟洗罪。我沒有貢布那樣的佛緣，我的活佛弟弟說了一句話，就讓他皈依了佛教，放下了屠刀。我對這個活佛弟弟天生排斥，儘管他人還算不錯，但因爲他是康菩家族的人，在他身上，信仰和權勢、尊貴和富裕結合爲一體，而我最反對的就是這些東西。我是窮苦人出身，永遠只站在窮人一邊。

因此我對貢布大哥說：「儘管你看不起我，大哥！我會讓你驕傲的。」

貢布說：「殺了你，才讓我驕傲呢。」

我早就覺得活著沒有意思了，就把刀拍在桌子上，「殺了我吧大哥。求求你幫幫我解脫這點苦難。你們當喇嘛的不就是爲了尋求自己的解脫嗎？我實在忍受不了啦！」

「我是個受戒的喇嘛，早就不殺生了。」貢布用他的話捅了我一刀。「你已經沒有了一個康巴人的榮譽和驕傲，殺不殺你都一樣。」

我問：「大哥你在說什麼啊？我沒聽明白你的話。」

「群培死了。」貢布大哥木木地說，「那個漢人縣長說要封他做個什麼官，把他們騙下山，群培在跳下馬來準備喝酒時，埋伏在四周的槍手往他身上打了幾十槍。山上的兄弟們都被打散了，官軍搜剿得嚴，許多弟兄連糌粑都討不到一口。」貢布仰頭喝下一大口酒，「要是你在，他們會幹出這樣的蠢事嗎？你這個狗娘養的，就爲了一個女人，把什麼都背叛了。」

群培曾經想去寺廟當喇嘛，但是他們家太窮，連給他做一套袈裟的錢都沒有。在我們這個地方，家裏要送一個孩子去當喇嘛，不僅要準備冬夏兩套僧裝，還要年年供養四石青稞。如果寺廟不拒絕群培這樣的窮人，天下就會少一個強盜，我也少一筆孽債。杜伯爾神父告訴我說，過去他們家也很窮，一年下來不餓死人就是最大的吉祥。但他這個窮人的孩子照樣可以當神父，只要他願意把自己奉獻給耶穌。我不明白他們國家的事，但我喜歡這樣的信仰：要爲窮人敞開大門。

如果一個窮人連當僧侶的願望都不能滿足，那他要去侍奉的宗教還有什麼指望呢？這個宗教告訴他的未來又在哪裏呢？

我和貢布大哥的生死之交有多深，群培兄弟和我的兄弟感情就有多重。我要殺了那個陰險狡猾的狗官縣長！我真想大哭一場，但我怕大哥更看不起我。

貢布站起來，不想看我滿臉的悲傷，他說：「我們的兄弟情份完了。以後我不是你大哥。」

「大哥，你不能這樣讓我生不如死！」我跪下去，抱住了大哥的腿。他邁開腳，想甩開我，但我死死抱住他不放。他拖著我走了幾步，就像拖著一條緊咬他褲腳的癩皮狗。

終於，貢布說出了他要我做的事情。

如果我聽了大哥的話，我或許會重新贏回一個康巴人的榮耀，但奧古斯丁就死了；如果我不聽，奧古斯丁還恥辱地活著，從前那個格桑多吉則徹底死了。

貢布走了，罐子裏的酒還足以淹死一個小孩，我打算讓它先淹死我。不知什麼時候有個孩子來拉我的衣襟，他問：「你真的是好漢紅額頭格桑嗎？」我看他才十來歲的樣子，我像他這麼大的時候，已經出來當強盜了。我對他說：「紅額頭格桑早死了，我現在叫奧古斯丁。」小孩向地上吐了口吐沫，「洋人古達！」然後轉身跑了，跑出去一箭地，又用甩石器拋石頭來砸我，那塊石頭飛來時，我沒有躲，讓它準確地擊中我的額頭，鮮血流到我的嘴角邊，我嗅到了久違的血腥味。

我這才感到醉，不是酒多，也不是因爲自卑，更不是由於絕望，而是因爲那個孩子，把很久以來阻塞我內心中的憋悶，一石洞穿。

貢布說得不錯，一個康巴人沒有了驕傲和榮譽，殺他有什麼意義呢？可是，讓他做自己都不願意的事情，和一個不愛的女人結婚，又能活得有多自豪呢？

我求問我心中的愛神，他告訴說：驕傲和榮耀，是愛的翅膀。

就在這天晚上，我回到我們住的客棧，杜神父和沙伯雷已經熟睡了。我摸進他們的房間，找我需要的東西，我還順手拿走了一個羊皮口袋。我那時相信，這對我們大家都有好處。

現在，就像老虎終於回到山林，連一隻鳥兒都知道前強盜格桑多吉回來了，他的額頭又要發出紅色的光芒來啦！我把當年羅維神父給我付洗時，我在耶穌天主面前發的誓言，拋在我逃亡的馬蹄聲後了。

第廿六章　對話

你們中既有嫉妒和紛爭，你們豈不是屬血肉的人，
按照俗人的樣子行事嗎？
——《聖經・新約》（格林多前書3：3）

奧古斯丁叛教了，還帶走了杜伯爾神父重建教堂的資金，這讓杜神父懊悔得捶胸頓足，倒不是心疼那些錢，而是惋惜一個好不容易才學會了謙卑的基督徒，又去做一個驕傲的強盜。他向沙伯雷先生叨叨絮絮地講：當年他和羅維神父如何堅定地認爲，天主仁慈的風采將出現在一個大強盜身上，讓他一生爲自己殺人放火、打家劫舍的罪過補贖。他是天主爲他們選定的一塊好玉，是天主對他們在藏區辛勤服務的獎賞，是他們在佛教徒——尤其是頓珠活佛——面前宣揚主耶穌的福音更優越、更有力量、更具寬恕性的最佳證明。他曾多次在頓珠活佛面前提到這一點，就像一個財主炫耀自己家中的財富。

「主耶穌基督，請原諒我們的短視，請寬恕奧古斯丁教友的罪！」杜伯爾神父在屋子裏團團轉，真的就像個財寶被盜的可憐老人。「當初，古神父對匆匆給奧古斯丁付洗還有所疑慮，這個老神父在藏區傳教幾十年，閱藏人無數，因此提醒我們說，這個傢伙眼睛裏的內容太豐富，連我這個老傢伙也

看不透了。但我卻認爲：奧古斯丁的眼神中充滿了渴望。沒有人的眼睛有那種灼熱的、真摯的光芒。就像一個戀愛中的人眼睛裏燃燒的太陽。沙伯雷先生，想想當年你第一次看見自己的戀人時，眼睛裏的光芒吧。古神父問我，你能保證那目光中的虔誠嗎？羅維神父卻接話說，至少我們現在看不到他眼光中的殺氣了，這是基督的愛戰勝了仇恨的最明顯證據。我還記得，古神父說，誰能保證，將來如果有人給奧古斯丁這樣的人更多的利誘，更好的前程，他會不會忘記我們的天主呢？我和羅維神父都異口同聲地說，不會的，絕對不會，我們可以用自己的聖職爲奧古斯丁擔保。可是主啊！我們怎麼知道你竟也有如此的計劃？你叫我現在應該如何去應對眼下的處境，如何去面對這些陰謀和背叛？」

「我們回去！」沙伯雷先生冷冷地說。

「不，絕不！」杜伯爾神父厲聲說：「我絕不走回頭路，擦卡在等著我，教友們在等著我，基督的福音馬上就要在西藏的雪山峽谷傳播！」

「請冷靜，杜伯爾神父。當猶大出現後，耶穌也只有哀傷。不要說我們現在沒有了重建教堂的資金，就是奧古斯丁沒有幹出這卑鄙的事情，我們也去不了擦卡。這些天來難道你沒有看出那個小滑頭在跟我們兜圈子嗎？」

「那有什麼關係？如果有人在兜圈子，我們就走直線，直奔目的地，讓所有的邪惡勢力，都給基督的福音讓路。」杜伯爾神父說得擲地有聲，彷彿面對的不是沙伯雷先生，而是某個正在和他兜圈子的喇嘛。

「噢，我親愛的杜神父，如果我們沒有通過那個關卡的通行證，我真不知道天主是不是站在你的這一邊。尊重現實吧。」

「與其畏懼現實，不如服從天主。沙伯雷先生，如果你認爲自己向歐洲介紹西藏教區的使命已經完成了，我的使命還沒有開始呢。我不會反對你離開。」

「你真是個固執的傢伙。」沙伯雷先生嘀咕道，「也許，教會歷史上的那些聖人大德，都是你這種與現實作對的人。」然後他開始收拾自己的行裝了。

杜伯爾神父決定去拜訪阿墩子縣的唐縣長，期望能從他那裏得到出虎跳關的公文。沙伯雷先生提醒他，根據自己和漢人官吏打交道的經驗，找他們辦事想要順利的話，一些適當的見面禮是必不可少的。官員們收受錢財時，如果你給出的價格合理，他曖昧的態度就意味著接受。只有一種情況他們會明確拒絕，那就是你給的還不夠多。

杜伯爾神父已經窘迫得拿不出什麼像樣的禮物了，只得把手腕上的一塊八成新的瑞士錶褪下來，自己做了一個禮品包。他對沙伯雷先生說：「要是這個國民政府的官員嫌棄我這份薄禮，我會告訴他，我只剩下每天的祈禱和祝福了。不知這能不能打動他的心？」

但讓杜伯爾神父吃驚的是，當他來到阿墩子縣衙署時，看見門口架起了機槍，到處都是崗哨。他發現幾乎所有的官員都像沙伯雷先生那樣在忙亂中收拾行裝，公文廢紙扔得一地都是。他好不容易才等到唐縣長的召見，那時唐縣長正在瀰漫著塵土和乾皮貨氣味的辦公室裏給十來張熊皮打包，辦公桌上還堆滿了麝香、熊掌、鹿茸等野山貨。

唐縣長臉上的汗漬像流到一塊乾枯地裏的小水溝，將本來就悽惶蒼老的一張臉沖得破碎不堪。

「縣長先生，你們這是要幹什麼？」杜爾伯神父問。

「覆巢之下啊，神父。你來了，請坐。嗯，來了，請坐。哦，可是這兒連凳子都沒有一張了。請原諒，不要說你，在阿墩子，連我的位子都沒有了。他媽的。」他語無倫次，一點也沒有過去那個政府官員的派頭了。

杜伯爾神父不想繞彎子了，遞上自己的禮物，「尊敬的縣長先生，我們的傳教會派遣我到擦卡那邊去恢復耶穌的教堂。請給基督的福音一個方便，要是你能給我一份公文並提供保護的話，教會將不甚感激。」

唐縣長接過杜神父的禮物，看了一下就放在桌子上，他滑稽地乾笑幾聲，「杜神父，你難道沒有看見我們在做什麼嗎？撤退，逃亡。共產黨的軍隊馬上就要打過來了。你還要去西藏？嘿嘿，真是異想天開啊！」

「這跟基督福音的傳播有什麼關係呢？」杜伯爾神父天真地問，「政權交替是很正常的事，凱撒的歸凱撒，天主的歸天主。既然你還在這個衙署辦公，你就有繼續履行自己職責的權力吧？」

「你呀，真是個書呆子。」唐縣長歎一口氣，「不要說將來共產黨會把我們都當成敵人，就是藏區的這些喇嘛，也會趁新舊政權交替的混亂之際，報他們一直沒有報的新仇舊恨。你，我，還有你的那些信徒，能保一條性命逃出藏區，就是萬幸了。大清王朝被民國取代時，拉薩的漢人都被趕到印度去了呢。我勸你趕快收拾行裝遠遠地離開這裏吧，不僅是離開藏區，最好回到你們的國家去。新政權不會喜歡你們的。」

杜伯爾神父被激怒了，他最恨誰在此時刻說讓他離開的話。他攥緊雙拳，昂首挺立在唐縣長的驚慌失措前，「不管你們怎麼樣，我絕不後退！」他一字一句地說，然後轉身走了。

「哎，你的手錶！」唐縣長在他身後喊。

「我不需要了。」杜伯爾神父頭也不回，把腐朽的樓板踩得鬼喊神叫，彷彿讓這棟危樓都搖搖欲墜了。

杜伯爾神父回到駐地時，沙伯雷先生已經收拾好行裝，連神父行囊也打好包裹了。杜伯爾神父惱怒地呵斥沙伯雷先生：「你這是幹什麼？難道我的腳要由你的腦袋來指揮嗎？」

沙伯雷先生遞給他一紙從大理轉過來的電報，「我很遺憾，親愛的杜伯爾神父。請節哀吧。」

杜伯爾神父拿過電報，淚水立即模糊了他的眼睛。神父的母親升往天國了。

兩人一夜無眠，沙伯雷先生一直陪著傷心欲絕的杜伯爾神父。第二天早上，沙伯雷先生的馬隊啓程回教堂村，杜伯爾神父逕自去崗巴寺。分手前他對沙伯雷先生說：「總得讓我在天國的母親，爲她的兒子驕傲。」

他不管不顧了，哪怕在走進寺廟時被喇嘛一槍打死，他也無所謂。他感到自己的耐心只能維持到明天黎明，要是今天再拿不到出關的關碟，他就準備闖關。

崗巴寺本來就沒有圍牆，也無廟門，一棟棟獨立隨意的僧舍組成不同的「康倉」，來自同一地區的喇嘛住在各自的「康倉」裏，它們又拱衛著中央的措欽大殿。頓珠活佛的官邸在大殿的後面，由獨立的經堂、膳房、禪室、僧舍組成，自成一個院落。從杜伯爾神父昂首走進寺廟時起，遇見的喇嘛便用驚訝、敵視的眼光盯著他。前些日子他和沙伯雷先生來寺廟給頓珠活佛拍片時，由於有活佛的指令，他們可以在寺廟裏自由走動，喇嘛們也不敢爲難他們。有些年輕的喇嘛也像他們的活佛一樣好奇，甚至還幫他們打下手。但頓珠活佛被洋人偷走了靈魂病倒後，許多喇嘛殺洋人的心都有了，現在這個傢伙竟然送上門來，有兩個血氣方剛的喇嘛在僧袍裏藏了康巴刀，悄悄地跟在杜伯爾神父後面。

在頓珠活佛的小院外，貢布喇嘛抱著雙臂堵在門口，杜伯爾神父和他目光對視片刻，然後說：「請給基督的牧羊人讓路，我要見頓珠活佛。」

貢布喇嘛說：「這是神靈居住的土地，不是你的牧場。」他裸露在外面粗壯的胳膊青筋暴脹，拳頭也捏得「趴趴」直響。

「我們都是奉獻給各自神職的僧侶，我希望你善待自己的仁慈。」杜伯爾神父說。

「偷竊別人靈魂的人，我也希望你善待自己的良知。」貢布喇嘛鄙夷地說。

「偷竊？」杜伯爾神父滿臉狐疑，「你說什麼？請尊重一個神職人員的榮譽。」

這時頓珠活佛忽然出現在院子裏，他叫貢布喇嘛讓杜伯爾神父進去，臉上洋溢著熱情的笑臉。貢布喇嘛感到吃驚的是，昨天活佛還昏昏欲睡，今天怎麼就顯得那樣有精神了？

杜伯爾神父被請進活佛的禪房，剛一落座，頓珠活佛一躬身便向他施禮道：「謝謝杜神父昨晚送來的洋藥。我吃了一顆，你瞧，今天就好多啦。」

「藥？什麼，你……病了？」杜伯爾神父詫異地問。

「是的，昨天你差我的哥哥送來的藥，我猶豫了半天，還求問了我的本尊保護神，問可吃不可吃。神告訴我說，可以吃。哈哈，你看，我好了。」活佛邊說邊指著案几上的那一小包西藥。

「你的哥哥？誰？」杜伯爾神父印象中，他並不認識活佛身邊的任何一個人。

「格桑多吉啊，你們叫他奧古斯丁吧？」頓珠活佛說：「我們是同父異母的兄弟，只是，只是他從小在牧場上長大。」

杜神父更納悶了，其一，他根本不知道頓珠活佛病了；其二，更沒有派奧古斯丁送什麼藥給活佛；其三，奧古斯丁這些年怎麼從來不說他和頓珠活佛是兄弟？他瞄了一眼桌上的西藥，的確是他這次帶出來的治風寒感冒的藥。難道是奧古斯丁在偷走錢時，順帶偷了些西藥出來？他決定順水推舟，先不告訴頓珠活佛奧古斯丁叛教的事。「噢，活佛，你可能是那幾天拍電影時，沙伯雷先生老是讓你換衣服，受涼風侵害了。怎麼樣，我們的藥管用吧？」他同時在想，奧古斯丁會躲藏在寺廟裏嗎？

活佛說：「太神奇了。他們給我念了幾天幾夜的經，也沒有讓我好起來，難怪人們都說你們的洋藥有神奇的法力，也不像我們的藏藥那般苦澀辛辣。不知你們為這樣神奇的藥要念多長時間的經？」

他本來想說，看來不是沙伯雷先生的攝影機偷走了我的靈魂，我們冤枉你們了，但還是沒有說出口。頓珠活佛沒有提到奧古斯丁，看來這個傢伙叛教的事情他還不知道，也沒有躲藏在寺廟裏。杜伯爾神父趁勢說：「我們已經用這些藥，挽救了很多藏族人的生命，你知道嗎？」

「我知道。」頓珠活佛微笑道，「行善的人，走到哪裏，讚美的春風就吹到哪裏。」

「那麼，你希望我繼續為藏族人行善嗎？」

「誰會阻攔別人的善行呢？」

「好，尊敬的頓珠活佛，請發給我那份去擦卡的關碟吧！請給我們的福音打開你們封閉已久的大門吧！」杜伯爾神父殷勤而莊重地說。

頓珠活佛沈吟良久，終於說：「尊敬的杜伯爾神父，不是我不給你打開這扇大門，而是你還不具備進這門的佛緣。尤其是，這片土地因為信仰流了那麼多的鮮血，讓我們大家都蒙羞啊！阿墩子以北，是真正的雪域聖地了。那裏沒有漢人或其他民族，天上的神靈比地上的人還要多，地上的神山聖湖又比天上的星星多，我們藏族人在這片土地上行走都心懷敬畏。你們洋人不是沒有教訓，爲什麼你們總是要去打破莊嚴佛土的寧靜呢？」

「活佛，我們不是去破壞什麼，而是去和你們的宗教對話、交流。就像現在，我和你，坐在一起，喝著茶，聊我們各自內心的願望和希望付出的愛。」

「聽我的上師講，很多年前，你們的神父來時，還在我們的寺廟學習藏語，那時他們很謙卑，可是他們一旦建立起了自己的教堂，就和我們爭奪起藏族人的靈魂來了。不僅如此，你們的神父總會用自己所掌握的法力，讓我們的神靈寢食不安。杜伯爾神父，我們都是神的代言人，向眾生宣講神佛的慈悲和愛，哪個老師希望自己的學生跑到人家的課堂中去呢？」

「這是很正常的嘛，在我們歐洲的大學裏，學生可以自由去不同的課堂聽課，全憑他喜歡哪個老師的講課。尊敬的頓珠活佛，請允許我去開墾這樣一塊土地。在這片試驗田裏，天主教徒和佛教徒和睦共處，神父和喇嘛互相尊重。我們放棄自己的優越感，不抨擊佛教的教理，而佛教也尊重我們的主耶穌基督。天主教和佛教不再是光明與黑暗的對立，文明和愚昧的差距，聖潔和罪惡的區別。爲什麼我們的耶穌和你們的佛陀，不能在這片土地上共同構建一個愛的世界？活佛，我從你的身上已經發現，一個佛教徒具備我們的基督性，正如一個基督徒身上，也可以看到你們所說的佛性的光芒。」

「從宗教意義上講，我同意你的觀點，博學的杜伯爾神父。」頓珠活佛向前傾了傾身子，好像找到了一個知己。「我老是在想，如果我們的宗教到你們的國家去傳教，正如你們在我們這裏做的一樣。你們會歡迎嗎？」

杜伯爾神父愣住了，他沒想到頓珠活佛竟然會問這樣一個問題。「你們？你們連大海都沒有見過，你們的文明比歐洲落後了大約一千年。請恕我冒昧，你們在文明的歐洲會被關進馬戲團的籠子裏。」

「什麼意思？」

「就是……嗯，就是供人參觀取樂。」

「那麼，杜伯爾神父，我們這樣對待你們了嗎？」活佛問。

「當然沒有。」

「這說明我們比你們更慈悲吧？」

「這個，這個……文明是一回事，慈悲又是另外一回事。活佛，連一隻猴子也是有慈愛之心的。」

「既然如此，如果一個國家和他的民族，連慈悲都沒有，又何談文明呢？還有你說的平等對話，難道就只許一方來，不允許一方去麼？即便我們去你們的國家傳教，也不會施行你們的這種教法。神父，你知道嗎？擦卡地方自有洋人喇嘛進去後，一切都由洋人喇嘛說了算，土地、牛羊、還有那個地方盛產的鹽，甚至連瘟疫，洋人喇嘛都要插上一手。拉薩派來的官吏，說話還不頂洋人喇嘛哼哼兩聲，更不要說寺廟裏的高僧大德。你們和漢人官吏串通，動輒就把他們捕走，一些喇嘛就再也沒有回來。洋人喇嘛在那裏屢屢被殺，是因爲殺戮與暴力的因果已經被魔鬼所操縱。我們不同的膚色，不同的傳承，還有我們的差異，不是文明或慈悲有多有少，而是你們的傲慢和我們的自尊，決定了就眼下的情況看，我們可以作朋友，但還不到向外邦傳播自己教義的時候。」

杜伯爾神父感到現在真不能將這個年輕的活佛當小孩子哄了，他是想放下自己文明人的優越感，但只不過是把它從腦袋放進了口袋，一不小心就像掏煙斗一樣，將它掏出來叼在嘴上了。

「爲什麼不可以呢？我們不是來了麼？如果你們有勇氣去，我想，」杜伯爾神父重新將煙斗叼在嘴邊，「即便他們不把你們關進馬戲籠子裏，也是一件相當有趣的新聞，會上報紙頭條的。」

「有趣？」頓珠活佛神色嚴肅起來，「杜伯爾神父，我雖然修行的功力還不夠，尚未開法眼，但我已經看到，如果我們的僧侶要去你們的國家傳教，一定是有尊嚴地去；你們的信眾，也一定會虔誠地來學。」

最後，頓珠活佛眼睛望著窗外，肯定地說：「在我們真正學會了尊重對方、悲憫對方時，會有這麼一天的。」

「但願如此吧。」杜伯爾神父雖然這樣說，心裏卻想，那世界真要顛倒過來了。「活佛，我想問的是，你們如果去歐洲傳教，將會告訴那裏的人們什麼呢？」

「教你們回到自己的內心，不給旁人添亂。」頓珠活佛安靜地說。

「噢，對渴望和平的歐洲來說，這或許是有益的教法。我會爲你們的僧侶到歐洲傳教而祈禱，你是否可以爲我現在去擦卡而祝福呢？」

「我會給你除去擦卡之外的所有祝福。」

「難道你不願意我去嘗試一下嗎？」

「難道你希望我看到我的朋友流血嗎？」

「如果我必須被你們殺死，那就是我的榮耀和基督的勝利。」杜伯爾神父用驕傲的口吻說。

「你應該還記得，我說過，我不會幫你達成這個願望。」

「不就是一份關牒嗎，難道它還能阻擋基督的福音傳播的步履？自從發願供奉聖職以來，我就把自己託付給耶穌天主了，今天，我託付給你們的兇暴！」杜伯爾神父憤然說。

頓珠活佛具有康菩家族鷹一般銳利的眼力，儘管已經近視了，但那雙年輕的眼睛在洞悉一切中瀰漫著悲憫的柔和，杜伯爾神父到死也不會忘記這雙凝望著他的眼睛裏的慈悲，也不會忘記頓珠活佛說的話：

「佛會爲此流淚的。」

「沒有眼淚，就沒有光榮。」杜伯爾神父站起身來，告辭了。

第廿七章　杜伯爾神父三書

耶路撒冷女子，你們不要哭我，
但應哭你們自己及你們的子女，因為日子將到。
——《聖經．新約》（路加福音23：30）

親愛的露西亞：

女修院的靈修生活讓你快樂嗎？我在西藏的雪山下爲你祈禱、祝福。

今天我甚是哀傷。不是因爲昨天接到我可憐的母親去世的電報——我已經爲此徹夜痛哭，而是由於剛才我從頓珠活佛那裏出來，交涉失敗了。我和這個世界上最保守、最神秘的宗教無法對話。東方和西方，佛陀和耶穌，要彼此走近，是多麼地難啊！

昨天我得到一個從擦卡來的教友令人振奮的訊息，那裏耶穌的羔羊們聽說有一個神父即將到來，他們頂住喇嘛們的威脅和佛教徒的嘲弄，已經在從前教堂的廢墟上，爲耶穌的十字架重新回到西藏而辛勤地工作了。看啊，多麼可敬可愛的藏族基督徒，我願意爲他們去死。

而在我的周圍，是一道堅固無比的鐵幕，喇嘛們控制著拉開這扇鐵幕的鉸鏈。一邊是沒有牧人的羊群，一邊是沒有羊群的牧人。西藏的喇嘛狹隘又仁慈，頑固又好奇，兇悍又虔誠。他們是世界上最特殊的一群人，內心擁有廣闊的世界，卻拒絕世界的燦爛。我們的仁慈和奉獻，總被認爲是對他們敏感的自尊心的侵害。甚至我們的死亡，都不能喚醒他們對基督福音的一絲認同。我曾經天真地認爲可以通過真誠的對話，能贏得他們對我們的瞭解，爲基督在這鐵一般冷酷的土地播下福音的種子。我們播種，從不問收穫，但像奧古斯丁這樣的教友，還是給我們的信心以沈重的打擊。順便告訴你一句：這個你曾經很欣賞的「西藏羅賓漢」，前天捲走了我回擦卡重建聖堂的所有資金，不辭而別。我把這視作天主考驗我的信心的計劃之一。也許天主認爲，在貧瘠的西藏，我們帶去建教堂的錢太多了。我如果能回到擦卡，我將用自己的血和淚、汗水和雙手，一磚一瓦地去建蓋我們的教堂。

噢，親愛的露西亞，請不要爲我們擔心。謬誤已經在這片土地盛行了的一千多年，有如黑暗之光籠罩下的漫漫長夜。感謝天主，我們被賦予了澄清謬誤、點亮無垠夜空的神聖使命，我還有機會，我想請你爲我祈禱。

在我即將奔赴我神聖的崗位前，我是那樣深地懷念我們的玫瑰村，更是那樣深地思念我剛去世的母親。儘管這裏離天國更近，可是我卻離我的親人更遠。我永遠不會忘記她在信中對我說的話：「自從你走後，我們就沒有心情過耶誕節了。」

噢，我可憐的母親！請你一定抽時間去我母親的墓前，請你告訴她，她的兒子——天主的兒子，正在從事見證耶穌在西藏之光榮的大事業。請她爲自己的兒子驕傲罷。

我多麼感謝我的母親從小對我的激勵！儘管有些方式也許過於粗暴，當她惱怒地順手操起一根棍子或鞭子抽打頑皮的我們兄妹時，她會說：「你們幾時才能體諒一個母親的心？」她甚至還在生氣時說過：「主啊，看看你的這些不爭氣的孩子，要是他知道，我會多麼高興地去到你的國就好了。」

你知道，我們家兄弟姊妹眾多，我們在她嚴格的棍棒教育下成長，我們的童年清貧得只有依靠天主的憐憫。每個清晨，總是母親點燃家裏的第一盞燈，先在家中聖母瑪麗亞的聖像前祈禱，然後去牛圈裏喚醒沈默的奶牛，擠奶，爲所有的牲畜添加飼料，出糞，升火，爲全家做早餐。當我們喝下第一口熱茶時，她忙碌的身影已在地裏閃現；當夜幕降臨時，你總會看到一個婦人背著一大捆比她還高出半個人身的柴火，踟躕於山間小道。整個玫瑰村的燈火都熄滅了，母親還在燈下或縫補、或漿洗……

哦，請原諒，我發現自己是多麼地脆弱，多麼地念舊。西藏是一個讓人堅強，也教人憂思綿長的地方嗎？我爲什麼要向你談那麼多我的母親？因爲她是一個再沒有心情過耶誕節的母親嗎？啊，只有天主知道。

那天我離開家鄉時，我從修道院請假回家與母親告別。不知爲什麼我認爲那是我和母親的最後一面。母親那時正在竈邊忙碌，爲我準備路上的烙餅，她背對著我，我忽然發現母親的背已經佝僂了，我母親曾經是村莊裏最漂亮的女人！她在每個耶誕節時跳的舞蹈多麼優美啊——今後你們在玫瑰村的聖誕之夜再也看不到我美麗的母親的舞步了。那個下午，母親一邊烙餅，一邊揩眼睛。我說，「母親，請別再烙啦，我路上吃不了那麼多的。請坐下來，我有話要對您講。」但是母親根本不面對我，直到我發現，她的眼淚已經把烙好的餅都泡軟了……

我在母親身邊耽擱的太長——哦，不，實際上安東尼奧會長大人只給我兩個小時的時間——可兩個小時怎麼能彌補二十五年的養育之恩？我又怎麼能輕易對一個不斷流淚的母親說：「媽媽，我走了。」當我終於離開家時，母親站在門口衝我揮手說：「記著你天堂一樣的家鄉啊！記著你越來越不中用的母親！」我回頭望著依靠在門框邊的母親，心裏說：媽媽，我把自己交給天主了，我不會回來了。

我有一個秘密，本打算將它帶到天國，但是此刻我已沒有守住它的勇氣。親愛的露西亞，請原諒，我本來是想看完母親後就來對你說：我所做的這一切，既爲天主的光榮，也爲你！

是的，我要大膽地告訴你，是你的目光鼓勵我更進一步地接近天主。在我的身後，永遠有你美麗善良的眼睛。這是我無窮無盡的動力和愛之源泉。遺憾的是，主耶穌不讓我有機會說。親愛的露西亞，爲了天主的仁慈，請你收存好我的秘密。

請相信，這是一個真誠的招供。若是我面對著你清澈的目光，我可能還沒有勇氣說出口呢。感謝西藏，是它給了我坦率的勇氣。

我沒有想到離別故鄉會這樣匆忙，沒有一點詩意和浪漫。羅維神父在村口等我很久了，爲我們馱行李的馬車夫已經不耐煩了。他看到匆忙跑來的我就嚷：「山下的火車要開了，你們還要不要去西藏呀？」這個性急的傢伙甚至不願意拐上岔道，讓我們去你的家門口稍停片刻，向你告別。我不敢後悔在母親身邊待的時間太長，我只怨恨山下的火車爲什麼要準點到來。馬車在鄉間塵土飛揚的小道上疾馳，我看不到我的村莊，我的母親了。你知道嗎，那馬車後故鄉的塵埃，在我的心中永遠都沒有落下。那是一個遊子飄蕩的心。風吹到哪裏，它就飄到哪裏了。

噢，瞧我多麼不中用。我竟然一談論起故鄉來就忘記了自己的聖職，我竟然把眼淚也掉在了這寫滿了字的信紙上！親愛的露西亞，你不會責怪我的，是嗎？

明天，我準備闖關去擦卡，生命是無畏的，前途是未知的，正如勇氣由我自己掌握，其餘的都託付給天主。鐵幕兩邊的教友們都等待著耶穌基督的福音。我不會讓他們失望，更不會讓你失望，讓天主失望。擦卡教堂，這西藏的主保聖母瑪麗亞王冠上的一顆明珠，這因飽蘸了十幾位傳教士的鮮血而倍顯哀榮的「殉教之地」，絕不會因為我的懦弱、異教徒的威脅而蒙羞。我必將去，背負起我的十字架，走向光榮的骷髏地（**注：耶穌受難時被釘在十字架上的地方**）。我將以死亡來宣告基督的勝利。露西亞，我愛天主，我也愛你。在我對你的愛中，你將看到一個被殺戮的基督真正的風采。請你為我祝福！

你忠誠的卡爾羅．杜伯爾泣筆於西藏的大門前

第廿八章　解放

東方的山頂上，
升起了金色的太陽；
毛主席的光輝啊，
溫暖了農奴的心房。

東方的山頂上，
升起了金色的太陽；
紅旗紅五星啊，
融化了萬年的冰川。

——康巴藏區民歌

奧古斯丁回到山林後，在很短的時間內就召集了一百多個康巴兄弟，人們重新叫他格桑多吉，而忘記了他的教名，他也覺得自己已經不配「奧古斯丁」這個名字了。格桑多吉在雪山峽谷就像一個戰神的名字，人們一提到他，扔下犁鋤、放下牧羊鞭就跟他走了。但這些窮苦人大多除了隨身的康巴腰刀，連火繩槍都沒有幾杆。但杜伯爾神父建教堂的錢，足以讓他裝備一支軍隊。

馬幫帶來的消息說，紅漢人和白漢人在山外打得熱鬧，藏區的漢人官吏往漢地跑，漢地的白色漢人又往藏區逃。一些白色漢人已經退到雪山腳下了。他們是政府的官軍，一路走一路賣手裏的武器、手錶、珠寶等，一隻羊就可以換一個金戒指。曾經威風一時的官軍和官員，現在連叫花子都不如了。

格桑多吉對手下的兄弟們說：「那我們就找他們買武器。好在我們有錢。」

在離教堂村約兩天馬程的一個小鎮上，就有一支潰敗下來的國民黨軍隊，由一個上校軍官帶隊，他手下大約只有三四十人了。他們打算翻越雪山逃到緬甸或印度去。多年前古神父在將教堂村作爲自己的宗座監牧區時，就是因爲這片區域從地圖上看，離緬甸和印度的東北部都很近，只要你在那些高入雲天的雪山中找到路的話，你或許可以在一個月內走通中、印、緬的三個地區，因此當初古神父的理想是將位於這片區域中心位置的教堂村，建成一個傳教會聯繫中、印、緬三國的「宗教庇護所」。

上校姓曹，儘管身處亡命途中，但軍服筆挺，馬靴錚亮，還戴著雪白的手套。天上的陽光很燦爛，但他面色陰鬱，好像滿世界的陽光與他無關。

格桑多吉帶人來到這個村莊，他把從神父那裏偷來的一口袋大洋放在曹上校的面前，問：「這些，夠了嗎？」

曹上校打開口袋看了看，還把手伸進去探了探，大洋在口袋裏嘩啦啦地歌唱。上校擡頭問：「你要多少軍火？」

「兩挺機槍，一百支步槍，一千發子彈。錢夠不夠？」

上校沈吟片刻，問：「你要這些武器，打算幹什麼？跟共匪幹嗎？」

「共匪是誰，我不認識。我只是想去殺我的仇人。」

「共匪就是共產黨，你們說的紅漢人，他們來了，會把你們的財產拿去分給窮光蛋，老婆搶去大家共同睡，你明白他們是什麼人了吧？」

「我沒有財產，也沒有老婆，跟他們不會結仇。」格桑多吉說。

曹上校不死心，繼續蠱惑格桑多吉，「要是你答應去打他們，你要的軍火，我一文不取，全送給你，還讓你做軍官。我看你是條好漢，你就來當『反共救國軍西康支隊第三大隊』的中校司令吧。」他說著就從身上掏出一張委任狀來。

「我再也不幫不熟悉的朋友幹活兒啦。」格桑多吉懶洋洋地說，「我只想做我自己願意做的事情。你說吧，我給的錢夠不夠？」

上校苦笑道：「連大炮你都可以買了。你們藏族人真是不懂買賣東西的規矩，一隻野雞要換一根金項鏈，一口袋大洋卻只要幾條破槍。」

「反正都是不乾淨的錢，正適合你們這樣的人用。」格桑多吉用腳踢踢那只口袋，彷彿那只是一袋馬鈴薯。

他對這些錢的厭惡，和上校對武器的態度一樣，因此上校說：「你去庫房裏挑吧，想拿什麼就拿什麼，總比落到共匪手裏強。」

格桑多吉並不貪心，只挑了自己要的武器。臨走時他問那個上校：「哎，你們和紅色漢人怎麼了？」

上校說：「噢，我們正在追剿他們。」

格桑多吉可不笨，「可現在好像是強盜在追剿官軍。」

「打仗嘛，此一時也彼一時也，勝敗乃兵家常事。」上校彎下腰去，用一塊白手絹小心揩掉靴子上的一點塵土，「一雙再漂亮的靴子，在這種鬼地方也看不出它的好來。」他說。

格桑多吉覺得他比神父們還要講究，這樣的傢伙怎麼能打勝仗。他有些討厭他的裝腔作勢，神父們見了任何一個藏族人，都要奉耶穌之名，傳達出他們的愛意。這個漢人軍官卻像一個破落的世家弟子，即便伸手討飯，手上的白手套也不願脫下來。剛才格桑多吉在他彎腰擦靴子的時候，曾經想躍上一步，一刀砍下他的腦袋，然後掠取他所有的武器。但格桑多吉不想欺負一個被人追趕的人。如果這個傢伙再傲慢一點，格桑多吉真要拿他開殺戒了。

槍彈、人馬、以及江湖，一旦重新掌握在一個綠林好漢手裏，他就要殺人了。那即將要被格桑多吉祭刀的是誰呢？

杜伯爾神父是格桑多吉被告知要去殺的第一個人。那個喝醉酒的晚上，他的大哥貢布說，你答應過我，不會讓我失望。現在我要你把那個洋人喇嘛殺了，我就爲你驕傲。

唐縣長是格桑多吉要殺的第二個人，因爲他殺了格桑多吉的好兄弟群培。

格桑多吉叛教，跟要殺這兩個人有關，陷入愛情的窘境都還只是次要原因。格桑多吉不願相信神父們派遣他去擦卡，是爲了讓史蒂文和瑪麗亞安安心心的過日子，也不願相信自己會和伊麗莎一起步入婚姻的殿堂，更不願相信自己會有勇氣將槍口對準杜伯爾神父！哪怕他終生生活在屈辱中，他也不會去殺一個神父。

在決定出逃的那個晚上，格桑多吉其實並不醉。酒喝到一定程度的人，平常萬般難下決心的事情，打死也不敢冒犯的戒律或者神明，這種時候，酒會讓人把一切都視若糞土，酒也會由此而改變人的命運。他摸進杜伯爾神父的房間時，本來是想在逃亡前，給自己的活佛兄弟找點藥送去，但他看到了那個裝大洋的口袋。他知道那是杜伯爾神父去擦卡建教堂的錢，貢布大哥要求他殺掉杜伯爾神父，就是因爲不能容忍那讓藏族人看著刺眼的教堂，重新聳立在雪域聖地。過去他的那些綠林兄弟，有不少人家裏的父輩，都跟擦卡的神父們打過仗，甚至貢布大哥的父親，也是因爲在清末時去燒洋人的教堂，後來被官府抓走，再也沒有回來。格桑多吉不是歷史學者，分不清誰對誰錯；他也不是賊，但那晚爲了杜伯爾神父，他做了件讓自己終生蒙羞的事情。格桑多吉天真地認爲：拿走了杜伯爾神父的錢，他就不會去冒險了，自己也就沒有了在殺他與不殺他之間的痛苦選擇。「你必須學會愛自己的敵人三次，才能得到愛本身的拯救。」格桑多吉覺得杜伯爾神父這句話也救了他自己的命，在將貢布大哥和杜伯爾神父的比對中，格桑多吉第一次覺得大哥貢布沒有杜伯爾神父高尚。殺人是很容易的事情，寬恕被殺者則難得多。格桑多吉已經是被教會打上耶穌烙印的羔羊，就像牧場上的馬被主人烙上了記號，他的靈魂如果不是被束縛的，就是被歸類的；如果不是罪孽深重的，就是渴望被寬恕的。

他不想聽命於誰，他也得不到任何一個神明的寬恕——無論是佛祖還是耶穌，他只有逃。現在，他不是一個基督徒了，更不是一個佛教徒，他重新做了一個無拘無束的強盜，他要做自己願意做的事情——爲好兄弟群培報仇。

格桑多吉已經得到藏族人的通報，唐縣長用了十多匹馬馱運這些年他在藏區的收穫，加上家眷和隨從，以及一個幾十人的縣守備隊，大約有一百多匹騾馬組成了一個浩浩蕩蕩的馬隊，一天的行程不過二三十里，到現在還沒有走出藏區。實際上，這是一支走投無路的逃亡隊伍，他們想回到漢地，可是漢地已經不是他們的天下。他們也許像許多漢族人一樣，死也要把這把漂泊了一生的骨頭埋進故鄉的土地。他們是一群亡命歸鄉的人，一群在人生賭博中輸到最後只有賭命的人。

因此，當格桑多吉的馬隊追上他們時，雙方都紅著眼睛拚殺。格桑多吉的馬隊幾次衝鋒都被縣守備隊的機槍打了回去。自從陳四娃幾年前被格桑多吉滅了後，縣守備隊由當年的那個正規軍下來的劉連長指揮，論打仗，他可比陳四娃懂得多一些。他知道怎樣對付康巴人衝鋒的馬隊，他們本來就露宿在一條山溝裏，佔據了有利地形，兩邊山頭上都放了警戒哨和佈置了機槍火網；而且，他還派出一小分隊，繞到了格桑多吉的後方，當格桑多吉忙於衝鋒時，後路卻被截斷了。

縣守備隊很快就將格桑多吉的馬隊包圍在一段狹窄的山道上。山頭上的機槍火力就像一根根舞動的死亡之鞭，不斷把馬背上的騎手們抽下馬來，驅趕著他們在生與死中人仰馬翻。驚慌失措的馬兒拖著主人在本來就人馬相撞的山道上狂奔，更加重了道路上的混亂。像格桑多吉這種馬背上的好漢，要是在寬闊的牧場上，他的戰馬可以飛奔得比槍子兒還快，可是在這種逼仄狹小的地方，騎手能拉好自己的馬兒，就算不錯的了。

格桑多吉也被撞下馬來，他還沒來得及翻身爬起來，一串子彈已經將倒地的戰馬「雲腳」射出一排血紅的花朵，飛濺的馬血染紅了他的臉。格桑多吉心疼得大喊：「狗娘養的，敢打我的馬！」

更讓他心疼的是，他看到山道上兄弟們像炸了群的羊，被機槍子彈有條不紊地一排排地射倒。沒有人還有力量還擊，甚至連他自己，就像面對一場突如其來的雪崩，只有眼睜睜地看著死亡把自己吞噬。

格桑多吉絕望了。這些年在教堂村，他潛移默化地學會了在內心祈禱和呼喚，尤其上次從死亡裏復活後，他真不知道該如何敬畏內心裏的基督。即便離開了神父，背叛了教會，他被洗禮過的靈魂，仍然帶有耶穌基督的烙印。他以爲已經看見地獄的大門打開了，便下意識地喊了一聲：「主耶穌啊！你的懲罰終於來了！瑪麗亞……」

忽然，他聽到一陣比橫掃一切生靈的機槍聲更尖銳嘹亮的號聲，從天空中淩空劈來，像一把利劍，一下就把雨點一般飛舞的子彈斬斷了。佔據山頭的縣守備隊彷彿被一場更大的雪崩掀翻了一樣，翻滾著從陡峭的山坡上掉了下來。格桑多吉和他手下還活著的兄弟剛回過神來，一面紅色的旗幟已經飄揚在山頭上了。

格桑多吉幸運地沒有受到懲罰，而是得到了拯救。他從此開始了人生的另一段風光而艱難的行程。一個穿黃布軍裝的漢人軍官在一群軍人的簇擁下來到他的面前，他們先救治傷員，那個軍官熱情地和他握手，還抱歉地說：「藏族同胞，我們來晚了。你們是藏民自衛隊吧？」

格桑多吉抹了一把滿臉的血，以便自己的眼睛看清楚一點，眼前的一切究竟是夢還是現實。「你們是哪一路的好漢？」他問。

「我們是中國人民解放軍，來解放你們的。」

「解放？」格桑多吉不懂這個詞。

「是啊，就是推翻國民黨反動派，把藏族同胞從水深火熱中拯救出來。」那個軍官熱情洋溢地說。

「拯救？」格桑多吉又問，他從神父們嘴裏可沒少聽到這個詞。「你們也要來藏區改變藏族人的靈魂嗎？」

「不是改變你們的靈魂，而是喚醒你們起來革命，我們不相信那些魂啊鬼啊什麼的。」

「什麼是革命？」格桑多吉再問。格桑多吉心底裏升起對這個漢人軍官由衷的好感，因爲他一邊跟他說話，一邊用一塊白紗布爲他的胳膊包紮傷口，那份仔細，格桑多吉只在神父身上看到過。

「簡單地說，革命就是讓天下所有的窮人都有飯吃，有地種，有衣穿。」

「哈哈，我還以爲天下只有我一個這樣想的傻瓜。」格桑多吉像碰到一個江湖豪傑那樣開心地說。

漢人軍官哈哈大笑，拍著格桑多吉的肩膀說：「我們不是傻瓜，是革命者，是藏族人的朋友。」

格桑多吉被他的笑聲感染了，說：「今天你救了我，還救了我的兄弟們，那我當你是大哥吧。」他伸出了自己寬大的手掌，那個漢人軍官也伸出手來，動情地說：「好兄弟，我們會幫助你的。」

紅漢人身邊的一個年輕軍人說：「這是我們的高團長，和你一樣，參加革命前也是窮人。」

格桑多吉就這樣神奇地加入到紅漢人的革命陣營裏。紅漢人打掃完戰場，押著俘虜向阿墩子挺進。唐縣長也被俘了，像一個丟失了靈魂的人。格桑多吉對高團長說，把這個狗官縣長交給我吧，我要用他的頭來祭奠我兄弟的靈魂。但高團長沒同意，說我們會審判他的。

到了晚上，他們宿營在一個小鎮裏，格桑多吉摸進了關俘虜的馬棚，那裏面有老有小，還有女人。一些人在噩夢裏掙扎，一些人在比噩夢還要糟糕的黑夜裏低聲啜泣。格桑多吉在黑暗中準確地用刀抵住了唐縣長的脖子，貼著他的耳根說：「我真不想這樣殺了你，但你殺我的好兄弟群培都不講規矩，我也就不顧惜自己的榮譽了。」唐縣長其實根本就沒有睡，格桑多吉摸進來時，他就知道自己的末日到了。他的眼睛翻了翻，在喉嚨深處嘀咕了一句，「你總是有貴人相助。」格桑多吉不明白他這話是什麼意思，手腕一挑，就將唐縣長的脖子抹斷了。

第廿九章　杜伯爾神父的福音

你們不要以為我來，是為把平安帶到地上；
我來不是為帶平安，而是刀劍。
——《聖經．新約》（瑪竇福音10：34）

杜伯爾神父化了妝，把自己打扮成一個藏族馬幫的模樣，爲了掩飾自己的白皮膚，他用鍋煙底灰抹黑了臉、脖子和手，全身用一系藏裝包裹得嚴嚴實實。在兩個藏族教友托彼特和多麥的帶領下，走只有岩羊才能行走的陡峭山地，以繞過虎跳關卡，而其他藏族教友，則跟隨一支馬幫商隊走古驛道。多麥是從前擦卡教堂的教友之後，當年跟隨他的父親從擦卡逃亡出來時，才十一歲，現在已經是個五十多歲的漢子了。這是一個像核桃一樣堅硬，也像核桃一樣沈默的人，從他的外貌看，你想到的不是一個人的年齡，而是一顆飽受風雨磨蝕雕刻的老核桃。多年來他一直當杜伯爾神父的僕人，兼做教堂的雜活。杜伯爾神父對他的評價是：他有一顆純樸的心靈，萬能的手。

他們三人兩匹馬，杜伯爾神父騎一匹，一匹馱行囊。多麥牽馬走在前面，托彼特壓後。其實杜伯爾神父騎馬的時候很少，因爲絕大多數地方，連人都要四肢並用才可以爬過。杜伯爾神父感到驚訝的是那兩匹山地矮腳馬，雖然其貌不揚，但走這樣險峻的山路，竟能像壁虎一樣地貼地而行。

他們在崇山峻嶺中走到四天，只要翻過前面海拔四千多米的舒拉雪山埡口，就可以看到擦卡的炊煙了。昨天晚上他們在山道邊救助了一對從舒拉雪山上下來的夫婦，那個叫央珍的女人已經有八個多月的身孕，讓杜伯爾神父吃驚的是，她的丈夫索朗才旦竟然還敢冒險帶她翻越那麼高的雪山。當然，他付出了險些失去妻子的代價，杜伯爾神父遇見他們時，孩子即將臨盆，產婦痛得在地上打滾，而丈夫措手無策。藏族人生孩子，因為害怕女人生產時的「血光之穢」，一般都不會在家裏生產，產婦帶把砍柴刀什麼的，到山上打柴打草，順帶就把孩子生下來了，然後自己用柴刀割斷臍帶，前胸抱嬰兒，後背背一捆柴或草便回家。但遇到早產，那就麻煩了。當杜伯爾神父提出要幫助他們時，索朗才旦拔出了刀，好在托彼特和多麥告訴那個男人，神父是門巴（醫生），你如果不想失去自己的老婆，就聽他的。他們終於幫助產婦生下那個小小的嬰兒，並且母子平安。索朗才旦當時就給杜伯爾神父跪下了，說：「你是雪山上的神派來的啊。」杜伯爾神父擦乾淨滿手的鮮血，回答道：「我是耶穌派來的。你要信我，將來我要給你的孩子付洗。」

這天早上杜伯爾神父喝完早茶後，那對夫婦的帳篷裏傳來嬰兒健康嘹亮的啼哭聲，杜伯爾神父靜心聆聽了一會兒，心裏為那個新生命祝福。然後他問正在給裝馬鞍的多麥：「我們一天可以翻過雪山埡口嗎？」

多麥回答說：「路上不耽擱的話，太陽下山前我們就能看到擦卡村了。」

「多麥，給我說說我們的擦卡村。」杜伯爾神父叼著煙斗，為自己點上一鍋煙。現在他的心目中，擦卡已經不是一個普通平凡的西藏的村莊，而是他的村莊，是他履行聖職以來的第一個光榮崗位。他就像一個拓荒者那樣，對即將要去開墾的土地，有一種狂熱的執著和癡迷。其實他已經不止一次地向多麥提出過這樣的要求了。多麥再不用跟神父描述峽谷裏的擦卡村，有多少戶人家，從前教堂的位置在哪裏，水源在哪裏，田地肥瘦如何，四季盛產什麼，也不用說從前那些在擦卡被殺的神父們，他們在當地藏族教友的傳說中，有的成了一塊神奇的巨石，有的會駕著祥雲從天上飛回來探望自己的教友，有的在墳墓裏會發出玫瑰的幽香。有一次他們談論擦卡村時，杜伯爾神父就向敍述混亂的多麥指出：村莊的水源在馬克的屋後，那裏有一塊巨石，水從巨石下滲出，而不是你說的在教堂的上方。準確地說，水源居於全村的最上方，水可以引到每一戶人家。當年的神父們選定在這個地方建教堂和村莊，正是借助了天主巧妙的安排。

多麥在心裏問自己，難道神父老了嗎？一個問題像個老人樣反覆問。而你一回答，他又總是能指出你的疏漏之處。在翻來覆去的解說與求證中，杜伯爾神父已經知道得比任何一個來自擦卡的人都還要多，甚至比他遠在瑞士的家鄉玫瑰村還更瞭如指掌。因此多麥只有說：

「在我阿爸榮歸天國前說，那是全西藏最美的村莊。」

「是啊，」杜伯爾神父感歎道：「每個人的村莊都是世界上最美的，儘管那裏曾經是讓教會光榮的『殺戮之地』。」

這時索朗才旦從他的帳篷裏出來，神色緊張地說：「你們不要去。他們在山上。」

「誰在山上？」杜伯爾神父問。

「喇嘛。」索朗才旦說，「他們有槍，你們過不去的。」

多麥忽然蹲下去，捶打著土地，痛哭起來。「他們還是知道了！他們還是擋在我們的前面了，主耶穌啊！他們要來殺我的神父了……」

「沒有基督的福音過不去的雪山。」杜伯爾神父自信地說，「多麥，現在還不到傷心的時候，是去贏得最後的勝利的時候。」

「神父，我相信你。如果奧古斯丁教友在，我們就不害怕了。」多麥哭著說。

「你害怕什麼？」杜伯爾神父目光逼視著多麥。

多麥被神父看得窘迫地低下了頭，「他……神父，奧古斯丁……是扛槍打仗的人，許多人怕他，我們就不用怕誰了。」

「一個背叛教會的猶大。」一邊的托彼特不滿地說：「多麥，你還指望他把我們都出賣給喇嘛嗎？」

「奧古斯丁不是猶大，他其實蠻可憐的。」多麥辯解說。

「他可憐？主耶穌！」托彼特的聲音高起來，「看看我們吧，連建教堂的錢，買糧食的錢都被他偷走了，到了擦卡我們吃什麼都不知道。除了主耶穌，誰來可憐我們？」

杜伯爾神父還是沒有想明白奧古斯丁為什麼要叛教，這些天他在不斷反省自己，是否做了什麼傷害這個教友的事情？托彼特也幫他分析了各種可能：金錢的誘惑？他的活佛弟弟的引誘？不願去到擦卡為天主服務？杜伯爾神父甚至說，我還指望在擦卡教堂建起來時，就為他和伊麗莎舉行神聖的婚禮呢，哪有一個男人不急於進教堂結婚的？

「你們不要爭了，我看奧古斯丁不是為了一塊『血田』就出賣基督美德的人。他的心肯定是被魔鬼迷惑了，我相信他終有一天，會回到教堂來，求得主耶穌的寬恕。」杜伯爾神父說。

托彼特恨恨地說：「這個猶大要是回來，我會一槍打死他。」

「托彼特，寬恕你的仇人，才是一個基督徒的美德。」杜伯爾神父走到馬前，剛要上馬，又想起什麼似的說：「讓我們來祈禱吧。」

「神父，吃早飯前我們已經祈禱過了。」多麥說。

「多麥，難道你認為今天我們不需要主耶穌更多的護佑嗎？看看你頭頂的雪山，我都懷疑自己能否翻越得過去。」杜伯爾神父說，從包裏重新拿出了一本《日課經》。

他翻開了書，想找一段適合今天的經文，托彼特和多麥雙手緊握放在胸前，恭順地站在一邊，等待神父發話。索朗才旦卻不知道他們要幹什麼，呆呆地望著他們。許久，神父合上了《日課經》，神色肅穆。早上的陽光從神父的身後照射下來，使他的面部籠罩在陰影中，而身體的輪廓卻被勾勒出一道金邊。當托彼特漂泊流離一生後重回故鄉，還念念不忘這個早晨的杜伯爾神父，說他就像一個天使那樣，身披基督的金光，他的祈禱，是教皇聽了也要流淚的祈禱——

「我們在天上的父，我們今天要翻越西藏的雪山，就如當年你帶領天主的子民通過廣闊的約旦曠野，跨過波濤洶湧的紅海，走出埃及。我請求你，引導我，去征服那些比我更勇猛的地區的人們，去贏得他們的靈魂。請你走在我的前面，如東方的啓明星那般為我帶來光明；請你走在我的前面，為我指引基督福音前進的道路；請你走在我的前面，為我驅散豺狼虎豹的威脅。主，你的日子就要到了，因為這裏離天國更近，看哪！你的幔帳已經在西藏的大地徐徐打開；看哪，雪山閃耀著聖潔的光芒，峽谷卻比地獄還要幽深；看哪，這片未經開墾的土地，儘管還沒有一件事情接近天主，但是它美麗神奇得令人動容，又叫人心碎。因為異教徒的言行還像烏雲一樣，試圖遮擋耶穌之光，你成了被輕蔑的天主，被誤解的天主。耶穌基督，我已經背負起你的十字架，像你一樣走向兇暴。他們終要給我開門，我要獲得他們的靈魂。半個多世紀以來，我們的教會從未停止過進入那裏，現在，我們該獲得決定性的勝利，以代替最後的失敗。到那時，天主的時刻就要到來，一切當重新開始。父啊，可憐可憐吧，同情的時刻到了，垂憐的時刻到了，請伸開你的雙臂保護你的羔羊罷，因爲你是隱藏的天主，你是嚴厲又仁慈的天主。你懲罰惡人，護佑良善。當我們餓了或渴了的時候，當我們在漫長的山道上疲憊得再也邁不動腳步時，當我們的汗水和淚水，甚至我們的鮮血，滴落在這片神奇的土地上時，請你垂憐，請你俯聽，請你接受我們的奉獻。爲我們自己，爲我們的罪，爲我傳教的教區，爲要進入你的國的人們，我們會愉悅地忍受這份痛苦和犧牲。父，我是你派遣到西藏的腳夫，是在狼群中尋找羊群的牧人。我們的哭泣可能比祈禱多，我們的失敗可能比成功多，但是我們要去，用生命之美去叩開命運之門。幾時人死了，才會贏得最後的勝利。我的孩子們，請不要畏懼。我們的一個聖人說：『天天準備死的是有德之人，時時切願死的是聖人，爲這些義人，死非真死，卻爲得生命必經之路。』主耶穌啊，我請你賜予我智慧、力量、信心和勇氣，讓我去戰勝死亡，贏取你在西藏的光榮。我把自己託付給你……你是我的好天主。啊，西藏，啊，西藏，在你身上開始了我的歡樂！主啊，主，我請你讓我成個聖人。阿門。」

此刻，杜伯爾神父的臉上已經佈滿了喜悅的淚水。神父出發前，爲了更像一個藏族人，臨時剪掉了長到胸前的鬍鬚，這幾天在山林中跋涉，鬍子又長得如枝蔓叢生的雜草，葳蕤茂盛了。淚水淋濕了這不成模樣的鬍鬚，托彼特甚至發現有一小團糌粑渣還黏在神父缺乏打理的鬍鬚上，讓他看上去像一個在吃飯時挨了父親打的孩子。這讓托彼特既爲自己的神父心疼，又爲他感到可憐。

多麥忽然面對神父跪下了，「神父，請你給我降福！」

杜伯爾神父將手摸到多麥的頭頂，半天沒有念出平常的降福祝詞。山風從他們中間穿過，發出難以言狀的哀憐。在風中，多麥感受到了神父手掌心的溫暖，感受到了命運的苦難與莊嚴，更感受到了死亡的祝福。他不害怕死亡了，他甚至想像杜伯爾神父一樣，渴望死亡的光榮。他在心裏說，要是我們都得死，好天主，求你讓我死在杜神父的前面吧。

杜伯爾神父嘴唇動了動，什麼祝福的辭彙也沒有說，但多麥在心裏聽到了。他相信杜伯爾神父說的是：

時辰到了，讓我們去罷，主耶穌即將被屠宰的羔羊。

讓他們感動的是，索朗才旦要跟他們一起回去，他說他要跟埡口上的喇嘛們說，這個洋人是好人，是他的朋友。他對神父說：「他們不會殺我的朋友的，因爲那上面有幾個人也是我的朋友。」這讓杜伯爾神父信心大增，他對托彼特說：「你瞧，這是主耶穌今天給我們的第一個幫助。」

經過一整天的跋涉，他們終於抵達舒拉雪山埡口。這是一個晚霞特別血紅絢爛的傍晚，天地間的一切彷彿都被人的熱血染紅了。舒拉雪山埡口海拔約有五千多米，除了積雪，光禿禿的不長任何植物。裸露在外面的岩石本來就是赤紅色的，在晚霞的映照下顯得更加淒美。

杜伯爾神父在接近埡口時，後悔自己沒有把沙伯雷先生留下的相機帶來。他想起故鄉的雪山馬特峰，在他的心目中這是阿爾卑斯山脈最美的一座山峰，就在他和羅維神父就讀的修道院的後面，它的海拔將近四千五百米。青年時期的杜伯爾修士曾經上到過四千米左右的臺階救助受困的商旅，他們還在馬特峰的雪坡上比賽滑雪，羅維修士身高腿長，身體健壯，幾乎在所有的滑雪項目中無人匹敵。

而杜伯爾修士總是不服氣，拚命追逐他高大的身影。有一次甚至在速降比賽中一直追到半山腰的修道院。杜伯爾修士從雪坡上飛到了修道院修士們宿舍的房頂，然後從陡削積雪的房頂溜到院子裏，再一路衝進對面的廚房，要不是慌亂中將那個忙碌的胖廚子撞翻，他可能會一頭鑽進爐膛裏。這次比賽的結果是杜伯爾修士折斷了一條胳膊，在修道院裏贏得「莽撞的杜伯爾」的綽號。

「神父，你笑什麼啊？」牽馬的多麥回頭問他的神父。

「噢，我真該把我的滑雪板帶來。」杜伯爾神父從往昔的追憶中回過神來，他望著身後綿長起伏的雪坡說，「多麥，等我們在擦卡立足了腳，我要教你滑雪。你們平常怎麼下雪山啊？」

多麥說：「屁股往雪地上一坐，就下去了麼。我知道有一個傢伙，他往下滑到半山腰的時候，山下起了大風，又把他吹回山坡頭了。」

杜伯爾神父呵呵笑了，「要是現在有陣風把我們吹過埡口就好了，豈不省事？」

他身後的索朗才旦說：「那可要命了，洋人朋友。這雪山上的風一起來的話，石頭都會到處亂飛呢。」

「主耶穌保佑，今天的天氣真好啊。」托彼特不斷在胸前劃著十字。

他們已經看得見遠處的埡口了，那是在兩座山峰夾持下突兀地橫亙著的一道山梁，像一堵由神靈構築的巨大牆體，有一條之字形的小道蜿蜒上去。杜伯爾神父騎在馬上嘀咕道：「一支步槍也可以抵擋一個軍團的進攻，但在耶穌的福音前，一個軍團也休想阻擋我的腳步。」

風把杜伯爾神父的話傳到了埡口上，貢布喇嘛和他帶的人此刻早就嚴陣以待了，他彷彿是回應杜伯爾神父的話似的說：「來吧，洋人魔鬼。看看你骯髒的腳步，能不能跨過這埡口一步。」

一個小時後，他們在埡口相遇了。杜伯爾神父已沒有騎馬，氣喘吁吁地渴望著登上埡口的那一刻，他擡頭看見貢布喇嘛把槍橫在胸前，一雙冷酷的眼睛盯著他，就像盯著一頭即將撞到槍口上的獵物。多麥要去馬背上抽槍，杜伯爾神父攔住了他，順手從馬鞍上掛著的布袋裏抽出一本《聖經》，他對多麥說：「我們靠這個戰勝他們。」

現在他們相距不過三十來米，但相隔著生和死，光榮和恥辱。

索朗才旦悄聲跟杜伯爾神父說，讓他先上去求情，說通了他們再過來。神父同意了。他明白，現在自己明顯處於劣勢。

索朗才旦獨自上前，跪在山道上說：「尊敬的貢布上師，頂禮佛、法、僧三寶。這個洋人是個好人，他救了我的妻子和孩子。請發發你的慈悲，讓他們過去吧！」

「洋人魔鬼沒有偷走你妻子孩子的靈魂嗎？我看你的靈魂倒是自己都找不到了。」貢布喇嘛鄙視地說。

「貢布上師，昨天下山時我妻子生了。是洋人喇嘛幫助她的。」

「啊呸呸，你竟敢讓洋人魔鬼猴子一樣的手去觸摸你妻子的身子！你還有臉活嗎？」

索朗才旦哭著說：「可是我妻子要死了，誰去救她啊？」

貢布喇嘛無法回答這個問題，他對手下的幾個人說，把他捆起來，不要讓他耽擱我們的事。

杜伯爾神父在下面看到索朗才旦被人按倒了，他在掙扎、吶喊，說：「你們不要殺他啊，他是好人，是我的朋友。我求求你們……」

杜伯爾神父不由得怒火中燒，「你們是強盜嗎？他剛剛當了父親！」他邊喊邊往前邁步。

「回去！」貢布喇嘛的槍順直了過來，對著杜伯爾神父。

「絕不！」杜伯爾神父手舉《聖經》，冷靜地說，「請給基督的福音讓路。」

「你以爲自己是一頭老熊嗎？誰都得給你讓路。」貢布喇嘛嘲笑道。在頓珠活佛的小院前，他已經給這個傢伙讓過一次路了，那是看在活佛的面子上。而在這神聖雪山的埡口上，以西藏諸神的名義，貢布喇嘛絕不再給任何人、任何異教神祇讓路了，哪怕爲此破戒。

「路在我的腳下，除非你捆住我的雙腳，否則，奉耶穌基督之名，我要叩你這死亡之門。」杜伯爾神父再次往前走，多麥一步搶在神父的前面，迎著貢布喇嘛的槍口。不是他不怕死，而是他身後的神父越來越急迫的腳步，催促著他忘記了危險和死亡。

「回去！這是最後警告！請記住，我從不威脅誰。」貢布喇嘛大喊起來。

杜伯爾神父將之視爲對方怯懦的表現，他的腳步更有力了，也不喘氣了，聲音也嘹亮起來。「看哪，這是基督最後的勝利。我會爲你祈禱，並請求我主耶穌寬恕你的罪惡。」

槍響了，首先倒地的是多麥。他實現了自己的祈禱，死在神父的前面。多麥還有最後一口氣，他說：「神父……神父，回去吧。他們會……殺你的……」

杜伯爾神父抱著多麥軟下來的身軀，還未來得及給他念赦罪經，多麥就咽氣了。杜伯爾神父攥緊雙拳站了起來，憤怒地向上喊叫：「來吧，你這地獄之神，開槍啊！末日審判之時，看我主耶穌將如何審判你邪惡的靈魂！」

他身後的托彼特想衝上前去護著自己的神父，但杜伯爾神父反而像十字架上的耶穌那樣，伸開了雙臂，讓托彼特在狹窄的山道上無法上前。槍聲再次響起，不是一槍，而是無數槍。「砰砰砰砰」地直打得神山都顫慄起來。因爲杜伯爾神父的末日審判之詞不僅激怒了貢布喇嘛，還激怒了跟隨他前來阻擊洋人魔鬼的幾個本地藏族人。他們從沒有見過洋人，只是聽貢布喇嘛說有個魔鬼今天要想通過埡口，他們就都攜槍上雪山來了。他們的高山牧場就在埡口下面，他們可不願意洋人魔鬼的足跡污染了富饒的牧場。再說了，誰不願意當降妖伏魔的英雄啊。因此，當貢布喇嘛的槍聲響起時，他們的手也就癢了。

杜伯爾神父和托彼特幾乎同時倒地，然後順著陡峭的山坡滾了下去。太陽此刻不是它千萬年以來一以貫之地緩緩西沈，而是隨著兩人在山坡上的翻滾一同跌落，就像在天上打翻了的盤子。黑暗一下就籠罩了大地，天空中只聽得見槍聲撕破神山的寧靜，彷彿撕破一塊上等的漢地絲綢；也聽得見神山的歎息，在風的哀鳴下，越拉越長……

還聽得見一個遲來的呼喚：「不要開槍，讓我跟他們談——」

第三十章　頓珠活佛三書

若未如是遮止惡行，雖非所欲，然須受苦，任赴何處，不能脫故。

——宗喀巴《菩提道次第廣論》（卷五．深信業果）

我在雪山埡口這面呼喊「不要開槍，讓我跟他們談」時，貢布喇嘛的子彈其時已經射中杜伯爾神父的胸膛了，也射向了我的心靈。槍彈總是快過人們渴望溝通的語言，快過我們瞭解對方的願望。我當時癱坐在地上，眼淚潸然而下，我向著埡口悲聲呼喊：「貢布，你殺了我啦！」

我爬上埡口時，他們已經把杜伯爾神父的屍體找上來了，還有一個叫托彼特的天主教徒沒有死。我讓他們趕快救治這個人，並把他儘快送到教堂村去，同時捎信給他們，來領杜伯爾神父的遺體。他們有自己的天堂，我祈禱杜伯爾神父的靈魂能升去他願意去的任何理想淨土。

貢布喇嘛從看見我時起，就一直跪著。我沒有理他，打算今生再不跟他說話。我知道他跟洋人喇嘛有殺父之仇，我爲自己的悲心終於沒有教化他的殺心而慚愧。杜伯爾神父身上中了四槍，他的臉上儘管沾滿了泥土和雪渣，但我仍可以看到他死亡前的尊嚴。對一個捍衛自己的信仰尊嚴地去死的人，不管他信奉什麼樣的宗教，我都心懷崇敬。

他好辯的嘴唇驕傲地緊閉著，好像再不願跟我對話，這讓我羞愧、傷心；他的眼睛睜得大大的，裏面是凝固了的詢問和驚恐。我情願貢布射殺的是我，而不是我的宗教對手。我本來可以用我們的慈悲去教化他，當然，他也想用他們的宗教來感化我，感化我們的民族。但是，這需要時間和機緣，更要看我們願不願意，接不接受。在我們都還沒有找到解決問題的辦法時，槍彈解決了一切。羞恥加在了我們身上，驕傲留給了對方。他的被殺，只能讓我們的喇嘛顯得愚癡和嗔怒，而不是寬恕和慈悲。如果一種宗教的修行者也可以去殺人，那一定不是這個宗教的光榮。我想，不論哪種宗教，都會這樣認爲：被槍殺者，活進了永恒的涅槃，開槍殺人者，立即就死了。

我看到了他屍體旁的一本帶血的藏文《聖經》，那是他們的經書，杜伯爾神父曾經說要送一本給我，但一直沒有兌現。我的上師傲慢地認爲他們的經書上都是魔鬼的謊言。我曾經想過，如果一種宗教的經典都是魔鬼的語言，那麼世界上怎麼會有人去信奉他呢？他們又怎能行善而不行惡呢？能傳承下來的經書都不會有錯，有錯的是不瞭解經書真諦的人。

我把這本血跡斑斑的經書收藏了，以此作爲我對這個宗教對手的懷念。在我今後的人生中，我要研讀他們的《聖經》，我要看明白，究竟是什麼，讓他們離開自己的家鄉，到我們的土地上來傳播他們的宗教。在我看懂了他們的經文時，我希望他們中也有人能看懂我們的經典。然後，我相信，我們就可以真正地對話了。杜伯爾神父說他要找到天主教徒身上的佛性，佛教徒中的基督性，可就是連我這個活佛，都不會承認自己身上會有基督性，甚至連基督性代表什麼都不知道。我們如何去交流和對話？他是個性急的騎手，從馬上跌下來總是遲早的事。

但是有一點我必須承認，我們供奉神職的靈魂在某些方面是相通的。今天早晨杜伯爾神父上雪山前，一定做了很悲天憫人的祈禱，這是一個神職人員奉獻自己的生命給信仰的最後訴求。風把他的祈禱傳到了我的寺廟。我在做早課時，措欽大殿那尊會流淚的石佛像，再次流出了悲憫的眼淚。那是兩滴渾濁的淚水，從佛慈悲的眼睛中緩緩流出。我一下就從這淚光中看見了杜伯爾神父淚流滿面的臉。一個經堂就只有我一個人看到了。他們看不到，是因爲他們的悲心不在那個洋人身上。

那時我回頭問身邊的一個小喇嘛，貢布喇嘛呢？他吱吱唔唔地說他出去了。我又往自己的上師益西堪布那邊望去，老堪布臉上的驕傲與得意讓我什麼都明白了。

整個早課我心憂傷，喇嘛們敲打鼓、鈸的聲音就像槍炮聲一樣刺耳。早課結束後，我急忙手寫了兩張紙條，交給身邊的另一個近侍喇嘛魯茸，讓他牽兩匹馬，馬歇人不歇，快馬加鞭，天黑前務必趕到舒拉雪山埡口，一張紙條交給貢布喇嘛，一張交給他的槍對準的那個人。

魯茸喇嘛問：「活佛，洋人喇嘛不是從虎跳關那裏走嗎？」

我當時驚訝地問：「你怎麼知道我要你去幹什麼？」

魯茸喇嘛跪下了，「活佛，一個寺廟的喇嘛都知道了，貢布帶人去殺洋人喇嘛了。」

我罕見地伸手打了魯茸喇嘛一巴掌，這足以讓峽谷裏的眾生銘記一輩子。一個修慈悲行的活佛怎麼可以動手打人呢？連大殿裏的佛像也皺起了眉頭，我自己都感到羞愧難當。我臨時改變了主意，決定親自去舒拉雪山埡口。至於爲什麼不去通常進藏的必經之地虎跳關，而算定杜伯爾神父會繞道翻越舒拉雪山，我從不願跟人說起。

但我可以告訴你們我寫在藏紙上的那兩行文字。我寫給杜伯爾神父的規勸是：

「佛流淚不止。我想請你回來看我們的神蹟。」

而我寫給貢布喇嘛的箴言是：

「如果你想開槍殺人，請先射殺你的活佛吧。」

可惜的是，他們都無緣看到我的文字了。記得杜伯爾神父和羅維神父第一次到我們的寺廟時，他不相信我們的佛會流淚，我答應過要給他看我們的神蹟。可是我也沒有想到，佛的神蹟顯現，是為了阻止罪孽的發生。我注定終生要以我的修行，為這兩個人的靈魂洗罪。他們要麼都是無辜的，要麼都是有罪的。他們都太執著了，當驕傲和槍口對峙時，「我執」的心魔便在一邊竊笑了。

我打算在雪山埡口為杜伯爾神父念三天的經，以超度他的亡靈。同時等待承受教堂村神父們的指責和羞辱。我們都是教人行善、修慈悲行的僧侶，現在我的寺廟裏的喇嘛成了殺手，被審判的將是我這個活佛。漢人官府從來都是站在洋人一邊，這次不知他們會不會派軍隊來搗毀寺廟，抓捕僧侶？我憂心忡忡，準備把所有的災難獨自承擔。

做法事的第二天，我在觀想中看見了雪山上的神靈——卡瓦格博戰神。他白盔白甲，騎白馬，踏白雲。他問我為誰做超薦？我說是我的宗教對手，一個朋友。卡瓦格博戰神歎了口氣說，不應該。然後就被一朵祥雲接走了。我一生都沒有想明白，偉大的戰神是說不應該殺杜伯爾神父，還是我為自己的宗教對手做超薦不應該？

第三天，我已經可以和杜伯爾神父的亡靈交談了。我看見他在一條鋪滿鮮花的道路上疾行，吉祥的五色彩鳥在他的頭上飛翔，梅花鹿伴隨著他，道路的前方有一條彩虹與天相接，那就是他的天堂之門。我還看到了一個和他一樣膚色的老婦人在那裏等待他，我聽見他張開雙臂呼喊：「母親，母親，你的兒子回來了！」我爲他感到欣慰。

我陶醉在杜伯爾神父的天堂裏，但魯茸喇嘛的話把我拉回現實。「活佛，你的哥哥帶著一支軍隊來了，益西堪布也來了。」

我從埡口往下望去，看見一面紅色的旗幟後，一長串望不到尾的隊伍，正在向雪山挺進。我前些日子就聽說紅色漢人將要來到我們這裏，但沒有想到他們會來得這樣快，來這麼多人，看來貢布這個禍闖大了。我更沒有想到我的哥哥會跟紅色漢人走在一起，還有益西堪布。這真是一個活佛靠修行也觀想不到的奇觀。

約莫一個時辰他們就來到了埡口。我仍然盤腿而坐，打算繼續我給杜伯爾神父的超度，他們來幹什麼，又要去哪裏，我已無能爲力。如果他們是來爲杜伯爾神父報仇的，那就請吧。

所幸的是，他們好像並不在意我在做什麼，那個扛旗幟的大個子紅漢人把紅旗往埡口上一插，作爲後面的軍隊的路標，他們在雪山埡口歡呼、吶喊，激動得往天上拋帽子，就像回到了故鄉的遊子，或者像打敗了對手的勝利者。

我的兄長先上來，他的藏裝外面套了一件紅漢人的黃色棉大衣，這讓我感到比他當年跟在神父後面更令我陌生。當他看到躺在我面前的杜伯爾神父，看到跪在我身後的貢布喇嘛，他的驚訝應該和我一樣多。

我聽見他問貢布喇嘛，「大哥，你還是殺了神父了？」

貢布喇嘛恨恨地說:「既然你不願來擔這份罪孽,就只有你大哥來擔了。」

奧古斯丁——佛祖啊,他的這個名字就像他身上的黃色軍大衣——深深歎了一口氣,說了一句讓我也對這個老兄刮目相看的話,「這不是罪孽,大哥,你在幫他。」然後他的下一句話我就聽不懂了,「你也在幫紅漢人。」

直到年邁的益西堪布在一個紅漢人軍官的攙扶下,終於來到我的面前,我才有些明白,從此以後,我們看世俗世界的眼光要不一樣了。

那個紅漢人軍官,我的哥哥叫他「高團長」。他很熱情地向我伸出雙手,打斷了我的超薦法事,在和他握手的一瞬間,我感到事情並沒有我想像的那麼壞。

果然,在紅漢人眼裏,我們是英雄,而不是破戒的屠夫。高團長站在貢布一邊,他問了貢布喇嘛發生在舒拉雪山埡口的事情,爽快地說:「你們維護了國家民族的主權和尊嚴,說不定這個不聽規勸非要去西藏的傢伙,還是個試圖刺探情報的特務呢,我要代表政府謝謝你們。即便他只是一個傳教士,可我們的國土怎能允許帝國主義的宗教侵略呢?」

「宗教侵略?」我不太懂這個詞的意思。

「對,宗教侵略就是文化侵略,就是帝國主義侵略我們中國的罪證。」高團長一揮手說:「過去,在國民黨反動派統治中國時期,帝國主義不僅侵犯我們的領土和主權,還妄想在精神文化上改變我們人民的靈魂,讓我們做他們的奴隸。現在我們打敗了國民黨,解放了全中國。帝國主義反動派及其走狗,都要被我們趕出去!」

「教堂村的那些洋人魔鬼,你們也要把他們趕走嗎?」坐在我身邊的益西堪布問。

「當然。他們必須被驅逐出境。我們已經把教堂村解放了，外國傳教士也被抓起來了，不允許他們再在我們的國土上傳播他們的宗教。我們有自己的宗教信仰，共產黨也尊重各民族的宗教，包括藏族同胞的宗教。我們自己管我們人民的信仰，不要帝國主義分子來插手。」

益西堪布的激動與喜悅溢於言表，「那你們真比國民政府更受我們歡迎了。你們是站在我們一邊的嗎？」

高團長說：「我可以向你保證。我們已經跟拉薩的達賴喇嘛簽訂了和平協定，我們是來幫助你們藏族同胞的。國民黨政府腐朽墮落，喪權辱國，甘當帝國主義的走狗，必然要被代表各民族利益的中國共產黨推翻了。」

「你們會殺那些洋人嗎？」貢布小心地問。我知道他的心思，是想為自己的殺人找到同盟。

「我們不殺他們，不是我們怕他們，而是中國人民已經站起來了，一個站起來的巨人，是不怕任何反動派的。把他們趕走，體現了我們的寬容和偉大。至於這個被殺死的傳教士，不是你們的錯，是他咎由自取。」

這個漢人軍官的話讓我釋然，至少我不用為寺廟的存毀擔心了。但他說的很多東西我似懂非懂，就像當年我和陌生的杜伯爾神父試圖交流對話時那樣。我們在黑暗中尋找相互的共同點，可惜的是，杜伯爾神父和我都沒有找到。

不過我有些擔心，這些紅漢人似乎也是一群信仰堅定的人。人有沒有信仰，看他眸子裏的光芒就知道了，看看他們士兵的紀律就知道了。他們的信仰我現在還不知道，但我害怕它是一種比杜伯爾神父的天主教更傲慢、更在這片土地上橫衝直撞的宗教。

他們的力量真是強大啊，清朝皇帝、國民政府從來就站在洋人一邊，峽谷裏多年來沒有解決的宗教衝突，歷輩活佛殫精竭慮也維繫不了的部分藏族人靈魂的流失，紅色漢人輕而易舉地就幫我們解決了。洋人喇嘛說抓起來就抓起來，說趕走就一個不剩地趕走。但我還是有些悲憫我的宗教對手。我問：「你們不和他們對話嗎？」

「對話？」高團長費解地看著我，「我們中國人已經當家作主人了。主人有權力決定，誰是受歡迎的客人，誰是要被趕出門的強盜吧？」

益西堪布接上話說：「對，對，對。當初我們並不歡迎他們，可是他們非要來爭奪我們藏族人的靈魂，而且還十分傲慢狡猾，連我們活佛的靈魂都想偷走。」

「這就是宗教侵略，活佛。」高團長笑盈盈地看著我，就像老師終於向學生講清楚了一個費解的問題。

「哦呀。」我雙手掌心向上，心裏升起一股渴望走向對方的欲望，就像當年我第一次在阿墩子的街上看見杜伯爾神父那樣。外面的世界總是有許多比我們更聰明、更強大的人。他們給我們帶來新的知識，新的命運，我們即便騎上快馬，也不一定趕得上他們的步履呢。

紅色漢人從埡口上源源不斷地通過，向西藏的縱深進軍。我的哥哥爲他們帶路，他已經是他們中的一員，並且，我聽人們又叫他格桑多吉了。我驚訝於他的轉變，彷彿這個世界上的任何人，都可以做他的朋友；這個世界上的所有熱鬧，都少不了他。他注定要轟轟烈烈地走完自己的一生。

紅色漢人的軍隊在舒拉雪山埡口通過了一整天，從他們急迫的腳步和每個士兵臉上的自豪與驕傲看，我知道，沒有人可以阻擋這支軍隊。已經是深秋了，雪山下面的雜樹林被秋色染得或金黃或深紅，這是最美的季節，是神靈用他的如椽巨筆在大自然裏描繪人神共處的唐卡畫。大地上還有一種緩慢移動的黃色和到處飛舞的紅色，這就是那些行進在山道上穿黃軍裝的士兵和在每個路口、村莊飄揚的紅色旗幟。他們在神靈居住的大地畫卷上增添新的色彩。我從埡口上往阿墩子方向望去，是這樣；再往西藏方向望去，也是這樣。黃色和紅色在飄動，在統領雪域大地。而遠方的山巒是黛青色的，像傳說中的海洋。我還沒有見過大海，杜伯爾神父曾經嘲笑過我的孤陋寡聞，但在我們的創世傳說中，大地從海洋中誕生，層層疊疊的山巒不過是海洋凝固了的波浪，它孕育萬物與生靈，承受人間所有的苦難，是大地上永恒的慈悲。有沒有看見過大海並不重要，重要的是要見證海洋與大地的更替，罪孽與慈悲的消長，信仰與信仰的砥礪，以及，神的天堂如何演變成人的世界。

佛、法、僧三寶啊，當我看見那些在大地飄移的黃色和紅色時，我爲杜伯爾神父和我自己都感到悲憫。

第卌一章　共產主義火車

雄鷹飛回來了，
雪山，你讓開路，
別讓牠的翅膀展不開。

紅軍回來了，
森林，你退後一點，
我們要在這裏跳鍋莊。

人民公社化了，
江水，你不要跑，
別擋住共產主義火車的道
——康巴藏區民歌

史蒂文的一生中從來沒有像這幾年的時光那樣，安寧、富足、並且連噩夢都沒有做過。教堂裏的神父們被趕走以後，新政府把過去教會的土地和牛羊，不論你信教與否，都按家庭人口數分給村民，讓他們自種自吃，征糧工作隊來到村裏，除了該交的公糧部分，多餘的糧食還可以賣給工作隊。史蒂文一家分到三畝左右的坡地，還有兩頭牛，十二隻羊，一匹騾子。過去這些都是教堂裏的產業，格桑多吉曾經牧放過。當共產黨的幹部把地契和牛羊交到史蒂文手上時，他心中充滿對天主的愧疚，彷彿自己是打劫主耶穌的強盜。但那個留著齊耳短髮的女幹部鼓勵他說：「不要怕，這是帝國主義分子從我們手中搶去的財產，現在它歸還給勞動人民了。」

史蒂文當時在心裏說，就當我先替神父們看管著吧。他們要是哪天回來了，我先向他們贖罪懺悔。史蒂文還記得古神父和羅維神父被解放軍押出教堂時，古神父眼含淚光對圍在教堂外的教友們說，請照看好耶穌爲你們避風雨的教堂，請善待一個基督徒的靈魂。

現在史蒂文的農活已經幹得相當出色，瑪麗亞負責照管那些牛羊。他們的兒子若瑟已經五歲了，是個可愛的小傢伙。夏季瑪麗亞帶著小若瑟到高山牧場放牧，這是格桑多吉當年的牧場，她現在牧放的也是格桑多吉爲教堂放過的牛羊，以及牠們的後代。在夏季牧場寧靜又美麗的白天，藍天上的白雲像成群結隊的無拘無束的流浪漢，這不能不讓瑪麗亞想起大地上另一個至今杳無音信的流浪漢。自從他叛教後，教堂村的教友們對他口誅筆伐，瑪麗亞是唯一沒有詛咒他下地獄的人。神父們還在時，她數次想在辦告解時向古神父或羅維神父懺悔：是我的錯，神父。奧古斯丁是因爲我而叛教的。可是，她怎麼向神父說得清呢？

瑪麗亞從來沒有後悔過放棄貴族小姐的生活，來做一個普通的藏族婦人。她在養尊處優中長大，但這種生活令她膩煩。看看姐姐卓瑪拉初吧，她年紀不大就被土司老爺拋棄在一邊了，不過是土司大宅裏一頭不愁吃喝的牛，可連產牛犢的機會都沒有了。如果當年嫁給野貢土司，她又能比自己的姐姐好多少呢？現在她有一個深愛著自己的男人，有自己的兒子，還有成群的牛羊、足以解決溫飽的土地。生育、愛、辛勤的勞作，平靜的日子，這些年讓瑪麗亞愈發成熟飽滿，健壯美麗。她依然是雪山峽谷裏的人們交口傳誦的美人兒，她依然能從周圍人讚賞的眼光中自信自己不言自明的美。一個平凡的藏族婦人還能奢求什麼呢？還能祈禱什麼呢？她有時會向主耶穌祈禱：讓奧古斯丁儘快找到自己愛的女人吧。讓他不要再想我啦，我可不會爲了他離開史蒂文，我可不會跟著他走。他人倒是不錯，可是他愛錯人了。

有時她在清靜的牧場上想這些往事時，腹中會升起一股莫名的慾火，當她被這股火燒得兩腮發燙時，她會讓鄰近的牧人代管牛羊，自己跑下山去，和丈夫溫存一個晚上，第二天才回去。有時史蒂文也會跑到牧場上來，他們躲在草坡的僻靜處、在牛羊悠閒的吃草聲中做愛，如果牛脖子上的鈴鐺急促地響起，那一定是哪個不曉風情的牧人過來了。

生活是辛勞而平靜的，像一支悠緩的牧歌，似乎誰也不能將之改變。即便有次史蒂文在阿墩子遇到康菩土司，他也沒有說讓手下的人馬上抓他走。康菩土司現在可沒有從前威風了，出門時身邊再沒有前呼後擁的衛隊和侍從，據說連家裏的奴隸都被解放出來了，康菩土司哼都不敢哼一聲。因此當他在阿墩子的街上看見史蒂文時，他甚至還裝出笑臉來問，啊，我的詩人朋友，我家的小姨妹還好麼？史蒂文沒有忘記當年在康菩土司家的地牢裏受的那些磨難，他不客氣地說，我們的孩子都有好幾歲了。我們的愛情，過去有教會保護，現在共產黨比教會厲害多了，你就別再想搶走我的女人啦！康菩土司的臉上現出一絲苦澀的笑，現在不是我搶誰啦，夥計，是人家要來搶我了。

還有一次史蒂文遇到一個多年前在當說唱藝人時結識的一個同行，這個傢伙動員史蒂文跟他一起重操舊業，還說現在路上攔路搶劫的土匪強人少多了，人們出手也比過去大方，當說唱藝人比過去更掙錢。但史蒂文告訴他，我有家有媳婦有孩子了，外面就是有金山銀山，也不比摟著自己心愛的女人睡覺幸福啊。

一顆浪跡天涯的心沈靜下來了，就像山坡上的石頭滾落進了湖裏。直到有一天格桑多吉重新回到教堂村，這個比史蒂文更浪漫更見多識廣的傢伙，再度讓史蒂文感到了生活中的危險。

格桑多吉現在的身分是阿墩子縣公安局的局長，兼進駐教堂村的土改工作隊隊長，身後跟著一群穿幹部裝的年輕人。人們說他當年給解放軍帶路進西藏，立了大功。他的軍功章的榮耀不僅掛在胸前，還刻在他的臉上，那是一條從眉骨到臉頰的刀疤，據說是被比他更兇悍的強人一刀砍的。現在的格桑多吉不再是那個成天戴著破氊帽的強盜啦，也不是從前教堂村那個寡言少語的奧古斯丁，他身邊的人都叫他「格桑多吉局長」，還告誡大家也這樣稱呼。這個從來都威風八面的傢伙波浪一般自由浪漫的披肩長髮也剪掉了，梳理成漢人幹部的那種短頭髮，人們叫「解放頭」。更像漢人幹部的是代表他尊嚴與身分的那件軍大衣，總是披著，露出腰間的武裝帶和佩槍。他看上去比過去更威嚴，而且更成熟；更整潔，卻又略顯滄桑。儘管誰也沒有見過他把槍掏出來，但他往哪裏一站，連樹上的鳥兒都不鳴叫了。村裏的人們都會不自然卻又恭恭敬敬地喊：「格桑多吉局長，你早啊！」

格桑多吉和他的工作隊就住在教堂裏，全村也就只有這個地方是公房。解放以後，教堂一直閑著。過路的軍隊、政府的工作隊、征糧隊來了都住在神父們曾經住過的房子裏。土改工作隊的人本來安排格桑多吉住古純仁神父的房間，那是教堂裏視線最好、最寬大的一間房子，外面還有個陽臺，面向峽谷對面的雪山。但格桑多吉叫他的通訊員小張把他的背包拿出來，逕自走進教堂的馬廄外那間他住過的小屋。

他一進去就嗅到了多年前愛情的味道，他的愛神還牽馬守在窗外，向他扮出一個和藹又高深莫測的笑臉。「回來了？」愛神問。

「回來了。」格桑多吉像面對一個久別重逢的老朋友，「好久沒有看到過你了。」

愛神說：「你忙麼？」

「唔。」格桑多吉回答道，「忙得我都快忘了自己從哪裏來的了。」

這些年他跟隨解放軍走遍了雪域大地，硝煙與戰火、風霜和雪雨，什麼樣的人間滋味都嘗遍了。但這間史蒂文和瑪麗亞曾經構築的愛巢，這間第一次讓他爲不能得到的真愛而痛哭失聲的聖殿，愛情的味道仍然揮之不去，而且彌久愈濃。就像他現在掌心裏攥著的那個藍色小玻璃瓶兒。多年以來，戰場上的廝殺，路途中的顛簸，瓶子裏的那根頭髮，始終支撐著他輾轉流離的生活中每一個漫漫長夜裏的相思。

小張在他身後說：「局長，這是馬倌住的房子啊，又潮又冷。你還是住樓上那間吧？我來住這間。」

格桑多吉沒有讓小張看見自己臉上的凝重與悲涼，他冷冷地說：「這是我的房間，誰也別來跟我爭。」

格桑多吉一來就召開大會，不僅是教堂村的信教教友，還有臨近村莊的佛教徒、寺廟裏的喇嘛，甚至剛好路過的一隊馬幫，也被叫來開會。格桑多吉說要在藏區實行土地改革，搞人民公社。漢地早就這樣做了，我們要追趕他們革命的步伐，不是要兩步併一步走的問題，而是要騎上我們最快的馬。過去分給大家的土地牛羊都要集中到人民公社裏去，不僅如此，寺廟的土地、反動土司的財產，也都要充公，實行民主改革，讓他們屬於廣大的勞動人民。

「那麼，教堂呢？」人群中有個膽大的老人問。

「教堂？嗯，這個教堂麼，我們可以把它改成一個學校。」格桑多吉環視了會場上那些他熟悉的面孔，有些底氣不足地說：「反正神父們都被趕走了，也沒有人給你們做彌撒。新中國都成立那麼多年啦，我們應該有自己新的信仰，這就是共產主義。」

會場上一片沈默。格桑多吉苦口婆心地向人們宣講什麼是共產主義。藏話裏沒有這個革命的辭彙，他只有用漢語來代替它，就像過去人們直接用洋人神父的話來稱呼「耶穌」。他把從各級學習班聽到的關於這個美好社會的前景描述爲：共產主義就是沒有白天和夜晚的區別，因爲有一種比月亮更亮上百倍的電燈，爲我們驅散黑暗；沒有冬天的寒冷，因爲人人都可以穿上虎皮棉襖；沒有各家的火塘，因爲大家都集中到一個大食堂裏吃飯，由專門的廚子做給你們吃，要吃多少就有多少；沒有饑餓和乾旱，因爲我們要開溝挖渠，把雪山上的山泉引下來澆灌每一片莊稼地，讓莊稼長得像雪一樣厚實，人都可以站到青稞穗上去打滾；沒有地裏和牧場上的辛勤勞作，因爲機器會幫人做這一切；也沒有馬幫了，因爲共產主義的火車要開到雪山上去，一節車廂裝的貨物十支大馬幫也馱運不完，火車是用共產主義的烈火來推動的，它比雪崩還要猛烈，比風兒還要跑得快；更沒有了窮人和富人，因爲大家都一樣平等富足，人們需要什麼，就從共產主義這個大家庭裏拿什麼。衣服、青稞、農具、酥油、酒、牛羊肉、甚至孩子們的玩具……我們藏族人只要搭上共產主義的火車，就有過不完的好日子了。

人們渴望過好日子的熱情被煽動起來了，多好啊，以後不用上山放牧、下地幹活了，肚子餓了就直接到那個大食堂飽飽地吃，好好的喝；也不用遠離家鄉外出趕馬了，我們都去坐共產主義火車。那可真是過去神父們講的天主的國了。神父們講了那麼多年，我們連這種幸福日子的影子都沒有看到，共產黨馬上就要爲我們帶來天堂一樣的日子了。有人甚至說，看來這些年不進教堂做祈禱，好日子也會有人給我們帶來的。

「你是共產黨派來的神父麼？」一個寺廟裏的老喇嘛膽怯地問。

「不！我不是神父。」格桑多吉高聲說，「我是跟隨共產黨鬧革命的革命者。革命就是要讓天下所有的窮人都能跑步進入共產主義，讓他們在這個大家庭裏快快樂樂地過幸福的生活，有飯吃，有衣穿，有愛……」

「女人在共產主義的家裏也可以像犁頭啥的大家隨便用麼？」

問話的是史蒂文，會場上響起一片哄笑。格桑多吉知道從他回到教堂村，史蒂文就是對他最不友善的一個。他沈著地回答：「在共產主義大家庭裏，每個人都會找到自己的愛情。不是隨便拿，而是自由相愛。」他特別補充道：「人民政府反對舊式婚姻包辦，過去教會規定的那一套不時興了，不管你是信教的還是不信教的，不相愛的男女都可以離婚。」

然後他用眼睛在人群中尋找瑪麗亞，她和一群婦女坐在一起，一邊聽他的講話，一邊捋羊毛線。當他們的目光相遇時，她不自然地低下了頭。這是他來到教堂村後看見她的第一眼，他驚訝地發現：瑪麗亞比幾年前還要漂亮！如果說從前她身上體現出來的是一種貴族小姐式的美，現在她可是全身洋溢著勞動人民樸素自然的美了。不是捧在手裏的嬌弱雪花，而是掛在樹上搖曳飽滿的果實。

「奧古斯丁，哦呀，格桑多吉局長，你可是比當年的古神父還會講話了。請告訴我，什麼叫離婚？」人群中的托彼特發問道。

格桑多吉聽出了托彼特問話中的敵意，他想，這個教會的老頑固。「離婚嘛，就是……就是不再相愛的男人和女人，可以重新去找自己的意中人，組建新的家庭。」格桑多吉費力地解釋道。不是他對這個辭彙理解不到位，而是他已心煩意亂。

托彼特繼續追問，「那麼，神父們祝福過的婚姻也不管用了嗎？」

格桑多吉反問道：「現在是人民當家作主了，哪裏還有神父？難道我們的愛情，還要由洋人說了算嗎？」

散會後，史蒂文夫婦在回家路上都聽到村裏的人興致勃勃地說共產主義火車，就像在討論一個吉祥的美夢。更令人激動的是，它不是一個已經逝去的美夢，而是將要來臨的生活。教堂村的人們早年從神父們的那裏聽說過外面世界的種種傳聞，他們知道得比普通藏族人多得多，火車、輪船、汽車、飛機這些在世界各地忙碌奔跑的玩意兒，他們都知道。而把共產主義的幸福日子和火車聯繫起來，則還是第一次。因此，多數人認爲，這是一趟帶他們進入富足王國的火車，只要我們能坐上它，就再不用挨餓受凍了。

睡覺時，史蒂文摟著瑪麗亞，感覺她的心已經進入格桑多吉的共產主義了。他深深地歎了一口氣：

「那個傢伙現在可比當年威風多了。」

「你在說什麼呀史蒂文？」瑪麗亞幽幽地問。

「嘿嘿，他就要把共產主義的火車開到我們家裏來啦。」

瑪麗亞平靜地說：「那我們就把他當朋友，請他在火塘邊坐下來，喝酒、吃飯。」

「瑪麗亞，難道你今晚沒有聽明白嗎？以後沒有火塘了，都去大食堂吃飯了。天主才知道他們會不會讓大家都睡一個鋪呢？」

「在一起吃飯睡覺又怎麼樣？只要是共產主義的好日子，我就喜歡。他還是小若瑟的代父呢。」

「呵，代父？」史蒂文冷笑道：「真不明白當初羅維神父為什麼要讓一個強盜來當我兒子的代父。」

「神父有神父的想法，天主有天主的計劃，奧古斯丁有奧古斯丁的良善。」瑪麗亞並不喜歡格桑多吉這個名字，因為奧古斯丁是那個把她從強盜窩子裏救出來的人。

史蒂文爬起來，狠狠地說：「你心裏有他了，對吧？」

瑪麗亞長久沒有說話，眼淚在黑暗裏悄悄地流。

史蒂文的心比遇到雪崩還要恐懼，比共產主義的火車開進家裏來了還要驚慌。他抓住瑪麗亞裸露在外面的肩膀，「你說話呀，是不是覺得我不如他？」

「我有家了。」瑪麗亞翻過身去，不再搭理他。

第卅二章 狼女之約

往昔所有，將會再有；往昔所行，將會再行。

——《聖經・舊約》（訓道篇1：9）

格桑多吉相信通過自己的努力，可以讓教堂村的人們都搭上共產主義的火車。他曾經被上級組織派到漢地去參觀學習過，漢地那些大城市的富裕與繁華讓他瞠目結舌。過去每當他站在雪山埡口時，他會爲腳下這片廣袤的土地感歎，什麼時候我才能走到天盡頭，看看大地最邊遠處的風景啊！可當他在漢地乘坐火車、汽車、輪船等交通工具四處參觀時，他發現如此厲害的傢伙，也跑不到漢地的盡頭！在一條峽谷裏當英雄好漢有什麼驕傲的，當你走出了雪山峽谷，那點驕傲會讓人感到慚愧。

要讓我們藏族人也過上漢族人那種富足的生活，在家點電燈，出門坐火車，種地用機器，這就是格桑多吉新的信仰。他再不爲背叛耶穌天主而愧疚了，他信仰共產主義，因爲它比教會能帶給窮人更多的福祉。從他認識共產黨時起，他們就告訴他：你沒有罪，你過去做的一切，殺富濟貧，反抗教會，都沒有錯。都是我們革命者也想幹的事情。你是我們的朋友，我們要讓你翻身做主人。我們來幫助你，也需要你的幫助，更需要你去幫助你的藏族同胞，讓大家都獲得解放，這就是我們要去實現的共產主義遠大目標。

爲了這個遠大的目標，格桑多吉在教堂村工作得很辛苦。常常白天要帶人進山剿匪，晚上很晚才睡。土改工作隊來後，雪山上的匪情反倒多起來了。一些貴族頭人表面跟政府合作，暗中卻搗亂，寺廟裏的喇嘛也不安分念經了。因爲當土改改到他們頭上，要他們交出地契和放給窮人的高利貸的債據時，貴族和有權勢的喇嘛就站在了政府的對立面。格桑多吉已經經歷了三次冷槍、一次下毒、兩支暗箭的偷襲。但他是個命硬的人，炮火連天的戰場都走過了，這點小危險嚇不倒他。

這天晚上風很大很狂，蓋過了峽谷底瀾滄江的水流聲。格桑多吉還沒有睡。他下午才帶著小張去了史蒂文家，這是正常的工作走訪，忙碌的工作甚至讓格桑多吉來不及多想瑪麗亞。他只是在走訪完一家時，小張提醒他說，隔壁就是史蒂文家，時間還早，局長你看我們是不是順帶去看看？格桑多吉猶豫了片刻，還是同意了。瑪麗亞不在，史蒂文從格桑多吉進門時起，就沒給他好臉色，說話陰陽怪氣的，問你們什麼時候把共產主義的火車開到我們家裏來啊？我這個窮家怎麼擺得下哦。格桑多吉坐了會兒就出來了，一晚上他心裏都不舒服。他本來是想和史蒂文商量，解放軍裏有種專門給衝鋒打仗的戰士們唱歌鼓氣的宣傳隊，他想問史蒂文，願不願意發揮自己的說唱才華，爲共產主義的火車加油鼓勁。但這個傢伙一直在惡狠狠地磨一把砍柴刀。

史蒂文可不像他過去手下的那些康巴兄弟。在他的世界裏，一條漢子要麼是他的敵人，要麼是他的兄弟；要麼他們刀槍相見，要麼就肝膽相照。唯有史蒂文，他不是兄弟，也不是仇敵，更不是他要革命的對象。他只是他深愛的女人的丈夫，這讓他永遠不知道該如何面對這個自命不凡的傢伙。他在史蒂文的火塘邊看到了瑪麗亞的一塊大紅色頭巾，那時他真想拿在手上，撫摸它、嗅聞它。回到自己的房間很久了，他心裏翻騰的不是史蒂文「嚯嚯」的磨刀聲，而是這塊紅色頭巾。

格桑多吉還在神思恍惚時，屋子外忽然響起打鬥聲，有人喊：「我抓到他了！快拿繩子來。」

格桑多吉坐在床邊沒有動，他在想：又是誰來暗殺我呢？史蒂文？借他十個膽子他也不敢。格桑多吉還在當強盜時，一個被頭人收買的傢伙摸進他的帳篷刺殺他，但他響亮的鼾聲震落了刺客手中的刀。這個能扳倒犛牛的好漢跪在格桑多吉的夢外，一直等到他醒來。他羞愧地說，一個英雄的鼾聲也會有英雄氣概。我跟著你走啦大哥。

不過鑒於藏區日益緊張的局勢，人們還是不顧格桑多吉的反對，在他的屋子外放有暗哨。今晚當一個黑影摸向格桑多吉的房間時，哨兵撲了過來。但這個刺客好像很頑強，他們費了好大的勁才制服他。一會兒他就看見小張和另一個工作隊員將刺客推進來了。小張說：「局長，抓到了！這個傢伙力氣好大。」

「伊麗莎！」格桑多吉驚訝得大張了嘴，身上的汗毛竟然都豎起來了，就像猛然撞見一頭狼。

「放開我！」頭髮淩亂、衣衫不整的伊麗莎用力掙扎，「我來見我男人。」

「放了她。」格桑多吉命令道，「這是……這是我從前的……朋友。」

「我是你女人，奧古斯丁！」伊麗莎高聲叫道。

「你們出去吧。」格桑多吉尷尬地說，「哦，小張，快去打壺熱茶來。」

當年格桑多吉從阿墩子出逃後，伊麗莎跟隨回擦卡的一群教友，走虎跳關回到了擦卡。他們沒有等來繞道的杜伯爾神父，卻迎來了解放。紅色漢人很快在藏區恢復了秩序。伊麗莎聽說奧古斯丁跟紅漢人走了，就積極主動地參加了當地的農會，她現在是擦卡的婦女會會長。她相信在紅漢人的隊伍中，終有一天會看到奧古斯丁的身影。他是她的男人，這是伊麗莎堅定不移的信念。當她聽說奧古斯丁換名爲格桑多吉，又回到教堂村搞土改後，便向當地的農會請了假，還特地開了封介紹信。她獨自走了八天的山路，通過了兩處土匪控制的地區，她的懷裏揣著一把刀，剛才小張費了好大的勁，才把她手裏的刀奪下來。

這個晚上真讓格桑多吉爲難。他讓伊麗莎先喝茶暖暖身子，自己在房間裏急得團團轉。這麼些年過去了，伊麗莎身上母狼般的執著與兇悍依然不改。她坐在火塘邊冷靜地說：「格桑多吉局長，我知道你心裏沒有我，但我的心裏只有你。不管你怎麼樣，也不管你改不改名字，我都是你的女人。現在我們都跟著紅漢人革命了，我一輩子都跟著你。」

「伊麗莎，過去的事情……舊社會發生的事，嗯，這個……現在是新社會了。這個這個……」

「我知道。新社會，我們翻身做主人了，主人嘛，想愛誰就愛誰。人民政府提倡自由戀愛，我就自由戀愛你，格桑多吉，我一直在等你啊！你只要對我笑一笑，我這些年就沒有白等你啦。」

伊麗莎哭了。格桑多吉不明白，爲什麼他不瞭解、也不愛的一個女人要像影子一樣地追隨他？過去他當強盜時，有些女人也爲他流淚，爲他癡情。可是她們並沒有成爲他情感之路的絆腳石。她們崇拜他，卻不會像樹上的青藤一樣死纏著他。當他打馬遊走他鄉時，這些女人最多淌幾行眼淚，然後就和她生命中注定的男人過日子去了。而自己生命中注定的女人在哪裏啊？難道就是這個像母狼一樣不管不顧的女人？

「伊麗莎，我心中有個女人了。」

「我知道。」

「不是你。」

「那有什麼關係？反正我是你的女人。」

「那怎麼行呢？現在是新社會，男人只能愛一個女人。」

「女人也只能愛一個男人。」

「要是這個男人不愛她呢？」

「那她還是只能愛這個男人。」

「要是他跟別的女人結婚了呢？」

「她還是只愛這個男人。」

「要是他死了呢?!」

「她就死在她愛的男人前面。」

「簡直胡扯！」格桑多吉學著他的領導罵人的話，衝出屋子來到院子裏。工作隊的好多人都站在院裏，剛才的驚擾讓大家都睡不著覺，一個女人來到局長的屋子裏，也讓他們感到稀罕。工作隊裏有三個女隊員，格桑多吉讓她們幫著收拾出一個鋪位。他對她們說：「這個女人是瀾滄江上游地區農會的一個幹部，你們好生照料她。」然後對一個年紀稍大的女工作隊員說：「她從小就很命苦，腦子受過刺激，她說什麼你們都不要相信，也不准亂傳。這是命令。」

安頓好伊麗莎，他又對通訊員小張說：「明天你帶兩個人把她送回去。這也是命令。」

可是第二天下午，負責遣送伊麗莎的小張就回來了，他哭喪著臉請求格桑多吉給他處分。他說他們剛開始翻雪山，這個女農會幹部就跑了，他們怎麼追也追不上。她在雪山上就像狼一樣跳躍著跑。格桑多吉歎口氣，心想，別說你們，也許我也追不上她呢，除非我們捆綁了她。可是他怎麼能捆綁一個人的愛呢？他隱約感到在將來的日子裏，伊麗莎將會潛藏在某個地方，一直窺視著他的背影。說不定哪天就會像從前在牧場上的那個晚上一樣，一下竄出來撲倒他。這讓格桑多吉這樣的蓋世英雄也心有餘悸。

伊麗莎確實沒有走遠，她回到山林裏找到了自己失散多年的狼朋友。這個可憐的姑娘在人間得不到自己的愛，在狼群中卻依然能前呼後擁，一呼百應。每個晚上，格桑多吉都能聽到夜空中悠長淒厲、如泣如訴的狼嗥。他知道這是叫給他聽的，不知是向他發出威脅，還是在向他傾訴，格桑多吉只有在深夜裏深深歎息。工作隊的許多年輕人都沒有見過狼，他們對格桑多吉局長說：「我們去打狼吧，這些傢伙吵得晚上睡不著覺。」格桑多吉一語雙關地告訴他們：「現在兩隻腳的狼才是我們最危險的敵人。」

格桑多吉沒有危言聳聽，他接到敵情通報，一些土司頭人開始反叛了。他的生父康菩土司忍受不了共產黨把田地分給窮人的土改，已糾集了近六、七百人的叛亂武裝。有幾支藏民自衛隊因爲寡不敵眾，已被康菩土司的人馬或繳械或打敗。格桑多吉看到這個通報後冷笑道：「我們終於又成敵人了。好啊！給我母親報仇的時機到啦。」

對格桑多吉來說，有仗打，就像有酒喝一樣令人興奮。他把土改工作隊的年輕人都武裝起來，還在村莊裏組織藏民自衛隊。槍彈不夠他就跟上面要，上級很快批示他組織一支馬幫隊伍去縣城馱運武器彈藥。村裏派出了二十個青年，由小張帶十個武裝跟隨押運。史蒂文也在馬幫隊伍裏，本來他可以不去的，但他這幾天老跟瑪麗亞鬧彆扭，有一天甚至還大吵了一架。他於是想還不如趁此出去躲躲清靜，這個從前大地上的流浪漢好久沒有出過遠門了。他臨走前對托彼特說。「吵鬧的女人，有如屋頂漏水。這是羅維神父說的。」

托彼特回答道：「是經上說的，《聖經・箴言》裏有。孩子，關鍵在於你要弄清楚，屋頂爲什麼漏了。」

托彼特對經書很熟，過去當傳道員時，他可以像個宗教學者那樣，隨口引用《聖經》上的話。工作隊來了後，他就說得少了。因爲他發現，現在人們對格桑多吉的共產主義那一套更感興趣，他們的說辭比《聖經》更有煽動力。

史蒂文沒有聽明白托彼特的話，他只是對托彼特說：「風雨大麼，你看看天上的雲，狗娘養的，一出門就要下雨。」

史蒂文出門時，瑪麗亞在外面幹活，他對兒子若瑟說：「跟你媽講，我趕馬去了。」

小若瑟依在門框邊問：「阿爸你哪天回來？」

史蒂文看看外面陰雨綿綿的天空，嘀咕道：「天主才知道，哪天能回來。」

他就這樣走出了家門，走上一條風雨中的不歸路。那時他不知道，出遠門的人，心中應該有什麼樣的祈禱；他也不知道，本來再尋常不過的一次趕馬旅程，此去會路途艱險、行程漫漫。人常常會忽略生命旅途中的某一個起點，他們帶著無所畏懼的心情出門，歷經風雨後才發現頭髮都走白了，還找不到一條還鄉之路。

大雨緊隨著史蒂文出門的腳步而來，一下就是半個多月。連在山林裏的伊麗莎也待不住了。一個雨夜她潛回教堂村，直撲瑪麗亞的家。她的直覺早就告訴她，自己的情敵就是這個既妖媚又健壯的女子。雖然她早就當媽媽了，但有些女人，生了孩子後更有女人味，對男人更具誘惑力。

瑪麗亞在睡夢中被自己家的狗叫聲驚醒，那狗叫得既瘋狂又膽怯，彷彿面對著一個牠不能對付的強大對手。瑪麗亞舉著一盞風燈出來拉住狗，還沒有看清外面究竟發生了什麼時，一個女人悄無聲息地已經站在她的身邊了。

「是我，伊麗莎。瑪麗亞妹妹。」女人說。

瑪麗亞差點把手中的燈打翻了，牙齒打著顫地問：「你……你你……是人是鬼啊？」

她把伊麗莎引進屋裏來，爲她打茶，烤乾身上的濕衣服。兩姐妹有些年沒有見面了。過去在村裏低頭不見擡頭見，伊麗莎是個既讓人同情又令人害怕的女人。她和格桑多吉的事情大家都知道，人們甚至私下說只有她這樣強悍的女人才能收服格桑多吉這種當過強盜的人的心。她不漂亮，但心地善良；她和人不合群，但卻能調動山林裏的百獸。過去誰家的牛羊不見了，都會去問她，是被野獸拖走了呢，還是跑到遠方的山上去了。伊麗莎總能給出準確的答案，甚至有一次，她還從一頭老熊口裏救下了一個孤寡老人的牛。

在這個風雨之夜，強悍的女人伊麗莎向嬌弱的瑪麗亞跪下了。她請瑪麗亞幫她個忙——讓格桑多吉愛上自己。

「可是，可是，這種事情，我怎麼幫你呢？」瑪麗亞爲難地說。

「把他約到你的牧場上去。」伊麗莎用命令的口氣說。

「你要幹什麼？」

「你不要管就是。我會在你的牧棚裏等他。」

瑪麗亞明白了，這個姑娘將要再一次搶一個強盜。這是一個狼女的約會。她的心裏忽然有股隱隱的痛。當年就是這種痛讓她跑到那條溪流邊奚落格桑多吉，差點讓他喪了命。她爲什麼要那樣做，多年來瑪麗亞自己也沒有想清楚。對這樁愛情的反對？或者是繼續享有一個被人愛著的女人的虛榮？哪個漂亮女子不希望天下的優秀男兒都傾慕自己呢？哪怕她只能嫁給其中一個人。

「你自己去約他嘛。」瑪麗亞幽幽地說。

「他心裏只有你，瑪麗亞。」伊麗莎眼裏放出狼眼的光芒，讓瑪麗亞害怕。「別以爲我不知道。你是有男人有孩子的女人，但他被你迷惑了。你說一句話，他爬幾座雪山都樂意。瑪麗亞妹妹，我求求你了！」伊麗莎就在這時給瑪麗亞跪下了。

瑪麗亞怎麼受得起，忙把伊麗莎扶起來，不斷說：「好好好，我明天去跟他講就是。」當她的承諾出口時，她感到自己的心像被剜了一塊肉般疼痛。

第卅三章　奧古斯丁懺悔錄(二)

女人比死亡還苦，她一身是羅網：
她的心是陷阱，她的手是鎖鏈，凡博天主歡心的，必逃離她，但罪人卻被她纏住。
——《聖經・舊約》(訓道篇7：26)

我在教堂外的空地上操練藏民自衛隊時，一個小女孩給我捎來個口信，說瑪麗亞姑姑在牧場上病了，要我去看望她。我當時心裏緊了一下，昨天我還遠遠看見過瑪麗亞，她家裏的炊煙昨晚上還在飄起，怎麼就去牧場上了呢？緊接著我的心裏一陣狂喜：她要見我。只有在安靜浪漫的牧場上，我們才可以說那些在人前不能說的話。我來教堂村工作幾個月了，還沒有跟瑪麗亞單獨相處的機會。我有許多話需要私下裏跟她說，這可是憋悶在我心裏好多年的話了。

「你不要去！」我的愛神在天上說。

我仰天張望，沒有看到他的身影，但我的確聽到了他的聲音。於是我問「爲什麼？因爲我在忙著嗎？」

「不，是你看不見前面的路。」愛神說。

「誰看得清愛情的未來呢？」我說。

我讓人把馬牽出來，說要去一下高山牧場。他們說要派兩個人跟隨我，我拒絕了，讓他們繼續操練。我快馬加鞭，向牧場上奔去。在過一條雪山溪流時，我的馬忽然高揚起了前蹄。不是溪流的水急，而是我一頭闖進了湧上心頭的悲傷往事。就在這條溪流前，多年前背負愛情十字架的教堂馬倌奧古斯丁，不但在這裏看見了聖母瑪麗亞顯現，而且還遇到了生活的中另一個聖母。

我跳下馬來，仔細打量這條不大的溪流，過還是不過？溪流裏有許多從山上沖下來的石頭，有的像野獸的蛋，有的像魔鬼的拳頭。我曾經栽倒在這條縱馬即可躍過的溪流裏，讓我在死亡的邊緣走了一回。人們說我讓一條溪流的水封凍了。其實不是溪流的寒冷，而是一個女人目光中的鄙夷，讓我熾熱的愛心，被世界所冰凍。

「哎，你怎麼不過去了？害怕了？」一個女人的聲音溫柔地在我的身後說。

是瑪麗亞。我的幸福差點就淹死了我，但我很快鎮靜下來。「噢，我不是在做夢吧？」我從來都很清醒，但現在糊塗了。難道往事真的可以用一根繩子拉回來？瑪麗亞頭上戴著那塊曾經讓我夜不能寐的大紅頭巾，長長的黑髮梳成無數根細細的髮辮，仔細地盤在頭頂。她的青色上衣領口和袖口都鑲著金絲線邊，外面還罩了件粉紅色的錦緞坎肩，坎肩上繡滿了讓人眼花繚亂的吉祥圖案；脖子上掛的是綠松石、貓眼石、大海裏的珊瑚，一串疊一串；耳朵上墜的是紅瑪瑙，腰間還掛有錚亮的銀器。她飽滿的胸脯像雪山一樣挺起這些耀眼的珠寶，她驕傲的面龐掩映在紅頭巾下，彷彿這裏不是雪山下的牧場，而是在賽馬場上，一個漂亮女子傾其所有，要把天上的星星月亮，山中的珍奇異寶，都展示給賽馬稱王的英雄好漢。

這不是一個藏族女人平常的穿戴，這是一套節日盛裝啊！單是她頭上瀑布一般的細髮辮，七八個女人要用半天的時間才能編織好。在牧場上有一句話是這樣說姑娘頭上的細髮辮的：「姑娘頭上的髮辮，全村女人的換工。」

她如此精心打扮自己，是因爲要見我麼？我感歎道：你這個傻瓜，終於等來自己的愛了！我的愛神啊，你也會有說錯話的時候。

「你不是說在牧場……等我嗎？」

「奧古斯丁，我……還是叫你這個名字好麼？」

「隨你怎麼叫都行。我還是跟過去一樣啊。」我想她應該明白，我還是跟過去一樣愛她。

「我只是……想在這裏說給你一句話。」她的頭扭向了一邊。

「說吧，瑪麗亞，你說的什麼都像歌兒一樣好聽。」

「奧古斯丁，我……是史蒂文的女人。」

我說我知道。她什麼意思呢？

「你的……共產主義火車，會開到我的家裏來麼？」

「你說什麼呀瑪麗亞？」我站在瑪麗亞的面前，覺得自己從來沒有這樣近距離地審視這張動人羞澀的臉。「你是說共產主義的生活麼？當然，我們就是要每一戶藏家，都過上好日子。」

「都在一口鍋裏吃飯？」

「是。這樣多好，大家團結互助，有福同享。」

「男人和女人，也……也在一個屋子睡覺？」

「哈哈，這是反動派的造謠。這怎麼可能呢？男人和女人，只有結婚了才在一個屋子裏……睡麼。」過去國民黨反動派說我們共產共妻，現在那些貴族頭人也揀起這些謠言來污蔑我們了。

「奧古斯丁，你不想跟一個女人結婚麼？」

「這個……眼下我事兒多啊，忙不過來。」我有些慌亂。

「你還沒有找到自己心裏的女人嗎？」

「嗯，其實，早就找到了的。」我看著她的眼睛，希望她能聽懂我的話。

「在哪裏呢？」她的眼睛也勇敢地看著我，讓我的心都在顫慄。

「嗯……她在我心裏就是了。」我的聲音不知爲什麼小了下去。

瑪麗亞羞紅了臉，將頭扭向一邊。然後她彷彿下了好大的決心才說：「去牧場上吧，那裏有個愛你的姑娘等著你呢。」

「誰呀？」我一下睜大了眼。

「伊麗莎。奧古斯丁，她是個好姑娘。」她的聲音小得也只有她自己才聽得見。

「簡直胡扯！」我又學著漢人的話罵人了。他們有很多話讓我學說時威風無比，我把手裏的馬鞭向空中抽了一鞭，像是抽打我心裏的野獸。「是她叫你來幫她的嗎？」我問。

她羞愧地低下了頭，好像在大人面前做了錯事的孩子。

「那你是害我啦瑪麗亞！」我衝動地抓住她的肩，「讓她再來打劫一次我的愛情嗎？你怎麼能幹這樣的事情呢？」我那時真想一把將她摟過來，真想對著她的耳邊輕輕說，我愛的是你。你還不明白麼？

她的身子在我的手掌中瑟瑟發抖，不知是被我嚇著了還是由於激動。我就像抱著一隻被驚嚇的羔羊，我想撫摸牠，安慰牠，但又怕讓牠更驚恐。

我不知道接下來該怎麼辦，一個男人冷酷的聲音就像從地裏竄出來一樣，在我的背後響起。「你又怎麼能幹這樣的事情呢？」

我回過頭去，正面對史蒂文的槍口。「放開我的女人！」他說。

「史蒂文，你趕馬回來啦？」我比剛才看見瑪麗亞時更驚訝，我鬆開了抱著瑪麗亞肩頭的雙手。

「嘿嘿，我再不回來，我的女人也要被人搶走了。」

「史蒂文，不許胡說。我和瑪麗亞在談事情呢。」

「什麼事情要跑到這鬼影子都不見的地方來談？心裏有鬼啊。你這個賊，過去偷神父的錢，現在來偷我的女人。」史蒂文的槍在晃動。

我的血在往上湧，「史蒂文！你可以一槍打死我，但我不允許你把我的驕傲踩在腳下。」我的手摸在腰間的槍把上。我從來沒有這樣被人羞辱過，要不是瑪麗亞在場，我早就一槍崩了這個侮辱我的傢伙了；也由於在瑪麗亞面前，我的驕傲不僅是被踩在了他腳下，還踩在一堆牛屎裏！

「史蒂文，我是來幫他說個事情的。我們沒幹什麼。」瑪麗亞在我身後說：「放下你的槍，他可是格桑多吉局長，是我們兒子的代父。」

「呵呵，局長？呵呵，代父？見鬼去吧。格桑多吉，我真後悔沒有在我們結婚那天殺了你。你永遠都是我們愛情的強盜。」史蒂文邊說邊拉動了槍栓。

我用了扳倒一頭犛牛的力氣，才把胸間的怒火壓下去。「史蒂文，我警告你，不要拿槍對著我。把槍給我！」

然後我向史蒂文走過去。並不是我不害怕史蒂文開槍，而是我忽然渴望在這無法解決的愛情難題中，讓史蒂文當著瑪麗亞的面將我一槍打死。我的羞憤如果讓我不能殺死侮辱我名譽的人，那就讓我用死來證明自己的驕傲吧。

「你不要過來啊！我會開槍的。」史蒂文聲嘶力竭地喊。

我相信他會開槍，我在用邁向死亡的腳步掙回自己的榮譽，把羞辱像一團牛屎扔回給他。「史蒂文，我學會打槍時，你剛學會唱歌寫詩。還記得我說過給你的話嗎？一個流浪詩人，一生只會做兩件事，在寫詩中流浪，在流浪中……」

史蒂文高喊道：「不要以為我現在是個幹農活的人，我還有詩人的骨頭！」

我嘿嘿笑了兩聲，繼續加重他的恥辱感。我終於看到，他顫抖的手指扣動了扳機，但我一動不動，等待被擊中的快感降臨。

槍聲炸響之時，一個身影像狼一樣敏捷地竄出來，擋在史蒂文的槍口和我之間。我都聽得見子彈鑽進肉體的那一聲悶響。

誰也不知道伊麗莎是怎麼出現的。當她癱倒在我的腳前時，我才發現血已經從她胸口上緩緩流淌出來了。

「史蒂文，你這狗娘養的兇手！」我一手抱著伊麗莎，一手掏出了腰間的槍，但我還沒有把槍擡平，胳膊就被瑪麗亞緊緊抓住了。瑪麗亞在哭喊：

「史蒂文，主耶穌啊，你都幹了些什麼啊?!」

「瑪麗亞，放開我的手！」我在掙扎中把一串子彈都射向天空了。但是瑪麗亞不知哪兒來那麼大的力氣，她撲倒了我，我們一起滾在了地上。我聞到了瑪麗亞身上比藏香還要濃郁百倍的愛的氣息。

「快跑啊，史蒂文，跑啊，史蒂文快跑……」

瑪麗亞死死地壓住我，不是她的力氣大，而是我不能反抗。唉！我怎麼總是被女人按翻啊！如果是和敵人搏鬥廝殺，即便被徹底壓在地上，我也不會停止反抗。但要是一個女人按翻了你，而且，她不是伊麗莎，是瑪麗亞，我怎麼抗拒得了啊！

史蒂文扔下槍，沒有跑，而是跪在地上，掩面而泣。

瑪麗亞死死地壓在我身上，不，是緊緊地摟抱著我，她淚流滿面地說：「奧古斯丁，救救他！求求你救救他啊……」

我竟然在這個時刻想起瑪麗亞那根陪伴我度過了無數孤寂長夜的頭髮！是因爲她頭上的髮辮已經散亂了麼？一根細髮辮被淚水浸濕，橫搭在我的嘴唇邊，濕潤、柔軟，像一根黑色的小手指，在攪動我心靈中最柔軟的那根神經，讓我的心軟得像融化的酥油。我看見愛神在天空中歎息，看見他哀憐的目光中的責備，看見他也亂了自己的陣腳，不知道在史蒂文、瑪麗亞和我之間，應該把他的愛恩賜給哪一個。他從馬背上跌了下來，像個蹩腳的騎手那樣，被馬拖著跑了。

「史蒂文，憨狗日的，你沒有長蹄子嗎？」瑪麗亞像個男人一樣粗魯地叫罵，還一邊用手捶打我身邊的草地。

這時，山坡下傳來呼喊聲，是我的人來了。我並不希望他們此刻抓到史蒂文，我甚至在心裏爲史蒂文著急，快跑吧，你這軟骨頭詩人。讓他們抓到就有你好受的啦。

史蒂文終於跑了，這個像我一樣的流浪漢開始了他命運的流浪。杜伯爾神父曾經告訴過我：你必須學會愛自己的敵人三次，才會得到愛本身的拯救。他的這句話讓我不理解，以至於我大哥貢布叫我去殺他時，我寧肯背負叛教的惡名也不殺神父。我愛史蒂文嗎？我不知道。

工作隊和藏民自衛隊追上來時，我正把伊麗莎抱在懷裏。她已經咽氣，沒有來得及跟我說一句話。我相信如果她能，她會說：「格桑多吉，我永遠都是你的女人。」過去我的那些生死兄弟幫我擋過子彈，還有一個兄弟爲了勸阻我那不該有的愛情，給了自己的腦袋一槍。但我都沒有現在這樣悲傷、羞愧。因爲這是一個愛著我的女人爲我擋了子彈啊！因爲我這時才明白，我們在追求自己被拒絕的愛面前，其實是多麼相像的一對啊！

我情願史蒂文的子彈打中的是我。

伊麗莎在牧場上撲倒我的那晚，我就像一個破戒的喇嘛，被逐出信仰的神殿。她身上有狼的氣味，但她卻是個在男人面前萬分溫柔的女人。她在高興的時候咬我，平靜下來後又用舌頭一一舔平那些傷口。一個真正的漢子其實從不在乎自己身上有多少創傷，卻總是爲那些撫平他傷口的女人感動。我那個晚上之所以在一個女人面前甘拜下風，就因爲重創我的是一個女人，舔盡我傷痛的又是另一個女人。這個女人把自己的愛，像一壺熱茶似的跪著捧到我的面前，而我嘗了一口後，扭身就走了；可她還一直跪著，並打算永遠那麼跪著啊！她用生命向我證明，她的愛永遠都是熾熱的。但我這個狗娘養的混蛋，卻看著人家碗裏的茶。如果愛情真的是由天上騎馬的那個傢伙主管，我要問他：你爲什麼總是作弄我？人間有多少像我這樣狼狽的愛情？如果比天上的星星還多，人們供奉你這個愛神又有何用？我可以和魔鬼廝殺，和死神搏鬥，甚至可以反抗我曾經信仰的耶穌天主，但是我卻打不過愛神。你才是個狗娘養的混蛋，我和你有仇。

我注定終生要爲自己的愛情贖罪。儘管現在我不信仰耶穌天主了，但我知道我背上始終有一付沈重的十字架。直到有一天我被掛在上面，任由後人在我有罪的靈魂前面指指點點。

第卅四章　康菩土司的哀歌

人用什麼來犯罪，就用什麼來罰他。
——《聖經．舊約》（智慧篇11：17）

當那兩個年輕的農會幹部從康菩土司家裏帶走十來個農奴、讓他們恢復自由民的身分時，康菩土司就恨恨地想：永遠不會和紅色漢人在一個鍋裏舀羊肉湯，在一個火塘邊喝酒啦，儘管你們給我封了個什麼副縣長的頭銜。

因此，藏區局勢一緊張，從拉薩那邊傳來一些虛虛實實的消息，康菩土司就坐不住了。管家次仁說，老爺，我們跟他們幹吧。家裏連農奴都沒有了，連我手裏的皮鞭都換成了幹農活的鋤犁，我們活著還有什麼意思呢？反正幹農活是累死，跟紅色漢人打仗也是死。讓我們這些穿慣了漢地絲綢、喝慣了普洱茶葉、習慣了把黑骨頭賤人當牲口使喚、既有身分又有地位的人，也血性一回吧。

次仁管家說出了康菩土司心裏的話，紅漢人來後，他心裏早就像塞了一把著火的茅草了，既鬧得慌，又燒得慌。他不能忍受家裏沒有像牲口一樣使喚的奴隸，不能忍受自己的大片莊園被紅漢人分給那些黑骨頭賤人，不能忍受成疊的高利貸債據被付之一炬，這些讓黑骨頭賤人子子孫孫都償還不盡的債據，是康菩家族永遠坐在錢糧堆上享盡榮華富貴的保證，但紅漢人說這是不合理的，是剝削行爲，一把火就燒了；他也不能忍受紅漢人命令他的土司衛隊繳槍，憑什麼要把槍交給你們，槍是財富的保證，沒有槍，土司怎麼做？貴族怎麼保持尊嚴？國民政府的縣長還有帶槍的侍衛呢，他這個副縣長身後只有自己的影子。從前，康菩土司家族把貢品和歸順之心一齊送到遙遠的漢地，以換來自己榮華富貴的祖訓，現在都不管用了。即便你臣服歸順了，他們也要剝奪你作為一個貴族的所有特權。因此，眼前的關鍵是：要保住一個土司貴族的驕傲和尊嚴。

他一方面虛情假意地和紅漢人談判，一方面給屬地的頭人們發出戰爭的信號，讓他們召集各自的「門戶兵」，他們租種土司的地，按慣例有為土司出征打仗的義務。在康菩土司看來，紅漢人是一些只會磨嘴皮的傢伙，他們像喇嘛上師一樣給你宣講他們那一套，你只需糊弄他們，客客氣氣，繞山繞水，天一句地一句，讓他們去想半天的答案。等他們想清楚一個問題該怎麼回答時，康菩土司的人馬已經調集齊備了。他在一個晚上就收拾了兩支跟紅漢人走的藏民自衛隊和一個土改工作隊，把打死的和俘獲的，不管是藏族人還是漢族人，要麼吊在樹上，要麼裝進麻布口袋沈進瀾滄江，然後帶人上雪山。康菩土司說：「要是我有充裕的時間，老爺我要一個個取掉那些跟紅漢人跑的黑骨頭賤人的膝蓋。」

但是他沒有料到紅漢人當起真來可比他們磨嘴皮的功夫厲害多了。他們調來正規軍，由那些黑骨頭賤人帶路，搶先把雪山埡口的道路封死，然後一步步將他們像趕羊群一樣往瀾滄江峽谷裏壓。幾百人的叛亂隊伍，在那些久經沙場的紅漢人面前，幾乎就像一群只會狂吠的狗和一頭雄獅搏殺。

峽谷裏的核桃在樹上不搖自墜的季節，康菩土司的人馬被驅趕到了峽谷的「鷹渡」。溜索邊有一棵百年野核桃樹，滿地的野核桃發黑腐爛，無人收揀，像那些莫名客死他鄉的亡靈。康菩土司還記得，當年他帶人爲追趕扎西嘉措和央金瑪，曾經到過這個地方，江的對岸是教堂村。

不過，讓他感到命運無常的是，當年他要追殺的人，現在卻自己攜槍來投奔他。走投無路、饑腸轆轆的史蒂文見到康菩土司時，說他殺了一個人，已經在山上躲了半個多月，每個路口關卡都有紅漢人，沒有路條就是一隻鷹也飛不過去，現在不是那個想去哪兒就去哪兒的時代啦。土司本想把他丟進瀾滄江，以解多年之恨。但此刻他正缺人槍，當初叛亂起事時有五六百人，現在只剩下不到一百人了。康菩土司對史蒂文說：「你這狗娘養的，要是打仗能像你歌裏唱的那樣輕鬆就好啦。魔鬼一路被斬殺，神勝利的腳步遠到天邊。唉！佛祖才知道現在誰是魔鬼誰是神靈？」

康菩土司的身後有幾百個解放軍騎兵在追趕他，已經聽得見他們急促的馬蹄聲，敲打得連雪山都在顫抖，對岸則是他的兒子帶人嚴陣以待。他聽史蒂文說，格桑多吉身邊有三四十人的武裝，如果能過橫跨在瀾滄江上的溜索，還是可以吃掉他們的。格桑多吉現在既不相信藏族人的神靈，也不相信耶穌天主，他比當年做強盜時還要厲害。

康菩土司自負地說：「我知道他又一次改了自己的信仰。但不管他叫什麼，敬畏什麼，兒子總是兒子，父親總是父親。」

康菩土司先叫兩個人過溜索，但是只到一半，對岸便是一陣排槍相迎，劈哩啪啦就將兩人打下江去了。康菩土司不得不親自站到江岸上，向對岸高喊：

「格桑多吉，我是你父親康菩・仲薩土司！」

對岸沈默了片刻，回答說：「我從小就沒有父親，現在也沒有土司了。」

「不管怎麼說，一個父親來了，總不至於不讓他過一下溜索吧？」

「要看我手中的槍答不答應。」格桑多吉也站在了江岸上，還是披著那件黃色的軍大衣，康菩土司覺得這個兒子就像一個不認識的紅漢人。

康菩土司焦躁地將身邊的一塊石頭踢進江裏，「有向父親開槍的兒子嗎？」

格桑多吉說：「要看這個父親是怎麼當的。」

康菩土司像一個乞丐般地向對岸伸出了雙手，「我雄鷹一樣的兒子！看看你的父親，正在被紅漢人追趕呢。就是家裏的一條狗，也會爲主人叫兩聲壯膽哩。」

格桑多吉哈哈大笑：「你忘記了我現在也跟紅漢人走了嗎？」

「你身上可是流著康菩家族高貴的血脈！」

「不！你錯了，康菩土司。」對岸的格桑多吉嚴厲地喊：「我身上過去流的是牧場上黑骨頭賤人的血，現在流的是革命的紅色血脈。革命就是要把你們這些貴族頭人的高貴踩在牛屎裏。康菩土司，把你和你手下的槍都扔到江裏，投降吧！」

「牛屎裏還有高貴的話，人間哪還有土司的尊嚴？」

「這就是我們跟紅漢人鬧革命的道理。讓滿身牛屎味的黑骨頭賤人高貴，讓尊貴的土司去吃牛屎。」

「瀾滄江水倒流，山下的石頭滾上了山坡，兒子也可殺父親了。這叫什麼世道啊？」康菩土司剛哀歎完，就看到自己斷後的人馬潰退下來了，解放軍的馬隊已經衝殺過來，毫不手軟地斬殺那些試圖抵抗的人。江邊一時大亂，土司的隊伍就像被風刮著滿地亂跑的樹葉，解放軍的機槍現在不往人身上打了，只打在人們身後，碎石被機槍子彈打得四處亂濺，更加重了他們慌不擇路的亡命步伐，彷彿一根根鞭子抽打炸了群的羊群，將他們一步步往江邊趕。當他們退到波濤滾滾的瀾滄江邊時，他們聽見了勝利者的喊話：

「放下武器！抵抗是沒有用的。我們只抓康菩土司，你們投降就可以回家幹活了！」

康菩土司伏在溜索邊的岩石後，知道除了指望被自己忽略了多年的父子之情，再沒有生路了，他必須冒險一搏。自從知道自己有個強盜兒子後，他就一直在拚命回憶那個和他過了一夜的姑娘是什麼模樣，現在他終於想起來了。她是個略帶羞澀的牧區姑娘，牙齒有些往外突，臉龐長長的，瘦小孱弱，像一隻從沒有吃到過好草的羔羊。但他還是費了些力氣才把她擺平。他甚至還想起一個細節，這個姑娘一直在他大山一樣的身下顫抖，牙齒磕得像山上永遠滾落不盡的亂石，搞得帳篷頂的積雪都簌簌往下掉，火塘裏的火苗也跟著姑娘的顫抖一起抖動起來。佛祖才知道她怎麼能養出這樣一個英武叛逆的兒子？是我康菩土司的本事好啊！

康菩土司心中升起一股豪情、親情，他把自己掛在溜索上，向對岸高喊：「兒子，過去的日子，不是一筆高利貸！」

他手握溜梆，「哧溜」一下就滑了出去。在他縱身飛向對岸的那一霎那，他看到了牧場上那個姑娘顫抖的目光，看到了格桑多吉面對他的槍口，看到了兒子炯炯有神但又有些迷惑的眼睛，還看到了他額頭上紅色的光芒。

狗娘養的，他真要殺我了。

康菩土司剛哀歎完，一顆從對岸射來的子彈準確地擊中了他同樣發紅的額頭。康菩土司雙手一揚，從溜索上掉進了瀾滄江。

土司的人馬知道對岸不會給他們機會了，一個連自己的生父都敢射殺的人，誰還敢去撞他的槍口？他們紛紛扔下槍，向解放軍投降。

在打掃戰場時，格桑多吉從江對岸溜過來了。大家歡慶擁抱，爲終於打敗了峽谷裏最大的一支叛亂武裝而慶賀。俘獲的叛亂者被圈到一邊，準備帶回去逐一審查後再釋放。一個解放軍營長對格桑多吉說：「那邊的藏族人是爲我們牽馬帶路、運送飼料彈藥的民工，交給你了，發給他們一些路費，讓他們回家吧。」

格桑多吉往營長手指的方向望去，看見一個傢伙閃身往人群中躲。他的心頓時比剛才擊斃自己的生父還要複雜，但他的腳步卻沒有停留。

「史蒂文，不要躲啦。打仗可不像你寫詩唱歌，看來你永遠當不了一個好說唱藝人了。」格桑多吉說。

交戰時史蒂文扔了槍躲在一塊大石頭下，解放軍衝過去後，他抓了頂破氈帽叩在頭上，趁混亂之際，牽過一匹戰馬混進了民工隊伍。但他萬萬沒想到冤家總有要碰頭的時候。

「好吧，我把我流浪的命交給你。」史蒂文說。

「不是交給我，是交給人民來審判你。」格桑多吉冷靜地說，「你這個殺人犯。」

「我一生只殺了一個人，你殺了多少人呢？」史蒂文譏諷道。

「我殺的都是壞人，而你殺的是一個好人。」

「誰好誰壞，現在可說不清。」詩人史蒂文的骨頭忽然變得強硬起來，他從來沒有在面對格桑多吉時，眼睛裏的光芒如此冷硬、絕望。他剛才見了太多的死亡了，在逃亡的路上已經飽嘗太多的絕望了。他在被捆綁起來時，說了一句很漢子的話：

「格桑多吉，你可以把我抓走，甚至可以殺了我。但看在天主的份上，我要告訴你，瑪麗亞永遠都是我的女人！你要動她一根指頭，我會殺了你！」

格桑多吉默默地看著他，直到被兩個解放軍士兵帶走，他都沒有說一句話，不是因爲被史蒂文的話嚇倒，也不是爲瑪麗亞，而是爲自己愛的命運。格桑多吉的心堵滿了一河川的亂石，史蒂文嘴裏蹦出的每一個字，都是擊中他心扉的石頭。它們不是山崩崩下來的，也不是瀾滄江水沖下來的，更不是平淡的歲月搬運而來，而是由思念、苦悶、孤獨、漂泊、嫉妒、怨恨、愛別離、生死恨鬱結而成。它們能夠阻絕江水，也能凝固時間，但可以阻擋一個最勇敢的人的愛情嗎？格桑多吉知道答案，我們不知道。

第卅五章　捉放記

火所不能燒毀的，因著溫和的一線陽光，立即融化。
——《聖經．舊約》（智慧篇16：27）

叛亂很快就平息了，格桑多吉回到了縣上。由於他大義滅親、擊斃了康菩土司，抓獲了潛逃的史蒂文，為平叛立下了大功，人們說上級部門要提升他當副縣長了。在慶功大會上，縣委書記親自為他頒發西藏和平解放紀念章，還給他戴上大紅花。同事們提前向他祝賀，但格桑多吉卻高興不起來，因為一個女人的悲傷已經讓他胸前的大紅花浸滿了淚水。

瑪麗亞來見格桑多吉時，臉上的愁雲比雪山上的雲層還厚，她的眼淚一直像兩條小溪流一樣，都要把格桑多吉淹沒了。女人的哭訴是柔軟而鋒利的刀子，是漏雨的屋子，是狂風暴雨中搖曳的孱弱小花。正因為孱弱，她的哭訴就更咄咄逼人，更令人心煩意亂——

「史蒂文闖下大禍逃跑後我就沒有睡一個安穩覺，狗一叫我都起來看看是不是他回來了；山道上有個人影我也要等半天，直到我看清他不是史蒂文；有時候他的歌聲在夢裏響起，夢外的眼淚早浸濕了身下的氆氌；小若瑟知道他阿爸殺了人，天天晚上依在門框邊等他的阿爸，門框都被他壓倒了；家裏沒有男人連火塘裏的火都不熱，一壺茶半天也燒不開；有一天伊麗莎的陰魂來到家裏，我問你找史蒂文嗎？我也在找他，政府也在找他，求求你行行好把他給我帶回來吧。但伊麗莎說我是來找你的，是你壞了我的婚事，我要拉你一起下地獄。她用她鋒利的牙齒咬著我往地獄裏拖，是小若瑟趕來用火塘裏的柴禾才打跑了她。主啊，那天我爲什麼要答應幫這個女人的忙？我爲什麼要去溪流邊見你？我只是想告訴你，我有家有男人了，你趕快去找個女人來愛，不要再等我啦，瀾滄江水流乾了，你也等不到的啊！」

格桑多吉披著黃軍大衣，在房間裏踱著步，一直把高大的背影留給那個流淚哭訴的女人，不回一句話。見到她後他就悄悄地把大紅花摘下來了，因爲他看見她眼睛裏的疑惑與幽怨，彷彿在問：奧古斯丁，抓走我的男人，就是你的榮耀嗎？即便他背對瑪麗亞，也不得不忍受這詢問的煎熬。很多男人，背後都有一雙女人美麗多情的眼睛，或是期盼，或是鼓勵，或是哀求，或是信任。男人不用轉身回望，也知道那眼睛裏的內容，他會由此而得到力量之源，愛情之源。男人即便征服了世界，他不會忘記這雙眼睛；男人走向了地獄，也無怨無悔。

「好吧。」格桑多吉仍然沒有轉身，「我可以帶你去見他。」

「人們說你現在是峽谷裏最大的官了，你寬恕他，放他回家，不行嗎？」女人哀求道。

「瑪麗亞，這不是我能說了算的事，得由人民政府來決定。」

「這可不是從前那個奧古斯丁說的話。」

「我現在叫格桑多吉。」

「可格桑多吉心中的愛情呢，也死了嗎？」

「沒有。除非瀾滄江水乾枯了。」

「奧古斯丁，我求求你，不要殺史蒂文。你答應我嗎？」瑪麗亞「咚」地一聲給格桑多吉跪下了。

格桑多吉慌忙轉過身，去扶瑪麗亞。「起來，起來，你起來吧！」

「你不答應我就不起來。」

「唉，瑪麗亞，你難道還不明白嗎？」格桑多吉急得說話都不利索了，「我就是殺了我自己也不會殺史蒂文。」此刻面對眼前那雙淚光粼粼的眼睛，他不但心軟了，連腳也發軟了。以至於他不得不對著屋外高喊：「小張，帶這個女人去看她的男人。」

通訊員小張站在門口，爲難地說：「格桑多吉局長，有命令不准探監。」

「誰的命令？」格桑多吉問。

小張憋了半天才鼓起勇氣說：「你。格桑多吉局長。」

「現在我命令，凡是來探監的犯人家屬，都可以去。」格桑多吉右臂一揮，氣吞山河。

格桑多吉在女人面前的柔情與豪邁讓他一生都得爲此付出代價，男人中這樣的傻瓜並不少。關押叛亂者的所謂監獄，其實不過是從前來這裏開礦的漢人遺留下來的一個會館，一幢兩層樓房，下面有個院子，樓前有廚房，後面有個廁所。格桑多吉臨時讓人用木柵欄將廁所圈起來，安排了一個流動哨兵，犯人要上廁所也有專人陪同。瑪麗亞探望了史蒂文後，被俘叛亂者的家屬都可以來了，會館裏天天都人來人往，連托彼特也來看史蒂文。有一個叫旺堆的傢伙，他的兄弟也在裏面。旺堆悄悄帶進來一把藏刀，遞給了他弟弟培楚，兩兄弟約定晚上月亮升上來時，培楚藉故上廁所，然後裏應外合逃走。

「這樣的事情可得多找幾個幫手。」史蒂文忽然站在旺堆身後說。

旺堆問：「你以爲是去趕馬嗎？這是去逃命。」

「這個世道，誰不想逃命呢？」史蒂文反問道。從他看到瑪麗亞的淚眼那天，就在心裏發誓，一定要逃出去。瑪麗亞來探監時，說天上一顆叫「明珠」的星星在，她對他的愛就在。因爲這顆明亮的星星總是出現在他們家房門前方。沒有結婚以前，他們的愛是由騎白馬的愛神分管的，結婚後愛神大概是去照管其他人的愛情了，他們的愛得不到天上神靈的眷顧。現在，他們把思念、懷想、守望、乃至情欲，寄託給天上的一顆星星了。瑪麗亞對史蒂文說：「看著這顆星星贖你的罪吧，我會天天守著它，直到你回來。」

結果在那個多雨的晚上，想逃命的不止培楚和史蒂文。藉口要上廁所的人竟然有六個之多。當培楚在廁所門口刺倒了看守後，有個叫次多的年輕人竟然真的拉起屎來了，幾個人催他快走，但這個傢伙固執地說：「逃命也得讓我把屎拉完吧。」他蹲在茅坑上使勁，劈裏啪啦的聲響讓外面等他的人心驚肉跳。一聲聲烏鴉的詭異叫喚已在木柵欄外面響起，那是旺堆發來的暗號。培楚實在等不得了，進去一把拽著次多就往外跑，次多驚慌失措地喊：

「我屁股上有屎我屁股上有屎……」

前院的哨兵終於發現了犯人在逃跑，他在第一時間鳴了槍。監獄裏一時大亂，看守們從宿舍衝出來，犯人們已經翻過木柵欄了。

格桑多吉得到犯人逃跑的消息後，開口就問：「史蒂文也跑了嗎？」他穿衣、佩槍、上馬，一連串動作還不到一分鐘。他自己也感到奇怪的是，那時他想到的不是如何抓到史蒂文，而是擔心這個傢伙萬一被打死了，他該如何向瑪麗亞交代？他可不願意再次面對瑪麗亞的淚眼。

許多年過去了，許多往事不堪重提，許多人生經歷在歲月朦朧又血腥的時光中難以說清。格桑多吉作爲共產黨刻意培養的民族幹部，在這個複雜曖昧的晚上從此走上一條充滿荊棘的下坡路，並且一直走到地獄的門口。就像當年他在追逐史蒂文的路上，把其他人遠遠甩在身後，他騎馬從一座雪山上衝下去，終於在一個路口堵住了那幾個逃亡者。他打倒了其中的三個人，俘獲了史蒂文，其餘三個人卻逃脫了。

史蒂文是格桑多吉策馬用馬頭撞倒的，他可以用槍、用刀、用一千種方法置他的情敵於死地，沒有人會認爲他有錯。但他沒有殺死史蒂文，他就對自己有錯。

更要命的是，格桑多吉馬失前蹄，重重地摔了下來。也許是戰馬不明白主人爲什麼衝到敵人的面前，不用馬刀去砍殺，也不用槍射擊，更不要牠高揚起馬蹄踏碎敵人的胸膛。主人要牠用頭去撞翻敵人。這樣的命令牠從來沒有碰到過，因此戰馬彆扭地執行了命令，卻前蹄一滑，將主人顛翻了。

這可是格桑多吉戎馬生涯中最丟臉的事情。但他很快就順勢把史蒂文壓在身下，兩人都是一身的泥水，史蒂文抹了一把滿臉的淚水、雨水，面對格桑多吉的槍口，竟然張口說：

「我想回家。」

「我也想，」格桑多吉說：「但我沒有家。」

史蒂文說：「那是因爲你還想著我的女人。」

格桑多吉答非所問，「你這活該到處流浪的傢伙，你跑什麼跑，難道你跑得過槍子兒？」

「槍子兒追得再快，我也要跑。格桑多吉，我要爲我的女人活著。」

格桑多吉忽然發現史蒂文的眼神像瑪麗亞，讓人的革命意志堅定不起來。他忘記了這個傢伙有一雙柔情似水的眼睛，曾經讓很多仇人感動，讓更多的女人融化。

「滾吧，走得遠遠的，不要讓我再看到你。」

這是格桑多吉一生中說得最荒唐不經、最鬼使神差的一句話，彷彿不是從他的口裏說出來的，而是另外一個人，一個不但他不認識、所有格桑多吉的朋友、兄弟、革命同志也不認識的傢伙說的話。以至於史蒂文驚訝地望著格桑多吉，半天不敢挪步。

「史蒂文，憨狗日的，你沒有長蹄子嗎？」格桑多吉罵道。這是半年前史蒂文誤殺了伊麗莎後，瑪麗亞罵他的話，格桑多吉此刻脫口而出，把他們兩個人都嚇了一跳。

「爲什麼放我？」史蒂文問。

「爲了瑪麗亞不哭。」

史蒂文明白了，瑪麗亞在格桑多吉心中的分量，跟在他心中的分量一樣。他們都是可以爲這個女人無意間掉一根頭髮也會心痛的男人，更何況一滴眼淚呢？

天上的雨瀝瀝淅淅地下，像某個人永遠也流不完的眼淚。史蒂文在將來的日子裏最害怕的就是夜雨，不管它在哪裏下，下多大，下多久，都是他的夢魘，都是他心裏的淚，更是這個前流浪說唱藝人一生的哀歌。

「格桑多吉，我知道你想著我的女人。但是我還是要說，你敢碰她一根頭髮，你會下地獄的。」

格桑多吉的心頭又堵滿了石頭，不過這次他終於嘲諷了自己一把。

「你以爲，我這樣的人，會上天堂嗎？快給我滾！」

格桑多吉回到縣裏後，馬上就被縣委書記找去談話。原來那三個被格桑多吉打倒的犯人，有兩個並沒有死，其中就有旺堆，他爲了立功贖罪，告發了格桑多吉放走史蒂文的事。組織上開始並不相信旺堆的話，一個連自己的生父都敢射殺的人，已算是經歷了最嚴峻的考驗。但當他們問格桑多吉是否確有其事時，格桑多吉沈靜地回答道：

「是的，是我放走了史蒂文。」

「爲什麼？」縣委書記張大了嘴。

「不爲什麼。」

「爲什麼？」縣委書記再次追問。

格桑多吉緊閉嘴唇，打算一輩子也不回答這個「爲什麼」。

「我們就要提拔你當副縣長了！」縣委書記比問「爲什麼」時嗓門更大。

「我想回到村莊裏去當一個牧人。」格桑多吉說。

「黨培養你容易嗎？格桑多吉同志?!」

「不容易。」格桑多吉用軍人標準的立正姿勢說：「當一個好牧人也不容易。」

「簡直胡扯！」縣委書記手一揮，「你現在必須接受組織的隔離審查。幹革命哪能想來就來，想走就走。」

下午格桑多吉的槍就被收繳了，他被單獨囚禁在監獄的一間房子裏。兩個軍人輪流審問他「爲什麼」。他們平常都很佩服格桑多吉的勇敢正直，把他當真正的康巴英雄。一些高層領導聽說格桑多吉犯了錯誤，都很爲他著急。那個解放時救過格桑多吉的高團長現在已經是軍分區司令，他在電話裏嚴厲訓斥阿墩子縣的幹部，說格桑多吉是個久經戰火考驗的好同志，對革命有功，這樣的民族幹部應該萬分珍惜。你們要是搞出冤案來，老子就斃了你們。

對格桑多吉的審訊是經過精心安排的，審訊幹部暗示他，我們知道你一個人面對六七個叛匪，是一件很不容易的事情。況且你還抓回來兩個，擊斃了一個。單憑這一點就可以給你報功，因此跑幾個人都屬正常的，不是有三個人也跑了嗎？史蒂文是不是也趁混亂之際跑的呢？你只要回答「是」，就沒有你什麼事兒了。我們相信你的說法，絕不會冤枉一個好同志。格桑多吉同志，請仔細想好了，再問你一次，是史蒂文自己跑的嗎？

「不是。」格桑多吉說。這是他在審訊時唯一的回答。

他的愛神徘徊在審訊室外，頷首，歎惜。

三天審訊結束後，格桑多吉被解除縣公安局局長職務，和一群被俘的叛亂分子一起送去勞改。他沒有料到自己連回村莊當牧人的機會都沒有，他當強盜時，說洗手不幹了，他的好兄弟死在他面前他也不動心，也沒有人會認爲他有錯。他的生命從來就是自由不羈的，他的愛從來也是豪邁揮灑的，這個世界上沒有任何人可以阻擋他邁向愛的殿堂，也沒有任何東西可以澆滅他心中愛的激情。他的生命中只要有一絲真愛的陽光，外面的世界如何腥風血雨他都坦蕩地承受。

在勞改中，那些被他親手抓獲的傢伙們可算找到報復的機會了。他們當初向解放軍投降時，相信很快就可以回家種地放牧，但卻發現紅漢人說的是一套，做的又是一套。他們把對紅漢人的怨恨統統撒在格桑多吉身上。他們晚上在牢房裏揍他，吐他的口水，把尿撒進他的夢裏，讓他醒來時滿頭滿耳朵的尿腥味。格桑多吉一概不反抗，默默地承受這一切。如果說當年他放棄做威風八面的強盜，自願到教堂村甘當教堂的馬倌，忍受綿綿無盡的孤獨和屈辱是愛的第一步的話，現在他邁出第二步了。他不知道往下的路還有多長，但他絕不會停下自己的腳步。

第卅六章 迷途的羔羊

如果一個人有一百隻羊，其中一隻迷失了路，他豈不把那九十九隻留在山上，而去尋找那隻迷失了路的嗎？如果他幸運地找著了，我實在告訴你們：他為這一隻，比為那九十九隻沒有迷路的，更覺歡喜。

——《聖經・新約》（瑪竇福音18：12）

史蒂文看到一些大鬍子士兵向他們幾個人衝過來時，才知道自己已經亡命到印度了。他扔了槍，向著家鄉的方向流著無聲的淚。在此前幾天他們就知道，只有逃到境外，才可保命。他們從瀾滄江峽谷翻越碧羅雪山山脈進入怒江峽谷，又沿著這條峽谷進入到西藏的察隅，一直身不由己地往國境線逃。每爬過一座高山，史蒂文都要在心中哭喊：瑪麗亞啊瑪麗亞，我離你越來越遠啦！這到底是怎麼回事啊？

「哭沒有用，路在腳下，我們會回去的。」托彼特也朝著教堂村的方向說。這個老天主教徒因爲不能忍受格桑多吉的工作隊把教堂改成學校，不能忍受再不可以在每個主日天沒有神父的彌撒，不能忍受沒有神父、沒有懺悔、沒有唱給天主的讚美詩，在旺堆劫獄那天，自己跑出來幫忙，然後和史蒂文一起逃亡。他們在高山峽谷中亂竄，到處都可碰見被解放軍打散了的叛亂者，時而是幾十上百人的武裝，時而又只剩下十來個人。從阿墩子監獄跑出來的人中，有旺堆的弟弟培楚和那個寧可痛快地拉屎也不忙逃命的次多，他們是一個地方的人，在槍子兒裏一起鑽，在死人堆裏一起滾，再大的戰火都相互照應。史蒂文有一段時間發瘧疾，天天下午準時發作，要麼冷得渾身發抖，要麼燒得恨不能跳進大江裏。追兵就在後面，其餘的人都跑了，只有這四個從阿墩子逃出來的人，一直沒有扔下史蒂文。實在背不動他了，就把他藏在草叢中，托彼特留下來陪伴他。先走的人一路留下只有他們才知道的路標。一塊掛在樹枝上的布，一隻動物的蹄子指向的方向，一堆石頭，或者一堆篝火，史蒂文第二天醒來，兩人再沿著這些路標追趕自己的同伴。有一天史蒂文實在熬不下去了，對托彼特說：「你爲什麼要等我呢？給我一槍算了。」

托彼特回答說：「我是你的代父，你是我的教子。我們都是天主的兒子，我要看到主耶穌在我們的身上顯出拯救的力量。」

史蒂文沮喪地說：「連神父都不能獲得拯救，也被他們趕走了，我們哪還能得到天主的恩寵？」

托彼特安慰他道：「相信吧，我的孩子，不然我們進不了天主的國。」

史蒂文當時嘀咕道：「還進天主的國呢，能活著回去就是主最大的恩寵了。」

到了印度後，他們像牲口一樣被牛車、汽車、小火車長途轉運，最後被送進一個叫達普的難民營，四個從阿墩子來的逃亡者從來沒有見到過這麼多的藏族人。天氣酷熱，伙食也很差，藏族人初來乍到，並不適應印度的濕熱天氣。他們逃出來時身上都穿著羊皮藏袍，腳上的藏靴從來沒有顯得如此笨重、悶熱，許多人腳趾頭都焐爛了，不是找不到一雙輕便涼快的鞋子，而是他們不習慣赤足踩在滾燙的大地上。難民營裏天天都有新來的人，也天天都在往外擡屍體。人們競相打聽誰逃出來沒有，誰死在路上，誰的親人在哪裏？這裏什麼都缺，就是不缺到處流傳的壞消息和深夜每間房間裏孤獨的歎息。

後來年輕力壯的難民被編入築路隊修公路，史蒂文、培楚、次多都在這個隊裏，托彼特成爲築路隊的伙夫。難得一見的印度技術員懶洋洋地把TNT炸藥分發給築路民工，語言又不通，用手勢簡單比劃幾下，就算是介紹了世界上最危險的東西的操作步驟，然後就不見了人影。開初人們都不知道這東西的厲害，導火索點燃了還呆呆地站在一邊觀看，似乎想看清楚這些像年糕一樣的東西如何粉碎連鐵鍬也撬不動的頑石。結果一聲巨響之後，人和石頭一齊被炸上了天。史蒂文曾經被炸藥掀起的氣浪推到河谷裏，等他醒來時，對圍在身邊的次多和培楚說：「剛才我看見我的瑪麗亞了。」

工地上死人的速度超過了難民營。一些地段築路民工的屍骨直接填作了路基，一些工棚裏早上再沒有人爬得起來上工。有一天達賴喇嘛在一批衣著光鮮的官員和侍從人員的陪同下來工地巡視，築路的藏族人蜂擁向前，磕長頭的聲響震撼著大地。只有兩個人在工棚內端坐不動，這便是史蒂文和托彼特。那邊的熱鬧襯托出這兩個異教徒的孤單。

「他可一點不像個難民。」托彼特撇了撇嘴。

「我們是難民中的難民。」史蒂文嘀咕道。

「胸口貼近塵埃的人，有福了。」托彼特望著遠方說。

「有什麼福？」史蒂文繼續抱怨，「真不明白我們跟著跑出來做什麼？也許被他們抓回去，最多讓我蹲十幾年牢房，我還可以回家和瑪麗亞團聚。康菩土司的地牢我都蹲過了，阿墩子的牢房不過是一座客棧。可你看看現在的日子，回家的路在哪裏？主耶穌的憐憫在哪裏？不但在人家的屋簷下像流浪的狗一樣生活，就是靈魂也找不到一處落腳地。到處都是佛教徒，他們有自己的依靠，我們靠誰？我們在他們的眼裏連狗都不如。最危險、最髒最累的活兒我們做，睡覺我們睡在最不透風的地方，吃飯前的禱告也要被他們嘲笑，工地上死了人都怪是我們身上的十字架帶來了災難。要是神父們在，這些傢伙敢這樣蔑視我們嗎？」

「他來了。」托彼特突兀地說。

「誰來了？救世主嗎？」史蒂文沒好氣地問。

一個大鬍子洋人正邁步向他們走來，他的胸前掛著兩個相機，是隨同達賴喇嘛來採訪的。他走到兩個人的面前，用手比劃著，做出喝水的動作。

「你是要水嗎？尊敬的大人。」托彼特用法語準確地問。他是個極有語言天賦的人，當年跟著神父們不但學會了法語，連拉丁語都能說上幾句呢。

洋人記者瞪大了眼睛，他看見了托彼特脖子上的十字架，他的驚訝遠遠超出了一個見多識廣的職業記者的表情。

「你們認識這個人嗎？」洋人記者從胸前掏出一張照片來。

「羅維神父！」史蒂文率先叫了起來。

「主耶穌啊！他還活著。」托彼特在胸前劃著十字。

羅維神父和古純仁神父被驅逐出中國大陸後，經香港去到了台灣。因爲他們的聖職決定了他們必須終生爲中國教友服務。當西藏的動亂開始後，世界各地的輿論都在報導部分藏族人逃亡的消息，羅維神父推測這裏面可能會有教堂村的教友。據他們掌握的消息，共產黨的宗教迫害讓大陸各傳教點的情況並不樂觀。這些年來，兩位神父在台灣愈發懷念在教堂村的日子，想念那裏的教友。這個洋人記者是他們的一個朋友，羅維神父在他臨行前把自己的照片洗印了幾百張，請他在各難民營廣爲散發，如果能見到佩戴十字架的基督徒，就將照片給他們看，凡能叫出他名字的，就立即通知他。

一周以後，羅維神父來到了達普難民營，托彼特遠遠看見他伸開的雙臂，含著熱淚對身邊的史蒂文說：「我們的救恩到了。」

史蒂文說：「是我們的『達賴喇嘛』來了。」

羅維神父這次以教會的名義爲兩個基督徒申請到了去台灣的相關文件，理由是教會有責任爲受到宗教迫害的信徒提供庇護。當他們準備啓程前往德里時，次多和培楚不幹了。他們纏著托彼特，說大家既然已經生死與共了這些日子，又吃同一條峽谷裏產的糌粑、飲同一條江的長大，雖然沒有信仰耶穌天主，但他們爲了逃離難民營，可以改變自己的信仰。他們甚至說，即便是達賴喇嘛，也只能讓他們在這個又髒又熱、又累又危險的異國他鄉當難民，他的慈悲還趕不上這個專程前來營救托彼特和史蒂文的洋人神父。你們看看吧，當初三十個人爲一隊的築路工，現在只剩下十三個人了，閻王才知道明天誰該去他那兒。發發慈悲吧，如果你們的天主不嫌棄，我們可以立即改宗信仰，做一個基督徒。

羅維神父開初並不喜歡這兩個忍受不了苦難就改變信仰的藏族青年，他以來不及辦手續爲由婉拒了他們。他對史蒂文的遭遇充滿同情，當史蒂文聽羅維神父說要帶他去台灣時，這個傷感憂鬱的前行吟詩人竟然痛哭失聲，他問羅維神父：「台灣，它在哪裏？」

「在中國大陸的東邊，大海的那一邊，是一個美麗無比的島嶼。」羅維神父回答道。

「有多遠？」

「很遠，很遠。」

「那裏有藏族人嗎？」

「我想，到目前爲止，還沒有。」

「我們還能回到教堂村嗎？」

「如果國民黨『反攻大陸』成功了的話，也就是五六年時間。」

「可能嗎？」

「我不知道。經上說，『天主爲愛他的人所準備的，是眼所未見，耳所未聞，人心所未想到。』服從吧，我的孩子。」

「神父，我已經走了太多太多的路了，越走離我的家越遠，你把我送回去吧。我寧可去坐牢，還有指望跟我的家人團聚。」

「我都回不去，你怎麼回去？」羅維神父反問道。「孩子，跟我走吧，一切都在天主的計劃中，服從他的聖意，不要去想將來。」

「我們去了能幹什麼呢？那裏有牧場嗎？有河谷地帶的莊稼地嗎？」

「先去當兵。這是我跟國民政府達成的協定，他們好像對你們藏族人的身分很在意。」

史蒂文伸出自己的雙手，「神父，我的手本來命該是彈扎年琴的，我一摸槍就殺了人。我再不想摸槍了。」

羅維神父把手撫到史蒂文的肩上，「孩子，這不是你的錯，是時代變了。我還以爲我能在西藏的教區終老一生呢。」

羅維神父終於還是帶上了次多和培楚，連他自己都感到驚訝的是，國民政府在德里的辦事處對他新提出的申請大開綠燈。那個看上去熱情得可疑的國民政府官員甚至拍著羅維神父的肩膀說：「神父，要是你能帶出一個團的藏族人，我很樂意為你效勞。」

羅維神父正色道：「教會不是募兵處，我們只拯救那些迷途的羔羊。」

官員悻悻地說：「現在這個世道，誰不迷路呢？」

第卅七章　胸膛貼近塵埃

他該把自己的口貼近塵埃，這樣或者還有希望；向打他的人，送上面頰，飽受凌辱。
——《聖經．舊約》（哀歌3：42）

史蒂文結束了炸石頭修路的危險工作，放他逃命的人卻彷彿是接了他的班。格桑多吉在勞改隊是個不錯的放炮手，所有在懸崖峭壁上打眼放炮的活兒大都由他來做。一聲聲巨響讓他想起從前打仗的日子。他從逐漸適應到慢慢喜歡這種生活，那些劇烈的爆炸就像人生某個瞬間的血性噴湧，要麼是戰勝了兇惡的仇敵，要麼征服了美麗的女人。他欣賞自己在大地上點燃的一次次激情、一朵朵美麗的蘑菇雲；他更喜歡的是遇到啞炮時的生命挑戰。那時的雷管、導火索質量都很差，三天兩頭碰到啞炮。犯人們用抓鬮來決定誰去排查啞炮，每個月都有人撞上霉運。格桑多吉的運氣最好，一半的「頭彩」都被他中到。他知道這是犯人們從中搞鬼，但他從不抗爭，因爲有看得見的愛神在他身後憐憫他，鼓勵他，讓他每次都能化險爲夷。不是才走到半路炮就炸了，讓他還有逃命的空間和時機，就是那啞炮像他被審訊時一樣，把一個驚天的秘密永遠沈默下去。甚至有一次當他走到炮眼前時，他看見了像蛇信子一樣吐著火苗的導火索已經燃到離雷管不到一指頭長了，跑已經毫無意義。格桑多吉眼前浮現出瑪麗亞那雙迷離夢幻的眼睛，他打算就這樣把這生命中最美好的記憶帶到天國——如果他不下地獄的話。但是命運之蛇縮回了它死亡的紅舌頭，導火索在格桑多吉深情的注視下自動熄滅。那一刻，格桑多吉心中在呼喚：瑪麗亞！

這雙幽怨美麗的眼睛昨天第一次到勞改隊探視他。瑪麗亞說，她才得到消息說，格桑多吉是因爲放走了史蒂文才犯的錯誤。

「爲什麼呢？」瑪麗亞哭著說。

格桑多吉本可以像面對審訊幹部那樣沈默，但他的心不由他的口，他張口說：「爲了不看到你的眼淚。」

「天主啊！難道女人的眼淚比一個公安局長去勞改還重要嗎？」瑪麗亞抹著滿臉的淚說。

「勞改磨煉筋骨，眼淚泡軟人心。瑪麗亞。」

「耶穌，你看看這顆比犛牛還要強的人心！」瑪麗亞的口氣不知是抱怨還是欣賞。

「瑪麗亞，還有七年我就出來了。」

「七年？主耶穌！」

「是啊，那時我才三十多歲。生活剛剛開始呢。」格桑多吉用一種充滿希望的口氣豪邁地說。

瑪麗亞半天沒有說話，眼睛望著會客室陰暗的牆角。「你有指望的日子，我的指望在哪兒呢？」

「史蒂文有消息麼？」

「各種說法都有。這個死鬼啊，害得我們母子天天用眼淚當汗水出。他是挺屍了還是跑了，是回來還是再找了一個家，主耶穌從來不給我們一個準信。要是神父們在，興許還會告訴我們。可現在我們是叛匪家屬，人前人後擡不起頭，小若瑟在學校連老師都嫌棄。當初還不如你把他抓回來呢，讓他來幹你的活，我會安心等他出來，你也不至於有今天。現在我等的人在哪裏？那次在阿墩子的監獄，你讓我去看史蒂文，他告訴我說東邊天上最亮的那顆叫『明珠』的星星是他，『明珠』在他就在。老人說天上掉一顆星星，地上死一個人；又說你數天上的星星，星星反過來數地上的死人。我從不敢多看史蒂文的那顆星星，一看到眼淚就不停啊……」

瑪麗亞叨叨絮絮地哭訴，全然不管格桑多吉內心深處的歎息。這歎息就像掉落在地上的一顆顆晶瑩的露珠，眨眼就被塵埃呑沒了。一個好妻子首先想到的總是自己的丈夫，別人的苦難，其次又其次啊！

這次探監格桑多吉從高興得驚訝開始，到他悲涼到胸口抵近塵埃結束。七年後自己出去又能怎麼樣呢？史蒂文生死兩茫茫，他的愛同樣生死兩茫茫。「轟隆」一聲被復活的啞炮炸上天或許是人生最好的結局。政府的法律囚禁了他的身體，瑪麗亞對丈夫的等待卻囚禁了他的愛。勞改有日，愛情無望。這就是格桑多吉的命運。

康菩土司家族的前管家次仁也在勞改隊裏。這個老傢伙在瀾滄江邊那一戰中被俘，在勞改中他得到格桑多吉的不少照應。許多本來該他去排的啞炮、該他去幹的重活，格桑多吉出於憐惜，都幫他做了。次仁命中注定就是爲康菩家的後人當管家和活字典的料。過去他依恃康菩土司作威作福，現在他靠著格桑多吉保命。在勞改隊裏，就他們兩人走得近。有個晚上次仁講了康菩家族的祖先追逐那隻神鷹、並最終娶牠爲妻子的故事。次仁對格桑多吉說：

「你才是高貴的康菩家族真正的好男兒啊！從你們家第一代先祖康菩・登巴以後，就再沒有哪個康菩家的後人爲一個女人這麼受盡苦難了。」

格桑多吉當時不當回事地說：「哪裏還有什麼高貴的家族？哪裏還有什麼好男兒？我們好好接受政府的改造吧。」

這些年格桑多吉隨著勞改隊輾轉在雪山峽谷最艱苦的地方，當過放炮手，做過牧人，打過鐵，伐過木，在雪山上挖引水渠，在河谷底修水壩。他的尊嚴早就被繁重的勞動磨平了，他的血性也被嚴酷漫長的歲月銹蝕了，他的一顆驕傲的心早已跌落凡塵，他高貴的胸膛佈滿塵埃。他是犯人二三九七號，成天灰頭土臉，默默無言，額頭上再也發不出令人膽寒的紅色光芒，格桑多吉這個曾經令人驕傲的名字也再不被人提起。直到有一天一個有些耳熟的聲音在他身後喊：

「格桑多吉，是你嗎？」

那時格桑多吉正在一個磚廠燒窯，他背上背了一摞土磚，聽人叫「格桑多吉」時，他沒有停留，繼續往高聳的磚窯上爬。

「二三九七號，轉過身來！」一個管教幹部厲聲命令道。

格桑多吉停下來了，慢慢轉過身，他看到了眼前的人。背上的磚稀哩嘩啦地掉了一地，因爲高大威猛的格桑多吉竟然跪下了。

「報告政府……高……團長……老領導……」

高國祥現在已經轉業到地方當了州委書記，他一直沒有忘記格桑多吉，也沒有忘記在進攻西藏的一次行軍中，一發冷槍從山溝裏打來，隨軍嚮導格桑多吉動作比子彈還快，神奇地推開了高國祥，結果子彈就像刀砍一般在他的臉上留下一刀疤痕。如今作爲州委書記，他的工作太忙，總是找不到機會來看望他。當他看見服刑的格桑多吉時，這個同樣出生入死的共產黨高級幹部忽然有種英雄惜英雄的感慨。不是爲了他的氣概，而是爲他的卑微。

一個月後，格桑多吉接到減刑通知，立即釋放。管教幹部問他有沒有親人來接，格桑多吉冷笑道：「曾經有一個，但被我打下瀾滄江了。」

管教幹部說：「州委高書記讓你出去後向他報到。說是要給你重新安排工作。」

格桑多吉說：「請向我謝謝高書記。我要回我的村莊去當農民。」

「你的村莊在哪裏？」

「教堂村。」

「你在那裏還有家嗎？」

「沒有。」

「格桑多吉，你真是一個怪人。人們說你救過高書記的命，儘管你表現得很好，但沒有高書記，你還要勞改幾年。爲什麼不給高書記一點面子呢？」

「我是二三九七號刑滿釋放犯，我知道自己將來該做什麼。」

格桑多吉在愛神的引路下，背著簡單的包袱回到教堂村。這是一次淒涼的還鄉，愛神現在是一條流浪狗，一會兒跑到格桑多吉的前面，一會兒又不知蹤影。格桑多吉在出獄時，只有這條無人照管的狗在等他，並且一路相隨。在一個岔路口格桑多吉走錯了道，這狗叼著他的褲腳管把他往愛情正確的道路上拖。格桑多吉才認出來他就是從前的愛神。

他問流浪的愛神：「你從前不是騎白馬在天上飛翔的嗎？」

愛神反問道：「你從前不也是騎著『雲腳』把天上的雲朵都甩在身後嗎？」

格桑多吉沈默了，走了三里地才悶悶地說：「我們都回到了地上。」

愛神用流浪狗慣有的哀憐望著格桑多吉，目光和他一樣孤獨無助。當格桑多吉漸行漸遠時，愛神遁隱入山林。

格桑多吉在「鷹渡」上過溜索時，不能不想到被他一槍打下江去的父親康菩土司——康菩土司在溜索上墜向死亡時說：過去的日子，不是一筆高利貸——也不能不想起多年以前他單槍匹馬來到這個村莊荒唐又浪漫的求婚，更不能不想起這個瀰漫著瑪麗亞愛的氣息的村莊，它的炊煙，它的牧歌，它的教堂的鐘聲，唱詩班悠揚動聽的讚美詩，還有土改工作隊的動員大會上，那慷慨激昂的關於共產主義火車的動人描述……

如今，這一切都歸於沈寂了，都需要一個人來慢慢償還——過去的日子，就是一筆高利貸。康菩土司錯了。

在這個他以爲是自己的村莊，可哪裏是他的家呢？他在村口徘徊，不知道今晚該棲身何處。如果說一個流浪漢歸鄉還有一片可避風雨的屋簷的話，格桑多吉現在連流浪漢都不如。他沒有親人，沒有朋友，更沒有生死與共的兄弟。他只有死灰一樣深藏的愛，指望它能在萬年以後復燃。

就是這一點點的指望了。

第二天村莊裏雨霧交加，冷浸浸的雨水就像濃霧裏的冷汗。瑪麗亞一大早被家裏的狗吠聲驚醒，她推開門時想，誰在這種天氣起那麼早。她聽到一陣陣打石頭的聲音，透過黏黏的濃霧，一個高大的背影就像浮在虛空中。

「主耶穌……」瑪麗亞險些跌倒。

他們在濃霧中對視，眼眶裏不知是霧裏的水還是感慨的淚。沒有問候，也沒有對話，厚重的濃霧掩飾了所有的語言——

回來了？

嗯。

你在這裏幹什麼呢？

蓋房子。

爲什麼要在我家對面？

守著你。

我知道。

天上的「明珠」星還在，儘管現在看不到。

瑪麗亞轉身回去，一會兒就提來一壺酥油茶。格桑多吉從自己的背囊裏拿出木碗，瑪麗亞爲他沖茶入碗，乳黃色的酥油茶在碗裏打著旋兒，幾滴珍珠般晶瑩的眼淚掉進了碗裏。不是瑪麗亞的，是格桑多吉的。

「奧古斯丁，我的眼淚早就流乾了。你還有眼淚，真幸福啊。」

「我一直像攢錢一樣攢著。」格桑多吉努力想讓自己顯得輕鬆一點。

「你以後怎麼過日子啊？」

「種地餓不死人，放牧累不倒人。」

「唉，奧古斯丁，你不知道嗎？現在所有的地都屬於生產隊，所有的牛羊也是公社的。當年你帶著大家搞土改，搞人民公社，不就是想弄成現在這個樣子麼？你要先去公社報到，他們批給你地，才可以在這裏蓋房子。」

「這是一塊連草都不長的荒地。」

「它也是公家的地。去年我想在房子外搭個雞窩，他們批判了我一個月。現在連趕馬的人都不能隨便亂走的。奧古斯丁，你比我更懂這些吧？」

格桑多吉不爭辯了，收起了工具，蹲在岩坎上眯起眼看眼前他已不熟悉的世界，還有面前這個朝思暮想的女人。她的美麗不是被濃霧所掩蓋，就是被歲月所磨蝕。格桑多吉有些悲哀地發現：瑪麗亞這些年老得快，儘管她才三十多歲。

這時一個少年站在了瑪麗亞身後，他長得愣頭愣腦，眼睛裏透著與他的年齡不相稱的兇狠光芒，讓格桑多吉想起自己第一次當強盜時的眼光。

「阿媽，他是誰？」少年問。

「哦呀，若瑟，他是你奧古斯丁叔叔，還是你的代父呢。」

少年彎腰拾起了一塊石頭，瑪麗亞連忙拉住他。「若瑟你要幹什麼？」

「他害了我阿爸！」少年憤怒地說。

「不許亂說！若瑟你給我回去。」

母子倆在扭打，格桑多吉不忍看下去，起身拍拍塵土，深歎一口氣，消失在濃霧中了。

格桑多吉去到公社，見到達娃書記，一個忠誠、厚道的藏族幹部。他一見格桑多吉就說：「好在你來了，不然我就要派人去抓你呢。」

格桑多吉遞上自己的刑滿釋放證明，說：「我現在是自由人了。」

達娃書記說：「誰說你自由了？你這種人還要繼續接受人民群眾的監督改造！」

「是，是。我打算在教堂村做一個老老實實的農民。」

「你以為你想待哪裏就待哪裏？」達娃書記看看格桑多吉的釋放證明，把它丟在桌子上，「你從今天起，就在公社放牧隊幹活。」

就像瑪麗亞說的，如今的牛羊都被集中到人民公社了，放牧隊的人都是些犯了錯誤的和有前科的人，平常由武裝民兵押著去牧場上放牧，幾乎和格桑多吉在勞改隊一樣。

格桑多吉沈默良久，終於鼓起勇氣說：「達娃書記，我想請你給州委高書記打個電話。」

「給高書記打電話？幹什麼？」

「就說我格桑多吉回來了。」

「媽的，你以為你是誰啊？」

「你打吧。不打就可能是你去放牧隊了。」格桑多吉好久沒有這樣威脅過人了。為了能守在瑪麗亞身邊，他豁出去啦。

達娃書記猶豫片刻，還是起身去電話室用手搖電話接通了州委。一刻鐘以後，他回來了，臉上是莊重又惶恐的表情。他宣佈道：「格桑多吉同志，州委高書記任命你為公社武裝部部長。」

格桑多吉說：「別費那心思啦，我只是請求你批給我一塊在教堂村蓋房子的地。」

第卅八章　「約伯的耐心」

我所畏懼的，偏偏臨於我身，我所害怕的，卻迎面而來。
——《聖經．舊約》（約伯傳3：4）
立正，稍息，臥倒，齊步走，匍匐前進；
有理扁擔三，無理三扁擔；輕則吃「火腿」，重則「肉絲麪」；
「一年準備、兩年反攻、三年部署、四年掃蕩、五年成功！」
「領袖要我們死，我們唯恐死得太慢！」
訓練營地裏的新兵們個個都像木頭人一樣戳在滾燙的地面上，聲嘶竭力地喊著口號操練。教官們手持竹鞭，隨時打算給這些呆頭呆腦的新兵蛋子一頓「肉絲麪」，直打得他們知道什麼是國軍的軍事訓練。所謂吃「火腿」，則是飛起一腳，踢向那些站得不夠直的傢伙。那個叫史蒂文的藏胞，立正時雙腿總是併不嚴。這個狗娘養的是個羅圈腿，他報告教官說是從小騎馬騎的。和他一起被送到新兵訓練營的另外三個藏族人都是立正都做不好的傢伙，因此在全營裏就他們幾個「火腿」和「肉絲麪」吃得最多。年紀最長的托彼特，連背都挺不直。真不知道募兵的那些傢伙們是怎麼想的，把快做爺爺的人也送來當兵。「真他媽的，這種兵訓練出來怎麼跟老共打戰？」教官總是在背後恨恨地罵。

對史蒂文來說，訓練場上的嚴酷並不算什麼，沒有一個藏族人吃不了的苦。康菩土司的地牢都蹲過的人，也就不怕任何人間地獄。但在訓練營卻有比下地獄還令人難以啓齒的事情。自從這四個被稱爲「藏胞」的新兵來到訓練營後，他們被那些漢族士兵當稀奇看。尤其是史蒂文和托彼特，一個俊美，一個醜陋，彷彿是天使和魔鬼的組合，要讓美男子美得無可比擬，醜男人醜得無以復加。按大兵們的說法，這兩個傢伙一個讓人想女人，一個讓人做噩夢。

新兵宿舍都是大通鋪，晚上悶熱難當，大家都穿短褲、光著上身睡覺。有個晚上史蒂文在睡夢中忽然被背後的擠壓弄醒，一張噴著濃烈蒜味的嘴貼在他的耳邊，而他的臀部卻被一根硬硬的東西死死抵住，還有一隻手在褪他的褲子……

史蒂文是結過婚的人，知道這畜生想幹什麼。他也知道這個傢伙是個山東兵，走到哪兒那股令人作嘔的蒜味就瀰漫到哪兒。他比史蒂文更高大強壯，個頭有些像格桑多吉，但他可比格桑多吉討厭得多，白天時他就涎皮笑臉地對史蒂文說，你有雙娘們兒的眼睛。

史蒂文反抗掙扎，但只能做到死命護住自己的短褲。兩人在黑暗中無聲地搏鬥，直到那個畜生發洩完獸性。史蒂文羞愧難當，把頭埋在枕頭裏，任由淚水浸濕了枕頭。

噩夢還沒有完，在史蒂文難以入眠的夜晚，口裏噴著辣子味的，海腥味的，劣質煙草味的、死屍腐臭味的畜生們接踵而至。史蒂文每天早上起來都要默默地洗短褲，他的話越來越少，眼眶日益發黑，臉色比黃昏還暗。終於，托彼特看出了這黑暗中的醜惡。這個老天主教徒哀歎道：「地獄之門啊地獄之門，你何時爲世上的惡人打開？」

次多和培楚到台灣前已經在羅維神父面前破例領洗，次多賜教名保祿，培楚改叫耶西。他們是兩個血氣方剛的年輕人，不像史蒂文那樣內心似女人般柔軟。一個晚上，保祿和耶西在路上攔住了那個口噴大蒜味的傢伙，一句話不說劈頭就打。他們是新兵中唯一跟共產黨打過仗的人，不怕死，下手狠。三拳兩腳就將那傢伙打得跪在地上喊爺。然後這兩個「藏胞」一路打下去，將新兵營裏口裏不乾淨下面更骯髒的畜生們統統打得屁滾尿流。教官不是不知道軍營裏的鬥毆，不過軍中向來認爲：要訓練出兇悍士兵，打架也算是一次實戰訓練。不會打架的士兵不是好士兵，既然現在還沒有跟老共打仗的機會，就他娘的自己人先打自己人。

打到後來，四個「藏胞」和山東兵打，和湖南兵打，和福建兵打。每個新兵在這個環境裏都有自己的袍澤鄉黨，不然他可能就活不下去。當他們都聯起手來對付「藏族蠻子」時，四個藏族人就不占上風了。直到有一天，他們被追打到伙房，保祿抓起一把菜刀，耶西更揮舞著一把胳膊長的殺豬刀，史蒂文拿了根扁擔，連托彼特都手持一柄大鍋鏟。在他們準備以死相搏時，憲兵來了。

懲罰是必然的，每個打架者都被按在一條長凳上，褪下褲子用扁擔打屁股，然後關禁閉。史蒂文被認爲是肇事者，多挨了二十扁擔。教官說：「誰讓你他娘的長那麼俊，擾亂了軍心呢。」他還被加罰每天爲營區裏的軍官「倒尿壺」半個月。不是將軍官頭晚的尿倒進廁所那麼簡單，而是必須先把軍官尿壺裏的尿提出來，倒進新兵宿舍的尿桶裏，然後又把尿桶裏的尿再倒進尿壺，尿桶大，尿壺口小，如果撒了一滴，規定是自己用舌頭舔乾淨。這樣的程序每天早上在專人監督下完成，不是一次，而是十次。在尿桶裏飄著大便的時候，無異於是史蒂文的末日。教官對此的說法是：「這是要訓練你作爲革命軍人的服從精神。領袖要你死，你就不要怕死得太快；老子要你吃屎，你就不要怕吃得太多。」

三個月地獄般的新兵訓練終於結束，四個藏族人沒有像其他大兵那樣被分去守海島，而是被一輛吉普車拉到一個秘密基地，因爲他們在進去時是被蒙上了眼睛的。那是一個有兩重崗哨的庭院，庭院的圍牆架著高壓電網，裏面的熱帶花草卻茂盛葳蕤，豔麗的芭蕉花婀娜多情，筆直的椰子樹聳入雲天，像一個隱密的療養院。不過這裏的生活倒是像在天堂，他們兩人一組被安排在整潔的房間，伙食不錯，也沒有打罵歧視，它對外的稱謂爲「〇七一」，內部叫「邊疆民族幹部培訓管理中心」，簡稱「邊管中心」。每天都有政治教官給他們四個人開小灶上課，他們比新兵訓練營的軍事教官更通人性，但他們講的那一套卻讓四個「藏胞」寧願去操場上忍受汗流浹背的跑步和打罵。尤其是保祿和耶西，他們從前沒有文化，不像托彼特和史蒂文，在教會跟著神父學了些漢語和文化知識。對這兩個爲了逃離印度難民營而改宗信仰的人來說，國民黨和共產黨的那些不同的主義，中國大陸曾經發生過的那些戰爭，國家民族的大義，與他們僅僅只爲活著有什麼關係呢？

史蒂文和托彼特住一起，在他們的房間裏除了耶穌的聖像和十字架，還有一張中國地圖。托彼特每天祈禱時，史蒂文總是望著地圖上故鄉的方向發呆。到了台灣後他才發現自己離瑪麗亞有多麼遠，教官們的政治洗腦讓這空間上的距離更加遙不可及。台灣海峽不僅隔絕了他和那片土地的聯繫，如今他加入的陣營更讓他成爲海峽對岸不共戴天的敵人。他若是能活著回去，必死無疑；死了，也回不去。

「我們上神父的當了。」史蒂文有個晚上終於憤懣地說。

托彼特剛剛念完當天的晚課經，「孩子，你可別這麼說。這是天主的計劃。」

「把我們訓練成格桑多吉那樣的強盜，也是天主的計劃？讓我們背井離鄉，也是天主的愛？」

「想想約伯的耐心吧[1]，我們的苦難，不過是撒旦和上主的一場賭局而已。」

史蒂文哀歎道：「憑什麼我們要成為天主和魔鬼賭局的籌碼啊？」

托彼特在胸前劃了個十字，「因為我們配這份苦難的光榮。經上說，『難道我們只由天主那裏接受他的恩惠，而不接受災禍嗎？』」[2]

一年培訓下來，除了政治洗腦，他們學到了比在新兵訓練營更多的東西，跟蹤與反跟蹤，暗殺技術，諜報技術，監聽手段，各式槍械，遊擊作戰，擒拿格鬥，荒野求生技巧，情報密寫等等，連美軍顧問都來給他們上過課。當他們走在大街上時，腦袋後面也有一雙眼睛；當需要他們搞破壞時，身邊的生活日用品也可以製造出一枚威力強大的炸彈。

年終考評時，讓教官們驚訝的是托彼特成績最好，這個老傢伙華語流利，藏語精通，還會說法語，英語也一學就會。而史蒂文聰明敏捷，善用器材，並且他殺過共產黨的人，坐過共產黨的牢，是個可造之才。

教官們對保祿和耶西這兩隻笨鳥很失望，他們考核都不合格，連華語都說不流利的人，你還能指望他明白什麼是反共復國、什麼是三民主義？結果他們被分去台灣本島外的小島上當少尉，那是國軍中最艱苦的崗位。而托彼特和史蒂文則分到情治單位的一家電臺，任務是監聽世界各地的藏語廣播，不僅監聽北京的，還監聽達蘭薩拉（**注：達賴流亡政府在印度的基地**）的，美國的，歐洲的。然後每天向上司寫一份綜合報告。

「西藏未來的政治動向，在你們的耳朵裏。」一個上校情報官對托彼特說。

「這樣大的一件事情，你們竟然讓一個得過麻瘋病的老醜八怪來做。」托彼特當時嘀咕道。

「黨國裏像你們這樣懂藏語、華語、外語的人才不多，當初把你們從印度難民營裏救出來，就是為了今天，也為明天我們光復大陸打下基礎。」

「這就是教給我們一身絕技後要我們幹的活兒？」史蒂文問。

上校情報官冷冷地說：「那麼，你想幹什麼呢？」

「我請求到緬甸特區去效命。」史蒂文站得筆直，沈靜地回答道。

國民政府那時在泰緬邊境的金三角地區還有殘餘部隊佔據的一塊地盤，人們稱之為特區，它和大陸雲南省的西南邊境挨得很近。據說那裏最艱苦也最危險。不但要和緬甸政府軍作戰，還要和緬甸共產黨的部隊和當地的民族武裝打仗。

「為什麼想去哪裏？」上校厲聲問。

「報告長官，我聽說，那裏軍餉高，升職快。」

「也很危險。你不害怕嗎？」

「領袖要我們死，我們唯恐死得太慢！」史蒂文高聲說。

史蒂文的高調門讓同樣立正站在他身邊的托彼特也嚇了一跳，他像不認識似的看了他一眼，然後就看見上校情報官輕輕在史蒂文挺起的胸膛上擂了一拳，說：「你小子有種。」

回到宿舍收拾東西時，托彼特悲傷地望著還在看地圖的史蒂文，「我們要分開了，我的孩子。你為什麼要去那個鬼地方啊？」

「托彼特，」史蒂文壓低了聲音，「你來看看地圖吧，特區離我們的家鄉多近啊！」

「你是想……」

「噓——」史蒂文用手指壓住了自己的嘴唇。

1 見《聖經．舊約．約伯傳》，約伯是個信仰虔誠、生活幸福的善人，撒旦和天主打賭，說他的良善和信仰是因為他生活得太幸福，天主於是打擊約伯，讓他家破人亡、飽受磨難，但約伯最終經受住了考驗。西方諺語中於此有「約伯的耐心」之說。

2 見《聖經．舊約．約伯傳2：10》。

第卅九章　運動

世界若恨你們，你們應該知道，在你們之前，它已恨了我。

——《聖經・新約》（若望福音16：1）

運動來了。

公社黨委達娃書記被打倒，造反派奪了他的權，讓他帶高帽子，掛著牌子去各村批鬥，然後被送去高山牧場放牧。格桑多吉聽說達娃書記進了放牧隊，還以爲是自己沒有幹公社武裝部部長一職，惹惱了老領導高書記，連累到了達娃。後來才知道，這不是自己的原因，因爲州委一把手高書記也被打倒了。

這是一場格桑多吉看不明白的運動，雖然他是一個地道的農民，但由於有參加過革命工作的經歷，還是時常關心著國家大事。他慶幸自己沒有在政府裏幹，因爲有公職的幹部幾乎都被打倒了。村裏的高音喇叭天天都在向人們報告誰又完蛋了的好消息，說這是文化大革命的又一次偉大勝利。

格桑多吉在教堂村順利安了家，房子就起在瑪麗亞的對面，兩戶相距不過三百來米。白天他和大家一起參加生產隊的勞動，傍晚時，他常常像一條狗一樣地蹲在自家的門口，看瑪麗亞房頂飄起的炊煙，直到夜幕將他孤單的身影淹沒。

那條曾幻身爲愛神的流浪狗，自從運動以後，就再也沒有來找過格桑多吉。現在不要說這些自由自在的野狗們，連鳥兒的鳴叫也變聲了，不再婉轉甜美，而是要麼氣勢洶洶，要麼悲鳴嗚咽。

村裏只有小學，小若瑟需到縣上的中學去念書，一個月才回來一次。這小傢伙聰明好學，是村裏第一個高中生。無數個夜晚，兩盞孤燈下的兩個孤獨的人，似乎永遠也難以逾越那幾百米的距離，彷彿走過去需要幾百年那麼漫長的時光。一個在燈下思念自家生死未卜的丈夫，一個在黑暗中撫摸多年前的那個藍色小玻璃瓶兒。在格桑多吉被捕前，他知道這樣的東西是不能帶進監獄的，因此提前把它藏在阿墩子縣公安局院壩的一棵老雪松上。他釋放出來的第一件事就是回到縣公安局，不是去看望過去的老戰友，而是去找回這個玻璃瓶兒。每當他的手撫摸到它時，他的心都在顫慄。不僅僅是爲愛，還爲自己的膽子越活越小。當年他是何等的豪邁勇武，在人家的婚禮上也敢單槍匹馬地去求婚。現在，瑪麗亞孤身一人，他卻連去串門的勇氣都沒有。

有一天瑪麗亞給格桑多吉送來一條新氆氌，是她親手編織的，密實、綿軟、溫暖，上面有彩虹絢爛的色彩，有女人曖昧的溫馨，有寒夜孤燈下的猶豫，有莫名愧疚中的徘徊。瑪麗亞說：「晚上寒，你的被子太薄了。」

格桑多吉還沒有來得及道聲謝，女人已經轉身走了。在此後的許多個夜晚，他不是把氆氌墊在鋪上，也不是蓋在身上，而是將它抱在懷裏，溫暖他一個又一個漫長的寒夜。

瑪麗亞不是不知道格桑多吉的愛意，但寡婦門前是非多，況且她是不是「寡婦」都未定，因此她的身分就被更多的眼光嚴厲管束著。教堂村像她這樣年紀的人，婚姻都是過去在教堂裏由外國神父祝聖過的，雖然解放這些年了，但這個信仰天主教的村莊在此方面特別淳樸、嚴謹。神聖的婚配有主耶穌的烙印在，過去強盜都沒有搶走它，現在誰能奈它何呢？

但有個人卻不相信這場婚姻的神聖。他是新成立的公社革委會三結合領導小組的副組長劉福，此人曾經在朝鮮戰場上跟美國人拚過命，被美國佬的凝固汽油彈燒壞了臉，神經受到些刺激，作爲榮譽軍人退伍回到公社裏。他先是在供銷社當主任，可這傢伙的外貌實在令人生畏，人們說當年那個逃跑掉的托彼特都比他順眼。隨著劉福年齡的增長，想媳婦就想得神經越發不正常了。他追女人追得人家做噩夢，也影響了自己的進步，英雄的光環也越來越暗淡。但他脾氣大，常以革命功臣自居，造反派一造反，他就帶著對上級的怒氣和對女人的欲望被結合進去了，這本就是一場全民發瘋的運動，正適合劉福這種腦子不正常的人。現在，他帶了一支工作隊進駐教堂村搞文革。

他很快就盯上了瑪麗亞，一個單身少婦，叛匪家屬，這樣的女人他完全可以濫用革命的名義使其就範。工作隊進村後，人人都要到劉隊長面前過關，交代過去的歷史問題，從家庭出生到信仰再到是否參加了當年的叛亂。因此劉福有機會審視教堂村的所有女人。他認爲，哪怕是沒有結婚的黃花閨女，也沒有瑪麗亞有女人味。

但他發現瑪麗亞不容易上手，這個女人在交代歷史問題時說：「我丈夫還活著，他犯了錯誤，政府會治他的罪。但我會等他回來。」

劉福冷酷地對瑪麗亞說：「不，你錯了。你丈夫早就被解放軍打死了。」

瑪麗亞的眼淚一下就下來了，她感覺到了劉福那雙不懷好意的眼光。她說：「人死了總得有個說法的。從前伯多祿家的兒子參加叛亂被打死了，政府專門有通知。」

「好吧，等幾天我就給你通知。」劉福說。

到第二天傍晚，劉福就拿了一張自己塡寫的死亡通知書來到瑪麗亞家。他說：「你看，你男人的陰魂還在這上面呢。難道你還要爲這個叛亂分子守活寡嗎？」

瑪麗亞淚水漣漣。多年以來她一直在等待一個答案，不是歸家的浪子急促的腳步聲，就是這樣一張冷冰冰的蓋了大紅公章的死亡證明通知書。暴亂結束後，峽谷的村莊裏有些人家都有這樣的經歷，但至少他們不用再在等待中煎熬了。沒有得到消息的也有幾戶人家，人們只能在私下裏傳說他們在境外，這還稍許給人一點希望。瑪麗亞這些年就是靠著這渺茫的希望過日子。

在瑪麗亞的眼淚浸濕了那張僞造的死亡證明書時，劉福的手搭在了瑪麗亞的肩上。他說：「不要傷心了，世界上的好男人多著呢。這麼些年你就不想男人嗎？」

瑪麗亞閃身躲開，劉福卻雙手按住了她。「我要娶你。聽我的話沒錯，否則我開你的批判會。」

瑪麗亞再躲，劉福壓到了她身上。「你這個臭叛匪婆娘，還想不想活啊？」

「你想不想活？畜生！」劉福的身子忽然被提在半空中，他扭頭看見一個黑大漢正一手提著他，讓他的雙腳著不了地。

「格桑多吉，放開我！」劉福嚷道。

格桑多吉從劉福一溜進瑪麗亞的家門就一直關注裏面的動靜了。他把劉福抵在牆角，壓低聲音怒喝道：「出去！」然後放下了他。

「你給老子出去！」劉福雙腳落了地，反倒跳起來了。「我來向這個女人求婚，關你屁事！」

格桑多吉怔住了，呆呆地看著瑪麗亞。

「嘿嘿。」劉福乾笑兩聲，往門口一指，「滾出去。」

「我有男人了。」瑪麗亞在一旁幽怨地說。

「你男人死了。我要你嫁給我。」劉福用命令的口吻說。

「不，我男人是他。」瑪麗亞向格桑多吉努努嘴。

格桑多吉腦子裏「轟隆」一炸響聲，像冬天裏訇然盛開的高山杜鵑，像當年在勞改隊放炮炸倒了一整座山。有些人的一句話，便可以改變季節，扭轉乾坤。他差點沒讓自己的眼淚下來了。他挺立在劉福面前，一字一句地說：

「劉隊長，她早就是我的女人了，你來晚啦。我在這裏幹工作隊的時候，可不像你這麼連強盜都不如。革命不是你們這種搞法。」

「你……你你你，你這個勞改釋放犯，別以為我不知道你的那些餿事。明天到我辦公室來交代你的歷史問題！」

這是一個必須為歷史償還高利貸的時代。格桑多吉知道，許多高官都栽在說不清楚的歷史問題上，儘管他們戰功赫赫。州委高書記為什麼被打倒？廣播喇叭裏說他過去曾經坐過國民黨的大牢。在格桑多吉和高書記一起工作的歲月裏，這是高書記最令人敬佩的光榮，因為他身上用刑後留下的累累傷痕就是他革命信仰堅定的證明。但是造反派說，不，他是叛徒。因為他活著從監獄裏出來了。一個連坐過國民黨大牢的人都遭殃了，格桑多吉這樣坐過共產黨牢的人，能好到哪裏去呢？

劉福走後，兩個人孤坐無語。這是格桑多吉在教堂村落戶以來，第一次晚上坐在瑪麗亞的火塘邊，平常他最多白天來串個門，也是來去匆匆，借個瓢，送點山貨什麼的。儘管兩人的目光都游離幽怨，但從不敢對視、更不敢深情，總是躲避的腳步逃離得比相碰的眼光更快。

瑪麗亞仍在啜泣。「他死了。」她把劉福送來的那張紙遞給格桑多吉。

格桑多吉不用看也懷疑它的真實性。在他當公安局長時，這樣的證明書他批得多了。有些下屬把不太清楚的逃跑案件也歸於「擊斃」、「死亡」一類，因為人犯逃走，對基層幹部來說，無異於失職。有時他也順手推舟地簽發了，山那樣高、那樣大，跑一個人真是太容易了。那些跑出去的傢伙，誰知道是死是活呢？就當他們是活在人間的死鬼吧，比如史蒂文。

「這不過是一張紙。」格桑多吉話音一落，頓時就把腸子都悔綠了。他等於在告訴瑪麗亞：你的男人可能還活著，你就繼續等他吧。他真想為這話自己捅自己一刀。

「我們怎麼辦啊？」瑪麗亞的淚水滴滴答答地掉在紙上。

「我們？」格桑多吉的心像一匹狂野的馬在草原上馳騁，它就要從胸膛裏衝出來了。

「是啊，我和若瑟。」瑪麗亞就像一個高超的套馬手，竿子一揮，就把格桑多吉內心裏的野馬套住了。

「噢！」格桑多吉長長噓了口氣，「我會保護你們的。」

瑪麗亞雖然是一個普通農婦，但在這樣的歲月也能洞若觀火，她一針見血地指出了他們的未來。「你明天去工作隊後可能就回不來了。你會被批鬥，甚至可能會被重新抓進去。而那個傢伙就會天天找上門來，我家的狗可沒有他凶。我們怎麼辦啊奧古斯丁？」

這個「我們」是指他和她了，格桑多吉卻無言以對。

「我們去辦個結婚手續吧？」瑪麗亞幽幽地說。

「你——說——什——麼？」

「那不過是一張紙。」瑪麗亞超凡地冷靜讓格桑多吉的心像在溜索上晃蕩，忽而帶著快感駕雲追風，在半空中飛翔；忽而溜到對岸時才發現沒有地方降落。

瑪麗亞繼續說：「那不過是一張阻擋劉福這條饞狗的一張紙。奧古斯丁，我求求你幫幫我。我們假裝結婚吧，你搬過來住，劉福就不敢來找我了。」

「那麼……」格桑多吉渾身燥熱，汗水都下來了。

「我還等我的史蒂文。他沒有死，我知道的。天上的星星還在。」

「可……我……」格桑多吉沒有舌頭了。

「把我當你的妹妹。」瑪麗亞溫柔地說。

這柔情的請求沒有人可以反對。格桑多吉無條件地投降，並將之視爲某種全新生活的開始——爲終生相戀的人再一次付出。

他找來紙和筆，打算給公社寫結婚申請。教堂村的生產隊沒有批准結婚的權力。瑪麗亞因此還抱怨道：「過去結婚哪有這麼麻煩啊？兩人走進教堂，神父一祝福，一輩子的事情就定了。」

格桑多吉痛苦地想：就是由於神父的這些說詞，讓你一輩子受苦啊你還不明白嗎？

「快別提過去的事啦，要挨批判的。」格桑多吉用舌尖舔舔那支破毛筆，他按現在的規矩寫自己的「結婚申請書」。

「偉大領袖毛主席教導我們：要鬥私批修……」格桑多吉口裏念道，還未落筆就覺得不妥。結婚就是「私字當頭」，誰批准你結婚啊？

「偉大領袖毛主席教導我們：革命不是請客吃飯，不是繡花做文章……」也不對，革命也不是結婚生娃娃。

「偉大領袖毛主席教導我們：提高警惕，保衛祖國……」媽的，這跟結婚有什麼關係。

兩人折騰到半夜，把學來的語錄搜腸刮肚地背了又背，想了又想，把家家都當《聖經》收藏的毛主席語錄也翻出來了。最後，格桑多吉終於寫成了自己一生中最重要的一份文件。

結婚申請書

偉大領袖毛主席教導我們：「白求恩同志是加拿大共產黨員，五十多歲了，為了幫助中國的抗日戰爭，受加拿大共產黨和美國共產黨的派遣，不遠萬里，來到中國。去年春上到延安，後來到五臺山工作，不幸以身殉職。我們大家要學習他毫無自私自利之心的精神。從這點出發，就可以變為大有利於人民的人。一個人能力有大小，但只要有這點精神，就是一個高尚的人，一個純粹的人，一個有道德的人，一個脫離了低級趣味的人，一個有益於人民的人。」

現有阿墩子縣東風人民公社紅衛大隊第三小隊人民公社社員格桑多吉同志和瑪麗亞同志自由戀愛多年，為「抓革命促生產」，申請結為革命夫妻。請上級領導批准為盼！

具狀申請人

格桑多吉，瑪麗亞

致以崇高的革命敬禮！

瑪麗亞低聲嘀咕道：「主啊，你扯了那麼遠。從美國到加拿大國，還到了延安，最後才回到我們教堂村的三小隊，還不就是爲了哄他們的一張紙。」

「這是毛主席老三篇裏的文章，全國人民都在學習呢。」格桑多吉還在欣賞自己的傑作，「我怎麼看著像是寫給我的。」他臉上蕩開幸福的笑意。

瑪麗亞在胸前劃了個十字，「毛主席的文章，就像《聖經》一樣，就是寫給大家的。」

第二天一大早，格桑多吉就趕到公社，找到民政助理員，把申請書遞上去。那個助理員忙著去參加批判會，看也沒有多看就給他開了結婚證明，還在上面蓋了章，匆匆說：「格桑多吉同志，捨得一身剮，敢把皇帝拉下馬。祝賀你們結爲革命夫妻。」

格桑多吉回答道：「破字當頭，立在其中。謝謝你啦！」

格桑多吉趕回教堂村的路上，碰見流浪的愛神蹲在山道邊的一塊岩石上，他快活地跟他打招呼，說：「夥計，我娶到瑪麗亞了。」

愛神並不快活，他的毛色零亂，前蹄上有血痕，看上去憂心忡忡，神色哀怨。

格桑多吉撫摸他的脖子和受傷的前蹄。「你這些日子跑哪兒去了呢？誰打你了？真想不到愛神也會受傷。唉！跟我一起走吧。我現在總算有一個有女人的家了，這才是真正的家啊。」

愛神沒有跟格桑多吉走的意思，他舔舔格桑多吉的手，又伏下去舔盡前蹄上的血跡。格桑多吉忙著回去參加批鬥大會，只好對他說：「好吧，你就在這兒待著吧。我回去要面對的也不都是好事。你不要走遠了夥計，我的愛以後還需要你的保佑呢，儘管你現在是一條流浪的狗。」

太陽才剛剛爬上峽谷的山頂，村裏的人們已經被集中在教堂裏開大會了。格桑多吉才進門，就被工作隊的人攔住，遞給他一頂高帽子和一個紙牌，上面書寫著「反革命流竄犯——格桑多吉」。一個小青年問：「是你自己戴上呢還是我們來？」

格桑多吉快活地說：「我自己來吧。」

他是快樂的，他今天結婚了——儘管是假結婚。但誰不在大婚的日子裏快樂呢？就把今天的批鬥會當作格桑多吉的「婚禮」吧。既然他不能在讚美詩的祝福下在教堂裏辦一次隆重體面的婚禮，那麼，就讓教堂裏的批鬥會來爲他終於有個家祝福。他逕自被押上了教堂的聖台。過去只有有聖職的人才可以上的聖台，現在成了格桑多吉的批鬥台。

教堂裏口號聲此起彼伏，格桑多吉卻在想多年以前瑪麗亞和史蒂文在這個教堂舉辦婚禮時，他被村人綁在村口的大樹下，那時他在心裏發誓：終有一天，他也會在教堂裏迎娶瑪麗亞。他走了那麼遠的路，吃了那麼多的苦，現在他差不多做到了。他真想對著批判他的人們喊：我娶到瑪麗亞了。我要請你們喝酒！但他不能說，他只能面對像瀾滄江水一樣洶湧的辱罵聲爭辯了一句：「我不是反革命，也不是流竄犯。我已經改造好了。」但瞬間就被人們用拳頭和腳打翻在地。劉福駁斥他的理由是：你又不是教堂村人，跑到這裏來落戶幹什麼？

下午批判會結束時，瑪麗亞把格桑多吉開來的結婚證明當著很多人的面交給了生產隊隊長羅迪尼，這個史蒂文曾經的朋友用詫異的眼光看著瑪麗亞，他什麼都沒有說，就把證明還給了瑪麗亞。瑪麗亞走了很遠了，他才衝她的背影說：「我會告訴大家的。」

晚上格桑多吉被瑪麗亞扶回了自己的家，他傷得不輕，身上青一塊紫一塊的，頭也被打破了。格桑多吉想回自己的小屋療傷，他不願瑪麗亞看到自己身上的屈辱。但瑪麗亞說：「奧古斯丁，有打你的手，就有爲你撫平傷口的手。天主是公平的，一扇門關閉了，主耶穌就會爲你打開一扇窗戶。」

如果格桑多吉還相信耶穌天主，他真想在心裏呼喚他，感激他。過去這個女人傷害他的愛心，另一個女人來爲他撫平創痛；現在別人重創他的肉體，這個女人甘願和他一同承擔苦難。格桑多吉被打倒了，奧古斯丁卻成了他最愛的女人時時掛在嘴邊的呼喚。如今這個險惡的世界上只有她一個人叫他奧古斯丁，就像每個人心中都珍藏的那份唯一的愛。耶穌，難道你的仁慈真的存在？

瑪麗亞爲格桑多吉熱敷時，羅迪尼和幾個村人前來祝賀。他們帶來一條毛巾，一塊肥皂，一匹氆氌，一坨茶葉等日常生活用品。羅迪尼難爲情地對格桑多吉說：「兄弟，不要笑話我們了。現在不比從前。」

格桑多吉笑著說：「你們來看我們就是最大的厚禮啦。謝謝大哥。」

羅迪尼苦著臉說：「你們早點休息吧。聽說明天要拉你到鄰村去遊鬥，你穿厚點，打起來就不痛了。」

格桑多吉說：「這點痛不算什麼。我有……家了。」他看著瑪麗亞，瑪麗亞低頭看火塘，臉上不知是羞紅的，還是火光映紅的。

人們走後，兩人呆坐良久，不知接下來該做些什麼。瘀青的傷口熱敷了，打破的腦袋包紮了，茶也喝涼了，火塘裏的火苗也有了睡意，孤獨漫長的等待和愛情艱難的跋涉走到了一個三岔路口，一條通往幸福，一條通向守望，還有一條未知的道路，路的盡頭可能有史蒂文歸來的足音。因此，火塘邊的人今晚不知道該睡在何處？

最後還是格桑多吉敗下陣來，「趁天黑，我還是回我的屋子吧。」

瑪麗亞咬著嘴唇說：「奧古斯丁大哥，還記得很多年前我被你的兄弟搶了，你來救我的事嗎？大家都相信你的良善，現在我更相信了。昨天我不說你是我男人，他們今天不會打你打得那麼狠；可是如果我不那樣說，今晚我的夢就不會安寧。奧古斯丁，你永遠是我敬重的大哥，是史蒂文的好兄長，是若瑟的好代父。我和史蒂文是在教堂由神父祝聖過的。經書上說，『天主所結合的，人不可以拆散』……奧古斯丁，這是你妹妹的家，你當然應該守在她的夢外邊。對吧？」

格桑多吉咬著牙、臉上浮現出一個蒼涼的微笑，「好吧，我就睡火塘邊，睡在你的夢外。」

第四十章　史蒂文前書

難道你們中間竟然沒有一個有智慧的人，能在自己弟兄間分辨是非，以至於弟兄與弟兄互相控告，且在無信仰的人面前控告。

——《聖經・新約》（格林多前書6：7）

我相信我還活在瑪麗亞的夢裏，儘管那邊的人們肯定都認爲我死了，儘管有些時候我也認爲自己死了。我們經常在夢裏相見，我總是忘記給瑪麗亞說最重要的一句話：瑪麗亞，我沒有死，你要等著我回來。我在夢裏盡問些不干要緊的事：什麼我們家的那頭花犏牛又下小牛崽了沒有啦，羊群裏是不是又增添了活蹦亂跳的小羊羔？還在一個風雨交加的夢中，和瑪麗亞趕著牛羊走了很遠的路，僅僅是爲了讓牠們多吃幾口青草。我們在牧場上被鞭子一樣抽打過來的大雨搞得狼狽不堪，我想和她親熱，但卻沒有一塊乾地方；我想跟她訴說這些年來思念她的話兒，還有那些由離別的憂傷熬煮成的詩句，就像用熱氣蒸騰的新鮮牛奶打成的酥油餅，多年來堆積在我的心頭，但喧鬧的風雨淹沒了我的聲音，強勁的狂風轉眼就要刮走我的瑪麗亞，我只有對著她大喊：瑪麗亞，我不在的時候，地裏的活兒誰幹呢？青稞播種前誰來幫你犁地？誰來幫你車水？割青稞的時候，有沒有村裏的浪蕩子唱那些讓人心跳的情歌來挑逗你？他們會不會趁著只有你一個人在青稞地裏時，像我們過去常常找的快活一樣，把你掀翻在青稞裏，和你尋開心？過去我也幹過這樣的事情，但我現在詛咒所有想這樣幹的傢伙們。

奇怪的是，我很少夢見我的兒子小若瑟，他又長高了吧？他有多少歲了，十六還是十七？我總是記不住他的年齡，只記得他是在一個大雪天出生的。一天我在夢裏告訴瑪麗亞，這個孩子性子有些野，像我小時候。我像他這麼大時，已經到處流浪了。不過若瑟將來會是個幹大事情的人，一定會比他的父親有出息。你要好生帶好他，讓他識字念書，他不聽話就狠狠地揍他。我真擔心他惹你生氣。但是你要多諒解他，一個父親不在身邊的孩子，不容易。當然，你更不容易。這都怨我啊！

我在夢裏的呼喚和懺悔，總是只有夢的影子回應。這個影子就像漂浮在大霧瀰漫中的河谷對岸的村莊，偶爾一閃現，就被濃霧嚴嚴實實地遮蓋起來了。這個村莊裏有我的家，有像瑪麗亞一樣溫暖的火塘。我要穿透這濃霧回家，不是像跨過一條河谷那麼簡單，而是要渡過一條台灣海峽。過去我們過瀾滄江峽谷，只要有一條橫跨兩岸的溜索就行了；現在台灣海峽又寬又深，兩岸還有上百萬的軍隊對峙。不要說我，就是一隻鷹，也不可能飛過去。

鷹飛不過去，信也飛不過去。我給瑪麗亞寫了多少封信，已經記不清了。從印度的達普難民營，到台灣這個被海水包圍的海島，我都在寫一封封無法寄出的信，我只有把這些信交給天使。護佑我們愛情的天使啊，你什麼時候飛回來？我的信有的長，有的短，有的不是信，是思念，是詩行，是夢話；有的寫好後被我撕了，燒了。因爲望著它們，就像望著歸不去的故鄉。我常在晚上把耳朵貼到地上，希望能聽到瑪麗亞在火塘邊低聲喊我的聲音，聽到我們家的牛羊在牧場上的叫聲，聽到小若瑟蹦蹦跳跳回家的腳步。大地是我們的母親，它應該傳達給我它的兒女們每天忙碌的足音。我們小時候就聽大人們說過，你在河谷這邊唱一支山歌，對岸說不定會有個姑娘要出嫁，或者來一場雪崩。

但是，台灣海峽隔絕了我與那片土地所有的聯繫，無論是人間的，還是神界的。我們這邊看到的報紙上說，大陸這些年很亂，日子過得很艱難。很多人餓死了，然後又是搞運動，共產黨的同志們互相批鬥，不知道他們是不是中了我方的反間計？但他們亂他們的，我的瑪麗亞怎麼辦？我家的甕裏還有沒有糧？牧場上的牛羊可曾興旺？火塘邊還有沒有安寧？政治教官越把大陸描繪成地獄一般的生活，我們這些家在那邊的人心就揪得越緊。就像在對岸眼睜睜地看著烈火中燃燒的家。

我的家在燃燒嗎？瑪麗亞，我每天每夜地想你，也在想你的日日夜夜。你都在做什麼？有沒有笑？有沒有哭？有沒有誰在你身邊？我不能不想到格桑多吉，儘管他是我們的救命恩人，他曾經救過你，那是因爲他愛你；他放走我，可不是對我的憐憫。這一點我心裏清楚得很。托彼特總是勸我說，不要嫉妒格桑多吉，要愛他，憐憫他。他也是個有良心的人。可我還是愛他不起來啊！因爲他的眼睛總是看著我的妻子。

從我學會看地圖後，我就發誓我一定要到岸的那一邊去，哪怕一時還不能進入大陸，但我要和我的瑪麗亞生活在同一塊陸地上。

我從泰國的清邁入境，然後在當地一個朋友的安排下偷渡進入緬甸。這個朋友也是雲南人，共產黨一進雲南就隨一支軍隊退到這裏了。他現在坤沙的手下幹，跟國民政府保持著若即若離的關係，他們大約做鴉片方面的生意。我經過了大片的罌粟地，朋友說這片地區都是他們的，是用槍桿子打出來的。

這是一個奇怪的地區，一群效忠國民政府的軍人，在別國的地盤上舞刀弄槍。我們不是佔領軍，也不是入侵者，更不是占山爲王的土匪強盜，我們只是一群爲生存而戰的動物。這裏比在台灣島更讓人倍感孤獨。當我按指令到基地報到時，我以爲到了瀾滄江峽谷的雪山背後傈僳人的村莊。過去我們在教堂村看不起那些在山林中穿獸皮的傈僳人。現在我身穿國軍的作戰服，也跟穿一身獸皮差不多。

他們讓我分管電臺，負責與台灣總部的聯繫。我手下有三個兵，一個少尉，由於我主動要求到特區來工作，上峰破例提拔我爲中尉。我不知瑪麗亞會不會喜歡我肩上的那兩顆星星。在軍中，人們朝思暮想就是這些星星，可在我的心裏，我的星星在天上，瑪麗亞看得見，她的目光總是讓這顆叫「明珠」的星星特別亮。

我來後不到一個月，便經歷了緬甸政府軍的三次轟炸，五次進剿。我們有一段時間天天都在作戰，與戰死的兄弟同眠。有一天我醒來後揭起身下的油布氈，竟然拖出一個人的腸子來！原來是幾天前我們戰死的一個兄弟，當時草草將他埋了，然後又轉戰他方。可是在叢林裏轉來轉去，我卻在一具腐爛的屍體上睡了一覺！

來特區時我樂觀地認爲，如果反攻大陸開始，我們將成爲第一批進入大陸的部隊，我將在第一時間隨國軍打回我的家鄉。現在看看我身邊這些士氣低沈、孤魂野鬼般的士兵，我明白政府的白日夢做得比我還不著邊際。由於我掌管著電臺，來後不久我就知道了局勢有多麼糟糕。那些派遣到大陸的特工，大都有去無回，就像往湖裏扔了一塊泥塊，無線信號裏再也沒有他們的聲音。當初我還以爲自己學了那麼多本事，可以在一個夜晚悄悄摸進自己的家門呢。

一天黃昏，我在水潭裏和兩隻水牛一起洗澡，這時基地指揮官林中校也來了。我們已經連續打了一個星期的仗，身上的硝煙味兒連蚊子都躲得遠遠的。林中校也是在大陸變色後從雲南那邊退出來的，一直在特區，已經成爲了本地通。我們洗完澡後，坐在岸邊抽煙聊天。林中校說他是雲南大理人，過去經常去洱海邊游泳。「他媽的，現在只能在水潭裏和老牛打滾。」林中校說。

林中校的家鄉離我的家不到兩百公里，過去有些馬幫經常跑大理。我聽說那裏有雪山，還有像大海一樣的湖泊。神父們也常提到大理，說那是個跟他們的國家一樣美麗的地方。那裏也有個很大的傳教會，但林中校不是天主教徒。

林中校忽然問：「嘿，想不想給家裏去封信？」

我問：「你的家不是在這裏嗎，長官？」

他說：「媽的，我是說你。」

我的心差點就蹦出來了，我張張嘴說：「長官，我……我……我不敢寫信。」

「爲什麼？你不是有老婆在雲南嗎？」

「是。可是，可是怎麼交得到她手裏啊長官？我……我已經寫了無數封發不出去的信了。」

「就知道你小子晚上寫寫劃劃的，一定是在給老婆寫信。」林中校陰笑道，好像我的行動他全掌握。「寫吧，重新寫一封，報個平安。我有辦法幫你把信寄到你家裏。但是有個條件，信寫好後要交給基地的保防官審查。這你是知道的，不能在信裏洩露我們這邊的情況。」

我知道經常有人過去「那邊」，說不定他們會把我的信在大陸的某個地方寄到教堂村，但我不舒服的是家信也要給保防官審，這就像兩口子在床上的私話被人聽到一樣。保防官也稱防諜官，他在我們這個基地的官階僅次於林中校。但只要能讓瑪麗亞知道我還活著，我就是被人在大庭廣眾下脫光了衣服示眾也願意。

晚飯後我就去找保防官李少校，問他哪些該寫，哪些不能寫。但李少校僅是問：「你們那邊你認識的人中，什麼人官階最高？」

我逃出來時是個農民，哪知道哪個共產黨的幹部官階高，我只認得格桑多吉，因此我說：「有個叫格桑多吉的，是我們的縣公安局長。」

「唔，」李少校嘟起了嘴，「他是個頑固的赤色份子嗎？」

「我們從前是一個村的人，共產黨一來他就投奔共軍了，是我們那兒的藏族人中最先被赤化的。他抓過我，讓我坐過共產黨的牢，」我的心那時被魔鬼控制了，我相信天主不會讓我進他的國，嫉妒的魔鬼讓我繼續說謊：「後來我逃出來，他一路追殺我，差點沒有殺死我。」我不敢說格桑多吉放我的事，因爲我怕說不清。

「那就在信上給他問個好，說你會再聯絡他。」

「什麼？」我驚訝地看著保防官似笑非笑的臉，「我恨不得殺了他呢，長官。」

「照我說的做。」李少校命令道。

我在心裏說，你又不信耶穌基督的寬恕，怎麼會想得跟托彼特一樣。但我還是服從命令了。我的信是這樣寫的——

瑪麗亞：

你好嗎？我是你男人史蒂文。我還活著，時刻想著你。

這些年我到處流浪，比我過去當說唱藝人走得更遠。我雖然經歷了許多事，見識到了更多的見聞，學到了過去從未學到的本事，但我已不能像從前那樣彈琴歌唱。不是手邊沒有一把扎年琴，而是心裏沒有唱歌的願望。沒有你的日子裏，我的心就像冬天裏山坡上枯萎的荒草。我不知道我逃走後你過的是什麼日子？我們的小若瑟好嗎？長多高了？

我現在為一個大老闆幹活，他很有錢，比康菩土司還有權勢。他讓我到緬甸來做一些藥材方面的生意。你收到信後不要告訴任何人我的情況。切記！切記！你要等著我回來！

順便告訴你一聲，托彼特老人家很好，他在台北，很適應那邊的生活。我們還見到了羅維神父，他對我們的幫助很大，他在台灣的東海岸又有了自己的教堂。我們去看過他，那是一個和教堂村差不多的山村，連山上的雲霧都幾乎一樣。那裏的教友也不是漢人，是當地土族，生活習慣和我們差不多，放牧、種地、打獵。古純仁神父已經退休回他的國家去了，據說他回去後不久就榮歸了天國。天堂的大門一定會為這個好神父打開的。

我沒有忘記我們的好朋友格桑多吉大哥，請代問他好。他為我做的事我一輩子忘不了。我的老闆也很希望結識他這樣的英雄，和他一起做生意。我會再聯絡他。

瑪麗亞，你一定要等著我回來！我的那顆星星你還看得見嗎？它每天都在天上看著你哩。我在外面的生活很好，希望你也每天過得好。莊稼不要受到雹災、水災、旱災，牧場上的牛羊不要得瘟疫、年年都有牛犢羊羔給我們家帶來吉祥和快樂。

多年以後我才知道，這封信鑄成了我人生中的第二宗罪，槍走火打死了無辜的伊麗莎是第一宗罪。過去神父們教導我們，人要爲自己的罪孽贖罪。我那時並不認爲我會有什麼罪。我曾經是名說唱藝人，流浪詩人，我帶給人們快樂，帶給姑娘們愛情；和瑪麗亞結婚後，我成了一個種地放牧的農民，我伺侯莊稼和牛羊，過安分守己的日子，我也不會犯什麼罪。可是啊，我不知道罪孽原來是一個人的影子。

第四一章 浴火

我這個人真是不幸呀！誰能救我脫離這該死的肉身呢？

我這人是以理智去服從天主的法律，而以肉性去服從罪惡的法律。

——《聖經·新約》（羅馬書7：25）

瑪麗亞的兒子若瑟從縣上的中學很風光地回來了，不僅因爲他是藏區民主改革以來教堂村第一個高中畢業生，而且他現在還是造反派紅衛兵戰鬥隊的小頭目。他一回到村裏，就把劉福揪上了批鬥台，當然，格桑多吉這樣的人在紅衛兵的權威下也在劫難逃，況且，當若瑟發現格桑多吉住進了自己的家中時，他揮向格桑多吉的皮帶就更加不留情。他曾經想把他趕出家門，但是瑪麗亞拿了一把砍柴刀橫在脖子處說，你先殺了你的阿媽。

「這個小野獸，他怎麼能下狠手打他的代父！」每天晚上，瑪麗亞爲格桑多吉擦傷口時，總是淚水漣漣地說。

「代父怎麼也抵不上親生父親。」格桑多吉苦笑道，「我想，劉福已經被打倒了，沒有人來驚擾你的夢啦，我還是搬出去住吧。」

「奧古斯丁，你的房子已經垮了，你搬出去住哪裏呢？」瑪麗亞抹著眼淚說。

「垮了我再蓋，沒有關係的。小若瑟看見我在這個家裏，對你都沒有個笑臉。孩子總是想保護自己的母親，我小時候做得比若瑟還過分。」

「這個小冤家啊！這個小野獸啊！那個不知跑到哪兒去了的死鬼啊……」瑪麗亞也不明白自己一手養大的兒子，怎麼會變得跟劉福一樣隨意揪人打人，她總是從罵若瑟開始，到數落生死不知的史蒂文結束。

若瑟很少回家，他很忙，比當年在教堂村一邊搞民主改革一邊要剿匪的格桑多吉還要忙。像他這種家庭成份有問題的青年，只有比別人更敢於造反，才能闖出自己的前程來。他為了表示革命決心，一回來就宣佈跟自己的反動家庭劃清界限，而且改名叫「跟毛幹」——意為緊跟毛主席幹革命。他不僅改了自己的教名，還把教堂村的名字改為「反帝村」，然後是所有帶有宗教色彩的名字都必須改，那些叫保祿、亞當、瑪麗亞、露易絲、露西亞、路德、安東尼的，統統要改一個革命化的名字。一夜之間，「反帝村」流行開來千奇百怪的名字，比當年那些外國神父起的教名更拗口彆扭，底層的藏族人過去習慣用吉祥的事物或神靈的稱謂來作為自己的名，本來就沒有姓，現在什麼最革命就叫什麼吧。「三結合」、「誓反修」、「聽毛話」、「學毛著」、「血戰到底」、「捍衛東」、「頌文革」、「鬥批改」……既然人們連自己是誰都不知道了，叫什麼就更不重要啦。格桑多吉當年把教堂改作學校，紅衛兵戰鬥隊隊長「跟毛幹」同志認為這還不足以體現翻身農奴對帝國主義宗教侵略的仇恨，他命令將教堂改為豬圈，讓教堂裏的耶穌和聖母瑪麗亞跟那些渾然不知的豬們一起臭不可聞，並遺臭萬年。

「這個小野獸不回自己的家可以，不認我這個媽也行，我可不會讓他給自己的媽改名字。他就不想想，沒有教會救我和他阿爸，哪有他？」瑪麗亞在火塘邊嘀咕道。

「快別提教會啦。」格桑多吉今天被反剪雙手鬥了半天，現在兩條胳膊都麻木了，他在等著瑪麗亞給他熱敷。「一個村莊的人都在爲教會遭罪呢。不僅是我們教堂村的人，今天我還看見我的活佛弟弟了。」

「頓珠活佛？他也來批鬥你嗎？」

格桑多吉苦笑道：「他有那份風光就好了。我們站在一起挨批鬥。」

「會下地獄的。」瑪麗亞把一條熱毛巾敷在格桑多吉的後背，「哦呀，你的腰也被打青了，哪個畜生幹的？」

格桑多吉沒有回答，那是「跟毛幹」狠狠踹的一腳，當時他以爲自己的骨頭斷了。

「你……躺下吧，我幫你用青稞酒擦擦。」

他聽話地躺在火塘邊自己的卡墊上，任憑這個女人溫柔火熱的手在他傷痕累累的身子上撫摸。他從內心裏感謝白天挨的那些打罵，甚至希望那暴力來得更猛烈一些。當年他可以隨意搶人、打人、甚至殺人的時候，瑪麗亞看都不願多看他一眼。現在他飽受欺負凌辱，驕傲的胸膛時時貼近塵埃，這個女人便成了拯救他苦難愛情的天使。他把身上的那些瘀青和傷痕，看作是自己愛情的勳章。

女人溫軟的手在男人健壯有力的肩膀、背部遊走，不像是在擦拭皮肉上的痛苦，而是在撫慰心靈的創傷。格桑多吉感受到瑪麗亞的小心仔細，那撒在背上辣辣的是青稞酒，溫熱的是女人眼裏滴落的淚。一雙多情溫柔的手把酒和眼淚都揉進了他的靈魂深處。

這個夜晚，格桑多吉夢遺了，他在夢中快活地呻吟。睡在裏屋的瑪麗亞被驚醒，以爲格桑多吉傷痛發作了。她摸黑爬起來來到他的床邊，看見男人光著膀子側身朝裏。月光從火塘上方的天窗照射下來，正灑在男人裸露的酮體上，像一塊冰涼的鐵一樣沈默、結實。瑪麗亞輕聲問：「奧古斯丁大哥，你痛嗎？」

睡著的男人沒有應聲，有些誇張地打起了鼾聲。瑪麗亞在屋裏的月光中站立良久，輕輕地歎了口氣，回自己屋裏去了。

第二天一大早，格桑多吉又被人揪到鄰村開批鬥會去了。瑪麗亞在家洗格桑多吉那些佈滿血跡、污垢的衣服。在一堆衣服中她發現了格桑多吉內褲上的白色精斑，她的臉頓時像少女一樣紅了，但她還是忍不住拿到鼻子上嗅了嗅。這讓她心慌手亂了半天，深感自己罪孽深重。可是一整天，她都在回想那精斑魚腥草一般的甜味。

這愛的味道讓瑪麗亞情亂意迷，男人火山噴發般的激情之後的愛液，讓寂寞的女人久違多年了。但是她也知道，在這個動蕩的歲月，不需要激情，就像不奢望吉祥的生活一樣，能保平安就是最大的吉祥了。

瑪麗亞再也睡不安穩覺了，她的夢中早已沒有了史蒂文，她隨時關注著廳堂那邊的動靜，總是艱難地蜷縮在自己的床上，夾緊雙腿，滿面羞紅，顫慄不已。終於，在一個月華如水的夜晚，她像夢遊一樣爬起來，站在了格桑多吉的春夢邊。

「哎。」她輕輕叫了一聲。

沒有回應，她又搖晃他，還是沒有反應。瑪麗亞羞愧地站立了很久，心裏喊了自己一萬次：走吧走吧，快離開快離開。可就是邁不動自己的腳，彷彿腳有千鈞重。她把自己當成一座守望的石女雕像，外表雖然看上去堅硬無比，但內心早就融化了，像地底融化的岩漿，就要噴射爆發出來了。

瑪麗亞的手伸向男人健壯的身子。她先是撫摸那些傷痕，她想如果他這時醒了，她會問他，你還痛嗎？我再給你揉揉。但是男人似乎睡得很死，側身背向她一動不動。瑪麗亞的手已經不按她的想法行事了，就像慣偷看見了警察的錢包，寧肯伸手就被捉住也要過一把手癮。她從他的背部摸到了腋下，然後是肌肉飽滿的胸膛……溫軟的手繼續往下遊走，她的手像伊甸園裏那條罪惡的蛇，緩慢而遲疑地遊到了他的腹部，往下，再往下，遊過茂密的草叢，遊過平緩起伏的山崗，遊過漫長孤獨、寂寞難耐的歲月，遊過罪惡欲望的海洋，終於握住了男人勃發濕潤的生殖器，就像溺水的人抓住了神靈從愛的彼岸伸過來的木棒……

她夾緊了自己的雙腿，嬌羞難擋，淚流滿面。她想打開自己，一千次一萬次地想。但是她不能。她感到有一張罪孽之網把自己緊緊罩住了，她既不能打開自己的肉體，更不能敞開自己的心靈。因爲慾望的肉體一旦敞開，負罪的心靈就昭然若揭。儘管耶穌已經被打倒了，但她還是不敢像面對天主的聖容一樣面對自己的罪孽。羞愧和緊張、罪惡和激情、焦慮和徘徊，就像一團搞亂了的綿線，讓她在內心裏理也理不清。她只有讓手中那物飽滿、膨脹，噴射……

而格桑多吉竟然還能深陷美夢深處，不願出來。人總是情願自己的美夢長久，害怕夢醒後像被逐出樂園般的遺憾。縱然美夢的美好，在於醒後的失落，因此格桑多吉留住美夢的唯一法子是：哪怕天塌地陷，炸雷在耳，也要繼續睡下去。

第二天早晨起來，兩人都不敢面對對方的眼睛。連火塘上升起來的青煙都有罪孽感。令人奇怪的是，今天竟然沒有人來揪鬥格桑多吉，以至於他就像那些等著小車來接他去上班的高官那樣，在屋子裏焦慮地團團打轉。「怎麼今天他們不開批鬥會了？」他不斷地站在門口，翹首盼望那些來揪鬥他的人。你們躲懶，我在家裏怎麼辦？他在心裏嘀咕道。

這時他看見愛神在門口徘徊，就趕忙拿了一塊羊骨頭遞過去。他看見愛神責備的目光，他悄悄對牠說：「不是我的錯，也不是瑪麗亞的錯。是……嗨，你怎麼跑了呢？」

瑪麗亞在裏面喊：「奧古斯丁，你在跟誰說話？」

「哦呀，是愛神……」格桑多吉慌了，差點一拳打掉自己的牙齒。「不是不是，是……是一條流浪的狗。」

瑪麗亞追了出來，看著那狗遠去的身影說，「噢，牠在我們家轉了好幾天了，原來是你在餵牠啊。你幫我去水磨房磨糌粑吧。」

「好，好。我這就去。」格桑多吉拎了糌粑口袋，逃似的出門了。

但他們仍然得面對每一個夜晚，或者說，他們都在期盼夜幕掩蓋下的遊戲。他們以此來抗衡內心的孤獨，也抗拒外界地獄一般的生活。她給他性的撫慰，而格桑多吉默契地配合，在瑪麗亞都不相信的假像中沈睡。有一次他實在控制不了啦，閉著眼睛翻身過來將她一把抱住，但是她劇烈地抵抗不從。兩人在火塘邊翻滾，罪孽感給予了瑪麗亞強大的力量，就像一條不能突破的遊戲規則，一旦一方壞了規矩，這遊戲就不好玩了。格桑多吉大概也醒悟了過來，自己先敗下陣，掉頭裝睡。

就當這一切是一場夢罷了，就當它是一場真實的春夢吧。於是他們又恢復到從前的夢遊，似乎這樣做既滿足了生理需求，又不得罪天主。

但是格桑多吉平靜下來了，瑪麗亞卻越來越像陷入深坑裏的母獸。她在情慾的火炕裏左衝右突，傷痕累累。她不明白格桑多吉的生理需求用這種奇特的方式滿足了，而她卻沒有。以至於在自己一手締造的遊戲中越陷越深，越深越痛苦。她甚至常常想，史蒂文這個死鬼或許真的死了呢。

有一天瑪麗亞帶著這種心情問天，她在東邊的夜空中眼睛都看酸了竟然也沒有看到史蒂文的那顆「明珠」，它不知是墜落了，還是藏起來了。奇怪的是當時她沒有悲哀，反而有某種如釋重負般的輕鬆。

終於在一個夕陽血紅的傍晚，格桑多吉瘸著腳回家。那一天他被打得很慘，走路都困難。他遠遠地看見自己的家了，甚至也看見瑪麗亞在家門口張望，向他招手。格桑多吉咬緊牙關，支撐著自己不要倒下。他甚至想先走到房子外的水槽邊清洗自己，因爲他太髒了。

但他終於在離家還有二十來米的地方摔倒了，爬在地上像一條垂死的狗。愛神不知從什麼地方跑出來的，哀憐地用舌頭舔格桑多吉的頭。

瑪麗亞迎了出來，還沒有走近格桑多吉就聞著一股濃烈的豬屎臭，她聽見他說：「走開，走開。走！不要靠近我。」

「他們今天怎麼對你啦？」瑪麗亞蹲在格桑多吉身邊悲泣地問。

「沒什麼，給我打盆水來吧。他們今天把豬屎糊在我腦袋上了。我很臭，你離我遠點。」

瑪麗亞忽然撲在他的懷裏失聲痛哭。她從來沒有在這個男人面前如此哀慟，如此舒展地打開一個女人飽滿的胸懷，也從來沒有如此大膽地用一個女人的溫柔去填平男人屈辱的深淵。她攙扶起自己的男人，小心翼翼地把他領回家。她根本就不在乎格桑多吉滿身的豬屎味，她讓他躺平在火塘邊的卡墊上，爲他擦去身上的血跡，爲他撫平瘀青的創傷，爲他清理滿頭滿身的污穢。她褪盡了他每天都要迎戰苦難的征衣，讓這個曾經的英雄一絲不掛，重新煥發他男人的氣概。她用清水、用青稞酒、用牛奶將英雄重新裝扮，好讓他找回男人的驕傲，披掛上陣。一個好男兒在戰場上要鎧甲錚亮、刀槍齊備；而在女人面前，則要雄壯自信，溫柔體貼。

他們從哭泣中的依偎到激情噴發的相擁，從悲傷中的憐惜到內心深處的崩潰。她親他的臉，親他的額頭，親他的頭髮，最後她火熱的唇找到了他乾渴的嘴……

「我還臭嗎？」他問。

「不，你很香。我們都不臭，不是臭叛匪家屬，不是臭流竄犯，更不是一對臭夫妻。」

「夫妻……」

「是的。我們是夫妻。」瑪麗亞伏在男人開闊的胸膛上，幸福地宣佈：「從今天起，我要做你的女人。」

「為什麼是今天？」

瑪麗亞愣了一會兒，才一聲哀歎：「因為，我們已經過著豬狗不如的日子了。」

男人翻身過來，將女人壓在身下，小心地褪去她的衣服。他在顫抖，幸福得忘記了所有的苦難和屈辱。他說：「我要感謝這日子……」

但是，她在他進入自己體內時，還是忍不住渾身戰慄起來，心有餘悸地說：「要下地獄的！」

格桑多吉回答道：「還有比這更像地獄的日子嗎？你記住：我會為你擋在地獄的門口。」

瑪麗亞再度淚流滿面，不知是因為快樂，還是由於看到了格桑多吉已經站在了地獄的門口。她覺得自己多年來為等待史蒂文的掙扎、堅守失敗了，服從教會的戒律也失敗了。但她重新獲得了愛，儘管失敗感和愛情的歡娛就像心中那隻渴望飛翔的鳥兒的一雙翅膀。

他們再不用同在屋簷下、卻一個守在另一個的夢外邊了。在批鬥、毆打、侮辱、口痰和牛屎馬糞的「祝福」中，他們的蜜月降臨，甜美的夢終於融合在一起。他們一起去挨批鬥，一起出工參加勞動。他們在喧囂的批鬥會上甚至還能望著對方微笑，在心中給對方唱歌兒。在傍晚的時候，一個攙扶著一個回家。再重的創傷，都在愛的力量下迅速地癒合。每當夜幕降臨，火塘升起，短暫的安寧與幸福瀰漫在瑪麗亞家，所有的擔憂，害怕，苦難，眼淚，甚至無處不在的罪孽感，都暫時被拋在了一邊。他們溫情地愛撫，瘋狂地做愛。有時煨一壺茶的功夫，男人就把女人按倒在火塘邊；有時男人已經熟睡了，女人還伏在男人的胸前幸福地啜泣。不過，他們的愛始終在敬畏中，在恐懼裏，在地獄的邊緣。儘管歡娛的幸福如此強烈，不可阻擋，但地獄的烈火彷彿就在愛床下燃燒。愛得越激情洋溢，地獄之火就燒得越恐怖猙獰。因為瑪麗亞既不敢面對她所信仰的天主耶穌，也不敢面對生死不知的史蒂文。

因此，每當他們做完愛，瑪麗亞都要起身重新穿好衣服，把藏著的十字架翻出來，跪著捧在手心裏，懺悔自己肉慾的罪過。每個教友家裏一切有關信仰的東西，都被收繳了。但幾乎所有的教友都會偷偷留下一兩樣東西，不是耶穌和聖母像，就是十字架、《聖經》。隱藏的天主無處不在，就像隱蔽的信仰不可更改一樣。

格桑多吉開初感到奇怪的是，瑪麗亞頭天的負罪感那麼強烈，可第二天晚上在床上的瘋狂，就好像已經完全忘記了主耶穌的威嚴。後來他見慣不驚，甚至還自嘲道：人都是這樣，犯罪時，誰都想不起；當好人時，誰都敬畏。

他們需要用愛來撫慰對方的創傷，用愛來迎戰沒有指望的生活。第二天太陽升起來時，他們才有勇氣、滿臉陽光地去面對苦難的挑戰，滿懷感恩之情去面對清貧的生活。

春天到來時，批鬥會沒有那麼頻繁了。「跟毛幹」帶著一幫紅衛兵出去大串聯了，上面號召「抓革命促生產」，再不幹地裏的活兒，今年大家都要餓肚子啦。人們每天聽著教堂的鐘聲準時出工，這是披著宗教外衣的帝國主義分子留給這個村莊唯一可資利用的遺產。「跟毛幹」曾經想砸了它，但是這口專程從法國運來的大鐘著實結實，「跟毛幹」虎口都震麻了，也沒有傷它一個角。鐘聲每天響起來前，瑪麗亞已經在家裏悄悄做完禱告。她感謝主耶穌，讓她在苦難的日子裏終於得到了愛情；她也祈求聖母瑪麗亞的寬恕，請她憐憫這來之不易的愛。她在心裏對聖母說：聖母瑪麗亞啊，儘管他們批判你，我還是要祈求你的幫助。求你垂憐我和奧古斯丁，求你寬恕我們犯下的罪孽。有時她在禱告中也會憤懣地抱怨：我們在天上的父啊，這個世界上那麼多人不相信你，幹了那麼多的壞事、蠢事，褻瀆你聖靈的事，你爲什麼不懲罰他們呢？既然你都容忍他們幹那些傷天害理的事情，我和奧古斯丁的愛，也請你垂憐垂憐吧。這個好人爲了愛我，把自己的一生都毀了。難道這樣的愛情也不符合你的仁慈嗎？

在地裏，集中在一起幹活的人們私下裏說，日子過得這麼緊，這個婆娘倒越活越年輕了。有愛的女人的確跟其他女人不一樣，她常常會在不經意間把愛情寫在臉上，寫在婀娜多姿的眼眸裏，寫在嘴角邊那稍縱即逝的甜蜜中。

直到一天下午，幾個穿藍色中山裝的男人和一個軍人忽然出現在格桑多吉面前，那時他正在犁地，瑪麗亞在坡頭和一群婦女撒種。那個軍人問：

長。

「是。」格桑多吉停下了犁，這個軍人的氣質與威嚴甚至讓格桑多吉想起多年前的老領導高團

「你是格桑多吉嗎？」

「你被捕了。」軍人嚴肅地說。

「我有刑滿釋放的證明，解放軍同志。」

「別裝蒜啦。」軍人說：「我們抓你，不是你過去的問題。」

他們帶走格桑多吉時，瑪麗亞從山坡上連滾帶爬地追了過來，「他已經改造好了，求求你們不要抓他走！」她嘶喊道。

格桑多吉努力給瑪麗亞一個笑臉，摘下脖子上掛著的那個藍色小玻璃瓶兒，交給瑪麗亞。一個穿藍色中山裝的人警惕地問：「那是什麼？」

格桑多吉平靜地回答道：「只是一個人每天的念想。」

「交出來！」那人命令道。他懷疑那裏面是否會有他們所需要的東西。

藍色小玻璃瓶兒被奪了過去，他們小心地打開了，陽光下除了一塊小小的骨頭，什麼也沒有。他們看不見那根瑪麗亞的頭髮！

格桑多吉曾經給瑪麗亞說過這個小玻璃瓶兒掌管他的愛情的故事，當時她說，聖母瑪麗亞啊，女人你都可以搶，一根頭髮卻捨不得丟。格桑多吉喜滋滋地回答道，搶來的東西，哪有愛神恩賜的珍貴。

他們也知道藏族人有戴配飾的習慣，但他們不明白這個奇怪的配飾究竟意味著什麼。最後還是那

個軍人做主把它還給了瑪麗亞，他對格桑多吉說：「別耍滑頭了，跟我們走！」

「爲什麼要帶走我的男人？」瑪麗亞憤怒地問。

「沒事，我沒什麼問題說不清的。瑪麗亞，我很快就回來了。」格桑多吉充滿信心地說。

格桑多吉在瑪麗亞的淚光中漸行漸遠，一隻黑色的狗斜刺裏衝了出來，瘋狂地追咬這一行人。在瑪麗亞真正成爲格桑多吉女人後的一天，他告訴瑪麗亞這是他們的愛神。瑪麗亞並不當回事，說愛神怎麼會是一隻流浪的野狗呢？愛神應該在天上的。

現在，她的心被狗吠聲撕碎，她看見有個人用石頭去砸那狗，但狗咬得愈發悲涼決絕，像一個慷慨赴死的壯士。最後，一聲槍響，愛神中彈倒下。

瑪麗亞癱坐在地上，撕心裂肺地大哭，幹活的人們圍在她的身邊，不知該如何勸慰她。那時像格桑多吉這種有歷史問題的人，經常會被各派的革命群眾以各種各樣的理由揪走。因此人們勸瑪麗亞道，這幫人也是要來找格桑多吉說清楚過去的吧，說不定過幾天就放他回來了。

她拍打著大地，仰天長歎：「主耶穌啊，你還要怎麼懲罰這個苦命的人？鬥也鬥了，批也批了。我們可是什麼壞事都沒有幹的好人啊。主耶穌啊，求求你保佑我的奧古斯丁明天就放回來吧。」

可是瑪麗亞這次不知道全能的天主父的計劃，耶穌沒有聽到她的祈禱，沒有垂憐他們萬劫不復的愛情，沒有讓格桑多吉把那塊坡地犁完，然後和瑪麗亞一同荷鋤回家，沒有憐惜將來的日子裏瑪麗亞家炊煙的孤獨，火塘邊的冷清，甚至也沒有聽到格桑多吉有一天對瑪麗亞說，要是祈禱能讓我們的日子好起來，我也該在心中找回被拋棄的耶穌了。

現在，不知是耶穌拋棄了迷路的羔羊，還是要懲罰格桑多吉對他的拋棄，他讓格桑多吉再次回到村莊的時間，不是睜眼就到的明天，而是頭髮都等白了的十年。

第四二章　菊花

天氣涼了，菊花黃了，出海的男人回家啦！

——福建民謠

「你這樣幹，會上軍事法庭的。」林中校對站在面前的史蒂文說。

「那就把我送回台灣本部受審好了。」史蒂文倔強地昂著頭，彷彿已經做好進監牢的準備。

「真不明白，你不是一直想家的嗎？給你機會你不要，就不要天天對著大陸那邊發呆。」林中校把史蒂文的報告重重地摔在桌子上。

「長官，不是我違抗命令，而是我有自己完成任務的方式方法。請允許我向上峰申訴。」

昨天，保防官李少校把史蒂文叫到自己的辦公室，指著堆滿了案頭的微型發報機、密碼本、手槍、卡賓槍、塑膠炸藥、消聲器、毒藥、假髮、以及大陸那邊流行的毛澤東像章、語錄書、藍卡嘰布中山裝和一些野外裝備說：「史蒂文，你爲黨國立功的時候到了，你回家的時刻也到了。這些東西隨你挑，回去給我開一個清單來，看你需要什麼。一周以後出發，我會告訴你怎麼做，做什麼。」

史蒂文知道，這半年來基地成立了一個「大陸行動組」，已經派遣了三批人員去「那邊」，台北本部對「大陸行動組」很重視，不但提供了大量的資金、設備，還派專人來指導。可他們過去後就再沒有收到大陸那邊發回來的消息，像以往的那些派遣人員一樣，傳說他們不是剛一過邊境就被打死了，就是被捕了。儘管上峰一再鼓噪大陸那邊現在民生凋敝，我們的人一過去便能一呼百應，受到大陸人民的夾道歡迎，但只有傻瓜才相信這種說教。人們都在私下裏傳言，大陸雖然窮到吃不飽飯，但連一個孩子都會去告密。還「夾道歡迎」呢，「夾道追殺」吧。一切都不過是基地指揮官爲了向上峰邀功而拿特工人員的生命冒險而已。

史蒂文回到自己的宿舍想了半天，便給上司開出了他的「裝備清單」——鋤頭一把，砍柴刀一把，筷子三雙，碗六個，鍋一口，母牛一頭，公羊母羊各一隻，狗一條，雞一窩，六弦琴一把。

「這些東西能幫你完成黨國的重任嗎？」林中校看到這份「清單」後，氣得一把揉了它，但又不得不重新將它展開。

「是的。」史蒂文立正答道。

「還要不要給你派個老婆呢？」林中校譏諷道。

「不必了，我有老婆的。長官，你知道。」

「你們藏胞就是這樣居家過日子的嗎？」

「是。」

「誰他娘的不想過這種日子？」林中校憤怒地吼道，一腳踢飛了一個空彈藥箱。「但是誰來光復大陸？你現在不是老百姓，是革命軍人！」

「我從前只是一個種地放牧的藏族農民，不懂革命究竟是個什麼東西。不論是老共的，還是黨國的。」史蒂文抗辯道。

史蒂文此刻道出自己的民族身分，還真有點讓林中校為難。當初這個傢伙來報到時，上峰專門有訓令，黨國裏藏胞不多，要倍加珍惜利用，有前途就著力培養，不可造就便送回來。

但林中校不願讓史蒂文得這麼大的便宜，都抗令不從，部隊還怎麼帶，大陸那邊誰還願意去？他關了史蒂文三天禁閉，威脅他說，你這種反共立場不堅定，成天想家的傢伙，火燒島上關得多了。好好給老子反省反省吧，想不清楚就送軍事法庭。

三天後他和李少校交給史蒂文一個比潛往大陸更艱巨的任務——取一個逃兵的人頭回來，否則提自己的頭來見長官。

這個人是『反共救國軍』的上尉，原來駐防在外島，但因爲犯了軍法，便從台灣發配到特區就職，可是他卻逃跑了。有情報說他正在邊境一帶尋找進入大陸的機會，已經派出去兩個行動組了，但是都沒有找到他的蹤影。

史蒂文單槍匹馬出發，身後有一個三人行動組監視他，命令是如果他也想逃，格殺勿論。史蒂文在翻過兩座山梁後就知道了後面跟蹤的人，他在台灣學到的那些本事可真沒白學。但他也知道，正是這些本領會將他引向絕路，讓他再也見不到他的瑪麗亞。不過現在，他寧肯去坐監，也不敢回大陸去。

史蒂文從小就是在旅途中流浪的人，比那些只會殺人的傢伙更知道一個天涯浪子在大地上的足跡。半個月後，他在靠近中緬邊境的一個小鎮截住了那個逃兵。那時他正在一家華人開的小餐館吃午飯，史蒂文一聲不響就坐在了他的對面。

這是一個比他年齡稍長的男人，體格健壯，個頭比史蒂文還要高大，但看上去落魄潦倒、神情悽惶。史蒂文過去聽說『反共救國軍』裏的那些傢伙都是些水鬼，經常在海面上和老共打仗，還可以輕易從外島游到大陸搞破壞什麼的。他們和正規軍不同，擅長在海上打遊擊。不過現在是在山地，不是在海裏，史蒂文並不怕他。

這個傢伙用警覺的眼光打量了下史蒂文，手伸向了腰間。史蒂文動作比他還快，先把槍掏出來，但沒有對準他，而是放在了桌子上，平靜地說：

「誰不想回家呢？不過這個東西帶不進大陸。」

那人手中的槍遲疑了一下，還是乖乖放在桌子上了。兩個亡命天涯的男人較著眼力，都從對方眼裏看出了對故鄉的眷戀。

「我叫黃廷豪，要是我們今天有一個人要死，也要死得有名有姓。請問兄弟尊姓大名？」

「史蒂文。」

「史蒂文？好奇怪的名字。兄弟接受的是美國的訓練？」

「噢，兄弟我受的是耶穌的訓練，因此今天才有幸跟老兄見面。」史蒂文嘲笑道，不知是笑自己，還是笑對方。「我是天主教徒。」

「哦，是拜耶穌的。」黃廷豪好像找到了同道，「我是拜媽祖的。我們那兒興這個。」

「那麼，你是海峽那邊的人囉？」史蒂文問。他在台灣時，總是在想海峽那邊是個什麼模樣，爲什麼國軍就是打不過去，共軍也打不過來。

「是。老家福建福清，從小就生活在台灣對面的海邊，在大海裏討生活。兄弟老家是哪裏的？」

史蒂文沒有回答他的問題，「你想橫穿一個中國大陸回家？」

「是，」黃廷豪不知為什麼要相信史蒂文，他的目光裏再沒有敵意，而是想要傾訴。就像有的戀人在不能用話語交流時，便用眼睛說話。尤其是，史蒂文生來就有那麼一雙能感化仇人的眼睛。

「我的新媳婦在等我呢。」黃廷豪的目光中充滿著固執，這種眼光史蒂文也曾經有過。

「新媳婦？」

「在你殺我，或者我殺你之前，想不想聽我的故事，兄弟？」黃廷豪警覺地向四周張望，飯館裏就他們兩個人，剛才還有幾個食客，當史蒂文和黃廷豪都把手槍擺在桌子上時，他們就悄悄溜了。在這個販毒販子、緬甸政府的特務、大陸潛逃過來的通緝犯、台灣的情報人員以及各種民族的地方武裝來來往往的小鎮，到處都是天不管地不收的亡命徒。飯館老闆是個精瘦的華人，此刻緊張地坐在簡陋的廚房裏，不時向這邊張望。

「老闆，殺一隻雞，打一壺酒來。」史蒂文高喊道。他看見桌子上僅有一碟小菜，黃廷豪則吃一碗清湯寡水的麪條。「沒有酒哪裏有精彩的故事啊，大哥？不著急，我們慢慢聊，天黑還早呢。」

老闆拎來一隻雞，手忙腳亂地一刀就把雞頭剁了，雞脖子處跳出一股鮮血，撒了一地。黃廷豪的眉頭皺了一下，似乎是自己的脖子被砍下來了。史蒂文都可以看見雞皮疙瘩在對方的脖子、胳膊上到處蔓延。飯館外面是塵土飛揚的小鎮街道，時而有輛破爛的皮卡車搖搖晃晃地駛過，鵝黃色的陽光讓小鎮的一切都顯得很慵懶無奈，昏昏欲睡。有兩個穿緬式服裝的男人蹲在街對面，像是在這大熱的天曬太陽，還有一個男人時不時從飯館門口經過，人不進來，眼角的餘光早就把一切都看在眼裏了。黃廷豪是打過遊擊的人，史蒂文也不笨。他們都知道螳螂捕蟬，黃雀在後，今天總有一個人要死。

老闆在廚房裏炒著黃燜雞，酒先上來，兩個男人先喝下一大碗解渴，然後開始解鄉愁——

「兄弟，我是民國三十七（一九四八）年和鄰村趙家的菊花姑娘提的親。菊花姑娘那年一十七。民國三十八年，大陸變色，我的菊花年方一十八啊！那年正月十五，我和我父親帶著四個轎夫、一個樂班的吹打手和迎親隊伍，吹吹打打地去娶我的菊花姑娘。我們剛翻過龍王山，過了龍王廟，就碰見一支撤退過來的國軍隊伍。他們不由分說，把迎親隊伍中的男人都抓了丁，只有我的父親跑脫了啊。我哭，我喊，都沒有用。我說求求你老總，行行好長官，我要去娶新媳婦。一個老總給了我一槍托，說國家都亡了，你還想娶老婆？大花轎被扔在路邊，樂班的喇叭、小鼓、鈸、笛子撒了一地。那些幫我去迎親的人們，跟我一樣冤。

「兄弟，你沒有見過國軍的大撤退是什麼樣子，就是船在大海的風浪裏要沈時的模樣，人人都慌著逃命。而人命在這個時候，就像螞蟻的命一樣。我們被送到一個碼頭，一艘運兵艦停靠在那裏。碼頭上的國軍和老百姓就像被捅了窩的螞蟻，那麼大一艘兵艦也顯得小。那時國軍有很多戰馬上不了船，他們就把戰馬集中到一起，架起機槍射殺。馬血飛濺到人們身上，可誰也不在乎。有匹戰馬跳起來衝我們這邊跑來，看守我們的士兵用卡賓槍向牠掃射，但這馬還是跑，一直跑到我們面前幾米時，士兵們用刺刀將牠戳倒，說奶奶的，我讓你跑！我看見那馬的眼睛望著我在掉淚。我們是被拉的壯丁，每十人被一條繩子拴在一起。到了船上，又進不了艙，統統蹲在後甲板上。開往台灣的船起錨了，運兵艦發出人哭喊時的『嗚嗚』聲，後甲板上的壯丁全都哭了起來。船頭衝向大海方向時，不知是哪個發了一聲喊，被繩子拴著的壯丁十人一組的紛紛往海裏跳，我也被拉扯著向船尾跑。我還沒跑到船尾，就被一根纜繩絆倒了。我被人們拖著在甲板上爬，把繩子都掙斷了。我本來也有機會跳海，但我想起了那戰馬的眼淚，就沒有跳。因爲當兵的來了，他們嘴裏罵著娘，操起機槍、卡賓槍就朝海裏掃射。我們那一組拴在一起的壯丁，跳下去了八個，我看到屍體飄起來的，就有六個。他們是樂班的三個吹鼓手，兩個轎夫，他們是親兄弟，還有一個是我的小舅舅。海浪把屍體推起來，又捲下去，然後又再推起來，向海岸一浪一浪地送他們回家，那一片海全是紅色的。我要是不絆那一跤，誰知道在大海裏餵魚的會不會有我呢……

（「老闆，你的黃燜雞太鹹了，再打壺酒來！」史蒂文喊。）

「到了台灣受訓的日子，不說你也清楚，兄弟。我原來是在『反共救國軍』裏幹，在大海裏和老共打遊擊，就像天天在家門口晃蕩的孤魂野鬼。有一年，『反共救國軍』的弟兄掠來一艘大陸的漁船，人們說是福建福清的。我就想，那裏會不會有我認識的老鄉啊？便通過一個朋友偷偷跑去看。你肯定猜不到我在那些大陸漁民中看到了誰？是我的弟弟啊！我離家那年，他才十歲，現在已經是個小夥子了。我們在關押他們的那個屋子抱頭痛哭，還不敢哭出聲來，因爲規定不允許我們和大陸漁民接觸，哪怕是你祖宗來了也不准，他們會被問一些情況後就放回去。我弟弟告訴我，哥，菊花姑娘還在等著你呢。她說我的男人過了端午節後就會從台灣回來娶我了；端午節後，她又說我男人中秋節肯定會回來迎親；中秋之後，就等到過年吧，哪個男人過年不回家呢？兄弟……『一年準備、兩年反攻、三年部署、四年掃蕩、五年成功！』我們也是這樣相信的啊。我們不都是掰著指頭在數回家的日子嗎？

（「老闆，再來一壺酒！」黃廷豪喊。）

「我曾經要求他們把我弟弟留下來，我為了黨國，沒有娶上媳婦，好歹也讓我和我親兄弟在一起吧。我弟弟在那邊連飯都吃不飽，他身上的補丁已經讓人看不出原來衣服的樣子和顏色。但是上司說我違抗了軍令，關了我的禁閉，遣返了我的弟弟。我出來後每天茶飯不思，看見大海就流淚，上司就送我到精神病院，軍醫官說我不能再看大海了，一看見就犯病，於是他們就送我來特區。兄弟，你說得對，我就是要橫穿一個中國大陸回家，這邊過去就是雲南，從雲南到貴州，過湖南、江西，過了江西就到了我的老家福建了，這比越過台灣海峽容易得多。我們家鄉有一首歌是這樣唱的，『天氣涼了，菊花黃了，出海的男人回家啦！』兄弟啊，我這趟海出的時間可夠長的啦，二十一年又一百八十五天！我的菊花還在等著我，現在過了端午了，中秋節前我就可以擡著大花轎去娶我的菊花，你相不相信？」

「我不相信！」史蒂文冷酷又動情地說，「看著地圖回家，誰不會啊老兄？」

黃廷豪醉意闌珊地望著史蒂文，他看見他站起來，臉上的眼淚和他一樣多。這個傢伙既然如此為這個故事感動，為什麼又不相信他可以在中秋節前回家娶新媳婦呢？黃廷豪更驚訝的是，他看到史蒂文從剛才飯館老闆剁雞的案板上拿起了那把菜刀，轉身就到了他面前，他聽見他說：

「別做回家的美夢啦，老兄。領袖要我們死，我們唯恐死得太慢。我們康巴人從不在人背後捅刀子，你不會死得太慢。」

史蒂文一把揪住了黃廷豪長長的頭髮，將他的頭按在飯桌上，黃廷豪張大了嘴，眼睛向上翻，愣愣地盯著史蒂文手中的菜刀，嘴裏只來得及喊出一聲「菊花……」

史蒂文手起刀落，就像砍一隻雞頭，「咣」地一聲就把那顆固執地想回家的頭砍下來了。鮮血像噴泉一般沖上了低矮的屋頂，以至於這小小的飯館下了一場淋漓的血雨。史蒂文已經走出三十里地了，那血雨還在從屋頂滴嗒滴嗒地往下落。它浸濕了異國他鄉的大地，還淋濕了史蒂文的歸鄉之夢，每當他夢回故鄉，這血雨就瀰漫在他的歸途。那一年中秋之後，異國滿坡的野菊花全部都開成了血一樣的顏色，甚至蓋過了地裏的罌粟花，但是卻無人知道它們爲什麼這樣紅。

第四三章 守望

只有片時，你們就看不見我了；再過片時，你們又要看見我。

——《聖經・新約》（若望福音16：20）

血雨也飄進了瑪麗亞的夢。這個晚上她從噩夢中醒來，淚濕衣襟。這樣悽楚的夜晚已經不知有多少了，要麼是史蒂文沒有頭顱地摸進家門，要麼是奧古斯丁站在懸崖邊上被一陣風刮走，還有便是離家出走了幾年也沒有個音信的兒子若瑟一身傷痕地在她夢裏喊痛。這些男人們啊，他們怎麼就不能讓家中的女人睡個好覺？瑪麗亞經常在孤寂難眠的夜晚低聲啜泣。

今晚她不明白爲什麼自己夢裏的雨是血紅色的。這是一個不祥的徵兆，該不會是她生命中的哪個男人又闖了什麼禍吧？可是我們在天上的父，你躲到哪兒去了？我家裏的男人爲什麼讓我一個也尋不見？你不是在經上說，你要讓尋找的，都要找到嗎？我不找這世上的金山銀山，不求吃好的穿好的戴珍貴的，甚至也不求內心不痛不苦、臉上不長皺紋不流眼淚、夜裏不做噩夢、白天不遭受人白眼，我只求求你告訴我，我的男人在哪裏？不管是他們中的哪一個，我都要他們早一天回家。

格桑多吉被抓走後，瑪麗亞從短暫的傷痛與不適中恢復過來，開始她漫漫的尋夫之路。開初她以爲等幾天他就會回來。可是冬天到了，她家門前的那條小路依然只有她守望的目光。大雪覆蓋了這堅韌的目光，她就想，等到大雪融化吧，奧古斯丁一定會在路邊的青草變綠、柳枝發芽時滿臉春風地歸來；當又一年的春風吹過，帶來夏天的雨季，風聲、雷聲和暴雨急切密集的腳步聲中，同樣沒有男人歸家的足音；秋天到了，奧古斯丁該去犁地了，他去年沒有犁完的那塊地，今年一直荒著，人們都怕自己在這塊地裏幹活兒時，忽然莫名其妙地被人帶走。奧古斯丁，你要回來犁這塊地啊，那是一塊好地，每年都可為生產隊收兩百斤青稞呢。

春去秋來，夏走冬至，這樣的期盼如是者三。

雪花再次飄起來時，瑪麗亞決定再不讓大雪掩蓋自己落寞的守望，再不讓雪山阻擋自己尋夫的目光，也再不讓守望把這目光越拉越長。她背了個包袱，直接去到了州府。之前她曾經問過公社，問過縣上下來的幹部，他們都說，格桑多吉的事啊，是上面辦的案子，我們不知道。你去問上面吧。

上面是誰？上面在哪裏？一個村婦怎麼知道那麼多？她想起了奧古斯丁曾經跟她提起過的前州委書記高國祥，說這個漢人幹部既是他的救命恩人，又是最正直、最有本事的好人。她也知道高國祥被打倒了，但她還能指望誰的拯救呢？主耶穌嗎？他早被批倒鬥臭了，在天上沈默不語多年了。他一定生我們的氣啦。

她走路、坐車，再走路，再坐車，風餐露宿，半個月後終於在一個「幹校」找到了高國祥。那時他正挑一桶大糞去果園，面對這個哀戚訴說的女人，前州委書記終於回憶起「格桑多吉」這個英雄的名字。

「哦，想起來了，你怎麼叫他奧古斯丁？我還以為是另一個人呢。」高國祥放下肩上的糞桶挑子說。

「那是……那是他參加工作前的名字。」

「你是他妻子？」

「是。我們剛剛結婚不久，他就被抓走了。高書記，是因爲他過去犯的錯誤嗎？」

「唔，這個很難說。不過他已經服過刑了呢，也改造得不錯，還是我保他出來的嘛。」

瑪麗亞給高國祥跪下了，淚流滿面地說：「高書記，我只有指望你了。奧古斯丁出來後就在生產隊勞動，什麼壞事也沒有幹。人家批他鬥他打他，他都從不回嘴更不還手。他真的是個把心窩子都掏出來改造的本份人啊！他真的是可以把眼珠子摳出來奉獻給你的好人啊……」

高國祥連忙去扶瑪麗亞，可是他怎麼能扶起一個妻子破碎的心呢？他扶不起。他只有蹲下來哄她，他說，你看我現在這個樣子，還不是一個挑糞的果農。不過我有些老部下還在位置上，我幫你打聽打聽，格桑多吉到底犯了什麼事兒。你起來吧，啊？你不起來，我就不去打聽了。

瑪麗亞在「幹校」的伙房找了個事兒做。「幹校」本來就在荒郊野外，周圍連個村莊都沒有，高國祥只有跟伙房的老伙夫說情，請她暫時收留一下這個女人。老伙夫從前也是高國祥的部下，還是歌舞團的團長。瑪麗亞幫這個會跳舞的老女人餵豬、切菜、做雜活兒，好歹有個安身之處。

這一等就是好幾個月。不是高國祥沒有打聽到格桑多吉的事兒，而是格桑多吉的案子大到海那邊去了。他問了州公安局的老部下，但人家告訴他這個案子是由國家安全部門的人管。高國祥就感覺到這事兒不輕，好不容易通過一個在安全部門供職的老戰友才問清楚，格桑多吉是「特嫌」，而且證據確鑿，他們分別截獲了緬甸和台灣那邊的特務給他寫來的信。這個兔崽子，到處的特務都在拉他。那個老戰友說。

「那麼，他做了什麼對不起黨和人民的事情嗎？」

「還沒有發現。」

「可是，你們怎麼就抓他了呢？」

「哎喲，我的高書記，現在是什麼時候？你不也是……」

如果是一般的案件，前州委書記或許還可以動用自己的影響力，但涉及台灣「特嫌」這樣的大帽子，他怎麼搬得動？連他都不得不在心裏打個問號：格桑多吉這個傢伙，是不是經不起革命鬥爭的嚴峻考驗而變節了？

可是他該如何向那個等待的女人說？他在矛盾的心情中靜靜地觀察那個在伙房幹活的女人，時而去找她聊天。於是，他知道了史蒂文、瑪麗亞、格桑多吉這三個人令人感歎的愛情，知道了格桑多吉當年爲什麼要放走史蒂文，知道了他爲什麼不願重新回到革命的隊伍中來而寧肯去當一個農民。他爲這愛情也暗自撒了一把同情的眼淚。當然，他沒有告訴瑪麗亞關於史蒂文還活著，已經加入了國民黨反動派的陣營。多年養成的革命紀律不允許，格桑多吉對瑪麗亞的愛也讓他不忍。

高國祥開初總是找理由來迴避瑪麗亞的追問，他一個月才能回州上探親一次。他總是對那個望眼欲穿的女人說，要找的人不在；朋友已經去打聽了，在等回話呢；沒關係，我們再等等吧，也許下過月就有消息了。而瑪麗亞總是深懷愧疚地說，好，好，我等，我等。

終於有一天，瑪麗亞主動來找高國祥，「高書記，我回家去等我的男人。」

高國祥有些吃驚，說：「瑪麗亞，也許就快要有消息了。你再等等吧。」

「不麻煩你了。」瑪麗亞低著頭說，「不管奧古斯丁犯了多大的錯，我都會等他回來。我真是愚蠢啊，打聽這些有什麼用呢。反正我的一生就是等我男人的命啊！」

高國祥心裏有些發酸。誰不是在這動蕩歲月的苦熬中期待呢？她就是知道了事情的真相，還不是漫長無望的等待。他在心裏發誓，要是有機會出來重新工作，他一定要查清格桑多吉的案子。

瑪麗亞回到瀾滄江峽谷時，已經是滿山的杜鵑花都快要開謝了的春末。這些年山上的杜鵑花好像都沒有自由自在地開放過，要麼是剛一結花骨蕾就被峽谷裏一浪高過一浪的批判會嚇得萎縮回去了，要麼就是人們忙亂得來無暇欣賞這一年一度山花的盛會。因爲誰要讚美一朵鮮花，它就可能是一株毒草。過去杜鵑花盛開時情歌漫漫的牧場再也不有啦，像遍坡的花兒一樣浪漫熱烈的愛情也不有啦，在杜鵑花叢中低聲吟唱的少女也老啦，在牧場上縱馬馳騁的英俊小夥子，更只是空留下遠去的馬蹄聲，在峽谷裏迴盪，在夢裏閃現。

天氣有些悶熱，瑪麗亞已經走了一上午的山路了。她看到一條亮花花的溪流，便蹲下去捧了幾把水喝下，又從背囊裏拿出昨天的糌粑團，就著溪水當午飯吃。水裏怎麼會有個蒼老憔悴的女人呢？瑪麗亞擡起頭來四處張望，溪邊沒有人，只有她自己。她又往水裏看，唉，這就是那個曾經美豔驚羨了一條峽谷的姑娘央金瑪麼？這就是那個把蓋世英雄格桑多吉迷倒了的瑪麗亞麼？她傷感的淚撒進了溪流裏。

一條魚游來，瑪麗亞去捉牠，沒有捉住；又游來一條，再捉，牠從她的手指間滑走了。瑪麗亞在心裏喊：史蒂文，奧古斯丁，你們就是從我手邊滑走的魚啊。你們要游到哪裏去？

雷聲在峽谷裏響起，
是有喜雨降臨的吉祥；
鼓聲在寺院裏回響，
是眾僧雲集的吉兆；
炊煙在村莊裏飄起，
是遊子歸家的笑臉。

一個中年牧人踏著歌聲把他的羊群趕到了溪流邊喝水。瑪麗亞想，他還有心思唱這樣的歌，忙偷偷把臉上的淚揩乾淨了。

「大嫂，陽光很好啊！」牧人隔著溪流快樂地跟她打招呼。

「嗯。」瑪麗亞站起來，收起地上的背囊準備走。儘管生活艱辛清貧，但是牧場上的放羊倌，地裏幹活的男人，見到瑪麗亞這樣的單身女人，總是喜歡開些不大不小的玩笑。峽谷裏的藏族人天性樂觀風趣，男女之事的玩笑往往先唱歌表意，後動口挑逗，再動手動腳。當然，出格的事是絕不會做的。頂多就是把你掀翻，將裙子掀起來，然後哄笑著跑開。也並不只是女人才受這樣的捉弄，當地裏只有一個男人時，一群婦女也常常會發一聲喊，然後一擁而上把他的褲子扒掉，甚至往男人胯襠裏扔幾把稀泥什麼的。生產隊集體幹活田間休息時，人們常以這種「田間娛樂」來消弭生活中的煩惱。

「大嫂，請等一等，問到格桑多吉的事了嗎？」牧人忽然說。

「你……」瑪麗亞就像中了一槍，愣愣地看著對岸，「你是……」

「呵呵，我是誰你大概知道。」牧人甩了一下鞭子，發出一聲脆響。「我是羅布旺丹啊，格桑多吉同父異母的弟弟。」

「頓珠活佛？」瑪麗亞驚訝得張大了嘴。

「沒有活佛了，我現在是公社的放羊倌。羅布旺丹是我從前的名字。」

「耶穌啊！」瑪麗亞感歎道。小時候在康菩土司家時，她曾經跟著姐姐去寺廟拜望過康菩家的小活佛，那時他們都年幼，在瑪麗亞的印象中，他高高地坐在法臺上，尊貴無比，他還為她摩頂祝福過呢。到了教堂村後，她也多次聽到羅維神父和杜伯爾神父提起頓珠活佛如何尊貴，他在路邊歇氣時坐過的一塊石頭都有人去磕頭。和奧古斯丁一起生活時，她才弄清楚原來他們是兄弟。不過無論是康菩土司還是頓珠活佛，都是奧古斯丁不喜歡的親人。因為他們都離窮人太遠。

「你怎會放羊呢？」瑪麗亞喃喃地問。

「你們的神父不是總說自己是牧羊人麼？這是我的一段法緣。大嫂，我哥哥有消息麼？」

「沒有。不知道他在哪裏。羅布旺丹兄弟，我們的耶穌不管我們了，你可以幫幫我嗎？」瑪麗亞真有點病急亂投醫了。

「哈哈，現在誰都不管用。大嫂，回家去吧。不要找他了，峽谷裏春雷響起來的時候，他就回來了。」

「那可不像歌裏唱得那麼簡單。」

「大嫂，聽到我剛才的歌聲了麼？」

「聽到了。也真是的，只有你這種當過活佛的人才會有心情唱歌呢。」

「那就回去看看。」

「有什麼好看的？還不是冷冷清清的牆壁，連火塘都燒不熱，哪裏像個家啊？」

「大嫂，那就唱著這支歌回家，火塘就是熱的了。」

放羊倌羅布旺丹趕著羊走了，身後還飄來他剛才唱的那支歌，彷彿是爲了教會瑪麗亞。「炊煙在村莊裏飄起，是遊子歸家的笑臉。」哪家的炊煙下不希望有遊子的笑聲呢？瑪麗亞心裏嘀咕道。

瑪麗亞進村時，這兩句歌詞竟然從她的嘴裏脫口而出。因爲她遠遠望見自己家屋頂上飄蕩的炊煙，像天空中一個人歡樂的笑臉。那真是多年來都沒有看見過的最美的一道風景。可是，爲什麼空了幾個月的家會有炊煙升起？她的心跳得比她的腳步還快，一千個一萬個的念想極速在她的腦海裏旋轉。是史蒂文回來了，還是奧古斯丁？是誰在家裏的火塘邊爲她燒好了一壺滾燙的酥油茶？難道那個活佛兄弟的話比耶穌的還靈？

在瑪麗亞奔向家門急促的腳步聲中，一個英俊的青年從屋子裏迎了出來，向她張開了年輕的雙臂。

我們在天上的父啊，這不是當年那個彈扎年琴的浪漫多情的說唱藝人扎西嘉措麼？她使勁眨眨眼，哦呀，正是他。可是他離家這麼多年，怎麼不老？難道這又是一場夢？

她又睜大了眼睛，主耶穌，是我的兒子若瑟啊！幾年不見，兒子已經長成一個男子漢了。她倒在兒子的手臂裏，淚流滿面。

「阿媽，你總算回來了。我都快急瘋啦！」兒子殷勤地說。

瑪麗亞被兒子扶到溫暖的火塘邊，還沒來得及喘上一口氣，一碗熱熱的酥油茶就遞上來了。主耶穌，這是那個成天揮舞著皮帶抽打人的「跟毛幹」嗎？感謝聖母瑪麗亞，你終於把我的兒子送回來了，另一個人間的瑪麗亞幸福得淚水漣漣。

兒子現在不叫「跟毛幹」了，也不叫若瑟，取了個漢人的名字，史建華。建設我們的中華的意思，兒子解釋道。至於為什麼要姓史，兒子不說瑪麗亞也知道。他還有個更大的喜訊告訴母親，現在他已經是學地質的工農兵大學生了，馬上就要畢業，他這次是出來實習的。史建華說：「阿媽，以後你的兒子要做一個地質工程師。」

「地質工程師是幹什麼的？」瑪麗亞幸福地問。

「找地下的寶藏的。阿媽，過去你身上佩戴的那些綠松石啦貓眼石啦，都是我以後要找的東西。我把它們都找出來，讓你戴滿一身。」

瑪麗亞笑得嘴都合不攏了，「現在哪個還戴這些？要挨批判的。」

「藏族女人要帶這些寶貝才美。尤其是你，阿媽。」兒子說話像他的父親，以至於瑪麗亞不敢相信這眼前的一切不是夢。

「這些年你都去了哪裏啊，兒子？」

「我在外面上大學。阿媽，那幾年我做了對不起你們的事情，你原諒我嗎？」

「天下沒有不原諒兒子的阿媽。」

「跟家裏劃清界線，不認你和阿爸，包括奧古斯丁，你也不恨我嗎？」

「你是孩子嘛。」

「為了表示自己的革命決心，不給你寫信，你也不怪我嗎？」

「你不是回到家裏的火塘邊了嗎？寫信有什麼用。」

「阿媽，你命真苦。我聽說……奧古斯丁又被抓了。」

「唉……」

「阿媽，你有我呢。」

史建華在家裏住了半個多月，他幫瑪麗亞把冷清得長了霉的屋子拾掇出來，把家裏的柴棚堆滿了幾年也燒不完的柴禾，那一小塊自留地也深翻犁過，種上了玉米，還為瑪麗亞砌了個豬圈。現在的政策已經有些寬鬆了，大家都吃不飽飯，人民公社的社員們自己搞點小生產，隊上也睜一隻眼閉一隻眼，你只要不拿出去倒賣就是，買賣就是投機倒把了。家裏時常可以聽到母子倆親密的家常話，聽得到瑪麗亞開心的笑聲，甚至還聽得到史建華的歌聲。那天他把父親的那把結滿了灰塵、琴弦都斷了的扎年琴翻出來，鼓搗了半天，用幾根牛筋重新繃緊了琴弦，然後他坐在門檻上，彈琴唱起了《北京的金山上》。

「不要唱。」在豬圈裏餵豬的瑪麗亞擡起頭懇求道。

史建華唱得很投入，沒有聽到母親的哀求，「北京的金山上光芒照四方，毛主席就是那溫暖的太陽，多麼溫暖多麼……」

「求求你，不要唱了。」瑪麗亞尖聲喊道，眼睛發酸了。

「為什麼？」史建華停下了彈唱。

瑪麗亞癱坐在地上，一個勁兒地抹眼淚。史建華趕忙過來蹲在她身邊，「阿媽，你怎麼啦？」

「過去的日子啊，真是一筆高利貸啊！堵在心頭還也還不清。」瑪麗亞哭著說，也不管兒子是否聽懂了她的話。

第四四章　寶島姑娘

椰樹高呀細又長，鳳梨甜呀香蕉香；
寶島姑娘呀真漂亮，溫柔多情呀又大方。
——台灣民歌《寶島姑娘》

在緬甸特區幹了六年之後，史蒂文重新回到了台灣，接替了托彼特的工作。托彼特已經申請退伍，領了一筆養老金準備去台灣東部海岸花蓮縣羅維神父的教堂做一名敲鐘人。臨別前他對史蒂文說：「一條淺淺的海峽都過不去，還想圖謀西藏高原。我們都活在白天的夢中。」

史蒂文回答說：「不要說一條看得見的海峽了，看不見的東西，那才是真正讓我們回不了家的籬笆。」

托彼特悲哀地說：「我看來要老死在這個孤島上了。史蒂文，你還有大把的年歲，要爲自己的未來著想。好多老兵都在這裏安家，保祿也結婚了，在外島找了一個本地姑娘。聽說耶西在追求一個寡婦，唉，我們這些老兵，安個家不容易啊。」

「『天主所結合的，人不可以拆散』，托彼特，你難道忘記了我和瑪麗亞是在教堂裏由神父祝福過的婚姻嗎？」

托彼特感慨地說：「天主永遠都存在，人卻各分東西。從你走上逃亡的不歸路時起，就當你是另外一個人吧，其實，我們本來也是活在另外一個世界的浪蕩子。人有時不能把過去當債務背在身上。」

「我知道。」史蒂文在軍中經歷的事情可比坐在辦公室裏的托彼特多得多，「這些年我算是弄明白了，我們不過是一隻隻夢想去填平大海的可憐螞蟻，還以爲能從中找到一條回家之路呢。」

「那就爭取做主耶穌的羔羊吧，至少還有個牧者。史蒂文，別聽他們藏胞長藏胞短的那一套，這身皮穿在身上，讓我們都找不到自己，更別說耶穌。」

「我也想再幹兩年就申請退伍，媽的現在退伍拿不了多少養老金。托彼特，到時我來花蓮找你，我們買塊農場，做個小本生意啥的，進教堂，講藏話，就這樣過一輩子算囉。」

兩個藏族人分手後，史蒂文繼續在電臺幹。史蒂文回來後也只是個上尉軍銜，他曾經有望晉升校官，按他在軍中的履歷至少也該是個中校了。但史蒂文不是那種擅長權謀的人，在電臺工作不到半年，他便明白了托彼特的孤單與失望。那時台灣對思想言論的控制，比大陸那邊好不了多少，同僚們相互監視、傾軋、打小報告。台灣本部雖然比在特區安全舒適，但更不自由，連鄉愁都是一種罪過。史蒂文所在的部門已經有兩個人被送到火燒島了，要是有一天你在閒聊中說家鄉的杜鵑花如何美麗燦爛，令人懷想，可能就有人告發你「反共意志不夠堅定」。

史蒂文上班的地方在台灣島西海岸新竹的一處基地，平常不能出來，只有周末時才和幾個要好的弟兄到城裏去喝酒找點樂子。大家都是來自大陸的單身老兵。在城裏除了喝酒打架、就是找妓女。不過史蒂文從不沾那些女人，因爲他總是忘不了瑪麗亞那雙幽深的眼睛。如果他染指這些花花事兒，他害怕主耶穌一生也不讓他見瑪麗亞了。

有個叫錢大鈞的老兵和史蒂文一起在特區幹過，是從四川來的，當兵前還是成都華西大學國文系的高才生，但這個傢伙生性浪漫，被古人「寧爲百夫長，不做一書生」所害。在成都戰役中，差一點丟了命，好在他在軍中辦報紙，隨胡宗南一起乘飛機脫離了戰場。和史蒂文一樣，他也是主動要求到緬甸特區的，但他的目的是想要多聞聞戰火的硝煙，夢想當一個大作家。他在特區的一次戰鬥中還救過史蒂文一命，兩人算有生死之交。錢大鈞在大陸有妻室，在新竹又找了個本地姑娘。錢大鈞這種書生意氣的人在軍中混得也不盡人意，殘酷的現實讓他空有一腔抱負，多年征戰下來軍銜也不高，只是個中校，便索性看淡人生夢想，結婚、安家。回到台灣生了兩個孩子後，那點積蓄就折騰得差不多了。他老婆也沒有工作，家中經濟一直很窘迫。周日時，錢大鈞拿出四川人吃苦耐勞的本事來，換了便裝，在大街的角落擺個小攤修腳踏車，一月還可掙幾十元，以補貼家用。史蒂文有個周日腳踏車跑氣了，去修車時才發現擺地攤的是中校錢大均。史蒂文一人吃飽全家不饑，藏族人的性格生來就豪爽，當下就塞給他兩百元錢，說：「大哥這不是丟國軍的臉嗎？走吧我請你喝酒去。」以後史蒂文時不時接濟錢大鈞，他總是說，大哥你拿去用吧，我一個人攢錢也沒有用。

一個周日下午，錢大鈞請史蒂文到家裏吃飯，飯桌上，給他介紹了個在一家塑膠廠做工的山胞。這個姑娘叫阿芳，是個泰雅族，個子不高，臉膛黑亮，有些像藏族姑娘。她不算難看，也不算漂亮——在史蒂文的眼裏，就沒有比瑪麗亞更漂亮的姑娘。

托彼特臨走時曾要史蒂文不要把過去當一筆債務，這話也讓史蒂文有些動心。照常理，托彼特是不會說這樣的話的。可是現在大家對未來都沒有信心了，對天主的計劃也有些失望了，過去縱然美好，人總得面對現實。「光復大陸」只是成了每個軍人心底裏的笑談，大陸那邊的故鄉，就像月亮那般遙遠。月亮還可以仰望，故鄉卻是望都望不到啊！許多老兵在燈紅酒綠中慰藉自己漂泊的心。史蒂文卻始終恪守自己的底線：只找醉，不找女人。有時史蒂文對自己也感到奇怪，他年輕時，從來不把女人的愛情當多大回事，他是逢場作戲的高手，可是當他娶了瑪麗亞後，似乎就被瑪麗亞的情網死死罩住了，他心無旁騖，癡情等待，並以此爲幸福。和瑪麗亞重逢的日子越是不可能，他守望的心就越堅韌。

晚飯後，錢大鈞問史蒂文：「咋個說，夥計？」

「啥子咋個說哦？」史蒂文裝著不明白，學著錢大均的四川話。

「阿芳姑娘啊！你龜兒子就別拿架子啦。人家是看你正派，從不在外面搞那些花花事情。要抓緊啊，老弟。我們這樣的人，要找個『寶島姑娘』不容易。」

那時軍中盛行一首叫《寶島姑娘》的歌：「椰樹高呀細又長，鳳梨甜呀香蕉香；寶島姑娘呀真漂亮，溫柔多情呀又大方。上山會打柴喲唉，下田會插秧喲唉，不怕風雨打喲唉，不怕太陽曬喲唉；回到廚房呀做羹湯，拿起針線呀縫衣裳……」但對那些性饑渴又窮酸的老兵來說，「寶島姑娘」不過是掛在房樑上的一塊臘肉，聞得到香，很難吃得到。史蒂文在緬甸時，軍營中每當有人唱這支歌時，就有人在暗地裏學著蔣總統的口氣罵，娘希屁。

「大哥，我在大陸有老婆還有孩子呢。」

「誰不是這樣？媽的。你以爲你還有見到自己老婆孩子的那一天？」

「我在夢裏見得著，我怕那個姑娘壞了我的夢。老兄，我們生活中的指望可不多。」

「人不能靠做夢活一輩子。你先跟人家耍個朋友嘛。」

「耍朋友？咋個耍？」史蒂文似乎有些動心了。

「你個笨腦殼，下周請人家去看電影麼。」

第二周剛好是藏曆新年，史蒂文接到托彼特從花蓮那邊打來的電話，說耶誕節要過，藏曆新年也要過，不要忘了我們是藏族人。他已經邀請了駐守外島的保祿和耶西，大家都請假來他那裏團聚。錢大鈞動員史蒂文趁這個機會帶阿芳姑娘一起去耍。史蒂文想想說，不合適，現在事情還早哩。

到台灣這些年，這幾個藏族人除了受訓那段時光，都是各奔東西。大家再度相聚在羅維神父的教堂，自是高興異常。尤其是他們發現台灣東海岸的山峰和雲霧竟然和故鄉一樣，青翠、乾淨、幽深，當地的土族民風也很醇厚質樸，不像西海岸那邊城鎮密集，到處亂哄哄的。它幾乎就是瀾滄江峽谷某個夏天的景象，儘管此刻才是初春。這是一個泰雅族人聚居的地方，像瀾滄江峽谷的藏族人一樣以山為家。故園歸不去，相似於故鄉的地方，多少也是對漂泊他鄉的人一種慰藉吧。老蔣還把慈湖的綠水青山想像成自己的老家溪口呢。

大家在高興之餘都說，以後就在這裏養老算啦，有羅維神父在，有教堂，還有我們大家在一起。

這次保祿帶來了他的太太，一個打扮得很豔俗的女人，臉上塗抹的東西讓人擔心隨時會掉下來，她年歲至少比保祿長五六歲，還伶牙俐齒，從不饒人，史蒂文發現一向敢作敢為的保祿在她面前就像一條哈巴狗。耶西也帶來他一直在追求的那個寡婦，她倒是個沈靜的女人，但似乎還在喪夫的哀痛中，話語總是不多，如果說保祿的太太從來都是斜視著看人的話，耶西的女人則從不正眼看大家。

新年晚上，羅維神父也受邀來和大家一起過年。這些年羅維神父老得快，他走路的樣子讓人不能不想起古神父的身影。他再沒有過去那麼嚴謹刻板、充滿熱情了，成了一個隨和自然、甚至有些無拘無束的大個子老頭兒。他的教友大多是山胞，其開化程度在他剛來台灣時連藏族人都不如，連自己的文字都沒有，神父們來後才幫他們用羅馬拼音文創設了文字，為的是好向他們傳播耶穌基督的福音。多年的傳教工作讓羅維神父已經在這塊土地上紮下根並贏得了尊重。有一年政府在這裏修路，土地補償給出的價格太低。羅維神父帶著他的教友和築路承包商打官司，本來以為十拿九穩的案子，沒想到法官偏袒承包商，糊塗官判糊塗案。羅維神父一怒之下，用手中的拐杖在法庭把法官追打得到處躲閃。地方當局也拿這個外國神父沒有辦法，羅維神父由此英名遠揚，加入教會的原住民就更多了。羅維神父事後說，中國的官吏，不信神的共產黨才可怕，國民黨的官員嘛，從來都怕洋人。

托彼特為大家做了一頓豐盛的藏餐，讓他們三個和羅維神父垂涎欲滴，在神父的帶領下大家虔誠地做了餐前禱告，我們在天上的父，感謝你賜給我今天的食糧……那一刻真像昔日重現。

但那兩個女人在人們的禱告一結束就開始攪局了。「這是什麼呀，看著這麼髒。」當保祿用手為他太太撕下一片牛肉時，她皺起了眉頭。保祿又連忙抓了一根烤羊排遞去，這個女人驚叫道：「天啊，你讓我吃羊排還是啃你的爪子？野蠻人才用手抓飯吃！」

保祿的臉面都掉到鞋底上了。史蒂文看見他額頭上青筋暴漲，他以為他會伸手給這個討厭的女人一個耳光。但是保祿起身去拿了雙筷子，當他把筷子遞過去時，「啪嗒」一聲，筷子在他手上捏斷了。

「你……跟老娘玩這個，什麼意思？」保祿的太太眉毛挑起來了。

羅維神父及時遞過去一雙筷子，「噢，女士，保祿怕你把他的手啃了。」

女人聽不懂羅維神父的幽默，站了起來，「我們過年，誰弄壞了碗筷是要遭血光之災的。」她捂著臉跑出去了。

這年飯還沒有開吃，就有人拆臺，更那堪這是一頓遠離故鄉和親人幾千公里的年飯。於是大家強撐著笑臉，互相敬酒道吉祥。耶西的那個寡婦沒吃兩口也起身離席了，說是不習慣你們的口味。這下好了，沒有了多事的女人，大家反倒開心起來。他們可以無拘無束地說藏話、吃藏餐了。「吵鬧的女人，有如屋頂漏水。」托彼特又背起了經文，連羅維神父也開心起來，補添了《聖經》上另外一句經文，「『寧願在屋頂一角，不願與吵婦同居一室。』我的孩子們，你們要小心。」

大家哄堂大笑，都說像是回到了教堂村的日子。

對一個完美的家庭來說，年飯是凝聚親情的時刻；而漂泊異鄉的遊子，吃年飯就是吃下一把把的刀子。這頓年飯的召集人托彼特恰恰忘記了這一點。

保祿的酒下得最快，耶西酒一上頭話就多了。他最近剛升了職，當少校了，現在是個軍需官。閒聊中他問史蒂文有沒有被人支使著給家鄉的格桑多吉寫過信？史蒂文奇怪地問：「你什麼意思啊，耶西？」耶西哈哈大笑道：「那小子多半完蛋了。多年前我的上司叫我給他寫封信，說我很想他、要他幫忙什麼的。他們有辦法將信帶到那邊。哈哈哈，長官說，這叫給老共的傷口撒點鹽。我總算報了殺兄之仇了。」

史蒂文明白了，如果格桑多吉真完蛋了，他也成了陷害格桑多吉的幫兇。他忽然有些憐憫格起桑多吉了。

羅維神父這時說：「耶西，你該憐憫你的仇人。奧古斯丁做過對不起教會的事，但他心地還是良善的，對吧？」

耶西說：「神父，你不知道，這傢伙當年把我們追得好慘，還打死了我哥哥旺堆。」

「不憐憫人的人，必不得到憐憫。」史蒂文說。連他自己都感到奇怪，此刻怎麼會背誦出這句經文。

「看哪，我們的史蒂文才是真正具備基督精神的好教友。」羅維神父拍著史蒂文的肩膀說。

「我也是被人憐憫，才活到今天。主耶穌才知道，憐憫我的人，得到憐憫沒有？」史蒂文鬱鬱地說，心情一下落到低谷。他真想跪在羅維神父面前辦一次告解，把他這些年犯下的所有罪過都做一次懺悔。

但他沒有機會了，因爲保祿醉倒了。人們把他扶回他太太那裏，她已經睡了，幾個人讓保祿睡在一張破沙發上，躡手躡腳地退出來。耶西回他女人的房間，他們現在是同居關係，托彼特剛才還勸說他，要真想和這個女人過日子的話，就到教堂來辦個婚禮。現在這世道雖然亂，但是不要亂了教會的戒律。耶西當時回答說，耶穌也不會讓我們進教堂的。托彼特，你以爲我們還會有愛情嗎？即便一個拖油瓶的寡婦也只是看老子的軍餉。羅維神父也回教堂去了，臨走前他說，明天早上的彌撒他會爲保祿祈禱的，願他早點醒來。

但第二天早上天剛亮，保祿就來敲托彼特和史蒂文的門了。昨晚他們聊得很晚，史蒂文睡眼惺忪地來開門，他看到了一個還在噩夢中掙扎的人。

「我把她殺了。」保祿目光呆滯地說。

史蒂文以爲自己還在做夢，忙把托彼特喊起來，三個人站在這個有些寒意的早晨，一個比一個還糊塗。

「我殺了她了，這個婊子。」

托彼特終於清醒過來，「保祿，你怎麼能這樣說自己的妻子呢？她嘴零碎一點，人還不賴嘛。」

「婊子，我怎麼娶一個婊子啊！」保祿蹲下去，猛力地捶打自己的頭。

其實史蒂文一看到保祿的太太，就知道這個女人來路不善。在駐守外島的部隊中，老兵多，於是軍中便有專門為軍人解決生理問題的「軍樂園」，這些軍妓有時會和當兵的日久生情，她們也都是些生活不易的女人，嫁個軍人從良，也是為自己的後路著想。再說了，當時台灣社會普遍貧窮，也只有更窮的大兵肯娶妓女。當然，出此下下策的軍人就不要想自己的頭上會有多少頂綠帽子。尤其是在一個封閉的小島上，哪個妓女口裏是什麼味道，床上功夫如何，甚至身上哪個部位有顆痣，人人都知道。不過通常情況下，大家都不說，都是離鄉背井的孤魂野鬼，誰不想有個家？許多人想走這條路，還沒有那個緣分呢。

保祿的太太便是這樣的女人，她原來在台灣本島的娼寮館做，年老色衰後便去外島當軍妓，這是她這樣的人拿身子當地種的最後一季收成，然後找個傻阿兵哥結婚了事。不過這個女人從骨子裏看不起保祿，總是嫌他土，嫌他窮，嫌他沒有品味。當然，更嫌他是個藏族人。

保祿昨晚半夜酒醒後，想上他女人的床，結果被一腳踹下來了。保祿趁著酒的餘勁再度爬上去，兩人在床上翻滾打鬥，過去他們遇到不順心的事情時，經常來這種「家庭娛樂」，但是昨晚上保祿在同胞面前丟盡了臉，心裏太憋悶，竟然失手把她的脖子扭斷了。

托彼特去房間看了回來，對史蒂文無奈地搖搖頭，事情無可挽回了。

保祿哭訴道，他好不容易安了個家，不嫌她是賣的，不嫌島上的兄弟們都上過她的身子，他只想有個女人好好愛他，他也只想在這島上好好愛一個女人。寶島的姑娘好啊，你們相信歌裏唱的嗎？「寶島姑娘呀真漂亮，溫柔多情呀又大方……」呸呸呸！都他媽的是騙人的。這個騷娘們，不但看不起我，背著我跟她從前的相好偷情。狗娘養的，你既然從前是賣的，天下的男人都是你的相好，老子顧得過來嗎？你既然要跟老子過日子，老子就把一切都押在你身上。可這娘們讓老子輸了個精光，就剩下這條連狗都不如的命了。老子要殺光那些想上我老婆床的狗男人！殺光那些不讓我有個家的人……

保祿已經有些神智混亂了，又哭又罵，又唱又說。托彼特老淚縱橫地摸著保祿的腦袋說：「保祿，你犯罪了，你殺人了。我不得不去報警啊！保祿，我們主內的兄弟，我們會爲你祈禱的。願主耶穌能寬恕你。」

「哈哈，天主！哈哈，主內兄弟！當初你們要是讓我拉完那泡屎，我就不會屁股裏夾著屎跟你們走到今天。我這一生啊，真是一泡屎！」

保祿是作爲康菩土司的「門戶兵」參加叛亂的，在那之前他是個連一隻羊也不敢殺的石匠。當年這個叫次多的傢伙在逃跑時，蹲在廁所裏是被耶西一把拽出來的。在逃亡的路上，他們多次拿這一幕來跟保祿開玩笑，說他是個只圖痛快而不要命的傢伙。到離故鄉越來越遙遠、越來越歸不去時，這個玩笑就不好笑了，只有無盡的傷痛。他媽的，誰不是走錯一步路，就步步錯到今天？

耶西也起來了，看到床上那個已經死去的女人竟然禁不住渾身發抖。托彼特讓他儘快帶著自己的女人離開，最好不要讓她知道，然後他安排史蒂文去找羅維神父來。

托彼特回來對保祿說：「兄弟，我要去報警了，你準備好了嗎？」

保祿此刻驚人地平靜，他說：「去吧，老托彼特。過去在家鄉史蒂文失手殺了人還有地方跑，現在四面都是海，我能跑哪裏啊？我去幫她整整衣服，讓他們來那房間抓我吧。」

在史蒂文帶著羅維神父趕來時，警察也來了。他們直奔保祿昨晚的睡房，推開門時，所有的人都怔住了。

保祿已經把他太太的衣服穿戴得整整齊齊，橫躺在他的面前，而他盤腿而坐，將一把砍柴刀橫在自己的脖子右側，右手舉著一把鐵錘。天知道他怎麼找到的這些東西！

幾個警察舉槍對著他命令道：「放下刀！」

「不要過來，否則我砍下自己的頭。」保祿鎮靜地說。

羅維神父說：「讓我跟他講，我是他的神父。保祿……」

「你退一邊去，我再不聽你的啦。托彼特、史蒂文！」保祿哭喊道。

「我們在，保祿，別幹蠢事！我跟警察說你喝多了酒。」

保祿不聽托彼特的，他目光哀怨地望著史蒂文，「史蒂文，要是你能回去，要去看我的阿媽啊！我害怕她等我把眼睛等瞎了。」

史蒂文的眼淚也流下來了，「好，好。我一定去！」他肯定地說，彷彿他明天就可以回大陸。

「我家離你的家不遠，翻兩座山梁就到了。」

「我知道的。」

「我阿爸從前去拉薩趕馬，一出門就再沒有回來。我阿媽等他把一隻眼等瞎了，我不能讓她再瞎一隻眼。不然她就什麼也看不見啦！」

「不會的。你阿媽會看見你走進家門。會看見你長高了，長壯了，還給她抱幾個孫子回……」

史蒂文這後面的一句話說錯了，保祿剛剛平緩下來的情緒又暴躁起來，他指著身前那具屍體，憤怒地高喊：「我能把這樣的女人帶回家嗎？」

所有的人都被保祿的吼叫震住了，既不知道該如何回答，也不知道他接下來要幹什麼。

「嘿嘿嘿，寶島姑娘，是吧？還不是和我這命一樣，一泡屎。」保祿最後露出一個嘲諷的笑臉，他右手揮舞鐵錘猛地砸向脖子邊的砍柴刀刀背，就聽得「噹」的一聲，人頭滾落，血光四射。

第四五章　還鄉

雷聲在峽谷裏響起，
是有喜雨降臨的吉祥；
鼓聲在寺院裏回響，
是眾僧雲集的吉兆；
炊煙在村莊裏飄起，
是遊子歸家的笑臉。
——頓珠活佛的歌

這是一個春天，久旱不雨。在已經吐出花骨蕾的杜鵑花就要絕望地死於希望之初時，終於從北方的天空中傳來滾滾的春雷聲，那雷聲不像是神靈的腳步，倒像一個月前崗巴寺重新恢復宗教活動的慶祝儀式上，上百名喇嘛擂響的法鼓。這些失散在各地的喇嘛在頓珠活佛的召集下，再度回到寺廟。政府現在尊重他們信仰的自由，曾經被勒令回家勞動的僧侶願意回寺廟的，悉聽尊便。而且，頓珠活佛的名號也恢復了，不再是放羊倌羅布旺丹。有關部門還撥了一大筆錢，讓他重建搗毀的寺廟。

因此儘管春種前後兩個多月沒有下一滴雨，但人們並不著急，他們說，喇嘛上師們會給我們念經帶來雨水的呢。現在人們心中有了信仰，可以自由地去寺廟進香磕頭，早一個季節又何妨？

春雷之下，阿墩子縣的卡車司機阿措往監獄送了一趟貨，返回時一個管教幹部讓他捎帶一個刑滿釋放的人回去。那管教幹部說，這個人腦子有點問題，但你得給我把他安全帶到阿墩子。

阿措是個快樂的年輕人，有個人在回去的路上作伴也好。不過他發現這個老大爹呆頭呆腦，畏手畏腳，雖然出了監獄大門，但身和心彷彿都還在那裏面。車一上路他就問：「嗨，大爹，你關了幾年啊？」

老大爹往駕駛室的角落裏縮了縮，彷彿被這話嚇著了。

「幾年？」阿措再追問。他好打聽事兒，是個嘴閑不住的百靈鳥。

老大爹眼睛呆呆地望著窗外，遲緩地把左手舉到眼前，捏成拳，然後張開拇指，用讓阿措感覺等了一年的時間，再打開食指，一個指頭一個指頭慢慢地打開下去，手上的指頭用完了，他又重新捏成拳，再讓時間一年又一年地從指頭上掰過……

「佛祖，十年？」

大爹沒有說話，頭扭向另外一邊。阿措以爲他看見了這個可憐老人的淚光。

「犯了什麼事兒啊，殺人？」阿措又問。

老大爹緩緩搖了搖頭。

「偷東西？」

又搖頭。

「那麼，你是那種多年前跟漢人打過仗的好漢囉？」阿措從這個老人的身子骨上推測他從前大約是個騎馬扛槍的人。他讓他想起傳說中的某個英雄好漢。

再搖頭，堅決些了。

「媽的，他們總不會無緣無故地抓你進去關那麼久吧？」

不搖頭也不點頭了，阿措感受到了大爹眼光中的哀痛。車窗外的景色一一閃過，路邊剛剛發綠的樹葉，地裏碧綠的青稞苗，正在起新房子的人們歡樂的歌聲，似乎都讓這個剛剛從牢房裏放出來的老大爹感到刺眼，他瞇起一雙曾經深邃的眼睛，貪婪地看，又敬畏地躲避。如果路邊有個人往車裏望了一眼，阿措都能感到他的緊張。阿措有個親戚在監獄裏當幹部，因此他經常幫這座監獄拉點活兒什麼的，也常被他們要求帶釋放的犯人出來。一次他搭一個犯過搶劫罪的刑滿釋放犯，他們在路邊撒尿，一頭牛從他們背後經過，這個傢伙尿還沒有撒完就趕忙回頭說：「報告政府，我尿急……」阿措當時笑得都尿到自己褲子上了。

一路無話，阿措就憋得慌，他斜了自己的乘客一眼，自言自語道：「這種地方，進去是一隻老虎，出來變成一頭羔羊。佛祖才知道，你過去是不是一頭老虎。」

阿措往車上的卡座式答錄機裏塞了一盤磁帶，是在漢地廣爲傳唱的流行歌曲，歌唱愛情，歌唱美好的生活，歌唱桃花盛開的地方。老大爹不知是對卡座答錄機奇怪，還是對這些旋律優美的歌聲不懂，木木地不看車窗外了，看那卡座答錄機。阿措在心裏歎了一口氣，唉，他們這種人在裏面，大概心裏的歌兒都被判刑了。

阿措於是便熱心地給這個老大爹介紹外面天翻地覆的世界。從「分田到戶」、「大包乾」，到「牛仔褲」。小夥子一路滔滔不絕地說，但始終就像對一個來到地球的外星人說話。以至於阿措不耐煩地問：「嗨，大爹，你沒有舌頭了嗎？有舌頭不說話，就給我下車。」

阿措真的在踩剎車了。這時他聽見老大爹悶聲問：「報告政府，人民……公社，也不要了？」

小夥子扶著方向盤哈哈大笑，「謝謝你啦大爹，就別吹人民公社的牛了。飯都吃不飽，還人民的公社呢。現在各種各的莊稼，各放各的牛羊，好著呢。」

又走了幾十里路，阿措不指望這個啞巴老頭兒多說什麼了，也許他的腦子真的有問題。他自個兒跟著卡帶答錄機唱歌，在翻越一座大雪山前，那個老大爹忽然說：「我……要下車。」

「哎，到阿墩子還早呢，還有半天的路。」

「我要……這裏下車。」這是老大爹說得最肯定的一句話。

阿措對這種搭便車的也懶得憐惜了，他放下格桑多吉，扔下一句「神經病」，然後開車走了，留下那個傢伙背著行囊，孤獨地佇立在塵土飛揚的公路上。

這是一個被徹底改造得忘掉了過去的人，眼前瞬息萬變的一切不但不能幫助他的回憶，反而讓他恐懼，讓他在往事蒼茫中更找不到著落點。他站在燦爛的陽光下，周圍再沒有持槍看守的獄警，竟然不知道該去哪裏。道路是新修的，樓房是新蓋的，人們都是陌生不認識的，連他們的穿著打扮都像另外一個世界的人。如果現在有一輛車開往監獄，他說不定真要跳上去。監獄生活至少還讓他能想得起某些事兒。

你是什麼人？

這是什麼地方？

你到這裏幹什麼？

這是他在監獄裏天天都要面對的懸掛在犯人們頭頂上的幾行大字。囚犯們在這幾句話下面反思自己的罪過，天天都在想：我是個罪人。這是監獄。我來這裏改造自己。這三個令人觸目驚心的問題不能往深裏想，一想人就活不下去了。比如，你有時可能會這樣在心裏回答：我是頭豬。這裏是地獄。我來這裏只為活著。

天上滾滾作響的春雷在催促他回家的腳步，但他卻不知道自己要去哪裏。他渴望來一場透透的大雨，把自己徹底澆醒，好讓他想起某個人，某座雪山，雪山下都發生過什麼樣的傳奇故事，誰是雪山的主宰，誰在雪山下祈禱，又有誰家的炊煙，在向一個天涯浪子遙遙招手？

天上飛過一隻鷹，讓他總算想起了自己的自由。這隻在天空中散漫遨遊的鷹，既不搧動翅膀，也不瞄準大地上的某個獵物，牠只是隨著天空中移動的氣流，忽而上升，忽而下降。鷹不會告訴人們該去哪裏，但鷹解放了人的心靈，不再受束縛，不再受監視，不再服勞役。

有三輛過路的卡車停下來，問要不要捎帶上他，說要下雨了，你上來一起走吧。他都像一個喜歡在大地上漫遊的流浪漢一樣，揮揮手，不讓他們帶走自己的自由。他走累了，就依靠在路邊的一棵大樹下，用目光一一撫摸眼前的景色；渴了，就找處山泉，像喝酒一樣地痛飲；天黑了，就自己在岩坎下燒一堆火過夜；遇到一群無人照管的羊，他就和牠們同路，和牠們說話，就像求教一個智者一樣，向那些不諳世事的羊們問：你們說說，我要去哪裏？

春雨終於來了，先是像神靈灑下來的甘露，點點滴滴飄落在大地上，飄落在這個大地上的流浪漢蒼涼的臉上，滋潤他乾裂的皺紋，也滋潤他焦慮的還鄉之心。他並沒有加快腳步，反而減慢了它。他甚至呆立在金子一般金貴的春雨中，等到一團雲霧從峽谷上方像海浪一樣漫過來，將他吞沒，再將他捲起來，飄向他的故園。

雨是雲霧的腳，雲霧降落在哪裏，它就跟到哪裏；心也是浪子的腳，家在哪裏，心就奔向哪裏。可是我們這個無家可歸的流浪漢的腳步卻在風雨中搖搖晃晃，飄飄蕩蕩，他不是雨中一條彷徨的流浪狗，就是雲霧中一隻孤獨搏擊的鷹。可這春雨溫柔的鞭子，就像牧羊姑娘唱進心田的一支支情歌，讓人如此徘徊不前啊。

他在翻越雪山的盤山公路上想抄近路，他穿過路基下的樹林，走入一條山澗，在爬一道崖坎時掉了下來，頭重重地撞到一棵樹上。在他醒來時雨還沒有停，雲霧還在樹林間流淌，他的時間卻停止了。

他的後腦勺撞破了，血沿著脖子後面往下淌。他胡亂抓了一把草，放到嘴裏嚼爛後將流血的地方糊住。應該有一種草是可以止血的，但他想不起是什麼草了。

一個沒有過去的人，迷失方向太容易。他在雲雨中迷路了，不得不在霧雨交加的密林裏亂撞，像一個在虛空中飄蕩的孤魂。不是爲了尋找出路，只是爲了不停地走；不是爲了抵達某個希望，只是爲了聽到自己的呼吸。要知道，在山林中迷路，絕望程度不亞於在水裏快要溺斃的人，重重大山不是淹沒你，而是壓垮你，吞噬你。

其實迷路並不讓他絕望，要命的是這一撞，讓他連自己是什麼人，這是什麼地方，他來這裏幹什麼，都想不起了。

他的過去一片空白，他的現在如夢如幻。

最後，這個山林中的迷路者靠在一棵大樹下，在空白的回憶中讓生命沈淪。人在死時要是沒有任何記憶，倒也死得乾淨，無怨無憾。他看到自己的末日伸手可及。

一個人影從虛幻的濃霧中不緊不慢地走過來，遠遠地就喊：「嗨，奧古斯丁，你怎麼不走了？」

他抹了一把臉上的雨水，問：「誰是奧古斯丁？」

人影詭異地笑笑，「你不認識？就是那個在教堂村爲了愛一個姑娘，強盜不當、幹部不做的傢伙嘛。」

「哦呀。」他隨口答道，彷彿是在聽別人的故事。

人影走到了他的身邊，也沒有停下腳步，他也是一個老大爹，邊走邊用命令的口氣說：「起來，跟我走。」

就像被一股神力拉扯著，他掙扎著爬起來，跟在那個老人身後。「你是什麼人？這是什麼地方？你到這裏幹什麼？」

「我麼，你可以叫我時間；這是人神共處的雪山腳下，我剛好路過你的路。」

「哦呀。」他費力地聽著這個過路者的話，有些奇怪地問，「天下還有叫時間的。」

「叫什麼並不重要，關鍵看你的活法。」

「活法？」他邊走邊說，「剛才我摔了一跤，我從前的活法已想不起來了。」

時間老人歎口氣說：「你可不止才摔那一跤。跟我來，我讓你看看你從前的活法。」

他們已經鑽出了密林，眨眼就站在一處雪山埡口。時間老人指著遠方山谷裏的一個隱隱約約的牧場說：「很多年以前，一個才十四歲的少年，爲了報母仇，把一個頭人殺翻後拴在馬後拖死了。然後他去當了一個小強盜。

「看見峽谷左前方臺地上的那片廢墟了嗎？它就是過去康菩土司的宅邸，現在那裏只有荒草和出沒的野狗。康菩土司眾多的兒子中，就有一個叫格桑多吉的強盜。」

「哦呀，這個名字好熟悉。」他說。

時間老人繼續說：「在峽谷的右下方，有個叫教堂村的村莊。你現在看不見它，但你可以看到它飄到天空中的炊煙，聽到教堂的鐘聲。有一天強盜格桑多吉帶人殺進了這個村莊。他本來是爲自己的父親康菩土司搶一個姑娘，但他卻被這個姑娘迷住了。」

「還有這種事情？」他驚訝地問。

「他在那個姑娘面前摔了一跤，那是他人生的第一跤。」時間老人幫他回憶往事中的某個細節，「他就不願再當強盜而寧肯去做洋人喇嘛的馬夫。」

「這個傻傢伙。」他嘀咕道。

「愛情總是讓人犯傻。」時間老人說：「誰都避免不了，但愛情也會改變一個人的活法。當那個叫格桑多吉的傢伙騎著馬衝進教堂村時，他就注定要爲一場愛情犧牲一個強盜的英名；不過這個小小的英名讓他活不了這麼久，否則唐縣長招安的酒宴上被亂槍打死的就是他而不是他的好兄弟群培了。請記住：愛情第一次拯救了這個傢伙的命。」

「也許吧。」他喃喃道，好像隨著時間老人的手指看到了依稀的往事。

「不是也許，是注定。」時間老人肯定地說，「發生過的事情，都逃不過我的眼睛；沒有發生的事情，我也提前看得見。那個強盜被愛改變了命運，他就必須爲此付出代價。洋人神父讓他皈依了耶穌，還給他起了個奧古斯丁的教名……」

「奧古斯丁？」他打斷了時間老人的話：「這個名字跟格桑多吉一樣耳熟。」

時間老人笑了，「這是一個叛逆的名字，也是一個贖罪的名字。洋人神父真是些有學問的人，他們給人取名字，可不是隨便亂取的。奧古斯丁最終背叛了教會，不是因爲耶穌不愛他，而是他不愛那個愛他的姑娘伊麗莎，因爲他心中永遠只有對另一個姑娘的愛。他參加了紅漢人的隊伍，並且得到了一個放羊娃、一個強盜做夢都沒有想到的榮譽、尊貴和爲窮人做事的權力，這是愛情第二次在幫助他。」

「他可過上好日子了。」他嘀咕道。

時間老人感歎道：「可惜好景不長。當他身爲公安局長時，卻在逃犯史蒂文面前又摔了一跤。」

「這個傢伙的路不好走。」他評價道。

「是不好走。」時間老人說，「沒有比他在愛情的道路上更跌跌撞撞的人。愛情總讓人摔跤。直到有一天，他滿身傷痕、滿頭豬屎臭，在一個叫瑪麗亞的女子面前再摔一跤。」

「瑪麗亞！」他大叫起來，跪在了地上，仰天長嘯：

「我想起來了，瑪麗亞是我的妻子啊！」

記憶就像訇然打開的一道閘門，往事如洪流滾滾而至，像陽光終於穿破了厚重的烏雲，大地上的山巒、峽谷、江河、牧場、雪山、古樹、甚至年復一年不絕開放的野杜鵑花，都在明媚的陽光照耀下，向這個刑滿釋放犯敍述他的故事——

格桑多吉，你在這裏曾經跟縣守備隊的人打過仗呢，那時你騎在馬上好威風；

奧古斯丁，山崖下面的那個山洞裏你救出了懷孕的瑪麗亞，那時你的良善讓一個村莊的人爲你獻哈達，讓聖母瑪麗亞也衝你微笑；

格桑多吉局長，我們在這座山梁上修過引水渠，你還說要讓共產主義的火車從這裏開過。共產主義的火車呀，它現在看起來真像一個神話傳說。

奧古斯丁……

格桑多吉……

奧古斯丁……

格桑多吉跟在時間老人身後哽咽道：「奧古斯丁是我的教名啊……我是格桑多吉……可這都是過去的事兒啦！」

時間老人一針見血地說：「你不是在回到過去的路上麼？」

「不！」格桑多吉現在完全恢復了正常，「我是一個剛剛刑滿釋放、要回家的人。過去的日子，真是一筆高利貸。政府教育我，要忘掉過去，重新做人。」

「沒有過去，怎麼會有現在呢？」時間老人反問道。

格桑多吉停下了腳步，努力地想自己這一生中過去與現在的關係。他終於想起來了，如果說服刑的前幾年他還天天想家、想瑪麗亞的話，在往後的那些完全泯滅了希望的黑暗日子裏，這個念想就徹底將他擊倒了，就像一個口渴的人掉進了江河裏最後被溺死了一樣。家和瑪麗亞在記憶裏慢慢不存在，過去的日子裏那些輝煌和苦難也不存在，愛和思念也淡忘成一片空白了。就像瀾滄江裏的一塊塊石頭，本是棱角分明，堅硬似鐵，但時間的流水日夜打磨它、沖刷它，先讓它變圓變光滑，再讓它分崩離析，最後成爲一粒粒沙子，讓人再也想不起它當年的模樣。

他還想起了自己的出獄，一切都來得那樣突然。管教幹部對他說，你沒有事了，回家去吧。就讓一輛卡車把他載走了。他彷彿是一個匆忙上陣的士兵，忽然就面對血與火的戰場。不是他不渴望回家，而是他需要好好爲自己積攢一些面對走進那扇家門的膽量。十年裏他無法給瑪麗亞寫信，也沒有得到過她的任何消息。她還好麼？還在等待我麼？她恨我了麼？他尤其擔心的是：那個浪跡天涯的遊子史蒂文回來了沒有？他是死還是活？他如果還活著，他一定會回來。國家的動亂結束了，那麼多妻離子散的人家都破鏡重圓，被迫離家出走的浪子們都在往家裏的火塘邊趕，往妻子的懷抱中飛奔。瑪麗亞等待的，可不是一個男人。

世道變化真快，我的愛，還能回到從前麼？多年前他第一次從監獄裏出來時，愛神幻化成一條流浪的野狗爲他指路，那時他還對沒有指望的愛、沒有一間遮擋風雨的屋子的村莊充滿信心。現在他在那個村莊裏有個家了，但他卻迷失在還鄉之路上。

他希望在他抵達那扇溫暖的家門前，再給他一天，半個月、甚至兩個月的時間，讓他在歸家的旅途中，把一生的苦難與幸福回想清楚。但時間老人回過頭來說：

「你走不走啊，我可從不等人。」

這個走路從不歇氣的老人家啊。格桑多吉感到奇怪的是，他怎麼對他的一生知道得這麼清楚？他既不是他身邊某個熟悉的老朋友，也不是教堂村的人，那麼，他是誰？又從哪裏來的呢？他的年齡，只能用一個「老」來形容，有多老，又說不清。他走路的步履不快不慢，永遠都是一個速度，以至於格桑多吉不得不說：

「時間……老大爹，你走慢點好麼？」

時間老人在風雨中說：「沒有人可以讓我走得慢、或者走得快。有些事情你一時想不清楚，但你還得往前走。」

「可我……害怕過去的事情，讓我不敢……回家。」

「每一個人，都是從過去的回憶中回家。奧古斯丁。」時間老人笑著說。

「時間老大爹，我不知道，峽谷下方的村莊裏，有一扇……門，它……還爲我這個罪人，開著的麼？」

「有兩種人回家時，家裏的門永遠都溫暖地爲他們打開，一種是英雄還鄉，一種是浪子回頭。奧古斯丁，你是哪一種？」時間老人問。

「兩種都不是，我只是一個刑滿釋放犯。」

時間老人說：「那你兩種都是。等雨停了，彩虹之下，你就會發現，有人把你當英雄，有人把你當浪子，但再沒有人把你當罪人了。奧古斯丁，你要抓緊啊！」

這個「時間老大爹」真是個很奇怪的人，他不但敍述過去的事情，還告訴格桑多吉將來會怎麼樣。更神奇的是，他說雨停，雨就像被人一把收走了似的，雲開霧散，天空碧藍。格桑多吉身邊的春雨沒有了，「時間老大爹」也不見了蹤影，彷彿和雲雨一起飄走了。如果不是天邊架起了那道彩虹，如果不是路邊的杜鵑花在春風化雨下粲然開放，如果不是那些歷歷在目的往事讓一個人倍感生命不易、真愛難求，格桑多吉真要懷疑自己剛才是不是又做了一場白日夢。

彩虹就是大地上一道敞開的愛情之門啊！還鄉路上，格桑多吉終於找回了自己的過去，他不再害怕回家，也不再踟躕不前，時間老人說得對，要抓緊。生命中的大部分光陰都在守望與動蕩中蹉跎了，誰知道人生中一份真愛的時間會有多長？

也許，它就只有花開一季那麼長。

當他遠遠望見峽谷裏瑪麗亞家房頂上的炊煙時，彷彿已經看到了癡心守望的女人動人的笑臉。

第四六章　史蒂文的福音

為此，凡天主所結合的，人不可以拆散。
——《聖經・新約》（瑪竇福音19：6）

保祿自殺後的第二年，史蒂文就退伍了。他沒有去住眷村或榮民之家，而是回到了台灣東海岸的花蓮縣，用退伍金和老托彼特合伙辦了個小農場。因爲托彼特的眼睛患了白內障，做了手術後，醫生說還有黃斑病變，目前無法醫治，只有等瞎了。老托彼特不當回事地說：「瞎就瞎吧，反正一個漂泊異鄉的老流浪漢，要眼睛有什麼用。」

生活不是很容易，但是自由，安定。那幾年檳榔的價格好，他們就種了兩百多畝山地的檳榔樹，可是等高高的樹上結檳榔時，檳榔卻爛市了。

史蒂文現在是個地道的「台農」，他和托彼特的農場連人都沒有雇，白天兩人帶著草帽、挽著褲管，在果園裏沒日沒夜地幹活，檳榔不好賣了就種桔子，桔子行情下跌了就種香蕉，幾年下來，他們憑著比原住民更能吃苦耐勞的韌勁，竟然還兼併了鄰近的兩家農戶的地，農場面積擴大了一倍。每當豐收時，老托彼特都會樂呵呵地對史蒂文說，等你的牙齒也掉光了，我們就把這農場奉獻給教會得啦。我們都是耶穌的果實，長在異鄉的土地上，也歸於異鄉的塵土。

這年颱風到來之前，史蒂文的老朋友錢大鈞帶著太太和阿芳到花蓮縣度假，他也退伍了，現在開了一家小貿易公司。這些年阿芳姑娘還和史蒂文保持著若即若離的聯繫，多年前他們似乎就要走到一起了，但史蒂文因爲保祿自殺的事，對在台灣建立家庭心有餘悸，便疏遠了阿芳。本來史蒂文退伍時，阿芳希望他能在她工作的城市附近做點事，開個小飯館什麼的。但史蒂文說他從來就不會做飯，走到哪裏吃到哪裏，他只會種地放牧。這樣的回答讓阿芳很失望，錢大鈞曾經勸史蒂文爲了有個家庭，啥子都可以從頭學麼。但阿芳並不是史蒂文心中的至愛，他有家又沒有家，有愛卻不能愛，這是相當一部分家在大陸的台灣老兵對於再建家庭猶豫、彷徨的原因。光陰就這樣一年又一年的蹉跎過去了。

阿芳在四年前被一個男人稀裏糊塗地騙了，生下一個女孩後那傢伙就失蹤了，有說去了南美，有說去了日本，反正是再也沒有了消息。錢大鈞看著阿芳可憐，在新竹生計也困難，就問她願不願和史蒂文重修舊情，他在你們泰雅人居住地幹得還不錯，你回去跟他一起打理那個農場，也是兩全其美的事情。阿芳的回答是，人家史蒂文一個老靚仔，誰都不放在眼裏，不嫌棄我們母女倆，給口飯吃就謝天謝地啦。

幾個老兵相逢自然很愉快，錢太太特別喜歡托彼特和史蒂文的農場，說大鈞我們別在新竹混了，還不如賣了公司在「後山」也辦了農場算了。在台灣較繁華的西海岸的人們看來，東部「後山」地區縱然純樸、落後，但或許發展的空間更大一些。那幾年台灣的經濟正在起飛，到處都是爲鈔票忙得團團轉的人們。老兵們也要爲自己的晚年最後搏一把，生命中留給他們的輝煌，已經不多了。

錢大鈞也是如此勸史蒂文，這次他給史蒂文帶來一個女人，還帶來一首他寫的詩——

醉裏看劍眼朦朧，
白頭搔短人西東。
故園路長長萬里，
英雄身老老來空。

「怎麼樣？」飯後，幾個男人還在喝著餐後的餘酒，錢大鈞問史蒂文讀詩後的感想。

「老哥，你忘記了，我是個藏族人。」史蒂文從錢大鈞帶著阿芳來，就知道他的用意，也就裝作看不懂他的詩。

錢大鈞說：「我可沒有忘記你也是個藏族詩人。」

「唉，就像你們漢族人說的那樣，好漢不提當年勇啦。我多少年都沒有唱過我們的歌了。」

「人口裏可以不唱歌，心裏卻不能沒有愛。老弟啊，你就別等啦。大陸那邊不折騰了，開始搞經濟建設，人家強大起來了，我們就更沒有機會光復大陸不是？你還有什麼指望？」

「我指望每天的太陽照常升起，再平安落下；我指望樹上的瓜果又大又甜，我指望雨水的甘露滋潤乾渴的大地，我指望颱風的刀劍不要吹亂我期盼的目光；我還指望彩虹能夠跨越茫茫的大海，我更指望天上守望的星星，永不隕落，遙望它的目光，永遠都明亮。老哥，這就是我們藏族人心中的歌。」

「你們真是一個理想主義的民族，你真是個浪漫主義的傢伙。不說啦，你幫我一個忙吧，讓阿芳姑娘到你的農場幹活，給人家一口飯吃，如何？」

「這個……要問問托彼特的意思。」

錢大鈞轉頭看托彼特，這個老天主教徒癟癟嘴說：「耶穌說，『凡來敲門的，我都要給他開門。』人家孤兒寡母的也不容易。」

事情就這樣定下來了，錢大鈞在花蓮玩了幾天後便駕車回去了，路上他對自己的太太說：「我就不信半年之後這兩個孤男怨女就走不到一起，阿芳還年輕，史蒂文年歲也不饒人了，這事兒真是皇帝不急太監急。」

托彼特把一間平常堆放農具的房間拾掇出來，暫時把母女倆安置進去。阿芳是個很勤勞的姑娘，白天下地幹活，施肥、修枝、鋤草、挖排水溝，史蒂文能幹的活兒她一樣也不拉下，晚上給兩個男人做飯，還幫他們洗衣服、收拾房間。兩個老光棍好久沒有享受到女人的伺侯了，從一開初的不適應到後來的離不開，要是哪天阿芳在地裏忙，晚了半個小時回來，托彼特就回喊：「史蒂文，去看看阿芳怎麼了。該做飯啦！」

颱風又一次到來的一個夜晚，阿芳來拍史蒂文的門，原來她的孩子小咪咪發燒了。那個晚上風刮得人都站不穩腳，阿芳要是不抓緊門框，史蒂文都擔心她會被風刮走。兩人頂著狂風把孩子抱上農場的小卡車，去鎮上的醫院。可車才開出去兩里地，就被路上橫七豎八吹斷的樹幹樹枝擋住了。史蒂文說：「我下去搬開，你在車上不要動。」

阿芳看見車燈前被吹得遍地亂跑的樹枝、石頭，一把拉住史蒂文，「你不要去，危險！」

史蒂文掙開阿芳的手說：「沒有事的，去醫院要緊。」

他跳下車，在暴風雨中清理路面，有幾次阿芳都覺得史蒂文被狂風刮走了，但他又頑強地回到了她的視線內。車燈下阿芳看見史蒂文在挪一根足有人大腿粗的大樹幹，可怎麼也搬不動。阿芳跳下車去幫他，當他們合力把樹幹推下路基時，空中飛來的樹枝擊中了史蒂文的頭。

他們回到車上時，史蒂文已經血流滿面。阿芳既心疼又心慌，一時不知該怎麼辦好。車上沒有繃帶，只得脫下身上的白襯衫撕下一塊來讓阿芳給自己包紮。女人目光淒迷、愧疚。她仔細把史蒂文的傷口纏好，嘴裏不斷說「對不起，對不起，給你添麻煩了。」史蒂文寬慰她說：「這有什麼呢，又不是吃了一顆子彈。」

阿芳忽然在史蒂文的臉上重重地吻了一下，兩人的心都飄起來了。女人眼裏動情的目光，讓他感到自己站在了懸崖邊上。

是車窗外的颱風又把他吹回來了，「我們走吧，待會兒路又不通了。」他說。

那個颱風之夜後，史蒂文和阿芳面對對方的眼光都不自然了，他們本來就不是雇主和雇工的關係，在一塊地裏幹活，在一個鍋裏舀飯吃，談論的是大家共同關心的農事、天氣、行情、以及雞毛蒜皮的家務事。阿芳小時候就在村裏的教堂受過洗，到城裏做工後沒有時間進教堂望彌撒，現在重新回到了鄉村，疲憊的心靈就更需要主耶穌的安撫了。每當禮拜天這一家子進教堂時，看上去就像一家祖孫三代人。

托彼特眼睛雖然不好使了，但也感覺出了兩個人情感方面的細微變化，小咪咪在鎮上的幼稚園，每周五才接回來，過去都是阿芳一個人去接送，也不知從什麼時候起，史蒂文總有理由開著那輛小卡車帶阿芳去接孩子。下雨了，孩子會淋出毛病的；要起風了，我幫阿芳走一趟吧；托彼特，我去幼稚園接小咪咪，阿芳今天太累了。如果他開初在托彼特面前找這些理由還有些難爲情的話，後來就越來越順理成章且理直氣壯了。而阿芳到了接孩子的時間，自然而然地就坐在了駕駛室裏，史蒂文，走，該去接小咪咪了。就像是在喊自家的老公。

一個禮拜天，彌撒完後托彼特獨自留在了教堂，他說要陪羅維神父一晚，讓史蒂文和阿芳母女倆先回農場去。羅維神父的房間裏有一張大比例的藏區地圖，不用說雪山、峽谷、道路歷歷在目，連地名都標到教堂村這樣的村莊。托彼特每次來羅維神父房間，都要把這地圖鋪在地上，自己像一隻老蝦一樣俯身在地圖上，用放大鏡將故鄉那些熟悉的村莊、蛛網一般的馬幫道路一一走過。

「托彼特，用眼睛在地圖上旅行的人，就真的老了。我不認爲你看得見地圖上的那些字。」羅維神父端來兩碗麪條，遞給托彼特一碗，這是他們的晚餐。羅維神父是個生活很簡單的人，晚飯一般都是一碗麪。

「故鄉的地名，是用心去讀的。」托彼特揉揉自己的眼睛說。

「呵呵，你這個老家鄉寶。」

「還說我呢，地圖上到處都是你飄落的白髮。」托彼特回敬他的神父。

「噢，我只是爲這個地方掉了幾根頭髮而已。」羅維神父摸了摸自己腦門上越來越稀少的頭髮，「我可憐的兄弟杜伯爾神父把自己的生命都獻祭出去了呢。真想去看看他的墳，不知還在不在啊？」

托彼特說：「報紙上講大陸那邊開始恢復宗教活動了，藏區的佛教徒又可以進他們的寺廟磕頭啦。聖母瑪麗亞啊，但願我們的教堂還完好無損。」

羅維神父說：「教會那邊發來簡報說，在北京和上海，我們在那邊的漢人神職人員可以進教堂做彌撒了。這是一個好消息。」

托彼特感歎道：「只要讓我回到故鄉，哪怕他們砍我的頭，我也認了。」

「你這個老傢伙，那邊又沒有一個親人，那麼急著想回去幹什麼。你又不是史蒂文。」

「沒有親人，有我的故土啊神父。」托彼特說，「哦呀，對了，看我這記性。今天就是想來跟你說說史蒂文的事的。羅維神父，我看他和那個阿芳姑娘像是要走到一起了。你的意見呢？」

羅維神父放下手裏的麪碗，望著地上的地圖，似乎在徵詢圖上的某個村莊裏某個人的意見。他良久才說：「從我的聖職角度看，我是不會同意的；但從眼下的現實看，我想，耶穌也不會反對，聖母瑪麗亞也會贊許。至於教堂村的那個瑪麗亞，啊，主，她真是個好女人。願主耶穌也賜給她幸福。可是，我怎麼知道他們會不會有團聚的那一天？天主沒有告訴我他的計劃。托彼特，你知道，當年正是由我給他們的婚姻神聖的祝福，他們的愛是被耶穌拯救的愛。但這麼些年海峽兩岸的人們互不往來、不通音訊。每當我看到史蒂文孤單的身影，連我這個老神父都想問問我們在天上的父：難道你垂憐的目光，就沒有看見這隻迷途的羔羊麼？難道我們當年的拯救，是不合時宜的，或者出了什麼差錯麼？雖然基督之愛超過世界上任何強大的力量，但他卻大不過當今人們堅持的各種主義。即便是耶穌基督在今天，他可以帶領自己的子民跨越紅海，但他也不能帶你們跨過那條台灣海峽。我知道這樣的追問不應該，是要受到譴責的。可是……唉，老托彼特，我也老啦，讓我從一個老人而不是一個神父的角度對你說，是基督之愛讓你們組成了一個奇特的家庭。這個家庭的溫暖就在於：愛與被愛。」

神父的默許讓托彼特打消了心中的顧慮。到台灣二十來年，除了心中信奉的耶穌，史蒂文就是他在這個世界上的唯一親人。他們相依為命，對瀾滄江峽谷那片土地的眷戀和回憶，就是他們情同父子的血脈傳承。尤其在兩人都解甲歸田成為在他鄉土地上的農民後,在內心中他們都把對方當成自己抗衡孤獨、消弭鄉愁的親人。畢竟,在台灣社會,有幾個人可以和他們說康巴地區的藏語方言呀?又有幾個人有他們共同經歷的苦難和期待呢?

秋天到來時,果園裏的蘋果大豐收。一天在地裏吃午飯,托彼特對大家說:「高雄那邊有個和新加坡做水果批發的趙老闆,今天來電話說希望我們給他送兩箱蘋果樣品去看看。我想,如果他喜歡的話,今年的蘋果銷路就不用發愁了。史蒂文,你去一趟吧?」

「好事情。我明天就去。」史蒂文爽快地說。

「阿芳姑娘今年還沒有休過假呢,你帶她也去那邊玩玩。」托彼特又說。

阿芳臉紅了,低著頭不吱聲。

史蒂文也有些不自然,「當然,阿芳很辛苦。只是……小咪咪,怎麼辦?」

「有我呢。」托彼特說。「阿芳,你放心嗎?」

「托彼特爺爺,謝謝你啦!」是謝謝托彼特幫她看小咪咪,還是謝謝他給了他們這次機會,阿芳沒有明說。

這個晚上史蒂文一夜難眠。到了後半夜他乾脆披衣下床,來到外面的涼臺上。托彼特原來住在他的隔壁,但他最近幾年腿腳不利索了,眼睛也不好使,就從二樓搬到一樓去住,阿芳帶著孩子住在對面的一排平房裏。史蒂文的這個涼臺是後來加上去的,用竹子搭建,坐在涼臺上便可看見遠方的大海和廣闊的天空。許多個寂寞的黃昏,史蒂文都是在這個涼臺上,搖一把扇子,亂想,發呆;許多個濕熱的夜晚，史蒂文就露宿在涼臺上，讓天上的星光照進自己的夢。

剛才史蒂文似乎在半睡半醒中聽到一個聲音，「嘿嘿嘿，寶島姑娘……」把他驚得從涼椅上坐了起來。「保祿，保祿，你在哪裏？」史蒂文向涼臺四周張望。

夜空星光閃耀，山林微風習習。保祿怨恨的目光早已遠遁，黑暗中的孤魂野鬼在人看不到的地方悲泣，星光的眷念穿越時空，像一根針一般地扎在人寂寞的心裏。

史蒂文退伍以後，生活日益安定，膽子卻越來越小，噩夢也越來越多。保祿是經常來造訪的常客，還有那個當年被他一刀砍下腦袋的黃廷豪，永遠都是他的夢魘，他每年都要在那個日子裏偷偷地給這個還鄉路上的冤死鬼燒紙錢。不然這個傢伙就在他的夢裏不依不饒，催促他和他一起回家。有幾次史蒂文甚至還在果園裏一頭撞見黃廷豪，他的頭像個大香瓜一樣掛在樹上，身子卻依靠著樹杆，那頭在樹上說：「天氣涼了，菊花黃了，出海的男人回家啦！」常常把史蒂文嚇得屁滾尿流。有時連托彼特也不明白，爲什麼史蒂文會在果園的某棵樹下燒紙錢，甚至還端了碗米飯去。不過即便是托彼特，史蒂文也沒有告訴他自己曾經幹過的血腥事兒，羅維神父就更聽不到他的懺悔了。有些秘密，是會被當事者帶進墳墓的。也正由於此，這秘密就像一個陰魂，永不消散。

有兩顆頭顱滾落在史蒂文的還鄉路上了，一個時常在大白天來找糾纏他，一個追逐到他的夢裏。保祿的哀號，譏諷，請求，吶喊——我能把這樣的女人帶回家嗎？常常讓史蒂文長夜驚夢，冷汗淋漓。

還有回家的那一天嗎？明天就要和阿芳單獨出門了，史蒂文明白托彼特的意思，他們回來後，也許就應該談婚論嫁了。這讓史蒂文忽然膽怯起來，幾十年一個人都過來了，那是因爲心中有個永恒的守望，現在，他應該放棄麼？

他問東邊天空的那顆「明珠」星。多少年來，這顆星星在，瑪麗亞的愛就在，他的守望就在。「明珠」星有時會幻化成瑪麗亞明亮的眼光，在深藍色的夜空中撲閃，就像當年在康菩土司家的宅院，面對浪漫的說唱藝人扎西嘉措。扎西哥哥，你下次去拉薩帶上我啊。可惜啊，史蒂文已不是當年的扎西哥哥，他漂泊的地方比拉薩更遙遠。史蒂文時常想把那顆星星摘下來捧在手心裏，對著它說：都說光是跑得最快的，你讓瑪麗亞看到你的光芒了麼？你可不要躲到烏雲後面去睡覺。有時，長久的凝望讓史蒂文可以聽到「明珠」星對他說的話。嗨，史蒂文，我看見瑪麗亞了，她剛背了一桶水回家。那桶好大，讓她歇了三次；史蒂文，你兒子長大成一個小夥子了，看上去好有出息。那麼，他幹什麼呢？史蒂文問星星。我看他好像沒有幹農活，在大地上到處流浪，像你過去一樣。噢，那可不好。史蒂文會對星星說，我那時只是爲了討一口飯吃，他應該過土司老爺的日子。星星笑了，說，史蒂文啊，大陸那邊早就沒有土司了。你不是看見土司被一槍打下了瀾滄江了麼？是啦，是格桑多吉那個傢伙幹的。那麼，我兒子回家了麼？星星說，當然回家了，他們也在等你回去呢。

星星在這個不眠之夜再次發問：史蒂文，你將如何回去？家中等待的人，不指望你帶回去金銀財富，不指望你帶回去高官顯爵，更不指望你作爲一個英雄衣錦還鄉。故鄉只期盼你一顆浪子回頭的心！

可是這顆浪跡天涯、孤苦伶仃的心啊……

黎明時分，阿芳悄然飄到史蒂文的身後，她穿著一身碎花色的粉紅色睡衣，像一個在晨霧中遊蕩的天使。她何時上的涼臺，史蒂文渾然不知。阿芳悄悄走到史蒂文的身後，伏在他寬厚的背上，將她的乳房像放兩個溫熱的饅頭，擱在一個饑渴的男人的肩頭。就在前兩天，他們在果園裏幹活，當阿芳要從一棵樹上下來時，樹枝拉開了她的上衣，露出女人柔軟的腹部，深陷的肚臍。樹枝嘩啦啦地一陣亂響，讓他的心臟也「咚咚咚」地一陣亂跳。阿芳順勢倒在了守在下面的史蒂文懷中，他抱住她，面對女人迷亂的眼睛，衝動地吻了她。就像在鬧市中兩個上了歲數的情人的初吻，匆忙、慌亂、羞澀、膽怯，但阿芳感到暈眩的幸福。

那熱熱的饅頭在史蒂文肩頭上溫軟地滾動，他只要一伸手，饅頭就到了嘴邊。但是，有個聲音在他心底裏高喊：「史蒂文跑啊你快跑啊！」多年前瑪麗亞在他失手殺了伊麗莎後的哀求，一直伴隨著他漂泊的一生，正是這哀求之上那絕望又憐愛的目光，讓他面對別的女人的溫情時，永遠都視而不見。

阿芳發現，這個男人已經淚流滿面。從臉上東一道西一道的淚痕判斷，不知道他這樣默默流淚了多久。

「你哭什麼呢？」

男人長久沒有說話，站起身，擺脫了肩膀上的誘惑。他走到陽臺的欄杆上，眼望著遠方。「我沒有哭，是天上的一顆星星哭了。」史蒂文說。

阿芳跟了過來，「天上的星星？天啊，你發燒說胡話了吧？一定是在外面一夜涼著啦！」她伸手去摸史蒂文的額頭。

史蒂文推開她的手，「我沒有病。」他生硬地說。

「可是……可是你沒看見太陽已經從海上升起來了嗎？你過去可曾在大白天看見過星星？你從不知道星星是不會掉眼淚的嗎？」

「我看見的東西，你看不見。」史蒂文深深歎了口氣。

上午十點鐘，他們準備出發了。阿芳興沖沖地裝車，兩箱蘋果她一人就扛上車了。女人還帶上了足夠一年四季換穿的衣服，她拎上車的旅行包讓人覺得他們是要出國旅行。而史蒂文腳上還穿著一雙拖鞋，連托彼特也看不下去了，說，史蒂文，你是去談生意呢。去，換雙皮鞋。史蒂文去房間到處找自己的皮鞋時，阿芳羞澀地把一雙新皮鞋遞到他面前。「我昨天下午買的，你看看合不合腳。」

終於可以走了，史蒂文發動了車，托彼特向他們揮手說：「事情談好了，就在那邊多玩幾天。聽說鵝鑾鼻的海濱公園不錯，去看看嘛。」

這時房間裏的電話響了，托彼特轉身摸索著去接電話，邊走邊說：「看看，人家一定來催你們上路了。」

史蒂文的車已經啓動了，他忽然產生了某種強烈的預感：有什麼事情來了。不是最麻煩的，就是最意外的。

他停住了車，甚至關了發動機。

「怎麼了？」阿芳問。

「等托彼特接電話。」史蒂文說。

他們看見托彼特跌跌撞撞地衝了出來，怪異地揮舞著雙手，語不成調地喊：

「史蒂文……主耶穌啊！我們可以回去啦！錢大均……我們可以回大陸……啦。錢大均說，說兩岸開通……可以回去啦……我們在天上的父……」

老托彼特跪在地上在胸前劃十字，痛哭流涕。

史蒂文跳下車，卻不知道該幹什麼，他看看天，天空還是那樣藍，白雲垂掛在遠方，大海已經不平靜；他看看周圍的山嶺，青翠的樹林，他們在旋轉，在起舞；他向東方看，自己的那顆星星在大白天也像太陽一樣明亮。他還想尋找報佳音的天使，這個畫面他在腦海中設想了三十多年，一定應該是有個天使來告訴流落天涯的浪子：你們可以回家了。但現在只有老托彼特匍匐在地，雙手使勁拍打，號啕大哭。

史蒂文一屁股坐在了地上，淚如雨下。

阿芳隱約感到兩個男人的狂喜，對她來說不是一個好消息。她來到史蒂文面前，幽怨地問：「史蒂文大哥，我們還去嗎？」

史蒂文只是無聲地流淚，一把一把地想把臉上的眼淚抹乾淨。可是越抹，越像抹開了一汪鄉愁的清泉。

「史蒂文大哥……」

「阿芳，對不起了。」史蒂文用雙手捂著自己的臉，就像一個罪人不敢面對聖母瑪麗亞的聖容，更不敢面對已經不再遙遠的教堂村另一個瑪麗亞守望的目光。

「對不起啦……」史蒂文痛哭失聲。

第四七章　羅維神父的福音

凡聽見的人都驚訝牧人向他們所說的事。瑪麗亞卻把這一切事默存在自己心中，反覆思想。

——《聖經・新約》（路加福音2：18—19）

三十多年後，羅維神父沒有想到自己會以這種方式重回瀾滄江峽谷。昨天他在阿墩子縣長途汽車站下了車，周圍的年輕人像看一個大猩猩似的圍觀他，比他當年作爲一個年輕神父來到藏區時更詫異、當然也更友善。那時他是藏族佛教徒眼中的魔鬼，現在，他彷彿是一個明星。他沒有忘記杜伯爾神父試圖走近一戶人家時，受到一盆冷水的「歡迎」，也沒有忘記他們在這個小縣城的第一晚和兩個死人同眠。縣城已變得他幾乎認不出來了，看上去充滿生氣。人們對他評頭品足，從他的穿著打扮到他稀疏的白髮和滿臉的鬍鬚。有個穿牛仔褲的藏族年輕人甚至衝他打招呼：「哈囉！」

這位「哈囉」先生——羅維神父如此稱呼他——是個小眼睛的藏族人，頭髮披到肩膀上，用根頭繩隨便一紮，目光總是流露出玩世不恭、毫無敬畏的神態。他熱情得令人生疑，機敏中透著狡黠，但那種小城時髦背後的俗氣又一覽無遺。羅維神父並不喜歡這樣的人，但他今天早上一到汽車站門口又撞見了這傢伙。「哈囉。」羅維神父不得不搶先對他的笑臉打了聲招呼。

「哈囉。」年輕人滿臉堆笑，衝羅維神父豎起了大拇指，「中國話的，會說？」

「請跟我說藏話。」羅維神父用地道的本地話說。

「哦……呀呀，哦呀呀……」年輕人張大了嘴，「你是哪個菩薩派來的哦？連我們的話都會講。哦呀呀！」「哈囉」先生感歎連連。

羅維神父本想脫口而出，我是天主派來的，在你還沒有出生時就來過這裏傳播主耶穌的福音了。但是他忍住了，現在他不是一個神父，只是一個旅遊者。他向當地外事部門申請的理由是：來看這裏的雪山和峽谷。出乎羅維神父意料的是，地方官員對他的這次藏區之行並沒有什麼爲難，甚至表現出讓他覺得可疑的熱情，他們問是否需要給他配一個導遊和一輛車，而且是免費的。官員們的理由是，這裏剛剛開放不久，許多地方道路情況不太好，這樣做是爲了保證外國友人的安全。但羅維神父謝絕了，他認爲，這有可能是派來監視他的。羅維神父希望獨自旅行。但他卻發現，在中國剛剛開放不久的年代，獨自旅行是很困難的。

「有去教堂村的車嗎？」他在售票口問。

「教堂村？什麼地方？」窗口裏那個戴頭巾的藏族姑娘一頭霧水。

「就是，嗯，就是瀾滄江峽谷裏的一個村莊。」羅維神父翻出一本旅行指南，指著瀾滄江方向說。

「沒有這個村莊。那裏也不通公路。」姑娘生硬地說。

「有，肯定有這個村莊的。難道它能從地球上消失了嗎？」羅維神父大聲說，他對自己曾經服務過的村莊被人視爲不存在感到生氣。

「你是什麼人？爲什麼要去哪裏？你有工作證嗎？」姑娘顯然也生氣了。

「工作證？」羅維神父比剛才姑娘聽見「教堂村」時更納悶。

「就是證明你在哪裏工作的證件。沒有工作證有介紹信也行。」姑娘說。

多年前羅維神父來這裏傳教時，持的是國民政府頒發的傳教執照。他明白了姑娘的意思，但他除了護照，什麼證件也拿不出來。他不明白怎麼連買張車票也要查他的來路。這時那個「哈囉」先生在他身後拉了拉他的衣袖，示意跟他走。

至少他比賣車票的姑娘更友善一些，羅維神父想。他隨「哈囉」先生來到門外，指給他看教堂村的位置，說自己要去那裏。立即有幾個藏族人圍過來看熱鬧。「哈囉」先生說那一帶他熟悉，但也不知道有個叫教堂村的村莊。羅維神父補充說，就是有個教堂的村莊。「哈囉」先生眼睛一亮，嗨，你說的是核桃樹村啊。過去叫反帝村，現在叫核桃樹村了。他身邊的一個老人糾正道，不對，在叫反帝村之前，那個村莊是叫教堂村，而在很早很早以前呢，它就是核桃樹村。現在一切都輪迴到從前囉。這些熱心的藏族人幾乎異口同聲說，那裏確實不通班車。

「那麼，我可以騎馬進去麼？」羅維神父問。

「騎馬？」「哈囉」先生不屑地說，「我有比騎馬更快的辦法帶你進去。」

「噢，直升機嗎？」羅維神父問。

「跟我來。」年輕人衝羅維神父勾了勾手指，把他帶到路邊的一輛手扶式拖拉機面前。「要是你受得了顛簸的話，我可以開這個帶你進去。」

「這是什麼車？」

「我們叫它狗扶式。當然囉，它沒有狗跑得快，但一天就可以到了。」

只要能到教堂村，羅維神父並不在意坐什麼交通工具。「那麼，你要我付你多少費用？」他問「哈囉」先生。

「把你的太陽鏡送給我。」「哈囉」先生直率地說。

羅維神父戴的太陽鏡是他在香港機場花一百港元買的，但在「哈囉」先生看來，這可是絕對的洋貨。羅維神父認爲：他至少應該付這個年輕人八百到一千人民幣才合理。因此他說：「太陽鏡我會給你，另外再付你八百人民幣。」

「哈囉」先生再次驚訝得張開了大嘴，他喊道：「佛祖，我可不敢要那麼多。送我太陽鏡就好了。」

他們就這樣搖搖晃晃地上路了，羅維神父一點也不覺得「狗扶式」難坐。他有坐在敞篷越野車上的新奇感。峽谷裏的風吹來往昔歲月熟悉的味道，就像闊別家鄉多年的浪子回到母親的廚房。他看到了久違的卡瓦格博雪山，它還是那麼雄奇壯麗，他也看到了瀾滄江一如既往地向南流淌，峽谷兩岸的山峰像列隊了千萬年的巨人，連山上的那些野花，也和當年開放得一模一樣——從前在哪座山崖上搖曳，幾十年後依然綻放著不老的芳華。他就像走在歷史的長廊裏，每一座山峰，每一條道路，每一朵野花，都在向他訴說過去。當年他和杜伯爾神父是騎馬進的教堂村，現在那條馬幫驛道已經改建成可以走拖拉機的鄉村公路了，儘管它坑坑窪窪，依然像飄在大峽谷山腰的一根黃色腰帶。「哈囉」先生的「狗扶式」就像爬行在這根綿長的黃腰帶上的一隻螞蟻。不過羅維神父感到慶幸是，要是乘坐一輛飛馳而過的吉普車，他的回憶與懷想可能都來不及從心頭湧上來，就被拋在身後了。故地重遊並沒有讓他有恍若隔世的感歎，而是彷彿時光倒流，人來到了時光隧道的那一頭。雪山峽谷依舊，江河不捨晝夜，只是當年要在這片土地上傳播主耶穌福音的雄心壯志，老矣。

「哈囉」先生是個稱職的導遊，也是兩個孩子的父親。他饒舌而幽默，膽大而粗放。羅維神父一路上都在想，他跟他從前的藏族教友有哪些相像的地方。但過去藏族人的那種敬畏感、謙卑感、順從心，神父在「哈囉」先生身上是一點也找不出來了。

托彼特和史蒂文這次沒有隨同羅維神父一起回來，不是因為他們不急於還鄉，而是心存顧慮。尤其是史蒂文，他是這片土地的罪人，他不知道自己回來後會不會立即就被送進監獄。其實羅維神父知道，史蒂文是不敢面對還鄉的結局——瑪麗亞是否還在等著他？天主的計劃也要等到浪子踏進家門那一刻才能知曉。現在對史蒂文來說，仍然是一個硬幣扔到了空中，落到手心裏的是哪一面，只有天主知道。

因此羅維神父此次重回藏區，既有走訪自己當年服務過的教區的目的，也有為托彼特和史蒂文探路的任務。他將之視為生命中的又一次冒險。臨行前托彼特對他說，主保佑我的神父這次不會再被武裝驅逐出教堂村。羅維神父幽默地說，我這次回去，是個真正的老人家啦，扮聖誕老人都不用化妝，誰會不喜歡聖誕老爺爺呢？

按羅維神父的行程計劃，這次他將在教堂村過耶誕節——誰知道那裏的人們還過不過這樣的節日？老神父還記得，當年教堂村的耶誕節可以說是全世界最獨特的節日。藏族教友們在教堂裏做完聖誕彌撒後，聖誕狂歡是用藏式歌舞來奉獻給耶穌誕生的。在教堂前的院壩裏，他們高亢激越的歌聲和越跳越飄逸的舞步，常常讓神父們讚歎不已。古純仁神父那時總喜歡坐在一把籐椅上，托彼特為他沏上一壺茶，他的身邊還放著一個大籮筐，裏面是聖誕老人給孩子們的禮物。有一年耶誕節一夥強盜武裝——不是格桑多吉的隊伍——偷襲教堂村。但是他們也被這節日的氣氛所感染，竟然也一起加入了狂歡的人群，彷彿他們不是來搶劫財物而是來喝酒找醉的。第二天教堂外面的院壩裏醉臥一地的人們已分不清誰是強盜誰是教友了。

傍晚時分，羅維神父終於在瀾滄江對岸看到了教堂高聳的尖頂，它仍然是村莊裏最高的建築，夕陽下透著無言的蒼涼，像一個不合群的大個子，孤獨地聳立在一片藏式民居中。儘管之前「哈囉」先生已經告訴過他，教堂還在，教堂村的人們現在像那些進寺廟的佛教徒一樣，已經可以拜他們的耶穌，老神父的眼眶還是濕潤了。

一切輪迴到從前。這是羅維神父聽當地人一再說的話。但他還是控制不了自己的激動，差一點從「狗扶式」上跳下來，向他曾經的教堂張開久違的雙臂。

「你過得了溜索嗎，老大爹？」「哈囉」先生問。

「噢，溜索。」羅維神父深情地說，「不過是我年輕時騎過的風中腳踏車。」他還記得，杜伯爾神父第一次過溜索，是和古純仁神父賭氣。因爲之前古神父宣佈那一年的復活節由羅維神父來做主祭，他做副祭。這個爭強好勝的傢伙便跑到江邊要了一副溜梆飛了過去，遺憾的是他在飛到對岸時再次摔斷了胳膊。

現在的溜繩不是從前的那種藤篾繩了，是鋼繩；也不用堅硬的栗木做溜梆，而是一個鐵滑輪，安全係數大多了。羅維神父把自己掛上溜索時想：幸好他們還沒來得及修一座橋，不然我這個老人家就找不回自己的過去啦。

「哈囉」先生陪羅維神父進了教堂村，小小的村莊讓他竟然有迷路的感覺。到處都是新起的房子，過去那些簡陋、低矮的藏式土掌房現在都被寬大、結實的兩層或三層樓房替代。村莊顯得祥和、安靜，幾個小孩最先發現了他，「外國人」，「外國人」他們邊喊邊往自己的家裏跑。然後，一些大人站在路邊，遠遠地張望。沒有人上來打招呼，更沒有人張開雙臂迎上來，眼含熱淚地喊「神父」。

羅維神父彷彿有年輕時第一次進藏區時的感覺。陌生的環境，不瞭解的提防，深藏不露的敵意。難道這裏就沒有一個人還記得我麼?主耶穌，今晚誰來給我打開它仁慈的家門?他焦慮而難堪地想。

忽然，從教堂的鐘樓傳來急促而熱烈的鐘聲，羅維神父的眼眶再度潮濕。鐘聲的音色單純、嘹亮、悠揚，羅維神父斷定這還是那口當年從法國專門運到教堂村的大鐘。他們把一切都保存下來了。羅維神父的心情豁然開朗，臉上蕩開欣慰的笑容，他甩下「哈囉」先生，急步向教堂走去。

讓羅維神父驚訝的是，敲鐘人竟是當年那個背叛教會的奧古斯丁。他們在教堂的院壩相遇，默默地相互打量，都在細數對方頭上稀疏的白髮和臉上的皺紋。夕陽裏的奧古斯丁像一棵飽經風霜的老核桃樹，不是很挺拔了，但是依然堅硬得讓人感到無法撼動。陽光在他們面前「簌簌」地移動腳步，時間卻恍然跳過了幾十年。終於，羅維神父張開了雙臂，笑容滿面地喊：

「嗨，你這不怕撒旦的老強盜，主耶穌從來沒有忘記你的良善!」

奧古斯丁卻沒有羅維神父那麼放鬆，他看上去畏手畏腳，神情緊張。「羅維……神父，你進來，喝茶吧。」

羅維神父衝過去一把抱住他，語無倫次地說：「奧古斯丁，我的羊羔們呢?教堂村的教友們在哪裏?這些年你們都好嗎?主耶穌啊，你快告訴我，快把他們都叫來……」

其實奧古斯丁的鐘聲已經把大家都召集來了，他在羅維神父過溜索前，就已經認出了他。奧古斯丁在教堂廚房的一壺茶還沒有燒好，教堂裏已經擠滿了人。有一多半的人，羅維神父都不認識了，因爲他們都很年輕，只有十來個老人，老神父還叫得出他們的教名。這是一場被淚水淋濕了的相逢，儘管還有些拘謹，但是羅維神父感受得到這些教友們對他的想念，就像一個孩子對父母的依戀。

人群中他發現了瑪麗亞，歲月已經在這個美人的臉上雕刻出時光的年輪。她發胖了，但是顯得富態，如果有機會讓她穿上節日盛裝，她會更加雍容華貴；她眼角的皺紋也像一張撒出去的網，但是依然罩不住昔日的風采。她的笑容沈靜、恬淡、溫和。只有一個對生活心滿意足的女人，才會有這樣的笑容。

和自己的教友們重逢，讓羅維神父像個頑皮的老小孩一樣，不僅手舞足蹈，還想來點惡作劇。他衝瑪麗亞喊：

「嗨，瑪麗亞，我的小天使，你好嗎？」

「好呢，神父。」兩鬢斑白的瑪麗亞被稱爲小天使，自己都有些羞澀了。

「我們那個浪漫的說唱藝人呢？」神父故意問。

「噢，神父，」瑪麗亞臉上的羞澀轉眼變成了哀傷，「他早死了。」

「哈哈，我親愛的瑪麗亞，我有好消息帶給你。你的史蒂文一直和我在一起，還有老托彼特，他們在天主面前都是義人啊！」

「史蒂文……」瑪麗亞像中了一槍，身子晃了晃，往後倒下去。她身邊的人馬上架起了她。

這個消息就像往熾熱歡樂的火塘裏澆了一瓢冷水，人群裏一陣驚慌。羅維神父說：「噢，她太激動了。快給她一條冷毛巾。」

請主耶穌寬恕這個性急的老神父吧，寬恕他帶來的「好消息」。因爲對瑪麗亞和奧古斯丁這對苦命夫妻來說，這不是來自天堂的福音，而是地獄的號角。

第四八章　史蒂文後書

我金子一樣貴重的家鄉啊，
難道我沒有在那裏居住的緣分麼；
我火塘一樣溫暖的愛人啊，
難道我沒有回到你身邊的勇氣麼？
——史蒂文的歌

瑪麗亞，我的歌聲已經喑啞了；瑪麗亞，我回家的道路已經斷絕了；瑪麗亞，我的世界已經坍塌了。

不是一條海峽，隔斷了我的歸路；不是國民黨和共產黨兩種不同的主義，讓我們身處不同的世界；也不是時間，讓守望的心蒼老；更不是天空的風雨，吹落了永恒的星星。是愛的懲罰，讓我永遠踏不上還鄉之路！

過去，我給你寫了很多無法投遞出去的信，現在，貼張郵票就可以把我的鄉愁寄出去了，但它依然只能寫給我自己。

羅維神父回到台灣後，我們在一個星光燦爛的夜晚談論你們那邊的生活，就像在討論月亮上的故事，那麼遙遠，那麼寒冷，那麼難以想像。我現在已經不是追逐月亮的太陽，只是月亮身邊一顆暗淡的星星。還記得我第一次到康菩土司家唱歌時的情景嗎？你問我太陽什麼時候愛上月亮的，我說從天神點燃了太陽的光芒那一天起……是的，他們很早很早以前就相愛了，但是他們卻永遠走不到一起。即便是天上的愛情，也是天各一方，何況人間？

我們曾經相約，天上有一顆星星屬於我們的愛情，它在，我們的愛就在。我錯誤地認為，星星的光芒映射著我們期盼的目光，它不會衰老，更不會墜落消失。我們也曾經相信，天主所祝福的，人不可以拆散。既然主創造了一切，世上的權柄和榮耀，都掌握在他萬能的手中，他就應該護佑我們的愛情，堅固我們的守望，就像堅固我們的信念一樣。可是有一天我問羅維神父，我看到的星光，是否就是瑪麗亞在大陸那邊遙望我的目光？神父回答說，那可能是幾十萬年前的光芒了。因為星星離我們太遙遠太遙遠，它的速度是以「光年」來計算的，而星星的光芒被我們看到時，已經足以讓這個地球大海乾枯、地覆天翻。看看吧，當你的目光傳達到我這裏時，我這把漂泊的老骨頭，連灰都找不到了。而我找尋你的目光，不過是太空中漫無目的地的一絲螢光，無人認領，誰也不在意。

你請羅維神父帶給我的酥油餅和青稞麪，我們打了一壺地道的酥油茶，然後用淚水拌著奶茶揉糌粑。幾十年來我們沒有聞到過故鄉酥油的濃香，沒有嘗到過糌粑的味道。我們頓頓的飯食，都只有一種滋味——鄉愁。

可是啊，鄉愁再濃，我也回不來了。我自己挖斷了歸家的道路。從前有一條海峽隔斷了還鄉之路，還有更多人為的阻隔，讓兩岸的人們生如陰陽兩界。現在海峽兩岸架起了彩虹，天天都有飛機去往大陸。儘管羅維神父這次回大陸還專門去有關部門打聽，像我和托彼特這樣逃亡的罪人，可不可以回來。大陸的官員回答說，國民黨的那些大戰犯，大特務，他們都特赦了，幾個老兵的過去，他們當然也既往不咎。還說，渡盡劫波兄弟在，相逢一笑泯恩仇，歡迎我們回家探親。托彼特聽到這個消息時，感動得老淚縱橫，可我卻怎麼也高興不起來啊！我們經常說，只要能讓我回家看一眼，砍頭也幹。可當所有的籬笆都拆除了，我卻成了找不到家門的流浪漢。

瑪麗亞，當我敲開你的家門時，來給我開門的是誰呢？當我被迎到火塘邊時，坐在上首位置的主人又是誰呢？當然是奧古斯丁囉。那這還是我朝思暮想的家嗎？我在這個家裏應該被叫做什麼？丈夫還是客人？主耶穌啊，我當了大半輩子的客人啦，請讓我也大大方方地做一回主人，招待四方的鄉親吧。可是，這個能做主人的家在哪裏？

這些日子以來，關於奧古斯丁，我想這個問題把牙都想掉了幾顆。昨天還去榮民醫院看了牙醫。醫生說，你體內的火太盛。我說是的，這火不但燒壞了我的牙，還把我的頭髮都燎白了。瑪麗亞，我不會讓你看到我的滿頭花髮。多少年來，異國的風霜沒有將它染白，台灣的海風沒有將它銹蝕，愛情的背叛卻讓他們在一夜之間就白了。那個狗娘養的愛情強盜，他不僅奪走了我的妻子，還壞了我的牙，白了我的頭髮。從他當年騎馬帶人殺進教堂村時起，我就知道，他就是我一生的敵人。我只是不知道，他是天主派來考驗我們愛情的天使，還是魔鬼的化身？這麼些年來，他就是我噩夢中的幽靈，是我卡在喉嚨裏的一根刺，是我肚子裏的一塊石頭。如今，他成了我回家路上一道翻不過去的懸崖。

羅維神父告訴我說，奧古斯丁爲了自己的愛，受了很多的罪，坐過兩次牢，第一次坐牢是因爲放走了我，而第二次坐牢，是由於我從台灣寫回過一封信。是的，我的確幹過這樣的蠢事，但我不知道幾句話會給一個人帶來十年牢獄之災。唉，要是發生過的事，人們可以重新選擇，我情願那個雨夜他把我抓回去。即便他們把我斃了，我的愛情還是完整的，我的生命也就沒有這麼多缺憾。

羅維神父勸解我，要試著去寬恕奧古斯丁。我回答說，我絕不寬恕一個奪走我妻子的人。世界上這樣的一份寬恕太昂貴了，沒有人買得起！羅維神父用經上的話教訓我說，不要只看到你兄弟眼中的木屑，而忘記了自己眼裏的大樑。你要先取出自己眼裏的大樑，才能幫你兄弟去掉他眼中的木屑。

如果愛是可以被感動的，我拿什麼來感動你，我的瑪麗亞？如果說奧古斯丁以他十多年的牢獄之災，感動了你的愛，我二十來年的漂泊與守望，可不可以也讓你回頭看我一眼？我已經無顏跟你說這些年我在外面受了多少苦，遭了多少罪。在等待回家的日日夜夜，我曾經千遍萬遍地設想過，我將如何講給你聽我浪跡天涯的故事，是用說唱的形式好呢，還是請你和我們的兒子坐在火塘邊，就著一壺熱熱的酥油茶和一碗辣辣的青稞酒，從頭細說當年……

但現在說什麼都晚啦，都沒有意義啦。我家裏的火塘，已經不會再爲我這個浪子而溫暖。過去我是這個火塘邊的男主人，我坐在那裏，有我的女人給我打茶，爲我斟酒，替我把生活中的煩惱分擔，將一天勞動的疲勞烘乾。在更早以前，當我作爲一個說唱藝人時，我是火塘邊的英雄。我說唱神靈故事時，土司貴族們也忘了睡覺；而我歌唱愛情時，姑娘們的芳心像春天的花兒一樣開放。那個放著貴族小姐養尊處優的生活不要，而情願跟我私奔的美麗姑娘，不就是你麼？人間只有真正的英雄才會有如此的本事，他贏得姑娘的心，不是靠財富，也不是靠權貴，更不是靠刀槍，而是從他心底裏飛出的一首首情歌。

我不僅再不能成爲火塘邊的英雄，連屬於自己的火塘都沒有了。瑪麗亞，這些年我當過兵，打過仗，既打過勝仗，也打過敗仗。被人打敗的滋味就像喝了一碗屈辱的苦酒，怒火壓抑在肚子裏無處發洩，臉面恨不能藏在屁股底下。現在，我的守望被奧古斯丁打敗了，那麼多年來，我還指望這份守望能讓我成為一個你火塘邊的英雄。這個夢想一直激勵著我戰勝身邊的種種誘惑，戰勝年復一年的孤獨寂寞，戰勝海峽兩岸冰川一樣冷酷堅硬的隔絕，戰勝漫長的時間與無情的歲月……

儘管很多人的英雄夢都破滅了，可是我的英雄夢並不高遠，只不過是想平安回到自己家吉祥溫暖的火塘邊。

那天，我向羅維神父高喊：這不公平！羅維神父說，主耶穌的公平永遠都存在。別忘了經上的話：「你們用什麼升斗量，也用什麼升斗量給你們。」

可是，我們在天上的父，我已等待二十多年了，你還要讓我等多久？難道你用升斗量給我的，就是滿滿一斗的絕望？

瑪麗亞，這是一周後我繼續寫給你的信。這一周我去了趟西海岸，托彼特陪我一起去的。我們在海峽的這邊向對岸眺望，海天茫茫，雖然依然看不見我的故鄉，但它已再不成為天塹。我還在猶豫回去還是不回去。托彼特背著我幫我申請了「回鄉證」。這個老人家說，如果再讓他晚走一天，他的眼睛就會完全瞎了。老托彼特這些年的眼睛越來越不好使了，筷子已經找不準飯桌上的菜碗。他要在黑暗徹底淹沒他之前，儘快看到故鄉。他為了等我一起走，已經一再推遲了歸期。他說，史蒂文，不要像我，想匍匐在故鄉的土地上親吻它的塵埃，把背都彎成一棵老樹了。你沒有家了，還有故土；沒有妻子了，還有孩子。我們在這裏是一無所有啊！想想耶西的結局吧。

耶西是我們一起逃出來的兄弟，當年就是他和他的哥哥想逃跑，我想你想得頭腦發昏，才加入進去的。這個傢伙在台灣也和我們一樣當兵，退伍後娶了個寡婦，也是個比屋頂漏水還要令人心煩的女人。前兩年耶西的錢被榨乾得差不多了，又得了嚴重的風濕心臟病，那女人便離開了他。耶西就搬進「單身國宅」，那是政府爲我們這些被稱爲「老芋仔」的老兵建蓋的公寓。人們私下裏叫它「陰間大樓」，因爲經常有孤獨的「老芋仔」死在房間裏。一年前的一個傍晚，耶西從十六樓跳了下來。只有羅維神父、托彼特和我去給他送葬。他留給我們的遺書上說：我自己了斷，總比屍體都發臭了才被人知道強。

瑪麗亞，我被老托彼特說動心了。我想我們的兒子若瑟了，忽然像思念你一樣想他。羅維神父說我們的兒子如今很有出息，是個地質工程師，好像還當了什麼官員。看看，我們的兒子，多爲我長臉啊！看看，我們的兒子，他再次牽動了我的鄉愁！打小我就知道他會比他阿爸有出息，我要回來看他，要把他抱在懷裏，親口對他說，兒子，爸爸對不起你。

請不要誤會，我不會打攪你們的生活，更不會去找奧古斯丁打架，我們都過了拔刀鬥狠的年齡啦。我的眼睛裏已經沒有了那根嫉妒的大樑，我在努力地學會寬恕。我已經在羅維神父面前辦了一次告解，懺悔了我的妒忌和憤怒。我還要向奧古斯丁懺悔，希望他能原諒我帶給他的災難。我們都背負著你愛情的十字架，我們也同是時代的犧牲品。我再不怨他，但願他也能原諒我。奧古斯丁從小當強盜，生活得也不容易，他晚年終於搶到了自己想要的愛情；我從小當說唱藝人，自己的父母是誰都不知道，我歌唱了那麼多的愛情，我也曾贏得過世間最珍貴的愛。沒有料到的是，我會用生命唱一曲愛情悲歌。

就把我當作一個回到家鄉的戰敗者吧。我不是你的英雄，也不是你的浪子，我只是一個故鄉的過客。我這一生啊，其實早已經看盡了人生的生離死別，嘗夠了親人朋友的悲歡離合。家對我來說，太愧疚了；愛，也太沈重了。我只是想回來，喝一口故鄉的酥油茶、青稞酒；我只是想回來，把我這把漂泊了多年的老骨頭，埋葬在故鄉的大地上。

第四九章　奧古斯丁的福音

人若為自己的朋友捨掉性命，再沒有比這更大的愛情了。
——《聖經・新約》（若望福音15：12）

「奧古斯丁大師，村委會有你家的信，錢又飛來了。」一個路過奧古斯丁家門的村民樂呵呵地喊。

土陶匠人奧古斯丁現在是大師，這個命名來自於省裏一個下鄉來視察工作的高級官員。他見識了奧古斯丁一手精妙絕倫的土陶技藝，當著大批的陪同人員宣佈道：這才是我們的大師。奧古斯丁大師的名字於是被隨行的記者們張揚於報紙上。後來一個慕名而來的上海畫家專門爲大師奧古斯丁設計了很有藝術品味的簽名，「Augustinus製」，刻在一塊櫟木條上，他告訴奧古斯丁，每一個藝術家都有自己獨特的簽名，以後你的土陶製品上都要蓋上你的名字，客戶就知道這是誰的作品了。誰知道幾百年、上千年後，你的土陶會不會被擺進國家博物館呢？奧古斯丁，這個世界上所有最時髦、最昂貴的東西都會化爲塵埃，唯有你的土陶，千百年過去了，還在閃耀著人類文明的光芒。奧古斯丁不是很明白畫家的話，他只是說，不會變成灰的，是人們的愛情。畫家一拍奧古斯丁的肩膀，就是那個意思啦。

沒過多久，就有漢地來的商人跟奧古斯丁訂貨了。村莊裏就奧古斯丁家的信件和匯款單最多，人們說他們家的錢不是地裏長出來的，而是外面飛來的。本來藏區的土陶製品不過是人們日常生活中的用品，但那些要貨的商人把奧古斯丁的土陶產品當工藝品賣，在藏區的各旅遊景點相當暢銷。看看吧，這些原始、拙樸，造型又奇特精美的玩意兒，上面還有個洋簽名。這是來自神秘藏區最神奇的工藝品，是一個隱居在雪山下的藏族藝術大師的傳世之作。商人們在推銷這些土陶產品時，也把奧古斯丁的名字推銷到雪山峽谷外。

奧古斯丁的土陶技藝是在監獄裏跟一個老藝人學的。藏式土陶製品不用模具，全像小孩子玩泥巴一樣在手裏將一件件土陶揉捏、拍打出來，但對泥土品質、烘焙火候要求很高。泥土的問題，瑪麗亞的兒子史建華幫他解決，他是學地質的，過去曾經說要把地下的珠寶找出來掛滿瑪麗亞一身，現在他幫奧古斯丁看哪裏的泥土最有黏性，最適合做土陶產品。藏式土陶技藝的妙處就在於，土陶藝人想把手中的東西做成什麼樣，就能隨心所欲地做成什麼樣。像奧古斯丁這樣大師級別的土陶藝人，一把茶壺他也能做出一種美感來，一個花盆上面也蹲滿了喜鵲、百靈鳥和報春的雲雀。核桃樹村也有幾家人在做土陶，但唯有奧古斯丁大師的土陶最好賣，他的客戶甚至已經到了沿海一帶了。

奧古斯丁不僅是大師，還成了名人。許多人慕名來到核桃樹村，要看奧古斯丁大師，然後大件小件地買走他的土陶製品。村莊裏的人們也不知道大師是什麼意思，也就跟著大師大師地叫。奧古斯丁開初還不習慣，後來想，村人總不能叫我奧古斯丁老師吧，人家小學老師才是正經的文化人，我這個玩泥巴的，叫大師可能也還差不多。

連他的老領導高國祥也專程來看他，還撒下了一捧感慨的眼淚。高書記說，奧古斯丁啊，當年給你平反後，我讓你來找我，你爲什麼不來呢？我連位置都給你找好了，那時我還想讓你重去當阿墩子縣的公安局長。哪裏跌倒哪裏爬起來嘛，我信得過你。不過，還是你現在好，成萬元戶了。

這些年奧古斯丁家起了寬大的新房，瑪麗亞胸前懸掛的各種配飾把脖子都快掛彎了。她除了幹地裏的活兒，得閑就給奧古斯丁打下手，當然，她的兒子史建華並沒有跟奧古斯丁一起幹個體戶，他現在是阿墩子縣的副縣長了呢。但他用自己一雙學地質的眼睛，借助奧古斯丁的一雙巧手，間接地兌現了對自己母親的諾言——讓她佩戴世界上最美的首飾。人們說，瑪麗亞苦盡甘來了。

這個家庭是核桃樹村最富裕、最幸福的家庭。村裏的小學是奧古斯丁捐錢新建的；誰家的孩子考上大學沒有錢去讀書，奧古斯丁全包；甚至連村裏每年的耶誕節和復活節開銷，都是奧古斯丁一人承擔。三十多年前，奧古斯丁在核桃樹村當工作隊長時，是他把教堂當成工作隊的駐地，然後又改作小學校，從那個時候起，核桃樹村的教友們就沒有地方望彌撒。恢復宗教活動後，教堂平常屬於學生，周日天屬於天主。來教堂望彌撒的教友們得先把學生們的課桌暫時搬到一邊，周日晚又搬回去。現在奧古斯丁捐資建校，人們說，連聖母瑪麗亞都在衝他微笑哩。

今年初奧古斯丁還對瑪麗亞說，再辛苦幾年，我要給咱們村修一座吊橋，大家就不用在溜索上不方便了。瑪麗亞當時說，修橋要多少萬錢啊？我去跟建華說，還是讓政府幫我們修吧。這本來就是政府的事情。奧古斯丁說，政府修我還不樂意呢。我要了我的心願。

奧古斯丁踏踏實實地向爲核桃樹村捐建一座吊橋的宏偉目標前進。他起早貪黑地幹，一鏟泥一把土地拍打、雕塑。有訂單來了，無論多少、價格高低，花盆、茶壺、火爐、藏碗、香爐、茶罐、甚至佛像，他都接。自從幹上土陶這個行當以來，他的話愈發少了，甚至跟瑪麗亞一天也沒有多少話。他工作時都是盤腿坐地上，即便在家裏其他地方，也從不坐凳子。這是十幾年牢獄生活養成的習慣。平常他要麼蹲牆角，要麼坐地上，睏了躺倒就睡。史建華在新房子蓋好後，曾經送來一組沙發，奧古斯丁在瑪麗亞萬般請求下，嘗試著去坐沙發。他屁股一黏沙發就像坐在火塘上一樣跳了起來，嘴裏驚慌地喊：「哦呀，房子要塌了！」

他成天坐在工作坊一角，和泥巴親熱，把自己也弄成一個兵馬俑的模樣。瑪麗亞心疼他，說你帶兩個徒弟吧，這樣出貨也快一些。但奧古斯丁說，爲什麼其他人做不出我這種樣式的東西來？因爲他們沒有蹲過大牢。

本來奧古斯丁要在瀾滄江上修建的吊橋指日可待，但自從見到羅維神父後，奧古斯丁歇工了。歇工的理由是：他的耳朵聽不見人說話了。外面的消息對於一個存心要讓自己耳聾的老人來說，中聽的話就聽得見，不中聽的話，則聽不見。

那個在外面叫他去取信的人走遠了，奧古斯丁還坐在工作坊的一堆篩好的細土堆邊，他想大概又是來要貨的信。

出再高的價錢，我也不會爲你們做了。奧古斯丁大師的手藝廢了，因爲心死了。奧古斯丁想。

瑪麗亞下地幹活去了，奧古斯丁出門去取信。不管怎麼說，還是該給那些來要貨的人家回一個信：奧古斯丁大師洗手不幹了。

奧古斯丁萬萬沒有想到，收到的是史蒂文從台灣來的信。他有當年接到自己的宣判書一樣的感覺。現在台灣那個「法官」的判決書送達了。

狗娘養的，我的末日總是來得這麼快。他在心裏罵道。

自打羅維神父帶來那個消息後，他和瑪麗亞的情感就像瀾滄江裏的兩片樹葉，已經經歷了九曲迴腸、大波大浪的洗禮了。面對命運的捉弄，他們再也無法反抗；面對遠方浪子歸來的跫音，他們唯有在惶恐中等待結局，就像孱弱無助的一雙孩子在屋裏聽到強盜闖進院子的腳步。瑪麗亞獨自啜泣時，他默默地喝悶酒；瑪麗亞安慰他時，他拍打手中的陶件——但從來沒有做成一件成型的東西。瑪麗亞流了很多的淚，說了無數的話，都只有一個意思：奧古斯丁，我是你的女人。史蒂文這個死鬼，要回來就回來麼，我們該怎樣過還怎樣過。

但是她依然在夜深人靜的時候深深地歎氣，默默地流淚；她依然在臉上堆積著厚重的陰雲，在眉宇間流淌出無言的悽楚。她的夢已經讓奧古斯丁看不到，她的心已經分離。當她要去打茶時，手裏拿的不是茶桶而是鍋鏟；她去豬圈餵豬，簸箕裏盛的不是玉米而是一堆衣服。有一天她和奧古斯丁一起鍘草，兩人不像從前那樣，東家長西家短地閒聊，草鍘了一堆，話卻沒有一句。奧古斯丁忽然發現妻子的一個手腕都在鍘刀下，而她的目光卻不知飄到哪裏去了。「主耶穌，你還要讓我犯多少罪孽！」奧古斯丁大叫起來，扔了鍘刀，癱坐在地上。

奧古斯丁回到家時，瑪麗亞已經在做晚飯。「你去哪裏了？」瑪麗亞臉上浮現出一個難得的笑容，「出去走走也好，成天窩在家裏喝酒，也不好呢。」

「有你一封信，史蒂文從台灣寫來的。」奧古斯丁悶悶地說，把信遞給瑪麗亞。

「我不看。」瑪麗亞在揉一團麪，眼睛也不擡地說：「你看吧。」

「是寫給你的信。」奧古斯丁舉著信的手沒有放下。

「奧古斯丁，沒看見我的手不空麼？」瑪麗亞的嗓門突兀地高起來，然後開始像屋頂漏雨般滔滔不絕地訴說——

「什麼信非要現在看啊？台灣來的信又怎樣？天上的星星來的信跟我們又有什麼關係？我還要揉麪蒸水汽粑粑給你吃，肚子不餓人心才不慌。你又不是不知道，我認不得幾個字，我不看信，我看人！早幹什麼去啦？現在寫信回來算個什麼東西？那麼些日子都過去了，我天天等的人一個都不回來。家裏養條狗、餵幾隻雞，天黑了還曉得回家哩。你以爲我是城裏的那些小姑娘嗎？寫幾句哄鬼的話就讓我的白頭髮變黑了？就把我臉上的皺紋抹平了？就讓我捱過的那些苦日子像水一樣流走了？世上有這麼容易的事情沒有？世上有這樣沒有良心的男人沒有？你道人心是麪做的，可以隨便掰開、揉捏？碎了的心你可以把它再捏攏嗎？聖母瑪麗亞，你失去了自己唯一的兒子，你的哀傷我知道，我的哀傷你知道不？當年我可不止走丟一個兒子，我還走丟了一個又一個的男人。他們丟了就丟了，我落得清淨。要是那些年可以當修女，我早進修道院了。可他們一個又一個地回來了。我怎麼辦？我又不是一塊地，今天你來種，明天他來耕。我長不出那麼多的莊稼了，我沒有那麼多的愛了！那個天殺的康菩土司，還是我的姐夫，爲了三塊牧場就要把我抵押出去。我是一個姑娘哩，一個讓一條峽谷的杜鵑花都不敢開放的姑娘哩。可是我們在天上的父，你看看你的女兒，她現在過的什麼日子？她聽你的話，可她總洗不乾淨自己身上的罪孽。她總是想在世上找到一份像山泉一樣清澈的愛情，可是你卻給她喝比黃連還要苦的酒。你剛剛給她過幾天安靜日子，剛剛讓她曉得生活原來就是火塘邊有個疼她愛她的男人，家裏的重活不用她操心，夜晚的噩夢有人給她壯膽，天上打響雷的時候有個依靠的肩膀，魔鬼出現的時候身邊有條漢子幫她驅趕。主耶穌，我的要求可不高，我平常的祈禱你都聽見了吧？可是爲什麼你不讓我過這樣的日子呢？這不公平！」

「你說些什麼啊？我一句也沒有聽見。」奧古斯丁蹲在火塘邊悶悶地說。

「我說，這不公平！」瑪麗亞再次加大了嗓門。

「是不公平。」奧古斯丁說，但他又鄭重其事地補充說：「瑪麗亞，我是說，你不看人家的來信，不公平。」

「是……奧古斯丁，你真的這樣認爲嗎？」瑪麗亞淚水漣漣地問。

「是的。」瑪麗亞問話的聲音那樣小，但奧古斯丁這時毫無聽覺障礙，他把信交到了瑪麗亞的手上，她渾身都在顫抖。

奧古斯丁轉身離開了，去了自己的工作坊，他沒有開燈，一頭跪在地上，捂著臉，像一頭憤懣的獅子，壓低嗓子喊：「真他娘的不公平。不公平！」

幾天以後，奧古斯丁的家就成了官員們光顧的地方。先是副縣長史建華帶了一幫人來，把房前房後、裏裏外外都拾掇得連一根多餘的草都看不見。瑪麗亞開初還抱怨說，這哪裏還像個農家嘛，連雞都不敢隨便拉屎了。後來她發現不但家裏的豬、雞、牛羊不自在，連自己的手腳也不知道往哪裏放了。州裏、甚至省裏的領導都下來了，他們說，史蒂文是第一個從台灣回到藏區的海外藏胞，我們要讓他感到家鄉的新面貌和溫暖。據說州裏統戰部的領導已經派人專程去深圳接他了，然後要一路護送他回到核桃樹村。

但是人們忽略了奧古斯丁大師的感受。史蒂文作爲統戰工作的對象，當然應該讓他感到祖國的寬容與家鄉的溫暖。至於遠方的浪子回家了，家裏另外一個男人怎麼辦，人們已經來不及多考慮了，也許因爲他是個聾子，人們說的話他總是聽不見。有關領導給他做工作，從海峽兩岸的政治、歷史、現狀，以及祖國的統一大業，到對海外歸來的台灣同胞應該給予的溫暖、寬容、諒解等等，說了一個下午。得到的回答是大師指指自己的耳朵，搖搖頭。那個幹部氣得在背後上說：「世上最難做的工作就是跟聾子對話。好在他的態度還好，看來不會有什麼問題了。」

幹部們根據村委會唯一的那部電話，向瑪麗亞通報著史蒂文的歸期——

台灣同胞史蒂文先生、托彼特先生到深圳了，終於回到祖國的懷抱；他們在廣州稍事停留、參觀；他們到昆明了，省裏領導接見、宴請，參觀訪問；史蒂文先生一行到州上了，終於回到朝思暮想的藏區，領導接見、宴請、參觀訪問；台灣同胞史蒂文先生一行專車被接到縣上了，隨行的有省、州有關部門領導和記者。由於核桃樹村目前還不通公路，也遵照史蒂文先生的意願，請核桃樹村的幹部護送瑪麗亞一家到縣上與史蒂文先生見面……

到了晚上，忙亂了一天的瑪麗亞家才消停下來。來幫忙的人們都各自回家了，史建華陪著州上的幹部們住在了村委會，明天他們將陪同瑪麗亞去縣上和史蒂文實現歷史性的團圓。沒有人圍著瑪麗亞轉了，也沒有人遠遠地站在她的房子周圍，指指點點了。奧古斯丁當大師時，那些素不相識的漢人摸到家裏來，經常和奧古斯丁醉得一塌糊塗，又哭又喊、又唱又吐的，也沒有讓瑪麗亞感到過累，這些天她太累啦。

「被人圍著轉的滋味真不好受，哄來使去的，就像豬圈裏的豬。」她和奧古斯丁終於安靜地坐在火塘邊時，她抱怨道。

「那個傢伙現在可比當年威風多了。」

「你在說什麼呀奧古斯丁？」瑪麗亞幽幽地問。她猛然想起，很多年前，當奧古斯丁作為縣公安局長、土改工作隊長威風八面地進駐到教堂村時，史蒂文也曾經這樣說過。

「嘿嘿，他就要把資本主義的威風帶到我們家裏來啦。」不同的人，有時會說同樣的話，就像性格迥異的人也會有相似的命運一樣。

瑪麗亞平靜地說：「史蒂文如果走進這個家門，我們就把他當朋友，請他在火塘邊坐下來，喝酒、吃飯。」這樣的話，她也在多年前說過，只不過主人和客人的角色換了。

「瑪麗亞，難道這些日子你還沒有弄明白嗎？現在是台灣同胞吃香的喝辣的。我這個大師也不管用了。」

「奧古斯丁，你過去是我的大俠，現在是我的大師。我們剛過上好日子沒幾年，我可不願再讓我愛的男人從眼前消失了。史蒂文麼，不管他是台灣同胞還是回家的浪子，我有我自己的家。他頂多只是史建華的父親。」

「唉，父親。」奧古斯丁感歎道：「我要是有個兒子就好了。」

「奧古斯丁，要是你不去坐牢，我真的可以給你生個兒子呢。」瑪麗亞忽然掉淚了，「你的命怎麼那麼苦啊？奧古斯丁，真不公平。我真想問問聖母瑪麗亞，她的仁慈在哪裏？可是我又不敢。」

這個晚上他們在火塘邊坐到很晚。本來他們早就各睡各的房間，但瑪麗亞這晚摸到奧古斯丁床上，像新婚的嬌娘一般地依偎他的身邊。瑪麗亞不斷和奧古斯丁說著從前的那些事兒，從他第二次從監獄裏放出來，回到家裏她的驚喜與淚花，感動了那個春天的彩虹，到奧古斯丁第一次出獄來到村莊的那個大霧天，固執地要在她家的對面起房子，她滿臉潮紅的羞澀與內心湧動的朦朧愛意，被一河谷的濃霧嚴實遮掩。然後瑪麗亞的幸福追憶回到了更久之前——

奧古斯丁你是峽谷裏公認的強盜、大俠，那麼多姑娘爲你睡不著覺，你卻爲別人的媳婦走火入魔，甚至把她的一根頭髮也要當寶貝似的裝在小玻璃瓶裏。唉，奧古斯丁，要是當年我嫁的不是史蒂文，而是野貢土司或其他什麼人，我早就跟你跑了。她又溫婉地說，要是我知道史蒂文終究要跑，我還不如先跟了你呢。可是過去的日子怎麼可以倒回去從頭來？天主的計劃就是，你從來不知道自己要面對什麼樣的男人，面對什麼樣的日子。他讓你經歷這一切後，才讓你知道敬畏，知道他的計劃。

奧古斯丁一直默默無言，月光從高遠靜謐的天空中灑下來，映照出兩個已然衰老的軀體，卻像年輕的戀人一樣相依相偎。瑪麗亞爬到了奧古斯丁的身上，用她鬆弛已久的乳房去溫暖他，喚醒他當年的雄風。誰說年過六旬的人就沒有自己的浪漫與激情了呢？他們依然能像在飲一罈陳年老酒一樣，盡情品味愛的滋味，他們依然可以在白天男耕女織、相濡以沫，在晚上藤樹纏繞、共浴愛河。臉上蒼涼的面容，縱然已不再嬌豔，胸前苦難的乳房，縱然已不再鮮活，乾涸起皺的嘴唇，縱然已少說動人的情話，可男人像百年老樹一樣剛硬的挺拔，女人像不老幽泉一樣噴湧的愛液，卻如生命一般堅韌持久、豐沛激蕩。他們曾經在罪孽中相愛，總認爲地獄就在自己的床前，可是當一個說要爲對方擋在地獄的門口時，另一個就幸福地想：有這樣勇敢的強盜，誰還會害怕地獄？

天快亮時，瑪麗亞還要繼續揚鞭催馬，奧古斯丁幸福地說了這個難以入眠的夜晚唯一一句話：

「夠了。我這一輩子，沒有白活。」

瑪麗亞親昵地拍拍奧古斯丁的臉，說：「英雄看來也是會老的。」

上午九點鐘，史建華帶一班人馬來到瑪麗亞家。女人忙著給他們打茶，她對兒子說：「又不是去迎親，你們搞那樣大的動靜幹什麼？」

史建華說：「媽，這不僅僅是我父親回來這麼簡單的事情，這還是我們的工作。」

瑪麗亞嘀咕道：「把你的工作跟家裏的事攪在一起，就是把麂子亂成馬鹿。」

臨出發時，史建華發現奧古斯丁背了一個背籮要出門的樣子，「你……也要去麼？」在他的想像裏，繼父奧古斯丁應該迴避他父母重逢的場面，儘管史建華也很同情他。他們的關係一直不錯，很多時候，史建華很感激奧古斯丁給自己的母親帶來的幸福生活。

「噢，我去打豬草，圈裏的豬這些天都沒有吃的了。」奧古斯丁說。

「不，你跟我們一起走。」瑪麗亞像一個意志堅定的指揮官，「不管怎樣，史蒂文還是你的兄弟，沒有你，哪有他的今天？」

瑪麗亞一把拉住奧古斯丁的手，令人驚奇地一路都不鬆開，像村裏那些剛剛向城裏人學會手拉手談戀愛的小青年一樣。以手牽手的方式向世人宣告，他們將如此走完一生。

他們就這樣出了家門，走過家門前的小徑，走過成片的青稞地，走過眾人好奇的目光，走過村莊裏牛羊列隊的歡送，走過教堂的大門，耶穌和聖母瑪麗亞在裏面為他們祝福；他們還走過了村口的老核桃樹，它見證過這對老戀人非同凡響的愛情——一個曾經要從它身前走進教堂去舉行婚禮，一個卻單槍匹馬阻擋在送親的隊伍前。那時他們一個像花兒一樣嬌嫩，一個似戰神一樣威武。高聳的狐皮帽，虎皮鑲邊的楚巴，腰間閃亮的藏刀，腳下鏤花的高幫軟皮藏靴，堆成小山一樣高的銀錠，還有一雙炯炯奪人的目光，照亮了往昔歲月的蒼茫。老核桃樹活了幾百年，從來沒有見過如此奇特的求婚。直到那個莽撞的求婚者被捆在它身上，它還為他掉了幾片葉子哩。

他們終於走到了瀾滄江的「鷹渡」邊，江對岸的鄉村公路上已經有幾輛政府的日本豐田越野車在等候他們了。史建華和其他幹部先過溜索了，只有瑪麗亞和奧古斯丁落在後面。她還牽著他的手，好像怕他跑了似的。

「你先過。」瑪麗亞說。

「噢，你是今天的主人呢。」奧古斯丁深情地看著自己的妻子，「你先過吧，人家在那邊喊你了。」

瑪麗亞往對岸望望，那邊史建華在向她招手。「你要答應我，我過去後，你一定要過來。」

「好，我答應。」奧古斯丁說。

「我們一起去，然後一起回來。」瑪麗亞又說。

「是囉。你過吧。」

瑪麗亞鬆開拉著奧古斯丁的手，把自己掛在溜索上，又回頭看了自己的男人一眼，「你快點過來啊。我在那邊等你。」

奧古斯丁在瑪麗亞飛身溜走的一瞬間，臉上浮現出一個燦爛動人的笑容，他說：

「我會爲你擋在地獄的門口。」

他目送瑪麗亞的身影像一隻燕子掠過江面，在對岸平安降落。奧古斯丁長長地噓了一口氣，彎下腰去撿了幾塊大石頭，扔在背上的背籮裏。一路上他都在扯豬草，走到「鷹渡」時，背籮裏的豬草都快滿了。瑪麗亞在路上時還說，把背籮放下吧，你過去是峽谷裏的大俠，現在你是人們公認的大師了，可不要讓史蒂文把你看成個放豬官。

瑪麗亞一到對岸就向江這邊張望。她過溜時好像聽到奧古斯丁說了句什麼，正由於沒聽清楚，她的心裏就不踏實了。其實，這種感覺從昨晚就一直延續到現在。今天早上她還專門去了趟教堂，跪在聖母瑪麗亞的塑像前祈求她保佑他們的生活，祈求她憐憫奧古斯丁和史蒂文這兩個男人。他們都活得不容易，但她只能跟其中一個。她還祈求主耶穌，把他的公道和平安施予給天下所有的好人，如果我們從前犯下了什麼罪孽，我們會用自己的良善來補贖。

奧古斯丁把自己掛溜索上了，這時他發現江心的溜繩上竟然站立著一隻鷹。狗娘養的，你來得可真是時候。奧古斯丁嘀咕道。他當然記得多年以前，他的父親康菩土司如何從這條溜索上掉進了瀾滄江。儘管這被當成他革命立場堅定的一個證明，但只有他自己老了時才慢慢醒悟到，他其實本可以不殺他的父親。他完全可以放他過溜索，然後抓捕他，把他交給政府審判。像父親這樣的貴族上層，政府一向很寬大的，說不定現在也會當個政協副主席啥的。但是，他那時太驕傲了，仇恨太深了。父親的陰魂總有一天會來找他的。現在不是來了麼？

奧古斯丁感受了一下背上背籮的分量，好像還覺得不夠重，又從溜索上下來，再往裏面放了幾塊拳頭大的鵝卵石。他對石頭說：「來吧，你這拯救罪惡的石頭。」他小心地摸了摸自己的胸前，那個見證了苦難愛情的藍色小玻璃瓶兒還在。這寶貝自從掛在他脖子上的那一天起，他就把愛的十字架背在生命中了。他為此而自豪、幸福。

現在，他要背負一個沈重的背籮過溜索，就像背負自己一生的罪孽，就像再次背負愛的十字架，從人生的此岸到彼岸。他還用一根草繩將雙肩上的背繩緊緊地繫住，仔細地打了個死結，這樣背繩就怎麼也滑不開了。

現實的彼岸他已無顏涉過，天堂的彼岸他即將抵達。騎白馬的愛神從天上匆匆趕來，向奧古斯丁深情呼喚。但奧古斯丁不相信愛神還活在人間，更不相信在他鬍子都白了的年紀還會得到愛神的眷顧。愛神有時會帶來錯誤的愛情，它會很美麗，但必將會被無情地扼殺。就像愛神自己多年前被槍殺一樣。

奧古斯丁上溜索了，那鷹還在離他約二十來米的溜繩上，兩隻眼睛似乎像康菩土司的鷹眼，把他們父子一生的結局看透。

主末日審判的時刻到了。

「媽的，過去的日子，還是一筆高利貸。」

奧古斯丁把自己放了出去，就像放飛了手中的一隻鴿子。溜到江心上空時，他抽出了腰間的康巴藏刀，一刀便割斷了懸掛在身上的羊皮保險繩。

那隻還站在溜繩上的鷹，驚得展翅一躍，和奧古斯丁一起向瀾滄江飄落下去。

第五十章　瑪麗亞哀歌

上主，請你迴目憐視，你這樣做，究竟是對付誰呢？

——《聖經・舊約》（哀歌2：20）

「丟掉背簍啊！丟掉背簍……奧古斯丁！奧古斯丁，你放下背簍啊……」

我拚命喊，不管不顧地往江邊衝。我看見奧古斯丁在波濤中沈浮，背簍竟然還在他的身上。奧古斯丁的水性是村莊裏最好的，他在勞改時，曾經在瀾滄江裏做了三年的放木工，他說他騎在波浪上跟騎在烈馬上一樣。夏天瀾滄江發洪水時，他還經常跑到江邊去撈上游沖下來的木柴，有一次連房樑都撈回來了一根。現在是秋天了，江水早已經回落，儘管還有一些波浪，但奧古斯丁要是樂意，可以在瀾滄江中游幾個來回哩。

那該死的背簍還在奧古斯丁身上，就像他一生也掙脫不了的罪孽啊！他甚至在波浪裏轉過臉來面向我，向我招手。「丟掉背簍啊快丟掉它……」我不知怎麼絆了一跤，跪爬著喊。我身後的人們也在大聲呼喊，但奧古斯丁聽不見聽不見啊！一個耳朵再怎麼背的人，也該聽見我帶血的呼喊了。

江水把我的奧古斯丁掩埋了，江水把我的大俠吞吃了，江水把我的大師奪走了，誰來救救他呀？主耶穌啊，求求你拉他一把吧！你的拯救在哪裏？

我撲向江邊，邊喊邊哭，我老是跌倒、爬起，再跌倒，再爬起……「丟掉背籮啊丟掉它……」

我已經看不見我的奧古斯丁了，但我仍在哭喊。那該死的背籮把我的奧古斯丁拖到地獄裏去了。奧古斯丁，你說過如果要下地獄，你會爲我擋在地獄門口，我不要！我要和你一起下地獄。就是一同下地獄，也是我們的天堂。

我跌爬到離江邊的懸崖一步之遙時，我就要追隨我的奧古斯丁一起上天堂時，兒子從後面緊緊抱住了我。他說：「阿媽，阿媽，你救不了他啦！」

每一個人離天堂其實都很近，但他的身後，有頑強地阻止他一步跨入天堂的很多東西。

我回身打了史建華一耳光，這是我第一次打自己的兒子。但他仍然死死抱住我，我怎麼也掙脫不開兒子有力的手臂。我再打他、抓他、踢他，我的兒子淚流滿面，但一動不動。我聽見他對身邊的人說：「快去下游找他的屍體。」

我的奧古斯丁成了一具屍體了嗎？我不相信，剛才他還在向我招手哩！剛才我還拉著他的手，從家裏一直走到「鷹渡」邊呢。我只是怕他中途找理由溜開，我只是要告訴所有的人，包括回來的史蒂文，我是奧古斯丁的女人，誰回來都不管用，誰帶給我金山銀山，都不過是雪山前的雲霧。我從前拉著他的手，一同走過了那麼多的苦難；我還要拉著他的手，一同走進天主的國。

主啊，要是你多給奧古斯丁些時間，他就把吊橋建起來了，我們就會手牽手地從吊橋上一同走過瀾滄江，一同走過我們的力氣越來越小、頭髮越來越白、步子越來越不利索的晚年。

我爲什麼不要求他帶我過溜索？這個悔恨將伴我終生。

我牽著他的手時，他的手很冰涼。而在過去，他有一雙多麼溫暖的大手啊！這雙粗糙的手捧起過我的淚臉，撫摸過我的身子，溫暖過我的心。他第二次從監獄裏回來時，我正背一捆柴回家，忽然背上的柴飄走了，我直起身子來，扭頭就看見了我的奧古斯丁，柴到了他的手上，從那以後我的肩膀上就再沒有背過重東西。那天我看見他時腦子裏一陣發暈，一頭就倒在他的懷裏。他一手提著那捆柴，一手抱著我，我們就那樣回的家。那個傍晚有彩虹，就架在我家的房頂上，我不是倒在奧古斯丁的懷裏，而是倒進了蜜罐罐裏啊！

一個沒有男人的家，就像一個人少了一雙手。少了那雙結實有力，開山放炮，犁地播種，蓋房砌竈，樣樣都拿得起放得下的手；少了那雙在你哭時替你擦乾眼淚，在你累時幫你揉肩捶背，在你孤單時擁你入懷，在你害怕時爲你驅魔趕鬼，在天塌下來時爲你撐一片藍天的手。更不用說我的奧古斯丁有一雙大師的手。揉捏泥巴像哄懷裏的孩子，做出的件件土陶像是有生命。可以把彩虹編織進一塊漂亮的氆氌裏去的大姑娘，手也沒有他巧。在村莊裏，他是僅次於小學老師的大師。那些衣裳光鮮的城裏人，他們跟在我的男人後前，就像信徒面對教宗，大師長大師短地叫。大師是什麼人？大師就是能做全世界的人都幹不了的活兒的人。大師也是那種愛一個女人也愛得很命苦的人。

我苦命的奧古斯丁大師啊，你的手現在還冰涼嗎？人不能像從夢裏消失一樣逃走，人也不能像過去一樣，莫名其妙地就被人帶走。人被帶走了，我還可以問其他的人；人被江水帶走了，我該問誰？問我們在天上的父嗎？可是他從來沒有給過我一個準信。他能告訴我你進了天堂了麼？他能告訴我你的手不再冰涼麼？他能告訴我，你最後向我說什麼了麼？我那一刻在溜索上溜得太快了。

「我會爲你擋在地獄的門口。」奧古斯丁，這是你說的話嗎？主耶穌，你爲什麼現在才告訴我呢？你的計劃難道真的就是把地獄設在我們的婚床下？我們的走到一起難道不是你的旨意？在那些艱難的日子裏，我守望、祈禱你的恩寵，我一直以爲，是你的仁慈把奧古斯丁賜給我的。我對此堅信不疑，就像對你的信仰一樣。

我曾經對奧古斯丁說，既然我們把什麼罪孽都犯下了，就一起來等候主的審判吧。有幾個人不是在罪孽中相愛的呢？耶穌雖然在十字架上承擔了世人所有的罪，還讓我們每個人，都跟隨他背起自己的十字架。好嘛，就讓我們一起來背這愛的十字架吧。可是啊，奧古斯丁，你爲什麼沒有聽進去，要自己一個人背？你背不動了，就逃走了。我心裏已經再也承受不起逃走的男人了，你好狠心啊奧古斯丁！

唉，讓我想想，昨天晚上奧古斯丁都說了些什麼話。他哪裏有什麼話呀？從知道史蒂文要回來，他的話就越來越少，耳朵越來越背，酒卻越喝越多。儘管我跟他說，史蒂文已經認命了，他只是回來看兒子的，他不會來找我們的麻煩。我怕他聽不清楚，對著他的聾耳朵一再地喊。但他還是天天喝醉，在酒中躲避家裏就要發生的事兒。人家喝了酒，話多歌兒多，奧古斯丁喝酒後，罪孽感多。有一天他一人在家喝了一酒桶的酒。我回來時他醉倒在火塘邊，火都把他的頭髮都燎著了，再晚一點的話，主才知道他會不會被燒死。我抱著他哭，拍打他燒焦的頭髮、冒煙的衣服，他卻說，「神父，我有罪，有罪……」

在耶穌基督的聖容面前，在聖母瑪麗亞的苦難面前，誰沒有罪啊？

「媽，是他自己割斷了繩子。」史建華把奧古斯丁過溜索的那個鐵滑輪給我看，上面繫著的羊皮繩被齊齊地割斷了，就像把生命和罪孽一刀斬斷一樣。我捧著鐵滑輪，跪在地上哭得昏天黑地。爲什麼呀爲什麼？我向我們在天上的父呼喊，就像經書上說的那樣：「在我呼號你的那一天，願你走近而對我說：『不要害怕。』」主啊，我的呼喊你聽見了嗎？我害怕呀，我害怕以後的每一個夜晚，我害怕火塘裏的火再也燒不燃，我害怕夢裏的魔鬼，鑽到我的被窩裏來。奧古斯丁，我要你守在我的夢外邊。

兒子在一邊說：「媽，我父親在縣上等著呢。我們走吧。」

「走你個憨狗養的！」我憤怒地喊，「我要回家去了，等我的奧古斯丁。他天黑就回來了。」

我才不管縣上有什麼大領導、大記者呢，我才不管史蒂文這條流浪狗從哪裏摸回來呢。我要回家去燒好火塘，打好一壺燙燙的酥油茶，蒸好一籠熱熱的水汽粑粑，再倒好一碗辣辣的青稞酒，等我的奧古斯丁大師回家。奧古斯丁說過，出遠門的浪子，最害怕家裏的門，不爲他打開，最害怕家裏的火塘，不爲他漂泊的心溫暖。

我的火塘熱熱的，我的酥油茶飄香到峽谷對岸，我溫好的青稞酒加了蜂蜜和酥油。我一次又一次地站在家門口張望，我出遠門的男人就要回來了，不是他的靈魂，是他的人；不是在夢裏歸來，而是在這個淚雨橫飛的黃昏；不是幹部們說的「台灣同胞」，而是一個活生生的、心靈手巧的、雪山倒下來也不會彎腰的大師。他就要坐到我的火塘邊，先喝下幾碗酥油茶，再喝上兩碗酒，然後坐進他的工作坊，拍打、撫弄他手中的陶器，就像拍打一個熟睡的孩子，就像擦去我滿臉的悲傷和眼淚。

可是啊，茶煮了一遍又一遍，酒溫了一次又一次，我的大師呢？他怎麼還不回來？

天黑時，來到我家火塘邊坐下的不是奧古斯丁，是史蒂文。他在一大群人陪同下進了家門，好像官當得比史建華還要大。他一看見我就跪下了，就像一條走丟了多年的狗，好不容易才找到了家門。

唉，他也老得快認不出來啦。頭上的白髮，像電視上那些有學問的城裏人；他臉上的皺紋，像乾了幾十年的荒地，而他身上的那身衣服，就像那些來跟奧古斯丁要土陶的城裏人。多少年來，我等待的可不是這樣一個史蒂文！天主一定是把我的那個會彈扎年琴的、情歌能把樹上的核桃也唱下來的、跳起舞來雲彩也會跟著飄飛的扎西嘉措搞丟了。

本來我已經在心裏想了好多遍了，見到史蒂文時，我要請求他的諒解。史建華曾經跟我說，我阿爸在那邊不容易啊，幾十年都一個人過。我當時回答說，天下的黃連都一樣苦，誰也不容易。可這就像一把斧頭懸在我和奧古斯丁的頭頂，我們是他的罪人，尤其是我，今天見面跪在地上謝罪的應該是我而不是他。

可現在我不這樣想了，我已經爲奧古斯丁擺好了一個靈台，就設在聖母瑪麗亞的神龕邊。靈臺上有滾燙的酥油茶、辣辣的青稞酒、熱氣蒸騰的水氣粑粑、花生、板栗、核桃、炸麪，糌粑，這些東西都是奧古斯丁平常愛吃的。我還在靈臺上放了張奧古斯丁的大師照，這張照片還是那個上海大地方來的人給他照的，奧古斯丁瞇著眼睛在打量手中的一個土陶茶罐，那份驕傲得意，就像一個大師剛剛完成一件傳世之寶。

我抹著眼淚對史蒂文說：「史蒂文，和你一起出門的馬幫幾十年前就回來了，你走的是哪一趟馬幫路哦？」

史蒂文說：「瑪麗亞，對不起，我走錯路了。」

「唉！你這一錯，害了多少人啊……還不快去跪謝你的奧古斯丁大哥。」

史蒂文臉上的淚水從一進家門就沒有斷過。他跪著爬到奧古斯丁的靈台前前，哭喊道：「大哥，你不該這樣……」

「不該的事情太多啦，史蒂文，有人爲了讓你能安心走進這扇家門，把命都搭進去了……」我昏過去了，不想再看見史蒂文羞愧難當、淚流滿面的臉，我的魂飛到外面黑暗的夜空，我在尋找奧古斯丁大師在天堂裏沈靜安詳、堅毅寂寞的臉。

第五一章 天國的召喚

這些人是由大災難中來的，
他們曾在羔羊的血中洗淨了自己的衣裳，使衣裳雪白。
——《聖經·新約》（默示錄7：14）

在老托彼特活到一百零一歲時，他終於看到了天國的光芒。峽谷裏沒有比他更長壽的老人。那是一束從高山牧場上空穿破厚重的雲層、像千萬支箭一般射下來的耶穌之光。它們把無垠的天空打扮得詩意生動，把蒼茫的大地映襯得雄渾遒勁，任何沐浴在這天堂光芒下的人們，都會爲它撒下一把感動的熱淚。

這些年史蒂文每年冬天都要回一次台灣，處理一些那邊的事情，春天一來，他就像候鳥一樣飛了回來，大部分時間都待在教堂村背後的高山牧場上。這片牧場是他和托彼特跟村委會租借的，他請了兩個年輕人爲他和托彼特照料那些牲畜，自己也幹些力所能及的活兒，沒事兒時就到處去打獵，更多的時候，他會坐在牧場上的一塊岩石上，遙望山下炊煙飄逸的村莊，享受對故鄉和親人不一樣的守望。雖然現在沒有一條海峽阻隔他們守望的目光了，但他們永遠也走不到一起，永遠。

儘管史蒂文走不進那扇溫暖的家門，但他和老托彼特還是很愜意地享受著故鄉的溫情和它甜美的青稞酒、酥油茶。它的牧歌和它的炊煙，它的雪風和它的陽光，對兩個浪跡天涯的遊子來說，就是世界上可以託付終生的東西。人値歲暮，所求無多了。

後來他們索性把台灣的農場賣了，托彼特用分到的錢在和教堂村鄰近的一個村莊蓋了一座教堂。過去這個村莊的人都信奉佛教，這些年他們中的一些人經常跑來教堂做祈禱，一個剛從神學院畢業的年輕神父來問老托彼特，他應不應該把基督的福音傳到那個佛教徒的村莊？托彼特說，爲什麼不呢？現在又沒有喇嘛用槍口阻擋你。教堂我給你建，路我出錢幫你修。無論什麼時候，耶穌的福音也不會停止他傳播的腳步。

史蒂文則把自己的那份錢用來在瀾滄江上修建吊橋。他說，不能再有人從溜索上掉下去了。

「羅維神父不會來了。」老托彼特躺在病床上喃喃地說，「但我會很高興地走。史蒂文，你看啊，天使就要來給我引路了。」

托彼特的病床是村裏的一個木匠按史蒂文的要求特別做的，下面有四個輪子。每天中午以後，史蒂文就把他從牧場上的木棚屋裏推出來，讓他面對廣袤的群山和溫暖的陽光，把他幾十年的鄉愁一一償還。這個高山牧場海拔約有四千米，夏天時，這裏就是天堂。令人稱奇的是，老托彼特回到故鄉後視力竟然越來越好，好到可以跟你說對面山崖上剛跑過去的是一隻黃色的岩羊。「故鄉的山水，醫好了我的眼病。」老托彼特曾經一再感慨地說。

在托彼特病重時，史蒂文就想把他送到縣上的醫院，村裏的幹部也一再奉上面的指示，到牧場上來勸托彼特老人家去住院。但托彼特說，我從台灣回來，就是爲了不去醫院等死，在那裏去不了主的國。我要在這乾乾淨淨的高山牧場上，去到主的國；我要在天堂裏看著你們把我這把老骨頭，埋在杜伯爾神父的墓地旁。

現在老托彼特要去了，史蒂文將再度面對自己的孤獨。他和這個老人家相處的時間甚至比和瑪麗亞在一起還長，托彼特雖然只是他的代父，但兩人形同父子。多少顛沛流離的日子，他們合力支撐，相互慰藉。如果沒有那一口熟悉的鄉音，如果沒有那麼多關於故鄉的共同記憶與話題，他們怎麼能抵禦漂泊異鄉的失敗感和鄉愁呢？

羅維神父在接到史蒂文的電話後，三天時間就從花蓮縣趕到了托彼特身邊。這讓彌留之際的老托彼特深為感動，他說：「神父，原來台灣離我們教堂村並不遠，可是我們卻等了三十多年才回來。」

羅維神父拉住托彼特的手說：「你這個老傢伙，比我還性子急。我看你再活三十年也沒有問題。」

「天堂在召喚我啦，神父。」托彼特上午還昏迷過一次，見到羅維神父後迴光返照，臉膛潮紅，說話的聲音都很洪亮。「快給我念赦罪經吧我的好神父。不然我進不了主的國。」

「噢，我親愛的托彼特，不要急。」羅維神父拿出一本《聖經》來，「人有價值的生命，總是從慢開始，並且越來越慢。」

「誰說不是呢，」老托彼特的聲音逐漸小了下去，「步子太快的人，總看不到一路的好風光。我活了一百零一歲了，路是越走越寬，卻越走越慢，這把老骨頭總算埋在家鄉的土地上了，感謝主耶穌的恩寵，請你寬恕……」

羅維神父才打開《聖經》，百年老人就安詳地闔上了雙眼。

托彼特的葬禮辦得很風光，州、縣統戰部、宗教局的官員都來了。因為他是在本地去世的第一個台灣同胞，各級政府都很重視。羅維神父本來想親自主持老托彼特的安魂彌撒，但被有關官員婉拒了。他們說，我們有自己的神父，你可以作為托彼特的朋友參加葬禮。

羅維神父在葬禮上意外發現了自己的老朋友頓珠活佛，他主動向羅維神父伸出了熱情的手。「老朋友，我們又見面了。」頓珠活佛笑盈盈地走過來。

老神父恍若隔世，彷彿回到上個世紀在阿墩子破敗凋敝的街上，面對那個少年活佛羞澀又好奇的目光。現在的頓珠活佛雖然老邁，但非常自信，一身陳舊但莊重的袈裟和睿智的眼光讓人敬畏。

「又見面了，老朋友。」羅維神父也伸出了自己的手。他在想自己和活佛最後一次見面是在哪一年的哪一天？杜伯爾神父殉教後，是頓珠活佛派人將消息傳達到了教堂村，還送回來受傷的托彼特。他本想去領回杜神父的遺體，但那時解放軍已經進駐教堂村了。

頓珠活佛來參加這個基督徒的葬禮，一是因為他是州裏的政協副主席，二是由於他對當年寺廟的喇嘛打傷了托彼特一直心存愧疚。在托彼特剛從台灣回來時，頓珠活佛曾經專門來跟托彼特道歉，希望能得到他的諒解。那時托彼特告訴頓珠活佛，我這個醜八怪，傷害過我的人，可不止你們的喇嘛，但來道歉的人，只有你啊頓珠活佛。

羅維神父和頓珠活佛並排站在托彼特的墓坑前，聽那個曾經接受過托彼特資助的年輕神父為他誦讀最後的《聖經》。托彼特的棺木下葬後，史蒂文為這個世界上的孤寡老人撒下第一把土，他動情地說：「去吧，你這個長有六個翅膀的天使。」

然後人們邀請羅維神父，他說：「義人托彼特，天國為你敞開了大門。」然後把手中的白玫瑰扔了下去。隨後是頓珠活佛，他似乎不太習慣這種葬禮，但他還是像史蒂文一樣，往墓坑裏的棺材上撒下他的祈願和一捧新鮮的泥土。他回到羅維神父身邊說：

「我會爲他念經祈福的，願他的靈魂早日去到你們的天國。」

「但願他能聽到。」羅維神父說。

「一個善良寬厚的好人。」頓珠活佛又說。

「一個虔誠的基督徒。」羅維神父說。

「我爲你們有這樣的信徒而高興。」頓珠活佛說。

「謝謝。」羅維神父看到了頓珠活佛眼睛裏的善意，他本來是想在葬禮結束後實施一點小小的報復，邀請頓珠活佛去看望他們的另一個老朋友杜伯爾神父，他的墓就在同一塊聖地上，離托彼特的新墳不遠。但羅維神父臨時改變了主意。

「尊敬的頓珠活佛，我可以邀請你去喝杯茶嗎？」

「我很榮幸，這正是我想做的事。但是請允許我先去敬一柱香。」

「噢，當然。」羅維神父說，「那麼，這塊聖地裏還有你的什麼親人朋友嗎？」

「當然有。」頓珠活佛說：「我可從來沒有忘記他，就像你也沒有忘記過他一樣。」

羅維神父感到驚訝時，頓珠活佛逕自向杜伯爾神父的墓地走去，似乎活佛已經猜透了他心思。頓珠活佛在杜伯爾神父墓前的尊敬肅穆，讓羅維神父爲杜神父的在天之靈感到欣慰。

他們就在教堂裏喝茶，史蒂文和教堂管委會的主任羅迪尼爲他們打茶，羅維神父喝自己帶來的速溶咖啡。羅迪尼對頓珠活佛相當熱情，他告訴羅維神父，去年教堂維修的錢還是頓珠活佛爲他們爭取來的呢。羅維神父感到很驚訝，竟然脫口而出：「是真的嗎？」

頓珠活佛笑而不答。

這是一次憶舊的茶敘，他們不會去討論誰的宗教是世界上最好的宗教了，更不會討論他們所代表的兩種社會的文明。兩人談得更多的還是杜伯爾神父，從初次見面的那只海螺，到兩個神父到寺廟裏做客，杜伯爾神父帶來的眼鏡，以及跟在他身後的電影攝影機。頓珠活佛說，當年杜伯爾神父讓他在牧場扮作一個牧人，寺廟裏的喇嘛曾經非常氣憤，說杜神父偷竊了一個活佛的靈魂，但頓珠活佛認爲這是一個預兆，自己將來會去放牧。果然，文化大革命鬧得厲害時，他真的就成了個牧人了，這讓他安之若素地接受命運的安排。「這是你們天主的計劃。」頓珠活佛笑言道。

羅維神父感到很詫異，一個活佛竟能說出一個基督徒經常說的話來。「你怎麼知道我們天主的計劃呢？我可從不知道你們佛祖的計劃。」

「你們應該彼此相愛，如同我愛了你們一樣。」頓珠活佛依然和藹地說，「耶穌說過的話，我沒有記錯吧？」

「主耶穌！要是我早幾十年從你口裏聽到這句箴言，也不至於……」羅維神父在胸前劃了個十字，他感到自己有些像多年以前那個面對神父們的小活佛。那時對方對他們一無所知，現在反過來了。

「不至於什麼？」頓珠活佛追問道。

「噢，這個……這個，我們的關係，不至於那麼緊張吧。」神父有些手足無措，「嗨，尊敬的頓珠活佛，你從哪裏看到我們經書上的話的？」

「還記得嗎？你們第一次來寺廟做客時，杜伯爾神父曾說過要送我一本藏文《聖經》，當時我就充滿了好奇，但是我的經師說你們的經文都是謊言。可是啊，我沒有想到，我手下的喇嘛貢布讓我以另外一種方式得到了你們的經書，讓我終生爲一個洋人僧侶祈禱、洗罪。」

羅維神父明白了。杜伯爾神父用生命送給了他們的宗教對手一本《聖經》，但卻沒有換來一本佛教的經典。當然，在當時那種情況下，即便有，他也不會去看。這讓他感到慚愧和惋惜。

「我當牧人的那些日子裏，仔細地閱讀了你們的《聖經》，因此我很感謝那段時光。」頓珠活佛目光有些迷濛起來，沈吟片刻才說：「我們本來都沒有錯，面對我們各自的信仰，當我們試圖去分辨誰對誰錯時，我們就開始走到錯誤的道路上去了。杜伯爾神父曾經跟我說，他要找到基督徒中的佛性，佛教徒中的基督性。這些年我一直在修行中思考這個問題，有一次我在閉關禪坐中終於參悟了：如果我們只站在自己的立場上，就永遠找不到。當然也不是站在對方的立場上，那我們都會失去自己。實際上佛性和基督性，都是有信仰的人心中的一汪幽泉，只是我們更多地去論辯它們的相異、而沒有去發現其本質的相同之處。爲了發現它，我們應該首先摒除陳見，像今天這樣，找一個陽光明媚的地方，先喝茶閒聊。但是這個世界上人們的口味千奇百怪，你不喜歡酥油茶，我不習慣喝咖啡，那麼我們就不去論說酥油茶和咖啡的好壞，我們可以重新選擇一種雙方都能接受的東西——一杯清水。至少水是我們都離不開的。對吧，尊敬的羅維神父？」

羅維神父定定地看著自己的宗教對手，忽然產生了站起來擁抱頓珠活佛的想法，但他克制住了，因爲他一時找不到更適合表達自己贊同的話語。好在這時史蒂文剛好進來爲他們續茶，史蒂文一離開，羅維神父就像一個寫作者找到了靈感的火花。他有些失態地站了起來：

「活佛，你的話讓我感動。這就像我們這位史蒂文教友，他和另一個教友兄弟奧古斯丁對一個女人的愛都沒有錯，錯的只是他們愛得都很真。其實正確和錯誤，從來就不是一個硬幣的兩面，它們本來就鑄在同一枚硬幣裏。我說得對麼，尊敬的活佛？」

頓珠活佛從僧袍裏取出一本書來，用手掌仔細地撫摸了一下封面，就像撫摸一個孩子的臉。「神父，這是我多年心血寫就的一本書，你可以把它看成一個修行者的懺悔和感悟，也可以將之視爲我們共同經歷的那段歲月的記述。我在書裏和杜伯爾神父交談，和你交談，更和你們的宗教交談。但願你不認爲它是我虛榮的表現。」

書是用藏文出版的，如果羅維神父的藏文還沒有徹底忘記的話，他認出書名爲《慈悲與寬恕》。

「我很榮幸，也很感動。我一定會好好拜讀的。」羅維神父雙手接過書來，像一個佛教徒那樣將書頂禮在自己的額頭上，然後他去包裹也翻出一本書來，「我想，我也應該送你一本我編撰的傳教回憶錄，裏面收有杜伯爾神父的書信、古純仁神父對邊藏地區風土人情的記錄，以及我當年的一些感悟。這也是我們共同的記憶，也許，和你的著作比起來，它會顯得有些偏頗、膚淺，我只希望你不要誤解了我們對這片土地的愛。」

「真愛無罪，神父。」頓珠活佛接過羅維神父的書，卻發現是他不認識的外文，「哦呀，我可沒有你們有學問。」活佛自嘲道。

羅維神父解釋說：「不，還是你更有學問，因爲我並沒有像你一樣，去研究對方的經典。這本書名叫《愛的回憶》。活佛，你說的對，愛是沒有罪的。如果你願意的話，我將翻譯一些主要的章節，尤其是杜伯爾神父的書信，請你指教。你或許可以看出，這是一個多麼固執於善的人。」

「那就有勞你了，我盼望在第一時間看到它。」頓珠活佛擡起了自己的雙手，

「在我們都看到了對方心裏想說的話後，我們就能知道，當年我們錯在哪裏。」

「你已經給出答案了，活佛。」羅維神父起身把自己面前的咖啡和頓珠活佛的酥油茶都倒了，然後拎起旁邊的水壺，往大家的茶杯裏倒了一杯白開水。

「我們用這個，乾杯。」羅維神父說。

「好一杯清水。」頓珠活佛舉起了自己的茶杯。

第五二章　默示錄

看，我在你面前安置了一個敞開的門，誰也不能關閉它。
——《聖經・新約》（默示錄3：8）

歷史進入新紀元，天使吟唱的「我是『阿耳法』、我是『敖默加』」（注：即《聖經》經文中的「我是始，我是終」。）的歌聲，依然在峽谷裏迴盪。時間老人有一天經過瀾滄江峽谷，那一天江面波濤平息、江流破天荒地比人走的步子還要慢。雪山上的雪風不吹了，森林裏的百獸也佇足聆聽天使和時間老人的對話——

時間老人：我們的大師呢？當年我不是把他送回來了麼？

天使：大師乘著江水去了，眾人都在尋找他。包括那些曾經傷害過他的，和被他傷害過的，都把他當成兄弟。

時間老人：人走到他的時間盡頭後，人們才想得起他的好。

天使：在你的路上，不是所有的人都能到我這裏來。

時間老人：是他們還有其他地方要去。

天使：沒錯，天國就像這大地上的國家，也被人劃分國界了。

時間老人：只是說著不同話語的人們，對天國的解釋不一樣罷了。

天使：也許吧，當初就不該建那座巴別塔。

時間老人：建不建都一樣。世上的人，想法太多。同一張嘴裏說出來的話，還經常前後矛盾呢，更何況千萬張嘴，千萬顆心。

天使：同一顆心也經常前後矛盾，比如奧古斯丁。否則他不會走這樣一條路。

時間老人：他可有留下一句話、或者一支歌嗎？

天使：他只給自己還鄉的兄弟留下了一扇溫暖的家門。

時間老人：那就是他的歌了。

天使：是你教給他唱這支歌的嗎？

時間老人：不。是苦難。

天使：可是他從來沒有抱怨過自己有多苦，他在磨難中享受幸福的愛情。

時間老人：抱怨過多的人，當然沒有幸福，更沒有愛。

天使：大師只是太剛直了，要是他像河邊的楊柳，春風來了，一起舞蹈；狂風襲來，低眉順從。他的幸福就更長久了。

時間老人：那他就不是一個康巴人，也不是一個大師了。

天使：可是，我聽見，許多被稱爲大師的人，或者自封爲大師的，正在對奧古斯丁評頭品足，說他只是偏遠地方的一個鄉下佬，怎麼能堪稱大師？而他們自己，卻享受著大師的虛名帶來的種種好處。

時間老人：僞大師。他們在你那裏一定不受歡迎。

天使：不受歡迎但想擠進來的人可多了，有權有勢的，沒有信仰的都想來，甚至都賄賂到我們的天主聖像前了。無論是教堂還是寺廟，都可以看到他們貌似虔誠的身影。而我們所選擇的，卻找不到。比如奧古斯丁大師，我們已經給他留好天國的席位了，但到現在還一直空著。

時間老人：這是因爲還有人認爲，大師還活著。

瑪麗亞就是這個世界上堅信她的奧古斯丁大師還活著的唯一一個人。人們一直沒有找到奧古斯丁的屍體，一般來說，掉到江裏的人，是很難再被發現的。但是瑪麗亞堅信她的奧古斯丁大師淹不死，曾經拿出很多的錢請人沿著瀾滄江下游地區尋找，史蒂文也參加了這件比大海撈針更沒有希望的工程。當年人們在江邊每五里一個人地足足守望了半年，仍然只有江水一去不回的消息。後來人們在教堂的聖地裏爲奧古斯丁立了一座衣冠塚，裏面葬有奧古斯丁生前穿過的衣服和幾件土陶。

但這個老女人堅韌的守望就像一棵老樹一般愈老彌堅，她在路上見到上了年紀的男人的背影，都會遠遠地喊「奧古斯丁」，要是人家再背個背籮，那就麻煩大了，瑪麗亞總要追上去要那人丟掉背籮，說人不能總是背著自己的罪孽上路。每個黃昏她家門口的那條小路，人們輕易不敢去，因爲只要瑪麗亞一聽到狗叫，聽到小路上的腳步，就會從屋子裏衝出來，「奧古斯丁奧古斯丁」地叫喊，把來人搞得難堪不說，她的失望與哀傷也讓人於心不忍。

村裏人都在傳言瑪麗亞的腦子有毛病了，甚至連她的兒子史建華也開始相信這個說法。因爲他發現老母親經常忘記身邊剛剛發生的事兒，連自己孫子的名字也常常搞錯。史建華現在已經到州上當局長了，他工作忙，不常回來。一回家總是在村莊和牧場兩頭跑，一頭陪伴孤獨寂寞的父親，一頭開導悲傷固執的母親。史建華在母親的哀傷慢慢平息下來時，曾經試圖說服母親去城裏的醫院看醫生，瑪麗亞說，醫生又不是神父，看他作什麼？史建華只好無奈地說，我是擔心你的這裏。他指指自己的腦袋，媽，有些事情隨著年齡的增長，可能你會想不起來了。

而他老母親一聽這話就抹著眼淚大聲說，主耶穌，醫生能幫人把腦袋裏的事情理清楚嗎？我想不起的事，吃藥可不管用；而我心裏存放的事情，那可是痛到骨子裏去啦。我還記得奧古斯丁大師做的一個茶罐，兩隻喜鵲蹲在上面，一隻口裏銜著一棵草，一隻向著天上叫喚，人家出一千塊錢，大師都沒有賣；我還記得奧古斯丁回家的那年，我背不動的那捆柴，是他幫我提回家；我還記得人家抓走他時，我的奧古斯丁說，他沒有什麼問題說不清楚，他去幾天就回來；我還記得奧古斯丁大俠騎在馬上，把我從強盜那裏救出來，路上他還給我摘了一把野花，那時你這個小雜種還在我的肚子裏哩；我當然還記得我當姑娘時，峽谷裏的杜鵑花都不敢開放，不管我走到哪兒，人們都說，春天來了。哪怕正下著漫天的大雪呢。你個小屁娃兒，別看你當了局長，腦子裏哪有我裝的事情多？可是啊，腦子這些事情越多，就像背籮裏背的金子銀子越多一樣，它們讓你幸福，卻壓得你快喘不過氣來啦。這些金子銀子不能吃、不能穿，人們還是要死死地守著它，是不？

有些人力圖忘記自己的過去，而有的人，卻靠過去支撐自己的餘生。往昔的歲月，可能是一筆債，也可能是一筆彌足珍貴的財富。尤其是那些苦難非凡的過去。母子倆的對話總是以瑪麗亞堅信奧古斯丁將會回來而告終，母親的腦子裏永遠只有關於奧古斯丁的記憶，而他的父親史蒂文則被無情地刪除了。

又過了些年，史建華回家探親時，發現兩個老人的白髮在村莊和牧場上交相輝映，看得他心酸。他們曾經在生死不知、相隔萬里的兩種社會制度裏守望，一條無法逾越的海峽沒有讓這守望的目光枯老、乾涸，反而讓它更執著、更堅韌。現在天塹變坦途，遙不可及的目光張開雙臂便可擁抱，但是他們卻像當年守望愛情一樣，守望著各自的孤獨。哪怕地老天荒，峽谷兩岸的山頭上都長滿寂寞的白髮，他們都不願主動向對方走上前一步。

「讓我阿爸從牧場上搬下來住吧？過去的事情就讓它過去了，誰也不會怪你們什麼。你們兩個都老了，住在一起互相還有個照應。我已經說通我阿爸了，他在等你的話。」

他沒有料到的是，老母親的詰問卻超越了陰陽兩界。「他住進這個家倒是容易，我的奧古斯丁大師回來了，我又怎麼辦？」

史建華說：「媽，奧古斯丁已經死了好多年，你難道不曉得人死了不能生還麼？」

瑪麗亞的回答是：「基督還會復活哩。『基督復活了，墳墓裏再沒有死人。』聖歌裏就是這樣唱的。奧古斯丁的墳墓裏有他的人嗎？當初他們說史蒂文死了，但『死人』又回來了。現在誰還敢相信一座空墳的主人是死還是活？你看著，明年春天，奧古斯丁大師就回來了。他上次就是在一個春天回來的。」

春日期盼，秋時守望，鄉關何處，歸鄉夢長。大地無言地承載一切，不堪承載的是日益飄零的白髮。又是一個還鄉的春天，史蒂文從台灣回來參加捐建的吊橋竣工典禮。縣裏搞了一個隆重的開橋儀式，這大吊橋就建在「鷹渡」的原址上，全村的人們都簇擁在橋頭，等待史蒂文爲吊橋剪綵。史蒂文問：「我可以讓一個更有資格的人來剪綵嗎？」

他身邊的一個副縣長說：「橋是你捐的，你想請誰剪綵都行。」

專程趕回來的兒子史建華在一邊說：「阿爸，你是想讓我的阿媽來剪綵吧？」

史蒂文瞪了兒子一眼，「那你還不快去請？」

史建華在人群中沒有發現自己的母親，村莊裏可能就她一個人沒有來看熱鬧。他飛奔回家，發現阿媽正在往一隻桶裏倒青稞酒。

「阿媽，吊橋要開通了，我阿爸請你去剪綵。」

「什麼是剪綵？」瑪麗亞繼續幹手裏的活兒。

「就是……就是一個開橋儀式，人們在新橋上橫了一塊大紅布，你用剪刀『咔嚓』一聲剪斷它，人們就徹底告別危險又不安全的溜索啦。阿媽，大家都在等你呢。」

「這個跑破靴子的流浪漢，就會出我的醜。」瑪麗亞嘴裏嘀咕道，但卻拎上酒桶準備出門。史建華不明白母親打一桶酒做什麼，但還是趕忙接過她手裏的酒桶，樂顛顛地跟在後面。

這是個陽光明媚的上午，嶄新的大橋橫跨在瀾滄江上空，像一道永不消失的彩虹。當初奧古斯丁打算建的是一座只能人通行的小吊橋，但史蒂文接手這樁善舉時，說咱們要建就建一座能通汽車的大吊橋。他從省裏請來設計師做設計，耗時兩年多才將這座大吊橋建成。

那個副縣長等瑪麗亞來了，安排她和史蒂文站在一起，然後發表了熱情洋溢的講話，讓史蒂文自己都不好意思起來。讚美之辭好不容易講完了，人們熱烈鼓掌。副縣長將一把大剪刀交到史蒂文手裏，史蒂文又將它遞給瑪麗亞。

「你來吧。」他眼睛不敢正視瑪麗亞，望著她身後的吊橋說，「這是爲奧古斯丁建的橋。」

瀾滄江上的風吹拂著兩個老人頭上的白髮，在陽光下閃耀著飄飛的銀光。多年前他們逃婚來到這裏時，險些就被康菩土司的馬隊捉了回去。那時他們年輕、浪漫、勇敢，爲了愛情甘願犧牲生命，對抗整個世界；現在他們老了，步履蹣跚，白髮飄揚，滿臉滄桑，卻還在尋找當年的愛情。「少年人的光榮，在於他們的魄力；老年人的榮耀，在於他們的白髮。」這是《聖經》上專門爲這兩個曠世情人寫的話，如果人們沒有看到他們相互的守望，這滿頭的白髮至少也見證了他們一生對真愛的追求。

瑪麗亞接過剪刀，遲疑了一會兒，沒有去剪那塊紅綢布，而是把它捏在手裏，一把一把地拉了過來。兩頭持紅綢布的後生們不知道瑪麗亞大媽要幹什麼，只好由她把布拽了去。

瑪麗亞將紅布裹成一團，走到橋欄杆邊，奮力將它扔到了江裏，紅綢布借助江風，「嘩啦啦」地飄揚開來，像一股濃郁的滴血相思，飄逸在這浪漫多情的峽谷，最後被江水緩緩帶走了。

「你們過吧，這世上多有些橋，就……好了。」瑪麗亞大聲說。

官員們還在發愣，人們已經歡天喜地地擁到橋上，小孩子們高興得跺腳，一輛汽車鳴著喇叭驕傲地駛過，大人們站在欄杆邊指點江山，就像第一次來到這個地方，紛紛說：「看啊，在瀾滄江上看我們的村莊，好漂亮啊！」

在人們的歡樂之外，瑪麗亞把青稞酒一碗又一碗地撒進了瀾滄江裏，一句話也不說。那些酒撒到空中，被陽光折射出晶瑩剔透的光芒，就像一顆顆珍珠般的心。

史蒂文一直默默地站在她的身後，忽然回想起多年前的一個秋天，家裏釀青稞酒，他堅持要用掉三百斤青稞來釀，因爲來家裏喝酒的鄉親們太多；而瑪麗亞說，青稞都用來釀酒，冬天就要餓肚子了。他們大吵了一架，瑪麗亞氣得三天不給他做飯。但後來瑪麗亞用來釀酒的青稞不是三百斤，而是六百斤，足足裝了十大缸。可惜的是，這十缸酒史蒂文還沒有喝完，就開始了浪跡天涯的漫長人生。

瑪麗亞撒完了桶裏的青稞酒，慢慢轉過身來，蒼老的眼眸不敢與史蒂文殷情守望的目光相遇。也許是害怕看到多年前在康普土司的廳堂裏，那個彈著扎年琴的俊朗歌手眼睛裏熾熱的愛情；也許是擔心姑娘花蕊般隨風搖曳的羞澀眼神，會像天空中遠逝了一萬年的閃電，倏然閃耀在一個七十多歲的老婦人的眼瞳裏。因此，瑪麗亞沒有對發呆的史蒂文說：你出遠門前家裏釀的酒還存放著呢，你不回家來喝嗎？沒有顧及一條峽谷對她愛心的期待，沒有垂憐一顆孤獨的心靈守望的意志，甚至沒有憐惜自己孤單的身影，在愛神歎惜的目光中寂寞踟躕地遠去……

狂歡結束了，峽谷歸於沈寂，眾神都已歇息，唯有史蒂文還在大吊橋上踱來踱去，思緒像橋下永不平靜的江水。這時，兩個流浪歌手從峽谷對岸踏歌而來，他們一老一少，胸前掛著六弦扎年琴，邊走邊唱，就像多年前某個走遍大地的情歌王子。太陽的年輪印在他們的臉上，風雨的痕跡是他們衣衫上的圖案，滿身的風塵顯出他們到過的地方，悅耳的歌聲將史蒂文飽經滄桑的愛一石洞穿——

你臉上的皺紋有大峽谷一樣深刻，
你眸子裏的目光似江水一般眷念，
你蒼老的愛像雪山那樣聖潔而高遠，
你浪跡天涯的腳步啊，
卻再也不願走出一個人目光的追逐。

人一生中有些坎坷總可以跨過，
不管它是一條峽谷，還是一條海峽；
但有些阻礙啊，
你卻永遠也難以逾越。

史蒂文覺得那個年輕的歌手有些面熟，像他記憶中個某個久遠的朋友。他身材高大，體格健碩，臉膛開闊，鬍子拉碴，渾身透散發著浪漫的野性，是那種習慣於以馬背爲騎，大地爲床，山洞爲房，獸皮爲被，靴子爲枕的天涯浪子。但史蒂文想不起他究竟是誰。

「你們好，我的朋友們。」史蒂文靠在吊橋欄杆上，打招呼道，「從哪裏來的啊？」

「雪山那邊。」年老歌手回答道。他停下流浪了一生的腳步，和史蒂文面對面。

「這是誰的歌啊，這麼好聽？」史蒂文聽到這歌時，便有恍若隔世之感。

「扎西嘉措的歌。你沒聽過？」年老的歌手盯著史蒂文的眼睛說。

「主耶穌，你……你們是誰？」史蒂文像被一把尖刀頂著沸騰的胸膛。

「我麼，」年老的歌手撥弄了一下懷中的琴，「我是一名在大地上流浪的詩人，六世達賴喇嘛倉央嘉措是我的灌頂上師，愛情是我的人生詩行，姑娘們的眼光照亮我腳下的路。」

史蒂文的記憶閘門轟然打開，這不是當年那個行吟詩人扎西嘉措說過的話嗎？他禁不住渾身顫慄起來，彷彿回到往昔那個人神共處的世界。

「你……你是扎西嘉措？」史蒂文小心地問。然後他又面向那個年輕的歌手，用很肯定的口吻說，「而你，是好漢格桑多吉。」

「你又不是不知道，在雪域大地，有許多人叫扎西嘉措，他們都會唱讓花兒聞歌開放的情歌；也有許多人叫格桑多吉，他們躍上馬背便會成為好漢。」年輕的歌手回答道，並不肯定史蒂文的疑問，也不否定史蒂文的肯定。

「那麼，你們是……是來到人間的愛神？」史蒂文用敬畏的口氣問。

「嗨，夥計，認識一個姑娘容易，認識愛神難；就像認識別人容易，認識自己難一樣。你是誰呢？」年長的歌手扎西嘉措問。

「我是史蒂文。」

「不，你不是史蒂文。」歌手扎西嘉措說，「因為你連一支愛情的歌也不會唱了。」

史蒂文急了，從來沒有人認不出他來，哪怕他當年在瀾滄江邊的那場戰鬥中，想混進民工隊伍裏逃走，格桑多吉一眼就認出了他；更不用說當他時隔三十年、滿頭花髮、一臉滄桑從海峽那邊回到故鄉，連山崗上輪替了幾十載的杜鵑花都知道天涯浪子史蒂文回來了。

「你呀，看看我這個老人家臉上被愛情搞亂了的皺紋，就知道我是誰了。」史蒂文說。回到大陸後的這些年，他臉上的皺紋就像渴望一場甘霖、卻枯等了三萬年的開裂旱地，毫無規則地四處蔓延糾結，有時他自己都感受得到歲月的刀子在臉上任意雕刻他癡心守望的寂寥，全然不顧他內心的呼喚哀痛。四季輪替一回，這張臉就被糾纏一次。那個叫扎西嘉措的流浪歌手臉上爬滿愛情艱難曲折的道路，就像史蒂文面對鏡子裏的自己。

流浪歌手扎西嘉措充滿同情地說：「是啊，愛情讓人們煥發青春，相守卻叫人容顏轉變。」

「心不改變就行。格桑多吉，你可不顯老。」史蒂文說。

「嘿嘿，那是因爲我的情歌還沒有老。」

「你不是個強盜麼，怎麼也當歌手了？」史蒂文又問。

「在愛情面前，國王和強盜，詩人和農夫，都可以成爲一個情歌王子嘛。」

「噢，你唱得也不賴，我聽過你的歌。」史蒂文忽然背起雙手，儘量挺起已經彎曲了的腰，「我想請你們去我的牧場上喝茶。」

「你這個固執的老傢伙，瑪麗亞已經打好一壺熱茶等你了。」流浪歌手扎西嘉措說。

「不會吧？」史蒂文邊說邊往村莊的方向眺望。「難道現在我還能把愛神請回家嗎？」

「爲什麼不？愛不老去就行。」流浪歌手扎西嘉措問。

「可是我老了，我們都老了。」史蒂文哀歎道：「老到舉不起手去敲開一扇溫暖的門，老到邁不出腳步跨過那門前的一條水溝。要麼，你們陪我一起去，要是你們真的是愛神的話。」

「要去你自己去。史蒂文，你不要忘記，當年我給你敞開的門還開著。」格桑多吉像他的夥伴一樣老練地撥了一下琴弦，「我們還要在大地上走下去，還有人的愛情需要我們去歌唱。」

他們在史蒂文的目送下漸行漸遠，史蒂文不知道剛才這一幕，是主耶穌的默示，還是愛神的鼓勵。他只聽見格桑多吉的歌在峽谷裏久久地飄蕩，就像來自天堂的歌聲——

愛情就是一場守望，
就像雪山守望白雲，

峽谷守望江水。
白雲有聚有散，
江水有枯有漲，
飄走的白雲終要回來，
乾涸的江水終要豐滿。
因為愛情就是一筆高利貸，
永遠都需要用生命去償還，
除非人升向了天堂。

二〇〇七年十一月八日——二〇〇九年一月十一日凌晨六點一稿完於昆明北郊
二〇〇九年三月二十二日二稿改於北京魯迅文學院二〇五室
二〇〇九年七月三日改定

天涯海角（原書名：核桃樹上的愛情）

作　　者：范穩
發 行 人：陳曉林
出 版 所：風雲時代出版股份有限公司
地　　址：105台北市民生東路五段178號7樓之3
風雲書網：http://www.eastbooks.com.tw
官方部落格：http://eastbooks.pixnet.net/blog
信　　箱：h7560949@ms15.hinet.net
郵撥帳號：12043291
服務專線：(02)27560949
傳眞專線：(02)27653799
執行主編：劉宇青
美術編輯：吳宗潔

法律顧問：永然法律事務所　李永然律師
北辰著作權事務所　蕭雄淋律師
版權授權：范穩
初版換封：2014年12月

ISBN：978-986-352-104-4

總 經 銷：成信文化事業股份有限公司
地　　址：新北市新店區中正路四維巷2弄2號4樓
電　　話：(02)2219-2080

行政院新聞局局版台業字第3595號
營利事業統一編號22759935

定　價：340元

國家圖書館出版品預行編目資料

天涯海角 / 范穩著. — 臺北市 ： 風雲時代，
2014.11
面；　公分
ISBN 978-986-352-104-4(平裝)

857.7　　103020550